Cathy Kelly

Cathy Kelly est irlandaise. Après avoir exercé la profession de journaliste pendant quelques années, elle s'est mise à écrire, et a rencontré le succès dès son premier livre.

Elle a reçu le Parker Romantic Novel of the Year Award en 2001, pour son roman *À la recherche du bonheur*, publié en France en 2003 aux Presses de la Cité. Ont suivi, chez le même éditeur, *Avec toutes nos amitiés* (2004), *Entre nous soit dit* (2005), *Le meilleur de la vie* (2006), *Pour le pire et le meilleur* (2007), *Les secrets de Summer Street* (2009), *Doux remèdes pour cœurs brisés* (2010) et, son dernier roman, *Sous une bonne étoile*, publié en 2011.

Retrouvez l'actualité de l'auteur sur
www.cathykelly.com

DOUX REMÈDES POUR CŒURS BRISÉS

DU MÊME AUTEUR

CHEZ POCKET

À LA RECHERCHE DU BONHEUR

AVEC TOUTES NOS AMITIÉS

ENTRE NOUS SOIT DIT

LE MEILLEUR DE LA VIE

POUR LE PIRE ET LE MEILLEUR

LES SECRETS DE SUMMER STREET

DOUX REMÈDES POUR CŒURS BRISÉS

CATHY KELLY

DOUX REMÈDES POUR CŒURS BRISÉS

Traduit de l'anglais (Irlande)
par Colette Vlérick

PRESSES DE LA CITÉ

Titre original :
LESSONS IN HEARTBREAK

Le papier de cet ouvrage est composé de fibres naturelles, renouvelables, recyclables et fabriquées à partir de bois provenant de forêts plantées et cultivées durablement pour la fabrication du papier.

ISBN : 978-2-266-21078-2

A Murray, Dylan et John, avec tout mon amour

Prologue

Elle savait qu'elle agissait mal. Etendue, les yeux grands ouverts dans la lumière du crépuscule, elle sentait, en dépit de la fraîcheur, la chaleur que dégageait le corps nu de l'homme allongé à côté d'elle. C'était la première fois de sa vie qu'elle dormait nue. Comment, se demandait-elle, comment pouvait-on dormir autrement ?

Cela requérait toutefois une condition : la présence d'un autre corps à côté du sien, par exemple celui de cet homme, visiblement rompu à l'exercice physique, doté d'une musculature solide mais fine et tonique. Il n'avait pas un gramme de graisse et l'on devinait une force impressionnante. Et pourtant, il était incroyablement gentil et doux avec elle. Toute la nuit, ses mains aux doigts sensibles de pianiste avaient dessiné de subtiles arabesques sur sa peau blanche. Elle n'oublierait jamais comme ses yeux brillaient dans la douce lumière de la veilleuse.

Sous les caresses de cet homme, son corps lui avait paru devenir un trésor créé pour se mêler à cet autre corps si viril et, par-dessus tout, créé pour être aimé.

« Tu es si belle ! Je voudrais que ce moment ne s'arrête jamais », avait-il dit de cette voix profonde qui la faisait chavirer. En réalité, il n'y avait pas la moindre parcelle de cet homme qu'elle n'aimait pas.

Il était parfait !

Mais pas elle…

Le temps qu'ils passaient ensemble était du temps volé, quelques heures par-ci par-là, leurs mains qui s'étreignaient sous la table pendant un dîner, leurs corps qui s'accrochaient l'un à l'autre sur un lit d'hôtel comme des naufragés sur leur radeau. Pendant ces instants-là, il lui appartenait, mais en réalité elle ne faisait que l'emprunter. L'horreur de la séparation imminente la saisit à nouveau, une souffrance qui irradiait dans tout son corps, comme un coup en plein cœur.

Il s'éveillerait bientôt. Il devait partir au plus tard à sept heures pour avoir son train. Si c'était elle qui avait dû quitter l'hôtel en premier, elle en aurait été incapable. Lui, il y arrivait. Chez lui, le sens du devoir était plus fort que tout.

Il faisait sombre dans la chambre, et seules les aiguilles lumineuses du réveil lui permettaient de comprendre que l'heure de la séparation avait sonné. Elle se faufila hors du lit et entrebâilla les doubles rideaux pour laisser entrer la pâle lueur de l'aube. Il pleuvait, une de ces pluies mêlées de neige qui vous percent jusqu'aux os.

Les bruits d'une ville qui s'éveille montaient de la rue. Les portières qu'on claque, les klaxons qui s'énervent, le grondement sourd de la circulation… La vie normale des gens normaux continuait, fourmis laborieuses prêtes à reprendre le collier, chacune ignorant la vie de l'autre, toutes ignorant sa vie à elle.

— Je dois y aller. Je t'aime.

Elle fut incapable de prononcer un mot, tant elle craignait de se remettre à pleurer.

— Au revoir.

Il sortit sans se retourner. Etait-ce cela, se demanda-t-elle, qui différenciait les hommes et les femmes ? Les hommes regardent vers l'avant, en guerriers concentrés sur l'avenir. Les femmes regardent tout autour d'elles ; elles cherchent, s'inquiètent, et prient un dieu quelconque de protéger ceux qu'elles aiment.

Elle se rallongea dans le lit, qui avait gardé la chaleur de son corps. Le reverrait-elle jamais ?

Elle l'entendit bouger et se hâta de se recoucher, désespérée à l'idée de perdre un seul des précieux instants qui leur restaient. Si elle fermait les yeux, elle pourrait presque prétendre qu'il faisait encore nuit et qu'ils avaient encore plusieurs heures à partager. Mais il s'éveillait, se frottait les yeux puis la mâchoire. Elle sentit presque sous sa propre main le contact rude de sa barbe naissante.

Voilà, il allait partir, ce n'était plus qu'une question de minutes.

Elle pleurait quand il se pressa contre elle, fort et puissant.

— Ne sois pas triste, dit-il.

Penché sur elle, il embrassa ses joues humides.

— Je ne pleure pas, gémit-elle tandis que ses sanglots redoublaient. Je veux dire… Je ne voulais pas pleurer. Tu me manques trop, cela me fait trop mal. C'est insupportable.

— Mais nous devons le supporter, toi comme moi.

Elle ignorait que l'amour pouvait être en même temps aussi joyeux et aussi douloureux. Chacune de leurs caresses les rapprochait de la séparation. Chaque fois qu'il la touchait, elle ne pouvait s'empêcher de penser : « Est-ce la dernière fois ? Le reverrai-je ? »

Faisant un grand effort sur elle-même, elle réussit à endiguer ses larmes. Elle n'avait pas le choix.

Elle resta allongée en silence et le regarda se préparer. Juste avant de partir, il s'assit à côté d'elle, la serra contre lui et l'embrassa comme si sa vie en dépendait.

Elle s'accrocha à lui, tenant sa tête dans ses mains. Ils avaient fermé les yeux, comme pour rendre cet instant encore plus fort et inoubliable.

1

Le soleil du Nouveau-Mexique brillait haut dans le ciel quand l'équipe des prises de vue du nouveau catalogue Zest s'interrompit pour la pause déjeuner. Izzie Silver se leva, étirant son mètre soixante-quinze dans la chaleur engourdissante. Les taches de rousseur sur ses bras avaient foncé malgré l'écran total qu'elle appliquait consciencieusement.

Les vrais Celtes qui avaient comme elle une peau de lait et des taches de rousseur ne bronzaient que d'une seule façon : ils devenaient rouge homard. Or, le rouge homard ne serait jamais à la mode, sauf si l'on cherchait à provoquer un début de mélanome.

C'était sa deuxième journée sur le plateau et elle sentait son rythme de New-Yorkaise d'adoption ralentir peu à peu pour se mettre au pas du désert. L'agence Perfect-NY Model, dont trois des mannequins avaient été engagés sur ce contrat, l'avait envoyée là pour s'assurer que la réalisation de ce catalogue à un million de dollars se passerait sans accroc. Mais, en cet instant, l'agence et Manhattan lui paraissaient très loin.

Si elle avait été à New York, elle aurait été assise à son bureau comme les autres, avec son casque téléphonique sur les oreilles, un café refroidi à côté de son agenda et une pile de messages en attente. L'agence de mannequins était installée dans un élégant immeuble de bureaux du centre de Manhattan, à deux pas de Houston Street, riche de cloisons en verre et de lustres en plexiglas, mais chiche en intimité.

Pendant sa pause, elle se précipiterait peut-être au petit salon de beauté sur la 7e Rue pour une épilation des sourcils, à moins de faire un détour jusqu'au magasin Anthropology dans West Broadway pour voir s'ils avaient encore ces jolis porte-savons en forme de coquillage. A vrai dire, elle n'avait pas besoin d'ajouter quoi que ce soit aux produits et gadgets qui envahissaient sa salle de bains. On se serait cru dans une parfumerie.

Tout en planifiant la vie des autres, elle aurait pensé à la sienne, se serait souvenue de son cours de gymnastique Pilates de la soirée et se serait demandé si elle aurait la force d'y aller. Et, bien sûr, pendant tout ce temps, elle aurait surtout pensé à Joe.

N'était-ce pas curieux comme un parfait étranger pouvait devenir en un instant le centre de votre existence ? Comment cela était-il possible ? Et pourquoi lui plutôt qu'un autre ? Elle n'aurait pu choisir une relation plus compliquée. C'était le dernier homme qu'elle aurait dû aimer. Alors qu'elle croyait en avoir fini avec ces histoires d'amour « pour toujours », Joe avait débarqué dans sa vie, lui prouvant que rien ne se passait jamais comme on l'avait décidé. On ne maîtrise rien. C'est le hasard qui fait la loi.

Izzie détestait le hasard. Elle aimait contrôler les événements et décider de sa vie elle-même.

Ces prises de vue au Nouveau-Mexique lui offraient au moins l'occasion de réfléchir, même si sa séance d'épilation et son cours de Pilates lui manquaient et, par-dessus tout, sa soirée avec Joe. Mais il prenait tant de place dans son esprit et dans son cœur qu'elle ne pouvait plus réfléchir quand il était dans la même ville qu'elle. Ici, à Chaco Ranch, au milieu de ces vastes terres poussiéreuses noyées dans une brume de chaleur sous un ciel immense, il semblait impossible de ne pas avoir les idées claires. Izzie se sentait chez elle dans ce paysage, comme si elle était encore assise sur la véranda de sa grand-mère, à Tamarin, quand les petites orchidées fleurissaient, rose vif dans l'herbe verte, et que l'air embaumait l'océan.

Chaco Ranch, à seulement trente minutes de l'agitation de Santa Fe, était une impressionnante bâtisse peinte en blanc, magnifique bijou enchâssé dans un paysage d'ocre rouge.

En dépit de la distance qui séparait le Nouveau-Mexique de Tamarin, la petite ville côtière irlandaise où Izzie avait grandi, ces deux sites partageaient la même qualité rare : *mañana*, demain, sous-entendait une déplaisante précipitation. Le surlendemain viendrait bien assez vite pour ce qu'il y avait à faire !

Leur géographie différait beaucoup, en revanche. Le ranch était entouré d'énormes cactus et de mesquites, ces épineux célèbres pour leur bois dur. Cette barrière végétale était doublée par celle des hautes montagnes à l'arrière-plan. Tamarin, par contraste, était dangereusement bâtie sur le roc, ses maisons accrochées aux pentes raides des collines comme si le rugissement de l'Atlantique risquait de les faire dégringoler.

Cependant, se dit Izzie, au Nouveau-Mexique comme à Tamarin, le paysage faisait prendre conscience de la vulnérabilité, de la petitesse de l'être humain dans le grand dessein du monde.

La tranquillité du ranch avait agi sur tous encore mieux que deux heures de yoga Bikram.

Les agents de mannequins assistaient rarement aux séances de photos. Ils travaillaient à leur bureau, cramponnés à leur téléphone, se fiant à leurs courriels pour organiser sans effort la vie des modèles. Cependant, Zest était un très gros client et, de plus, c'étaient les premières prises de vue d'un catalogue entièrement repensé. Les patrons d'Izzie avaient estimé que cela méritait de la mettre dans un avion pour Santa Fe. Si le moindre problème se présentait, elle serait sur place pour le régler.

« J'adore cet endroit », avait dit Izzie à la blonde propriétaire du ranch à son arrivée, un jour avant le reste de l'équipe. Les autres avaient débarqué le lendemain, chargés de vêtements, de maquillage, de laque et d'équipement photographique, assez pour réaliser un court-métrage au moins, plus de l'adrénaline en quantité suffisante pour illuminer une grande ville.

Les arcades de style mexicain, les patios carrelés éclairés par des lanternes marocaines et les tapisseries murales locales engendraient une atmosphère prenante. Les créations des artistes régionaux voisinaient avec les œuvres d'artistes internationaux. Deux murs entiers étaient réservés à une collection envoûtante de photographies des ruines anasazi.

La propriétaire les avait désignées à Izzie dans un geste de ses bras minces et bronzés qui avait fait cliqueter ses bracelets d'argent et de turquoise. Ces photos avaient été prises à Chaco Canyon, avait-elle expliqué, ajoutant qu'on y trouvait encore une puce porteuse de la peste bubonique.

« Pourriez-vous m'en procurer quelques-unes ? avait répondu Izzie sans se démonter. Rassurez-vous, ce n'est pas pour moi, mais il y a quelques personnes que je confierais volontiers aux bons soins de cette petite puce !

— Je croyais qu'on ignorait le sens de l'humour, dans le monde de la mode, avait rétorqué l'interlocutrice d'Izzie.

— Je crains d'être la seule à en faire preuve. Désolée de vous décevoir ! En toute sincérité, c'est un des grands défauts de ce milieu. J'en connais qui répandent toutes les larmes de leur corps à cause d'une jupe trop longue ou trop courte. Et si vous n'êtes pas une inconditionnelle de la mode, ils essaieront de vous tuer à coups de stilettos Manolo Blahnik ou en vous frappant avec le numéro de *Vogue* "spécial collections" ! Personnellement, je suis convaincue qu'une dose d'humour aide à vivre. »

La propriétaire du ranch avait dévisagé d'un regard intrigué cette grande rousse étonnante.

« Vous n'êtes pas une inconditionnelle de la mode ? »

Izzie avait éclaté de rire et fait glisser ses mains sur les courbes fermes de ses hanches. « Regardez-moi ! Pour les purs et durs, s'intéresser à la nourriture est signe de faiblesse. J'aurais du mal à entrer dans cette catégorie. Je n'ai jamais suivi les régimes à la mode et je suis incapable de renoncer aux hydrates de carbone. Or, ce sont des questions vitales dans le milieu ! »

Dans un univers parallèle, Izzie Silver aurait pu être mannequin. Tout le monde le lui disait quand elle était plus jeune, là-bas, en Irlande. Elle avait le look. Des yeux immenses, d'un magnifique bleu pastel avec de longs cils épais, et une grande bouche charnue. Quand elle souriait, ses pommettes accrochaient la lumière. Son opulente chevelure rousse lui donnait l'allure d'une Walkyrie dressée à la poupe de son bateau, les boucles au vent, le visage empreint d'une majestueuse fierté. De plus, elle était très grande, avec des jambes faites pour la danse classique. Malheureusement, à force de grandir, elle avait dépassé tous les autres petits rats d'au moins deux têtes.

Il n'y avait qu'un obstacle à cette carrière, son poids. A douze ans, Izzie mesurait déjà un mètre soixante-cinq et pesait cinquante-cinq kilos.

Elle avait à présent trente-neuf ans et s'habillait en taille quarante-deux. Dans une industrie où la maigreur valait de l'or, Izzie Silver était hors course pour plus d'une raison. Avec ses formes féminines parfaites, elle était la preuve vivante de la beauté des courbes. On se retournait sur son passage où qu'elle aille et, à côté d'elle, les droguées de mode aux yeux caves devenaient de fragiles brindilles en grand danger de se briser, au propre comme au figuré. Izzie s'aimait telle qu'elle était et ne suivait jamais de régime. Elle aimait manger. Dans l'univers de la mode, c'était aussi choquant que de proclamer qu'on préférait le polyester à la soie.

Quand elle avait rencontré Joe Hansen, il n'avait pu cacher son étonnement en apprenant qu'elle travaillait dans ce milieu. Ils étaient placés à la même table lors d'un déjeuner de bienfaisance. Izzie s'y trouvait par le plus étrange concours de circonstances, un hasard complet, ce qui l'avait renforcée dans sa conviction que c'était bel et bien le hasard qui gouvernait les destinées.

Elle croyait qu'il ne l'avait pas remarquée mais, soudain, elle avait vu cet éclat particulier dans ses yeux.

Bonjour, vous ! avait-elle pensé avec gourmandise.

La dernière fois qu'un homme lui avait plu remontait à si longtemps qu'elle n'avait pas été certaine de la signification du pincement au cœur qu'elle avait éprouvé. Toutefois, au cas où cela aurait été de l'attirance, elle s'était empressée de l'étouffer. Elle n'avait plus de temps à perdre avec les hommes. Ils gâchaient tout ! Ils vous mettaient la tête à l'envers et ne vous apportaient que des ennuis. Le travail, un bon travail fiable où l'on faisait son chemin grâce à ses efforts personnels, voilà quelque chose que personne ne pouvait vous enlever. Le travail et de solides amitiés, que demander de plus ?

Izzie avait immédiatement écarté toute tentation de mieux connaître son voisin de table, mais pas lui. Elle devinait bien que, profitant d'être assis en face d'elle, il la détaillait avec admiration, comme étonné de la voir aussi réelle, aussi charnelle. Elle avait mangé son petit pain avec plaisir, n'hésitant pas à lécher discrètement une trace de beurre sur son doigt. Des hydrates de carbone et un corps gras : un vrai crime contre l'élégance ! Cette ville grouillait de gens à la mode et, pour le commun des mortels, c'étaient tous des êtres d'une minceur spectaculaire, d'un raffinement extrême et très coûteux, toujours lancés dans quelque régime compliqué. Izzie ne faisait aucun effort pour s'en différencier. C'était plus simple : elle n'avait jamais cherché à leur ressembler.

« Dieu t'a créée aussi grande pour que les hommes soient obligés de lever la tête vers toi ! » disait toujours sa grand-mère. C'était elle qui avait remplacé la mère d'Izzie quand elle avait succombé à un cancer. Izzie venait d'avoir treize ans. Elle n'avait jamais compris comment sa grand-mère avait réussi à lui faire franchir les obstacles qui attendent une jeune fille aux formes pleines dans un monde de femmes qui veulent être minces, mais elle y était parvenue.

Izzie aimait son corps et l'homme en face d'elle avait paru l'apprécier, lui aussi.

Il était entouré des habituées des manifestations caritatives, des créatures filiformes aux longues jambes décharnées élégamment assises sur des chaises dorées aux pieds tout aussi maigres. Malgré cela, c'était elle qu'il regardait. Non, « regarder » n'était pas le terme : il la dévorait des yeux.

Les hommes regardaient souvent Izzie avec cet air affamé. Elle en avait l'habitude. Et, sans que cela la laisse indifférente, elle remarquait à peine les hommes qui la dévisageaient ainsi. Elle n'avait réellement pas besoin de leur admiration pour être bien dans sa peau. Or, le jour où Joe Hansen la regarda de cette façon, il fit basculer son univers.

Izzie avait trouvé particulièrement choquant de sentir sa personnalité – celle d'une femme sûre d'elle, en harmonie avec son corps – s'effacer au profit d'une autre femme désireuse d'une seule chose : que cet irrésistible inconnu la trouve belle.

La voix de la propriétaire du Chaco Ranch la ramena au présent, loin du Plaza et de sa rencontre avec Joe.

— D'après tout ce que j'entends, j'ai l'impression qu'on travaille dur dans le monde de la mode. Une fois, j'ai essayé le régime South Beach. Il faut un temps fou pour préparer les muffins au blanc d'œuf et aux épinards !

— Vous avez raison, cela demande trop de temps, approuva Izzie.

Tout en prononçant ces mots, elle songeait au réfrigérateur de l'agence, toujours plein de ce genre d'en-cas. La dernière vedette était le quinoa. Izzie en avait goûté. Elle avait cru mastiquer un torchon mariné dans de l'urine de chat, du moins était-ce ainsi qu'elle imaginait le goût de l'urine de chat. Mais un plat de pâtes de chez Da Silvano avec des copeaux de parmesan fondants ! Elle en aurait mangé tous les jours.

— Ce que j'aime, dit-elle, ce sont les pâtes.

— Oh oui ! Des spaghettis aux palourdes !

— Ou un risotto, gémit Izzie. Avec des champignons et du fromage !

A cette seule évocation, elle eut l'impression d'en avoir le goût dans la bouche.

— Des pancakes avec du sirop d'érable et du beurre !

Izzie éclata de rire.

— Arrêtez ! dit-elle. Je salive déjà.

La propriétaire désigna deux des mannequins assises dans des fauteuils et qui fumaient cigarette sur cigarette.

— Je parie que ces gamines ne s'autorisent jamais à manger des pancakes.

Même quand elles fument, se dit Izzie, elles restent belles. Elle se sentait humble devant la beauté des femmes avec lesquelles elle travaillait, tout en sachant que, parfois, ce n'était qu'une beauté de façade. Mais quelle façade !

— Non, répondit Izzie. En toute franchise, elles ne mangent presque rien.

— C'est triste.

Izzie hocha la tête. Oui, c'était triste.

Sur ces mots, la propriétaire la quitta, laissant l'équipe travailler. Izzie s'éloigna à son tour de la terrasse où les dernières photos avaient été prises et descendit les marches carrelées qui menaient au porche arrière. Tonya, qui à dix-huit ans était la benjamine des mannequins de Perfect-NY, s'y était réfugiée après avoir ôté la robe-tablier Zest très gaie qu'elle portait pour les photos. Elle avait remis ses vêtements de tous les jours.

Izzie la trouva installée dans un fauteuil en rotin, ses jambes interminables allongées devant elle. Brune avec de hautes pommettes et des joues creuses, vêtue d'un jean Gap qui lui faisait comme une seconde peau, Tonya venait d'allumer une nouvelle cigarette. Quel que soit l'angle sous lequel on la regardait, elle restait d'une beauté magique, un vrai rêve de photographe.

Et pourtant, pensa Izzie, en dépit de toute sa beauté, de superbes yeux en amande et d'une bouche pulpeuse à faire pâlir de jalousie les femmes du monde entier, Tonya dégageait une infinie tristesse.

La somptueuse façade dissimulait une jeune fille complètement perdue. Peu de gens s'en rendaient compte. On ne voyait pas l'adolescente terrifiée, née dans un village du Nebraska avec le billet gagnant à la loterie de la beauté mais d'une fragilité dramatique.

Voir l'enfant terrorisée derrière les apparences et le maquillage faisait partie du travail d'Izzie. Son fonds de commerce, c'étaient ces gamines à peine sorties de l'adolescence avec un avenir de rêve mais un passé de paumée, et beaucoup de choix catastrophiques entre les deux.

Officiellement, son travail d'agent consistait à gérer la carrière de ses mannequins et à leur trouver des contrats. Officieusement, elle veillait sur elles comme une grande sœur. Au cours des dix années écoulées depuis ses débuts, elle n'avait pas passé une semaine sans se dire que les contrats des mannequins devraient inclure une psychothérapie gratuite. Avec Carla, sa meilleure amie et collègue, elles se demandaient souvent pourquoi les gens considéraient que la beauté suffisait, qu'il n'y avait rien de mieux. C'était une question de pure rhétorique dans un univers où l'on prisait par-dessus tout un certain type de beauté.

« C'est parce qu'ils ne savent pas ce qui se passe, concluait invariablement Carla. Ils ignorent que certains mannequins se droguent pour rester maigres ou très pâles ou, tout simplement, pour tenir le coup. »

Comme bon nombre d'agents, Carla avait commencé par être mannequin. A moitié hispanique, à moitié afro-américaine, elle était très grande avec une peau couleur café, et préférait sans hésitation se trouver de l'autre côté de l'objectif. Le rejet y était moins brutal.

Un jour, Carla avait fait une confidence à Izzie. « Quand on parle de toi pour la énième fois de la journée comme si tu n'étais pas là, pour répéter que tu as des jambes trop lourdes, un gros derrière, ou que ton look a au moins une saison de retard, tu finis par le croire. »

Carla avait été engagée comme agent en même temps qu'Izzie et elles s'étaient tout de suite bien entendues. De plus, elles avaient le même âge. Carla parlait rarement de sa carrière de modèle. Leurs conversations tournaient plus volontiers autour d'un projet, celui d'ouvrir leur propre agence, où elles travailleraient autrement.

Le nom avait été facile à trouver : l'agence Silver-Webb, une combinaison de leurs deux noms, Izzie Silver et Carla Webb. Chez SilverWebb, on ne dirait jamais aux mannequins qu'elles étaient trop grosses ! En effet, elles avaient décidé de représenter des mannequins grandes tailles, de belles femmes avec de vraies formes, des corps aux courbes voluptueuses, des corps de déesse, et une peau naturellement veloutée, sans qu'il soit nécessaire de recourir à des artifices à cause de l'acné due à une hygiène de vie déplorable.

Ce choix semblait évident pour deux femmes qui ne s'en laissaient pas conter et que mettait mal à l'aise l'obligation de maigreur imposée à leurs modèles.

Cinq mois plus tôt – c'était encore l'ère d'avant Joe –, alors qu'elles prenaient leur déjeuner ensemble, assises sur les marches de l'escalier de secours, elles en étaient venues à parler d'un mannequin d'une autre agence. La malheureuse, devenue héroïnomane, avait fini en cure de désintoxication. Elle ne pesait plus que quarante kilos pour un mètre quatre-vingts mais n'en travaillait pas moins.

« C'est horrible, n'est-ce pas ? avait commenté Carla. Ce métier est tellement destructeur ! Comment peut-on dire à ces gosses qu'elles ne conviennent pas alors qu'elles sont à tomber ? Je me demande où cela s'arrêtera. Qui décidera de ce qu'être belle signifie si les plus belles ne le sont pas encore assez ? »

Izzie avait secoué la tête en silence. Elle ignorait la réponse. En dix ans, elle avait vu le type de beauté parfaite passer de la femme sportive, saine et typiquement américaine mais mince, à un idéal de gamine démesurée, plate et maigre à faire peur. Tout le monde s'en inquiétait à Perfect-NY, comme dans les autres agences dignes de ce nom.

« Je pense qu'on va arriver au point où les filles iront chez le chirurgien pour pouvoir travailler parce que le look de la saison sera trop bizarre pour un être humain non trafiqué. Cela en dit long sur le monde de la mode, n'est-ce pas, Carla ?

— Ne m'en parle pas !

— Et le monde de la mode, c'est nous », avait ajouté Izzie d'un air sombre.

Si elles n'apportaient pas de solution, elles faisaient partie du problème. Il y avait certainement moyen de changer la situation de l'intérieur.

« Tu sais, avait-elle repris pensivement, si j'avais ma propre agence, je pense que je ne travaillerais pas avec les mannequins habituels. Si ces filles ne sont pas déjà détruites quand elles commencent dans le métier, elles le sont quand elles arrêtent. »

Elle avait réfléchi tout en mangeant son sandwich au poulet.

« Carla, avait-elle poursuivi, les créateurs demandent des filles de plus en plus jeunes. Nous finirons par ne plus avoir que des mômes de douze ans.

— Ce qui signifie que nous qui approchons de la quarantaine, avait répondu Carla en se signant vivement pour écarter la malédiction de cet anniversaire, nous sommes bonnes pour les services de gériatrie.

— Sans parler des vêtements en taille géante, dans mon cas !

— Tu es une vraie femme, Izzie, pas un petit garçon.

— Merci du compliment, mais je reste une anomalie dans ce milieu. Toutefois, il ne faut pas oublier un point crucial. Ce sont les femmes comme toi et moi qui disposent de l'argent nécessaire pour acheter ces fichus vêtements.

— Exactement !

— Une adolescente n'a pas huit cents dollars à claquer pour une petite robe qu'il faudra donner au pressing tous les deux jours et sera passée de mode au bout de six mois.

— Six mois ? Tu es généreuse. Quatre mois ! Entre la collection spéciale croisière, la collection de mi-saison et les autres, on a quatre collections par an, aujourd'hui. A peine acheté, déjà démodé !

— C'est vrai. Les bureaux de tendance n'ont pas fini de s'enrichir ! Pourtant, ce n'est pas cela qui me dérange mais le fossé entre le marché visé et les mannequins.

— Des vêtements d'adultes sur des petites filles ? » avait avancé Carla d'un air entendu.

Izzie avait simplement acquiescé de la tête.

En tant que femme célibataire avec un emploi, elle devait se charger de tout toute seule. Elle devait savoir déboucher son évier, faire sa déclaration d'impôts et rester assez en forme pour les parties de bras de fer avec les puissantes sociétés qui considéraient les mannequins comme de vulgaires pions.

Or, ces sociétés choisissaient de présenter sur de fragiles femmes-enfants les vêtements destinés à des femmes au même mode de vie qu'Izzie. Ces tenues élégantes délivraient un message précis : « Je suis votre égale, monsieur, et je vous conseille de ne pas l'oublier. »

Les mannequins à la bouche rose et aux genoux plus gros que leurs cuisses transmettaient un tout autre message : « Occupe-toi de moi, papa ! »

« Le monde est tombé sur la tête, avait repris Izzie. J'aime beaucoup les filles dont je m'occupe mais elles sont trop jeunes. Elles ont besoin d'une mère, pas d'un agent. »

En réalité, pour beaucoup de gens, un agent devait se conduire aussi comme une mère et, depuis quelque temps, Izzie ne le supportait plus. Elle ne s'était jamais souciée de la façon dont on parlait de son métier mais, à présent, elle était gênée d'être considérée comme la mère d'une fille de dix-huit ans. Cela lui avait fait prendre conscience de son âge. Quel choc ! Alors qu'elle n'avait pas d'enfants, on la trouvait suffisamment vieille pour être la mère d'une autre adulte. Mais pourquoi en était-elle fâchée, tout à coup ? Etait-ce seulement la question de l'âge ? Ou bien cela cachait-il autre chose ?

Carla avait posé sa boîte à déjeuner et goûté son café.

« Tu as raison. Ce serait formidable de travailler avec des femmes qu'on a laissées devenir adultes avant de les faire défiler, non ?

— Oui ! Des femmes qu'on n'oblige pas à s'affamer pour accrocher les vêtements à leurs omoplates ! »

Carla avait longuement regardé son amie.

« Izzie ? Tu penses à des mannequins grandes tailles ? »

Izzie avait failli s'étrangler avec son sandwich. C'était exactement à cela qu'elle pensait depuis toujours. Il serait tellement plus intéressant de travailler avec des femmes ressemblant à des femmes, et non pas formatées pour être conformes aux diktats de la mode, et surtout pas celui imposant la maigreur sans seins, sans hanches, sans fesses. Sans rien !

Carla avait conservé son air pensif, les mains serrées autour de sa tasse. Elle n'entendait plus les bruits familiers de leur refuge, le bourdonnement de la circulation et, sur le toit, celui de l'énorme machinerie de l'air conditionné.

« Nous devrions créer…

— … notre propre agence…

— … de mannequins grandes tailles ! »

Elles s'étaient tapé dans les mains en criant de joie comme des gamines. Izzie avait rapidement retrouvé son sérieux.

« A ton avis, on y arriverait ?

— Oui, avait répondu Carla d'un ton énergique. Il existe un important marché pour les grandes tailles, aujourd'hui. Souviens-toi ! Avant, personne ne demandait jamais des filles moins maigres mais, aujourd'hui, on nous en réclame très régulièrement. L'époque où l'on ne voulait de mannequins grandes tailles que pour les catalogues de tricot est révolue. La plupart des grandes maisons proposent des collections grandes tailles et il leur faut des mannequins d'une allure plus réaliste. Oui, le marché existe. C'est encore une niche mais en rapide expansion.

— Une niche, oui, cela résume bien la situation. J'aime bien ce mot, il a quelque chose de spécial et différent, un peu élitiste. »

Izzie en avait assez de travailler pour Perfect-NY. Tous les jours, elle devait se battre avec les trois associées de l'agence, passées du côté des forces obscures, celui où l'on ne se soucie que de l'argent. L'agence des forces obscures n'avait rien à faire des êtres humains, qu'il s'agisse des employés ou des mannequins. Izzie et Carla s'attendaient à voir installer une pointeuse dans les toilettes, avec un distributeur de papier qui ne donnerait qu'un certain nombre de feuilles…

Il n'y avait pas que cela. Elle avait donné dix ans de sa vie à l'agence et se sentait à un tournant majeur. La quarantaine approchait. Le temps avait passé à toute vitesse et – Izzie prit brusquement conscience de la raison de son récent malaise – elle avait le sentiment d'être abandonnée.

Elle avait tout ce qu'elle voulait, son indépendance, son appartement, des amis formidables, des vacances fabuleuses et une vie sociale bien remplie. Malgré tout, elle ressentait un manque, une petite faille, comme une imperceptible fissure dans un mur. On ne la voit pas mais, si on y songe, elle est bel et bien là. Izzie refusait de croire que c'était l'amour qui lui manquait. L'amour, cela n'apportait que des ennuis. Se sentir déstabilisée parce qu'elle n'avait pas d'homme à aimer ? Quel mauvais cliché ! Izzie n'avait pas l'intention de tomber dans le cliché.

La bonne réponse était là : travailler, monter sa propre agence. Ce serait la grande histoire d'amour de sa vie. Tous ces doutes sur son choix de vie qui l'empêchaient parfois de dormir disparaîtraient aussitôt.

Les pensées de Carla avaient suivi un autre chemin.

« Je suis certaine que nous n'aurons pas de difficultés à trouver les fonds nécessaires, avait-elle dit. Nous n'avons aucune charge de famille. Il faut bien qu'il y ait un avantage à être seules ! »

Elles avaient eu le même petit sourire en coin. Izzie disait souvent qu'on trouvait à New York plus de femmes célibataires et faisant carrière que nulle part ailleurs.

« Ce n'est pas comme si nous ne connaissions personne qui puisse nous aider à Wall Street », avait ajouté Carla.

Izzie avait éclaté de rire. Le monde de la mode attirait beaucoup d'hommes riches pourvus de tous les jouets qu'ils pouvaient désirer, y compris un jet ou une île privée. Un mannequin à leur bras représentait l'accessoire idéal pour compléter leur coffre à jouets.

« Comme s'ils allaient nous recevoir ! s'était exclamée Izzie. Tu sais bien qu'il y a une limite d'âge pour les petites amies, à Wall Street. Nous avons dix ans de trop, ma vieille ! Et quand je dis dix ans, c'est plutôt quinze. Les maîtres de l'univers qui vont prendre leurs leçons de pilotage d'hélicoptère en Maserati préfèrent les filles de moins de vingt-cinq ans. Ils deviennent aveugles devant des femmes "vintage" comme nous !

— Cessez de nous dévaloriser, madame Silver ! Quand nous aurons notre agence, nous créerons ce que je leur dis toujours de faire ici, c'est-à-dire un département pour femmes de plus de vingt-cinq ans. Et, avait ajouté Carla d'un ton ferme, tu pourrais en être la vedette ! Les maîtres de l'univers se détournent de toi uniquement parce que tu leur fais peur. Tu es trop crédible dans ton personnage de grande Irlandaise dure à cuire. Izzie, les hommes sont comme les chiens de garde. Ils grognent quand ils ont peur. Arrête de leur faire peur et tu verras s'ils ne font pas le beau !

— Quelle importance, si je les effraie ou pas ? De toute façon, ils préfèrent toujours les blondinettes de dix-neuf ans. Or, si un homme cherche une gamine au lieu d'une femme, il ne m'intéresse pas. »

Elle n'avait pas répondu à la remarque de Carla sur la possibilité de devenir mannequin. C'était très gentil de la part de son amie mais elle était trop vieille pour commencer une carrière et connaissait trop bien ce milieu pour avoir envie d'y entrer. Elle voulait rester aux commandes de sa destinée, et non s'abandonner aux caprices d'une équipe qui exigeait telle personne pour présenter tel vêtement et n'hésitait pas à en démolir une autre en lui jetant : « Non, on ne veut vraiment pas de toi. »

Izzie avait terminé son sandwich.

« Crois-tu qu'on arriverait à faire tourner une agence ? avait-elle demandé. Quel est le pourcentage de sociétés qui font faillite dans l'année de leur création ? Cinquante pour cent ?

— Je crains que ce ne soit plus proche des soixante-quinze pour cent.

— Ah ! Voilà qui est rassurant.

— Il vaut mieux être réalistes si nous voulons réussir.

— Au moins, nous ferions un travail dans lequel nous croyons vraiment », avait conclu Izzie.

Au cours du mois qui avait suivi cette conversation, elles n'avaient fait que parler et parler encore de leur idée. Ensuite, elles avaient commencé à la mettre noir sur blanc, avec la liste des tâches à entreprendre : voir les banques et un conseiller en création de PME, chiffrer le projet. Jusque-là, nul n'avait l'intention de leur prêter un centime mais, comme le répétait Carla, il suffisait d'une seule personne qui leur fasse confiance.

Et puis, il y avait deux mois de cela, Izzie était tombée amoureuse.

Joe Hansen lui avait fait oublier tout ce qui n'était pas l'amour. Carla continuait de réfléchir à leur agence tandis qu'Izzie avait la tête ailleurs. Il n'y avait pas de place dans son esprit ou ses affections pour autre chose que Joe Hansen.

L'amour lui était tombé dessus sans crier gare et personne n'en avait été plus surpris qu'elle-même.

Carla et Izzie s'étaient vues juste avant le départ de cette dernière pour le Nouveau-Mexique. « Si nous nous débrouillons bien, avait dit Carla, nous cesserons d'être les indispensables sous-fifres de Perfect-NY. Tu imagines ? Nous serons nos propres patronnes ! Oui, nous serons aussi nos propres agents, nos propres assistantes, comptables et sans doute même agents d'entretien ! Mais ce n'est pas grave. »

Même la perspective de nettoyer les toilettes ne parvenait pas à ternir sa joie.

« C'est vrai, avait répondu Izzie. Ce n'est pas grave. »

En réalité, elle s'en moquait comme du reste. Elle était bien trop malheureuse pour se soucier de quoi que ce soit. Quitter New York signifiait s'éloigner de Joe. Avant, elle aurait crié de joie à l'idée de partir loin du bureau. A présent, à cause de Joe, l'idée même lui en était intolérable.

« Les prises de vue pour les catalogues sont très fatigantes, avait ajouté Carla. Dommage qu'on ne t'ait pas plutôt envoyée sur une séance de photos pour un magazine. Tu ne vas pas t'amuser, ma pauvre chérie ! »

Elle avait eu raison, se répéta Izzie. Elle était là, dans la chaleur du Nouveau-Mexique, à surveiller le travail de ses mannequins.

Réaliser les photos d'un catalogue était réellement épuisant. Cela représentait des heures de travail et des montagnes de vêtements, sans avoir le temps de peaufiner les prises de vue comme on le faisait pour les magazines. Dans la presse, on prenait facilement une journée pour six tenues au maximum. Mais, là, il fallait essayer de le faire en une matinée. Ce n'était possible qu'avec des mannequins très professionnels. La silencieuse gamine aux joues creuses et au regard observateur était une grande professionnelle.

Le matin même, Izzie l'avait vue présenter sept tenues différentes, pas moins ! Et, chaque fois, Tonya la silencieuse se transformait en souriante jeune fille américaine typique. Ce n'était qu'une fois la séance terminée qu'elle reprenait son visage d'adolescente normale. Izzie n'en finissait pas de s'étonner du sérieux de cette fille encore si jeune.

Mais à présent, c'était l'heure de la pause déjeuner ! Le photographe et ses deux assistants principaux buvaient du café en avalant à toute vitesse les plats du traiteur. Pendant ce temps, les assistants des assistants déplaçaient les réflecteurs de lumière et les lourds projecteurs.

Pas de déjeuner pour eux !

L'équipe de maquilleurs et les coiffeurs s'étaient assis dehors, offrant leurs orteils soignés au soleil filtré par les parasols. Ils échangeaient gaiement divers commérages sur leurs connaissances.

— Elle jure qu'elle n'a jamais eu recours à la chirurgie esthétique. Tu parles ! Ça se voit comme le nez au milieu de la figure. Si on lui remonte encore une fois le coin des yeux, elle pourra voir de côté sans bouger la tête ! Et le Botox ! Elle n'a jamais été du genre très souriant mais, maintenant, on dirait une poupée de cire.

— Même pas ! Avec les poupées, il y a au moins un moment de chaleur, non ? Quand on fait fondre la cire ?

— Arrête ! Tu vas me faire mourir de rire !

La déléguée de l'énorme service marketing de Zest était au téléphone avec quelqu'un de son bureau et parlait si fort qu'on était obligé de l'entendre.

— C'est génial, on est dans les temps ! On va pouvoir continuer toute la journée, la lumière est parfaite. D'après Ivan, on peut travailler encore au moins jusqu'à six heures. Demain, on monte au *pueblo*...

Un bourdonnement discret avertit Izzie d'un appel sur son portable. Elle fourragea quelques instants dans son cabas et le retrouva enfin. Elle aimait les grands sacs capables de contenir son agenda, sa trousse de maquillage, une paire de chaussures plates, des chewing-gums, des barres chocolatées en cas de petit creux, une bouteille d'eau, et un flacon de son parfum préféré, Acqua di Parma. Le revers de la médaille, c'était qu'il lui arrivait de brandir triomphalement par erreur un objet qui aurait mieux fait de rester au fond du sac.

La voix de Carla retentit à son oreille, aussi claire que si elle avait parlé depuis la pièce voisine et non pas depuis New York.

— Comment ça se passe ?

— Très bien, répondit Izzie d'un ton rassurant. Personne ne crie contre personne, personne n'a piqué de colère en menaçant de quitter le plateau, et les photos sont bonnes.

— Tu leur as jeté un sort pour que tout se passe bien, mon petit ? demanda Carla en riant.

— J'ai apporté mon chaudron, de la bave de crapaud et le sang d'une vierge !

Le rire de Carla réjouit Izzie.

— Tu auras du mal à trouver une vierge avec Ivan Meisner comme photographe !

La réputation d'Ivan le précédait. C'était peut-être un génie courtisé par des magazines aussi prestigieux que *Vogue*, mais ce génie ne s'étendait pas à sa personnalité.

A voir comment il caressait son téléobjectif en regardant les plus jeunes des mannequins, on comprenait qu'il s'estimait aussi admirable derrière son Hasselblad qu'au lit.

— Il louche sérieusement sur Tonya, répondit Izzie, mais ne t'inquiète pas. Je vais tout de suite y mettre bon ordre.

— Tu n'as personne pour filmer la scène ? J'aimerais bien voir sa tête quand tu en auras fini avec lui. N'importe quel magazine aimerait avoir des images d'Ivan avec un œil au beurre noir !

Ce fut au tour d'Izzie de se mettre à rire. Carla était une des rares personnes à savoir que, à quatorze ans, elle avait la réputation d'un garçon manqué au redoutable crochet du droit ! Elle n'avait aucunement envie que cela se sache. La violence n'était à la mode que pour des photos faussement réalistes prises devant des murs couverts de graffitis. Il n'en restait pas moins que le tempérament d'Izzie ne la portait pas à une tolérance mal placée.

« La grande Irlandaise sait se faire respecter », disaient certains en guise d'avertissement. Izzie n'avait peur de rien ni de personne. Malheureusement, cela faisait fuir certains hommes. Au moment de sa rencontre avec Joe, elle n'avait plus de fiancé depuis six mois. Cela ne la perturbait pas outre mesure : la vie continue, n'est-ce pas ?

— Carla, reprit Izzie en riant, aurais-tu envie de me voir boxer quelqu'un ?

— Je sais que tu peux le faire, après tous tes cours de kickboxing ! Une chose est sûre, personne n'est plus doué que toi pour fixer les gens d'un œil glacé en leur conseillant de ne pas te prendre pour une idiote.

N'empêche que je préférerais te voir écraser quelqu'un en vrai ! Juste pour le plaisir ! Izzie, s'il te plaît ? Je déteste voir Ivan tourner autour des gamines.

— Cette fois-ci, je te promets qu'il aura du mal. Qu'il essaie ! Puisque l'agence m'a expédiée à l'autre bout du pays pour m'assurer que tout se passe bien, je compte m'y employer de mon mieux. Et de ton côté, quoi de neuf ?

— C'est assez calme. Rosanna est en arrêt maladie et nous tournons donc avec une équipe réduite. Hier soir, Lola a repéré une Mexicaine absolument superbe dans le métro. Elle l'a photographiée et lui a donné sa carte. Pourtant, elle craint que la fille ne la rappelle pas, par peur des services de l'immigration, peut-être. Une fille éblouissante, d'après Lola. Très grande, avec une peau parfaite et des jambes fabuleuses.

— Pourvu qu'elle appelle !

Les agents étaient toujours sur le qui-vive, toujours en quête du prochain top model. Malgré la prolifération d'émissions de sélection de mannequins où défilaient des filles toutes plus belles les unes que les autres, il en restait beaucoup à découvrir. Dans ce métier, il n'y avait rien de pire que d'en croiser une qui refusait de croire au sérieux de votre proposition.

— Je l'espère aussi, reprit Carla. Lola est scotchée à son téléphone.

— Pas d'autres nouvelles ?

— Non, c'est réellement très calme. A quoi ressemble le type du marketing de Zest ? Il paraît qu'il est beau comme un dieu.

Izzie sourit. Carla avait encore répété, huit jours plus tôt, qu'elle ne s'intéresserait plus jamais à un homme.

— Il n'a pas pu venir, répondit-elle. Ils ont envoyé une femme à sa place.

— Dans ce cas, tu peux rattraper ton sommeil en retard !

Carla riait encore quand elle raccrocha.

Lorsque les prises de vue de la journée furent enfin terminées, l'équipe au complet s'installa au bar de l'hôtel pour se détendre. Ils avaient tous l'agréable sensation d'avoir bien travaillé mais ce n'était pas encore l'heure de faire la fête. Ce serait pour le lendemain, quand le catalogue serait bouclé, quand plus personne ne devrait se lever à l'aube et que les abus d'alcool ne poseraient aucun problème.

Par ailleurs, la femme du service marketing surveillait comme Izzie le bon déroulement des séances. Trop d'argent était en jeu pour se permettre de tout gâcher.

Izzie savait pertinemment ce qui se passait quand on se relâchait avant le travail fini. Il y avait toujours quelqu'un pour l'appeler à son bureau en hurlant que ses mannequins avaient fait la foire toute la nuit, qu'elles avaient été dans le cirage toute la journée, que l'équipe de maquillage avait dû faire des heures supplémentaires pour cacher leurs cernes, et que c'était un miracle si on avait pu prendre une seule photo compte tenu que la gueule de bois mettait tout le monde de mauvaise humeur !

La déléguée de Zest apparut, brandissant des menus qu'elle distribua comme une maîtresse d'école cherchant à étouffer dans l'œuf toute tentative de dissipation.

— Il y a aussi un buffet de salades, précisa-t-elle. Pour ceux qui veulent quelque chose de léger.

Des regards sombres lui répondirent, venus d'une rangée de gens maigres qui faisaient de leur mieux pour ne jamais manger quoi que ce soit de lourd. Donc, pas de mojitos, ce soir !

Ils finirent par passer les commandes en s'autorisant un peu de vin et, grâce au coiffeur qui avait les femmes autoritaires en horreur, des cocktails. « Mais un seul », avait décrété la déléguée de Zest. Après tout, c'était elle qui réglait les frais.

Comme Izzie l'avait prévu, Ivan ne fut pas long à se glisser sur la banquette où s'était installée Tonya, un cocktail à la main.

Sans hésiter, elle s'assit sur un tabouret en face d'eux. D'un seul mouvement, elle tapota le genou de Tonya d'un air protecteur et lança à Ivan un regard glacial. Cela faisait dix ans qu'elle avait affaire à ce genre d'hommes et elle savait parfaitement comment les empêcher de nuire.

— Comment va Sandrine ? lui demanda-t-elle de son ton le plus innocent.

Sandrine, la femme d'Ivan, faisait partie des rares mannequins à travailler après avoir dépassé l'âge fatal, et ce parce qu'elle avait été très vite classée en « top model ». Les mannequins « normaux » atteignaient la limite d'âge à vingt-cinq ans. Les tops réussissaient à travailler encore pendant dix ans si elles géraient leur carrière intelligemment.

Ivan ne parut pas saisir l'allusion d'Izzie. Il but une longue gorgée de sa margarita, détaillant Tonya pardessus le bord de son verre.

— Elle est à Paris, dit-il enfin. Elle pose pour *Marie Claire*.

Tonya, attendrissante, était très impressionnée. Izzie aurait aimé pouvoir expliquer à sa protégée que la réussite de Sandrine ne déteindrait pas sur elle par le biais de son mari. Coucher avec le mari d'un top model ne vous transformait pas en top model. Cela vous transformait en pauvre gourde dont on avait profité. De plus, on y gagnait une réputation déplorable.

Izzie fit une nouvelle tentative. Après tout, elle était l'agent de Tonya. Mieux valait éviter de lui rendre le photographe hostile. Il n'hésiterait pas à prendre de mauvaises photos, susceptibles de détruire sa carrière naissante et de la faire supprimer du catalogue. Quand la patronne d'Izzie lui avait demandé de veiller au bon déroulement de l'opération, elle ne pensait certainement pas à ce genre de gâchis.

Izzie se tourna donc vers Tonya avec un sourire naïf.

— Ivan est marié à Sandrine, dit-elle comme si la jeune fille ne l'avait pas compris. C'est une des plus belles femmes que je connaisse. Elle est très demandée et cela l'oblige à beaucoup voyager.

En comédienne consommée, Izzie prit ensuite un ton pensif.

— Cela doit être dur de se séparer quand on est mariés. Je suis sûre que Sandrine te manque beaucoup, Ivan, et que tu attends avec impatience le moment où tu pourras l'appeler. Quel est le décalage avec Paris ? Dix ou onze heures ?

Izzie n'aimait pas mentir. Son éducation catholique l'avait profondément marquée mais, dans le travail, elle avait acquis l'art consommé de la manipulation. Une question insidieuse ici, une allusion là, et le tour était joué !

Elle voyait le combat qui se livrait dans l'esprit d'Ivan entre l'excitation due à la tequila et sa suggestion de téléphoner à Sandrine. Finalement, cette dernière l'emporta et Ivan sortit son téléphone de sa poche. Soulagée, Izzie dissimula un petit sourire.

La cocaïne et la bêtise ambiante avaient profondément érodé les capacités intellectuelles d'Ivan mais il lui restait comme un réflexe de survie. Au fond de son cerveau, subsistait une information essentielle : Izzie connaissait presque tout le monde à l'agence de Sandrine. Le moindre écart de conduite risquait de parvenir aux oreilles de sa femme.

Tonya avait l'étoffe nécessaire pour devenir un mannequin de la classe de Sandrine. Pour cela, elle avait besoin d'être traitée avec beaucoup de gentillesse, de suivre une thérapie sérieuse et d'avoir un agent qui la protège des prédateurs dans le genre d'Ivan.

Izzie n'avait jamais compris comment Sandrine avait pu épouser cet homme. Les mannequins savent qu'elles attirent les photographes comme un pot de miel attire les mouches. Et, dans le milieu, tout le monde considère comme banal ce qu'on appelle les « aventures de tournage ». Tellement normal même que cela devrait figurer dans la promesse de mariage des mannequins. « Je promets de l'aimer, de l'honorer, de lui obéir et de regarder ailleurs si elle/il a une aventure de tournage au Maroc. » Toutefois, cela ne marche pas ainsi avec les top models. Une femme qui peut avoir n'importe quel homme n'accepte pas d'être trompée.

Quand Tonya se rendit aux toilettes, Izzie en profita pour prendre sa place à côté d'Ivan, coupant court aux manœuvres du photographe.

Le reste du groupe finit par les rejoindre, les serveurs apportèrent les commandes et le danger de voir Ivan s'isoler avec Tonya s'évanouit.

Ils avaient tous choisi des menus très simples et Ivan s'éloigna très rapidement avec son assistant. Sans doute pour boire quelques verres, pensa Izzie. Ils n'avaient pas besoin de paraître à leur avantage en se levant, eux.

Rassurée sur la suite de la soirée, elle osa enfin confier Tonya à ses congénères ainsi qu'à l'équipe de coiffure et de maquillage. Elle pouvait aller se coucher.

Sa chambre était très grande, décorée dans les ocres pâles typiques du Nouveau-Mexique, et donnait sur un charmant bassin entouré de bougeoirs en céramique. Toutes les bougies étaient allumées, clignotant comme autant d'étoiles. Izzie ouvrit la porte-fenêtre de sa petite terrasse et sortit pour profiter de la nuit. Mille parfums montaient du jardin.

La terrasse abritait deux chaises longues en bois, avec une table au plateau de carreaux bleus et jaunes. On y avait posé une bougie à la citronnelle pour écarter les monstrueux insectes volants qui remplissaient le silence de leur vrombissement. La femme de chambre avait pris soin de l'allumer plus tôt dans la soirée. Son odeur se mêlait à un puissant parfum de rose et à un autre, plus lointain, de cuisine à l'ail. L'ensemble était très romantique et donnait vraiment envie d'avoir quelqu'un avec qui partager ces moments. Même la baignoire de l'immense salle de bains était assez vaste pour deux ! Mais quand on était seule, c'était plutôt triste.

Izzie soupira et rentra dans sa chambre. Elle défit la ceinture de sa robe-chemise toute simple, se déshabilla et se laissa tomber sur le lit en s'efforçant de ne pas penser à tous les clients qui s'étaient écroulés de la même façon sur le dessus-de-lit en soie sauvage. Les hôtels étaient des lieux particulièrement dérangeants.

Combien de personnes se succédaient-elles dans la même chambre, y laissaient leur empreinte et leur transpiration, y faisaient l'amour ? Izzie soupira encore. Elle avait la tête lourde et se sentait très fatiguée. Fatiguée et au bord des larmes.

Elle vérifia encore une fois son téléphone. Toujours pas de message. La célèbre phrase d'Oscar Wilde lui vint à l'esprit : « Qu'on parle de vous, c'est affreux, mais il y a une chose pire, c'est qu'on n'en parle pas ! »

C'était la même chose pour les portables. On pouvait toujours pester contre eux, il valait mieux être appelé que l'inverse !

Elle fit glisser un de ses ongles sur le pourtour de l'écran, comme si cela pouvait faire apparaître un message, mais sans résultat. L'écran muet se moquait d'elle.

Il n'a pas appelé. Que fait-il, en ce moment ?

A quoi bon se conduire en femme avisée, subtile et raisonnable – toutes ces qualités qui avaient été si difficiles à acquérir – quand elle courait le risque de tout perdre à cause d'un homme marié…

Izzie ferma les yeux et se laissa envahir par l'angoisse, devenue si familière. Elle aimait Joe, elle l'aimait vraiment. Mais pourquoi était-ce aussi compliqué ? Elle aurait tant voulu que la situation soit enfin plus claire !

C'était la personnalité même de Joe qui rendait l'affaire compliquée. Il appartenait à l'élite de Wall Street. Spécialiste de la gestion d'actifs, il avait fondé une société d'investissement à capital fermé avec un ami. Lentement mais sûrement, il était en train de gagner son entrée au club des milliardaires. Cependant, derrière cette façade de battant, c'était avant tout un père de famille et c'était là que le bât blessait.

Joe avait grandi dans le Bronx, s'était marié à vingt et un ans, était devenu père à vingt-deux. Sa carrière avait rapidement pris un essor remarquable mais sa vie personnelle avait elle aussi très vite acquis un goût amer. Cela ne l'empêchait pas d'avoir trois fils qu'il aimait plus que tout et, si sa femme et lui menaient des vies séparées, ils tenaient à le dissimuler aux deux plus jeunes.

Quand Izzie pensait à Joe et à la situation où elle s'était mise en tombant amoureuse de lui, elle en avait la nausée. Elle savait qu'il était normal d'avoir un passé à leur âge, mais ce passé rendait leur histoire très difficile.

Rien d'étonnant à ce qu'elle en soit malade !

Elle sourit en se rappelant que tout avait commencé à cause d'une collègue souffrante, Emily Dos Santos, une des associées de l'agence. Emily, une carriériste invétérée, avait acheté un billet pour un déjeuner au Plaza, à vingt mille dollars la place. L'événement était organisé pour soutenir une fondation d'aide à l'enfance des quartiers défavorisés. Malheureusement pour elle, Emily était tombée malade, trop malade pour assister à ce déjeuner. Elle avait insisté pour que quelqu'un de l'agence la remplace.

« A ton avis, tous ces richards risqueraient-ils une crise cardiaque s'ils rencontraient en vrai un enfant des quartiers pauvres ? avait remarqué Carla quand la direction en avait informé le personnel.

— Carla, ne sois pas mesquine ! » avait répondu Izzie qui, étant la seule à ne pas avoir de rendez-vous à cette heure-là, avait été priée de rentrer se changer. Son jean et son sweat-shirt zippé Juicy Couture d'une belle teinte chocolat ne convenaient pas pour ce genre d'occasion, évidemment !

« Ils font cela pour rassembler des fonds. C'est ce qui compte, n'est-ce pas ? Rien ne les oblige à agir pour les autres. Ils pourraient se contenter d'ignorer le reste du monde et de s'acheter une babiole avec leurs vingt mille dollars.

— Naïve !

— Cynique ! » avait rétorqué Izzie en tirant la langue.

Comme elle était entre deux brushings, elle avait besoin d'un coup de peigne. Marcello, un de ses coiffeurs préférés, lui avait promis de s'occuper d'elle si elle ne lambinait pas.

Avant de passer chez le coiffeur, Izzie s'était précipitée chez elle pour se changer et s'était maquillée tant bien que mal dans le taxi qui la ramenait dans le centre.

« J'invoque l'esprit d'Audrey Hepburn, déclara Marcello en la voyant entrer.

— J'espère que ce sera une invocation express ! » répondit Izzie en se laissant tomber dans le fauteuil devant le miroir.

La vision de ses cheveux lui arracha une grimace navrée.

« Tu as raison », fit Marcello en soulevant une des mèches d'Izzie du bout de son peigne comme s'il n'osait pas les toucher à mains nues.

Marcello était né à Brooklyn, avait été très malheureux au lycée quand on lui avait interdit d'être la reine de la promo, et avait compensé en devenant une reine du drame quotidien pour le reste de sa vie.

« Oublions Audrey Hepburn, reprit-il. Je vois... une femme en train de chercher de quoi se nourrir dans une énorme poubelle. Cela fait un mois qu'elle ne s'est pas lavé les cheveux...

— Oui, oui, Marcello, tu me fais mourir de rire, tu devrais monter un spectacle ! Je dois partir dans vingt minutes pour être à l'heure au Plaza. Ne pourrais-tu imaginer Izzie Silver un peu plus présentable ? Pourquoi devrais-je ressembler à quelqu'un d'autre ?

— Question de style, mon chou ! soupira Marcello comme s'il devait lui expliquer encore une fois que la terre n'est pas plate. Personne ne veut ressembler à soi-même, voyons ! Beaucoup, beaucoup trop banal ! Pourquoi être soi quand on peut être quelqu'un de plus intéressant ?

— C'est cela qui ne tourne pas rond dans la mode. Aucun de nous n'est assez bien tel qu'il est. Nous devons avoir une autre odeur que la nôtre, porter les vêtements de quelqu'un d'autre et avoir l'air en tout de quelqu'un d'autre.

— Tu fais une cure de désintoxication ? murmura Marcello. Laisse-moi t'offrir un café bien fort, je t'en supplie, Izzie ! Par pitié ! Tu es beaucoup plus facile à coiffer quand tu as ta dose de caféine. La mode, c'est l'imagination au pouvoir ! »

Sur ces fortes paroles, il avait entrepris de vaporiser un produit poisseux sur les cheveux d'Izzie avec l'énergie d'un jardinier décidé à éradiquer une colonie de pucerons.

« Et voilà ! gémit Izzie. Encore un peu de la couche d'ozone qui s'en va !

— Qui s'intéresse à la couche d'ozone ? rétorqua-t-il sans cesser de vaporiser. Tu as vu Britney dans le dernier numéro de l'*Enquirer* ? »

Tandis qu'ils bavardaient, Izzie avait sagement avalé le café prescrit par Marcello qui, de son côté, se livrait à un tour de magie avec sa chevelure. Enfin, il avait pris le miroir.

« Cela te plaît ? »

Il avait transformé ses frisettes châtaines en un souple flot de boucles qui lui encadraient joliment le visage et l'adoucissaient. Il avait vite compris qu'une coiffure à la Audrey Hepburn n'aurait pas convenu et s'était plutôt inspiré de Marilyn.

« C'est formidable, Marcello. J'adore ! »

L'ambiance du Plaza était tellement éloignée de celle de son milieu que le flegme new-yorkais d'Izzie en avait été ébranlé. Elle avait dévoré l'assistance des yeux. Habituée au monde de la mode où l'on était toujours chic avec une base tee-shirt American Apparel rehaussée d'une belle pièce de chez McQueen, elle avait trouvé étrange de voir autant de tenues de grands créateurs à la fois.

Il régnait un mélange de richesse discrète – des vêtements, des bijoux, des accessoires coûteux si rares qu'il n'était nul besoin de marque pour savoir qu'ils valaient une fortune – et d'étalage typique des nouveaux riches. Chez ces derniers, rien n'était montré sans être dûment estampillé d'un nom célèbre, Tommy Hilfiger, Vuitton ou Fendi. Le nom de quelqu'un d'autre…

Les femmes portaient des diamants équivalant à une ou deux années du loyer d'Izzie. Difficile de ne pas être éblouie par tous ces carats ! Pourtant, rien dans l'expression d'Izzie ne permettait de savoir qu'elle remarquait tout.

Celle qui avait été la plus grande et la plus forte des pensionnaires du Sacré-Cœur de Tamarin avait appris à garder son calme, à toujours rester maîtresse d'elle-même. Izzie ne levait jamais le menton d'un air supérieur, elle n'en avait pas l'utilité. Tout dans son attitude clamait la confiance en soi, elle s'en drapait comme d'un manteau, affirmant qu'elle était heureuse, équilibrée et capable d'affronter le monde, quoi qu'il arrive.

Grâce à Marcello, elle était parfaitement coiffée. Sa robe portefeuille en soie mauve avait été dessinée par un nouveau créateur dont personne n'avait encore entendu parler mais qui possédait merveilleusement l'art de draper une étoffe sur des courbes féminines. Elle lui avait coûté une infime partie du prix de la moins chère des tenues des autres invitées mais elle n'en était pas moins superbe et lui allait parfaitement. Comme sa chère grand-mère Lily de Tamarin le lui disait toujours, la confiance en soi vaut tous les diamants du monde.

De toute façon, Izzie n'avait pas le moindre diamant à exhiber. Jamais un homme ne lui en avait offert et, d'une certaine manière, dans son esprit, le diamant était symbole de vie conjugale. Les hommes achètent un magnifique solitaire en guise de bague de fiançailles pour leur petite amie ou une alliance en diamant pour leur femme à la naissance de leurs enfants. Les grandes célibataires solidement charpentées portent des bijoux fantaisie qu'elles s'achètent elles-mêmes.

Pour l'occasion, Izzie arborait avec fierté ses bracelets d'inspiration vénitienne et ses pendants d'oreilles assortis. Et même si elle n'avait pas payé son entrée à vingt mille dollars, elle valait autant que n'importe qui !

Le grand salon de réception était d'une élégance parfaite et décoré dans des teintes ivoire : les nappes comme les housses nouées des chaises, les centres de table composés de roses d'un blanc nacré avec des nuages de gypsophile pour adoucir l'ensemble. C'était ravissant et très luxueux. Les économies n'étaient décidément pas à l'ordre du jour.

La table d'Izzie accueillait cinq autres femmes et deux hommes. Le premier, jeune et très beau, accompagnait une femme magnifique, très mince, au visage lisse démenti par un décolleté qui avouait une quarantaine mûrissante. Elle portait un collier d'émeraudes de toute beauté, un joyau d'une telle valeur qu'elle avait dû le sortir pour l'occasion du coffre où il dormait.

Le deuxième homme était d'une autre étoffe. La quarantaine, des yeux gris acier qui balayaient la pièce à la manière de ceux d'un faucon, des cheveux noirs coupés très court, un visage discrètement buriné qui n'aurait pas détonné sous un chapeau de cow-boy, il possédait une présence impressionnante. Même sans son luxueux costume Brioni, il n'y avait pas à s'y tromper : tout en lui révélait le pouvoir et l'argent.

Izzie savait parfaitement à quoi reconnaître ce type d'homme. S'il y avait eu une check-list du mâle dominant et à l'autorité sans appel, le convive en Brioni aurait pu cocher toutes les cases. Une élégance parfaite, une confiance en soi sans limites, un soupçon de dureté, il avait tout bon !

Pour compléter le portrait, une des invitées, qu'Izzie avait déjà vue dans les pages de potins mondains, flirtait avec lui comme s'il était le dernier homme sur terre. Les chasseuses professionnelles ne s'intéressaient qu'aux hommes vraiment riches et puissants.

Quant à la femme aux émeraudes, elle l'abreuvait de considérations sur les super-yachts. Izzie s'était machinalement demandé à quoi ressemblait un « super-yacht ». D'après les bribes de conversation qui lui parvenaient, ces palaces flottants exigeaient soixante membres d'équipage à plein temps et tenaient davantage du paquebot que du yacht. Elle avait un instant caressé l'idée de demander des précisions, pour le simple amusement de gripper la machine bien huilée des mondanités, mais avait sagement renoncé.

Tout au long du déjeuner, Izzie n'avait pu s'empêcher de lorgner le milliardaire du coin de l'œil. Elle l'avait catalogué dans les affairistes qui, après avoir gagné suffisamment d'argent, venaient se refaire une dignité dans des manifestations caritatives afin de gravir de nouveaux échelons. Dans ce cas, il s'agissait de quelques-uns des plus difficiles, ceux de l'échelle sociale new-yorkaise.

Izzie avait fait de son mieux pour dissimuler sa curiosité. Il ne fallait surtout pas qu'il s'aperçoive de quoi que ce soit, ç'aurait été très embarrassant. Mais comment s'empêcher de le regarder !

Bonjour, vous !

Elle ne l'avait pas dit mais l'avait pensé très fort. Cet homme courait dans une catégorie trop éloignée de la sienne, à tous les niveaux. Les nantis de son espèce cherchaient de jeunes beautés. Une New-Yorkaise normale et qui travaillait pour gagner sa vie n'avait aucune chance.

Quoique… il la regardait ! Izzie en eut des frissons.

« … je lui ai donc téléphoné, disait la voisine de gauche d'Izzie. Je lui ai dit que non mais, vous le savez, les hommes ne prennent jamais l'initiative… » Dénommée Linda, elle était blonde et, grâce à de multiples injections de Botox, paraissait dix ans de moins que ses cinquante ans. Elle avait lancé la conversation en déclarant à Izzie qu'elle adorait sa robe et ses bijoux avant d'enchaîner avec le récit de ses aventures sentimentales à Manhattan.

Tout en se racontant d'une voix sombre, elle jouait avec son entrée, poussant la salade de trévise et la feta sur le côté de son assiette, comme devait le faire une femme de son milieu.

Izzie avait fait un effort pour se détourner du fascinant milliardaire et reporter son attention sur sa voisine, tout en s'intéressant au steak de thon que l'on avait posé devant elle.

« Donc, vous allez sortir avec cet homme ? avait-elle demandé à Linda.

— Si on veut… Peut-on vraiment penser que l'on sort avec un homme s'il vous dit qu'il vous verra à une soirée où vous êtes, de toute façon, tous les deux invités ? »

Izzie avait retenu une grimace attristée. En définitive, les riches divorcées étaient des femmes comme les autres ! Elle avait décidé de lui parler comme à une amie, sans ambages.

« Non, pas vraiment… Cela ressemble plutôt à une promesse de sortir avec vous si rien de mieux ne se présente. Je dirais qu'il évite de s'engager, Linda.

— C'est ce que je pense, avait soupiré Linda. Je voudrais lui dire non mais il me plaît !

— Si vous lui plaisez aussi, tout ira bien, avait assuré Izzie. Mais évitez de trop vous attacher, il risquerait de jouer avec vos sentiments ! Linda, les hommes sentent à cent mètres les femmes prêtes à tout pour ne pas rester seules. Ils sont aussi doués pour ça que les chiens des douanes pour dénicher de la drogue. Essayez de vous dire que vous n'avez pas besoin de cet homme, cela augmentera vos chances avec lui ! Ainsi, au cas où il voudrait seulement s'amuser avec vous, vous ne vous serez pas compromise en exposant vos sentiments.

— Oui, je connais la chanson ! Je donnais aussi ce genre ce conseils quand j'avais votre âge. Mais je n'ai plus votre âge et je ne donne plus de conseils. Permettez-moi de vous faire une confidence, mon chou : quand on vieillit, on finit par être prête à tout. Les hommes le savent ? Tant pis ! De toute façon, croyez-vous qu'un seul d'entre eux l'ignore ? Cette ville regorge de femmes comme moi et ils savent exactement à quoi s'en tenir. Je ne veux pas rester seule. Pourquoi m'en cacherais-je ? »

Izzie, qui avait le cœur tendre, s'était sentie peinée pour sa voisine et avait pressé discrètement son bras osseux à force de minceur. Elle n'aurait pas cru rencontrer une aussi grande franchise dans ce genre de manifestation. Dans ce grand salon où il n'était question que de se donner en spectacle, il était étrange mais rafraîchissant d'écouter les aveux sans illusions de Linda.

Celle-ci avait posé ses couverts sur son assiette. Après avoir chipoté, elle n'avait rien avalé.

« J'ai l'air d'une affreuse geignarde !

— Non, avait répondu Izzie avec un gentil sourire. Vous êtes sincère, c'est différent. J'ai sans arrêt la même conversation avec mes amies. On a le choix entre rester seule pour toujours et s'y habituer ou prendre le premier avion à destination de l'Alaska. Il paraît qu'il y a plein de célibataires, là-bas, qui meurent d'envie de rencontrer des femmes libres ! »

Linda avait soupiré.

« Je me demande pourquoi ces hommes ne quittent pas l'Alaska pour New York.

— Peut-être parce qu'alors ils deviendraient des New-Yorkais et qu'on verrait soudain des top models se jeter à leurs pieds. Nous, les femmes normales, nous n'aurions plus aucune chance avec eux.

— Ne me parlez pas des mannequins ! »

Sa remarque avait fait rire Izzie.

« Je travaille avec des mannequins, à l'agence Perfect-NY. »

Linda l'avait considérée avec un nouveau respect.

« Et moi qui ose me plaindre de ma solitude quand vous êtes en compétition avec ça ! Même en prenant des tonnes d'antidépresseurs, je refuserais de travailler avec des mannequins.

— En réalité, ce ne sont que des gamines qui sont nées comme ça. Beaucoup sont aussi déboussolées que n'importe qui. Une silhouette parfaite ne garantit pas l'équilibre intérieur.

— Je supporterais un grand déséquilibre intérieur si mon extérieur ressemblait au leur, avait affirmé Linda avec ferveur. Pourtant, elles finissent par vieillir, elles aussi, tôt ou tard !

— Mais vous n'êtes pas vieille ! »

Linda lui avait lancé un regard pensif.

« Izzie, nous vivons dans une ville où, quand on approche de la cinquantaine, on est bonne pour le service de gériatrie. Oubliez la chirurgie esthétique et les injections de Botox : les hommes veulent la vraie jeunesse, avec de jolies petites fesses bien fermes et des hormones en pleine activité ! Même s'ils ne désirent pas d'enfants, ils veulent une femme capable de leur en faire un s'ils changeaient d'avis. Ils veulent des jeunesses, c'est tout. »

Elle avait prononcé ces derniers mots avec une telle amertume qu'Izzie n'avait su quoi répondre. Elle en avait eu l'appétit coupé, ce qui ne lui arrivait quasiment jamais.

On avait annoncé le défilé de mode et la vente aux enchères, et le brouhaha des conversations s'était tu. Les serveurs avaient silencieusement fini de débarrasser les tables, les haut-parleurs s'étaient mis à déverser de la musique techno d'inspiration africaine, et le spectacle avait commencé.

Une grande partie des mannequins avaient été gracieusement prêtées par Perfect-NY et Izzie les avait regardées défiler. En temps normal, elle y mettait toute son attention, étudiant leurs attitudes et leurs expressions pour savoir lesquelles étaient satisfaites, lesquelles s'ennuyaient, et quelles autres encore avaient les yeux trop brillants à cause d'un abus de champagne. Mais sa conversation avec Linda et ce qu'elle avait soigneusement caché la hantaient : elle avait très peur de rester seule, elle aussi.

Il y avait très longtemps qu'elle n'avait pas eu le courage de l'avouer à qui que ce soit, même pas à elle-même.

Tant qu'elle avait vécu à Tamarin, le mariage lui avait paru aller de soi. On rencontrait quelqu'un et on l'épousait, c'était simple. Tout se mettait en place tranquillement sans qu'on n'ait rien à faire pour cela.

Le hic, c'était qu'elle avait quitté Tamarin pour Londres et New York, des villes où la règle des rencontres ne s'appliquait pas. Alors que toutes ses camarades d'école avaient au moins un mariage à leur actif, elle n'avait jamais été fiancée. Trouver la bonne personne semblait aussi difficile que de ramener une navette spatiale à bon port. La « fenêtre météo » était incroyablement petite et, si on avait le malheur de la rater, on ne pouvait qu'espérer de toutes ses forces en découvrir une autre avant le crash final. Quand les hommes célibataires étaient tous casés, il fallait attendre la prochaine fournée, celle des divorcés de nouveau libres. Mais ce n'était pas gagné pour autant car ceux-là recherchaient des femmes plus jeunes. Et les femmes du même âge qu'eux restaient sur le carreau !

Tout en surveillant le défilé, Izzie avait songé à ses quarante ans, qu'elle fêterait en novembre. Elle faisait partie des Scorpions pleins de passion, comme le lui répétait souvent son amie Tish, une passionnée d'astrologie. Izzie et Tish avaient partagé un appartement, au deuxième étage d'un immeuble sans ascenseur, quand Izzie était arrivée à New York.

Elles travaillaient dans le même domaine – Tish était l'assistante d'un photographe de mode – et avaient toutes les deux émigré aux Etats-Unis dix ans plus tôt. Malgré les années, Tish n'avait rien perdu de son accent gallois mais s'était mariée et avait un petit garçon de six mois. Elle aurait bientôt quarante ans, elle aussi, mais Izzie abordait le tournant dans une situation très différente.

Toute à ses réflexions, Izzie n'avait pas remarqué la façon dont les participants avaient déplacé leurs chaises pour mieux voir le défilé. Or, dans le mouvement général, quand avait débuté la vente aux enchères, M. Costume Brioni était assis près d'elle. Izzie ne s'en était aperçue qu'au moment où elle avait fait tomber son programme. Se levant d'un mouvement souple, il l'avait ramassé et le lui avait rendu.

« Merci, avait-elle dit avec un petit sursaut.

— Oh ! Des ongles naturels, avait-il murmuré. Cela fait un agréable changement. »

Izzie n'utilisait jamais rien d'autre qu'un vernis incolore. Dans cette marée d'ongles manucurés soigneusement peints, ses mains presque nues se remarquaient très vite.

« Je ne suis pas une miss Bouclettes », avait-elle répondu distraitement.

Elle était encore trop émue par sa conversation avec Linda pour ressentir le même intérêt pour cet homme qu'au début. De toute façon, il y avait peu de chances pour qu'il l'ait remarquée, elle, une femme de son âge !

« Pardon ?

— Je disais que je ne suis pas une miss Bouclettes !

— Je ne parlais pas de vos cheveux. »

Il n'avait pas esquissé le moindre geste pour caresser les boucles châtaines délicatement illuminées de nuances miel, à prix d'or, toutes les six semaines. Mais son regard avait avoué qu'il y pensait très fort.

Pendant ce bref échange, Linda s'était éclipsée en direction des toilettes, libérant sa chaise. L'homme en Brioni s'y était glissé et l'avait approchée d'Izzie, si près qu'elle avait senti son souffle. Elle, qui était très grande, savait d'instinct si quelqu'un était plus grand qu'elle. C'était le cas.

« Joe Hansen, avait-il dit en lui tendant la main.

— Izzie Silver », avait-elle répondu machinalement.

Mais quand elle avait pris la main tendue, le contact de cette main virile et ferme lui avait fait courir un frisson dans tout le corps. Ce n'était pas parce qu'elle allait avoir quarante ans que le désir l'avait désertée ! De plus, à la façon dont il la regardait, elle avait conclu qu'il ne cherchait pas une jeunesse de vingt-cinq ans. C'était bien elle qu'il dévorait des yeux.

Il souriait aussi, d'un beau sourire sans artifice. Un sourire qui lui avait donné envie de lui arracher sa belle chemise, de l'embrasser avec avidité, de se blottir dans ses grands bras musclés et d'être couverte de baisers.

Des semaines plus tard, Izzie se souvenait encore parfaitement du moindre détail de cet instant.

« Alors, c'est quoi, cette miss Bouclettes ? » avait-il demandé.

Izzie avait fait un effort pour effacer de son esprit les visions torrides qui l'avaient distraite et lui sourire, non pas de sa petite grimace délurée de New-Yorkaise d'adoption mais de ce vrai grand sourire de fille de la campagne que sa famille connaissait bien.

« C'était ma meilleure amie, à l'école, qui appelait ce genre de filles une “miss Bouclettes”. Ne me demandez pas pourquoi ! Elle avait une façon bien à elle de jongler avec les mots. Pour elle, cela représentait une fille qui aime les rubans roses et les barrettes, qui se fait des yeux de Bambi et mange avant de dîner avec un homme pour ne pas lui donner l'image d'une ogresse affamée. »

Il l'avait détaillée de la tête aux pieds avant de dire :

« Je parie que vous n'êtes pas du tout ce style de fille. Non que je trouve quoi que ce soit à reprocher à quelqu'un qui a de l'appétit ! »

Le cœur d'Izzie avait battu plus fort. Joe n'avait pas l'air de faire allusion au genre d'appétit que l'on éprouve quand on a faim.

« J'apprécie un bon repas », avait-elle répondu d'un ton dégagé.

Elle n'avait pas l'intention de jouer avec lui. Après des années de flirt à Manhattan, elle savait très bien comment cela se passait. Le jeu, c'est le jeu. Mais cela, à moins de se tromper sur toute la ligne, c'était réel !

« Vraiment ? Quel est votre plat préféré ? Si c'était le dernier repas de votre vie ? »

Il s'était appuyé contre le dossier de la chaise de Linda avec décontraction, totalement oublieux des gens alentour. La vente aux enchères avait commencé. Une affreuse sculpture était mise à prix et les autres mâles dominants de l'assistance se battaient la poitrine comme des gorilles – ou presque ! – pour emporter l'enchère.

Joe ne s'y était pas intéressé. Toute son attention était concentrée sur Izzie qui, elle-même, ne pouvait détacher les yeux de ce visage viril, de ce regard gris acier qui lui donnait la sensation d'être la personne la plus importante de toute l'assemblée. Il ne pouvait quand même pas faire semblant ? Ou bien était-il capable de feindre la fascination ?

Izzie avait perçu le mouvement des autres femmes à leur table au fur et à mesure qu'elles s'apercevaient de ce qui se passait entre elle et Joe. Elle avait compris qu'il était temps de mettre un terme à ce rêve et de reprendre pied dans la réalité. Elle ne voulait pas qu'on les remarque. Le nom de Joe Hansen lui rappelait vaguement un souvenir de lecture mais une chose était sûre : c'était un très, très gros poisson alors qu'elle n'était qu'une minuscule crevette. Malgré tous ces excellents arguments, elle ne pouvait lui tourner le dos sans autre commentaire. Cela faisait longtemps qu'elle n'avait pas flirté ni ressenti l'attirance qu'elle éprouvait pour lui. Quelques minutes de plus ne pouvaient pas lui faire de tort. Elle devait répondre à sa question sur son dernier repas et, comme toujours quand elle se sentait nerveuse, elle s'en était tirée par une pirouette.

« Ce sera sans doute un cocktail de sirop pour la toux et d'antidouleur ! avait-elle rétorqué.

— Non, je ne parlais pas de votre dernier repas à l'hôpital. »

Un éclair amusé était passé dans ses yeux tandis qu'un discret sourire lui retroussait le coin des lèvres. Il sourit avec les yeux, avait pensé Izzie. C'est si rare !

« Bien ! Ce sera donc une truite pêchée dans la rivière derrière chez moi, en Irlande, avec de la roquette du jardin de ma grand-mère. Elle soutient que c'est un excellent remède contre la mauvaise humeur, que ça vous redonne du tonus. Et une tarte aux groseilles à maquereau avec de la crème.

— C'est ce que j'appelle de vraies nourritures. »

Le sourire dans ses yeux s'était fait encore plus chaud. Izzie en avait eu le souffle coupé.

« Je redoutais que vous réclamiez du caviar iranien de la provenance la plus rare ou un champagne d'un petit producteur qu'on ne trouve que dans les hôtels de luxe parisiens.

— C'est que vous ne me connaissez pas très bien ! »

Il ne devait pourtant pas y avoir grand-chose dont Joe Hansen s'étonnait, avait-elle songé. Elle avait eu la sensation d'avoir accompli un exploit, simplement en se montrant telle qu'elle était. En général, se montrer sous son vrai jour ne la menait à rien, avec les hommes. Quel plaisir d'en rencontrer un qui appréciait la vraie Izzie Silver, celle qui ne mettait pas de vernis rouge et qui allait avoir quarante ans !

« Cela me plairait, pourtant, avait-il repris. J'aimerais mieux vous connaître. »

Le ton triomphant du commissaire-priseur l'avait presque fait sursauter. « Adjugé à soixante-dix mille dollars ! » Izzie avait tourné la tête. A la table voisine, le roi du pétrole au gros visage rougeaud était devenu le fier propriétaire de l'œuvre. Pour elle, ce n'était qu'une boîte de vitesses compressée et éclaboussée de peinture jaune citron. Ça, de l'art ? Quelle horreur !

« Je vous ennuie, avait dit Joe à mi-voix.

— Pas du tout », avait répondu Izzie en rougissant.

Mais je ne rougis jamais ! avait-elle pensé avec désespoir. C'était digne des croqueuses d'hommes, une chose qu'elle détestait autant que rejeter ses cheveux en arrière d'un geste dégagé ou montrer le bout de sa langue en feignant de se lécher les lèvres. Ces bêtises ridicules faisaient pourtant craquer les hommes, les neurochirurgiens comme les chauffeurs de taxi. Comment les hommes pouvaient-ils être aussi stupides !

« Non, avait-elle ajouté précipitamment. Vous ne m'ennuyez pas du tout. »

En revanche, il la perturbait, mais elle ne pouvait pas le lui avouer. *Je ne suis pas sortie avec quelqu'un depuis six mois et j'ai renoncé aux hommes, de toute façon. Donc, vous ne m'ennuyez pas mais vous me faites affreusement peur parce que vous me plaisez !* Non, elle ne pouvait vraiment pas lui dire cela.

Elle s'était ensuite rendu compte qu'il lui parlait de nouveau. S'il s'apercevait qu'elle ne l'écoutait pas, distraite par ses propres réflexions, il la prendrait pour une femme instable.

« Tant mieux ! Je serais navré de vous ennuyer. »

Tu parles ! avait pensé Izzie en retenant un petit soupir.

La voix du commissaire-priseur avait à nouveau retenti dans les haut-parleurs. « Nous avons maintenant un portrait peint par une artiste légendaire, Pasha Nilanhi. Nous commençons à vingt mille dollars. Qui dit mieux ? » Un murmure d'appréciations convenues avait parcouru la salle. Izzie ignorait tout de Pasha Nilanhi mais, d'après les commentaires, elle était bien la seule. A moins que la plupart fissent semblant, pour ne pas passer pour des béotiens.

« Vous êtes amatrice d'art ? » avait-il demandé comme elle se tordait le cou pour voir le tableau que l'on faisait passer entre les tables.

Elle avait eu un sourire malicieux.

« Seulement dans les magazines ! Je vais vous confier un secret : je n'ai pas payé ma place. Je ne fais pas partie des dames collectionneuses d'art qui assistent aux déjeuners de gala. »

Il s'était approché tout près, si bien qu'elle avait instinctivement penché la tête vers lui pour écouter sa réponse.

« Moi aussi, j'ai un secret ! Je l'avais compris tout seul et c'est pour cela que j'ai eu envie de vous parler. »

Izzie avait senti de nouveau son cœur faire un bond.

« Vous voulez dire que je détonne affreusement ? avait-elle rétorqué d'un ton badin.

— Oui, et d'une façon qui me plaît beaucoup ! Vous vous êtes trahie en mangeant votre entrée. »

Izzie avait éclaté d'un rire irrépressible.

« Ma voracité m'a perdue ! Je suis confuse.

— Non, ce n'est pas de la voracité, avait-il protesté. Moi aussi, j'ai mangé mon entrée.

— Mais vous êtes un homme. Si les hommes mangent, cela leur donne l'air viril. Dans notre univers tordu, les femmes ne sont pas censées manger.

— Sauf vous !

— C'est vrai, sauf moi, avait-elle soupiré.

— Tant mieux, parce que je voulais vous demander de déjeuner avec moi. Ce serait sans intérêt, évidemment, si vous ne mangiez rien. Et si un déjeuner ne vous convient pas, nous pourrions dîner ensemble ? »

Izzie avait retenu un cri de joie. Cet homme, ce modèle d'élégance, l'avait amenée là où il le voulait aussi sûrement que s'il l'avait mise en cage. Il pouvait porter un costume ruineux, il n'en restait pas moins un chasseur, un prédateur, un mâle dominant.

Or, il fallait être folle pour croire que l'on peut jouer impunément avec un mâle dominant. Ces hommes savent ce qu'ils veulent et font tout pour parvenir à leurs fins. Izzie n'avait pas envie de souffrir.

Pour se donner le temps de reprendre ses esprits, elle s'était mise à jouer avec son verre, le faisant lentement tourner. La table ne ressemblait plus à rien. Les menus gisaient sur la nappe, les cartons étaient froissés, et les serviettes négligemment abandonnées à côté des tasses à café et des petits-fours auxquels personne n'avait touché, bien entendu !

Toute cette histoire serait bientôt terminée et elle devrait retourner au travail, retourner à sa vie quotidienne où nul millionnaire ne faisait le joli cœur avec elle.

Il fallait voir la réalité en face ! Izzie vivait dans un minuscule appartement avec une pomme de douche qui fuyait et des moisissures sous l'évier. Elle avait un découvert de mille deux cents dollars, grâce à d'irrésistibles chaussures à plateformes Christian Louboutin et à un pantalon Stella McCartney. S'était-il mépris sur son compte, aveuglé par le brillant de son monde habituel ?

Izzie avait pensé brièvement à la réaction de ses amis s'ils apprenaient qu'elle flirtait avec Joe Hansen et elle avait frémi. Elle n'avait jamais désiré devenir un accessoire décoratif au bras d'un milliardaire.

« Tout est possible, avait-elle enfin répondu du même ton qu'avec les mannequins désespérés qui l'appelaient en se plaignant de ne pas avoir obtenu un contrat qu'elles étaient certaines de décrocher. Tout est possible, mais peut-être pas probable.

— Pourquoi ça ? »

Izzie avait choisi ses mots avec soin.

« Bien que je ne vous connaisse pas depuis très longtemps, monsieur Hansen, j'ai tendance à croire que nous vivons dans des mondes très différents.

— Comment est le vôtre ?

— Je suis agent dans une agence de mannequins, avait-elle répondu brièvement.

— En quoi est-ce si différent de mon propre monde ? »

Izzie avait levé les mains dans un geste découragé.

« Bien ! Je vais vous poser trois questions et, si vous répondez oui au moins à l'une d'entre elles, vous reconnaîtrez que j'ai raison. D'accord ?

— D'accord, avait-il répondu avec un regard amusé.

— Si vous avez pris l'avion au cours des douze derniers mois, l'avez-vous fait sur un vol non commercial ? »

Elle lui avait souri et il lui avait rendu son sourire.

« Oui. »

Izzie avait levé un doigt. Il fallait gagner plus qu'un salaire d'ouvrier pour voyager dans un jet privé.

« Y avait-il au moins trois zéros sur le chèque que vous avez remis à titre de contribution à l'œuvre de la fondation organisatrice de ce déjeuner ? »

Cette fois, il s'était mis à rire.

« Vous êtes futée !

— Je dois prendre cela pour un oui ?

— Oui. »

Elle avait levé un deuxième doigt.

« Deux oui, déjà ! »

Un peu plus tôt, elle avait vu l'un des organisateurs qui faisaient le tour des tables s'arrêter devant Joe. A ses courbettes, elle avait compris qu'un chèque d'au moins cent mille dollars avait été rédigé à l'ordre de la fondation.

« Dernière question ! Possédez-vous une résidence secondaire sur la côte Est, dans les Hampton, du côté de Westchester ou de n'importe quelle autre localité fréquentée par des gens en Ralph Lauren ? »

Il avait fermé les yeux et s'était frotté la mâchoire. Une ombre de barbe, déjà visible sur sa joue rasée, le rendait encore plus viril. Qu'il était sexy ! s'était dit Izzie. Les hommes trop doux l'inquiétaient et celui-là, qui était leur opposé, lui plaisait beaucoup…

« Vous m'avez eu, avait-il enfin admis, mais je ne vois rien dans tout cela qui nous interdise d'être amis. »

Izzie l'avait gratifié d'un regard sans appel, les paupières à demi fermées, ce regard qui voulait dire : Vous me prenez pour une gourde ?

« Je ne suis pas très doué pour ce genre de choses, avait-il reconnu avec une moue où se mêlaient le regret et l'amusement.

— Je pense au contraire que vous êtes très fort ! C'est plutôt moi qui manque de pratique.

— J'ai du mal à le croire.

— Pourtant, c'est la vérité, monsieur Hansen. Je viens d'avoir une conversation très déprimante avec ma voisine de table, celle dont vous occupez la chaise. A New York, quand une femme commence à vieillir, chaque année compte pour dix. Dès la quarantaine, nous dévalons la pente qui mène au troisième âge. C'est le temps des ceintures élastiques et des croisières pour seniors où l'on prend dix kilos en s'empiffrant au buffet. En résumé : je suis hors course en ce qui concerne les hommes. »

A peine avait-elle prononcé ces paroles qu'elle les avait regrettées, mais tant pis ! Elle n'avait aucune envie qu'un homme se joue d'elle. Joe était sans doute en train de s'amuser en attendant de trouver une meilleure proie.

« Vous ne faites vraiment pas vos quarante ans. Et, j'insiste, je ne suis pas très bon dans ce genre de conversation. Moi aussi, je manque de pratique. J'ai été marié pendant longtemps et ma femme et moi, nous sommes… nous sommes séparés. »

Il avait prononcé ces derniers mots avec lenteur, comme s'il avait du mal à s'y habituer.

« J'en suis navrée. »

Il avait discrètement haussé les épaules.

« Merci, mais cela menaçait d'arriver depuis longtemps. Nous nous sommes mariés très jeunes. Nous avons essayé pendant des années de rester ensemble mais cela n'a pas marché.

— Si je comprends bien, vous êtes à la recherche de votre deuxième femme ? Parce que votre voisine de table semblait intéressée par le rôle.

— Muffy ? Elle est gentille mais ce n'est pas mon genre. »

Gentille ? Muffy ? Aussi douce qu'un serpent à sonnette, avait pensé Izzie sans faire de commentaire. Elle avait néanmoins apprécié que Joe se soit abstenu de toute remarque désobligeante à l'égard de sa voisine.

« Ecoutez, avait-il dit comme s'il se jetait à l'eau. Normalement, je ne fais pas ça. La dernière fois… La dernière fois, c'était il y a plus de vingt ans. »

Il avait posé la main sur le bras nu d'Izzie qui avait eu du mal à retenir un gémissement. Que lui arrivait-il donc ?

« Je prends des risques en affaires, des risques calculés. J'essaie de devancer systématiquement l'évolution des marchés à l'aide des mathématiques. Parfois, je prends des paris à long terme, mais c'est rare. J'ai la réputation d'un homme correct, qui dit ce qu'il pense. Je ne me suis jamais assis à côté d'une inconnue à un déjeuner de charité en ressentant ce que je ressens. Et je ne me suis jamais conduit ainsi. Pour ce que j'en sais, vous allez peut-être vous empresser d'appeler la rubrique mondaine de tous les journaux de la ville pour clamer que Joe Hansen perd la tête mais, pour une fois, je m'en moque. J'ai trop besoin d'exprimer mes sentiments. »

Un grand silence avait suivi sa déclaration. Il n'avait toujours pas ôté sa main du bras d'Izzie, sa main brûlante sur son bras brûlant.

« Vous êtes fou ! »

Bouleversée, Izzie n'avait rien trouvé d'autre à dire.

Leurs regards s'étaient longuement croisés et il n'avait rompu le contact que pour prendre dans sa poche de poitrine un tout petit téléphone qui vibrait. Laissant échapper un juron, il avait rapidement lu le message.

« Je dois absolument m'en aller. Puis-je vous déposer quelque part ?

— Il faut que je retourne au travail, moi aussi, avait-elle dit avec une sensation d'irréalité. Mais l'agence est tout près de Houston Street, ce n'est peut-être pas sur votre chemin…

— J'ai le temps ! »

Un instant plus tard, ils étaient sortis ensemble, sans dire au revoir à personne. La vente aux enchères s'était poursuivie sans eux. Tandis qu'ils se dirigeaient vers le hall du Plaza puis vers la rue, Joe avait passé un appel téléphonique et, quand ils avaient atteint le trottoir, une limousine noire les attendait. Izzie s'était installée dans le siège de cuir beige avec un sourire amusé.

« J'ai vécu dans des appartements plus petits que votre voiture !

— Je connais le propriétaire. On pourrait s'arranger ! »

Elle s'était assise aussi loin de lui que possible, cherchant à prendre l'air d'une femme habituée aux voitures de luxe.

« Maintenant, madame Silver, vous savez tout de moi mais je ne sais rien de vous. Que faites-vous ? »

Izzie lui avait débité son petit discours habituel. En général, les femmes s'intéressaient à l'univers de la mode et reconnaissaient l'envie de travailler avec les plus belles femmes du monde. Chez les hommes, il y avait deux possibilités. Ou bien cela les ennuyait ou bien ils se faisaient tout sourire et cherchaient à savoir, avec plus ou moins de subtilité, si son agence travaillait avec l'un ou l'autre des mannequins de chez Victoria's Secret.

Joe Hansen n'avait rien fait de tout cela.

Il lui avait posé différentes questions au sujet de l'agence et des problèmes spécifiques d'un domaine où le fonds de commerce était constitué d'êtres humains. Tandis que la voiture roulait, les vitres teintées isolant ses passagers du spectacle de la pluie, Izzie s'était lancée dans des explications passionnées sur les failles de son activité.

Elle avait oublié tout le reste, tant elle avait besoin de faire comprendre à cet homme-là précisément à quel point elle souffrait de voir de très jeunes filles se détruire parce que la sacro-sainte mode exigeait des gamines décharnées.

« Officiellement, les gens du milieu clament que ce n'est pas notre faute si la mode est au look rexy... »

Devant l'étonnement de Joe, elle s'était empressée de préciser que « rexy » était une combinaison de sexy et anorexie.

« Mais, bien sûr, c'est l'ensemble du secteur qui est responsable. Il faut être réaliste ! Une fille de quatorze ans qui voit une beauté maigre, cheveux au vent dans toutes les publicités télévisées et à chaque page de magazine, finit toujours par la prendre comme modèle, même si ça lui est physiquement impossible. Et voilà comment elles deviennent anorexiques ou boulimiques.

— Je suis heureux d'avoir des garçons ! »

Izzie avait repris ses esprits à la vitesse de l'éclair.

« Des garçons ? Quel âge ont-ils ? »

Evidemment, il avait des enfants ! S'il était marié depuis longtemps, cela impliquait l'existence d'enfants.

« Vingt-trois, quatorze et douze ans, avait-il répondu d'une voix pleine de tendresse. Tom, l'aîné, est en France pour améliorer son français. J'ai tendance à croire qu'il améliore aussi ses relations avec les filles ! Ensuite, il y a Matt. Je sais que cela fait beaucoup d'écart. Matt est passionné de musique. Il ne fait que travailler son doigté et se soucie comme d'une guigne de ses devoirs de maths. Cela ne manque pas d'ironie quand on sait que c'est grâce aux mathématiques que j'ai gagné de l'argent. Josh, le dernier, est plus axé sur les livres. Cette année, il y avait des cours libres de japonais, dans son école. Il s'y est tout de suite inscrit, fit-il avec une voix empreinte de fierté. Tom dit toujours que son petit frère est fou ! Ah ! Les enfants… »

Izzie lui avait tendu une perche.

« Et ils vivent avec…

— Avec nous. Nous habitons toujours dans la même maison, le temps de mettre de l'ordre dans notre situation. Notre séparation est effective depuis longtemps mais nous ne l'avons que récemment officialisée. Nous avons une très grande maison et nous voulions trouver la meilleure solution pour les garçons. Nous ne voulions pas de ces histoires où le père doit s'en aller. C'est trop tôt.

— Ah ! »

Il était temps de reprendre ses distances. Même si cet homme était l'homme de ses rêves, elle ne voulait pas se trouver mêlée à une sordide histoire de séparation et de divorce. Elle refusait de jouer le rôle de seconde chance. Un homme qui divorce après une si longue union risquait d'avoir envie de nombreuses secondes chances !

L'immeuble de bureaux où se trouvait Perfect-NY était apparu et Izzie s'était penchée vers le chauffeur.

« C'est ici. »

La voiture s'était arrêtée et Joe avait posé la main sur la poignée de la portière.

« Voulez-vous déjeuner avec moi, un de ces jours ?

— Vous êtes toujours marié ! En ce qui me concerne, c'est une barrière. Je sais comment cela se termine et je n'ai pas l'intention d'en faire l'expérience.

— Juste un déjeuner ! »

Le gris acier de ses yeux s'était soudain adouci, avait remarqué Izzie tandis qu'une nouvelle vague de désir l'envahissait. Elle devait s'avouer n'avoir jamais rien ressenti d'aussi puissant dans toute sa vie, mais à quoi bon ? Il ne pouvait rien y avoir entre eux que de l'amitié. Ils n'avaient pas d'avenir commun. Et si elle ne s'en tenait pas là, elle était la plus stupide des femmes !

« Attendez, avait dit Joe au chauffeur. Je raccompagne Mme Silver.

— Comme vous voulez, monsieur Hansen. »

Comme vous voulez, monsieur Hansen, avait répété Izzie en elle-même, vaincue. Comment lutter contre une aussi violente attirance ? Juste un déjeuner de rien du tout… Quel mal y avait-il à cela ?

2

Les bords de la photo en noir et blanc étaient déchirés et l'image un peu passée mais la vie en rayonnait avec la même intensité que si on l'avait prise à l'instant, et non pas soixante-dix ans plus tôt.

Quatre femmes et cinq hommes se tenaient debout devant une cheminée monumentale, en tenue de soirée à la mode des années trente. Les femmes aux coiffures crantées affichaient une expression languide et leurs robes s'étalaient en corolles soyeuses autour de leurs pieds. Les hommes, en smoking, l'air sévère et la moustache généreuse, avaient la posture d'hommes habitués à être obéis. L'un d'eux, vraisemblablement le plus âgé, portait un gros cigare à ses lèvres ; un autre tendait son verre en cristal vers l'objectif, un pied nonchalamment posé sur un petit siège de cheminée. Il offrait l'image parfaite du gentleman qui se détend.

A côté du groupe, deux guéridons anciens sur lesquels étaient disposés des bouquets et des photographies dans des cadres en argent. Au premier plan, une peau de tigre négligemment jetée à terre. Toute la scène évoquait l'argent, la haute société et les privilèges.

Jodi Beckett avait presque l'impression d'entendre un gramophone avec un disque qui grattait, jouant la musique envoûtante d'un Ivor Novello ou du Kit Kat Band.

Au dos du cliché, on avait écrit d'une encre noire à présent pâlie : *Anniversaire de lady Irene, Rathnaree, septembre 1936.*

Jodi se demanda laquelle des quatre femmes était lady Irene. Etait-ce l'une des deux blondes ou celle qui portait un diadème incrusté de pierres précieuses dans ses boucles noires et mousseuses ? Cela lui donnait l'air d'une danseuse exotique.

La photo avait été glissée dans un exemplaire du *Mouron rouge* de la baronne Orczy, sans doute des dizaines d'années plus tôt. Jodi aurait pu ne jamais la trouver. Un matin où son ordinateur s'était bloqué pour la troisième fois, elle s'était tellement énervée qu'elle avait préféré sortir. Cela faisait deux mois qu'ils vivaient à Tamarin, Dan et elle, mais elle ne se sentait toujours pas chez elle dans leur petit cottage. Une pluie persistante lui avait ôté toute envie de marcher quand elle s'était souvenue de la bibliothèque, au bout de sa rue.

Elle avait passé des journées entières à la bibliothèque universitaire à l'époque où elle faisait ses études, chez elle, à Brisbane, mais au cours des dernières années elle avait cessé de fréquenter ces endroits. Alors qu'elle passait tous les jours devant celle de Tamarin en allant faire ses courses, elle n'en avait jamais poussé la porte.

Ce matin-là, en colère contre son ordinateur, elle dévala Delaney Street, tête baissée contre la pluie cinglante, et entra dans la bibliothèque comme on se réfugie au port. Il n'y avait personne, sauf un homme âgé, plongé dans les journaux du jour, et la bibliothécaire, une jeune femme d'une vingtaine d'années. Elle avait un visage intelligent, des cheveux teints en noir ébène, un anneau de nez et du rouge à lèvres mauve assorti à son pull en angora tricoté main. Le silence régnait dans le bâtiment et apaisa Jodi aussi sûrement qu'une musique zen.

Une heure s'écoula dans ce calme tandis qu'elle flânait d'étagère en étagère, déchiffrant les titres des livres les uns après les autres, souriant devant ceux qu'elle avait aimés et se promettant d'emprunter ceux qu'elle n'avait pas lus.

Quand la photographie jaunie tomba des pages du *Mouron rouge*, elle sentit la passion de savoir l'envahir, cette passion qu'elle avait connue en ce lointain été où, étudiante, elle était allée faire un chantier de fouilles archéologiques en Turquie.

L'archéologie n'était pourtant pas faite pour elle : elle aimait l'histoire mais n'appréciait guère ces longues heures passées à creuser dans la boue ou la poussière. Or, cette photo lui procurait ce même frisson de la découverte. Elle avait trouvé quelque chose que personne n'avait vu depuis des dizaines d'années. Il y avait là un mystère à éclaircir.

La bibliothécaire fut ravie quand Jodi lui demanda des renseignements et lui expliqua que Rathnaree était la demeure des aristocrates locaux.

— Elle appartient à la famille Lochraven dont lord Lochraven de Tamarin était à la tête. Cela sonne bien, n'est-ce pas ? La maison a toujours de l'allure même si elle est en mauvais état. Cela fait des années que plus personne n'y habite. En fait, ajouta-t-elle après un instant de réflexion, je ne me souviens pas d'y avoir jamais vu qui que ce soit.

— Existe-t-il des ouvrages sur la maison ou les Lochraven ?

— Non, pas un seul, et c'est assez étrange. Les Lochraven ont vécu ici au moins deux siècles. On devrait donc avoir de la documentation sur leur histoire.

Jodi ressentit avec plus de force encore l'appel du mystère.

— Je sais que cette photo appartient à la bibliothèque, dit-elle, mais pourrais-je en faire une copie ? Je suis écrivain.

Techniquement, c'était la vérité, même si elle n'avait rien publié depuis sa thèse sur les poètes américains du XIXe siècle. Toutefois, elle travaillait depuis sept ans pour des éditeurs comme préparatrice de copie.

— J'ai très envie de faire quelques recherches sur Rathnaree, voir la demeure, recueillir les souvenirs des gens sur la famille et écrire un livre à ce sujet.

Voilà, c'était dit ! Dan l'encourageait sans cesse à reprendre la plume mais Jodi se demandait si elle avait l'imagination nécessaire pour écrire des livres de fiction et, jusqu'à ce jour, n'avait trouvé aucune idée de non-fiction.

La bibliothécaire réagit avec enthousiasme.

— Un livre sur Rathnaree ? Quelle excellente idée ! Il y a un guide de la ville où l'on trouve quelques informations à ce sujet, mais c'est tout. Attendez ! Je vais vous le chercher. Vous allez adorer la maison. Elle est magnifique. Ce serait le rêve de vivre dans un pareil château !

La copie de la photo était posée à côté de Jodi, sur le siège passager de sa voiture, avec le petit guide du coin où était reproduite une autre photo de Rathnaree, datant des années cinquante. Jodi tourna dans l'avenue qui menait à Rathnaree, maudissant à la fois la mauvaise suspension de sa voiture et l'état lamentable de la chaussée. En réalité « avenue » était un grand mot, se dit-elle. Même si des hêtres centenaires la bordaient de chaque côté pendant près de deux kilomètres, il s'agissait d'un simple chemin de campagne.

Elle prit un dernier tournant, dépassa un énorme buisson d'azalées corail et, soudain, la maison lui apparut. Spontanément, elle freina en faisant jaillir des graviers sous ses roues.

— Je n'y crois pas ! s'écria-t-elle, les yeux écarquillés.

La photographie floue en noir et blanc du guide de Tamarin ne rendait pas justice à la demeure. Niché au milieu de son parc, un mélange de hauts arbres, de haies qui auraient eu besoin d'une bonne taille et de rosiers grimpants envahissants, se dressait ce que le guide présentait comme « un parfait exemple d'architecture palladienne de l'époque victorienne ». En réalité, une demeure grise aux lignes élégantes avec ces gracieuses arcades et ces colonnes de pierre typiques du style de Palladio ainsi que de grandes fenêtres symétriques ouvrant sur une vaste pelouse constellée de pâquerettes et de pissenlits.

A l'arrière de la maison s'étendaient des écuries, des communs, une serre victorienne à sa droite et, à sa gauche, les murs couverts de lichen du potager. D'impressionnants piédestaux en pierre surmontés de jardinières emplies d'herbes folles marquaient l'entrée d'un jardin de plantes aromatiques. Les bordures basses en buis dessinaient un motif de broderie mais le buis comme le romarin et la lavande avaient amplement débordé du dessin original et mélangeaient leurs parfums.

Elles n'étaient plus là, les élégantes en robe longue et chapeau savamment garni de fleurs, ni leurs compagnons sérieux à la moustache bien peignée, ni les belles voitures au capot brillant. Rathnaree, dans cette version dégradée de l'élégante demeure montrée par les photographies, conservait son incomparable noblesse.

Il fallait une armée de domestiques, pensa Jodi, pour entretenir une pareille maison. Et aussi posséder de nombreux hectares de terres rentables pour en assumer la charge.

A Rathnaree, on entrait dans un autre monde, celui de l'époque où Tamarin n'était encore que le village où la puissante famille Lochraven expédiait ses domestiques en quête de ce qui satisferait ses désirs. A présent, Tamarin grouillait d'activité tandis que Rathnaree dormait. Les Lochraven s'étaient éteints depuis longtemps. Il ne restait que le propriétaire du domaine, un lointain cousin de la famille qui n'y avait jamais mis les pieds, ainsi que la bibliothécaire l'avait expliqué à Jodi.

« Rathnaree est la version anglicisée du nom. En réalité, cela s'appelle *Rath na ri*, ce qui signifie le fort du roi en gaélique, avait-elle poursuivi. J'ai quasiment oublié tous mes cours de gaélique mais ce détail nous a été répété mille fois ! J'ai eu un professeur d'histoire qui s'intéressait beaucoup aux Lochraven. Sa mère avait assisté à plusieurs reprises au bal des chasseurs à Rathnaree dans les années trente. C'était très formel. Il y avait un majordome et les femmes portaient toutes gants et robes longues. Vous imaginez un peu ! J'adore ce genre de robes mais je n'aimerais pas devoir porter des gants qui montent jusqu'au coude. Voulez-vous que je vous dessine le plan pour s'y rendre ?

— Non, avait répondu Jodi, je sais à peu près où cela se trouve. Cela fait deux mois que je vis ici.

— Vraiment ? Où habitez-vous ? »

La bibliothécaire s'était penchée par-dessus son bureau avec une curiosité amicale.

Jodi avait déjà souvent dû expliquer comment elle était arrivée à Tamarin mais le répéta encore une fois.

« Avant, nous étions à Dublin, mon mari et moi. »

A Tamarin, tout le monde se connaissait, et quand on était nouveau venu, on ne passait pas inaperçu. C'était très différent de ce que Jodi avait vécu à Clontarf, où ils avaient vécu deux ans. Là-bas, on ne connaissait ses voisins que par le bruit qu'ils faisaient. On entendait tout, d'un appartement à l'autre. Les cloisons étaient comme du papier. D'un côté, il y avait ceux qui hurlaient en faisant l'amour, de l'autre les accros à la série *Les Experts* qui passaient des soirées entières devant leur téléviseur numérique, le son à plein volume. Les voisins profitaient ainsi du moindre détail de chaque autopsie. Malgré cela, ni Jodi ni Dan n'auraient reconnu un seul de leurs voisins.

Ils avaient quitté leur appartement pour un cottage aux murs inégaux dans Delaney Street avec une cour minuscule, enclose d'un muret chaulé, faisant office de jardin. Dans la semaine qui avait suivi leur arrivée, ils avaient été invités à dîner par les gens des deux maisons voisines tandis que ceux d'en face leur offraient un chaton roux. Le facteur les appelait par leur prénom et ils faisaient de même. A Dublin, ils n'avaient jamais vu leur facteur.

« Mon mari, Dan, travaille au collège St Killian, c'est le nouveau directeur adjoint…

— Oh ! M. Beckett ? s'était exclamée la bibliothécaire avec enthousiasme. Ma petite sœur est en dernière année. Maintenant, je sais qui vous êtes ! Vous êtes australienne, n'est-ce pas ? »

La question avait fait rire Jodi.

« Le téléphone aborigène fonctionne bien, ici !

— Mieux que l'Internet haut débit, avait répondu son interlocutrice sur le même ton.

— A qui le dites-vous ! Je travaille pour un éditeur et je deviens folle à essayer de me connecter. D'après l'installateur, c'est parce que notre rue se trouve en bout de ligne mais ça n'a pas de sens.

— N'y faites pas attention, c'est ce qu'il dit à tout le monde ! »

Un groupe d'élèves et leur professeur étaient entrés à cet instant. Ils cherchaient de la documentation sur les débuts de l'âge du bronze et la bibliothécaire, avec un sourire d'excuse à l'intention de Jodi, avait dû s'occuper d'eux. Jodi l'avait remerciée d'un sourire et d'un geste de la main avant de s'en aller. Elle était rentrée chez elle avec sa précieuse photographie et, le soir, une fois Dan de retour, elle lui avait parlé de son idée.

Assis à la table de leur cuisine miniature, il avait soigneusement étudié la photographie.

« Tu veux écrire un livre au sujet de cette famille, donc ? Cela me semble une bonne idée. Je te dis toujours que tu devrais écrire !

— Oui, mais aucun sujet ne m'avait jamais donné envie de le faire, jusqu'à aujourd'hui. »

Elle était allée s'asseoir sur les genoux de Dan qui l'avait serrée contre lui comme il aimait le faire.

« Excuse-moi, pour tout à l'heure ! » avait-elle dit.

Quand son ordinateur s'était bloqué pour la troisième fois, elle lui avait téléphoné en criant qu'elle en avait assez de cette fichue ville. C'était parfait pour lui qui avait un bureau à l'extérieur et des gens à voir mais, pour elle, ce n'était pas une vie !

« Ne t'en fais pas, je sais que c'est difficile pour toi. Je t'aime, ma grande sotte ! »

Et, à l'appui de ses paroles, il l'avait embrassée dans le cou.

« Moi aussi, je t'aime », avait-elle répondu, s'autorisant enfin à le laisser la réconforter.

Depuis sa fausse couche, elle était si tendue qu'elle avait fui la consolation qu'il aurait pu lui apporter. Elle avait cru que s'installer à Tamarin où Dan avait trouvé un nouveau poste l'aiderait à se détendre mais elle s'était trompée. Dans cette petite ville aux teintes d'aquarelle, elle se sentait étrangère et déplacée. Tout valait mieux que cela, même leur appartement affreusement bruyant.

A Dublin, elle avait été enceinte, pas à Tamarin. Peut-être que cela ne lui arriverait plus jamais.

Il avait fallu une vieille photographie pour réveiller l'ancienne Jodi, lui donner la sensation, même infime, qu'elle pourrait de nouveau être elle-même.

Elle s'était serrée plus étroitement contre Dan et avait fermé les yeux. Il faudrait faire des recherches sur Internet et, avant tout, régler le problème de son ordinateur. Impossible de travailler sur une machine aussi peu fiable !

C'est ainsi que, deux jours après sa découverte, Jodi contemplait la magnifique façade de Rathnaree House, environnée de lavandes. Elle se décida à explorer les jardins déserts, espérant apercevoir l'intérieur de la maison par les grandes fenêtres. Mais les volets intérieurs étaient fermés. Il n'y avait rien à voir.

Derrière la maison, s'étendait une vaste cour défendue par une immense grille rouillée. Jodi la secoua de toutes ses forces. Elle voulait tellement voir Rathnaree et découvrir son histoire !

Sa liste de gens à rencontrer s'allongeait rapidement. Depuis qu'elle avait parlé à Dan de la photographie, les idées s'étaient bousculées dans sa tête. D'abord, trouver quelqu'un qui connaisse tout sur Tamarin et puisse la mettre en contact avec les gens qu'il fallait. Yvonne, qui vivait dans la maison voisine avec son mari et ses deux enfants, lui avait immédiatement fourni les noms de personnes susceptibles de l'aider.

« Lily Shanahan, c'est elle qu'il faut voir, avait déclaré Yvonne. Elle a quatre-vingt-dix ans mais elle n'en fait pas plus de soixante-dix ! Et je peux vous garantir qu'elle a toute sa tête. Sa famille travaillait pour les Lochraven et elle aussi quand elle était jeune. Mais je ne crois pas qu'elle les admirait autant que sa mère le faisait. Sa mère a été leur gouvernante très longtemps et elle idolâtrait lady Irene. Lily n'était pas fascinée par les caprices de la dame du château ! Cela ne l'empêchera pas de vous raconter deux ou trois choses sur Rathnaree, j'en suis certaine. Elle a passé presque toute sa vie à Tamarin. »

Jodi avait noté ces informations aussi vite que possible.

« Yvonne, pensez-vous que je doive d'abord appeler sa famille pour savoir si elle veut bien me parler ? avait-elle demandé, estimant qu'une femme aussi âgée pourrait avoir un choc si une Australienne se présentait chez elle sans crier gare.

— Certainement pas ! Lily ne fait pas de chichis. Je lui donnerai votre numéro de téléphone. Elle vit seule dans sa maison de Sea Road. Elle a une aide pour le ménage, maintenant, mais elle est très indépendante. »

Jodi n'en estimait pas moins qu'elle ferait mieux de passer par un tiers pour rencontrer Lily.

« Mais elle a de la famille ? avait-elle demandé.

— Oui, ce sont des gens adorables. Il y a son neveu, Edward Kennedy, et sa femme, Anneliese. Je travaille avec elle tous les lundis, à la boutique des Sauveteurs en mer. C'est un prénom autrichien, je crois. Ils forment un beau couple. Anneliese est une jardinière de talent, elle a la main verte. Lily avait aussi une fille, Alice, mais elle est morte, malheureusement. Elle a eu un cancer. La petite-fille de Lily s'appelle Izzie. Elle vit à New York, elle travaille dans une agence de mannequins, avait expliqué Yvonne avant de poursuivre avec un sourire amusé : Pourtant, on ne le croirait pas ! Izzie est tout ce qu'il y a de plus normale malgré son univers de top models et de mode. En réalité, c'est en grande partie Lily qui l'a élevée et Lily a les pieds bien sur terre.

— Auriez-vous le téléphone ou l'adresse électronique de sa petite-fille ? Je pourrais passer par elle ?

— Mais non ! s'était exclamée Yvonne d'un ton vif. Allez voir Lily sans passer par un intermédiaire ! Elle vous plaira beaucoup, tout le monde l'aime.

— Vous m'avez dit qu'elle a travaillé pour les Lochraven, c'est bien cela ?

— Oui, elle était très jeune à l'époque. Ensuite, elle est partie à Londres faire des études d'infirmière pendant la Seconde Guerre mondiale. Je crois qu'elle n'a plus jamais travaillé à Rathnaree. De toute façon, la situation avait changé. Ma mère me disait toujours qu'après la guerre plus rien n'a jamais été comme avant. »

Jodi nota dans un coin de son esprit de se documenter sur la guerre. Elle ne savait presque rien à ce sujet et ne voulait pas rencontrer Lily sans savoir de quoi elle parlait.

Elle avait repensé à cette conversation tout en essayant d'ouvrir la grille, frustrée de n'apercevoir qu'un coin de la grande cour. Après un dernier effort aussi inutile que les autres, elle renonça et décida d'appeler Lily Shanahan dès qu'elle serait rentrée chez elle.

Pourvu que Lily ait bonne mémoire ! Si elle avait quatre-vingt-dix ans, elle en avait dix-sept ou dix-huit en 1936, quand avait été prise la photographie qui avait tout déclenché. Cela faisait donc très longtemps ! Mais Yvonne avait beaucoup insisté sur le fait que le temps n'avait en rien altéré les capacités mentales de Lily. Jodi souhaitait de tout son cœur qu'elle eût raison. Quelque chose à Rathnaree lui donnait l'envie d'en savoir plus sur la demeure et ses habitants.

3

Anneliese Kennedy s'installa dans son grand fauteuil face à la mer et prit un de ses anciens catalogues de fleurs. Il y en avait toujours une pile sur la table en rotin blanc à côté du fauteuil. Elle aimait les feuilleter quand elle n'avait pas l'énergie de lire les journaux.

En général, il lui suffisait de parcourir les pages pour se sentir bien. Voir les illustrations de fleurs correspondant aux sachets de graines proposés lui rappelait les heures passées dans son jardin, les mains dans la terre, à soigner ses plantes sans penser à rien d'autre qu'à la nature.

Ce jour-là, la magie ne fonctionnait pas. Elle ne voyait plus qu'un tas de vieux catalogues affreusement cornés et une main veinée de bleu, une peau craquelée et des ongles en piteux état.

« Tu as de si jolies mains, tu devrais y faire attention. » Voilà ce que sa mère lui avait dit en soupirant, trente-sept ans plus tôt. Anneliese venait de se marier et faisait la vaisselle sans penser à enfiler des gants en caoutchouc.

Anneliese était toujours très rapide. Pas pressée ni agitée, non, mais rapide, efficace et habile. Les gants et les crèmes pour les mains, cela appartenait à la génération de sa mère. Cela ne concernait pas une jeune femme de vingt ans débordante d'énergie et qui avait toute la vie devant elle. Quand sa fille, Beth, s'était mariée, elle avait passé des heures à confectionner de petits bouquets de boutons à peine éclos de roses roses pour décorer les bancs de l'église. « Des mains d'artiste et des pouces verts », avait remarqué Edward avec fierté en admirant le résultat.

Anneliese préférait les soins à donner aux rosiers dans le confort de la jardinerie de Tamarin, ce qui ne l'avait pas empêchée de s'escrimer sur ces bouquets pour le bonheur de regarder Beth s'avancer vers l'autel.

Cela s'était passé quatre ans auparavant et voir sa fille enfin installée avait été le plus beau jour de sa vie. Beth était elle-même semblable à une rose, une de ces rares et anciennes roses thé qu'Anneliese et Stephen, le propriétaire de la jardinerie, aimaient faire pousser dans l'immense serre.

Beth était une rose Mme Alfred Carrière, très belle, avec un merveilleux parfum, mais pleine d'épines, exigeante en soins, réclamant des heures d'attention affectueuse. Le jour où elle avait épousé Marcus, un homme doux et fort à la fois extrêmement épris, Anneliese avait compris. Beth avait trouvé l'homme capable de lui prodiguer toute la tendresse dont elle avait besoin, en plus de celle de sa mère.

Si Beth était une rose, Marcus était un arbre, un chêne géant, capable de résister au vent marin. Et Anneliese ? Quand elle avait rencontré Edward, elle faisait penser à un peuplier : grande, mince et vibrant des pieds à la tête, sans cesse en mouvement.

Mais à présent ? Elle ignorait ce qu'elle était devenue. Les années et la vie l'avaient changée.

Quand elle avait commencé à travailler dans l'horticulture, elle avait cru que l'art de faire pousser des plantes était la réponse à tout. La terre enseigne le calme, la patience, l'enchaînement des cycles et leur retour. A l'hiver, même rude, succédait toujours le printemps. Il était inutile de vouloir aller plus vite, de chercher à précipiter les choses, aussi inutile que de vouloir faire sortir un perce-neige avant son heure. Il apparaissait toujours quand il était prêt à le faire.

C'était devenu le credo d'Anneliese. Les choses se produisaient quand l'heure en était venue.

A présent, elle se demandait si elle ne s'était pas trompée, complètement trompée.

Elle se leva et alla brancher la bouilloire électrique. C'était un réflexe. Quand elle n'avait rien à faire, elle s'occupait avec le rituel du thé. La plupart du temps, elle en buvait à peine une tasse.

Edward n'était pas un amateur de thé. Il préférait le café. Il y avait toujours dans le placard une boîte de son café préféré, le ruineux Blue Mountain de Fortnum & Mason.

Anneliese détestait le café mais en aimait l'odeur. A présent, c'était fini. Plus personne n'en préparerait chez elle. Elle ne sentirait plus le riche arôme s'élever dans la cuisine, lui signalant la présence d'Edward qui faisait son café en écoutant la radio d'une oreille distraite.

Désormais, il n'y aurait personne d'autre qu'elle pour prendre un torchon, remettre un coussin à sa place ou déplier un journal. Après trente-sept années de vie commune, pourrait-elle s'habituer à la solitude ?

Peut-être était-ce la solitude, l'état naturel des humains, et la vision platonicienne de deux âmes réunies n'était-elle qu'un mirage ? Elle l'espérait de toutes ses forces.

Anneliese éteignit la bouilloire, prit ses clés et se dirigea vers la porte de derrière. Elle remplaça ses chaussures par des bottes et enfila sa vieille veste molletonnée, accrochée avec d'autres dans la petite entrée arrière. Cette partie de la maison donnait sur l'océan et, quand elle ouvrit la porte, une rafale d'air marin lui coupa le souffle.

L'odeur du sable et de la mer la submergea tandis qu'elle luttait pour reprendre sa respiration.

Le cottage était pourtant à six cents mètres de la grève. Le sol était couvert d'herbe rase et de touffes d'armérie maritime jusqu'à un talus de galets qui brillaient comme des pierres précieuses chaque fois que le ressac les lavait. A marée basse, comme en cet instant où elle se tenait debout sur le seuil de sa maison, la mer découvrait un vaste croissant de sable beige foncé, Milsean Bay. Plus petite que Tamarin Bay, elle en était séparée par une falaise déchiquetée qui s'arrêtait à la limite des marées.

La partie de la péninsule du côté de Milsean Bay était la plus exposée. Là, le sable et les embruns faisaient rouiller les voitures et s'écailler la peinture des maisons. Le cottage d'Anneliese avait ainsi pris la teinte du bois flotté qui venait s'échouer sur le rivage.

De l'autre côté de la falaise, se trouvait Tamarin, protégée du vent mordant et de la mer par ce rempart naturel. La vallée de Tamarin descendait jusqu'à la baie, comme un large chemin creusé des millions d'années auparavant par un glacier. Une rivière, la Bawn, la traversait, longée par la grand-route au trafic incessant. Au point où la vallée s'incurvait pour former un abri ensoleillé, se dressait la jardinerie où Anneliese avait travaillé jusqu'à l'année précédente.

Les premiers temps, elle avait eu envie de vivre dans la sécurité de Tamarin Bay. Là, même si le vent faisait encore trembler les vitres, il y avait des voisins vers qui se tourner les nuits où l'électricité était coupée. On était abrité par les falaises et les collines environnantes, et il régnait comme un microclimat. A la jardinerie, poussaient des plantes et des fleurs qui n'auraient pas survécu à Milsean Bay. Lily, la tante d'Anneliese, avait même un énorme figuier dans son jardin. D'une belle forme arrondie, il ne donnait plus beaucoup de fruits, estimant sans doute avoir l'âge de se reposer. Il n'en restait pas moins un figuier, un arbre de climat chaud.

Anneliese se sentait pourtant heureuse d'avoir emménagé avec Edward, vingt ans auparavant, dans leur maison battue par les tempêtes. Elle appréciait la sensation d'isolement qu'on y éprouvait. Le vent n'aurait pu hurler avec plus de douleur ni de colère qu'elle le faisait. De plus, si elle voulait s'asseoir sur la terrasse blanchie par les intempéries pour boire un verre de vin en écoutant *La Tosca* à fond, personne ne la traiterait de cinglée. Personne ne téléphonerait à sa famille en demandant à « parler en privé ».

La grève était jonchée de coquillages et d'algues luisantes. Dans le sable s'étaient imprimés les sabots des chevaux que leurs cavaliers avaient fait galoper dans la matinée sur l'estran. Les écuries se trouvaient à cinq kilomètres à l'intérieur des terres. Un été, Edward les avait photographiés, images en noir et blanc des splendides animaux qui galopaient furieusement, naseaux palpitants et crinière au vent. Ils avaient défilé, menés à fond de train par leurs cavaliers, le sable et l'écume volant sous leurs sabots.

Une des photographies était encore accrochée dans l'entrée et elle la voyait chaque fois qu'elle pénétrait dans la maison ou en sortait. C'était un cliché de grande qualité.

A l'époque, Anneliese avait dit à Edward qu'il avait assez de talent pour devenir photographe. Il possédait un grand sens artistique mais cela ne lui servait pas beaucoup dans le monde des assurances où il travaillait.

« Je ne suis qu'un amateur, ma chérie », avait-il répondu. Elle avait pourtant deviné que son observation lui avait causé beaucoup de plaisir. Edward n'avait pas été habitué aux compliments. Pour sa mère, le mot « louanges » était réservé au Seigneur et ne devait être prononcé qu'à l'église. Anneliese avait toujours essayé de compenser le manque d'encouragements dont Edward avait souffert toute sa jeunesse.

« Je la trouve excellente, pour un amateur ! avait-elle insisté.

— Tu sais que tu as mauvaise vue ? avait-il dit en souriant. Tu ne remarques que mes réussites.

— Oui, c'est ce qu'on appelle la cécité sélective. Je vois ce que j'aime et j'aime ce que tu fais. »

A présent, elle marchait seule sur leur plage et elle comprit qu'elle devait décrocher cette photographie dès son retour. La voir tous les jours était trop douloureux.

Le vent frappait durement son visage et lui irritait les yeux. Anneliese pencha la tête, décidée à trouver quelque chose qui lui ferait oublier son chagrin un instant. Quelques mètres plus loin, elle découvrit un morceau de bois flotté, un fragment de filet de pêche en nylon bleu entortillé autour.

Elle se baissa lentement et le ramassa. Long d'une trentaine de centimètres, il était tordu sur lui-même comme un rouleau de cordage. On trouvait parfois du bois flotté avec de très belles formes, comme sculptées par la mer. D'avoir été sans relâche roulées dans le ressac n'ôtait rien à l'attrait de ces œuvres naturelles.

A côté de ces trouvailles, il y avait celui qui n'offrait aucun intérêt. Ce n'était que du bois, échoué sur la plage après avoir été ballotté par les flots, de vulgaires bouts de bois, creux et laids. Personne n'en voulait. Comme pour celui qu'elle regardait. Comme pour moi-même, pensa Anneliese.

En définitive, elle n'était pas une plante mais un bout de bois flotté. Laid aux yeux de la plupart des gens, beau seulement pour quelques rares personnes.

Elle rassembla l'énergie qu'elle refoulait depuis trop longtemps et rejeta le bout de bois à la mer de toutes ses forces en hurlant :

— Je te hais, je te hais, je te hais !

Nul ne pouvait l'entendre. Sa voix se perdit dans le vent sans déranger même les goélands.

Ce dimanche matin, Edward avait paru distrait quand elle s'était levée, à huit heures, en disant qu'elle irait à la messe de neuf heures avant de passer voir Lily. Il avait murmuré quelques mots qu'elle avait pris pour un assentiment et s'était retourné, tirant la couette blanche sur son grand corps maigre. Anneliese ne s'en était pas formalisée. Elle était du matin et lui du soir. Comme on dit, les opposés s'attirent…

Dix minutes plus tard, elle avait pris sa douche et, habillée, avalait à petites gorgées une tasse de thé vert. En temps normal, elle détestait le thé vert mais elle avait fini par l'apprécier après que son acupuncteur lui en avait vanté les mérites. D'où vient que les choses qui sont bonnes pour nous nous répugnent d'abord alors que nous adorons immédiatement celles qui nous font du mal ? s'était-elle demandé.

Le service de neuf heures à St Canice, l'église qui se dressait sur la place de Tamarin, était d'une simplicité parfaite. Le soleil de ce frais matin de printemps illuminait les vitraux, faisant apparaître la poussière qui dansait dans les rais de lumière. Si l'on omettait ce dernier détail, l'effet produit était exactement celui des tableaux religieux. En revanche, il n'y avait pas de musique pour la première messe du matin. Le chœur paroissial n'intervenait que pour la messe de onze heures, tandis que M. Fitzpatrick massacrait les psaumes sur un orgue cacochyme. Les fidèles grimaçaient en l'écoutant tandis que le père Sean souriait bravement, priant pour que personne n'éclate de rire.

Ce cher père Sean ! Il avait un grand sens de l'humour mais devait le cacher. Personne n'aurait voulu d'un blagueur pour prêtre. Anneliese était navrée de la situation qui obligeait un homme charmant à se surveiller constamment pour ne pas enfreindre les conventions.

La messe de onze heures était aussi celle où l'on venait en famille, avec des bambins agenouillés sur les prie-Dieu et qui jetaient des clins d'œil ennuyés aux gens derrière eux. Ils étaient adorables mais détournaient l'attention.

A neuf heures du matin, le dimanche, l'église était aux trois quarts vide et cela convenait à Anneliese. Elle appréciait la paix qui y régnait alors. C'était un temps pour réfléchir mais pas assez long pour laisser l'esprit glisser vers des zones trop sombres. Heureusement, cela ne lui arrivait jamais pendant la messe. Sans doute était-elle protégée par le rituel, l'enchaînement des gestes, les prières murmurées qu'elle connaissait par cœur pour les avoir répétées pendant tant d'années… La religion offrait à Anneliese un refuge sûr où elle pouvait se recentrer en paix. Elle n'avait aucun penchant pour le fanatisme.

C'était alors que la migraine l'avait surprise, brutalement, sans avertissement, non pas l'horrible douleur qui l'obligeait à s'allonger mais un mal de tête suffisant pour lui faire fermer les yeux en attendant que la crise passe.

Elle savait l'inutilité d'attendre, pourtant. Elle devait rentrer chez elle et se reposer en espérant que la migraine ne s'aggraverait pas. Elle téléphonerait plus tard à Lily pour présenter ses excuses. Sa tante, plus exactement sa tante par alliance puisque c'était celle d'Edward, ne s'en formaliserait pas. Lily avait beaucoup de qualités très appréciables. Elle était très humaine et possédait un merveilleux sens de l'humour mais, surtout, elle ne se vexait jamais.

Elle lui dirait seulement : « Soigne-toi bien, Anneliese, et passe me voir quand tu iras mieux. »

Anneliese connaissait trop de gens qui adoraient se sentir insultés et trouvaient toujours des raisons de s'offusquer. Le caractère de Lily était à l'opposé et Anneliese ne l'en aimait que plus.

Elle était retournée chez elle en conduisant à petite allure, la voiture légèrement déportée par les rafales de vent. Elle avait ensuite poussé la porte de sa maison en hâte, pressée de s'allonger, tout en notant avec distraction la présence d'une autre voiture garée devant chez elle, celle de son amie Nell. Edward serait obligé de lui faire la conversation tout seul mais Nell ne lui en voudrait pas : elle s'entendait très bien avec Edward et savait que ses migraines rendaient Anneliese incapable de quoi que ce soit.

Mais en entrant dans la cuisine, elle avait vu Edward et Nell assis l'un à côté de l'autre, leurs têtes se touchant, les cheveux noirs d'Edward contre les cheveux blonds de Nell, leurs mains étroitement enlacées.

Il n'y avait pas de musique douce ni de lumières tamisées ou de vêtements abandonnés, mais l'intimité de leur attitude l'avait frappée comme un coup de poing en pleine figure.

Nell l'avait remarquée la première et avait eu un petit hoquet de surprise.

« Anneliese ! »

Le couple s'était séparé précipitamment. Dans un autre contexte, Anneliese aurait peut-être plaisanté sur les conséquences de ce brusque mouvement pour la sciatique d'Edward ou les cervicales fragiles de Nell. Cette fois, elle n'avait pas eu envie de rire, leur attitude ne laissait aucun doute. Il n'y avait rien d'innocent dans leur proximité. Sa migraine avait redoublé, comme si des coups de marteau résonnaient dans son crâne. En même temps, une vague de nausée l'avait submergée, qu'elle avait refoulée avec effort.

« Nous étions juste… » avait commencé Nell d'un ton embarrassé avant de s'interrompre, ne sachant que dire.

Elle savait pourtant parler avec aisance de tout et de rien, au contraire d'Anneliese qui préférait souvent garder le silence. Nell avait toujours quelque chose à raconter à tout le monde et sur tous les sujets. Sur la pluie, par exemple : « L'Irlande serait un petit pays formidable si seulement quelqu'un pouvait l'abriter sous un parapluie ! »

Les gens raffolaient de ce genre de réflexions.

Elle avait aussi des dictons à propos de l'argent : « Mieux vaut le dépenser maintenant, il n'y a pas de place pour le porte-monnaie dans un linceul ! »

Or, en cet instant précis, Nell n'avait rien trouvé à dire.

« Anneliese, ne te fais pas d'idées fausses... » avait dit Edward à son tour.

Il s'était levé et, s'approchant de sa femme, avait voulu lui prendre les mains. Il avait le visage crispé par l'inquiétude. Ses cheveux étaient encore mouillés de sa douche. Cela faisait seulement vingt-cinq minutes qu'Anneliese était sortie pour se rendre à la messe. Il avait dû sauter du lit dès son départ.

Anneliese avait doucement retiré ses mains de celles de son mari.

« Explique-moi quel genre d'idées fausses je pourrais me faire. J'aimerais connaître la différence entre les fausses et les vraies. »

La migraine l'abrutissait toujours mais son instinct lui criait de ne pas laisser son mari la toucher.

« Voyons, Anneliese, s'était interposée Nell. Tu n'imagines pas que nous ferions quoi que ce soit de nature à te blesser ! »

Tout en parlant, elle fixait Edward d'un regard angoissé, comme pour le supplier de tout remettre en ordre.

C'est si facile, avait songé Anneliese, de savoir ce que pensent les gens ! Il suffit de regarder leurs yeux, ils les trahissent toujours. Au fil des années, Edward et elle avaient échangé plus d'un regard chargé de sous-entendus.

Elle avait partagé la même complicité avec Nell. Elles étaient amies depuis vingt ans.

Seulement, jusqu'à cet instant, elle n'avait jamais remarqué que ces deux personnes si importantes pour elle se parlaient de la même façon, avec les yeux.

Anneliese avait eu l'impression de voir la fin d'un film où toutes les pièces du puzzle trouvaient soudain leur place. Tout s'expliquait.

C'était Nell et Edward qui échangeaient des regards complices, à présent, car c'étaient eux, le couple de cette scène, pas Anneliese et Edward mais Nell et Edward.

« S'il te plaît, assieds-toi », avait demandé son mari.

Il était toujours à côté d'elle, l'air paniqué et les mains levées dans un geste de supplication.

« J'aurais préféré ne pas avoir à le faire mais je suppose que c'est inévitable. C'est maintenant ou jamais, n'est-ce pas ? »

Aussi défait qu'il pût être, il était décidé : cette terrible conversation s'imposait.

A cet instant précis, Anneliese avait compris sans erreur possible que son mari la quittait pour sa meilleure amie.

Edward avait horreur des conflits. Il avait été en dessous de tout lors des crises de larmes de Beth. Le fait qu'il affronte une discussion qui pouvait se terminer par des cris avait appris à Anneliese tout ce qu'elle devait savoir.

« Tu me quittes, c'est ça ? Tu me quittes pour Nell. »

Edward avait hoché la tête, muet, les mains toujours levées, comme pour dire : Que puis-je faire d'autre ?

Anneliese s'était assise et avait posé ses mains à plat sur la table.

« Je suis rentrée plus tôt parce que j'ai la migraine, avait-elle dit sans s'adresser à personne en particulier.

— Veux-tu que j'aille te chercher tes comprimés ? » avait proposé Edward.

Elle avait accepté d'un douloureux mouvement de la tête et il avait quitté la cuisine en toute hâte, heureux de s'échapper.

« Une tasse de thé te fera du bien », avait dit Nell.

Elle s'était aussitôt agitée, ouvrant les placards pour prendre des tasses et des sachets de thé, sans marquer d'hésitation, en habituée. Elle avait passé tant d'heures ici avec Anneliese, à préparer du thé en discutant de choses et d'autres. Nell savait aussi bien qu'Anneliese et Edward où chaque chose était rangée.

Anneliese l'avait interrompue d'un ton sec.

« Le thé ne me fera aucun bien. En fait, je ne vois rien qui puisse me faire du bien. »

Vaincue, Nell s'était assise à l'autre bout de la table, aussi loin de son amie que possible.

Elle avait changé de coiffure, avait songé Anneliese. En général, les cheveux blond foncé de Nell étaient coiffés en coup de vent, même quand il n'y avait pas de vent. Elle se maquillait aussi très rarement et, pour une femme de son âge – exactement le même qu'Anneliese, cinquante-six ans –, elle avait gardé une peau d'une finesse étonnante, dépourvue de rides. Elle avait juste quelques taches de rousseur et les inévitables petits plis qui se formaient au coin de ses yeux bleus quand elle riait. Or, à présent, ses cheveux étaient soigneusement mis en forme et elle portait du rouge à lèvres et du mascara. Elle semblait sur son trente et un, prête pour un grand événement.

Et cet événement consistait à partir avec le mari de son amie.

« Pourquoi, Nell ? Pourquoi ? »

Nell, qui n'avait jamais parlé avec dureté à Anneliese, lui avait répondu d'un ton agressif :

« Je t'en prie, ne prends pas ton air étonné ! Tu savais très bien ce qui se passait. Edward me soutenait le contraire mais, moi, je savais que tu avais compris. Les femmes sentent tout de suite ce genre de choses. Tu as préféré fermer les yeux, c'est tout ! Cela en dit long sur votre relation ! Tu n'en avais rien à faire. »

Anneliese l'avait arrêtée du geste, choquée de découvrir cet aspect de Nell qui, quelques minutes plus tôt, avait déclaré qu'elle ne la blesserait pour rien au monde.

« Nell ! Je ne savais rien ! Si j'avais compris, penses-tu que j'aurais continué à être ton amie, que j'aurais continué à aller déjeuner avec toi et à t'inviter à dîner sous mon toit ? »

Elle s'était tue, trop assommée pour penser à d'autres exemples prouvant son innocence.

« Depuis combien de temps cela dure-t-il ? » avait-elle encore demandé d'une petite voix.

Elle aurait dû se mettre en colère et assener ses quatre vérités à cette soi-disant amie mais elle n'arrivait qu'à se sentir très faible, avec la sensation lancinante qu'elle s'était trompée du tout au tout sur ses proches.

Si l'un des deux seulement l'avait trahie, l'autre aurait été là pour lui rappeler que quelqu'un l'aimait. Mais voilà, ils l'avaient trahie tous les deux, et ensemble.

Au lieu de répondre, Nell était revenue sur ses propos.

« Arrête de dire que tu ignorais tout ! Tu ne pouvais pas ne rien voir. »

Une fois de plus, la haine dans sa voix avait fait frémir Anneliese.

« Ne me mens pas, Anneliese ! Tu peux te mentir à toi-même mais pas à moi ! Si vous vous aimiez tellement, crois-tu qu'Edward se serait intéressé à moi ? Réponds-moi ! Moi, je vais te le dire : non. Il s'est tourné vers moi parce que tu n'avais pas besoin de lui, que tu l'as tenu à l'écart de ta vie. Tu avais tout et tu ne faisais attention à rien, tu ne t'en rendais même pas compte. Eh bien, moi si ! Et dis-toi que je n'ai pas l'intention de te présenter mes excuses pour avoir vu ce que tu ne voyais pas. »

La colère de Nell déferlait sur elle comme une tempête, colère contre celle qui avait eu le merveilleux Edward pour elle seule sans mesurer le trésor que cela représentait, un trésor qu'elle avait stupidement perdu.

Anneliese repensait à tous ces samedis soir où elle avait invité Nell à dîner, trois amis autour d'une bonne table et non pas un couple heureux tendant la main de l'amitié à une veuve qui, sans eux, serait restée toute seule chez elle. Le mari de Nell, Eric, était mort dix ans auparavant et, depuis, Anneliese avait tout fait pour inclure Nell dans leur existence. Pour elle, il s'agissait d'amitié sans arrière-pensée mais peut-être Nell l'avait-elle pris autrement, comme de la pitié, par exemple. Ou bien un plaisir malsain de faire étalage de son bonheur, comme pour dire : Moi, j'ai un mari et pas toi. Viens dîner avec nous, tu auras de quoi te sentir jalouse, d'accord ? Quelles histoires Nell avait-elle bien pu se raconter ?

« Nell, j'aurais cru que tu me connaissais suffisamment pour savoir que, si j'avais compris qu'Edward et toi… »

Prononcer ces mots avait exigé un terrible effort.

« … que vous aviez une liaison, j'aurais réagi ! J'ai sans doute beaucoup de défauts mais je suis quelqu'un de franc. Souviens-toi de toutes nos conversations sur l'amitié. Nous étions d'accord sur l'importance de la franchise, n'est-ce pas ? Et sur le dégoût que nous inspirent les faux amis, les gens capables de dire ce qu'il faut au bon moment mais n'en pensent pas un mot ? »

C'était cette idée qui avait déclenché la colère d'Anneliese. Ils lui avaient menti. Ils avaient tous les deux prétendu attacher une importance primordiale à la vérité, à l'honnêteté, et elle découvrait que le mensonge régnait depuis longtemps. Bien pis, Nell essayait de la rendre responsable et de la culpabiliser !

« Je n'avais pas la moindre idée de ce qui se passait. Tu te sentirais mieux si je te laissais croire le contraire, je suppose ? Tu préférerais croire que je t'approuvais tacitement de me voler mon mari mais ce n'est pas le cas ! »

La voix d'Edward retentit depuis le seuil de la cuisine. Il était effondré.

« Je suis désolé. Je savais que tu n'avais rien remarqué. J'aurais aimé croire le contraire parce que cela aurait été plus facile mais je sais que ce n'est pas la vérité. »

Anneliese s'était détournée de Nell.

« Depuis combien de temps dure votre histoire ?

— Pas très longtemps », avait-il répondu.

Nell était intervenue.

« Depuis la soirée de collecte de fonds pour les sauveteurs en mer. »

De toute évidence, elle ne se souciait guère de ménager Anneliese.

Cela faisait plus d'un an, avait calculé Anneliese.

« Je suppose que vous attendiez le meilleur moment pour me l'annoncer. Mon anniversaire, peut-être, ou Noël ?

— Tôt ou tard, il aurait bien fallu que tu l'apprennes, avait dit froidement Nell. Autant que ce soit maintenant. »

Elles regardaient toutes les deux Edward qui avait haussé les épaules d'un air perdu.

Une nouvelle vague de colère avait submergé Anneliese, mais une colère froide, cette fois, et les mots avaient jailli avant qu'elle ait conscience de les avoir pensés.

« Tu devrais faire ta valise, Edward. Quant à toi, Nell, je te demande d'attendre dehors. Je ne veux plus jamais te voir chez moi. Tu peux rentrer chez toi, si tu préfères. Edward aura besoin de place pour ses affaires. »

Dans un état second, Anneliese était passée dans le salon où, pour la première fois de sa vie, elle s'était servi un verre de brandy. La bouteille se trouvait dans le ridicule bar roulant en forme de globe terrestre qu'Edward affectionnait particulièrement et qu'elle-même avait toujours détesté. Il pouvait l'avoir, et sans attendre !

L'écho d'une conversation chuchotée lui parvenait de la cuisine. Le claquement de la porte avait suivi, puis le ronflement d'un moteur, qu'elle avait reconnu pour celui de la voiture de Nell. Elle s'était sentie légèrement soulagée. Elle n'aurait pu supporter plus longtemps la présence de cette femme dans sa maison. C'était comme un poison de la pire espèce, celle dont on ignore la dangerosité.

Elle avait vidé son verre d'un trait et l'avait à nouveau rempli. C'était ridicule de se mettre à boire en cet instant mais elle avait besoin de s'assommer. Ensuite, assise sur le rebord de la fenêtre, elle s'était absorbée dans la contemplation de la baie et avait essayé de ne pas entendre le bruit que faisait Edward en rassemblant ses affaires.

Quand Beth était passée de l'enfance à l'adolescence, Anneliese était devenue une auditrice très attentive. Ecouter un enfant qui fait des bêtises dans la cuisine est une chose : on entend la porte du réfrigérateur qui s'ouvre, les efforts pour dévisser le bouchon de la bouteille de lait, le glouglou qui s'ensuit et l'exclamation annonçant que le lait vient d'être renversé par terre. C'est assez innocent.

Quand on a des adolescents, les mères apprennent à écouter différemment, par exemple, à reconnaître les CD qui passent. Leur choix est toujours très révélateur.

Oasis et Counting Crows étaient de bon augure. Les musiques lentes et rêveuses indiquaient une humeur détendue chez Beth. En revanche, quand elle écoutait Suzanne Vega, cela voulait dire qu'elle allait très mal.

Il faudrait lui annoncer la nouvelle, évidemment. Anneliese avait douloureusement fermé les yeux à la simple idée de l'horrible conversation que cela impliquait.

La porte de derrière avait claqué, la faisant sursauter. Edward était parti. Elle avait couru à la fenêtre et l'avait vu déposer dans son coffre de voiture une valise et son sac de sport. Elle en avait conclu qu'il n'avait presque rien pris, juste ses vêtements. Cela signifiait-il qu'il voulait rester avec elle ou qu'il avait tellement hâte de retrouver Nell qu'il se moquait d'emporter ses affaires ? Comment savoir ?

Avec un frisson, Anneliese rejeta ces images de la scène qui s'était déroulée seulement quelques heures plus tôt. Le soir tombait et la plage s'assombrissait. Sa vieille veste matelassée ne la protégeait plus assez. Quand la lumière du jour disparaissait, la grève redevenait inhospitalière. Pour Anneliese, c'était comme une terre sauvage qui se montrait accueillante sous le soleil mais, le soir, manifestait qu'il était temps pour les humains de se retirer. Le rivage retournait alors à son état naturel, redoutable et indompté.

La marée montait, lentement, inexorablement. Anneliese s'arrêta au bord de l'eau, observant le mouvement du flux qui allait et venait, gagnant à chaque passage sur le sable de moins en moins visible. C'était irrésistible, comme la vie qui s'obstinait, son cœur qui battait quand elle aurait voulu que tout s'arrête. Le va-et-vient de la mer l'hypnotisait. Elle ne réagit qu'en sentant l'eau remplir ses chaussures. Surprise, elle recula d'un pas.

Si quelqu'un avait pu la voir, on l'aurait prise pour une folle et peut-être était-elle réellement folle en cet instant : une femme seule, debout, les pieds dans l'eau, le regard perdu, pétrifiée. Elle trouva enfin la force de faire demi-tour et de remonter jusqu'à sa maison, laissant l'obscurité derrière elle.

Un silence déplaisant régnait dans le cottage. Anneliese alluma toutes les lampes. Elle aurait fait n'importe quoi pour créer une impression de chaleur. Dans le salon, elle prit son sac à ouvrage et contempla sans les voir les pelotes de laine. Il y en avait de toutes les couleurs.

La seule idée de regarder la télévision ou d'écouter la radio lui était intolérable. En revanche, elle pouvait tricoter. Cela l'apaiserait. De nombreuses années auparavant, elle avait réalisé des chaussons, des vêtements de bébé et des couvertures pour les poupées de Beth, sans pour autant être une virtuose. Elle avait repris ses aiguilles depuis un an, après avoir arrêté de travailler à la jardinerie. Il lui fallait une occupation.

Anneliese avait pensé apprendre une langue étrangère ou le maniement d'un ordinateur. Marcus, son gendre, avait facilité son choix en lui offrant son vieil ordinateur portable. Il s'était abondamment excusé de son âge mais il marchait très bien et Anneliese avait été enthousiasmée par ce cadeau inattendu.

« Il est complètement dépassé », avait insisté Marcus d'un ton navré. A quoi Anneliese avait répondu avec un grand sourire qu'elle le trouvait parfait.

« Il a déjà dix ans et, pour un ordinateur, c'est un dinosaure. »

Anneliese avait tapoté le bras de son gendre en riant :

« Comme moi ! »

Elle adorait son ordinateur et, en surfant sur Internet – elle se répétait ces mots avec ravissement –, elle était arrivée sur un site d'artisanat. Elle y avait découvert différentes techniques sans rien de commun avec les chaussons informes et les cardigans de bébé qu'elle avait tricotés. Là, on réalisait des sacs à main doublés, des châles d'une finesse de dentelle ou encore des décorations murales.

Elle avait eu un véritable coup de foudre pour le site et avait aussitôt commandé un kit de sac à main. Puis se disant qu'au point où elle en était, il aurait été dommage de s'arrêter en si bon chemin, elle s'était inscrite au forum des Joyeuses Tricoteuses en qualité de débutante. Des femmes du monde entier y partageaient leurs expériences.

Elle avait mis longtemps avant d'oser écrire son premier message. Il y avait quelque chose de définitif dans le fait d'envoyer ses réflexions sur un site où tout le monde pouvait les lire. Anneliese se sentait pourtant rassurée par l'anonymat d'Internet. Anneliese d'Irlande pouvait être n'importe qui.

Ce soir-là, dans sa maison où elle avait allumé toutes les lumières, Anneliese se connecta, cliqua sur son dernier message pour l'ouvrir. Elle n'arrivait pas à croire qu'il datait seulement de quelques jours. Il était tellement normal, tellement banal !

J'ai fait la moitié du sac rose et gris. C'est ravissant et j'ai hâte d'avoir fini pour voir à quoi il ressemblera une fois doublé. Hier soir, j'ai tricoté devant la télé jusqu'à minuit. J'ai vu d'un œil deux feuilletons médicaux que je n'avais jamais regardés puis une émission sur une île artificielle à Dubai. Et, pendant tout ce temps, je n'ai pas arrêté de tricoter. J'aimerais être plus rapide. En attendant, je ne comprends pas très bien comment je dois m'y prendre pour faire la fleur. Quelqu'un pourrait me conseiller ?

Anneliese revit en esprit cette soirée si tranquille. Edward, qui se moquait de sa soudaine passion pour le tricot, était allé se coucher, la laissant avec son aiguille circulaire. Elle avait eu honte de le laisser se coucher seul. C'était aussi grave, à ses yeux, que s'ils avaient fait chambre à part. Cet unique détail montrait bien à quel point elle ne se doutait de rien ! Elle se reprochait de le laisser se coucher seul alors qu'il était probablement soulagé d'être débarrassé d'elle.

Le coup était encore trop récent pour qu'elle le ressente dans toute sa violence mais, l'espace d'un bref instant, Anneliese crut mourir de chagrin. Edward l'avait quittée, il était parti avec Nell. Et pendant tout ce temps, elle n'avait rien compris à ce qui se passait sous ses yeux. Elle qui pensait être très intuitive, très sensible à son environnement. De toute évidence, elle l'était beaucoup moins qu'elle le croyait !

Quelles autres erreurs avait-elle encore commises ?

Anneliese sentit soudain qu'elle ne pouvait affronter le choc toute seule. Il lui fallait quelque chose pour engourdir sa douleur. Elle alla chercher le tire-bouchon et prit une très coûteuse bouteille de vin rouge qu'Edward conservait pour une grande occasion. Au point où j'en suis ! se dit-elle en remplissant un grand verre.

Son verre à la main, elle alla s'asseoir devant son ordinateur, reconnaissante à l'idée que des millions de personnes, dans le monde entier, étaient au même moment installées devant leur écran, seules, comme elle à présent.

Elle prit une gorgée de vin et fit la grimace. Il était trop acide, à moins que cela vînt d'elle. Depuis le matin, elle avait un curieux goût de métal dans la bouche. Etait-ce cela, le goût du chagrin ? Elle vida quand même son verre, se demandant si l'une des Joyeuses Tricoteuses savait quoi faire quand on était plaquée par son mari après plus de trois décennies de vie commune. Cela faisait cinq mois qu'elle postait des messages et elle n'avait jamais parlé que de tricot, en particulier du sac à fleur rose et gris qui avait requis trois mois de travail tant il était compliqué. D'autres membres du forum parlaient de leur vie mais Anneliese n'était pas du genre à se livrer en public. Et maintenant que, à sa grande surprise, elle aurait tant aimé partager son chagrin, ça lui était trop douloureux.

Elle fit défiler les messages qu'elle n'avait pas encore lus. MariLee avait mis une photo d'un extraordinaire châle en dentelle orné d'un motif d'arc-en-ciel. Anneliese se demanda distraitement si elle serait jamais capable de réussir un travail aussi raffiné. Le sac à fleur n'était compliqué qu'en raison des nombreuses pièces dont il se composait. En réalité, il n'y avait pas de points difficiles, rien que des tas de petits morceaux bizarres à tricoter, feutrer et coudre ensemble en faisant très attention à ne pas se tromper.

Lily avait beaucoup aimé le résultat.

« C'est charmant, avait-elle dit quand Anneliese était allée lui faire admirer son œuvre. J'aimais beaucoup tricoter, moi aussi, quand j'étais plus jeune, mais aujourd'hui je ne peux plus. »

Elle avait levé ses mains aux articulations tordues par l'arthrite et avait ajouté avec un soupir de regret :

« C'est très apaisant.

— En toute sincérité, je suis loin d'être douée, avait répondu Anneliese. J'ai très envie de me lancer dans la confection d'un pull mais je ne suis pas certaine d'y arriver. C'est trop compliqué pour moi. »

Lily lui avait souri avec affection.

« Anneliese, quand on décide de faire quelque chose, on y arrive !

— Ne suis-je pas trop vieille pour apprendre ? »

Lily avait éclaté de rire.

« Ma chérie, il n'est jamais trop tard pour apprendre ! Regarde-moi, j'aurai bientôt quatre-vingt-dix ans et je continue à apprendre, tous les jours. Tu es encore une gamine, Anneliese ! Comment dit-on ? Izzie m'a parlé de ça, un jour… Ah ! J'y suis : aujourd'hui, les gens de quatre-vingt-dix ans sont les nouveaux octogénaires.

Donc, à cinquante-six ans, tu es une adolescente, si l'on compte de cette façon. »

Anneliese eut un soupir douloureux. Elle devrait annoncer le départ d'Edward à Lily aussi. Ce serait dur, même si Lily n'avait rien à voir avec sa pauvre Beth chérie. Elle n'aurait pas besoin qu'on la console longuement ni qu'on s'occupe d'elle. Lily ne dramatisait jamais, elle gardait son calme dans les pires tempêtes, elle la délicate et fragile vieille dame. Autrefois c'était une grande femme solide, mais les années lui avaient donné l'allure d'un petit oiseau. Ses yeux couleur de bleuet avaient gardé leur vivacité et leur intelligence mais elle paraissait à présent prête à se briser. Seuls son esprit et ses convictions demeuraient toujours aussi forts.

Ce n'était donc pas l'idée de peiner Lily qui arrêtait Anneliese mais la crainte de voir sur son visage l'expression de pitié qu'elle y avait déjà lue. Elle pouvait tout supporter mais pas la pitié.

Elle termina son verre et se mit à écrire. Peut-être que les autres tricoteuses du forum sauraient lui donner des conseils avisés.

Désolée d'embêter tout le monde avec mes histoires mais j'ai besoin de parler et je n'ai personne à qui m'adresser. Ce matin, mon mari m'a quittée. Je ne vais pas vous ennuyer avec les détails mais, en gros, voici ce qui s'est passé. En rentrant chez moi, je l'ai trouvé en train de parler avec ma meilleure amie et il n'y avait pas à s'y tromper. J'ai compris tout de suite qu'ils avaient une liaison. Il est parti avec elle. Je ne sais pas quoi faire ni que penser de tout ça. Je ne l'ai encore dit à personne, même pas à notre fille. Elle est très émotive. Elle supporte mal la réalité, si vous voyez ce que je veux dire.

Le plus dur, pour moi, c'est d'avoir l'impression que je ne connaissais pas mon mari, pas plus que mon amie, d'ailleurs. C'est une forme de mort. C'est comme si j'étais en deuil. Je me sens comme on doit se sentir en découvrant que l'aimé est un violeur ou un assassin. Je n'en reviens pas de n'avoir rien vu, et je me demande maintenant si tout n'était pas un mensonge depuis le début. Sans doute. Et je n'ai jamais rien remarqué.

Comment est-ce possible ? Sur combien d'autres choses m'a-t-il menti ? Sur le fait qu'il m'aimait ? Qu'il ne désirait pas d'autre femme que moi ? Qu'il voulait vivre avec moi ? Puisqu'il a pu me mentir sur quelque chose d'aussi énorme, comment être certaine qu'il ne mentait pas pour tout le reste ?

D'où je suis, je peux voir une photo de notre famille accrochée au mur. Je la regarde comme si j'allais voir apparaître cet inconnu qui devait être là depuis toujours sans pour autant que je le remarque. Cette photo de nous avec notre fille – elle devait avoir environ dix ans – a été prise pendant les vacances. Nous étions partis pique-niquer. A présent, je ne la vois plus de la même façon. Nous avions notre vieux break et nous avions étendu un affreux plaid écossais à côté. Nous sourions tous les deux, lui et moi, et Beth est en train de danser. Elle ne pensait qu'à ses cours de danse, à l'époque. Et moi, j'aurais mis ma main à couper que je savais à quoi pensait mon mari en cet instant précis : qu'il était heureux avec nous. Aujourd'hui, je ne sais plus.

Ce qu'il a fait aujourd'hui me pousse à remettre en question tout ce que nous avons partagé. Mes souvenirs de notre vie commune sont bons à jeter. Je ne peux pas savoir s'ils correspondent à la vérité ou non.

Vous connaissez cette image où l'on voit un vase qui se transforme en deux profils ? Au début, on voit un vase et, quand on vous a montré les deux profils, on est incapable de voir seulement le vase. C'est exactement ce que je ressens.

Et puis comment vais-je l'annoncer à ma fille ? Elle a trente-six ans et elle est mariée. Dit comme ça, on a l'impression qu'elle va devoir s'occuper de moi mais, en réalité, c'est l'inverse. Peu importe ce qui m'est arrivé, c'est d'elle qu'il faudra prendre soin. Voilà toute l'histoire. Est-ce que quelqu'un a des conseils à me donner ? Je suis perdue.

Anneliese qui s'apprêtait à cliquer sur « envoyer » retint son geste au dernier instant. D'une seule pression sur la touche « retour », elle effaça son message.

La voix de sa mère résonnait dans sa mémoire, une voix fâchée parce qu'Anneliese s'était enfermée dans sa chambre et refusait d'en sortir. « Anneliese, disait-elle, tu ne résoudras rien en t'obstinant à ne pas nous parler ! »

Refuser de se livrer n'avait peut-être servi à rien mais elle se sentait mieux. Cela lui avait toujours réussi. L'instinct est fait pour être suivi.

De la même façon qu'elle avait effacé le monde extérieur en supprimant son message, elle entreprit de verrouiller les portes et de vérifier les fenêtres de sa maison. Cela avait toujours été le travail d'Edward. Préparer la maison pour la nuit incombait au mari. Anneliese s'interdit de s'appesantir sur le chagrin qu'elle éprouvait à cette idée. Ce n'étaient que des portes, en définitive, et elle pouvait bien les fermer elle-même.

Elle fit méthodiquement le tour du cottage en éteignant les lampes puis monta dans ce qui avait été leur chambre et n'était plus que la sienne.

A l'étage, les poutres étaient restées naturelles, de bois clair comme les planchers. La chambre était bleu pâle et le mobilier blanc, avec deux descentes de lit bleu jean et d'épais doubles-rideaux blancs pour arrêter le froid. Anneliese aperçut le grand lit au couvre-pied matelassé blanc et ressortit aussitôt. Elle ne pouvait pas dormir dans ce lit. Lui aussi n'était peut-être qu'un ramassis de mensonges.

La chambre de Beth était demeurée identique même si elle avait quitté la maison depuis longtemps. Beth se sentait rassurée de savoir que le décor de son enfance n'avait pas bougé. Il y avait toujours ses Barbie avec leurs voitures et leurs différentes garde-robes disposées sur des étagères en bois, à côté de sa collection d'Enid Blyton soigneusement alignés.

La chambre d'amis était à peine plus grande qu'un cagibi. Peinte en blanc, elle ne contenait qu'un lit, une commode en bois cérusé blanc avec sur le dessus des coquillages en guise de décoration et une minuscule table de chevet dotée d'une vieille lampe en cuivre. Anneliese habitait le cottage depuis vingt ans et n'avait jamais dormi dans cette pièce. C'était donc idéal.

En fouillant dans l'armoire à pharmacie, elle trouva une boîte de somnifères, en prit un et l'avala avec de l'eau du robinet. Elle dénicha ensuite dans la chambre de Beth une chemise de nuit qui avait appartenu à sa fille et l'enfila. Dès qu'elle fut dans le lit de la chambre d'amis, elle éteignit et s'obligea à garder les yeux fermés jusqu'à ce que le somnifère fasse son effet.

A la boutique des Sauveteurs en mer de Tamarin, les affaires marchaient très bien. Peut-être était-ce dû à la proximité de l'océan mais tout le monde, les locaux comme les touristes, se faisait un devoir de venir examiner les étals en quête d'une bonne affaire. Quand on achetait n'importe lequel de ces articles d'occasion, une partie de l'argent allait à l'entretien des bateaux de sauvetage de la région. Même par beau temps, quand la baie resplendissait sereinement sous le soleil, la puissance des flots restait sensible : la mer était belle mais dangereuse.

Depuis qu'Anneliese avait arrêté de travailler à plein temps à la jardinerie, elle venait aider à la boutique tous les lundis et mercredis. Le lundi suivant le jour du départ d'Edward, elle comprit dès son réveil qu'elle ne pouvait éviter de s'y rendre.

Sinon, on penserait qu'elle était malade et, si quelqu'un rencontrait Edward et lui posait la question, il pourrait dire la vérité et… Cela lui était insupportable. Elle refusait que qui que ce soit apprenne la nouvelle avant qu'elle ait les idées plus claires. Elle ignorait quand elle serait capable d'en parler. Le somnifère l'avait assommée en vingt minutes, l'empêchant d'y réfléchir. De plus, à peine réveillée, pour atténuer la sensation de solitude, elle avait mis la radio très fort. Mieux valait subir des informations répétitives plutôt que rester seule avec ses pensées.

Il serait dangereux pour elle de s'y abandonner. Il ne fallait surtout pas qu'elles l'emportent. Il était préférable de se rendre à la boutique. Les gens qui assistaient à la messe du matin y passeraient après, de même que les mères qui déposaient leurs enfants à l'école et s'accordaient un moment pour fouiller dans les nouveaux arrivages. Certaines personnes qui avaient l'habitude de déjeuner très tôt mangeaient leur sandwich en deux bouchées pour avoir le temps d'examiner les vêtements sur les portants ou les livres sur les étagères.

C'était un endroit agréable et chaleureux où personne ne s'énervait jamais, sauf quand il y avait un objet de valeur. Toute l'équipe paniquait alors à l'idée de fixer un prix ridicule, au cas où les propriétaires d'origine visiteraient le magasin et se vexeraient de voir leur don sous-estimé.

Ce lundi, il y avait cinq sacs d'affaires à trier. Anneliese alla s'asseoir dans l'arrière-boutique qui abritait la réserve, le coin cuisine et les toilettes, et s'appliqua à tout vérifier avec soin. Il y avait des piles de vêtements, surtout des vêtements de femme, des peluches poussiéreuses et des vêtements d'enfant, des bibelots, quelques livres de poche et deux ou trois bijoux fantaisie. A peu près la moitié du lot était en bon état. Restait à faire la part des articles sans grand intérêt et celle de ceux qui méritaient plus d'attention.

Elle s'étonnait toujours de voir ce que certaines personnes estimaient correct de donner à une œuvre de bienfaisance. La tenant à bout de bras, elle examina une chemise d'homme au col usé jusqu'à la trame. Il manquait plusieurs boutons et une tache d'un jaune suspect maculait une manche. Du curry ? Du pollen ? Peu importe, pensa-t-elle en jetant le chiffon dans le carton des rebuts.

Yvonne, une des bénévoles, s'occupait de la vente et bavardait gaiement avec les clients. Anneliese aimait travailler avec elle car quand elle parlait, Yvonne semblait se moquer d'obtenir une réponse. En général, cela convenait très bien à Anneliese qui préférait travailler en silence avec la radio en sourdine. Ce jour-là, cela lui convenait encore mieux car elle craignait de ne pouvoir échanger deux répliques avec Yvonne, sa vie dût-elle en dépendre.

Elle savait qu'elle avait très mauvaise mine et, pour l'expliquer, avait prétendu avoir souffert d'insomnie, même si avec le somnifère elle avait dormi huit heures d'affilée. Cela ne l'empêchait pas d'avoir encore plus mauvaise mine que si elle n'avait réellement pas fermé l'œil. Quand elle s'était vue dans le miroir de la salle de bains, elle avait eu un choc. Le chagrin l'avait vieillie de plusieurs années en une seule nuit et ses os saillaient sous la peau de son visage. Elle avait l'impression que la dernière trace de sa jeunesse s'était envolée, ne laissant que des angles durs, des creux sombres et ces grands yeux bleu indigo dont Beth avait hérité. De même, son épaisse chevelure blanche, autrefois d'un blond très pâle et qu'elle attachait toujours nettement sur la nuque, n'avait plus rien de féminin. Au contraire, cela la vieillissait encore plus. On aurait dit une sorcière de comédie.

Anneliese avait à peine reconnu la femme qu'elle avait été, celle à qui un admirateur, bien des années auparavant, avait déclaré qu'elle ressemblait à une danseuse avec son long cou gracieux et ses yeux de biche. D'après Edward, elle était une des plus belles femmes de Tamarin, mais c'était sans doute dans une autre vie, se dit-elle tristement. Qui l'aurait cru à présent ?

Elle se reprocha de ne pas s'être maquillée. Une base discrète, une touche d'anticernes pour atténuer les affreux cercles noirs, du rimmel pour souligner ses yeux et un soupçon de blush pour se rosir les joues. Ç'aurait été facile, elle avait toujours été très douée pour le maquillage. C'était même la seule chose sur laquelle sa mère et elle étaient d'accord.

Même si Anneliese voulait à tout prix se lancer dans l'horticulture, cela ne l'empêchait pas de soigner sa peau et de ne jamais sortir sans rouge à lèvres, avait dit sa mère. Elle avait aussi été très ferme sur un autre point : une femme ne boit pas d'alcools forts. Anneliese s'était tenue jusqu'alors à cette règle et regrettait amèrement le brandy et le vin de la veille. Cela n'avait fait qu'aggraver sa migraine.

— Les chiens iront faire leurs besoins sur la plage, lui ai-je dit, expliquait Yvonne à une cliente. Il faut mettre des panneaux, c'est tout. Des panneaux stipulant que les chiens doivent aller sur la plage.

Anneliese faisait partie de ceux qui désapprouvaient cette idée. Elle préférait voir une crotte de chien par-ci par-là plutôt qu'une armée de panneaux menaçant d'amende les gens qui ne nettoyaient pas derrière leur animal. Des panneaux détruiraient la beauté sauvage de la grève. Elle préféra toutefois ne pas intervenir et se demanda comment réagirait Yvonne quand elle saurait ce qui s'était passé.

Edward m'a quittée. Il est parti vivre avec Nell Mitchell. Oui, Nell, ma meilleure amie. Comme ça ! Ça prouve qu'on ne connaît jamais vraiment les gens.

Cela sonnait faux.

Elle chercha une autre façon de le formuler, se répétant les phrases en esprit, très lentement, pour voir si cela avait un sens.

Nous avons traversé des moments difficiles, Edward et moi, et c'était peut-être trop dur pour lui. Et Nell est si facile à vivre. Après tout, ils se connaissent bien…

— Anneliese ? Tu disais quelque chose ?

Yvonne la regardait depuis le comptoir. La cliente était partie, les laissant seules.

— Non, rien, Yvonne. Je me parlais à moi-même.

— Oh ! Je sais ce que c'est, cela m'arrive souvent.

Yvonne soupira et reprit sa lecture du journal local.

— Personne ne fait attention à ce que je dis ! Les enfants me répètent tout le temps que je suis un vrai moulin à paroles et que, s'ils essaient de me répondre, je continue à parler. Du coup, ils me laissent parler toute seule. Ah, les enfants !

— Oui, les enfants ! répondit Anneliese alors qu'elle pensait « mari » et « meilleure amie ».

— On les aime quand même, hein ? poursuivit Yvonne.

Elle parlait toujours des enfants, aucunement consciente qu'elles n'étaient pas sur la même longueur d'onde.

Anneliese se rendit soudain compte de la facilité avec laquelle on peut tromper les gens quand ils vous en pensent incapable. Avait-il été très facile de la tromper ? Honteusement facile, sans doute…

Elle arrêta de trier les vêtements pour y réfléchir. Quels mensonges Edward et Nell lui avaient-ils racontés ? S'étaient-ils retrouvés au cottage les jours où elle-même travaillait à la boutique ? S'étaient-ils couchés dans son lit pour faire l'amour ?

Prise d'une brusque nausée, elle courut aux toilettes. De la bile, sans doute le résultat de ses abus de la veille, mais rien d'autre.

La voix d'Yvonne retentit.

— Anneliese, tu vas bien ?

— Oui, mentit-elle. Une simple brûlure d'estomac. Certainement la tourte au poisson fumé d'hier soir.

Elle se redressa, étonnée de sa réponse. Comment avait-elle pu imaginer cette histoire ? Le petit miroir lui renvoyait l'image d'une femme aux yeux rougis. Mentir avec aisance n'exigerait donc qu'un peu de pratique ?

Heureusement, il y eut du passage toute la matinée. Yvonne s'activait, bavardait comme une pie et faisait sonner la caisse enregistreuse à tout-va. Anneliese quant à elle s'appliqua à donner l'impression d'un travail acharné en rangeant les étagères et les portants derrière les clientes.

Son regard se perdait souvent vers la rue, en quête de la silhouette familière d'Edward. Il passait parfois la voir à la boutique. Aujourd'hui, pensa-t-elle, cela risquait peu d'arriver. Elle s'obstinait pourtant à les guetter, lui et Nell.

Le plan de Tamarin dessinait une demi-étoile à nombreuses branches, formées par les rues qui toutes descendaient vers le port et convergeaient à Harbour Square, grande place ornée de petits palmiers qui lui donnaient un air méditerranéen. Il y avait un café avec une terrasse, le Dorota's, et le port qui se déployait en fer à cheval, comme deux bras ouverts pour accueillir la mer. On pouvait aussi y voir les pinces d'un crabe, prêt à saisir sa proie. Tout dépendait de l'état d'esprit dans lequel on se trouvait.

La boutique des Sauveteurs en mer se trouvait dans Fillibert Street, à mi-chemin entre Harbour Square et, plus haut, la petite place où l'église St Canice s'élevait dans la gloire de ses murs de pierres claires.

A quatorze heures, Corinne Brady arriva pour remplacer Anneliese, dans un tourbillon de longues écharpes et de colliers de perles cliquetantes. Elle laissait derrière elle le sillage musqué d'une huile parfumée achetée au magasin diététique de Tamarin. Anneliese le savait car Corinne répétait constamment que les parfums modernes étaient nuisibles pour la santé, contrairement à l'eau de musc ancien.

« Il n'y a rien de mieux que les parfums naturels, Anneliese, disait-elle gaiement en agitant un petit flacon devenu poisseux au fil des ans. Les parfums modernes donnent le cancer. »

D'ordinaire, Anneliese supportait très bien les excentricités de Corinne et ses curieuses théories mais, aujourd'hui, c'était au-dessus de ses forces. Elle avait épuisé ses réserves d'amabilité et de compréhension.

— Bonjour, Yvonne ! Regarde-moi ça ! Il y a un nouvel arrivage de racine de squaw. Ecoute, je sais que tu n'as pas envie de parler de la ménopause…

Anneliese, qui entendait tout depuis l'arrière-boutique, grimaça. Pauvre Yvonne ! Il n'y avait aucune chance de pouvoir parler discrètement de problèmes féminins quand Corinne s'en mêlait. Elle ne savait pas contrôler sa voix. Elle hurlait, même quand elle voulait chuchoter.

— C'est formidable, poursuivait Corinne.

— Tu devrais crier encore plus fort, répondit Yvonne d'un ton fâché. Je ne suis pas certaine que toute la ville t'ait entendue.

— Allons, Yvonne ! dit Corinne avec légèreté. Nous sommes entre femmes, ici, et nous sommes fières de nos corps. C'est le cycle de la vie ! La merveilleuse force de vie qui se manifeste en nous parce que mère Nature l'y a mise.

Normalement, ce genre de remarque faisait toujours sourire Anneliese. Corinne était très drôle quand elle se lançait dans ses tirades sur mère Nature. Mère Nature était responsable de beaucoup de choses, y compris de la dépendance de Corinne au chocolat au lait et au Dr Burke de *Grey's Anatomy*. Si jamais Corinne était au courant, le départ d'Edward avec Nell incomberait certainement à mère Nature. La force de vie en marche ou une sottise du même acabit ! Anneliese frissonna à l'idée que son chagrin puisse passer sur la table de dissection mentale de Corinne. Elle se demanda comment quitter la boutique sans se faire remarquer. Trop tard !

— Bonjour, Anneliese ! Mais quelle horreur ! Tu as l'air affreusement fatiguée. Ma pauvre chérie ! J'ai ce qu'il te faut dans mon sac…

Joignant le geste à la parole, Corinne se mit à fouiller dans l'énorme besace en patchwork de cuir qu'elle traînait partout. Son sac puait tant elle y avait renversé de flacons d'huile parfumée et de potions diverses.

— Ça peut sembler bizarre, ma pauvre, mais c'est un champignon. Tu as juste à verser de l'eau dessus et à boire le jus, et tu recommences…

Anneliese, qui sentait revenir ses nausées à la seule idée de boire une telle mixture, l'interrompit vivement :

— Désolée mais je n'ai pas le temps maintenant. Excuse-moi, au revoir, Corinne !

Elle sortit en se retenant de courir, sa veste et son sac serrés contre elle. Elle se sentait incapable de supporter les histoires de Corinne une seconde de plus.

De peur que cette dernière ne lui coure après en dépit de ses formes généreuses, Anneliese descendit Fillibert Street à toute vitesse, cherchant d'un regard affolé un endroit où se réfugier. La librairie ! Les Feuilles volantes étaient un lieu étrange, tout petit, mais offrant un imposant choix de romans. Et, avec ses vitrines relativement sombres, il était difficile de voir de la rue qui s'y trouvait. C'était parfait. Personne ne chercherait à lui adresser la parole. Tel était le code du lieu : on avait le droit de sourire et de hocher la tête. Rien d'autre.

Elle s'engouffra dans la librairie silencieuse et se dirigea machinalement vers les rayons les plus éloignés de la porte qui abritaient les classiques. Elle laissa un doigt glisser sur le dos des ouvrages. Combien d'années, se demanda-t-elle, combien d'années s'étaient-elles écoulées depuis qu'elle avait lu Jane Austen pour la dernière fois ?

Les minutes passèrent et elle se sentit enfin rassurée. Corinne ne l'avait pas suivie et, maintenant qu'elle avait quitté la boutique des Sauveteurs en mer, elle n'avait plus besoin de feindre. Elle pouvait se permettre de redevenir elle-même. Le seul problème, c'était qu'elle ne savait plus très bien qui elle était. C'était une sensation étrange, déconcertante. Anneliese avait l'impression d'être environnée de brouillard, de ne plus être réelle. Comme si elle avait été téléportée dans ce corps et dans cette vie où rien ne lui était familier, ni de loin ni de près.

Par pitié, non ! Pas ça !

Elle quitta le rayon des classiques et se retrouva devant celui du développement personnel. Sa respiration s'était accélérée. Non ! Respire à fond, s'ordonna-t-elle. Inspirer, compter jusqu'à quatre, expirer. Et on recommence ! Au bout de quelques instants, elle réussit à se concentrer à nouveau sur les livres. Développement personnel… Elle avait souvent exploré ce rayon et savait qu'il n'existait pas de *Méditations pour ceux qui en ont marre de cette fichue planète !*

Il y avait une place à prendre sur le marché, pensa-t-elle amèrement. De même, il manquait un titre indispensable, *100 Idées pour tuer votre mari et votre ex-meilleure amie !*

En revanche, les ouvrages sur la dépression abondaient. Psychothérapie, visualisation créatrice ou régime à base de compléments alimentaires : on n'avait que l'embarras du choix. Anneliese en avait lu un grand nombre. Elle voulait aller mieux ! Elle parcourut les étagères du regard. Sans doute les avait-elle déjà tous, à l'exception des plus récents. Mais rien n'avait marché. On ne pouvait se libérer de la dépression par la seule lecture.

C'était tellement plus noir et plus profond que tout ce qu'on pouvait lire sur le sujet ! Ses yeux s'étaient chargés de colère, une terrible colère contre ces auteurs qui osaient prétendre savoir de quoi ils parlaient !

Ces fichus psychiatres et gourous en tout genre de la santé mentale écrivaient sur la dépression, s'exprimaient à la place des gens qui avaient sombré dans ce gouffre, un lieu où l'on ne pouvait imaginer mener un jour une vie ordinaire, heureuse. Un lieu où le quotidien lui-même devenait quasiment insurmontable.

Anneliese, sors de ta chambre et réponds-moi, s'il te plaît ! Elle entendait à nouveau la voix de sa mère. Sa chère maman… Elle avait fait tout ce qu'elle pouvait, Anneliese le savait, mais elle était complètement désarmée quand le nuage noir engloutissait sa fille. Sa famille, des gens normaux, gentils et simples, ne savait pas quoi faire avec une fille aussi déprimée.

« Si seulement tu me disais ce qui ne va pas, suppliait sa mère.

— Je ne sais pas moi-même ce qui m'arrive », répondait invariablement Anneliese.

Et c'était vrai. Personne ne l'avait battue ou insultée. Le problème venait de ce qu'elle ressentait tout avec une sensibilité excessive, beaucoup plus exacerbée que celle d'Astrid, sa sœur aînée et la plus proche en âge. Simplement, certains jours, son esprit n'était plus qu'un nuage de peur, d'angoisse et de ténèbres. Elle ne savait pas pourquoi cela lui arrivait. C'était là, et voilà tout.

Elle avait compris cela quarante ans plus tôt. A seize ans, elle avait découvert que tout le monde n'éprouvait pas la même chose et qu'elle était différente de son entourage.

Et la chose était soudain revenue, là, dans la sombre librairie de Tamarin, cette sensation de ténèbres envahissant son esprit. Mais, cette fois, en plus, accompagnée d'une attaque de panique. Les tambours s'étaient mis à battre derrière ses yeux, comme si le son venait de très loin. Un battement lent, incessant, qui n'était pas réel, elle ne l'ignorait pas, mais qui lui paraissait plus réel que quoi que ce soit d'autre en cet instant. Cela faisait longtemps qu'elle ne l'avait pas entendu. Cela n'arrivait plus que la nuit, dans ses cauchemars, mais elle savait précisément ce dont il s'agissait : la peur, la terreur absolue.

Elle avait lu un jour que, dans certains types de situation, c'est le cerveau reptilien qui prend le dessus, ce centre de l'instinct de survie le plus primitif, plus ancien que le système limbique et le cortex cérébral.

Cette partie du cerveau prend les commandes en cas de peur viscérale, irrépressible. L'article comportait tout un vocabulaire médical au nombre de syllabes astronomique, si bien qu'Anneliese avait fini par le survoler. Elle avait juste retenu que le cerveau reptilien concernait l'instinct de survie et entrait en jeu quand on était en présence d'un danger mortel.

Or, c'était le cas, en cet instant précis où une attaque de panique la submergeait avec la force d'un ouragan.

Elle n'avait pas plus tôt pensé ces mots que la respiration lui manqua. Son souffle devint sifflant tandis que sa poitrine se contractait douloureusement. Elle ne pouvait plus respirer et son cœur battait la chamade.

Anneliese se déplaça si brutalement qu'elle bouscula un client penché sur les livres de sport.

— Désolée, articula-t-elle avec peine avant de se précipiter vers la sortie.

Il fallait qu'elle rentre chez elle le plus vite possible. Elle avait désespérément besoin de se retrouver dans un endroit où elle se sentirait en sécurité, où elle pourrait se débarrasser de la peur et des ténèbres affolantes.

Elle n'avait pas eu d'attaque de panique depuis des années. Des années ! Cela lui avait laissé le temps d'oublier l'horreur qu'elles engendraient, cette sensation d'être en train de mourir.

Ses mains tremblaient si fort une fois devant sa voiture qu'elle eut toutes les peines du monde à insérer sa clé dans la serrure. Lorsqu'elle y fut enfin parvenue, elle se jeta sur son siège et claqua sa portière. C'était un début de sécurité.

Assise derrière son volant, elle s'astreignit à respirer plus calmement. Inspirer, compter jusqu'à quatre, expirer. Et on recommence…

Une fois un peu moins mal, elle démarra et mit la radio sur une émission d'entretiens. Avec un peu de chance, la discussion bloquerait le flux de ses idées noires. Elle ne voulait surtout pas penser.

Sa maison lui parut très silencieuse. Ce n'était pas la quiétude d'un foyer où l'on attend quelqu'un d'autre mais le silence assourdissant d'un endroit où l'on vit seul. Anneliese se prépara une tisane de plantes calmantes, ce mélange de la Tranquillité au sujet duquel Edward la taquinait gentiment. Au moment de remettre la boîte dans le placard, elle prit un deuxième sachet et l'ajouta au premier. Elle avait vraiment besoin d'une double dose de tranquillité.

Ensuite, armée de son mug et d'une vieille couverture, elle alla s'asseoir sur la terrasse. Pelotonnée sur elle-même, son mug à la main et la couverture drapée sur ses épaules, elle s'abandonna au spectacle des vagues qui venaient s'écraser sur le rivage. Et elle s'appliqua à respirer.

Respirer… Inspirer, expirer. Lentement et profondément… On se concentre sur chaque respiration, on laisse ses poumons se remplir à fond et on expire lentement par le nez. On inspire, on expire. C'est tout ce qu'il suffit de faire, jour après jour. Respirer.

Zut et zut ! Ça ne marchait pas ! En dépit de ses efforts pour inspirer à fond, son cœur battait toujours aussi fort, aussi vite, et les ténèbres qui la guettaient depuis l'arrière de son crâne se rapprochaient.

Va au diable, Edward ! Comment peux-tu me faire ça ?

Elle resserra la couverture autour d'elle. Il était hors de question de reprendre des médicaments. C'était fini. Plus jamais !

Edward avait été très patient en ce qui concernait sa dépression, même s'il n'avait jamais compris ce qui se passait.

« Moi aussi, il m'arrive de me sentir un peu triste, tu sais, lui avait-il dit peu après leur mariage. Ce n'est pas la même chose que toi, ma chérie, mais je comprends ou, du moins, j'essaie. »

Anneliese avait toujours choisi ses mots avec prudence pour lui parler de sa dépression. Elle craignait de l'effrayer ou de lui donner l'impression d'avoir épousé une folle. Ce jour-là, elle s'était retenue pour ne pas éclater de rire.

Edward ne pouvait pas savoir ni comprendre que la dépression faisait partie d'elle. Elle accomplissait les gestes du quotidien comme n'importe qui mais, alors que certaines personnes vivent avec des taches de rousseur ou une peau mate, elle vivait avec la dépression. C'était une part d'elle-même, qui se manifestait parfois, et parfois non. Des mois, des années pouvaient s'écouler sans qu'elle sente venir ces ténèbres qui l'engloutissaient mais, quand cela arrivait, c'était autre chose que d'être « un peu triste ». Et pourtant, Anneliese aimait Edward, et l'aimait encore plus en sachant qu'il essayait de comprendre.

« Je t'aime, mon amour de mari », lui avait-elle dit ce jour-là d'un ton enthousiaste.

Il avait joint son rire au sien et l'avait serrée contre lui. Ils avaient fini dans les bras l'un de l'autre, Anneliese assise sur les genoux d'Edward. Ce jour-là, elle avait eu le sentiment d'être vraiment aimée.

Cet homme gentil et compliqué ne pouvait pas réellement comprendre ce dont elle souffrait, mais il faisait de son mieux. C'est cela, l'amour : tenter de comprendre l'autre même si ce qui lui arrive reste en dehors de notre compréhension.

Anneliese en avait parlé à Nell, et cela lui faisait particulièrement mal. Cette garce connaissait sa souffrance et cela ne l'avait pas empêchée de lui prendre son mari. Un violent frisson secoua Anneliese qui s'accrocha à sa couverture.

Elle commençait à haïr Nell.

Un souvenir parmi d'autres lui revint. Beth était encore une petite fille. Elle l'avait amenée à la fête d'anniversaire d'une camarade d'école puis était rentrée chez elle et avait pleuré pendant deux heures. Nell, qui passait lui dire bonjour, l'avait trouvée dans un piteux état, les joues striées de larmes.

« Comment peux-tu te conduire normalement alors que tu te sens si mal ? avait-elle demandé, intriguée.

— Tu fais semblant et tu souris, avait répondu Anneliese. On ne peut pas rester dans son coin à fixer le vide quand on a un enfant. On n'en a tout simplement pas le droit. »

Ce n'était pas l'envie qui lui manquait pourtant, mais l'amour maternel lui insufflait beaucoup de force. Combien de fois n'aurait-elle pas tout donné pour pouvoir rester dans son lit, la couette enroulée autour d'elle comme une armure, et oublier son désespoir. Mais elle ne pouvait pas faire cela à sa fille.

Quand Beth avait grandi, il était devenu flagrant qu'elle n'avait pas seulement hérité des magnifiques yeux bleu indigo de sa mère mais aussi de sa dépression. Dès lors, Anneliese n'avait plus eu qu'un seul but : protéger sa fille. Beth, qui avait besoin d'amour et d'attentions sans fin, était passée au premier rang des préoccupations de sa mère.

En deuxième place, venait Anneliese elle-même qui traversait des périodes de calme puis retombait au fond du trou. A contrecœur, elle se traînait alors chez son médecin et avalait ces horribles antidépresseurs qu'elle détestait tant. C'était comme de s'avouer vaincue, de reconnaître son échec. Elle avait des envies de meurtre quand elle tombait sur un article, un de plus, affirmant que la dépression se traitait comme le diabète et que, si on avait du diabète, on recourait sans hésiter à l'insuline.

Edward, son Edward bien-aimé, était le troisième dans l'ordre de ses priorités.

Anneliese avait pris conscience que, si une femme a des enfants, ils passent définitivement en premier, alors que, pour les hommes, leur femme tient la première place. Cela n'avait rien de comparable, on ne parlait pas le même langage.

Etait-ce cela qui avait éloigné Edward ? Le fait de ne jamais occuper que la troisième place ? Comment n'avait-il pas compris que ce n'était pas un choix délibéré de sa part mais une nécessité dictée par l'instinct de survie ?

Anneliese soupira tristement et reporta son attention sur le paysage. C'était pour la vue qu'ils avaient acheté la maison, Edward et elle. Dans la lumière de fin de journée, Milsean Bay paraissait un miroir serti au creux d'une vallée où se côtoyaient le sable blanc et le vert tourbeux des champs.

Au-delà du miroir de la baie, on voyait l'Atlantique où les goélands se livraient à d'acrobatiques loopings tandis que les vagues se brisaient en grandes gerbes d'écume spectaculaires. Dans le rugissement de l'océan, elle entendait un bruit d'alerte. Il fallait se méfier de la mer, une leçon impossible à oublier quand on vivait ici. Les touristes partaient en bateau faire le tour de la baie et, se fiant à ses eaux abritées, en concluaient que la navigation en mer était sans risque. Il ne restait plus qu'à envoyer les sauveteurs à leur secours quand la tempête se levait…

Du haut des falaises qui dominaient la baie, là où se dressait un impressionnant dolmen, on apercevait parfois des requins-pèlerins. Anneliese se souvenait très bien du jour où Edward et elle avaient emmené Beth, encore toute petite, voir le dolmen. Ils désiraient lui insuffler la fierté d'être née sur cette terre.

« C'est une partie de notre histoire, Beth », avait dit Edward.

Et aujourd'hui, il avait réécrit l'histoire de leur famille. Anneliese ignorait sielle pourrait un jour le lui pardonner. Il n'avait aucune excuse, aucune.

Mais, bien sûr, qu'elle lui pardonne ou pas n'avait plus la moindre importance pour Edward. Il était sorti de sa vie.

4

Après la chaleur qui régnait dans son hôtel du Nouveau-Mexique, Izzie trouva qu'il faisait froid dans son appartement de Manhattan. Quant au décor, il lui paraissait soudain très pauvre. Même New York lui semblait froide et impersonnelle. Le chauffeur venu la chercher à l'aéroport était banal, sans rien des excentricités qui avaient rendu célèbres les taxis de la ville. Il était ennuyeux comme la pluie et, d'ailleurs, il pleuvait à torrents.

Trempée et fatiguée, Izzie claqua sa porte derrière elle et posa ses bagages. Pourquoi se sentait-elle aussi désabusée, aussi triste ? Elle avait retrouvé dans ce *pueblo* accueillant la douceur de vivre des petites villes de chez elle, en Irlande, et qui lui manquait beaucoup. Elle-même était née dans une bourgade. A l'idée de Tamarin, le mal du pays lui serra le cœur. Elle songeait beaucoup à sa ville natale, ces derniers temps. Etait-ce à cause de sa terrible solitude quand Joe la quittait, tard le soir, et que ses pensées se tournaient vers sa famille et les gens qui l'aimaient, là-bas ?

Ou bien cela venait-il du malaise croissant que lui inspirait leur relation, une histoire si difficile à expliquer qu'elle n'avait jamais essayé de le faire avec qui que ce soit. Pas plus avec Carla qu'avec son père ou sa grand-mère Lily.

Elle se débarrassa de sa veste dégoulinante de pluie et regarda son répondeur téléphonique. Le compteur affichait un beau zéro tout rond. Pas le moindre message !

Saleté de machine ! Elle lui jeta un regard noir, comme si c'était la faute du répondeur si Joe ne l'avait pas appelée.

Elle alluma toutes les lampes dans l'espoir de rendre son appartement plus accueillant et passa dans la salle de bains d'un pas lourd. Une bonne douche ferait disparaître la poussière de la mesa. Elle était obsédée par son hygiène corporelle, depuis quelque temps. Les histoires d'amour compliquées pouvaient-elles engendrer des troubles obsessionnels compulsifs ? Elle n'avait jamais passé autant de temps sous la douche, à se frotter, se laver, avant de s'enduire le corps de crème dans l'espoir que cela ferait sonner le téléphone. La sonnerie ne retentissait-elle pas toujours quand on était sous la douche ? Mais cela ne marchait pas, cette fois. En cinq jours, elle n'avait reçu aucun appel de Joe.

Cinq jours !

Le matin où elle avait pris l'avion pour le Nouveau-Mexique, il lui avait promis de lui téléphoner. Elle en avait soupiré de plaisir anticipé. Elle aurait tellement voulu annuler ce déplacement, tellement voulu qu'un événement imprévu l'empêche de partir ! Elle avait besoin de sentir qu'il n'était pas très loin. A quoi tenait cette sensation de solitude, d'abandon quand ils n'étaient pas dans la même ville ?

Or, Joe n'avait pas téléphoné, même pas le dernier soir, quand tout le monde s'était détendu et que le vacarme de la fête aurait rendu n'importe quel amoureux absent au moins un peu jaloux. Izzie avait souhaité de toutes ses forces qu'il appelle à ce moment-là, pour avoir la possibilité de s'éloigner du bruit et lui dire innocemment qu'Ivan faisait une démonstration de limbo. Cela faisait toujours son petit effet ! Tout le monde n'était pas capable de se tortiller en rythme pour passer sous un bâton à peu de distance du sol. Elle se serait débrouillée pour rendre la chose très amusante, suffisamment pour qu'il se sente jaloux de savoir qu'elle profitait de la vie sans lui. Malheureusement, il n'avait pas joué son rôle. Il ne l'avait pas appelée.

Izzie sortit de sa douche, encore très énervée.

En définitive, ce n'était pas d'une douche qu'elle avait besoin mais d'un bain. Ça, ce serait parfait !

Elle ouvrit les robinets de la baignoire, y versa la moitié de sa ruineuse huile de bain à la rose de chez Jo Malone et alla ouvrir une bouteille de vin blanc pour se préparer un spritzer. Elle se servit un demi-verre de vin blanc, compléta avec de l'eau gazeuse et emporta son verre dans la salle de bains où elle se laissa enfin glisser dans la mousse parfumée.

Les yeux clos, la tête appuyée contre le rebord de la baignoire, elle but son spritzer à petites gorgées en essayant de se décontracter. Malheureusement, l'oubli béat que lui procurait généralement un bain chaud la fuyait. Comme toujours depuis qu'elle avait rencontré Joe, elle était incapable de ne pas penser à lui.

Pour leur premier rendez-vous, ils s'étaient retrouvés dans un petit restaurant italien très pittoresque du Village. Izzie n'aurait jamais cru que Joe aimait ce genre d'endroit. Elle s'était imaginé qu'il préférait les restaurants chics où le personnel reconnaissait tous les milliardaires de la ville. Qu'il ne joue pas à ce jeu-là le lui avait rendu encore plus attachant.

Tout en dégustant les entrées, ils avaient beaucoup discuté et, plus Joe parlait, plus Izzie était séduite.

Après une licence d'économie et gestion des entreprises, il était entré à la banque J. P. Morgan pour une formation complémentaire sous forme de stage diplômant. Tout en dégustant un morceau de ciabatta arrosé d'huile d'olive au basilic, il lui raconta la suite.

« C'est là que j'ai attrapé le virus de la spéculation. Le travail de trader offre des gratifications immédiates et j'ai adoré ça.

— Ça n'est pas trop stressant ? demanda Izzie, frissonnant à l'idée de perdre des millions en un claquement de doigts.

— Je n'ai jamais été stressé. J'aimais ce boulot. J'achetais, je vendais, parfois je perdais, parfois je gagnais, mais, quoi qu'il arrive, je rentrais chez moi le soir et je dormais à poings fermés ! Autour de moi, tout le monde était sur les nerfs en permanence. Entre les horaires monstrueux, le travail, l'obligation de ne penser qu'à réussir, beaucoup se sont fait avoir. Pas moi ! »

A vingt-neuf ans, Joe gérait son propre fonds d'investissement, un *hedge fund*.

Izzie poussa une petite exclamation de satisfaction.

« Ah ! C'est donc ça ! Je me suis toujours demandé de quoi il s'agissait. »

Plus Joe était monté dans la hiérarchie, plus il avait pris de risques mais plus il avait gagné d'argent. Il avait terminé comme directeur des investissements d'une grande banque.

le marché grâce aux maths. Nous étions sur tous les marchés. C'était un fonds fermé. »

Izzie, qui se régalait de poivrons grillés, lui adressa un regard interrogateur.

« Cela veut dire qu'on ne réinvestit que les profits et qu'on ne laisse pas entrer de nouveaux investisseurs », expliqua Joe.

Elle hocha la tête, impressionnée. Il lui donnait un cours accéléré de haut niveau sur la Bourse. Depuis combien d'années connaissait-elle tous ces riches banquiers sans avoir jamais eu la moindre idée de ce dont ils parlaient ?

Pour finir, Joe et un de ses amis, Leo Guard, avaient créé leur propre société d'investissement, HG.

« Nous avons si bien réussi que nous avons fini par faire passer le ratio des frais de deux pour vingt à cinq pour quarante.

— Vous savez, je compte sur mes doigts, dit Izzie. J'ignore totalement de quoi vous parlez. »

Il eut un sourire amusé et lui proposa un autre morceau de pain.

« C'est le rapport habituel entre les frais et le rendement. Deux pour vingt signifie que l'on perçoit deux pour cent pour les frais de gestion et vingt pour cent de commission sur la performance du fonds.

— Vingt pour cent ! Et il est question de millions de dollars, n'est-ce pas ?

— Imaginez que vous en gérez six cents… »

Izzie détestait passer pour une gourde mais elle avait besoin d'une certitude.

« Six cents millions de dollars ? »

Pour toute réponse, il hocha la tête.

« Alors, vous êtes riche. »

Pendant cette conversation, elle s'était empiffrée d'antipasti, et s'en voulait car elle n'avait plus faim pour le plat de résistance.

Joe éclata de rire en entendant sa dernière réplique.

« Vous êtes une femme unique, Izzie Silver, et cela me plaît beaucoup ! »

Izzie écarta son assiette comme pour refuser la tentation.

« Non, je suis juste directe et franche, mais cela ne plaît pas à tout le monde.

— Moi si, et vous pouvez dire, en effet, que je suis riche. »

Les yeux d'Izzie pétillaient d'amusement.

« Pourtant, vous ne possédez pas de super-yacht ! »

De nouveau, il éclata de rire.

« Non ! Et vous ? En voulez-vous un ou désirez-vous seulement sortir avec un type qui en a un ? »

Sa naïveté fit sourire Izzie mais elle adopta un ton assez froid pour rétorquer :

« Vous ne vous doutez vraiment pas de la réponse ? Je suis aussi éloignée du genre de femme qui cherche un propriétaire de super-yacht que si j'habitais sur la lune. »

Elle écarta ensuite les divers accessoires posés sur leur table pour ne garder que la salière et le poivrier.

« Le poivre, c'est moi, expliqua-t-elle en le poussant vers le bord de la table avant de faire glisser la salière jusqu'au bord opposé. Et le sel, c'est le genre de femme qui veut connaître le compte en banque d'un homme pour savoir si elle acceptera de prendre un verre avec lui. Vous voyez ? Il y a un fossé entre nous, une énorme différence.

— Excusez-moi !

— Cela ira pour cette fois mais ne recommencez pas ! dit-elle sur un ton taquin. Je ne suis jamais sortie avec un homme à cause de son chéquier. Jamais ! Je ne suis sortie avec un homme par intérêt qu'une fois dans ma vie, poursuivit-elle en souriant. C'était mon voisin de palier dans mon ancien immeuble et il savait faire marcher le chauffage. Un jour que le concierge était absent, il l'a réparé pour moi et j'ai accepté de sortir un soir avec lui. Mais c'était une exception.

— Donc, si je comprends bien, vous avez accepté mon invitation parce que je vous ai déposée à votre bureau, l'autre jour ?

— Exactement ! répondit-elle gaiement. Mais revenons à vous. Parlez-moi un peu de votre vie personnelle. »

Il avait quarante-cinq ans et sa femme un peu moins. Ils s'étaient mariés très jeunes, ils étaient alors presque des gosses en réalité. Izzie se mordait les doigts d'avoir posé cette question.

« Et puis Tom est arrivé très vite, continuait Joe d'un ton très fier. Cela change tout, vous savez. Avez-vous des enfants ?

— Non, et j'ignore donc ce que cela change.

— Vous pouvez me croire, il y a un avant et un après. Pour commencer, cela transforme la relation de couple car on doit s'occuper des enfants en permanence. Mais je ne suis pas ici pour vous parler de mes fils !

— Très bien, mais dans ce cas pour quelle raison êtes-vous ici ? »

Elle-même ne savait pas très bien pourquoi elle était venue. Cet homme trop compliqué avait une vie trop compliquée. Elle avait besoin de tout sauf de jouer les infirmières pour cœur brisé !

De plus, Joe n'en était pas à ce stade. Il en était encore à bercer ses sentiments blessés. Un homme en quête d'une femme pour rebondir aurait évité le sujet de l'épouse et des enfants.

Quel dommage ! pensa-t-elle avec tristesse. Joe était charmant, séduisant, et éveillait son désir avec une force qu'elle n'avait jamais connue.

Tout cela prouvait la justesse de ce qu'elle savait déjà et que Linda lui avait confirmé. Tous les hommes valables étaient pris ! Il n'en restait pas moins qu'elle était en train de déjeuner avec un homme très agréable. Autant en profiter ! Ce serait une expérience de plus.

« Vous n'avez toujours pas compris pourquoi je voulais vous voir ? » demanda-t-il.

Izzie lui lança un regard moqueur.

« Je veux peut-être en savoir plus sur les agences de mannequins pour y investir ?

— Vous voulez peut-être que je vous présente à des mannequins aux longues jambes ? rétorqua-t-elle. En général, je suis assez douée pour voir si un homme ne s'intéresse à moi que pour arriver aux mannequins. Mais vous… fit-elle en le scrutant longuement. Vous, vous n'êtes pas un homme comme les autres. Vous êtes trop gentil pour ça. »

Il fit mine de s'étrangler.

« Gentil ? Je n'ai pas l'habitude qu'on utilise ce mot à mon sujet ! En général, on me traite plutôt de requin.

— Mais vous êtes gentil », insista Izzie avec un grand sourire.

C'était la vérité. Sous sa carapace de grand mâle dominant, débordant d'intelligence et plein d'assurance, elle devinait une personne fiable et humaine, quelque chose qui la séduisait dangereusement ; cet homme pouvait être richissime, il n'en avait pas moins été élevé avec de vraies valeurs. On lui avait appris à faire attention aux autres, à protéger sa famille et sa femme. Izzie sentit son cœur se serrer à l'idée qu'elle ne serait jamais cette femme. Ce serait merveilleux de vivre avec un homme qui prendrait soin d'elle.

Elle poursuivit néanmoins sur ce ton taquin qu'elle avait adopté.

« Vous pouvez prétendre être un requin mais vous êtes un gentil chaton. Par ailleurs, vous n'avez pas besoin de moi pour rencontrer les plus beaux mannequins du monde. Vous êtes assez riche pour vous offrir toutes les invitations que vous voulez. L'argent est une carte d'accès universelle, n'est-ce pas ?

— Comment peut-on être aussi cynique à un âge aussi tendre ? soupira-t-il en feignant la consternation.

— Je ne suis pas si jeune que ça, j'ai presque quarante ans », répondit Izzie.

Si elle avait pu penser qu'il s'intéressait à elle, elle aurait dit « trente-neuf ans ».

« Je m'en rapproche un peu plus tous les jours. Je commence à me faire vieille ! »

Quelques jours plus tôt, elle aurait tourné cela à la plaisanterie. Mais depuis le déjeuner au Plaza et la conversation avec Linda, Izzie n'éprouvait plus aucun plaisir à l'idée de fêter bientôt son anniversaire.

« Vous ne serez jamais vieille, dit-il d'une voix sourde qui évoqua brutalement pour Izzie l'image d'une chambre où il prendrait tout son temps pour la déshabiller.

— Seriez-vous en train de flirter avec moi, monsieur Hansen ? demanda-t-elle avec un gloussement dans un vain effort pour cacher son trouble. Je croyais qu'il s'agissait d'un déjeuner amical.

— Allons, dit-il, cartes sur table ! Oui, je suis en train de flirter avec vous.

— Dans ce cas, arrêtez tout de suite ! Vous venez de me parler de votre femme et de vos enfants. J'ignore de quel genre de femmes vous avez l'habitude mais, moi, je ne joue pas à l'amour à temps partiel. A trente-neuf ans, je ne suis jamais sortie avec un homme dont la situation n'était pas claire et je n'ai pas l'intention de commencer.

— Croyez-vous que je serais ici si mon couple était encore viable ? Ne me jugez pas si vite, Izzie ! Oui, j'ai une femme et des enfants, mais nous sommes séparés et nous ne vivons ensemble que pour le bien des enfants. Vous n'avez pas écouté ce que je vous ai dit ? Nous nous sommes mariés très jeunes, Elizabeth et moi, et cela fait des années que nous n'avons plus de relations de couple. Ce n'est la faute de personne, c'était inévitable. Nous avons finalement reconnu, il y a quelques mois, que cela ne marchait plus entre nous, à quelque niveau que ce soit, et que nous devions officialiser notre séparation.

— Ah ! » fit simplement Izzie, attendant la suite.

Parlait-il sérieusement ? Ou bien se trouvait-il encore dans cet affreux état d'après-séparation où l'on cherche à se convaincre que c'est bel et bien fini et qu'il suffira de rencontrer une autre femme pour s'en remettre ?

« Je l'aime, reprit-il, et je l'aimerai toujours mais, à présent, elle est comme une sœur pour moi. Nous avons vingt-quatre ans de vie commune et ce sont des années qui ont compté, mais notre relation en tant que couple est terminée. Nous voulons maintenir les apparences pour les plus jeunes de nos fils. Tom serait capable d'affronter la situation si nous divorcions, mais pas Matt et Josh. Notre maison de New York est assez grande pour que ce ne soit pas un problème. Beaucoup de gens choisissent cette solution. Si on a assez de place pour tout le monde, on peut vivre sous le même toit sans problèmes. J'ai ma vie, elle a la sienne. Les parents d'Elizabeth ont divorcé et elle refuse que nos enfants passent par les mêmes affres qu'elle. C'est pour cela que nous sommes encore ensemble, je suppose, mais cela devient trop difficile. Je n'y arrive plus. »

Izzie avait du mal à comprendre cet étrange arrangement.

« Que se passerait-il si l'un de vous tombait amoureux et voulait vivre avec quelqu'un d'autre ? » demanda-t-elle.

Elle avait la sensation de se tenir au bord d'une falaise, prête à tomber dans le vide, mais elle ne voulait pas s'abandonner sans être sûre que Joe la rattraperait.

« Cela n'est jamais arrivé, dit-il avant d'ajouter avec une lenteur délibérée : Du moins, pas encore. Dans ce cas, la situation ne pourrait pas rester telle quelle, bien sûr.

— Les gens connaissent-ils la vérité, autour de vous ?

— La plupart de nos proches et de nos amis, oui. Nous ne le crions pas sur les toits mais cela marche comme ça. Matt et Josh sont encore petits. Ils pensent tout savoir parce qu'ils ont douze et quatorze ans mais ce sont encore des enfants. Le fait de voir leurs parents vivre en bonne amitié dans la même maison leur procure la stabilité dont ils ont besoin. Ils représentent notre priorité absolue.

— Je vois, dit-elle, subitement attristée au souvenir de sa vie entre sa douzième et sa quatorzième année.

— C'est vrai ? »

Elle hocha pensivement la tête et il remarqua son expression mélancolique.

« Qu'y a-t-il ?

— J'ai perdu ma mère à l'âge de treize ans. Un cancer… Tout s'est passé très vite et nous n'avons pas eu le temps de parler vraiment. Six semaines après le diagnostic, elle était morte. »

Izzie en tremblait encore. Il lui avait fallu de longues années avant de pouvoir prononcer le mot « cancer ». Pour elle, c'était un mot dangereux, lourd de connotations terrifiantes, comme si le seul fait de le dire déclencherait une catastrophe.

« Mon père et ma grand-mère ont tout fait pour me protéger mais c'était impossible.

— Je suis désolé. Cela a dû être dur. »

Oui, cela avait été plus dur qu'il pouvait l'imaginer. Elle avait affronté la situation en la fuyant, se renfermant en elle-même pour que rien ne puisse l'atteindre. Elle ne pleurait presque pas, ne parlait presque pas, même à sa grand-mère chérie, elle-même dévastée par le chagrin et qui tentait de le cacher pour ne pas aggraver la peine d'Izzie.

Ils avaient tous été là pour elle, son père, oncle Edward et Anneliese, prêts à parler, rire ou pleurer, selon ses besoins. Seule sa cousine Beth était restée égale à elle-même, instable, irritable, se mettant dans tous ses états pour un rien. En réalité, pendant la première année, c'était Beth qui l'avait le plus aidée. Un jour, elle avait fait pleurer Izzie à force de crier contre elle et c'était précisément cela – le fait que quelqu'un la traite sans ménagement – qui l'avait ramenée à la vie.

« Avez-vous toujours votre père ? » s'enquit Joe.

Izzie, arrachée à ses sombres souvenirs, lui sourit.

« Oui, il est formidable. Un peu distrait, par moments. Il est sans cesse à court de lait ou de sucre et il va en demander à ma tante Anneliese ou à ma grand-mère. Elles veillent sur lui, mais surtout sans le lui dire ! Il ne le supporterait pas. Mais elles prennent soin de lui et me tiennent au courant. »

Le serveur les interrompit.

« Café ? Dessert ? Du vin ? »

Ils commandèrent du café. Le serveur débarrassa la table et, dès qu'il eut le dos tourné, ils reprirent leur conversation.

« Dites-m'en plus sur votre père », demanda Joe.

Izzie estimait en avoir assez révélé sur elle-même. Elle évoquait rarement sa mère, et jamais avec quelqu'un qu'elle venait de rencontrer.

« Assez parlé de moi ! Votre vie est beaucoup plus intéressante que la mienne, monsieur le milliardaire ! Alors, vous avez envie d'acheter une agence de mannequins ? »

Elle avait pris un ton qu'elle espérait suffisamment léger pour remettre leur échange sur une voie moins personnelle.

« Non.

— C'est bien ce que je pensais mais…

— … mais vous aviez besoin de savoir où vous en êtes ?

— Oui, soupira-t-elle. Quand on a été éduquée chez les sœurs, il y a des principes dont on ne se débarrasse jamais !

— Croyez-vous que sœur Marie-de-ce-que-vous-voulez me trouverait acceptable ? »

Izzie se rendit compte que le pied de Joe cherchait le sien sous la table.

« A mon avis, elles pensaient à votre genre d'homme quand elles nous disaient d'emporter un annuaire quand on sortait. »

Joe accueillit sa déclaration avec stupéfaction.

« Bien, je vous explique, dit-elle. Si on devait s'asseoir sur les genoux d'un garçon, on posait l'annuaire sur ses genoux avant de s'asseoir. C'était comme une barrière de sécurité en papier.

— A Manhattan, il en faudrait plusieurs !

— Pas de vantardise ! dit-elle, son sourire retrouvé.

— Alors, Izzie Silver, accepterez-vous de me revoir puisque vous savez à présent que je suis fréquentable ?

— Peut-être…

— Ecoutez, j'ai une collection d'œuvres d'art dans mes bureaux… »

Elle l'interrompit, se souvenant soudain d'un détail.

« Vous n'avez pas enchéri sur le tableau de Pasha, au Plaza ? »

Il émit un petit grognement.

« Je l'aurais fait si quelqu'un ne m'avait pas distrait ! Izzie, demain après-midi, j'ai rendez-vous avec un peintre dans son atelier pour voir quelques tableaux. Aimeriez-vous m'accompagner ? »

Izzie hésita une fraction de seconde puis décida de se jeter à l'eau. Quel mal y avait-il à regarder des tableaux ?

« Avec plaisir, dit-elle. A quelle heure ?
— Onze heures du matin, cela vous irait ? »
Izzie le regarda avec incompréhension.
« Vous avez parlé de l'après-midi ?
— Il vit dans le Tennessee, dans les Smoky Mountains. On ira en avion. »

C'était la première fois de sa vie qu'Izzie voyageait à bord d'un jet privé. Un hélicoptère était venu les chercher, Joe et elle, pour les amener à l'aéroport de Teterboro où un Gulfstream les attendait sur la piste. En dehors de l'équipage, il n'y avait qu'eux.

En entrant dans l'appareil, Izzie eut une exclamation ravie. Il y avait moins de place qu'elle l'aurait cru mais elle n'aurait jamais imaginé que ce soit aussi luxueux. Tout était dans des teintes ivoire très apaisantes, et les huit fauteuils étaient recouverts de cuir de même nuance. Le dessus des rangements en chêne clair était en marbre. Rien à voir avec le plastique habituel ! C'était le luxe à la puissance mille. Même les couvertures sur les sièges étaient trop moelleuses pour avoir été confectionnées dans de la laine ordinaire.

« C'est du cachemire ? demanda-t-elle à l'hôtesse qui attendait, un sourire de commande sur le visage.

— Oui, madame. Et les sièges sont réalisés dans un mélange de laine et cuir pour un meilleur confort.

— Vous pouvez tout faire, dans cet avion », dit Joe qui venait de s'asseoir à côté d'elle.

L'hôtesse lui avait apporté une bière fraîche sans qu'il ait besoin de le demander.

« Vous pouvez regarder un DVD ou téléphoner à l'autre bout de la galaxie, tout ce que vous voulez ! Nous avons même un défibrillateur. Avez-vous déjà dû vous en servir, Karen ? »

L'hôtesse lui répondit en souriant :

« Monsieur Hansen, vous savez que je n'ai pas le droit de vous répondre ! »

Ils atterrirent à Gatlinburg mais Izzie eut à peine le temps d'apercevoir les ravissantes ruelles de cette ville chargée d'histoire. Une confortable limousine les amena en vingt minutes devant une propriété sise en pleine nature, sur les contreforts des montagnes.

« Je comprends ce qui peut attirer un peintre ici », remarqua Izzie tandis qu'ils marchaient vers la porte de la maison construite dans le style d'un ranch.

Les magnifiques sommets du parc national des Great Smoky Mountains s'élevaient en toile de fond, à perte de vue. Le paysage verdoyant rappelait un peu à Izzie son pays natal mais il n'y avait pas de si hautes montagnes en Irlande, aucun de ces pics vertigineux dominant les alentours.

L'artiste, un homme qui se faisait appeler AJ, leur offrit à boire et leur fit visiter son atelier. Il parlait avec l'accent traînant et décontracté du Tennessee. Izzie s'était inquiétée à l'idée qu'il s'interroge sur sa présence et qu'il s'ensuive une conversation embarrassante mais rien de ce genre n'arriva. C'était à croire que, à partir du moment où elle accompagnait Joe, elle devenait aussitôt membre du club où il se trouvait, quel qu'il soit. Cela lui plaisait beaucoup.

Joe déclara vouloir acheter plusieurs œuvres d'AJ qui le remercia d'une accolade chaleureuse. Izzie se demanda brièvement le prix de tout cela mais choisit de ne pas poser la question. Elle n'était pas certaine de pouvoir supporter la réponse.

Au cours du vol de retour, ils dégustèrent un poisson à la mode cajun, avec une mince croûte d'épices. C'était une recette très appréciée à Gatlinburg et l'équipage leur en avait préparé en hommage à la ville. Pendant qu'ils dînaient, Izzie mentionna distraitement son inquiétude au sujet de la réaction du peintre à sa présence.

Joe ouvrit de grands yeux.

« Mais quelle importance peut avoir ce que pensent les autres ?

— Aucune, répondit prudemment Izzie. C'est juste… »

Elle se tut, ne sachant comment poursuivre. Tant de choses lui faisaient peur quand il était question de Joe : la puissance de ses sentiments pour lui, la force de la séduction qu'il exerçait sur elle. Mais il y avait de nombreuses complications à prendre en compte. Izzie se sentait sur une pente glissante et elle n'avait pas envie de tomber. Elle craignait aussi que, simplement en étant avec Joe, elle donne l'impression d'être une de ces femmes qu'elle détestait tellement, une femme qui ne courait qu'après l'argent. Pour l'instant, il n'avait même pas tenté de la toucher, mais elle se demandait si ce n'était pas voulu.

J'ai un travail et une vie à moi, aurait-elle voulu hurler. Il me plaît pour ce qu'il est, pas pour son argent !

Il la déposa devant chez elle avec sa limousine. Aucun d'entre eux ne fit le moindre geste vers l'autre. Izzie se sentait déchirée. D'un côté elle avait envie de l'inviter à entrer pour voir ce qui se passerait. D'un autre, elle voulait aller lentement parce qu'elle sentait entre eux quelque chose de spécial, de différent. Si seulement il faisait ou disait quelque chose, elle saurait où elle en était et comment répondre. Or, Joe semblait décidé à se conduire en gentleman et à lui laisser l'initiative.

« Avez-vous dit à votre femme que vous étiez avec moi aujourd'hui ? » demanda-t-elle sans réfléchir.

Elle se mordit la langue dans la seconde qui suivit. Mais pourquoi avoir dit une chose aussi stupide ? L'art de détruire une ambiance romantique en un instant !

« Nous ne parlons pas des gens que nous voyons, répondit-il d'un ton brusque. Cela me mettrait mal à l'aise.

— Parce que vous vous sentiriez jaloux ? avança Izzie.

— Parce que nous essayons de maintenir une existence familiale pour le bien des enfants et que cela ne ferait que rendre les choses plus difficiles. »

Ce fut cet instant qu'il choisit, sans prévenir, pour se pencher sur elle et déposer un baiser sur ses lèvres, pas un baiser de prédateur mais une sorte d'au revoir très doux. Izzie ferma les yeux, attendant la suite, attendant de se fondre dans ses bras, mais il s'écarta.

« Je vous appellerai demain, dit-il. Merci de m'avoir accompagné.

— Merci de me l'avoir proposé », répondit-elle d'un ton un peu froid.

Elle ne comprenait pas pourquoi il ne l'avait pas embrassée comme un homme embrasse une femme qu'il désire.

« Je n'étais jamais allée dans le Tennessee, ajouta-t-elle. Une escapade de deux heures en avion compte-t-elle comme une visite digne de ce nom ? »

Il la considéra pensivement et finit par répondre par l'affirmative.

« Salut ! » dit-elle en faisant traîner le « u ».

Le chauffeur lui ouvrit la porte et elle descendit de voiture. Salut ? Mais que lui arrivait-il ? D'abord cette question ridicule au sujet de sa femme et maintenant « saluuut » !

Il l'appela le lendemain.

« Aimeriez-vous sortir de nouveau avec moi ? » demanda-t-il.

Sortir ? Pour lui, ils étaient donc bel et bien sortis ensemble ! Izzie sourit béatement.

« Oui », répondit-elle en refoulant la sensation qu'elle venait de tomber sur la fameuse pente glissante qu'elle redoutait tant.

A présent, confortablement installée dans sa baignoire et en train de déguster son spritzer, elle repensait à leurs premières rencontres, quand elle avait l'impression d'être la femme la plus chanceuse au monde.

La pensée de Joe l'obsédait, refoulant à l'arrière-plan toute autre considération, un problème avec un mannequin qui déprimait après avoir été écartée d'une campagne publicitaire ou un gros ennui comme cinq mannequins qui rataient l'avion pour Milan à la suite d'une soirée trop arrosée.

Joe était son secret, un secret merveilleux qu'elle gardait jalousement, et elle se conduisait comme si elle vivait en permanence sous son regard. Tous les matins, elle s'habillait avec ce qu'elle avait de mieux pour être à son avantage si, par hasard, il l'appelait. Elle n'hésitait plus à porter ses boots à talons aiguilles qui lui faisaient pourtant mal parce qu'ils allaient parfaitement avec sa jupe inspirée des années quarante qui lui moulait joliment les fesses.

Ils déjeunaient ou dînaient ensemble deux fois par semaine. Ils se tenaient la main sous la table et s'embrassaient dans la voiture quand il la ramenait à son bureau ou chez elle. Ils parlaient et parlaient encore, assis devant leur café qui refroidissait.

Elle ne l'avait jamais invité chez elle et n'avait jamais fait rien de plus que l'embrasser. Quelque chose la retenait d'aller plus loin. Son instinct lui soufflait que Joe et sa vie étaient encore moins simples qu'il le lui avait laissé entendre. Sinon, pourquoi se contenterait-il de cette relation timide ? Cela n'avait de sens que s'il ne lui avait pas dit toute la vérité. Or, c'était quelque chose qu'elle ne voulait pas croire. Il était si direct, si droit ! Elle refusait de le harceler et, donc, se taisait sans perdre espoir.

Il lui avait fait la cour pendant un mois. Seule une expression aussi démodée pouvait décrire la façon dont cela se passait entre eux : ils se promenaient dans le parc à l'heure du déjeuner en partageant des spécialités choisies chez les meilleurs traiteurs.

Et puis par un beau jeudi ensoleillé, ils rendirent visite à un artiste qui habitait dans un loft géant du quartier de TriBeCa. Izzie fit le tour de l'atelier, examinant des toiles gigantesques, pendant que Joe, le peintre et son agent, qui s'appelait Duarte, parlaient affaires. Izzie se sentait très excitée d'être là, et cela n'avait rien à voir avec l'œuvre de l'artiste. Le fait que Joe lui ait demandé de l'accompagner prouvait qu'elle n'était pas un vilain petit secret qu'il devait garder caché. Dans le cas contraire, il ne se montrerait pas avec elle !

Les monumentales toiles abstraites de Silvio Cruz avaient poussé certains critiques à évoquer le grand Pollock à son sujet. Même Izzie, qui ne connaissait rien à l'art, percevait la force et la beauté de son travail. Elle aimait écouter Joe en parler. Il lui avait expliqué que, dans la maison du Bronx où il avait grandi, l'art était le dernier des soucis. A partir du moment où il y avait de quoi manger, tout allait bien. Elle aimait d'autant plus l'entendre s'enthousiasmer pour un univers auquel il n'avait accédé que tardivement et grâce à son intelligence.

Ils finirent par prendre le vieux monte-charge pour repartir, Joe, Duarte et elle.

« La soirée Marshall pour la lutte contre le sida a lieu demain, dit Duarte à Joe. Vous y allez, Elizabeth et vous ? »

Izzie sentit son cœur s'arrêter. Elle avait subitement très froid.

« Je suppose, grommela Joe.

— J'ai entendu dire que Danny Henderson donne un De Kooning. Ça vaut une fortune ! Danny est venu ici, lui aussi, mais il n'apprécie pas le style de Silvio. »

Duarte n'avait apparemment pas perçu le soudain malaise qui s'était installé.

Elizabeth y allait avec Joe ? Alors qu'ils étaient censés avoir des vies séparées ?

Dans la rue, Izzie chercha du regard la grande limousine noire de Joe puis s'aperçut qu'elle était incapable de repartir avec lui. Elle ignorait ce qui la blessait le plus : la sensation que Joe aurait voulu faire taire Duarte ou la conclusion de Duarte qu'elle-même n'assisterait pas à cette soirée. Si Joe Hansen était officiellement célibataire, pourquoi semblait-il évident à tout le monde qu'il se rendrait à cet événement avec sa femme ? Et pourquoi répondait-il « je suppose » quand on lui posait la question ?

Il n'y avait qu'une seule réponse possible et Izzie en était malade. Sans un mot, elle tourna le dos aux deux hommes et à la limousine qui venait de s'arrêter sans bruit le long du trottoir avant de s'éloigner d'un pas vif.

Lorsque Joe cria son nom, elle ne ralentit pas.

Il la rattrapa en quelques enjambées et la saisit si brutalement par le bras qu'il lui fit mal. Du même mouvement, il la fit pivoter pour qu'elle le regarde.

« Ne t'en va pas ! » dit-il d'un ton suppliant.

Il avait spontanément glissé au tutoiement et, sans même s'en rendre compte, elle lui répondit de la même façon.

« Pourquoi ? Tu m'as menti, ce n'est pas fini avec ta femme. Tu m'as menti !

— Je te jure qu'il n'y a plus rien entre elle et moi.

— Va te faire voir, toi et tes mensonges ! lui renvoya Izzie avec violence.

— Je ne t'ai pas menti, dit-il en la relâchant. Entre elle et moi, c'est fini, totalement fini. Il reste que ce n'est pas facile de tirer un trait sur le passé. Elizabeth n'est pas comme moi, elle a du mal à accepter la situation. Je lui ai dit qu'elle pouvait garder la maison de New York, notre résidence secondaire dans les Hamptons, et tout ce qu'elle voudra. Il n'y avait plus rien entre nous longtemps avant que je te rencontre, Izzie. Je ne t'ai pas menti. Le problème, c'est qu'elle refuse de comprendre que je veux la quitter.

— Parce que tu la quittes, maintenant ? Je croyais que vous restiez ensemble pour les enfants, rétorqua Izzie qui se retenait de pleurer.

— Nous avons essayé, mais cela ne marche pas ! Elizabeth ne le supporte pas, elle veut tout ou rien. Je m'efforce de le lui faire accepter. C'est la vérité, Izzie. Ne t'en va pas, s'il te plaît ! »

Izzie le jaugea du regard. Elle savait juger les caractères et cet homme ne lui mentait pas, même s'il prétendait être un requin en affaires.

« Pourquoi ne m'as-tu pas dit tout de suite la vérité ?

— Parce que tu aurais refusé mon invitation à déjeuner ! »

Il eut un petit sourire qui lui rappela le Joe qu'elle connaissait et aimait.

Aimait ? Catastrophe ! Elle l'aimait, elle l'aimait ! Sans l'avoir vraiment voulu, elle se retrouvait impliquée dans un sac d'embrouilles conjugales et elle se sentait incapable de tourner les talons. Elle avait besoin de temps pour réfléchir.

« Je dois retourner au travail, Joe. Je t'appellerai plus tard.

— Je te dépose.

— Non merci, je préfère prendre un taxi. »

Comme par miracle, un taxi libre passa à cet instant devant eux et Izzie lui fit signe. Il s'arrêta, elle se jeta sur la banquette arrière avec un petit salut de la main à l'adresse de Joe. Et le taxi l'emmena à toute allure.

Cet après-midi-là, ce fut Carla qui la rappela à la réalité.

« Mais qu'est-ce que tu as ? Tu n'écoutes rien, tu ne dis rien, tu restes là, le regard dans le vague ! On dirait une ado en train de rêvasser. »

Izzie hésita. Elles passaient des soirées entières à parler des hommes et à dresser la liste de leurs défauts. Elles finissaient toujours par conclure qu'il valait mieux vivre sans homme plutôt que de tenter d'être une autre pour en attraper un. « Se conformer à l'idéal de la femme féminine, et puis quoi encore ! Pourquoi faire semblant d'être une parfaite petite femme d'intérieur toute dévouée à son homme pour se marier et redevenir soi-même juste après, une espèce d'extraterrestre qu'il ne reconnaît pas ! Qui aurait besoin d'un homme à ce point ? »

Clara et Izzie se connaissaient très bien mais quelque chose avait empêché Izzie de parler de Joe. Peut-être son intuition ou la sensation que toute cette histoire était trop belle pour être vraie… Si elle décrivait la situation familiale de Joe à Carla, cela déclencherait certainement son signal d'alarme et rien ne pourrait l'arrêter. Carla refuserait de comprendre les nuances de l'affaire.

Non, corrigea Izzie mentalement. A présent, cela n'avait plus rien de bien compliqué. Joe n'était qu'un de ces hommes qui trichent avec leur femme. Le problème était ailleurs : c'était avec Izzie, qui avait toujours refusé de sortir avec un homme marié, que Joe voulait tromper sa femme, et elle en éprouvait une profonde amertume.

Comment aurait-elle pu expliquer tout cela à Carla, y compris le fait que, en dépit des événements de la journée, elle tenait toujours à lui ? Comment lui faire comprendre que cet homme lui faisait perdre la tête ? Que sa voix la faisait fondre ? Qu'elle était tombée amoureuse de lui comme n'importe quelle godiche de roman sentimental ? Enfin, comment dire qu'elle était furieuse contre lui pour lui avoir menti mais qu'une petite voix intérieure lui chuchotait traîtreusement qu'elle pourrait peut-être, malgré tout, le revoir…

Non, il était impossible d'en parler à Carla tant qu'elle ne saurait pas ce qu'elle allait faire.

« Je regarde dans le vide ? répondit Izzie. Pas du tout ! Je pensais à Laetitia. Il va falloir la garder à l'œil. Elle a une nouvelle poussée d'acné et cela la rend folle. Je lui ai parlé de l'esthéticienne qui a fait des miracles pour la peau de Fifi mais elle veut aller voir un médecin. Elle veut une ordonnance pour je ne sais quel médicament… »

Carla explosa.

« Elle n'a pas besoin de médicaments ! »

Izzie s'était mentalement absentée pour continuer à penser à Joe. La réaction instinctive de Carla, si Izzie lui en parlait, serait la bonne. Cette relation n'avait aucun avenir. Izzie se répétait qu'elle devait y mettre un terme, le soir même. Le plus triste était qu'elle croyait Joe. Elle croyait à ses sentiments pour elle mais leur histoire était trop compliquée, trop floue, et il n'était pas prêt à rompre avec son passé.

Si Izzie restait avec lui, elle deviendrait la garce qui avait brisé son mariage. L'histoire de la méchante enjôleuse plaisait toujours mieux que celle du couple qui ne s'entend plus.

« Izzie, tu es de nouveau distraite, dit Carla. Que se passe-t-il ?

— Je suis fatiguée, c'est tout », répondit-elle en rougissant.

Joe ne faisait pas seulement des dégâts dans son cœur mais aussi dans son travail ! Elle devait absolument renoncer à le revoir. Cet homme avait le pouvoir de la faire souffrir comme aucun autre ne l'avait jamais fait.

Heureusement, il n'y avait pas eu de relations physiques entre eux. Non sans ironie, elle s'était imaginé que c'était ce soir-là que les choses auraient pu se passer. Bien que cela lui coûtât, Izzie devait admettre que c'était aussi bien ainsi. Peut-être un ange gardien l'avait-il empêchée de faire l'amour avec Joe car, si tel avait été le cas, elle aurait été incapable de rompre. Maintenant, c'était encore possible et elle devait le faire sans plus attendre.

La veille de leur dispute de TriBeCa, ils avaient parlé de dîner dans un endroit amusant à neuf heures et demie. Izzie se sentait incapable d'attendre aussi longtemps. Elle devait mettre un terme à leur histoire dès la fin de sa journée de travail ou elle risquait de perdre son sang-froid. Il fallait à tout prix qu'elle chasse Joe de sa vie et essaie de l'oublier. Le seul problème, c'était qu'elle ignorait comment y arriver.

Elle laissa un message sur le portable de Joe en lui demandant de la retrouver à dix-neuf heures dans un petit bar tranquille qu'elle connaissait. Discret et feutré, c'était l'endroit idéal pour lui annoncer qu'elle ne voulait plus jamais le revoir.

A dix-neuf heures, la clientèle du bar était très mélangée. Il y avait des gens au look d'étudiants, d'autres en costume-cravate ou tailleur et d'autres encore qui se moquaient totalement de la mode. Les murs étaient couverts d'une collection d'affiches de films comme *Love Story* ou *Flashdance* et le barman ignorait l'usage du shaker. C'était un bar normal.

Izzie se dit que l'ambiance simple et détendue plairait beaucoup à Carla puis prit conscience qu'elle ne pourrait pas lui en parler car, après avoir rompu, elle n'aurait plus rien à dire.

Cette aventure ne lui apporterait rien, si ce n'est un épouvantable chagrin. Et zut ! Elle gagnait sa vie en expliquant à des filles superbes qu'elles devaient se méfier des milliardaires rencontrés dans les soirées. Elles n'avaient aucun avenir de ce côté. Elles n'étaient que du bétail pour ce genre d'hommes, des filles qu'on pouvait jeter après usage, aussi facilement qu'on jetait l'argent par les fenêtres.

Et dire qu'elle était tombée dans le piège ! Quelle idiote ! Triple gourde !

Elle patienta devant son verre, se détestant et se faisant mille reproches avant d'être gagnée par la colère. Comment Joe osait-il la faire attendre ? Après tout ce qu'il lui avait déjà fait subir, il se permettait d'être en retard ? Furieuse, Izzie quitta sa banquette et prit son sac.

« Tu t'en vas ? Désolé d'être en retard. »

Vêtu d'un manteau gris foncé où brillaient des gouttes de pluie, grand et fort, il lui bloquait le passage. Il avait l'air contrit et fatigué. Izzie comprit aussitôt qu'il était sérieux, qu'il ne la considérait pas comme une distraction passagère. Malheureusement, leur relation reposait sur des demi-vérités et cela lui était insupportable.

Elle se laissa retomber sur le siège, soudain vidée de ses forces.

« Je voulais te voir pour te dire que je ne peux pas continuer ainsi. Ce n'est pas bien, cela ne me correspond pas. Je ne me suis jamais sentie à l'aise, sachant que tu vis toujours avec ta femme, que vous soyez séparés ou pas. L'incident d'aujourd'hui m'a prouvé que j'avais raison. Je ne veux pas être la femme cachée. Je ne suis pas faite pour ce rôle. »

Il s'était assis à côté d'elle tout en l'écoutant.

« Je sais, je suis désolé, dit-il avec résignation. Laisse-moi, Izzie, tu as raison. Je n'ai rien à t'offrir. »

Si, pensa-t-elle, il a quelque chose à m'offrir mais il était toujours marié à une autre, et toujours impliqué dans la vie de cette femme à cause de leurs enfants. Pourquoi les choses n'étaient-elles jamais simples ?

Joe se leva d'un mouvement souple et élégant, en homme bien dans sa peau.

Le matin même, quand elle s'était réveillée, la première pensée d'Izzie avait été pour la soirée qu'ils allaient passer ensemble. Elle s'était enfin rendue à l'évidence : elle désirait plus que tout le contact de la peau de Joe contre la sienne. Elle n'était pas du genre à porter de la lingerie fine et préférait les sous-vêtements très simples noirs, blancs ou couleur chair. Ni froufrous ni dentelle. Cela jusqu'à ce qu'elle se sente irrésistiblement attirée au rayon lingerie de Bloomingdale's où elle avait perdu la tête, écornant un peu plus encore son compte en banque. Le résultat de ce coup de folie était une sensation inhabituelle sur sa peau, douce et très différente de ce qu'elle connaissait.

L'idée de faire malgré tout l'amour avec lui, pour la première et la dernière fois, lui parut insensée puis, à la réflexion, peut-être pas tant que cela. S'il lui appartenait ne serait-ce qu'une fois, cela lui faciliterait peut-être l'indispensable rupture… Elle entrevit soudain cela comme une sorte d'immunothérapie : il lui suffirait de le toucher une seule fois pour être protégée de lui pour toujours. Son cœur malmené fabriquerait les anticorps nécessaires pour qu'elle ne veuille plus jamais de Joe Hansen. Un vaccin anti-Joe, en quelque sorte.

Izzie ferma les yeux.

« Tu veux vraiment t'en aller ? demanda-t-il beaucoup plus doucement.

— Et toi, veux-tu que je m'en aille ?

— Non, répondit-il d'une voix rauque, trahissant son désir.

— Tu es sûr ?

— Oui, j'en suis sûr. Izzie, je voulais être franc avec toi mais, quand je t'ai rencontrée, j'ai tout de suite compris que je ne te reverrais jamais si je t'avouais ma situation telle qu'elle est. Je te jure qu'il n'y a plus rien entre Elizabeth et moi mais je pensais que tu ne me croirais pas. En tout cas pas tout de suite. »

Les yeux toujours clos, Izzie songea à la femme de Joe, à ses fils, son duplex dans la célèbre station de ski de Vail dans le Colorado, son nom sur la liste des grandes fortunes établie par le magazine *Fortune*, l'assistante de son assistante, toutes ces choses qui rendaient leur histoire impossible. Elle ouvrit enfin les yeux et regarda longuement ce visage qu'elle avait l'impression d'avoir connu dans une autre vie. Sinon, comment expliquer qu'elle l'ait si bien mémorisé en si peu de temps ? La réincarnation lui semblait tout à coup une hypothèse tout ce qu'il y a de crédible. Elle avait rencontré Joe dans une vie antérieure, il n'y avait pas d'autre explication possible.

Peut-être aurait-il dû arriver plus tôt dans son existence mais il était là, à présent, et cela seul comptait. Il était l'homme de sa vie, elle n'avait aucun doute à ce sujet.

« Je n'ai pas envie de partir. »

Au lieu de s'asseoir, Joe se pencha, prit avec tendresse son visage dans ses grandes mains et écrasa ses lèvres sur les siennes. Elle lui rendit son baiser avec la même avidité, accrochée à ses épaules et l'attirant vers elle de toute sa force. C'était ce qu'elle attendait, le baiser passionné qu'ils n'avaient encore jamais échangé. Ils étaient restés si prudents, évitant d'aller trop loin, conscients tous deux que, s'ils se laissaient aller à leurs sentiments, ils ne pourraient plus revenir en arrière !

Izzie gémit. Elle savait qu'elle était perdue.

Ils s'écartèrent enfin l'un de l'autre, la bouche encore entrouverte, les yeux brûlant de désir.

« On s'en va », dit Izzie.

Une voiture attendait Joe non loin, une discrète berline noire qui vint se ranger devant eux quelques secondes après que Joe eut fait signe au chauffeur. Comme ce dernier lui ouvrait la porte et qu'elle s'installait sur la banquette de cuir, elle remarqua que ce n'était jamais le même. Un homme comme Joe aurait dû avoir un chauffeur attitré, mais dans ce cas, il connaîtrait sa femme, ferait des courses pour elle, et emmènerait les enfants à l'école.

Joe ne courrait certainement pas le risque d'être vu par son chauffeur une nouvelle fois avec la femme qu'il avait rencontrée au Plaza lors du déjeuner de charité. Izzie était le petit secret de Joe, son petit secret coupable, la femme qu'il devait cacher tant que la situation avec son épouse légitime ne serait pas clarifiée. Izzie avait souvent rêvé d'être invisible pendant une journée, simplement pour savoir ce que c'était. En revanche, personne n'avait jamais dissimulé son existence pour quelque raison que ce soit. Elle s'obligea à ne plus y penser. Elle était donc devenue un secret. Et alors ? Cela ne durerait pas longtemps, juste le temps nécessaire pour que Joe mette un terme à ce qui était déjà fini.

Quand ils arrivèrent chez elle, elle dit sans y penser la première chose qui lui passait par la tête.

« Je parie que tu ignorais l'existence d'appartements aussi petits, n'est-ce pas ?

— Je ne suis pas venu pour faire une visite d'agent immobilier, dit-il.

— Dans ce cas, pourquoi es-tu venu ?

— Pour ceci. »

Avec un de ces gestes pleins d'aisance qui lui étaient si naturels, il l'avait déjà prise dans ses bras et la serrait de toutes ses forces contre lui. Izzie se sentit parcourue d'un puissant frisson de désir et tandis qu'il la pressait contre le mur, elle prit la tête de Joe entre ses mains et l'embrassa avec passion. Son visage était rude sous ses doigts, mais ses lèvres étaient très douces contre les siennes. Izzie s'abandonna à ses baisers.

A cet instant, elle voulut être aux commandes, contrôler la situation. Elle le repoussa jusqu'à ce qu'il se retrouve adossé au mur opposé. Arrivée à ses fins, elle se dressa sur la pointe des pieds et l'embrassa comme elle le voulait.

Ce fut au tour de Joe de s'écarter.

« Moi d'abord », murmura-t-il.

Il l'obligea à mettre ses bras dans son dos et, retenant ses poignets d'une seule main, lui prit le menton tandis qu'il l'embrassait. La tenant toujours ainsi, il la repoussa à son tour contre l'autre mur.

« Tu ne vas pas me faire mal ? » dit-elle en se débattant pour libérer ses mains, le souffle court.

Il s'arrêta de lui caresser la joue comme il l'avait fait jusqu'alors avec beaucoup de tendresse.

« Non, jamais je ne te ferai de mal, mais je veux être au-dessus. Cela fait-il de moi un homme de Neandertal en ces temps de sexualité éclairée ? »

Izzie éclata de rire, le prit par la main et le fit entrer dans son minuscule salon.

« Moi, dit-elle, je suis le genre de femme qui veut être au-dessus. »

Il la serra de nouveau contre lui avec un grognement.

« Peut-être la deuxième fois.

— Je ne suis pas comme les autres femmes », protesta Izzie.

Il ne l'avait pas lâchée mais elle parvint à ôter son écharpe et à déboutonner son manteau. De son côté, il se débarrassa vivement de son pardessus.

« Je n'ai jamais pensé que tu étais comme les autres.

— Alors, ne m'explique pas ce que je peux faire ou pas.

— Même pas au lit ? »

Il avait défait son nœud de cravate et en voyant cet homme d'affaires normalement tiré à quatre épingles se transformer en mâle primitif, Izzie sentit ses jambes se dérober.

Elle réussit à plaisanter malgré tout.

« Peut-être au lit. »

Tout en parlant elle dénouait le ruban qui fermait son chemisier. C'était un haut très sophistiqué, taillé dans de la soie bleu marine à petits pois et lacé sur le devant, exactement le genre de vêtement qui ne demande qu'à être arraché. Les yeux de Joe suivaient avec attention les mouvements de ses doigts.

« J'espère, dit-il d'une voix sourde, que ce n'est pas affreusement cher. »

Il l'attira contre lui et tira sur le ruban avec impatience, au point de déchirer la fragile étoffe. Sans plus attendre, il plaqua sa bouche sur la sienne, lui coupant le souffle. Izzie désirait Joe comme elle n'avait jamais désiré auparavant. Elle aurait voulu être déjà débarrassée de sa lingerie soyeuse et de sa jupe droite. Elle voulait se sentir libre de ses mouvements, libre et nue.

« Je peux toujours m'en offrir un autre, mentit-elle.

— Tant mieux ! »

A présent qu'il l'avait dépouillée de son corsage, il caressait sa poitrine et faisait courir ses lèvres sur sa gorge. Ses mains se glissèrent ensuite sous l'étroite jupe d'Izzie. Elle gémit de plaisir. Si c'était cela, son vaccin contre l'amour, alors elle voulait que ce vaccin dure très longtemps.

Elle n'avait pas fermé les rideaux de sa chambre et, beaucoup plus tard, les lumières de la ville éclairèrent doucement les draps froissés. Joe était assis, adossé aux oreillers, le drap remonté jusqu'à la taille. Il était musclé et bronzé. Allongée à son côté, la tête posée sur son bras replié, Izzie laissait ses pensées vagabonder. C'était un moment curieux, à la fois très intime et formaliste.

Izzie, qui avait sans hésiter accompli tous les gestes de l'amour et laissé cet homme la voir alors qu'elle criait de plaisir, se sentait bizarre. C'était une situation inconfortable. Elle se demanda soudain comment le désir physique pur pouvait amener des gens à faire ce qu'ils venaient de faire. Ils ne savaient presque rien l'un de l'autre. Comment aimait-il son café du matin, quel nom portait son premier animal familier, ou encore aimait-il sa mère ?

Avant, cela n'avait aucune importance. A présent, ce qu'elle ignorait salissait en quelque sorte ce qui venait de se passer. Quel était le code des bonnes manières dans ce genre de situation ?

Mille mercis, ma chérie : tu trouveras ton petit cadeau sur la cheminée. C'était peut-être différent avec les milliardaires. *Mon chou, on te livrera tout à l'heure ton manteau de vison, au revoir.*

Elle eut un frisson involontaire. Elle n'avait jamais voulu être ce genre de femme. Mais n'était-ce pas ce qu'elle était devenue ?

La voix de Joe l'arracha à ses réflexions.

« Je suppose que tu n'as pas de cigarettes ?

— Je ne pensais pas que tu fumais, dit-elle avec étonnement.

— Non, je ne fume pas. J'ai arrêté depuis dix ans. Mais parfois…

— Par exemple, quand tu couches avec une autre femme que la tienne ? dit-elle d'une voix sèche, blessée. Combien de paquets par mois ? »

Il répondit d'un ton uni :

« Aucun. Ne sois pas comme ça, Izzie.

— Comme quoi ?

— Comme ça.

— C'est plus fort que moi. »

Elle ne pouvait pas s'en empêcher. A présent elle était passée de l'autre côté, celui où elle aimait Joe. A présent, il pouvait lui faire du mal et elle se sentait impuissante, à vif. Elle préférait tirer la première.

« Je suis désolé de ne pas avoir été tout à fait honnête avec toi dès le début, dit-il. J'aurais mieux fait de tout t'expliquer.

— C'est bien ce que je pense, rétorqua-t-elle avec amertume, s'en voulant à elle-même.

— Regrettes-tu d'avoir fait l'amour avec moi ? » demanda-t-il.

Elle n'eut que le temps de dire oui avant d'éclater en sanglots.

Il la prit dans ses bras, la berça en murmurant son nom.

Plus tard, quand elle s'arrêta enfin de pleurer, il la garda tout contre lui et lui massa doucement le dos, comme s'il effaçait avec tendresse tout ce qui la faisait souffrir. Ses mains glissèrent enfin dans le creux de ses reins et bientôt ils faisaient de nouveau l'amour avec une passion renouvelée. Tandis qu'ils parvenaient tous deux à l'orgasme, Izzie comprit qu'elle ne pourrait plus renoncer à ce plaisir. Cette passion, ce plaisir, c'était la pire des drogues.

Cela s'était passé deux mois plus tôt. Depuis, la question ne se posait plus de savoir s'il y avait quelque chose entre Izzie Silver et Joe Hansen, car c'était devenu une certitude absolue. Ils se parlaient tous les jours et se voyaient aussi souvent que Joe pouvait se libérer. De son côté, Izzie essayait de toutes ses forces de s'accommoder de cette situation inconfortable et du fait qu'avoir une liaison avec un homme marié allait totalement à l'encontre de son code moral.

Sans s'en rendre compte, elle s'invectiva à haute voix, se traitant de gourde. Elle marinait dans sa baignoire où l'eau refroidissait, attendant que l'homme de sa vie daigne l'appeler. Qu'y avait-il de moderne, d'adulte et d'indépendant dans sa conduite ?

S'il téléphonait, il téléphonait ! Elle termina son verre et sortit de son bain, des gouttes d'eau parfumée à la rose dégoulinant autour d'elle. Elle venait de s'envelopper dans un drap de bain quand son téléphone fixe sonna.

— Bonjour, c'est moi !

Une vague de soulagement parcourut Izzie de la tête aux pieds.

— Bonjour, répondit-elle à mi-voix, comme si c'était elle qui devait dissimuler son appel. Comment vas-tu, Joe ? Tu m'as manqué.

Ce n'était sans doute pas la chose à dire, mais elle refusait de faire une scène.

— Toi aussi, tu m'as manqué, dit-il simplement.

— Pourquoi ne m'as-tu pas appelée ? lâcha-t-elle avant de se mordre la langue, consciente que c'était bel et bien là un début de scène et pourtant incapable de s'en empêcher.

— Je suis désolé, répondit-il tendrement.

— Ce n'est pas une réponse, rétorqua Izzie.

Elle sentit l'angoisse familière lui serrer la gorge. Elle ne s'était jamais conduite de cette façon dans une relation avec un homme. Mais à vrai dire, elle n'avait jamais eu de relation comme celle-ci, une relation secrète.

— C'est compliqué.

Elle se contenta d'un ricanement moqueur.

— C'est vrai, insista-t-il. Je ne peux pas te parler maintenant. Je suis chez moi.

Pourquoi ces mots la blessaient-ils autant ? « Chez moi ». Il avait un chez-lui qui n'était pas chez elle. En quoi cela pouvait-il être acceptable ? Elle avait la sensation de n'être chez elle nulle part s'il n'était pas avec elle. Comment cette histoire avait-elle pu devenir aussi frustrante ?

— Bien, si tu ne peux pas parler…

Elle avait usé d'un ton sec tout en sachant que c'était surtout à elle qu'elle faisait du mal. Après tout, elle avait tellement attendu cet appel.

— Désolé, je ne peux pas, répondit-il d'un ton égal.

— Alors, pourquoi m'appelles-tu ?

Les mots étaient sortis avant qu'elle puisse les rattraper.

— C'est exactement la question que je commence à me poser, répliqua-t-il d'une voix plus tendue. Peut-être vaut-il mieux attendre que tu aies envie de me parler.

— Mais j'ai envie de te parler, seulement pas quand tu es obligé de chuchoter au cas où quelqu'un t'entendrait.

Et c'était là le point crucial : l'amour de sa vie devait lui parler à voix basse alors qu'elle voulait qu'il crie sur tous les toits qu'elle aussi était l'amour de sa vie. Comment pouvait-il prétendre qu'il était si difficile de dire à sa femme qu'il appliquait ce dont il parlait depuis des années ?

— Je suis désolé que tu te sentes de cette humeur, répondit Joe sans rien perdre de son calme.

Son ton tranquille la mit hors d'elle. C'était lui qui tenait la situation en main, à tous points de vue. Elle, de son côté, se sentait perdre la tête tellement ses sentiments pour lui la bouleversaient. Elle n'avait aucun contrôle car c'était de Joe que tout dépendait. C'était lui qui avait l'initiative. Elle avait l'impression de faire de la corde raide sans harnais ni filet de sécurité.

— Je dois te laisser, dit-elle brusquement, tout en priant pour qu'il la supplie de ne pas raccrocher. Je viens de sortir de mon bain et je suis en train de mettre de l'eau partout.

Il ne mordit pas à l'hameçon.

— Parfait.

— Non ! s'emporta-t-elle. Non, ce n'est pas parfait ! Il n'y a rien de parfait dans tout cela !

Elle raccrocha brutalement. Puis parce qu'elle aurait tout donné pour le rappeler et lui dire qu'elle l'aimait mais retenue de le faire par ce qu'elle venait de dire, elle éclata en sanglots. Si elle n'avait pas été si passionnément amoureuse de Joe, elle aurait préféré ne jamais l'avoir rencontré. Leur histoire ne lui promettait que de la souffrance.

Le lendemain matin, Izzie avait les yeux rouges et le visage bouffi de fatigue. Elle avait à peine fermé l'œil et, au cours de ses longues heures d'insomnie, elle n'avait pas arrêté de pleurer.

Elle grimaça devant l'image que lui renvoyait le miroir. Des mesures d'urgence s'imposaient. Dans cette salle de bains où abondaient les produits de beauté les plus récents et les plus performants, Izzie n'eut aucune difficulté à trouver des crèmes pour calmer l'irritation de ses yeux, des gouttes pour les rendre plus brillants et un masque pour faire dégonfler son visage.

Une demi-heure plus tard, elle avait l'air un peu mieux. *On dirait que j'ai un gros mal de tête*, pensa-t-elle avec amertume. Ses yeux étaient redevenus presque normaux. Les gouttes l'avaient fait pleurer, mais elles étaient efficaces. Malheureusement, elle avait encore l'air assez marquée.

Marquée, irritée et dangereuse pour qui la provoquerait, se dit-elle en enfilant un tailleur-pantalon très masculin. Elle ne l'avait jamais porté pour voir Joe. Pour lui, elle laissait s'exprimer sa féminité, avec une prédilection pour la soie, la dentelle, les talons aiguilles et les vêtements qui mettaient ses courbes en valeur.

Mais Joe ne voulait pas d'elle. Donc, elle pouvait jouer les dures.

Quand Izzie poussa la porte de l'agence, l'allure menaçante dans son ensemble gris foncé, la réceptionniste, Louisa, ouvrit de grands yeux.

— Tu es malade ? demanda-t-elle.

— Oui, et fatiguée.

— Il y a huit messages qui t'attendent sur ton bureau. Les gens du catalogue Zest veulent que tu les rappelles de toute urgence. Et Carla a pris froid et ne peut pas venir aujourd'hui.

Izzie poussa un petit soupir de soulagement. Carla avait un flair infaillible pour déceler ce qui n'allait pas autour d'elle. Izzie déplorait qu'elle soit malade mais, au moins, cela lui laissait la possibilité de dire à tout le monde qu'elle avait passé une mauvaise nuit, sans s'étendre davantage. Garder le secret sur sa relation avec Joe faisait d'elle une menteuse et elle détestait cela.

A dix heures, son téléphone portable sonna. C'était Joe.

— Il faut que je te parle.

— Va te faire voir !

— Voilà qui est aimable, dit-il tranquillement.

— Mais je n'ai pas l'intention d'être aimable, rétorqua-t-elle.

— Je vais raccrocher et je te rappellerai quand tu seras moins fâchée contre moi, d'accord ?

— Bonne idée !

Izzie raccrocha la première, ce qui lui procura une satisfaction tout à fait puérile. Cela ne dura qu'une seconde. Tout de suite après elle se reprocha son geste. Elle l'aimait, et il n'y avait rien d'autre à dire ! Elle avait besoin de lui. Ne comprenait-il pas que tout cela n'était que des mots ? Ne comprenait-il pas ce qu'elle voulait ? Ne voyait-il pas qu'elle avait avant tout besoin que lui-même ait besoin d'elle au point de se précipiter à son bureau, même si elle était en colère, pour se jeter à ses pieds au vu de tous et lui dire qu'il l'aimait ? Et, surtout, qu'Elizabeth devrait s'en accommoder. Elle espérait l'entendre dire que ses enfants – elle admirait tant sa conduite envers eux même si cela lui faisait mal ! – surmonteraient la séparation de leurs parents. Les enfants ne sont pas idiots. Ils savent quand les gens ne s'entendent plus. Les magazines de psychologie l'expliquent bien : il vaut mieux pour les enfants voir leurs parents faire face à leurs difficultés que les cacher en prétendant que tout va bien. Malheureusement, elle ne pouvait rien dire de tout cela à Joe. Après tout, elle était mal placée pour jouer les experts en la matière. Il fallait qu'il le comprenne tout seul.

Son téléphone portable sonna de nouveau. Elle décrocha avant la seconde sonnerie.

— Oui ?

— Izzie, c'est Amanda de chez Zest.

Mais raccroche ce damné téléphone ! J'espère que mon chéri va me rappeler ! Voilà ce qu'Izzie aurait voulu répondre. Au lieu de cela elle adopta aussitôt son ton le plus professionnel.

— Bonjour, Amanda ! Tu as récupéré du Nouveau-Mexique ? Est-ce qu'Ivan t'a envoyé les photos ?

A l'heure du déjeuner, elle décida d'aller prendre un sandwich dans le petit café dont elle avait dit à Joe que c'était son préféré, au cas où il serait là, attendant de la voir. Elle s'assit sur une des banquettes les plus en vue, qu'elle fut obligée de partager avec trois cadres moyens car il y avait beaucoup de monde. Elle feignit de s'absorber dans la lecture d'un magazine. En réalité, elle désirait si fort voir entrer Joe qu'elle en avait mal. Elle aurait tellement aimé qu'il vienne !

Il lui dirait qu'il l'aimait, que rien d'autre ne comptait et qu'il voulait être avec elle. Tout le monde sourirait en entendant cette déclaration d'amour publique. Il la supplierait d'attendre, d'attendre qu'il soit libre. Il lui promettrait de tout résoudre très rapidement.

Malheureusement, Joe ne vint pas. Quand Izzie retourna à son bureau, elle était incapable de se concentrer sur quoi que ce soit. Cela changea quand, en feuilletant le *Post*, elle découvrit un article au sujet d'une soirée de bienfaisance qui avait lieu le lendemain au Muséum d'histoire naturelle.

D'après l'article, tout New York y assisterait, y compris Elizabeth Hansen, qui faisait partie du conseil d'administration de la fondation concernée, et son mari, Joe, l'un des principaux donateurs. Izzie sentit son sang se glacer. Elle ne s'était encore jamais évanouie, mais elle se sentait sur le point de défaillir. Joe se rendait à cette soirée avec sa femme. Il lui avait pourtant juré avoir expliqué à Elizabeth qu'ils ne pouvaient plus sortir ensemble. Cela s'était passé le lendemain du jour où ils avaient fait l'amour pour la première fois. Il avait assisté avec son épouse à une soirée au bénéfice de la recherche sur le sida et Izzie en avait été extrêmement blessée.

« Je ne pouvais pas faire autrement, avait-il dit.

— Si vous vivez des vies séparées, tu n'avais pas besoin d'y aller avec elle ! avait-elle crié.

— Je sais, je suis désolé. Je vais lui dire que tout cela est fini. C'est seulement... Tu comprends, elle fait partie de toute une série de conseils d'administration et il y a beaucoup de manifestations caritatives, de soirées... »

Izzie était devenue très froide.

« Joe, si c'est fini entre toi et Elizabeth, c'est très bien. Mais si ce n'est pas vrai, sors de ma vie !

— C'est fini, je te le promets. Izzie, tout va s'arranger très vite, je te le promets. »

Izzie referma le magazine.

— Je crois que j'ai attrapé la grippe de Carla, dit-elle sans bien savoir ce qu'elle racontait, pressée de sortir de ce bureau où elle sursautait chaque fois que le téléphone sonnait.

Elle n'avait jamais assisté à une réception au Muséum même si elle en avait vu des images dans les magazines et savait comment cela se déroulait. Le Muséum possédait un impressionnant escalier au pied duquel les voitures venaient s'arrêter pour déposer leurs passagers qui n'avaient ensuite qu'à remonter l'épais tapis rouge.

Comme dans un brouillard, Izzie rejoignit la petite foule des spectateurs et attendit, se sentant de plus en plus sotte au fur et à mesure que les minutes s'égrenaient. Elle était descendue au rang de n'importe quelle groupie espérant apercevoir sa vedette préférée et prête pour cela à faire la queue sous la pluie, dans le froid. Comment pouvait-on s'abaisser à ce point ? Quelle tristesse ! Cela démontrait qu'on n'avait pas de vie à soi.

Et soudain, elle fut frappée par sa propre tristesse. Ne fallait-il pas être désespérée pour attendre d'apercevoir peut-être son amant avec sa femme légitime ? Comme si cela pouvait l'aider à cerner la vérité ! Elle était pathétique !

Izzie eut subitement horreur de ce qu'elle était en train de faire. Elle fit demi-tour pour partir et, sans bien savoir comment, se trouva à côté d'une limousine noire non loin de l'escalier.

Quatre personnes en descendirent, deux couples vraisemblablement privilégiés. Elle reconnut Joe, accompagné d'une femme blonde qui ne pouvait être que son épouse. Elle était encore plus belle que sur les photos qu'Izzie avait trouvées sur Internet : mince, grande, avec ces jambes interminables que les femmes de la bonne société héritent de leur mère. Elle portait des chaussures à talons très, très hauts, avec les semelles de cuir rouge qui les désignaient comme des Christian Louboutin. Izzie n'en possédait qu'une paire. C'étaient des objets absolument magnifiques, mais beaucoup trop chers pour une femme qui devait gagner seule de quoi vivre. Elle ressentit une bouffée de jalousie envers celle qui les mettait sans se soucier de les abîmer sous la pluie. Et ses vêtements ! Elizabeth portait un superbe manteau de soirée en soie couleur prune qui ne pouvait venir que de chez Lanvin. C'était un vêtement d'une élégance intemporelle. Evidemment, Elizabeth ne pouvait pas être vêtue de façon tape-à-l'œil. Personne, dans la vie de Joe, ne pouvait l'être.

Avec un serrement de cœur, Izzie revit la copie de ce manteau qui se trouvait dans sa garde-robe. C'était du prêt-à-porter très cher mais qu'elle n'avait mis qu'une fois. Elle sortait ce jour-là avec Joe ; il lui avait dit que sa tenue était extrêmement sexy mais qu'il préférait ce qui était en dessous. Sans autre commentaire, il avait dénoué le grand nœud de la ceinture et ils avaient fait l'amour sur le tapis de son salon.

Sa copie du manteau Lanvin avait une allure bon marché, comme elle. Elle avait un faux Lanvin, beaucoup de fausses chaussures Louboutin et un faux petit ami. C'était exactement ce qui convenait à une femme fausse et bon marché.

A cet instant précis, Joe tourna la tête pour se protéger de la pluie. Pendant un très bref instant, leurs regards se croisèrent, puis il se détourna. Son visage était lisse d'expression mais Izzie savait qu'il l'avait vue malgré la foule. Elle s'était montrée à lui sous l'aspect d'une mendiante le nez contre la vitrine du marchand de bonbons, dévorant des yeux les trésors interdits.

Joe n'avait rien laissé paraître de ce qu'il pouvait ressentir et Izzie se sentit rabaissée plus bas que terre, comme une vulgaire traînée de bas étage.

Elle avait si peu de valeur qu'elle s'était donnée pour rien. Autant faire imprimer des cartes de visite et les laisser dans les cabines téléphoniques. *Vous voulez passer un bon moment ? C'est gratuit ! Appelez Izzie*

Silver... Elle essayait de tourner la chose à la plaisanterie mais n'aurait pas pu se sentir plus mal.

La femme de Joe lui adressa quelques mots et le prit par le bras. Dans son mouvement, un éclair de lumière brilla et Izzie aperçut le gros diamant qui ornait sa main. Sans doute de chez Tiffany. Une bague de fiançailles ou un bijou de belle qualité ? Elle n'avait pu voir à quel doigt était passée la bague.

Joe s'était tourné vers Elizabeth dès qu'elle avait commencé à parler, la tête penchée vers elle exactement comme il le faisait pour s'adresser à Izzie.

Comment avait-elle pu être aussi stupide ?

Il lui avait dit qu'il aimait toujours Elizabeth. Après vingt-quatre ans de vie commune, il ne pouvait pas ne plus l'aimer mais, il le lui avait juré, leur relation était terminée en tant que couple et il voulait se libérer. Il lui avait dit avoir besoin d'elle et vouloir vivre avec elle, Izzie.

Elle avait cru qu'un homme ne pouvait pas aimer deux femmes à la fois, simplement parce qu'elle-même était incapable d'aimer deux hommes à la fois. Elle s'était naïvement imaginé que c'était la même chose pour lui. De toute évidence, elle s'était trompée. Joe pouvait aimer sa femme tout en couchant avec Izzie. Rien de plus simple !

Izzie pivota sur ses talons, clignant des yeux pour retenir ses larmes. Cette fois, elle ne pleurerait pas. Elle ne pleurerait plus jamais à cause de Joe. Tomber amoureuse de lui l'avait amenée à bafouer tous ses principes. Même en sachant que la situation était compliquée et peu enviable, elle avait accepté de sortir avec lui.

En définitive, elle ne valait pas mieux que ces prédatrices qui se lançaient dans la chasse à l'homme, prêtes à tout pour se faire passer la bague au doigt. Izzie avait toujours pensé qu'elle était au-dessus de cela. Or, les faits démontraient le contraire. Au moins ces femmes savaient-elles ce qu'elles faisaient. Elle, elle l'avait ignoré. Elle était une garce doublée d'une imbécile.

5

Lily Shanahan s'assit sur un des bancs de bois disposés dans la toute petite cour qui jouxtait l'église de St Canice à Tamarin. Le soleil d'avril la réchauffait agréablement. Il était presque dix heures et la cour était vide, à l'exception de quelques pigeons qui picoraient le pourtour des grands pavés gris de la cour, en quête de miettes. Par la porte ouverte, le murmure de la poignée de fidèles rassemblés pour le service du jeudi matin lui parvenait.

Elle était en route pour l'église quand elle avait eu un léger étourdissement et avait préféré s'asseoir dehors au soleil. C'était une autre façon de prier. Le père Sean ne lui en tiendrait pas rigueur. Il n'était pas indispensable d'entrer dans une église pour s'adresser au Créateur. Si c'était bien Lui qui avait créé le ciel et le soleil, alors il était juste de les apprécier. Lily s'était donc dirigée à petits pas jusqu'au banc de bois où elle s'était installée comme sur un prie-Dieu d'une autre sorte.

Le Seigneur comprendrait. Il faisait sans doute très chaud dans l'église et cela n'aurait fait qu'aggraver son malaise. Sur le plan architectural, St Canice était très réussi. Mais quand il s'agissait de la chaleur et du froid, c'était une tout autre affaire. En hiver, on y gelait malgré les vieux radiateurs. Au cœur de l'été, l'église se transformait en serre et plus d'une jeune mariée avait découvert que c'était une catastrophe de la fleurir la veille de la célébration. Même les boutons qui, en principe, appréciaient la chaleur, se flétrissaient dans la fournaise qui y régnait.

Une fois installée sur le banc, Lily ôta son chapeau de coton beige et ferma les yeux, le visage levé vers le soleil. Avant de sortir de chez elle, elle avait pensé à utiliser la luxueuse crème qu'Izzie lui avait offerte lors de sa dernière visite. C'était un produit miraculeux, avait-elle dit.

« Skin Replenish. Avec ça, les rides n'ont qu'à bien se tenir. Tu devrais soigner ta peau, grand-mère. »

Les yeux toujours fermés, Lily sourit à ce souvenir. Izzie ne venait pas souvent depuis quelque temps. Elle était très occupée et, même si elle lui manquait, Lily pouvait l'accepter. Sa tâche de grand-mère, obligée de remplacer Alice, la mère d'Izzie, à sa mort, avait été de donner à sa petite-fille chérie des racines et des ailes.

Quand Izzie se reprochait de rater un événement important pour Tamarin, elle lui disait souvent : « Des racines et des ailes, ma chérie. C'est cela l'amour. » Elle remerciait toujours le ciel de posséder cette conviction car ces mots consolaient Izzie. Par ailleurs, il aurait été ridicule de répéter cela si on gémissait en songeant que la personne à qui on avait donné ces ailes en profitait pour construire sa vie ailleurs. Lily n'aimait pas les gens qui affirment des choses et vivent en les réprouvant. Elle avait horreur de l'hypocrisie. Elle n'aurait pas supporté de dire à Izzie de vivre sa propre vie pour, ensuite, s'en plaindre !

Non, Lily était tout sauf hypocrite. Elle eut un petit rire étouffé. Elle n'était pas non plus femme à se soucier de crèmes antirides ruineuses !

Quand elle pensait à se servir de la crème d'Izzie, elle la trouvait très agréable mais, en général, elle partait de chez elle avant de s'en souvenir et n'avait aucune envie de faire demi-tour pour en mettre ! A son âge, le temps et la vie avaient fait trop de dégâts pour qu'une crème, aussi chère soit-elle, puisse les réparer, à moins que le petit pot en opaline cache une recette d'alchimiste.

Ce qu'elle trouvait joli dans cette histoire de crème, c'était que sa petite-fille pensait que ça valait la peine de prendre soin de son visage. Izzie, qui travaillait avec des femmes magnifiques dotées d'une peau de bébé, n'avait pas rangé sa grand-mère dans le tiroir des femmes trop vieilles pour s'occuper d'elles.

D'autres n'hésitaient pas à le faire, comme si les rides vous rendaient invisible. Non sans humour, Lily se dit que cela ressemblait beaucoup aux uniformes de domestique en vogue tant d'années auparavant. Elle l'avait compris très tôt. Si l'on enfilait un uniforme de domestique, on disparaissait à l'arrière-plan.

A Rathnaree, les tenues des femmes de chambre se composaient d'une robe de gabardine bleu marine boutonnée dans le dos avec un col blanc qu'il fallait blanchir et amidonner comme si votre vie en dépendait. Mary, la mère de Lily, n'était pas obligée de revêtir cet uniforme parce qu'elle occupait une position supérieure. Elle était gouvernante et lady Irene lui avait fourni deux jupes de serge bleu marine – « de chez Harrods », disait respectueusement Mary. Elle était très impressionnée de posséder un vêtement acheté dans un magasin où se servait l'aristocratie. Mary portait ces jupes avec des chemisiers blancs impeccables et un cardigan de laine grise.

En général, quand elle pensait à sa mère ainsi habillée, le trousseau de clés accroché à sa ceinture et les lunettes à un ruban autour de son cou, Lily avait un haut-le-cœur à l'idée de la soumission que tout cela impliquait.

Les employées de Rathnaree appréciaient leur uniforme et le fait que cela épargnait leurs propres vêtements. Même Vivi, la meilleure amie de Lily, aimait le porter.

« Comme ça, mes affaires restent bien, Lily, disait-elle gaiement tout en rentrant ses boucles sous son bonnet empesé. Tu ne veux vraiment pas me dire pourquoi tu détestes tellement notre tenue ?

— Tu te trompes, je ne la déteste pas », répondait Lily, même si ce n'était pas vrai.

Vivi était une jeune fille à l'esprit sans complication. Lily savait très bien qu'il lui serait impossible d'expliquer qu'elle haïssait la façon dont cet uniforme la transformait en élément du mobilier, ce qui était exactement ce que désirait lady Irene : une armée de domestiques au visage inexpressif courant toute la journée pour lui obéir au doigt et à l'œil. Lily était née dans un milieu de domestiques mais ce n'était pas pour autant qu'elle devait apprécier son statut.

Revenant au présent, Lily sourit. Lady Irene n'aurait pas oublié de mettre sa crème pour les rides si coûteuse ! S'il y avait jamais eu une femme désireuse de lutter contre les ravages du temps, cela avait bien été lady Irene. A l'époque lointaine où Lily travaillait à Rathnaree, des crèmes comme celle d'Izzie étaient réservées aux classes supérieures. Une femme ordinaire n'aurait jamais usé de cosmétiques et surtout pas d'une crème de ce prix. La mère de Lily se lavait le visage à l'eau et au savon, et c'était tout. Même si elle avait l'habitude de ranger les nombreux flacons au bouchon d'argent qui encombraient la coiffeuse de lady Irene, elle n'aurait jamais imaginé s'en servir pour elle-même.

Lily se souvenait de la façon dont, à vingt ans, elle avait acheté des cosmétiques Max Factor dans un geste de défi. Elle les avait soigneusement alignés sur le rebord de la fenêtre à côté de son lit. Elle aurait adoré que lady Irene les voie et comprenne enfin que la fille du petit cottage avait autant qu'elle le droit d'être belle.

« Vous voyez, lady Irene, ce n'est pas réservé aux femmes comme vous », aurait dit Lily en montrant le rouge à lèvres Rouge de Chine qu'elle aimait. Elle se faisait la bouche en imitant celle de Joan Crawford, la lèvre supérieure allongée et boudeuse. On appelait cela la bouche Crawford et c'était difficile de s'en défaire. Cela vous laissait une trace rouge sombre tout autour de la bouche, comme si l'on s'était gavée de mûres. Avait-elle vraiment été aussi jeune et fière ? Aussi en colère ? Elle avait détesté les Lochraven et tout ce qu'ils représentaient : la richesse, les privilèges, une attitude désinvolte et insouciante devant la vie. Lady Irene était la pire. A partir du moment où elle se levait, laissant sa tasse de thé en équilibre au bord d'une commode et ses vêtements de nuit en soie par terre, Sa Seigneurie vaquait à ses affaires avec la certitude inébranlable que quelqu'un s'occuperait de ramasser derrière elle. Quand c'était elle qui devait s'en charger, Lily n'en prenait pas ombrage. Elle était jeune, pleine d'énergie et avec des genoux très souples. Si nécessaire, elle était capable de garder sa langue dans sa poche, mais elle avait eu horreur de voir sa mère s'y plier.

« Quand je pense qu'elle est incapable de se baisser pour ramasser quelque chose ! s'exclamait Lily quand sa mère descendait, tard le soir, dans la grande cuisine de Rathnaree, les traits tirés après une journée de travail mais pas encore prête à rentrer chez elle.

— Chut ! disait Mary, inquiète à l'idée que l'on puisse l'entendre, même si nombreux étaient ceux qui pensaient la même chose que Lily tout en se contentant d'empocher leurs gages en silence. Sa Seigneurie n'a pas été élevée avec l'habitude de nettoyer derrière elle.

— C'est bien dommage ! » rétorquait Lily.

Elle ne supportait plus d'entendre raconter comment lady Irene, qui tenait son titre par la naissance et non par alliance, avait été élevée dans un château de Kilder où la domesticité était trois fois plus nombreuse qu'à Rathnaree. Quand il fallait tout préparer pour une grande réception, Sa Seigneurie se plaignait sans arrêt, regrettant la vie à Castel Edward, où sa mère, lady Constance, avait beaucoup de temps libre grâce à la légion de domestiques. La maison, disait-elle, se gérait pratiquement toute seule.

« Dans ce cas, pourquoi cette pauvre idiote ne retourne-t-elle pas là-bas ? » demandait Lily à Vivi.

Avec le recul, Lily souriait au souvenir de la jeune fille en colère qu'elle avait été. A l'époque, elle croyait tout savoir mais elle n'avait pas encore compris que l'argent et les privilèges ne permettent pas d'échapper au chagrin et à la douleur. Il y a des choses que l'on doit vivre et rien ne peut alléger la souffrance, que l'on soit femme de chambre ou grande dame. Face à la souffrance, on était égaux.

Dans l'église, le murmure se fit plus fort. On récitait le Credo. Dans dix minutes, les fidèles sortiraient et tous viendraient s'occuper d'elle, inquiets de sa santé.

Mary Ann, l'amie de Lily, se mettrait dans tous ses états si elle apprenait que Lily avait eu un malaise. Sans doute aurait-elle même besoin de s'asseoir sous l'effet du choc. Tout le monde a besoin d'un violon d'Ingres et celui de Mary Ann était l'hypocondrie. A quatre-vingt-six ans, elle était à la merci de ses divers médicaments et son médecin la voyait toujours arriver avec épouvante.

Lily était radicalement à l'opposé et ne voulait jamais déranger personne. Elle décida de partir avant la fin de la messe. Même en marchant lentement, elle avait le temps d'arriver de l'autre côté de la cour et dans Patrick Street. Une tasse de thé bien fort au café Dorota's lui ferait du bien. Ce serait agréable de s'installer face au port pour observer les bateaux de pêche qui rentraient. Le jeudi, Vinnie le Rouge, qu'on appelait ainsi à cause de son ciré rouge vif, relevait ses casiers. Il prenait toujours le temps de s'arrêter pour bavarder avec elle, lui parlait des phoques qu'il avait aperçus ou de goélands avec une curieuse bande jaune sur les ailes comme il n'en avait jamais vu en trente-cinq années de pêche.

Il était encore assez jeune pour être choqué par le changement, pensa Lily. Elle-même avait vécu suffisamment longtemps pour comprendre qu'il y avait moins de changement dans la vie qu'on le croyait : le monde suivait un cycle et tout recommençait, tôt ou tard. Seuls les gens de son âge pouvaient s'en rendre compte. Il n'y avait qu'à attendre assez longtemps et l'on voyait le passé revenir pour devenir le présent.

Le passé – Rathnaree, lady Irene, sa chère Vivi – était remonté à la surface ces derniers temps, à cause de cette charmante jeune Australienne qui avait été si polie au téléphone. On devinait qu'elle avait peur de déranger une dame âgée comme Lily. Elle s'appelait Jodi Beckett et avait une photo prise à Rathnaree en 1936, lors d'un anniversaire de lady Irene.

« C'est magnifique, on se croirait dans un film, avait dit Jodi avec enthousiasme. Ils se tiennent devant une cheminée avec une peau de tigre à leurs pieds. Cela ne me plaît pas beaucoup parce que c'est un vrai tigre. C'est très cruel. Mais le reste est extraordinaire ! Les vêtements sont fabuleux, d'une beauté incroyable… »

Avec un petit sourire entendu, Lily se dit que, en effet, c'était très beau, même si on ne le pensait pas autant quand on devait nettoyer les cendres d'un de ces feux qui brûlaient si bien, et ce en plein hiver, à six heures du matin, à genoux sur le dur foyer de marbre, s'évertuant à faire aussi peu de bruit que possible de peur de réveiller les maîtres. Lesquels n'auraient pas craint de vous tirer de votre lit en pleine nuit s'ils avaient eu besoin de quelque chose.

Cependant, ce n'était pas le genre de chose à dire à cette jeune femme. Jodi, quel joli nom ! Elle se confiait facilement et avait expliqué à Lily qu'elle avait épousé un Irlandais. C'était le nouveau directeur adjoint du collège de Tamarin. Elle avait expliqué que ses arrière-arrière-grands-parents étaient originaires du comté de Cork. Sa famille, bien que vivant à Brisbane, se considérait comme irlandaise. De plus, les siens aimaient tout ce qui se rapportait aux Celtes.

« Je veux en savoir plus sur le passé de l'Irlande, avait ajouté Jodi. Je connaissais si peu de choses avant de venir ici. J'aime vraiment ce pays. » Le passé devenait très romantique, pensa Lily, quand on le voyait avec les belles couleurs du technicolor et de Hollywood, des images qui ne montraient les domestiques qu'au moment de soulever leurs chapeaux, heureux avec leurs congénères. Quant aux riches, ils devaient tous être beaux et s'amuser.

Elle aurait pu raconter beaucoup de choses à la jeune Jodi sur la façon dont on vivait à cette époque mais ce n'était sans doute pas cela qu'elle avait envie d'entendre.

Oui, il y avait de somptueuses robes de soie qui dénudaient des dos blancs et soignés. Oui, pour les réceptions et les bals, on sortait des coffrets à bijoux les magnifiques diamants et les émeraudes de famille. Mais cela n'était qu'un aspect du tableau. Le revers, bien moins séduisant, révélait des familles entières pratiquement nées dans la servitude pour l'unique raison qu'elles étaient nées sur de grands domaines. De ces familles, on attendait qu'elles aient l'esprit de service et la soumission dans le sang. Le problème, c'était qu'ils n'avaient pas tous envie de porter un uniforme, de faire des courbettes et de satisfaire les caprices de gens qui étaient leurs pareils au détail près qu'ils étaient parfois nobles et avaient de l'argent.

Lily connaissait très bien ce sentiment car c'était cela qu'elle ressentait envers les êtres comme lady Irene. Elle soupira au souvenir de la jeune fille qu'elle avait été, pleine de colère et de ressentiment. Les gens ne savaient plus ce que le mot « classe » voulait dire. Les personnes âgées le savaient, elles. Aujourd'hui, on pouvait tout obtenir avec de l'argent. A l'époque, l'argent n'était rien face au mur de la division des classes sociales. Quand on était né paysan, on mourait paysan. On pouvait piquer des crises de rage contre les barrières sociales, cela ne changeait rien. Jodi ne s'attendait certainement pas à ce genre de notion si compliquée.

« J'ai commencé mes recherches sur l'histoire de Rathnaree, avait expliqué Jodi, mais il n'y a pas grand-chose. Il n'existe même pas un seul livre, c'est incroyable ! Je suis sûre que vous avez beaucoup d'histoires et de souvenirs à raconter. J'aimerais vous interroger à ce sujet… »

Jodi s'était interrompue comme si elle n'osait pas poursuivre.

« Mais seulement si vous avez envie de m'en parler. Je ne veux vraiment pas vous ennuyer ou vous fatiguer.

— Mais non, mon petit, parler ne me fatigue pas du tout, avait répondu Lily avec beaucoup de gentillesse. Laissez-moi le temps d'y penser et nous discuterons de tout cela. »

Jodi adorerait le contenu de la boîte cachée par Lily dans sa chambre d'amis. Elle était pleine de lettres et de photographies. Il y avait aussi son précieux journal intime, avec des programmes de théâtre, des menus, un poudrier compact en imitation or qui avait contenu autrefois de la poudre rose thé ; il y avait aussi les fleurs séchées de son minuscule bouquet de mariée, son vieux carnet de bons de rationnement, tout ce bric-à-brac résumant ce qu'était sa vie, cinquante ans plus tôt. Quand Jodi lui avait parlé de son projet, Lily avait aussitôt songé à cette boîte.

Après leur conversation, elle était allée la chercher et l'avait posée à côté de son fauteuil dans le salon. Elle pensait l'ouvrir un peu plus tard. En fait, elle n'y avait pas encore touché. La boîte était toujours là où elle l'avait mise.

Lily avait décidé de rencontrer la jeune Australienne. Toutefois, elle n'était pas encore sûre de vouloir partager le précieux contenu de sa boîte. Il y avait des secrets là-dedans, même si rien de tout cela ne menaçait l'Etat. Cette idée la fit sourire. Cela n'empêchait pas qu'elle renfermait des choses dont elle n'avait jamais parlé. Il n'y avait qu'une personne au monde à qui elle aurait aimé se confier, et c'était Izzie. Mais il se pouvait qu'Izzie ne soit pas encore prête à apprendre les secrets de sa grand-mère.

Peut-être la meilleure des choses à faire était-elle d'écrire un mot pour Izzie et de l'agrafer sur la boîte ? Ainsi, le jour où Lily mourrait, Izzie le trouverait.

En attendant, Lily était convaincue qu'Izzie avait ses propres secrets qui l'occupaient déjà beaucoup. Les dernières fois qu'elle l'avait appelée de New York, Lily avait remarqué un subtil changement chez sa petite-fille ; elle semblait un peu soucieuse, un peu distraite, exactement comme elle l'était quand, plus jeune, elle voulait cacher quelque chose.

Elles s'étaient parlé pour la dernière fois le dimanche soir. Lily lui avait demandé si tout allait bien.

« Très bien ! » avait répondu Izzie de ce ton léger qui rappelait tellement à Lily sa fille, Alice.

C'en était même douloureux. Izzie parlait avec les mêmes intonations douces que sa mère, la même façon de souligner certains mots en prenant un rythme plus rapide. A l'adolescence, quand la voix d'Izzie était devenue plus adulte, quelques années après la mort de sa mère, Lily avait par moments trouvé absolument insupportable d'entendre Izzie parler. On aurait dit qu'Alice était revenue à la vie.

Elles se ressemblaient pourtant peu. Izzie était grande et solidement charpentée avec les mêmes yeux que Lily et un teint laiteux de Celte, merveilleusement mis en valeur par la teinte caramel clair de ses cheveux. Alice, de son côté, était petite avec une ossature très fine, des cheveux noirs et le teint mat de la grand-mère de Lily, la redoutable mamie Sive.

Quand Lily était petite, les gens disaient souvent que mamie Sive descendait du peuple des fées, c'était leur façon d'avouer qu'elle les terrifiait.

Lily n'avait jamais eu peur de son aïeule. Mamie Sive était juste une femme sans compromis et différente des autres, une femme très moderne vivant dans un monde ancien. Rien d'étonnant à ce que tout le monde l'ait redoutée ! Lily hocha pensivement la tête au souvenir de sa grand-mère. Voilà une femme qui aurait eu beaucoup d'histoires extraordinaires à raconter. Quelle pitié que personne n'ait pris le temps de l'écouter !

Elle soupira, espérant avoir fait le bon choix pour son journal intime et sa boîte de souvenirs. Il était difficile de savoir quoi faire mais Lily s'était sentie très mal à l'aise depuis l'appel de Jodi Beckett. Cela lui avait donné la sensation que le temps s'accélérait. Depuis, elle ressentait une sorte d'urgence, le besoin d'appeler Izzie et de lui parler. Mais elle s'en était abstenue car il aurait été bizarre de le faire au milieu de la semaine sous prétexte de pressentiment. La pauvre Izzie penserait que sa grand-mère perdait la tête. Lily avait appelé Anneliese la veille au soir pour lui en parler mais elle était tombée sur le répondeur. Elle avait raccroché sans laisser de message. Lily avait horreur des répondeurs téléphoniques. Une des inventions modernes qu'elle n'avait jamais appréciées. Comment pouvait-on laisser un message sur une machine ? *Anneliese, j'ai peur et je me sens inquiète. S'il te plaît, rassure-moi : dis-moi que je ne deviens pas gâteuse.*

Ce serait trop étrange. Elle donnerait l'impression de devenir sénile. Or, Lily était terrifiée à l'idée de perdre l'esprit. C'était arrivé à bon nombre de ses connaissances. Même Vivi, si charmante et si vivante, avait été terrassée par le mal. Elle se trouvait à présent dans la maison de retraite à l'extérieur de la ville, les Jardins de lauriers. Un nom charmant pour un endroit où Lily était fermement décidée à ne jamais mettre les pieds.

Son esprit la ramenait toujours à son journal intime. En définitive, elle aurait mieux fait de téléphoner à Izzie. Elle aurait su ce qu'il fallait faire, son Izzie chérie qui était partie pour New York vivre sa vie, quoi qu'il arrive.

« Peu importe si je dois vivre avec trois fois rien et dormir dans un placard, avait-elle dit. Je vais à New York ! Toi aussi, grand-mère, tu es allée vivre à l'étranger. Tu comprends sûrement de quoi je parle ? »

Lily avait opiné du chef.

« Tu as raison, ma chérie, excuse-moi. J'avais oublié. »

Izzie avait éclaté de rire.

« Grand-mère ! Tu n'oublies jamais rien. »

Assise sur ce banc au soleil, Lily se dit qu'elle aurait préféré pouvoir oublier. Cela devait être très agréable de ne pas se souvenir de tout. Elle pensait trop au passé depuis quelque temps. Cela signifiait-il que sa fin approchait ? Les voix du passé venaient-elles la prévenir ? Ils hantaient tous ses rêves, à présent : maman, papa,

Tommy, sa grand-mère, l'oncle Pat, Jamie, Robby et son Alice chérie. C'était de revoir Alice qui lui faisait le plus mal. Jamais des parents ne devraient avoir à enterrer un enfant. Alice était morte vingt-sept ans plus tôt mais la douleur restait insupportable.

La mort avait souvent frappé autour d'elle. Tous ces jeunes gens pleins de vie, morts à cause d'une bombe tombée du ciel, ou encore ces hommes qu'on renvoyait chez eux avec des blessures physiques visibles et des cicatrices intérieures sur lesquelles personne ne se penchait mais qui les tuaient tout aussi sûrement.

Lily avait été élevée à la campagne, elle avait donc l'habitude de la mort. A la campagne, il n'était pas question d'écarter les enfants du cercueil et des funérailles. Tous, les jeunes comme les vieux, se penchaient pour embrasser le front glacé du cadavre dans sa boîte en bois. Comme tout le monde, Lily était restée sagement assise pendant les veillées funèbres, elle avait écouté les vieilles chansons et regardé de quelle façon on disait adieu aux défunts. Cependant, elle n'avait jamais réellement assisté à la mort de quelqu'un jusqu'au jour où elle s'était retrouvée dans une salle d'hôpital.

Elle avait été extrêmement surprise de découvrir que la vie ne quittait pas les gens en fanfare. Elle s'en allait simplement, sans bruit, ne laissant derrière elle qu'un corps qui devenait de plus en plus froid. Et le médecin passait rapidement au patient suivant. C'était plus tard, après avoir nettoyé les gazes sanglantes et les instruments chirurgicaux puis apporté les membres amputés aux incinérateurs, que l'on trouvait le temps de faire la toilette des morts.

Plus tard, tandis qu'en compagnie de ses amies – Maisie et Diana – elle buvait un thé brûlant dans la salle de repos ou s'offrait un *pink gin*, Lily pensait souvent à eux. Et c'était toujours une erreur.

Chacun de ces jeunes gens aurait pu être son frère cadet, Tommy, qui était peut-être quelque part en Méditerranée. Bien sûr, il ne pouvait pas lui dire dans ses lettres où il se trouvait. Dans ces moments-là, elle ne pouvait s'empêcher de songer : Et si c'était lui qui gisait ainsi, glacé, dans un lit d'hôpital ?…

Quand cela leur arrivait, elles commandaient un autre cocktail. « *Nil bastardi carborundum !* » criait Diana. C'était du latin de cuisine et cela voulait dire : Faut pas se laisser abattre par ces bâtards !

Curieusement, même si elles voyaient beaucoup de jeunes gens mourir, elles-mêmes étaient si jeunes qu'elles ne songeaient jamais à leur propre mort. Mourir, c'était pour les autres. Elles auraient de la chance, elles, mais elles vivaient pourtant chaque jour comme si c'était le dernier.

A présent, pensa Lily, tant d'années plus tard, la mort l'attendait à son tour, et elle n'en avait plus peur. C'était le plus grand cadeau de l'âge, être prêt à partir. Il n'y avait plus personne dont elle dût encore s'occuper. Personne ne pleurerait en disant qu'elle était trop jeune pour mourir. Dieu lui avait permis de vivre assez longtemps pour pouvoir s'occuper de son bébé. Elle devrait Le remercier de cela, si elle Le voyait. A moins qu'elle ne prenne peut-être l'autre chemin, celui qui menait au feu et au diable ? Lily sourit en elle-même. Elle n'avait pas peur du diable, elle l'avait entendu rire à son oreille trop longtemps.

Si tout ce que l'on disait à l'église était vrai, elle allait revoir les gens qu'elle avait connus, à commencer par sa fille.

Lily ferma les yeux pour les protéger du soleil et s'abandonna à sa rêverie jusqu'à ce que tout devienne noir.

6

A quelques kilomètres seulement de Lily, Anneliese se préparait du thé en espérant que cela la réveillerait. Elle avait de nouveau mal dormi, les yeux rivés sur le réveil pendant la plus grande partie de la nuit, et n'avait réussi à s'assoupir qu'aux premières lueurs du jour.

Non sans effort, elle s'était habillée et avait décidé d'aller marcher sur la plage pour s'aérer, malgré sa tête lourde et embrumée. En temps normal, elle se serait assise sur la véranda pour lire un livre ou un magazine jusqu'à se sentir mieux, mais elle n'arrivait plus à apprécier ces petits plaisirs. Quelle que soit la revue, elle y trouvait un article qui la faisait souffrir. La veille, un magazine d'apparence très innocente qui était offert avec son quotidien proposait l'interview de la vedette d'un film sur l'infidélité. Prise de nausée, Anneliese l'avait jeté directement à la poubelle.

Le livre qu'elle avait emprunté à la bibliothèque et posé sur sa table de chevet ne l'aidait pas plus. Elle ne s'était jamais aperçue qu'elle choisissait spontanément des romans traitant des relations de couple. Si on lui avait posé la question, elle aurait répondu qu'elle lisait de tout, mais tous les livres qu'elle avait empruntés à la bibliothèque, à l'exception d'un thriller et d'une biographie de Marie-Antoinette, parlaient de familles, de couples et de relations interpersonnelles.

Elle sortit sur la véranda pour boire sa seconde tasse de thé. Le soleil brillait, donnant l'impression qu'il faisait vraiment chaud. Quand elle partit pour sa promenade, Anneliese ne se soucia pas de prendre un imperméable. Sa polaire lui suffirait. Aller au bout de la plage, en direction des rochers qui masquaient l'extrémité de Milsean Bay, et revenir ferait une marche de quatre kilomètres. Elle se réchaufferait rapidement.

En s'éloignant de sa maison, elle remarqua un groupe de gens du côté « ville » de la plage, plus de gens qu'il n'y en avait d'habitude pour la promenade matinale des chiens. Anneliese essaya de voir ce qui se passait. Oui, c'étaient bien six ou sept personnes qui s'étaient rassemblées sur le promontoire entre les deux baies et donnaient l'impression de regarder vers le large. Un bateau ? Oh non ! pensa-t-elle. Un des bateaux de pêche n'était pas rentré. Si une peur hantait les habitants de la côte, c'était bien celle-ci.

Quand un bateau ne rentrait pas, toute la cité s'arrêtait pour prier et faire des recherches dans l'air et sur l'eau tandis que les familles se terraient chez elles, pétrifiées de peur. Anneliese se souvenait d'une veillée à l'église lorsqu'un bateau avait chaviré avec trois générations de pêcheurs à son bord. Elle avait eu l'impression que tout Tamarin s'était rassemblé dans le froid hivernal de St Canice, comme si la ferveur de leurs prières pouvait faire revenir le bateau et son équipage. Cela n'avait pas marché. Seul un des hommes avait été retrouvé, son corps rendu par la mer, sur les rochers, à une dizaine de kilomètres plus au sud.

Anneliese avait honte de sa souffrance, elle qui n'avait perdu qu'un mari, lequel était d'ailleurs toujours en vie, alors qu'une malheureuse famille de Tamarin s'apprêtait à apprendre la disparition définitive d'un homme. Elle avait trop mal pour affronter un tel événement, mais elle éprouva le besoin de rejoindre les gens qui attendaient sur la plage. Elle était née ici et, s'il fallait aider ou veiller, elle se devait d'être avec les autres.

Toutefois, tandis qu'elle traversait la grève d'un pas vif pour se rendre sur l'estran humide, elle vit que les gens ne surveillaient pas le large mais quelque chose dans l'eau. Elle aperçut Claire, une femme qui vivait à plusieurs kilomètres à l'intérieur des terres. Elle venait souvent sur la plage promener trois colleys noir et blanc qui jouaient avec délices dans l'écume.

— Que se passe-t-il, Claire ?

— Bonjour, Anneliese, répondit Claire. Regardez, c'est une baleine. Elle est entrée trop profondément dans la baie et maintenant on dirait qu'elle ne peut pas en ressortir.

Aux pieds de Claire, ses chiens gémissaient, désireux d'aller courir dans les vagues.

— Pauvre bête ! dit quelqu'un d'autre en s'écartant pour qu'Anneliese puisse à son tour prendre place sur le talus et voir par elle-même.

Une forme sombre tournait en cercles lents dans les eaux de la baie de Tamarin. C'était énorme, cela ne pouvait être qu'énorme car ils se trouvaient au moins à huit cents mètres et la voyaient sans problème. Au moment où Anneliese se demandait comment avoir la certitude qu'il s'agissait d'une baleine, l'animal émergea gracieusement de l'eau, montagne luisante et soyeuse de bleu sombre. Une haute fontaine d'eau jaillit quand la baleine souffla. Ensuite, l'énorme masse plongea de nouveau.

— Elles émergent quand elles sont désemparées, remarqua un homme. Elle ne sait plus quoi faire.

Anneliese ne l'avait encore jamais rencontré. On aurait pu le prendre pour un pêcheur avec son pantalon noir et son gros pull mais elle connaissait la plupart d'entre eux. Celui-là lui était inconnu. Très grand, il possédait un visage assez buriné pour être l'un d'eux. Il avait aussi une barbe grisonnante et des cheveux épais, légèrement trop longs.

— Qu'est-ce qu'on peut faire ?

— Pas grand-chose, et je le regrette, répondit l'inconnu.

Rendue soudain furieuse par la résignation dans la voix de cet homme, Anneliese intervint brusquement.

— Mais il y a certainement quelque chose à faire !

Ne se souciait-il donc pas de ce pauvre animal ? Cette malheureuse baleine était comme elle, perdue et abandonnée. Et voilà que personne ne voulait l'aider ! Sans doute n'en valait-elle pas la peine ?

— Est-ce que quelqu'un a appelé le bureau de protection de la vie maritime pour les prévenir ?

— Je crains que ce soit moi, répondit l'étranger. Je suis l'expert local des services maritimes. J'habite Dolphin Cottage.

Dolphin Cottage n'était pas vraiment une maison, plutôt une grange, nichée au milieu des dunes sur Ballyvolane Strand, la baie en forme de fer à cheval juste après celle de Milsean. C'était un bâtiment trapu en bois, à la peinture bleue délavée par les intempéries.

Dolphin Cottage faisait partie des maisons qui étaient louées en permanence.

— Je m'appelle Mac, reprit l'homme. Mac Petersen.

Anneliese le fusilla du regard sans prendre la main qu'il lui tendait. Elle avait été polie toute sa vie mais c'était fini !

— Et vous ne pouvez rien faire pour aider cette pauvre bête ! jeta-t-elle.

— En général, quand une baleine se fait prendre au piège dans des eaux peu profondes, elle meurt, répondit-il calmement, sans relever son impolitesse.

D'un grand geste du bras, Anneliese désigna le groupe.

— Donc, c'est tout ? On reste là, à la regarder mourir ? Magnifique ! Bravo, monsieur l'expert des services maritimes !

Elle se détourna pour observer la forme noire tourner en silence. Elle se sentait plus en empathie avec la grande créature marine qu'avec aucun des êtres humains qui l'entouraient. Ils ne comprenaient décidément rien. Le chagrin, la perte d'un être cher, la peur, ils n'y connaissaient rien. Seule cette baleine paniquée savait de quoi il s'agissait.

Mac Petersen reprit la parole, mais Anneliese ne voulait pas l'écouter. Lui tournant le dos, elle remonta la plage aussi vite que possible, les larmes aux yeux. Elle savait qu'elle avait dépassé les bornes mais elle s'en moquait. Toute sa vie, elle avait réprimé ses émotions et ses sentiments, et cela ne l'avait menée à rien. Elle se souciait trop peu du monde pour dissimuler encore qui elle était. Cette saleté d'univers n'avait qu'à se débrouiller tout seul !

Quand elle ouvrit la porte de sa maison, le téléphone finissait de sonner. Elle entendit le déclic du répondeur qui se mettait en marche. C'était Edward qui avait enregistré le message d'accueil. Curieusement, c'était la même voix qu'elle entendait maintenant.

« Anneliese, ma chérie… Je suis désolé, je ne sais pas comment te l'annoncer mais Brendan vient de m'appeler et… Je suis vraiment désolé, ma chérie, mais Lily est à l'hôpital. On pense qu'elle a eu une attaque. Elle était assise sur un banc à l'extérieur de l'église et on l'a trouvée ce matin, après la messe. Bref, on l'a emmenée à l'hôpital en ambulance. Brendan est en route pour aller la voir. Je ne peux pas y aller maintenant, je dois… »

Edward s'interrompit, gêné.

« J'ai quelque chose à faire, reprit-il, mais j'y passerai cet après-midi, si cela ne pose pas de problème… »

Il s'interrompit à nouveau puis poursuivit d'une voix toujours embarrassée :

« Je veux dire, si cela ne te dérange pas que j'y aille. Evidemment, Nell ne sera pas là mais j'aimerais être là pour toi et Brendan. Bon, eh bien, au revoir, Anneliese. Désolé de t'apprendre de si mauvaises nouvelles. »

Et il raccrocha.

Anneliese resta quelques instants immobile, fixant le téléphone, puis se précipita et appuya sur la touche de composition rapide des numéros pour appeler Brendan. Brendan Silver était le gendre de Lily et le cousin d'Anneliese, plus précisément son cousin par alliance, du moins si une pareille expression avait cours. En réalité, c'était le cousin d'Edward. Brendan était très bon et très gentil, mais d'une totale inutilité en cas d'urgence. Or, la pauvre Lily se trouvait dans une situation critique. Anneliese se sentit très triste. Elles n'étaient pas liées par le sang mais Lily faisait partie des personnes qu'elle aimait le plus. Curieusement, Lily – qui avait élevé sa petite-fille, Izzie – semblait comprendre à quel point la vie avait été difficile pour Anneliese et Beth. Anneliese n'aurait jamais imaginé Lily souffrant d'une attaque d'angoisse ou de dépression. Elle était si calme, si sereine. Pourtant, c'était elle qui les comprenait. Elle avait connu le pire des chagrins, la mort de sa fille, Alice. Lily savait ce qu'était la souffrance.

Quand Beth et Izzie étaient devenues adolescentes, et qu'Izzie passait quelques jours chez Lily, celle-ci invitait souvent Beth à venir dormir chez elle. Anneliese détestait l'idée que sa fille dorme sous un autre toit que le sien mais, avec Lily, c'était différent. Quand Beth séjournait chez elle, Anneliese se détendait. Les deux cousines s'entendaient comme larrons en foire. Izzie avait trois ans de plus que Beth mais elles s'aimaient beaucoup et s'entendaient parfaitement, malgré leurs chamailleries. C'était aussi une distraction bienvenue pour Beth. Lily ne disait jamais pourquoi elle invitait Beth, elle ne disait jamais quelque chose d'aussi brutal que : « Anneliese, je vois que tu es déprimée. Je te débarrasse pour quelques jours de ta fille ».

Cela ne s'était jamais passé de cette façon mais Lily avait parfaitement compris que, parfois, Anneliese avait besoin d'être seule pour reprendre des forces. Lily avait occupé une place énorme dans la vie d'Anneliese depuis son arrivée à Tamarin, trente-sept ans plus tôt. A présent, c'était au tour de Lily d'avoir besoin d'elle.

Le téléphone portable de Brendan était éteint. Elle lui laissa un message. « Je viens d'apprendre les nouvelles pour Lily. Je vais tout de suite à l'hôpital. Je m'arrêterai d'abord chez elle pour prendre les objets dont elle peut avoir besoin. »

Anneliese rassembla d'abord quelques affaires pour elle-même. De la monnaie pour le téléphone de l'hôpital, le chargeur de son téléphone portable, quelques sachets de tisane calmante, un gros pull et des chaussettes au cas où elle devrait rester pour la nuit. Elle n'oublia pas son tricot et le trousseau de clés que Lily lui avait confié des années auparavant en cas d'urgence. Enfin, elle ferma sa porte, mit son sac dans la voiture et démarra.

Anneliese avait rendu visite à Lily la semaine précédente mais il s'était passé beaucoup de choses ces derniers jours. Edward l'avait quittée. Une vague de culpabilité l'envahit à nouveau, la culpabilité de ne pas avoir eu le courage de parler à Lily de leur séparation. Elle avait été incapable d'affronter le chagrin et la compassion dans les yeux de la vieille dame.

Anneliese savait d'avance tout ce que Lily lui aurait dit. Elle avait craint que rien de tout cela ne la console. C'était la raison pour laquelle elle lui avait caché ce qui lui arrivait. Et voilà peut-être que sa sottise et sa lâcheté l'amenaient à ne jamais pouvoir lui en parler. Lily avait presque quatre-vingt-dix ans. A son âge, on ne guérissait pas toujours d'une attaque cérébrale. Le chagrin qu'Anneliese renfermait au plus profond de son cœur risquait d'y rester à jamais.

Tout en conduisant, elle laissa couler ses larmes sans chercher à les arrêter. Cela n'avait rien à voir avec les pleurs qui accompagnaient une attaque de panique ou une période de dépression. Celles-ci, elle essayait de les endiguer, comme pour empêcher sa souffrance de sortir. Mais ces larmes la soulageaient. Elle les versait en hommage à Lily.

Anneliese et Edward avaient toujours aimé la route qui menait à Rathnaree. Elle se dirigeait vers l'ouest en suivant la crête des collines d'où l'on pouvait voir se développer la baie de Tamarin et celle de Milsean. Ensuite, elle plongeait vers les bois, les champs et le grand parc, bordée par d'abondantes haies aux branches formant une voûte et qui la rétrécissaient. Quand deux voitures se croisaient, elles étaient obligées de serrer les bas-côtés de très près.

Lily habitait la maison où vivait déjà sa famille quand elle était petite. C'était l'ancienne forge de l'immense domaine de Rathnaree mais elle n'appartenait plus à la famille Lochraven. Au fil des ans, elle avait dû vendre une grande partie de ses biens. A présent, la maison et les deux hectares de terre attenants appartenaient à Lily. Un jour, elle avait avoué à Anneliese que c'était très important pour elle.

« Je pense que je ne serais pas heureuse si cela faisait toujours partie du domaine des Lochraven, avait-elle dit. Je sais que c'est stupide. A mon âge, cela ne devrait plus avoir d'importance mais je trouve très apaisant le fait que cela m'appartienne, à moi et à personne d'autre. Il n'y a rien de plus satisfaisant que de posséder son petit coin de terre. Ma mère se retournerait dans sa tombe si elle m'entendait parler de cette façon mais cela ne change rien. J'aime savoir que je suis chez moi, dans ma maison. Cela me procure une joie profonde.

— Pourquoi, avait demandé Anneliese, pourquoi les Lochraven n'ont-ils jamais donné la maison à ta famille ? »

Elle trouvait insensé que ces gens incroyablement riches n'aient pas fait don de leur maison aux gens qui avaient loyalement travaillé pour eux pendant des années.

Lily avait éclaté de rire.

« Anneliese, si tu savais combien de fois je me suis posé la question ! J'ai fini par me dire que les gens de cette sorte ne donnent jamais rien. C'est ainsi qu'ils restent riches. Ils s'accrochent à ce qu'ils ont et nous, nous n'étions que les péquenots bons pour satisfaire leurs caprices, s'user la santé à travailler pour eux, sans rien recevoir en retour qu'une maigre pitance. Du moins, c'est ce que je pensais. Depuis, j'ai changé d'opinion. »

Elle avait prononcé ces derniers mots d'un ton qui laissait entendre qu'elle ne souhaitait pas poursuivre la conversation sur ce sujet. Elle n'avait pas envie d'expliquer comment elle avait compris cela, mais Anneliese avait besoin d'en savoir davantage. Trente-sept ans auparavant, elle n'hésitait jamais à poser n'importe quelle question. Elle avait donc insisté.

« Tes parents travaillaient pour eux, n'est-ce pas ?

— Ma mère a été gouvernante chez eux de 1930 à 1951, avait répondu Lily. En fait, elle l'est restée jusqu'à sa mort.

— Elle a dû voir des choses extraordinaires en travaillant aussi longtemps dans cette maison, avait dit Anneliese.

— Oh, elle a vu beaucoup de choses, c'est exact. En réalité, elle a tout vu. C'est ainsi que j'ai appris mes premiers mots de français. Lady Irene avait l'habitude d'employer des expressions comme *pas devant les domestiques.* J'ai travaillé chez les Lochraven comme femme de chambre pendant un moment et je me suis habituée à entendre ces mots. Lady Irene n'a, semble-t-il, jamais pensé que l'un d'entre nous pourrait apprendre le français et comprendre ce qu'elle disait. Seigneur ! Ma mère se fâchait terriblement si je m'emportais contre eux. Elle avait peur que l'on puisse m'entendre et mon ingratitude l'étonnait.

« Je n'avais pas envie d'éprouver la moindre gratitude. En effet la gratitude était à sens unique. Ma mère et mon père ont travaillé dur à Rathnaree et ils acceptaient comme un fait normal de ne jamais recevoir le moindre merci. On leur donnait exactement ce qu'on leur devait, rien de plus. Les Lochraven se plaisaient à répéter que leurs domestiques faisaient partie de la famille mais on ne les traitait pas comme la famille. Ce n'étaient que des mots, et les mots ne veulent rien dire. Oh, ne fais pas attention, Anneliese ! A cette époque, je pensais que, quand on était riche et qu'on appartenait à la noblesse, on avait tout ce que la vie pouvait offrir de mieux. Aujourd'hui, j'ai compris que ce n'est pas forcément vrai. La vie blesse ces gens de la même façon qu'elle nous blesse. »

Anneliese sortit de la route pour s'engager dans l'étroit chemin bordé de haies qui menait au cottage de Lily. Elle repensait à cette conversation et trouvait très énigmatiques les propos de Lily au sujet de la souffrance. Elle avait eu la sensation que, si elle le lui avait demandé, Lily aurait eu beaucoup de choses à dire.

Anneliese regrettait beaucoup de ne pas lui avoir posé la question. On n'atteignait pas l'âge de Lily sans avoir acquis une certaine sagesse et, en ces jours difficiles, Anneliese avait bien besoin de quelques conseils avisés. Quand Lily avait perdu son enfant unique,

Anneliese s'était demandé comment elle n'était pas morte de chagrin et d'amertume.

Il y avait longtemps que la maison de Lily n'était plus une forge mais elle en avait gardé le nom, la Vieille Forge. Son père était maréchal-ferrant, le dernier d'une longue lignée de maréchaux-ferrants qui avaient travaillé pour les Lochraven. A l'époque du père de Lily, la forge tournait à plein. Elle s'ouvrait par une porte pittoresque en forme de fer à cheval et l'air était saturé de l'odeur particulière du métal chauffé. Toutefois, la forge avait fini par être transférée à Rathnaree où se trouvaient les grandes écuries. Au cours des années, la forge d'origine avait été intégrée dans l'habitation jusqu'à ce qu'il devienne difficile de dire où la forge finissait et où la maison commençait.

Devant le cottage était planté un jardin d'herbes aromatiques. Lily en raffolait. Derrière, s'étendait un grand potager qu'elle n'avait plus la force d'entretenir. Quand Robby, le mari de Lily, vivait encore, ils avaient des vaches et des poules élevées en plein air. Lily s'était révélée très douée pour vendre ses œufs, baratter sa crème et faire tout ce qui était nécessaire pour joindre les deux bouts pendant les années de vaches maigres où Robby ne trouvait pas assez de travail comme charpentier.

Robby était mort depuis longtemps, au moins vingt ans. Anneliese se souvenait très bien de ce jour sinistre. Une pluie glaciale frappait les vitraux de St Canice. Lily avait une expression terrible. On aurait dit qu'elle s'était transformée en un morceau de bois, le même bois dans lequel avait été construit le cercueil de son mari. Moi, pensa Anneliese, j'ai aussi perdu un mari, mais il n'est pas mort. Il s'est seulement enfui avec une autre femme.

Elle s'attarda sur cette idée, tentant de mieux comprendre ce qu'elle éprouvait. Edward n'était pas parti pour toujours, il avait seulement décidé de la quitter. Etait-ce pire ou mieux que s'il était mort ? S'il était mort en l'aimant toujours, cette pensée l'aurait aidée à continuer à vivre, à affronter le chagrin et la difficulté d'être seule. Elle sourit, étonnée de ressentir un certain soulagement au milieu d'une situation complètement folle. Oui, une séparation n'était sans doute pas grand-chose par comparaison avec la mort.

De l'extérieur, la forge ressemblait beaucoup à ce qu'elle était sur les photos où Edward et Alice, enfants, riaient devant la maison. A côté d'eux, on voyait le grand tonneau d'eau de pluie qui servait à tout, au shampooing comme au bain. A l'intérieur, c'était différent, plein de personnalité et d'une ambiance chaleureuse comme seule une personne telle que Lily pouvait en créer. Il y avait beaucoup de livres, de photos de famille, et des bouquets, un mélange de fleurs et d'herbes aromatiques qui embaumaient. Ainsi qu'une superbe salle de bains.

Lily l'avait souvent répété à Anneliese :

« Je m'étais toujours juré que, si je devais vivre dans cette maison, je ferais installer des toilettes à l'intérieur. Quand nous étions petits, nous avions l'habitude. Personne n'avait de toilettes à l'intérieur de la maison, sauf là-haut, à Rathnaree. On avait installé pour lady Irene une salle de bains absolument incroyable. Le marbre et les miroirs avaient remplacé les antiques lambris de bois et il y avait une immense baignoire. Parmi nous, personne n'avait jamais rien vu de semblable. Tous les gens qui travaillaient sur le domaine se sont débrouillés pour aller y jeter un coup d'œil. C'était le luxe absolu. Et je me suis juré qu'un jour, moi aussi j'aurais une salle de bains de luxe ! »

Lily avait eu ce qu'elle voulait, songea Anneliese avec un sourire. Bien sûr, ce n'était pas tout à fait la salle de bains en marbre de lady Irene mais ça n'en était pas moins très beau. Lily avait choisi un carrelage d'un blanc parfait avec une frise Art déco couleur chocolat qui courait le long des plinthes. Elle était heureuse que Lily ait pu réaliser son rêve de salle de bains. Quand on arrive à la fin de sa vie, il est bon d'avoir obtenu les choses dont on rêvait. On peut les regarder avant de mourir et se dire : « C'est ce que je voulais à vingt ans et je l'ai eu ! »

— Stop ! se morigéna Anneliese à voix haute.

Elle parlait comme si Lily était déjà morte. Certes, Lily était très âgée et son heure avait peut-être sonné. Pour le mourant, il était préférable que cela se passe très vite, mais c'était très dur pour ceux qui restaient. Izzie aurait le cœur brisé si sa grand-mère adorée mourait avant qu'elle puisse lui dire au revoir.

Anneliese se demanda si elle n'aurait pas dû proposer d'appeler Izzie pour la mettre au courant. Elle se rappelait vaguement que, lors de sa dernière conversation avec Lily, celle-ci lui avait expliqué que sa petite-fille était sur un tournage, au Mexique peut-être, ou au Nouveau-Mexique… Elle n'aurait pu dire avec certitude le lieu ou la date. La notion du temps lui avait échappé depuis quelques jours.

Si Brendan n'avait pas téléphoné à Izzie, elle le ferait en arrivant à l'hôpital. Dans l'immédiat, elle devait se dépêcher au lieu de contempler de vieilles photographies en pensant à la vie de Lily. Cela ne ferait du bien à personne. Elle monta rapidement l'escalier qui menait à la chambre de Lily et mit dans un sac quelques chemises de nuit, des sous-vêtements, une liseuse et des pantoufles. Fais vite ! lui soufflait sa petite voix intérieure.

Quand Anneliese entra dans la chambre des soins intensifs, elle eut un choc. Lily paraissait tellement fragile ! Certes, Anneliese avait envisagé la possibilité que Lily ne se réveille pas mais elle était maintenant confrontée à la réalité. Elle se trouvait devant un corps vulnérable, gisant inanimé sous la couverture tandis que, tout autour, des machines clignotaient et bipaient. L'unité de soins intensifs était aussi silencieuse qu'une église. Les infirmières se hâtaient, discrètes et efficaces, s'occupant des malades allongés dans les quatre lits de la chambre. Anneliese fut heureuse de ne pas voir Brendan au chevet de sa belle-mère. Elle n'avait aucune envie de devoir le consoler. Elle préférait pouvoir s'asseoir tranquillement sur la chaise à côté du lit et regarder Lily. La malade avait les yeux fermés et, pourtant, elle semblait plongée dans un état plus profond que le sommeil. D'habitude, même si elle avait fermé les yeux, son visage traduisait son animation, son intérêt pour la vie. En temps normal, Lily paraissait, d'une certaine façon, intemporelle. Sur ce lit d'hôpital, elle devenait soudain une femme très âgée, avec des os qui semblaient prêts à se casser et une peau presque transparente. Une perfusion était piquée sur le dos d'une de ses mains et Anneliese frissonna. Quand on avait enfoncé l'aiguille, cela avait dû lui faire mal comme en témoignait l'hématome.

— Lily, fit-elle en lui caressant sa main libre. Lily, je suis vraiment désolée, ma chérie. Cela me rend tellement triste de te voir ici et de ne pas avoir su te parler. La situation est devenue horrible entre moi et Edward, et je ne savais pas comment te le dire. Pardonne-moi, ce n'était pas bien de me taire. Et maintenant, tu es là et je ne sais pas du tout ce que tu voudrais que je fasse. Nous n'en avons jamais parlé. J'ignore si tu veux que l'on prenne toutes les mesures pour essayer de te ramener à la vie ou bien si tu es contente de t'en aller. Ma chère Lily, j'aimerais tellement savoir ce que tu préfères, quel est ton choix ! C'est une question de dignité.

C'était étrange que Lily n'ait jamais abordé le sujet car elle parlait librement de tout. Ce n'était pas son style de faire l'autruche ou de s'imaginer que, si l'on ne parlait pas d'un problème, il disparaissait tout seul. Lily affrontait tout, la tête haute. Mais la mort, et ce qu'il convenait de faire dans ce cas, était un des derniers tabous.

Sans lâcher la main si fragile de son amie, Anneliese s'absorba dans une prière, demandant de l'aide. Elle n'était pas capable d'affronter cette situation. A cause d'Edward, elle se sentait aussi vulnérable que Lily.

— Lily, que veux-tu que je fasse ? murmura-t-elle.

7

Pour un mannequin, décrocher un contrat avec l'industrie cosmétique équivalait à gagner le gros lot. Bien sûr, on se félicitait bruyamment quand l'un d'eux passait dans *Vogue* mais la gloire était censée compenser le peu d'argent que cela rapportait. Des photos de presse faisaient très bon effet dans un book, mais une publicité pour du mascara était beaucoup plus rentable.

Quand une fille signait avec un des géants de l'industrie cosmétique, elle n'avait plus à s'enquiquiner avec des séances de photos mal payées. Ces contrats garantissaient d'importantes rentrées financières et une certaine sécurité dans un secteur d'activité guère réputé sur ce point. La cote du mannequin montait en flèche car apparaître sur des millions d'affiches le rendait célèbre, lui permettait de se faire un nom. Quand une fille devenait un nom et non plus seulement une jeune beauté parmi beaucoup d'autres, c'était la chance de sa vie : elle faisait plus de publicités, dans les magazines comme à la télévision, et pouvait devenir l'égérie de campagnes promotionnelles. Et dans ce dernier cas, tout le monde, y compris l'agence qui l'employait, pouvait aller à la banque en dansant !

Le lendemain du jour où elle avait vu Joe et sa femme devant le musée, Izzie dut mettre son chagrin de côté. Elle avait un rendez-vous important avec une société de cosmétiques. Il s'agissait d'une campagne de plusieurs millions de dollars qui ciblait les adolescentes. Le client, Jacobman Corporation, cherchait un visage pour représenter une nouvelle ligne de produits de soins et Perfect-NY était dans la course grâce à un fabuleux coup de chance. Il s'agissait donc d'un énorme enjeu pour l'agence mais c'était exactement le genre de travail qu'Izzie aurait préféré ne pas avoir à faire alors qu'elle était désespérée.

Quand elle franchit les portes de l'immense building qui abritait les bureaux Jacobman, elle donnait toutefois l'illusion d'être la femme de la situation, à la pointe de la mode avec son tailleur noir Marc Jacobs, ses cheveux lissés en arrière et un fond de teint effet nu pour donner l'impression de ne pas être maquillée.

Et cependant elle se sentait épuisée, comme morte. Le seul fait de porter sa tasse de café à ses lèvres lui semblait un effort insoutenable.

Le rendez-vous devait avoir lieu dans la troisième salle de réunion de Jacobman Corporation. Les deux premières étaient grandes comme un stade. Quatre personnes seulement assistaient à la discussion : Izzie pour Perfect-NY, deux représentantes de la ligne de produits SupaGirl ! et un ponte de Jacobman, Stefan Lundberg.

Les compagnies de produits cosmétiques faisaient des pieds et des mains quand elles avaient besoin d'une égérie. Perfect-NY avait été invité à présenter ses candidates grâce à l'actuelle Mme Rick Jacobman Junior qui avait été autrefois un de ses mannequins. Etonnamment, elle n'avait jamais oublié l'agence qui l'avait lancée, même si sa carrière avait été assez brève. En effet, elle s'était rapidement retrouvée dans les bras de Rick, l'héritier des millions Jacobman. Dans les agences, Svetlana Jacobman était considérée comme le mannequin qui avait remporté le plus extraordinaire des contrats de l'industrie cosmétique. Même avec un contrat prénuptial inattaquable suspendu au-dessus de sa tête comme une épée de Damoclès au cas où les choses tourneraient très mal, Svetlana avait rejoint le monde des gens vraiment très riches.

Une des représentantes de SupaGirl ! écarta d'un geste dédaigneux la photo du troisième mannequin qu'ils étaient en train de regarder.

— Bien sûr, jeta-t-elle sèchement, cette fille est assez fraîche, mais elle est un peu excentrique, n'est-ce pas ? Nous cherchons une adolescente américaine normale.

De l'autre côté de la grande table, Izzie se planta les ongles dans les paumes pour s'obliger à rester calme. Une adolescente normale ? Tu parles ! Elle avait lu le mémo des clients. Ils prétendaient chercher une adolescente normale pour faire la publicité de fonds de teint sans huile mais, en réalité, ils voulaient une déesse de quinze ans qui n'avait jamais eu le moindre bouton de sa vie.

— En fait, dit Izzie dès qu'elle eut repris son calme, Lorelei s'adapte très facilement.

L'autre représentante de SupaGirl ! intervint à son tour. On lui aurait donné douze ans et, de toute évidence, elle acquiesçait à tout ce que disait sa collègue.

— Non, nous ne cherchons certainement pas l'excentricité, fit-elle.

La première prit le relais de son ton toujours aussi sec et déplaisant.

— Non, c'est absolument impossible ! On oublie cette fille ! Avez-vous quelque chose d'autre ?

Après une demi-heure d'échanges du même acabit, Izzie n'avait plus que quatre mannequins à leur proposer et tout courage l'avait désertée. Elle ne supportait plus leur manière de rejeter « ses » filles. Elle avait besoin de sa dose de caféine. Après tout, ce n'était pas comme si son agence se voyait offrir avant tout le monde une chance de placer un de ses mannequins auprès de SupaGirl ! Cette mascarade n'était qu'un exercice de relations publiques pour faire plaisir à Svetlana Jacobman. Ce chameau de chez SupaGirl ! n'avait jamais eu la moindre intention de traiter avec Perfect-NY.

Izzie s'obligea à sourire et se leva brusquement.

— Excusez-moi, j'ai besoin d'un café.

— Bonne idée ! dit Stefan en lui emboîtant le pas. Moi aussi !

A l'extérieur de la salle de réunion, il y avait une petite cuisine. Malgré tout, elle était plus grande que celle d'Izzie.

Stefan s'adossa au chambranle de la porte et observa Izzie qui hésitait entre la machine à espressos ou la cafetière à filtre.

— Pour l'instant, dit-il, ce n'est pas très prometteur. Mais, on ne sait jamais, on pourrait quand même décrocher la timbale.

Izzie et Stefan se connaissaient depuis quelques années. Il avait une belle allure de sportif, mais son jeu était clair : des cheveux blonds soigneusement passés au gel, et des chemises dont il laissait le col ouvert pour faire admirer son impressionnante musculature. Izzie l'imaginait très bien devant son miroir, en train d'étudier l'ouverture de sa chemise. Jusqu'où devait-il la déboutonner ? Elle avait horreur de cela. Elle préférait les hommes plus rudes, qui se souciaient peu de leur apparence même s'ils pouvaient s'offrir des costumes sur mesure. Hélas, ce genre d'hommes ne s'intéressait pas à elle, en particulier Joe Hansen.

Sa colère contre Joe rejaillissait sur tout le monde, aussi répondit-elle d'un ton plus sec qu'elle ne l'aurait fait en temps normal.

— J'ai peu d'espoir de décrocher la timbale. Votre équipe de Laurel et Hardy n'apprécie aucun de mes mannequins.

— Laurel et Hardy ! Vous êtes un peu dure. Vous avez eu une mauvaise journée ?

— On peut le dire.

Izzie, entre-temps, s'était décidée pour la cafetière à filtre. Elle risquait de se mettre à trembler si elle avalait un autre espresso.

— Problèmes de cœur ou de travail ? demanda Stefan.

Izzie le fusilla du regard. Il était hétéro et n'avait donc pas le droit d'aborder la question des peines de cœur. Avec les types dans son genre – obsédés par les femmes et détenteurs d'une carte de crédit de société –, les conversations au sujet des hommes se terminaient toujours de la même façon. Ils offraient leur épaule, habillée ou pas, pour qu'on puisse s'y appuyer et pleurer.

— Je n'ai pas de problèmes avec les hommes, rétorqua-t-elle, parce que je n'ai rien à faire avec eux.

— Quel dommage !

— Quel dommage ? Vous plaisantez !

— Vous êtes certaine que vous n'avez pas envie de parler ?

— Stefan, rétorqua-t-elle sèchement, je n'ai pas l'intention d'aborder ce sujet avec vous. Nous ne sommes pas des amis.

— Aïe ! dit-il en feignant d'avoir reçu un coup en plein cœur.

Izzie ne put s'empêcher de rire.

— Ce que j'apprécie chez vous, c'est que quoi que je dise vous ne le prenez jamais mal.

— J'aimerais que vous me parliez davantage, répondit-il, mais vous rejetez toujours mes offres d'amitié. Je me souviens de cette fois où je vous ai demandé de prendre un verre avec moi avant la réception Ford…

— J'avais du travail et, en plus, quand je suis arrivée à la soirée, vous aviez trouvé une autre cavalière.

A l'époque, elle avait été tentée. Elle n'avait personne dans sa vie et n'avait pas encore renoncé aux hommes. Ce qui l'arrêtait, c'était que Stefan avait cherché à séduire plus d'un mannequin de l'agence. Izzie s'était souvent demandé s'il n'avait pas chez lui la carte des mannequins avec lesquels il était sorti établie selon un système de classement.

Le soir en question, quand elle était arrivée à la réception, Stefan avait déjà trouvé à se consoler avec un mannequin du Texas. La fille avait des jambes interminables, une masse de cheveux blond platine qui lui descendait jusqu'en bas du dos et un corps fait pour présenter de la lingerie.

— Elle était sur le banc des remplaçantes, se défendit Stefan. Vous, vous étiez en vedette.

— Vous avez réponse à tout, Stefan, soupira Izzie. Vous rendez-vous compte que, s'il s'agissait d'une autre femme que moi, vous risqueriez un procès pour harcèlement sexuel ? Vous avez de la chance que je sois si facile à vivre et si conciliante.

— Vous ? Facile à vivre ! Ma chère Irlandaise, ne devenez jamais difficile à vivre, voulez-vous ?

— Et si nous nous concentrions sur le travail ?

— Pas en prenant le café ! Nous sommes censés réfléchir dans la salle de conférences.

— C'est dur d'avoir de bonnes idées avec ce duo qui détruit tous mes arguments. Pourquoi n'embauchez-vous pas des cadres dont les muscles faciaux autorisent le sourire ?

— Vous avez raison, je m'en souviendrai. En fait, elles sont assez pitoyables. C'est difficile à croire, mais la compétition est terrible pour entrer dans l'équipe de SupaGirl ! Il y a des avantages et un salaire formidables, une assurance-maladie de première qualité, une salle de gym au sous-sol…

Stefan s'interrompit et fit semblant de se livrer à un exercice de force.

— … et des types comme moi, très décoratifs et libres parce que les beautés des agences n'arrêtent pas de les rejeter…

— C'est ça !

Izzie reposa brusquement sa tasse de café et quelques gouttes de liquide jaillirent sur le comptoir.

— C'est ça ! répéta-t-elle avec excitation. Une compétition ! Que diriez-vous d'un concours sur le thème : Nous cherchons l'égérie de SupaGirl !

A peine eut-elle prononcé ces mots qu'elle les regretta. Etait-ce une bonne ou une mauvaise idée ? La ligne de démarcation était très mince.

— Génial ! s'enthousiasma Stefan, nullement contrarié d'avoir été interrompu dans ses élucubrations.

Izzie eut soudain envie de le serrer dans ses bras. C'était peut-être un macho, mais c'était surtout un grand professionnel.

— Absolument génial, reprit-il. La publicité et le lancement du produit dans un seul élan.

Non, pensa Izzie, le serrer dans ses bras serait une erreur. Il pourrait mal interpréter son geste. Elle préféra lui tapoter l'épaule dans un geste très maternel.

— Je suis contente que mon idée vous plaise.

— Qu'elle me plaise ? reprit-il. Mais je l'adore !

— Perfect-NY représentera la fille qui gagnera le concours et nous vous aiderons à organiser des castings dans tout le pays.

Il était hors de question qu'elle trouve une idée fabuleuse pour laisser les filles de SupaGirl ! s'en emparer.

Une heure plus tard, quand elle sortit de réunion, elle dansait presque et ouvrit son téléphone portable avant même de trouver un taxi. Tout le monde au bureau était déjà en ligne. Ensuite, tandis qu'elle s'installait sur la banquette rembourrée du taxi, elle s'aperçut que, à part Carla, qui était sur messagerie, elle n'avait personne à qui parler. Il n'y avait personne de spécial à qui elle puisse téléphoner et chuchoter qu'elle avait eu une idée de génie, personne pour lui dire : « Je suis tellement fier de toi ! » Sa grand-mère aimait beaucoup l'entendre parler de son travail, mais devoir appeler en Irlande pour trouver quelqu'un qui l'aime l'attristait profondément.

Le nuage sombre qui avait brièvement disparu pendant la réunion reprit toute sa place.

Avant Joe, elle n'avait jamais éprouvé le besoin d'appeler quelqu'un pour dire ce qui lui arrivait. Avec lui, elle en avait pris l'habitude et, sans lui, cela lui manquait profondément. Que tous ces gens en couple aillent au diable ! Elle ne les supportait plus.

Quand elle arriva à son bureau, toute l'équipe discutait avec enthousiasme de son idée avant de courir avaler un sandwich.

— Izzie ! Tu sors déjeuner ? demanda Carla.

— Non.

— Parfait ! Je veux te parler.

Carla entraîna Izzie à leur place habituelle sur les marches de l'escalier de secours pour pouvoir parler tranquillement.

— Qu'y a-t-il ? demanda Izzie.

Elle serra ses bras autour de ses épaules pour essayer de se réchauffer. Elle était frigorifiée. Malheureusement, quoi qu'elle fasse, depuis la veille, elle n'arrivait pas à se réchauffer. Elle avait l'impression que la pluie mêlée à son chagrin l'avait glacée jusqu'aux os. Même l'excitation occasionnée par ce projet de concours n'y changeait rien.

— Il y a que les langues vont bon train en ce moment, dit Carla. On parle d'un homme de Wall Street qui est marié et qui aurait une histoire torride avec quelqu'un qui travaille dans une agence de mannequins. Il semblerait que le chauffeur de quelqu'un l'ait dit à un autre chauffeur qui l'a répété à un coiffeur qui l'a raconté à une cliente – et peut-être même à beaucoup de clientes. Izzie, tu sais comment cela se passe dans cette ville, tout le monde adore colporter les ragots, et cette cliente en particulier se trouve être une de mes amies.

— Le téléphone arabe fonctionne encore mieux à New York qu'ailleurs, n'est-ce pas ? fit Izzie d'une voix hachée.

Il était impossible que Carla sache la vérité au sujet de sa relation avec Joe.

— Dis-moi que ce n'est pas toi ! s'exclama Carla.

Izzie se mordit la lèvre sans répondre. Son silence suffit à Carla pour tout comprendre.

— Nom de nom ! C'est toi, vraiment ?

Izzie se sentait incapable de regarder Carla en face. Il y aurait des reproches dans le regard de son amie et elle ne le supporterait pas. Comment expliquer la situation ?

Je ne savais pas tout à son sujet au début, c'est stupide, je le reconnais, mais j'ignorais l'essentiel. Je n'ai pas réfléchi. Il était tellement séduisant et nous nous entendions bien. Quand il m'a dit qu'il était avec sa femme sans être avec elle, c'était trop tard. J'étais déjà accrochée...

— Izzie, tu n'es pas sérieuse ! Que t'est-il arrivé ? J'aurais dû tout comprendre. Je savais que quelque chose n'allait pas et j'espérais que tu m'en parlerais, mais je n'ai pas imaginé qu'il y avait un homme dans ta vie. Et un homme marié ! Tu es devenue folle ? Combien de femmes connaissons-nous qui ont fait cette bêtise ? Ça se termine toujours mal. Toujours ! Il n'y a qu'un seul gagnant dans ce genre d'histoire, et c'est l'homme.

Carla était très en colère.

— Ecoute, commença Izzie. Il est marié, mais sa femme et lui ne sont plus ensemble...

La situation ne manquait pas d'ironie. Son secret était découvert au moment où elle avait décidé de rompre.

— Par pitié, Izzie !

— Ce n'est pas ce que tu crois ! Tu me connais, Carla. Je ne suis pas du genre à chercher un milliardaire pour l'arracher à sa femme, et pouvoir jeter ma carte de transport et ne plus jamais travailler. J'ai cru que c'était un homme libre, qui tenait à moi. Nous nous sommes vus et…

— … et il t'a dit que c'était fini avec sa femme ?

— Il m'a dit qu'ils vivaient de façon séparée. Ils restent ensemble seulement pour les enfants.

Carla se tapa le front.

— Et tu l'as cru ? demanda-t-elle d'un ton incrédule.

— Bien sûr ! Ce n'est pas un menteur, je te le jure.

— Dans ce cas, pourquoi ne m'as-tu pas parlé de lui ? Tu ne m'as rien dit au sujet de ton milliardaire. Et pourquoi ? Parce que tu savais très bien que quelque chose clochait ! Je me trompe ? Tout comme tu savais parfaitement que je ne serais pas d'accord.

Izzie lança un regard désespéré à son amie.

— Je croyais que j'avais enfin fait la rencontre de ma vie, Carla. Tu ne peux pas faire semblant d'aimer. Il m'aimait. Et moi aussi.

— Alors, pourquoi ne m'as-tu rien dit ?

— C'était tellement compliqué ! Il adore ses enfants et il veut faire ce qu'il y a de mieux pour eux. Carla, ce n'est pas un salaud, sincèrement. C'est l'homme de ma vie et je savais qu'il fallait lui laisser du temps.

— Du temps ? Tu parles ! Du temps pour s'amuser avec toi jusqu'à ce qu'il retourne joyeusement vers sa femme !

A cet instant, Izzie éclata en sanglots, ce qui les surprit toutes les deux.

— Bon Dieu ! s'exclama Carla.

— De toute façon, hoqueta Izzie, c'est fini. Je l'ai cru quand il m'a dit qu'il lui fallait du temps et puis j'ai découvert qu'il allait à une réception avec sa femme. Visiblement, ils ne vivent pas des vies aussi séparées qu'il me l'a affirmé. J'ai donc rompu.

— C'est déjà quelque chose, commenta Carla.

— Non, sanglota Izzie. Je ne me suis jamais sentie aussi mal de toute ma vie. Je le crois toujours mais c'est vraiment trop compliqué. Je n'ai pas le droit de me laisser entraîner dans ce genre d'histoire et je devais en sortir avant…

Elle s'interrompit, butant sur les mots. Elle voulait dire : Avant d'être tellement amoureuse de lui que je resterais avec lui quoi qu'il arrive. Or, elle avait déjà atteint ce stade. Elle ne se souciait pas de ce qui se passait dans la vie de Joe, elle voulait seulement en faire partie. Sa boussole morale était brisée et cela n'avait plus aucune importance pour elle. Elles sursautèrent ensemble. On criait leurs noms depuis l'intérieur du bâtiment.

— Izzie ! Un appel pour toi d'Irlande. Ç'a l'air vraiment urgent…

Izzie murmura un simple merci en prenant la tasse de café bien chaud que Carla venait de lui apporter. Il ne faisait pas froid dans leur bureau paysager, mais la nouvelle l'avait glacée. Sa grand-mère adorée, son point fixe dans un monde sans cesse chamboulé, était à l'hôpital et risquait de mourir.

En un instant, elle avait complètement oublié Joe et ses problèmes. Seule comptait Lily, Lily devenue tellement fragile, et qui posait un regard contemplatif sur le monde ! Elle rayonnait de bonté et de sagesse. Izzie ne supportait pas l'idée que la sagesse de sa grand-mère disparaisse pour toujours, au moment où elle en avait plus besoin que jamais. Elle avait encore tant de choses à apprendre, et tant de choses qu'elle aurait voulu dire à sa grand-mère. Et voilà que cela ne serait peut-être plus jamais possible ! Elle aurait tout donné pour pouvoir partager avec Lily ses sentiments envers Joe. Pour une femme de la génération de sa grand-mère, il n'y avait rien de pire que l'infidélité et Izzie ne supportait pas l'idée de voir ses yeux s'assombrir lorsqu'elle apprendrait que sa petite-fille avait une liaison avec un homme marié. Si Carla, qui était aussi libre d'esprit que possible, si Carla avait été choquée par la nouvelle, Izzie imaginait à quel point sa grand-mère aurait été dévastée. A dire vrai, Carla était en colère uniquement parce qu'elle estimait qu'Izzie avait été trompée, mais quand même…

— Grand-mère, chuchota Izzie. Par pitié, ne t'en va pas.

Au téléphone, son père lui avait expliqué que c'était une attaque cérébrale massive. On l'avait découverte sur un banc dans le petit square à l'extérieur de l'église. Par chance, elle était tombée contre le dossier, sinon elle se serait sans doute fracturé le crâne sur les dalles. Et dans ce cas… Le père d'Izzie n'avait pas été capable de terminer sa phrase.

Se voiler la face était le point fort de Brendan. Izzie savait que ce n'était pas un hasard si elle était tombée amoureuse d'un homme plein de force, de vigueur, de courage et de combativité. Les différences entre l'homme qu'elle aimait et son père n'étaient pas plus difficiles à comprendre que le programme du premier cours de « la psychologie pour tous ».

« Quand est-ce arrivé ? avait-elle demandé.

— Ce matin après la messe.

— Que disent les médecins ? avait encore demandé Izzie en se raidissant pour encaisser le choc.

— Pas grand-chose… Elle est en soins intensifs et on lui fait plein d'examens mais personne ne m'a vraiment dit quelque chose… »

Izzie imaginait très bien son père, pourtant plus grand qu'elle mais sans la moindre parcelle de l'énergie qu'elle possédait, en train de chercher vaguement un médecin dans l'hôpital, infichu de trouver quelqu'un à qui s'adresser car tout le monde courait dans tous les sens et qu'il n'aimait pas déranger les gens.

La gentillesse et la douceur sont très agréables dans la vie de tous les jours mais cela ne marche pas dans l'ambiance sous haute pression d'un service d'urgences.

« Y a-t-il quelqu'un avec toi ? Anneliese ou Edward ? » avait repris Izzie.

L'oncle Edward avait une personnalité beaucoup plus forte que son père et ferait le nécessaire. Anneliese était encore plus fiable. Elle conservait son calme quelle que soit la situation. Sa cousine Beth n'aurait sans doute pas survécu ou aurait totalement sombré si sa mère n'avait pas été aussi solide. Son père avait répondu à sa question en traînant sur le mot.

« Non. »

Izzie avait patiemment attendu la suite.

« Anneliese est en route. J'ai appelé Edward, tu sais, et je le lui ai dit, et je lui ai demandé de prévenir

Anneliese, il est devenu tout silencieux et puis il m'a répondu que puisque c'était un cas d'urgence il le ferait. J'ai trouvé cela bizarre mais je n'ai pas eu le temps de lui demander… »

Izzie avait senti l'énervement la gagner en entendant tous ces détails. Elle avait besoin de savoir que sa tante serait auprès de Lily et s'occuperait d'elle.

« Mais Anneliese est en route pour l'hôpital ?

— Euh… Oui. Enfin, je crois. Tu sais qu'Anneliese aime beaucoup ta grand-mère.

— C'est moi qui devrais être à son chevet.

— Je n'imaginerais même pas de te demander de venir. Tu as tellement à faire avec ton travail ! »

En entendant cette remarque, Izzie s'était sentie très mal. Comment pouvait-il croire que son emploi était plus important pour elle que sa grand-mère ? Les avait-elle vraiment amenés à penser cela ? Amenés à croire que Perfect-NY était plus important pour elle que sa famille ?

« J'arrive ! Ma grand-mère a besoin de moi. »

Que son satané travail aille au diable ! Même s'il lui fallait traverser l'Atlantique à la nage pour être auprès de sa grand-mère, elle le ferait. En revanche, elle n'avait pas avoué qu'elle avait besoin de Lily parce qu'elle se sentait très malheureuse.

Quand elle avait raccroché, Carla lui avait jeté un regard perçant.

« Rentre chez toi, Izzie, tu as une mine épouvantable. Etends-toi et calme-toi. Si tu as besoin de moi, n'hésite pas à m'appeler, d'accord ?

— Oui, avait répondu Izzie d'une petite voix. Merci, Carla, merci pour tout. »

Et avec ce « merci pour tout », elle la remerciait de ne pas avoir reparlé de Joe.

Plutôt que de subir la foule du métro, elle s'offrit un taxi pour rentrer. Pendant tout le trajet, elle se demanda si c'était la vengeance du ciel, si l'attaque de sa grand-mère était sa façon de la punir pour avoir entretenu une relation avec un homme marié.

Non, je suis stupide, se dit-elle. C'est comme si je pensais qu'il n'y a que moi qui compte et que Dieu punit les autres pour me punir moi. Elle avait beau se raisonner, cette pensée ne l'en poursuivait pas moins. Elle s'était toujours définie en plaisantant comme une catholique sous-marine, quelqu'un qui ne se montre à l'église que quand il y a des problèmes. Or, elle mesurait maintenant que c'était bien le cas. Avoir des problèmes faisait renaître sa foi et l'amenait à se poser des questions sur tout.

Une fois chez elle, elle se renseigna sur les horaires et découvrit qu'elle ne pourrait jamais attraper l'avion du soir pour Dublin. Mais il y avait des places dans le vol de nuit du lendemain.

Elle réserva sa place tout en se sentant très soulagée de ne pouvoir quitter New York tout de suite. Elle était trop effondrée pour faire le voyage, sa vie lui semblait en lambeaux.

Elle commença à préparer sa valise mais sans pouvoir se concentrer. Normalement, la question de la météo était importante pour faire une valise mais la question essentielle, celle de la durée de son absence, était sans réponse. Tout dépendait si sa grand-mère se remettrait ou pas. Avec un sanglot, elle pensa : Ne t'en va pas !

Au bout d'un moment, le silence de son appartement lui pesa. Elle était rarement chez elle un après-midi de semaine, toujours en train de courir à droite ou à gauche, en véritable New-Yorkaise. Et pourquoi toute cette agitation ? se demanda-t-elle avec amertume. Pour tout résultat, elle était seule, seule pour faire face aux affreuses nouvelles, et seule pour se préparer à retourner en Irlande.

Où était l'homme qu'elle aimait, à présent qu'elle avait besoin de lui ? Avec sa femme. C'était là qu'il était.

Izzie se laissa enfin tomber sur son canapé et se mit à pleurer. En cet instant, tous ses rêves d'amour et son enthousiasme pour cet homme ne représentaient plus rien. C'était bien joli d'affirmer qu'elle se moquait de ne pas avoir de mari, deux enfants et demi, comme le voulaient les statistiques, et un prêt immobilier ruineux, mais dans un moment comme celui-ci, cela comptait beaucoup au contraire.

Elle savait qu'elle n'était pas la première à tomber amoureuse d'un homme marié, mais elle avait l'impression d'appartenir à un club où il n'y avait qu'un seul membre, et un membre particulièrement stupide.

En dépit de ces réflexions, quand son téléphone portable sonna, elle se releva d'un bond, espérant que c'était Joe. Elle avait les yeux encore trop brouillés de larmes pour voir le numéro affiché. Ce fut la voix de Carla, voilée par le tabac, qui lui répondit, pleine d'inquiétude.

— Izzie ? Comment vas-tu, ma pauvre ?

Izzie s'adossa lourdement à la cloison et marmonna que ça allait.

— Je regrette de t'avoir conseillé de rentrer chez toi, reprit Carla. Je me dis maintenant que tu dois te cogner la tête contre les murs toute seule chez toi.

Izzie ne put s'empêcher de rire.

— Comment le sais-tu ?

— C'est l'instinct !

— Je ne sais pas si c'est l'instinct, mais tu as mis dans le mille. Je t'avoue même que je suis très tentée d'aller boire un verre. Tous ces gens que j'ai toujours considérés comme des minables parce qu'ils passent leurs après-midi dans les bars, je commence à les comprendre.

— Pourquoi ne me rejoindrais-tu pas ce soir quelque part ? On pourrait commencer par dîner et ensuite aller dans un club ou deux. Cela pourrait te changer les idées.

— Compte sur moi, répondit Izzie.

Si elle restait seule chez elle, elle savait qu'elle pleurerait jusqu'à tomber de sommeil. Elles se mirent d'accord pour se retrouver à huit heures et, quelques instants plus tard, quand son téléphone sonna de nouveau, Izzie répondit sans vérifier le numéro, pensant que c'était Carla qui la rappelait.

— Oui ? dit-elle d'une voix amicale.

— Bonjour.

C'était lui. Son ton était d'une froideur qu'elle ne lui avait jamais connue mais c'était quand même lui.

Le souvenir de la pluie qui la trempait tandis qu'elle attendait devant l'entrée du Muséum surgit brusquement dans sa mémoire. Elle revit la façon dont il tenait sa femme par le bras, la superbe blonde de bonne famille avec des jambes de mannequin. Elle revoyait également son visage impassible tandis qu'il la fixait. L'instant suivant, elle se souvint de la voix de son père au téléphone, s'imagina sa grand-mère dans le coma. Toutes les rosseries qu'elle avait prévu de dire à Joe furent instantanément oubliées. Elle avait besoin de lui comme jamais.

— Je suis désolée, balbutia-t-elle en éclatant en sanglots. Je suis désolée, Joe. C'est affreux. Ma grand-mère est malade, elle a eu une attaque et on ne sait pas si elle va s'en remettre. C'est vraiment affreux…

Quand il reprit la parole, toute froideur avait disparu de sa voix.

— Ma pauvre chérie, j'arrive.

Dix minutes plus tard, il était à sa porte. Quand elle ouvrit, sans un mot, il entra et lui tendit les bras. Elle s'y réfugia et eut l'impression d'être toute petite, serrée contre son torse solide, dans ses grands bras musclés.

— Mon pauvre chou, répétait-il en lui caressant tendrement la tête comme à une petite fille.

Enfin en sécurité, elle s'abandonna à ses larmes pour ne s'arrêter que quand l'épuisement la submergea. Il l'aida à se réinstaller sur le canapé et prit place à côté d'elle. Elle se pelotonna sur ses genoux, envahie par un immense soulagement. Elle se sentait petite et aimée. La tête contre son épaule, elle soupira un profond merci.

Sans bouger, à l'abri dans les bras de Joe, elle lui parla de sa grand-mère. Elle lui raconta qu'elle avait pratiquement vécu chez Lily après la mort de sa mère et qu'elle avait été la seule personne à n'avoir pas peur d'évoquer sa mère.

— Papa ne savait pas quoi faire. Il pensait que si nous parlions de maman, ça me mettrait dans tous mes états et qu'il valait mieux se taire. C'était bien pendant la première année, quand j'étais incapable de parler de maman, mais, après, quand j'en avais envie, il changeait tout de suite de sujet. Je pense que c'était aussi pour se protéger qu'il préférait ne pas en parler.

— Comment était ta mère ? demanda Joe.

— Elle ressemblait beaucoup à mon père, toujours un peu dans la lune et de tempérament artistique. Elle peignait. Elle était capable de sortir avec des taches de peinture sur ses vêtements et sur le visage sans même s'en rendre compte. Parfois, elle allait au supermarché en pantoufles et si on le lui faisait remarquer, elle riait. Elle avait un caractère bohème. Elle avait le teint très mat, pas comme moi, et elle adorait le soleil. Elle avait un grain de beauté dans le dos et quand il est devenu très foncé, elle n'y a pas fait attention. Quand on s'est rendu compte que c'était cancéreux, il ne lui restait que quelques semaines à vivre.

Joe ne fit aucun commentaire et se contenta de continuer à lui caresser la tête.

— Papa s'est effondré, comme aujourd'hui, soupira Izzie. Rien de nouveau ! Grand-mère s'en est mêlée et a pris les choses en main. Elle s'est occupée de m'élever.

— Parle-moi d'elle.

Joe se déplaça sur le canapé et ils se retrouvèrent allongés l'un contre l'autre, les longues jambes de Joe dépassant un peu. Izzie se sentait toute fragile, comme c'était toujours le cas avec lui. Il était tellement grand et tellement fort !

Elle se mit à parler de sa grand-mère, de la pionnière qu'elle avait été pour Tamarin en partant pour Londres suivre une formation d'infirmière pendant la guerre. Elle évoqua aussi les histoires que Lily lui avait racontées sur sa vie de jeune fille de vingt et un ans dans un pays étranger et sur la façon dont elle s'était débrouillée.

— C'est sans doute ce qui m'a donné envie de voyager quand j'ai arrêté l'école, dit Izzie. J'ai grandi en entendant ma grand-mère parler d'un autre monde qui s'étendait au-delà de Tamarin. J'avais l'impression que c'était cela, ma voie.

— Mais, si je comprends bien, elle est retournée en Irlande ?

— Oui, après la guerre. Elle a épousé mon grand-père et elle n'a plus jamais quitté Tamarin.

— Tu ne rentres pas chez toi pour de bon, n'est-ce pas ? Je n'ai pas envie que tu quittes New York. Ta grand-mère a besoin de toi maintenant, mais pas pour toujours. J'ai encore plus besoin de toi, Izzie.

Il laissa doucement glisser ses mains jusqu'à ses hanches, caressant les courbes douces qu'il aimait tant.

Un jour, Lily avait expliqué à Izzie que la peur et la mort donnent aux gens des envies d'amour. Izzie s'en souvint en un éclair en se sentant fondre sous les mains de Joe. Elle savait que les gens éprouvent souvent le besoin de faire l'amour au retour d'un enterrement, comme pour écarter la réalité froide de la mort. Mais sa grand-mère ne mourrait pas, c'était impossible. Comme si la passion pouvait aider le cœur de sa grand-mère à continuer à battre grâce à quelque intervention divine, Izzie rendit à son amant ses baisers avec plus de fougue que jamais. La vie et l'amour ne s'arrêtaient pas, ne pouvaient pas s'arrêter.

A force de caresses, ils se retrouvèrent au lit. Joe avait soulevé Izzie et l'avait portée jusqu'à la chambre. D'un revers de main, il avait jeté par terre les jolis coussins qui décoraient le lit. Il l'avait ensuite comme clouée de tout son poids avant de la couvrir de baisers et de lui faire l'amour sauvagement. La seconde fois, ce fut plus doux, plus tendre, moins affamé. Tout en lui imposant son rythme, il lui prit le visage dans les mains et plongea son regard dans le sien avec tant d'amour qu'Izzie eut envie de pleurer. Mais il ne dit rien et se contenta de crier son nom quand la jouissance le submergea.

Quand ils eurent enfin épuisé toute leur énergie, Joe reprit son souffle, allongé à côté d'elle. Izzie crut qu'il s'était endormi et se pelotonna contre lui. Ecoutant la profonde respiration de Joe, elle s'abandonna à ses pensées. Et s'il disait que le moment était venu pour lui de quitter sa maison pour vivre avec elle ?

Izzie, tu as besoin de moi maintenant. Je veux être là pour toi. Je viens avec toi à Tamarin.

Et Izzie lui répondrait : *Merci, Joe, je savais que tu dirais ça, mais je ne te l'aurais jamais demandé.*

Izzie n'était pas une briseuse de couples. Si elle lui demandait cela, alors elle ne vaudrait pas mieux que ces femmes dont elle avait horreur, ces demi-mondaines qui choisissent un homme marié riche à millions et déploient tout leur charme pour mettre la main sur son argent. Elle ne faisait pas partie de ces femmes.

Il n'empêche que, s'il se décidait à vivre avec elle à présent, ce serait merveilleux. Elle se sentirait plus forte pour affronter la situation s'il était à ses côtés, s'il lui tenait la main et s'asseyait avec elle au chevet de sa grand-mère.

Elle pourrait, dans un murmure, dire à sa grand-mère que c'était l'homme qu'elle aimait. Et si, par malheur, Lily ne se réveillait jamais, Joe lui aurait été présenté. Elle voulait tellement que sa grand-mère puisse approuver son choix. Même dans des conditions aussi difficiles et peu conventionnelles, cela se passerait bien car, quand il s'agit d'amour, qu'importe la façon de dire les choses.

A côté d'elle, l'amour de sa vie s'étira et se redressa sur le coude pour la regarder. Elle leva les yeux vers lui, suivant avec bonheur le réseau familier de ses petites rides.

— Izzie, dit-il, j'ai besoin de savoir pourquoi tu es venue au musée, hier soir.

Le rêve d'Izzie éclata en mille morceaux.

— Pourquoi ? Tu ne devines pas ?

— Non, pas du tout.

A son tour, elle se redressa et tira le drap sur sa poitrine, comme pour se protéger.

— Joe, voyons ! Ce n'est quand même pas sorcier ! Tu es une des personnes les plus intelligentes que je connaisse. Je suis sûre que tu as tout compris.

— Tu voulais voir ma femme ?

Il n'arrivait même pas à dire « Elizabeth », comme si le fait de prononcer ce prénom chez elle risquait de la souiller. C'était Elizabeth qu'il voulait protéger et non pas elle.

Izzie fut parcourue d'un long frisson glacé à l'idée de ce que cela signifiait.

— Il suffit d'ouvrir un magazine à la rubrique des mondanités pour voir sa photo, Joe, répondit-elle calmement. Ce que je voulais, c'était vous voir ensemble. Cela ne t'est pas venu à l'esprit ? Toi et elle, ensemble. Si c'était moi qui étais mariée, tu ne voudrais pas me voir avec l'autre homme ?

— Si tu étais mariée, nous ne serions pas ensemble, répondit Joe sans ménagement.

— Pardon ?

— Je refuserais de te partager avec un autre. Il n'y aurait pas le choix. Je ne sortirais jamais avec quelqu'un qui a un lien avec quelqu'un d'autre.

Une brusque flambée de rage saisit Izzie.

— Espèce de salaud ! Moi, je dois te partager, mais tu refuserais de me partager. Sale hypocrite !

— Moi, hypocrite ? Je ne crois pas, répondit-il en la fixant d'un regard glacial qui la choqua profondément. Non, je ne le pense pas et je ne pensais pas non plus que tu nous espionnerais comme un vulgaire voyeur, moi, ma femme et mes amis.

Izzie se sentit physiquement atteinte par ces paroles. Elle ne savait pas que de simples mots pouvaient blesser physiquement.

— Je ne peux pas croire que tu me dises ça.

Elle n'était plus en colère, juste très effrayée et très choquée. Les choses n'étaient pas censées se passer de cette façon. Où était le Joe qui l'avait regardée avec tellement d'amour, comme s'il avait voulu le faire pour toujours ? Elle ne put retenir les mots qui s'échappèrent alors de ses lèvres.

— Je croyais que tu m'aimais ?

Un silence palpable s'établit entre eux, se creusant comme une immense vallée. Dehors, dans la rue, des voitures de police passaient, toutes sirènes hurlantes.

— Je croyais, reprit-elle, que vous étiez ensemble seulement pour les enfants ? C'est ce que tu m'as dit. Est-ce la vérité ou non ?

— Izzie, je t'aime, mais les choses ne sont pas simples.

Carla avait eu raison. Joe ne l'aimait pas. Il aimait lui faire l'amour, il n'y avait aucun doute à ce sujet, mais l'amour, le vrai, elle était la seule à le ressentir.

— Ne dis plus un mot !

Elle s'arracha du lit, entraînant les draps avec elle. Elle ne voulait plus qu'il la voie nue, plus jamais. Elle avait trop honte. Elle avait honte, se sentait humiliée et parfaitement idiote. Il s'était servi d'elle. Elle l'aimait et elle avait cru qu'il l'aimait aussi. Elle s'était trompée.

— Je n'ai pas envie de me bagarrer avec toi, dit-il doucement. Je ne suis pas venu pour cela.

Un reste de dignité empêcha Izzie de lui répondre qu'elle savait très bien pourquoi il était venu. Elle n'était rien d'autre pour lui qu'une maîtresse bien pratique. Pour la première fois de sa vie, Izzie considéra avec respect les New-Yorkaises dures à cuire qui sortaient avec des hommes mariés. Au moins, ces filles comprenaient les règles du jeu et l'abordaient comme si c'était un travail à plein temps. Trouve ton homme et arrange-toi pour en tirer le maximum ! Elle, elle avait cru qu'elle était différente et qu'elle avait trouvé le grand amour. Elle était l'égale de cet homme. Elle ne courait pas après les petits cadeaux, elle ne demandait que de l'amour. Mais lui, Joe, cherchait autre chose.

Elle fit un effort pour recouvrer son sang-froid.

— Non, tu as raison. Ne nous bagarrons pas. Je dois faire mes valises.

Ses valises ? Elle se moquait de voyager sans bagage ni vêtements autres que ceux qu'elle portait. Ce n'était qu'une bonne excuse.

— Oh ! bien sûr, dit-il en sortant du lit sans rien perdre de son élégance.

Elle l'observa, songeant que c'était vraiment un très bel homme. Elle le trouvait attirant en tout point : pas un gramme de graisse, rien que des muscles bien fermes et un cerveau dur en affaires. Malheureusement, comme elle venait de s'en apercevoir, il avait aussi le cœur très dur.

— A quelle heure est ton avion ?

— Six heures moins le quart demain soir.

— Il n'y en avait pas plus tôt ?

— Non.

— Si tu veux, je peux t'emmener dans mon jet.

Tout son sang-froid s'évanouit en un clin d'œil et elle lâcha ce qu'elle avait sur le cœur.

— Mais pas dans l'avion de la compagnie, n'est-ce pas ? Cela risquerait d'informer tout le monde du fait qu'on couche ensemble. Non, il faudrait que tu demandes un service à quelqu'un ou bien que tu paies mon billet parce qu'il ne faut surtout pas qu'un de tes employés découvre mon existence, celle de la putain du patron.

Quand il lui répondit, il paraissait enfin blessé.

— Izzie, je n'ai jamais agi de cette façon. Je n'ai jamais pensé ce genre de choses.

— C'est quand même de cela que ç'a a l'air.

— On dirait qu'on se bagarre quand même.

— Non, puisque tu t'en vas. D'ailleurs, moi aussi, j'ai des courses à faire.

Elle sortit un sweat-shirt et un pantalon de survêtement de son armoire et passa dans la salle de bains pour s'habiller. Quand elle en ressortit elle s'était emmêlé les cheveux en enfilant le haut mais qui s'en souciait ? Que ses cheveux soient emmêlés par l'amour ou parce que sa vie était fichue, elle ne voyait pas la différence.

— Je sors, fit-elle. Tu n'auras qu'à tirer la porte derrière toi.

— Izzie, ne t'en va pas ! dit-il d'un ton pressant.

— Si, je m'en vais. Je n'ai pas envie d'écouter d'autres mensonges.

— Ce ne sont pas des mensonges, Izzie. Je t'aime, c'est simplement que les choses sont difficiles en ce moment. C'est compliqué…

— Dans ce cas, jeta-t-elle d'un ton sec, je vais te libérer d'une partie de ces complications. Considère que je suis sortie de ta vie, Joe. Est-ce que ça ne rend pas les choses plus faciles ?

Elle prit son sac et ses clés, claqua la porte, et descendit l'escalier à toute vitesse de peur qu'il la poursuive. Elle courut deux pâtés de maisons plus loin jusqu'à un café où ils n'étaient jamais allés ensemble et s'y réfugia. Tout en s'efforçant de reprendre ses esprits pour pouvoir passer commande, elle se rendit compte qu'il n'essaierait pas de lui courir après.

— Euh… Un café au lait, s'il vous plaît, demanda-t-elle à la serveuse.

Joe ne chercherait certainement pas à la rattraper. Il ne voulait pas d'une petite amie trop émotive et en demande. Il voulait une fille facile qui ne lui causerait aucun souci. Mais était-ce bien ce qu'il recherchait ? Elle lui avait fait confiance, certaine qu'il disait vrai. Mais, dans ce cas, et s'il l'aimait, ne se libérerait-il pas de façon à pouvoir être avec elle ?

Elle alla s'asseoir à une petite table et mit du sucre dans son café au lait. Cette journée qui avait si bien commencé était devenue un cauchemar. D'abord, sa grand-mère chérie et, à présent, cette rupture.

Son cœur se serra. Elle avait trahi sa grand-mère. En fait, elle s'était trahie elle-même. Sa grand-mère pensait certainement l'avoir élevée mieux que cela !

Une mère avec son bébé dans une poussette et plusieurs sacs de courses vint s'asseoir à la table voisine. Elle paraissait épuisée. Izzie les regarda tous deux, la mère et l'enfant, avec tristesse. Cela ne lui arriverait jamais, plus maintenant. La possibilité de la maternité s'éloignait de plus en plus. A une époque, elle considérait cela comme un droit, un fait indiscutable. Les femmes se mariaient et avaient des enfants. Ensuite, c'était devenu un défi. C'était plus difficile qu'elle le pensait à l'origine, mais encore possible. A présent… A présent, cela lui semblait impossible, à moins d'avoir un enfant seule.

Soudain, elle comprenait les femmes qui, ayant atteint la quarantaine, cherchaient un donneur de sperme pour leur faire un enfant. S'il n'y avait pas d'homme dans votre vie pour être le père de votre enfant et que l'âge avançait, quel autre choix avait-on ? Attendre comme la Belle au bois dormant un prince inexistant ? Ou bien prendre le taureau par les cornes ?

La fillette s'agita dans sa poussette et Izzie prit le temps de la regarder réellement. Des petites boucles d'Afro-Américaine encadraient un visage ravissant avec des joues rondes et de grands yeux d'un noir d'encre. Dans sa barboteuse couleur pêche, la petite fille ressemblait à une poupée.

Izzie se tourna vers la mère aux traits si fatigués.

— Elle est adorable.

— N'est-ce pas ? dit la mère dont le visage s'était aussitôt illuminé. C'est ma petite princesse.

— Elle fait ses nuits ?

Les connaissances d'Izzie en matière de bébés auraient tenu sur un timbre-poste. Elle savait quand même que les rythmes de sommeil étaient aussi importants pour une mère que la saison des défilés de mode pour elle. Cela ne manqua pas, la mère de la petite fille répondit sans se faire prier.

— Cela va mieux maintenant, elle a dormi six heures d'affilée, la nuit dernière. Pas vrai, ma chérie ? dit-elle au bébé en roucoulant.

Elle se tourna vers Izzie pour lui demander si elle avait des enfants. Izzie sentit des larmes lui piquer les yeux et fit non de la tête.

— Tout le monde n'a pas envie d'en avoir, dit la femme d'un air approbateur.

Izzie se contenta d'opiner du chef. Elle n'osait pas parler de peur de se mettre à pleurer. Elle repoussa son café au lait auquel elle avait à peine touché.

— Au revoir, réussit-elle à dire avant de sortir rapidement.

Elle avait passé l'âge d'avoir un enfant, pensa-t-elle avec chagrin. Bien sûr, physiquement, cela restait encore possible mais son cœur s'était tout à coup desséché et on ne peut pas prendre soin d'un autre être humain quand on se sent vide. Elle leva les yeux vers le ciel entre les immeubles de Manhattan. *Ne t'en va pas, grand-mère. Par pitié, ne t'en va pas maintenant. J'ai besoin de te voir une dernière fois.*

8

Pendant tout le vol, comme pendant la descente pleine de turbulences sur l'aéroport de Dublin et la longue marche dans les corridors vitrés de l'aéroport jusqu'au point de récupération des bagages, Izzie avait réussi à garder un visage impassible.

Elle voyageait si souvent pour son travail qu'elle se glissait très facilement dans le costume de la femme d'affaires en déplacement. Elle avait pris son masque pour dormir, une crème hydratante pour compenser la sécheresse de l'air pressurisé et des chaussures plates. Elle avait toutefois laissé ses chaussettes dans son sac de cabine. Grâce à cet équipement, elle avait supporté le vol sans encombre.

Ce fut seulement quand les portes de l'aéroport s'ouvrirent silencieusement devant elle et qu'elle se retrouva dehors, loin de l'espace impersonnel et international de l'aéroport, que la réalité de la situation la frappa. Elle était chez elle, dans le pays où elle avait vu le jour.

Il ne s'agissait pas d'un voyage d'affaires banal, ni même d'un voyage en Irlande bien organisé. C'était une improvisation due à l'urgence. Sa grand-mère chérie était peut-être en train de mourir.

Soudain, au milieu de la foule qui allait et venait, Izzie s'arrêta, les mains toujours sur la barre de son chariot à bagages, et éclata en sanglots.

A une centaine de kilomètres de l'aéroport, Anneliese était assise au chevet de sa tante par alliance et lui parlait à mi-voix. Elle lui expliquait ce qu'elle ressentait et qu'elle n'arrivait pas à pleurer. Elle lui chuchotait qu'elle avait l'impression d'avoir un immense trou noir creusé à l'intérieur d'elle-même. Il était pourtant inutile de parler à voix basse car il y avait beaucoup de bruit dans le service où Lily avait été transportée dans la matinée. On avait besoin de son lit aux soins intensifs et, comme son état n'avait pas évolué, le petit hôpital ne pouvait pas justifier le fait de la garder dans un lit qui était vital pour une autre personne.

— Je sais que cela me ferait du bien de pleurer, poursuivit Anneliese sur le même ton. Il paraît que cela a un effet thérapeutique. Mais moi, j'en suis incapable. C'est comme si j'étais pleine de néant. Quoi que je fasse pour remonter la pente c'est inutile. Je me retrouve toujours dans un désert gris environné d'obscurité. Oh, Lily. J'aimerais tellement que tu sois là pour te dire… Bien sûr, tu es là, mais pas de la même façon.

Le visage livide de Lily ne frémit même pas. Anneliese n'aurait pu dire si Lily était présente ou pas. Les gens dans le coma sont-ils là ? Pourtant, même dans ces conditions, parler à Lily valait infiniment mieux que de parler à qui que ce soit d'autre.

— Il y a des choses très étranges qui me frappent dans toute cette histoire. Par exemple, que Nell se soit montrée aussi amère. Elle m'a dit que je ne pouvais pas ignorer ce qui se passait entre Edward et elle. C'est peut-être ça le pire, Lily. Elle n'arrêtait pas de répéter que je savais la vérité et que j'ai laissé les choses se faire. Mais je te jure sur la Bible que je ne le savais pas, Lily. J'ignorais tout ! Comment aurais-je pu accepter qu'Edward ait une liaison sans lui en toucher un mot ? Je ne l'aurais pas fait et je ne me serais pas non plus tue avec Nell.

« C'était mon amie. C'était, répéta Anneliese d'un ton amer. Personne ne me croira puisque c'est ma meilleure amie et qu'elle prétend que je savais tout. Personne. Et, si je démens, elle me présentera comme une ex qui cherche à se venger. Elle pourrait même raconter à Edward qu'elle et moi nous en avions parlé. Elle peut raconter n'importe quoi. Pourquoi Edward me croirait-il, moi plutôt qu'elle ?

Dire enfin toutes ces horribles choses ne la soulageait pas. Cela la blessait autant que de les penser. La douleur ne la quittait pas, la douleur de se retrouver seule. Mais le pire, c'était encore la forme qu'avait prise sa solitude.

Le soir précédent, elle s'était assise sur la véranda pour contempler la mer. Elle s'était efforcée de ne pas penser à la magnifique baleine prise au piège dans la baie. A la place, elle avait passé en revue sa série de scénarios catastrophe.

C'était un truc à elle. Quand elle sentait la dépression menacer, elle songeait aux pires choses qui pouvaient arriver et s'imaginait en train d'y faire face. Elle savait qu'on pouvait tout affronter si on pensait aux gens qui avaient subi toutes les souffrances imaginables, depuis la torture jusqu'à l'assassinat des êtres aimés.

La mort d'Edward faisait partie de ces scénarios du pire. Un jour, elle avait vu à la télévision l'interview d'une femme qui avait perdu son mari dans les attentats contre le World Trade Center. Le seul fait de regarder l'émission lui avait fait mal. La souffrance de cette femme était si intense ! Elle expliquait comment sa vie en avait été bouleversée et que, depuis, elle s'attendait toujours au pire.

Ces mots avaient trouvé un écho dans l'esprit d'Anneliese pour deux raisons. L'interviewée parlait du veuvage, et Anneliese connaissait trop de veuves de son âge pour ne pas le redouter. Ensuite, toute sa vie, Anneliese avait eu la sensation qu'une souffrance ou une autre n'attendait que le bon moment pour lui tomber dessus. Elle avait toujours vécu dans cette angoisse, dans l'attente que le couperet s'abatte.

Elle avait été très prudente, pourtant. Elle avait poussé Edward, qui avait un cœur en bonne santé et un régime alimentaire très sain, à passer des examens sanguins chaque année. Elle lui avait préparé d'énormes plats de brocolis, lui avait acheté des gélules d'huile de poisson et avait rempli le réfrigérateur de myrtilles. Elle avait fait tout ce qui était en son pouvoir pour qu'il reste avec elle, tout pour tenir la maladie à l'écart.

En dépit de ses efforts et de ses précautions, il avait été emporté. Il aurait aussi bien pu mourir. D'une certaine façon c'était comme s'il était mort.

— Comment as-tu fait, Lily ? reprit Anneliese à mi-voix. Comment as-tu fait quand Alice et Robby sont morts ? Pardonne-moi, mais je n'arrête pas de penser que la mort est presque plus facile à supporter. On peut faire son deuil. Mais, moi, comment puis-je faire le mien ?

Et, soudain, Anneliese comprit. Lily avait fait son deuil sans en parler à personne parce qu'elle avait dû garder toute son énergie pour Izzie.

— Excuse-moi, Lily. C'était affreux de te dire cela. Rien ne pouvait être pire que de perdre Alice. Je suis là, en train de me lamenter alors que je n'ai pas subi une perte aussi importante que toi. Cela ne m'empêche pas de me sentir très malheureuse. J'aimerais tellement que tu puisses me parler ! Tu m'aiderais à y voir plus clair et à ne pas devenir complètement folle.

Ses réflexions furent interrompues par une voix jeune et pleine d'énergie.

— Bonjour ! Comment ça va, ici ?

Anneliese sursauta et leva les yeux. L'infirmière la regardait et, en découvrant son expression amicale, Anneliese comprit qu'elle avait entendu la fin de son monologue. Elle était trop triste pour en être gênée. Sans doute les infirmières avaient-elles l'habitude d'entendre les gens confier à mi-voix leurs pensées les plus secrètes à leurs proches hospitalisés.

— Je voudrais juste vérifier les signes vitaux de votre belle-mère, reprit l'infirmière sans cesser de sourire.

Anneliese hocha la tête et s'écarta, sans se soucier de corriger l'infirmière.

— En avez-vous pour longtemps ? demanda-t-elle.

— J'en ai pour un petit moment. Vous devriez en profiter pour aller faire quelques pas dehors. Il fait très bon.

— Oui, répondit Anneliese.

Une belle journée pour se jeter du haut de la falaise… Que ferait l'infirmière si elle lui disait cela ? Elle se précipiterait sans doute pour demander au psychiatre de service de s'occuper en urgence d'une folle qui avait besoin d'être hospitalisée avec une camisole de force et une bonne injection de calmants.

Elle prit son sac et sortit dans le couloir sans bien savoir ce qu'elle voulait faire. Pour finir, elle se retrouva à la cafétéria de l'hôpital où elle s'installa devant une tasse de café au lait et un scone assez dur pour servir de balle. Elle n'avait absolument pas faim mais elle beurra quand même son scone et mordit dedans.

Elle se souvint qu'un jour quelqu'un lui avait dit qu'il fallait continuer de mettre du carburant dans la machine. Mais pourquoi ? Quand une voiture avait fait son temps, on l'envoyait à la casse. Pourquoi ne pouvait-on faire la même chose avec les gens trop vieux, trop usés ? Pourquoi se soucier de mettre encore du carburant quand le moteur ne marche plus ?

Elle repoussa son assiette et, pour s'occuper, alluma son téléphone portable. Brendan lui avait envoyé un SMS. Il se débrouillait très mal avec les téléphones. Le plus simple des messages lui demandait tellement de temps que l'économie de temps que représentait un SMS comparé à un coup de fil devenait illusoire. Un jour, Beth, Izzie et elle s'étaient gentiment moquées de lui à cause de sa maladresse en ce domaine. Anneliese se demandait maintenant si elle pourrait de nouveau rire de quelque chose.

Bonne nouvelle. Izzie est arrivée. Elle sera à l'hôpital vers quatre heures.

Pas d'abréviations pour Brendan ! Il ne manquait pas une lettre.

Les pensées d'Anneliese se tournèrent vers Izzie, très forte en apparence mais au fond très sensible. Elle serait effondrée en voyant sa grand-mère. Ensuite, elle songea à sa fille, Beth, qui s'était mise à pleurer en apprenant les nouvelles. Elle ne pouvait pas venir avant le week-end.

« Il n'y a pas d'urgence, ne t'inquiète pas », avait dit Anneliese pour la rassurer. Rassurer était ce qu'elle faisait de mieux. Elle avait ajouté que Lily guérirait.

Encore un mensonge… Qui aurait pu dire que Lily se remettrait de son attaque ?

Il y avait toutefois une logique dans sa folie. Que Beth ne puisse pas venir sur-le-champ lui laissait du temps avant d'avoir à lui parler de la séparation de ses parents. Beth serait furieuse mais Anneliese n'avait pas le cœur de le lui dire, comme si, à partir du moment où sa fille saurait la vérité, tout deviendrait affreusement réel. Elle savait aussi qu'elle n'était pas assez forte pour s'occuper à la fois d'Izzie et de Beth. C'était cela qu'elle voulait dire à Lily avant l'intrusion de l'infirmière.

— Beth n'a pas besoin de moi, chuchota-t-elle entre ses dents. Elle a Marcus pour prendre soin d'elle et il l'adore. Personne n'a plus besoin de moi. Pour la première fois de ma vie, je n'ai aucune raison d'exister.

C'était en même temps très libérateur et absolument terrifiant. Elle n'avait plus besoin de rester ici. Plus besoin d'être où que ce soit. Elle pouvait sauter du haut de la falaise ou entrer dans la mer et s'y noyer. Cela ne changerait rien.

— Comment as-tu fait, Lily ? demanda-t-elle à haute voix.

Elle connaissait en partie la réponse. Lily s'était oubliée pour se consacrer à l'éducation d'Izzie. Elle avait dû oublier son deuil pour veiller sur sa petite-fille. Or, Anneliese n'avait plus personne sur qui veiller. Elle n'avait plus qu'elle-même et, dans l'immédiat, elle se souciait peu de ce qui pouvait lui arriver.

Quand Izzie entra dans la chambre, la première personne qu'elle vit fut Anneliese. Elle était assise au chevet d'un des quatre lits, son tricot sur les genoux, l'air lointain. Elle lui parut merveilleusement familière. Izzie dut se mordre les lèvres pour ne pas se remettre à pleurer et détruire tout le travail qu'elle avait fait pour se donner meilleure mine.

Ensuite, elle aperçut sa grand-mère, toute petite et aussi frêle qu'une enfant dans son lit, sans le moindre signe de la vitalité qu'elle avait montrée toute sa vie. Choquée, elle blêmit et la carapace émotionnelle qu'elle avait réussi à se forger s'écroula. Elle s'arrêta à côté du lit et prit les mains de sa tante entre les siennes.

— Anneliese… fit-elle d'une voix étranglée. Ma pauvre grand-mère, ma pauvre grand-mère !

Izzie se pencha sur le lit en sanglotant et Anneliese ne put que lui tapoter les épaules dans un geste de réconfort. C'était presque trop intime à voir, se dit-elle. Elle se détourna et commença de s'éloigner, espérant que personne d'autre n'approcherait. Elle voulait qu'Izzie puisse pleurer tranquillement.

— Anneliese ! Elle m'a parlé !

— Quoi ?

Anneliese se précipita de l'autre côté du lit.

— Izzie, elle ne s'est pas réveillée depuis… Il faut appeler le médecin.

— Oui, grand-mère.

Izzie n'écoutait pas Anneliese. Elle s'était penchée sur sa grand-mère à lui toucher la joue, essayant de comprendre ce qu'elle disait d'une voix très faible. La bouche de Lily formait des mots et ses yeux s'étaient ouverts. Ils brillaient dans son visage blanc avec une vitalité inchangée malgré les années.

— Nous sommes là, Lily, dit doucement Anneliese. Tu es à l'hôpital. Tu as eu une attaque, ma chérie, mais tout va aller bien, maintenant.

Lily fixait le plafond, comme si elle regardait quelqu'un que les deux autres femmes ne pouvaient pas voir.

— Jamie, tu es là ? chuchota-t-elle d'une voix à peine audible.

Izzie et Anneliese échangèrent un regard étonné. Jamie ? Elle n'avait jamais entendu parler d'un Jamie.

Sans paraître avoir remarqué leur présence, Lily répéta :

— Jamie.

— Grand-mère, c'est moi, Izzie.

Izzie caressait doucement la joue de sa grand-mère, mais celle-ci ferma les yeux et son visage perdit l'éclat qu'il avait brièvement retrouvé.

— Je ne comprends pas, fit Izzie. Papa m'a dit qu'elle était toujours inconsciente…

— Oui. On ne peut pas vraiment dire qu'elle s'est réveillée, n'est-ce pas ? Je suis certaine que c'est ta voix qui a réussi à l'atteindre mais elle ne nous parlait pas. Elle voyait quelqu'un d'autre…

Izzie se laissa lourdement tomber sur la chaise à côté du lit.

— Jamie, répéta-t-elle. Mais qui cela peut-il bien être ?

9

Octobre 1940

Dans l'immense cuisine de Rathnaree, une tasse en porcelaine fleurie à la main, Lily Kennedy s'installa pour boire son thé matinal. Elle avait ôté ses chaussures et posé ses pieds sur le bas de la cuisinière Aga couleur crème. Il était très tôt et il n'y avait pas d'autre bruit que le tic-tac de l'horloge murale et, de temps en temps, le chant du coq, dehors dans la cour arrière.

Il n'y avait que dix minutes depuis la forge jusqu'au manoir mais Lily et sa mère avaient eu beau marcher aussi vite que leurs lourdes bottes le permettaient, elles avaient senti le froid. La fraîcheur du petit matin leur avait glacé le visage tandis qu'un pâle soleil allongeait les ombres dans les bois sombres de chaque côté de la grande allée. En digne fille de la campagne, Lily n'avait peur ni du noir ni des ombres. On racontait pourtant beaucoup d'histoires de fantômes et d'esprits qui la faisaient s'arrêter les soirs où elle rentrait à bicyclette de chez ses amies de Tamarin. Elle savait que la forme sombre tapie non loin de la route était presque toujours celle d'une vache ou d'un inoffensif prunellier.

Dans ses lettres, Tommy parlait des lumières de Londres et de l'espèce de halo qu'elles formaient dans le ciel. A présent, disait-il, il n'y en avait pratiquement plus. Personne ne voulait éclairer la ville pour que Hitler puisse mieux la bombarder. Lily était incapable d'imaginer une ville de la taille de Londres. Ce qu'elle connaissait de plus grand était Dungarvan. Pourtant, elle avait vu des images de Londres, de Paris et de New York grâce à la magie du cinématographe à l'Ormonde.

Et voilà qu'elle verrait tout cela en vrai dans quelques jours. Elle savourait cette idée, à la fois enthousiaste et un peu inquiète. Tommy, qui l'avait aidée à se renseigner sur la formation d'infirmière au Royal Free, ne serait pas là pour l'accueillir. Son régiment, le Royal Irish Fusiliers, était envoyé sur le continent mais il n'avait pas le droit de dire où.

Son père avait lu la dernière lettre de Tommy puis l'avait roulée en boule et jetée dans le feu.

« Tommy est parti, avait-il grommelé. Pourquoi dois-tu aussi partir, Lily ? Nous avons eu assez de guerres chez nous pour ne pas aller en chercher ailleurs. Nous n'avons pas besoin d'envoyer nos enfants se battre pour quelqu'un d'autre. »

Lily ne lui avait pas répondu. Elle savait que le chagrin de son père était dû au fait de voir son fils parti se battre plutôt qu'à la colère contre une guerre où l'Etat libre d'Irlande, en raison de sa neutralité, n'avait rien à voir.

Sa mère la comprenait mieux. Elle n'ignorait pas que Lily rêvait passionnément d'une autre vie, loin de Rathnaree. Ce fut pourtant elle qui interrompit la rêverie de Lily. Elle entra dans la cuisine en coup de vent, vêtue de son uniforme de gouvernante.

— Il faut vivre ici pour se rendre compte du froid qu'il fait dans cette maison, dit Mary. Malgré tous nos efforts, les lits restent humides. Ça va être un drame si Sa Seigneurie arrive avant que ce soit réglé.

Lily avait déjà sauté sur ses pieds pour verser une tasse de thé à sa mère. Celle-ci se moquait d'utiliser de la porcelaine ou pas, mais Lily en appréciait le toucher délicat.

— Voilà ton thé, maman. Assieds-toi !

Mary but une gorgée avec un plaisir évident, debout devant la grande table de bois brut.

— Je n'ai pas le temps de m'asseoir, dit-elle. La chambre rouge sent l'humidité et, même en ouvrant la fenêtre, je ne suis pas sûre que l'odeur soit partie demain. Mais pourquoi ai-je dit qu'il n'y avait aucun problème pour que tout le monde arrive aujourd'hui en fin de journée ? Il nous reste tellement de travail à faire pour que tout soit en ordre !

— Assieds-toi avec moi, maman, la pressa Lily.

Elle savait pourtant qu'il était inutile de dire à sa mère d'arrêter de se mettre en quatre pour des gens qui n'étaient pas là et qui, de toute façon, ne se rendraient même pas compte de ses efforts. Mary finit par accepter. Elle paraissait un peu triste. Sa fille partait le lendemain, mais elle, Mary Kennedy, serait occupée par les préparatifs de la grande soirée à Rathnaree. Toute la famille avait passé une semaine à Dublin et elle revenait avec un groupe d'amis.

En temps normal, même à cette heure matinale, la cuisine bruissait d'activité. Eileen Shaw, la cuisinière, soufflait et se plaignait du temps froid et humide qui aggravait sa toux. Sean, qui avait été l'ordonnance du major au cours de la dernière guerre et était devenu le majordome de la famille, allumait sa pipe en jetant des coups d'œil irrités à Nora. Dernière engagée des bonnes, Nora était terriblement maladroite même pour préparer le plateau du petit déjeuner de lady Irene. Sean était facile à vivre mais il y avait eu un interminable défilé de bonnes depuis quelque temps et Nora, très jeune et impressionnée par la grandeur de Rathnaree, ne répondait absolument pas aux critères du majordome.

Enfin, il y avait Vivi, la meilleure amie de Lily, dehors en train d'avaler une tasse de thé et de fumer une cigarette avant de se mettre au travail. Lily aimait beaucoup Vivi. Sa mère disait toujours qu'elles étaient aussi dissemblables que l'eau et le feu, mais cela ne les empêchait pas d'être les meilleures amies du monde depuis l'école, même si Vivi l'avait quittée à treize ans pour entrer au service des Lochraven. Pour Lily, c'était différent. Sa mère avait insisté pour qu'elle continue l'école jusqu'à dix-sept ans, ce qui était très inhabituel.

Vivi répétait souvent à Lily qu'elle était bien sotte de rester le nez dans ses livres. « Imagine, disait-elle, comme on pourra s'amuser quand tu auras, toi aussi, quelques sous à dépenser. » Vivi était petite, un peu ronde, et était récemment allée chez le coiffeur pour se faire faire un rinçage platine. Elle s'appliquait de son mieux à ressembler à Jean Harlow, son héroïne.

Quand elle parlait ainsi, Lily lui faisait remarquer que cela l'obligerait à travailler pour cette fichue lady Irene. C'était le revers de la médaille. S'il fallait pour avoir de l'argent aller à Rathnaree, elle préférait s'en passer. Malheureusement, il n'y avait pas beaucoup de possibilités de travail pour elle, à Tamarin. Ses parents n'avaient pas de quoi lui payer une formation d'infirmière dans un des grands hôpitaux du pays comme elle le désirait. Elle s'était donc retrouvée à Rathnaree, malgré elle. Vivi en avait été très heureuse.

Dans le silence de la cuisine, Lily pensa tristement que laisser derrière elle sa meilleure amie était un des points sombres de son départ pour Londres.

Cette matinée était le dernier moment de congé pour le personnel. Rares étaient les jours où les domestiques pouvaient traîner au lit comme ils en avaient envie. Dès le lendemain, la maison retrouverait son agitation coutumière. Tout le monde s'occuperait avec frénésie d'épousseter, nettoyer et faire briller. Dans la cuisine, transpirant à grosses gouttes, Eileen préparerait le faisan pour les invités, son potage de champignons sauvages et la difficile pâte feuilletée pour le mille-feuille à la crème exigé par lady Irene.

Lily avait accompagné sa mère à Rathnaree ce jour-là uniquement parce que les Lochraven étaient absents. Elle n'était pas venue depuis le Noël précédent, quand elle avait quitté son service pour travailler avec le vieux Dr Rafferty, à Tamarin. Quand la fille du médecin s'était mariée, Lily avait saisi sa chance. Elle avait demandé à la remplacer, à charge pour elle de nettoyer derrière le médecin et parfois de l'assister. Elle espérait ainsi trouver le moyen de faire sa formation d'infirmière. Avoir un peu d'expérience l'aiderait peut-être.

Lady Irene avait été furieuse, même si elle avait dissimulé sa colère sous son habituelle façade d'indifférence. « Si vous voulez passer votre vie à vous occuper de gens malades, je vous souhaite bonne chance », avait-elle dit quand Lily lui avait présenté sa démission. La précédente femme de chambre de lady Irene n'était désignée que par son nom de famille. Mais Lily étant la fille de la gouvernante et fréquentant Rathnaree depuis qu'elle était en âge de marcher, on lui avait épargné la brutalité de s'entendre appeler Kennedy. La mère de Lily lui avait fait remarquer avec plaisir que c'était une marque de faveur.

Quand Lily avait été promue femme de chambre, seulement six mois après son entrée au service des Lochraven, sa mère lui avait dit avec beaucoup de fierté que lady Irene l'appréciait beaucoup. « Comment pourrait-il en être autrement ? avait-elle ajouté. Tu es si efficace et intelligente ! Je n'ai jamais vu quelqu'un la coiffer aussi bien que toi. »

Lily, quant à elle, était parfaitement consciente que le fait de savoir coiffer une femme qui commençait à perdre ses cheveux noirs ne garantissait pas forcément qu'elle se montre bienveillante envers sa chambrière. Cela faisait cinquante ans que lady Irene voyait chacun de ses caprices satisfait avec promptitude. Cela ne l'avait guère inclinée à se conduire gracieusement envers les domestiques.

Nul n'ignorait que lady Irene était très fière de son rang et avait été élevée entourée d'une armée de domestiques, bien plus qu'elle n'en avait à présent. Chez elle, à Kildare, il y avait des chefs français et une femme de chambre italienne. Sans même parler des mille hectares d'excellente terre arable ou du jardin à l'italienne qui s'étendait devant le vaste manoir géorgien. Tout cela s'ajoutait au fait qu'elle n'avait pas l'habitude d'être contrariée par un vulgaire membre du personnel.

« Je suis étonnée que vous vouliez partir », avait-elle dit d'une voix à la douceur mortelle.

Pour une fois, son pâle visage patricien avait rougi. Sous la poudre de riz, les rides de fumeuse qui marquaient sa bouche pincée s'étaient creusées sous l'effet de la colère.

« Je pensais que vous étiez satisfaite de votre place. »

Lily avait répondu d'un ton égal :

« Je le suis, Votre Seigneurie. »

Quand elle avait remplacé Ryan comme femme de chambre, elle avait dû apprendre à parler sur un ton mesuré. Sa maîtresse était de caractère instable et son humeur pouvait changer en un clin d'œil. Sa fille, Isabelle, était exactement comme elle. Par chance, Isabelle venait rarement à Rathnaree. Elle avait fait ses études à l'étranger et avait été envoyée passer une année dans un pensionnat suisse pour parfaire ses bonnes manières. A présent, elle faisait le tour des lacs italiens avec quelques-uns de ses cousins et cousines. Malgré la guerre, ni le major ni lady Irene n'estimaient qu'il y avait matière à s'inquiéter. Personne n'imaginait qu'il puisse être dangereux pour Isabelle de se promener en Italie dans une Hispano-Suiza. Le sous-entendu, que Lily comprenait très clairement, était que son argent et son éducation tireraient une jeune fille comme Isabelle Lochraven de n'importe quel mauvais pas.

« Dans ce cas, avait rétorqué lady Irene, pourquoi partez-vous ? »

Lily aurait pu répondre bien des choses. La première étant qu'elle n'avait aucune envie de passer sa vie à se plier aux caprices de lady Irene comme sa pauvre mère. Elle se doutait que lady Irene l'avait très bien compris. Cela n'en restait pas moins une conversation que Lily ne voulait pas avoir avec sa maîtresse. Elle avait préféré répondre avec sincérité qu'elle rêvait d'être infirmière depuis son enfance.

Lady Irene avait insisté.

« Chez quel médecin avez-vous dit que vous alliez travailler ? »

Elles se trouvaient dans le petit salon adjacent à la chambre de lady Irene. C'était la pièce que Lily préférait. Elle-même habitait avec ses parents dans un cottage confortable avec des meubles solides qu'elle aimait bien et Rathnaree tenait davantage de la maison de campagne que du château. Le petit salon était l'unique pièce décorée selon les goûts de lady Irene. Elle y avait créé une oasis de féminité où les hautes fenêtres se drapaient de rideaux en soie aux motifs de fleurs roses et bleu pâle. La lourde cheminée ancienne avait été remplacée par une délicate cheminée en marbre où des nymphes batifolaient avec des faunes. Le mobilier était élégant, avec des applications dorées.

« Le Dr Rafferty, avait répondu Lily.

— Je ne le connais pas ! »

Les Lochraven n'accordaient pas leur clientèle au généraliste local. Quand cela était nécessaire, le chauffeur allait chercher leur médecin à Waterford.

Lady Irene avait fini par lui dire qu'elle devait faire comme elle le souhaitait, indiquant que l'entretien était terminé. Lily s'était échappée avec joie. Elle détestait lady Irene et trouvait de plus en plus difficile de cacher son antipathie.

Lily aurait pu dater avec précision le moment où elle avait perdu tout respect pour son employeur. Cela remontait à ses quatorze ans. Sa mère avait fait une chute de bicyclette alors qu'elle revenait du manoir très tard, après avoir dû attendre jusqu'à deux heures du matin que le dernier des invités daigne s'en aller.

Le lendemain matin, elle était retournée à son travail à sept heures comme d'habitude. Elle était couverte de bleus et marchait avec raideur à cause de sa chute. Lady Irene avait dit qu'elle lui trouverait de l'arnica – qu'elle n'avait jamais trouvé – et, dans le même élan, avait ajouté que, le jour même, le major avait improvisé une partie de chasse. « Il n'y a que sept fusils, madame Kennedy, une broutille. »

Lady Irene appelait la mère de Lily madame Kennedy, comme si le respect n'était qu'une question de titre et n'avait rien à voir avec un réel souci pour autrui.

En réalité, lady Irene ne se souciait de personne. Elle ne se souciait même pas de ses précieuses affaires. Quand elle se déshabillait, elle laissait tomber ses vêtements et les abandonnait par terre sans un regard. Elle possédait une garde-robe ravissante particulièrement raffinée, et des sous-vêtements en crêpe de Chine ou en soie très fine, dans des nuances pêche et corail flatteuses au teint. Tout cela était bien loin des grosses vestes de laine et des sous-vêtements en solide cotonnade des femmes de la famille Kennedy, gris à force de lessives, qui grattaient et n'avaient rien de séduisant.

Lily s'était juré que, si jamais un jour elle en avait les moyens, elle aussi aurait des jupons en soie et des négligés qui balayaient le parquet négligemment. Et quelqu'un pour l'aider dans la maison mais qu'elle traiterait avec respect. Lily avait bien compris qu'Irene Lochraven avait la ferme conviction d'être supérieure par naissance à Mary Kennedy, et de plus grande valeur.

Malheureusement, la mère de Lily le croyait aussi. Comment ne voyait-elle pas que la seule chose qui séparait les Lochraven et les Kennedy était l'argent, et rien d'autre ?

Sa mère buvait son thé rapidement, comme toujours.

— Tu m'écriras, n'est-ce pas ?

— Bien sûr, maman ! Ce n'est pas parce que Tommy n'aime pas écrire que c'est mon cas. Je te raconterai tout.

— Tu vas me manquer, ajouta Mary. Je prierai pour toi.

— Moi aussi, je prierai pour toi, maman.

Lily se sentait coupable de partir mais aussi très enthousiaste. Quand il était devenu évident que la guerre ne serait pas une escarmouche sans importance comme le prétendaient les Lochraven, Lily avait parlé avec le Dr Rafferty de l'occasion que cela lui offrait de faire sa formation d'infirmière à Londres. Quand Tommy s'était engagé, cela avait donné des idées à Lily. Tout un monde existait qui ne demandait qu'à être exploré et elle avait hâte de le découvrir.

Deux jours plus tard, Lily s'assit au bord du petit lit dur qui était maintenant le sien. Le dessus-de-lit était doux comme un pétale de fleur à force de lavages. Elle était soulagée de ne devoir partager sa chambre au foyer des infirmières qu'avec deux autres élèves. La lettre du Royal Free Hospital de Hampstead donnait quelques détails sur l'organisation pratique en plus de la nouvelle adresse, l'impressionnant nom à rallonge de la Maison des infirmières Langton-Riddle. Tout le monde ne portait pas un double nom !

Sur le ferry qui l'avait amenée à Holyhead, Lily avait relu la lettre en la lissant sur ses genoux. Elle continuait à se demander si elle avait fait le bon choix. Arrivée à Londres, elle avait enfin eu la réponse à sa question : elle ne s'était pas trompée.

C'était la troisième grande ville qu'elle voyait de sa vie. Il y avait eu Waterford, Dublin et maintenant Londres. Dans les rues surpeuplées, si différentes de celles de Tamarin, elle n'avait pas peur. Au contraire, elle se sentait vivante, fascinée par tout ce qu'elle voyait et heureuse. Comment aurait-elle pu avoir peur ? Elle aimait ce qu'elle découvrait, les gens, l'animation des rues, la vitesse des voitures et des trams, et les grands bâtiments élégants qui faisaient ressembler Rathnaree à une cabane.

Quand elle était enfin arrivée à la résidence des infirmières, Lily avait découvert avec plaisir que l'idée qu'elle s'était faite des dortoirs – plein d'élèves entassées les unes sur les autres – était totalement fausse. La chambre sous les combles était adorable bien que toute petite. Elle n'avait encore fait la connaissance que d'une seule de ses camarades de chambre, une jeune femme qui devait avoir vingt et un ans comme elle, mais beaucoup plus sophistiquée. Et infiniment moins impressionnée par leurs quartiers.

Il y avait tout ce dont Lily avait besoin : d'épais rideaux pour avoir chaud, une table de toilette avec une cuvette en porcelaine fleurie et le broc assorti, une commode relativement ancienne avec un miroir sur le dessus et qui servirait de coiffeuse. De plus, à côté de chacun des trois lits de fer aux couvertures impeccables, était installé un tabouret, qui ferait office de table de nuit. Sur le battant de la porte, on avait planté des clous pour accrocher les vêtements. Lily avait déjà dormi dans des endroits bien pires. En revanche, cela n'était jamais arrivé à l'honorable – car c'était son titre – Diana Belton. Le regard qu'elle promenait autour d'elle trahissait un choc.

Vivi, avec son impulsivité et sa manie de s'occuper de tout, se serait précipitée vers Diana en lui demandant si elle allait bien. Autrefois, Lily en aurait fait autant mais, ce jour-là, elle se tint à l'écart. Elle avait grandi dans l'ombre d'un manoir et avait appris dans les jupes de sa mère que les habitants des manoirs sont différents. Mary aurait plutôt dit « spéciaux ». Lily se souvint du jour où elle l'avait vue une fois de plus s'user les yeux pour réparer une dentelle de lady Irene. « Regarde comme c'est beau, Lily ! Tu peux toucher. Tu n'aurais pas l'impression d'être une princesse si tu portais cela ? »

Pourquoi le fait d'avoir de l'argent, des terres et de la dentelle en fil de soie rendait ces gens si différents ? Les humains n'étaient-ils pas tous les mêmes ?

Ici, à Londres, elle n'était plus la fille de Tom et Mary Kennedy, la fille qui était devenue une parfaite femme de chambre. Ici, elle était l'égale de l'honorable Diana : une élève infirmière. Elle n'avait pas l'intention de démarrer une conversation ou de présenter des excuses pour la pauvreté de leur logement à cette fille en tailleur de tweed, collier de perles et col de fourrure ! Peut-être que l'honorable Diana l'aurait regardée de haut en repoussant une mèche de ses cheveux d'un blond artificiel. Dans le milieu où elle était née, on apprenait dès le plus jeune âge à regarder les inférieurs de très haut.

Quand la sévère infirmière Jones avait accueilli les nouvelles élèves, Diana avait gardé un silence glacé. L'infirmière avait commencé à leur lire le règlement.

« Lever à six heures, petit déjeuner vingt minutes plus tard et vous devez être dans le service qu'on vous a indiqué à sept heures. Vous suivrez des cours dans le cadre de la formation de base. L'école se trouve au sous-sol de l'hôpital. Vous recevrez demain vos emplois du temps. Pendant les deux premiers mois, vous travaillerez jusqu'à huit heures du soir et vous aurez un jour de congé toutes les deux semaines. Les élèves doivent être rentrées à dix heures. Ensuite, les portes sont fermées. L'infirmière-chef peut vous donner des laissez-passer mais uniquement pour des occasions spéciales. Dans ce cas, vous aurez le droit de rester dehors jusqu'à onze heures. Et les visites sont interdites ! Compris ?

— Oui, madame ! » avaient murmuré les élèves en chœur.

Ensuite, les numéros des chambres qui leur étaient attribuées avaient été lus à haute voix. Lily et Diana avaient grimpé les étages en silence, chargées de leurs bagages, et Diana n'avait pas dit un mot depuis lors. Elle n'avait qu'à se débrouiller, pensa Lily avec irritation.

Elle se leva et ôta le manteau de gros drap de laine très banal qui, même quand il avait été neuf, n'avait jamais souligné sa silhouette comme le faisait celui de Diana. De plus, il avait déjà été beaucoup porté. Lily l'avait acheté trois ans plus tôt à Tamarin et, en soi, ce geste lui avait paru un acte d'indépendance. En effet, jusque-là, elle achetait ses vêtements sous la supervision de sa mère dans un autre magasin de Tamarin. Chaque fois qu'elle regardait son manteau, elle en éprouvait une grande satisfaction, heureuse de ce qu'il symbolisait. C'était son premier achat personnel, choisi par elle et payé avec son propre argent. Malheureusement, maintenant qu'elle le voyait à côté du merveilleux vêtement en tweed de Diana, elle le trouvait avachi et très laid.

Elle accrocha son manteau derrière la porte et commença à défaire sa petite valise en carton. Absorbée par ses occupations, elle sursauta en entendant la voix de Diana, douce et timide.

— Je m'appelle Diana Belton. Je suis vraiment désolée, nous n'avons pas été présentées selon les règles. Vous devez me trouver très impolie mais je me sens complètement perdue.

Diana lui tendit la main très cérémonieusement, sans enlever son gant de peau. Lily lui répondit en tendant la main à son tour, mais de façon beaucoup plus raide.

— Lily Kennedy, dit-elle.

— Oh ! Vous êtes irlandaise ? J'adore l'Irlande, la chasse y est fantastique. Vous chassez ?

— Non, répondit Lily d'un ton uni.

— Oh ! C'est vrai, excusez-moi. Bien sûr que non, marmonna Diana.

— Pourquoi « bien sûr que non » ? demanda Lily. Pourquoi ne chasserais-je pas ?

Un jour, elle avait monté le cheval de chasse de lady Irene, un immense rouan du nom de Abu Simbel. Elle avait fait le tour de la cour et cela l'avait terrorisée. Comment les gens pouvaient-ils galoper, sauter les haies ou les mares, en suivant à fond de train un pauvre renard ? Cela la dépassait.

Diana porta la main à sa petite bouche rouge parfaite.

— Oh ! Je suis désolée, je vous ai offensée. Je suis vraiment navrée.

Et, sans crier gare, elle se mit à pleurer.

— Je dois absolument réussir, ici. Mon père dit que je me conduis comme une enfant stupide et il est très fâché contre moi. Il ne comprend pas que je ne sois pas restée chez nous pour m'engager chez les auxiliaires féminines de l'armée. Il dit qu'il va supprimer ma pension et plein de choses abominables. Je dois absolument réussir.

Et c'est ce que je veux, je veux faire quelque chose de ma vie.

Lily alla s'asseoir à côté de Diana. Elle se rendit compte qu'elles étaient presque de la même taille. Diana avait des hanches étroites, de longues jambes et une poitrine opulente, exactement comme elle. Elle s'était entièrement méprise sur son compte. Son attitude distante cachait une angoisse profonde. Elle décida de faire un effort.

— Mon père non plus ne voulait pas que je vienne. Il veut savoir pourquoi je pars m'occuper des gens dans une guerre qui n'aurait jamais dû se produire. Il n'approuve pas la guerre car nous avons vu chez nous ce que c'est. Malheureusement, c'est la seule façon pour moi d'apprendre le métier d'infirmière et, moi aussi, je veux faire quelque chose de ma vie.

— Mon père, lui, pense que la guerre est la seule réponse possible ! expliqua Diana. Il est furieux que sa mauvaise jambe l'empêche de rejoindre son ancien régiment. Il ne peut pas faire mieux que se porter volontaire auprès de la Garde nationale. Il pense que je serai une très mauvaise infirmière. Mais il ne me déshéritera pas, il n'a rien à me laisser.

Et, soudain, elles éclatèrent de rire. Diana essuya ses larmes avec un mouchoir en soie.

— Moi non plus, mon père n'aura rien à me laisser, dit Lily.

La porte s'ouvrit alors et un petit visage couvert de taches de rousseur et encadré par une touffe de boucles claires apparut dans l'entrebâillement.

— Je suis bien dans la bonne chambre ? demanda la nouvelle venue avec un fort accent cockney.

— C'est la chambre 15, répondit Lily.

— Alors, je suis bien arrivée !

La jeune fille entra dans la chambre en traînant une valise qui paraissait plus grande qu'elle. Elle était toute petite et, avec ses boucles, faisait penser à une Shirley Temple plus âgée. C'étaient son rire et ses yeux de chat qui la faisaient paraître légèrement plus adulte.

— Maisie Higgins, dit-elle en fixant les joues mouillées de larmes de Diana. Dites donc, vous pleurez déjà ! Paraît que l'infirmière-chef est une brute mais je ne pensais pas qu'elle avait déjà fait claquer son fouet !

Les premières semaines dans le grand et vieil hôpital se révélèrent épuisantes. Lily et Maisie avaient au moins l'habitude de se lever très tôt. Maisie avait en effet été apprentie dans un salon de coiffure. En revanche, pour Diana, c'était un calvaire. Quant à la nourriture, en dépit du rationnement, elle était très correcte. Le plus dur était de s'habituer à s'occuper de malades en chair et en os. Quiconque croyait bénéficier de beaucoup d'heures de théorie et de cours avant d'être mis au travail tombait de haut.

Elles avaient beau être des débutantes, elles n'en étaient pas moins plongées dans le bain d'emblée. Une des infirmières enseignantes qui leur fit visiter le vaste hôpital, de service en service, le premier jour, leur expliqua qu'on était en guerre. « C'est triste à dire, mais cela vous donne une occasion unique d'apprendre. Vous allez voir des choses qu'on n'avait encore jamais vues. Un quart des nouvelles élèves de l'année dernière ont baissé les bras. Elles n'ont pas eu le cran nécessaire pour supporter ce qui se passe ici. Donc, mesdames, cela dépend de vous. »

Une des élèves vomit en voyant un grand brûlé dont on changeait les pansements. Lily faillit l'imiter mais s'obligea à rester bien droite, sans défaillir, au chevet du malheureux. Si elle voulait faire ce travail correctement, elle devait s'habituer au pire. Il n'était absolument pas question d'abandonner avant d'avoir obtenu son diplôme. De son côté, Diana était livide sous sa coiffe amidonnée d'infirmière.

— Ça va aller ? chuchota Lily.

— Non, pas vraiment, dit Diana d'une voix éteinte.

Lily n'avait pas quitté des yeux le visage du brûlé, observant les bords épouvantablement déchiquetés de ses brûlures et la peau à vif, très rose, qui apparaissait en dessous.

— Diana, reprit-elle sur le même ton. Imagine comme il serait dur pour ce pauvre homme de nous voir toutes nous enfuir comme des poules terrifiées.

— Tu as raison, acquiesça Diana en avalant sa salive. Je comprends ce que tu veux dire.

Et, joignant le geste à la parole, elle sourit bravement à l'homme blessé.

— Très bien, infirmière Belton, dit la responsable de leur groupe. J'ai cru un moment que vous ne tiendriez pas le choc.

— Aucun risque ! répondit Diana en serrant avec force la main de Lily.

Un peu plus tard, Lily découvrit avec plaisir qu'il y avait aussi des femmes parmi les étudiants en médecine qui fréquentaient l'hôpital. Maisie, qui se tenait à côté d'elle, lui demanda pensivement si, comme elles, les étudiants en médecine se voyaient attribuer les tâches les plus dégoûtantes.

— Ça m'étonnerait ! répondit une autre élève.

Les travaux les plus pénibles étaient indubitablement réservés aux élèves infirmières. En particulier, elles devaient s'occuper des bassins et de la toilette des patients. Une responsable de service au sadisme prononcé prit tout de suite Diana en grippe. Elle lui donna systématiquement les tâches les plus difficiles, y compris celle de refaire le pansement d'un homme blessé au niveau des parties génitales.

A la fin de cette journée, quand Diana et les autres élèves infirmières se retrouvèrent dans la petite pièce commune de leur maison, elle raconta qu'elle avait cru mourir de gêne.

— Je ne sais pas lequel de lui ou de moi a le plus rougi, dit-elle en soupirant. Pauvre homme !

— Pauvre homme ! répéta Cheryl en imitant Diana.

Cheryl était une forte en gueule qui ne ratait jamais une occasion de taquiner Diana sur son accent aristocrate.

— Espèce de snob ! reprit-elle. Mais pour qui se prend-elle ! Elle aurait mieux fait de rester chez elle avec son majordome. On n'a pas besoin de gens comme elle ici.

Elles avaient travaillé plusieurs jours d'affilée et Lily était recrue de fatigue mais, même ainsi, elle se dit qu'il fallait intervenir. Elle se leva péniblement de sa chaise et se redressa de toute sa hauteur, les mains sur les hanches.

— Tu es vraiment mal embouchée, Cheryl, dit-elle d'un ton glacial. Diana ne te snobe pas. Tu ferais donc mieux d'arrêter de la mépriser.

Cheryl en resta bouche bée.

— Moi, je la méprise ?

— Et moi, tu me méprises aussi ? poursuivit Lily. Est-ce que pour toi je ne suis qu'une grande Irlandaise stupide quand je ne suis pas là pour entendre ?

— Non ! rétorqua vivement Cheryl. Tu es différente…

— Nous sommes toutes différentes, la coupa Lily d'un ton sec. Il est urgent que tu t'y habitues.

Le visage tendu de Cheryl se durcit.

— Sinon… ? demanda-t-elle.

La colère fit paraître Lily encore plus grande et plus imposante.

— J'ai grandi à la campagne. Mon père est maréchal-ferrant et ma mère domestique. Je peux aussi bien entretenir les vêtements d'une aristocrate qu'aider à ferrer un cheval. J'ai pris beaucoup de coups avant d'arriver ici et je ne supporterai pas un mot de plus de gens comme vous, mademoiselle ! Je ne pense pas qu'il soit intelligent de taper sur quelqu'un mais, si je le fais, je peux te garantir que tu n'es pas près de te relever. Donc, laisse Diana tranquille !

— Bravo pour l'indomptable Irlandaise ! s'exclama une voix avec enthousiasme.

— Très bien ! aboya Cheryl avant de quitter la pièce en haussant les épaules.

Diana prit la main de Lily.

— Je te remercie infiniment, dit-elle. C'est la chose la plus gentille qu'on ait jamais faite pour moi.

Elle avait les larmes aux yeux. Lily comprit que, un jour ou l'autre, il lui faudrait expliquer à Diana que, quand elle se sentait vulnérable, elle se drapait dans une attitude glaciale qui trompait son entourage sur sa vraie personnalité.

— Je crois que nous devons nous tenir les coudes, toutes les trois, dit Maisie. Lily peut assurer notre sécurité, Diana nous faire entrer dans les restaurants chic, et moi, je peux nous coiffer toutes les trois. Qu'en pensez-vous, les filles ?

Elles se regardèrent en souriant.

— Ça me paraît une bonne idée, dit Lily.

Qui aurait cru qu'elle serait un jour l'amie d'une aristocrate aussi bien née que lady Irene ? Elle avait hâte de tout raconter à Vivi.

10

Izzie, Anneliese et Brendan étaient assis autour de la table de cuisine, une tasse de thé posée devant eux. Avec le thé, Izzie était vraiment certaine d'être rentrée chez elle. Où, sinon dans son pays natal, croyait-on réellement que, quand tout échouait, faire du thé permettait de passer le cap ?

Son père lui faisait face. Il avait l'air d'avoir beaucoup vieilli depuis la dernière fois qu'elle l'avait vu. Cela faisait plus d'un an qu'elle n'était pas rentrée. Pourquoi le temps séparant deux visites semblait-il passer plus lentement quand on vivait à l'étranger ? L'avantage d'émigrer c'était que l'on ne restait jamais assez longtemps chez soi pour s'irriter devant toutes les petites habitudes familiales si ennuyeuses. L'inconvénient c'était que les gens qu'on aimait vieillissaient beaucoup quand on était absent. Chaque fois qu'elle revenait à Tamarin, Izzie avait l'impression de voir une nouvelle scène dans un film qui passait en accéléré.

Son père avait soixante-sept ans et, quand elle le disait très vite, cela ne semblait pas beaucoup. Mais à l'hôpital, quand elle l'avait embrassé, elle s'était rendu compte qu'il n'était plus le père solidement bâti qu'elle connaissait. Il avait maigri, il s'était tassé sur lui-même et avait vieilli. A vrai dire, elle avait pris de l'âge, elle aussi.

Oui, elle avait vieilli, pensa-t-elle avec amertume. Elle n'en était pas plus raisonnable pour autant. Joe lui avait laissé deux messages sur son téléphone portable. Elle avait écouté sa voix en priant pour avoir le courage d'effacer ses messages pour ne plus les entendre. Malheureusement, elle en avait été incapable. Telle une droguée, elle avait besoin d'entendre cette voix, au cas où elle dirait ce qu'elle désirait tant entendre : « Je t'aime et j'ai besoin de toi. Je viens et je veux être avec toi, Izzie. »

Mais Joe n'avait pas dit cela. Il s'était contenté d'un message banal, sans risque : « Je sais que tu es bouleversée, mais rappelle-moi, je t'en prie. Je déteste te savoir loin de moi sans que l'on se parle. Appelle-moi ! »

Appelle-moi… Izzie savait ce qu'elle voulait l'entendre dire : « J'ai eu tort, je t'aime. Je comprends tout à fait ce que tu veux de moi et, à New York, j'étais seulement en train de gagner du temps. » Hélas, même quand elle l'avait quitté en déclarant qu'elle ne voulait plus jamais le revoir, il n'avait pas prononcé ces mots. Pour la première fois, elle commença à faire le lien entre les deux facettes de Joe, l'homme qu'elle aimait, amusant, chaleureux et séduisant, et l'homme d'affaires qui n'était certainement pas devenu milliardaire en se laissant marcher sur les pieds. Avait-elle fait l'erreur si classique chez les femmes de penser que, sous la rude cuirasse de businessman, battait un cœur tendre qu'elle était la seule capable de voir ? Alors qu'en réalité, sous cette rude cuirasse d'homme d'affaires, il n'y avait rien d'autre qu'un homme rude ?

« Je t'aime vraiment mais ce n'est pas aussi simple que tu le crois », avait-il dit. Elle savait pertinemment que la situation n'était pas simple. Pourtant, elle avait fait tout son possible pour l'oublier. Son coup de foudre était tel qu'elle avait vraiment cru que leur destin était de vivre ensemble. Pour elle, il ne s'agissait pas juste d'une aventure où la relation sexuelle jouait le rôle principal. Pour elle, c'était le grand amour. Or, le grand amour devait certainement l'emporter sur un mariage qui n'en avait que le nom. Du moins, l'avait-elle supposé.

Je suis peut-être une gourde, se dit-elle, *mais personne ne se moquera de moi une seconde fois.*

La voix de son père la ramena à la réalité. Il aurait fait n'importe quoi pour rompre le silence qui s'était installé autour de la table.

— J'ai réfléchi. Il est possible que Jamie soit un frère de Lily qui serait mort quand elle était petite. Cela expliquerait pourquoi on n'aurait jamais entendu parler de lui. La mortalité infantile était terrible, il y a quatre-vingts ou quatre-vingt-dix ans. Si Jamie était son petit frère, cela expliquerait tout… Peut-être qu'Edward est au courant ou bien qu'il y a quelque chose dans les papiers de famille.

Malgré son état de fatigue et le décalage horaire, Izzie perçut le malaise d'Anneliese. Elle se dit que cela avait trait à la mention de son oncle Edward.

Son père avait vaguement bredouillé quelque chose quand il l'avait appelée à New York. D'après lui, Edward hésitait étrangement à parler à sa femme. Le père d'Izzie ignorait ce qui se passait mais elle devinait à présent, sans que personne le lui ait dit, qu'il y avait un problème entre sa tante et son oncle. Izzie décida d'intervenir dans la conversation.

— Si Edward connaissait l'existence d'un autre oncle qui serait mort, il nous l'aurait dit depuis longtemps.

Elle vit qu'Anneliese se détendait un peu.

— Vous savez, reprit-elle, que grand-mère et moi étions très proches. Si elle avait perdu un frère, elle me l'aurait certainement dit, vous ne croyez pas ? Mais je suis certaine qu'il y avait seulement Tommy et elle.

— Cela dit, remarqua sombrement Anneliese, nous ignorons qui est ce Jamie. Peut-être que nous n'en savons pas autant que nous le pensions. Même quand on connaît très bien les gens, on peut découvrir qu'ils ont eu des secrets.

Izzie acquiesça de la tête. Elle pensait à Joe et à la façon dont il l'avait trompée. A moins qu'il ne s'agisse pas d'une tromperie ? Peut-être était-ce elle qui s'était menti sur la réalité de la situation. Il était plus difficile qu'on le croyait de bien connaître les gens. Et, pour une raison qu'elle ignorait, sa chère Anneliese pensait exactement la même chose.

— Vous croyez que Lily va se réveiller ? demanda Anneliese d'une voix sans timbre.

— Personne ne peut le dire, mon chou, répondit le père d'Izzie. Elle est dans les mains de Dieu.

Ils avaient passé tous les trois une heure à l'hôpital au chevet de Lily et, après ce bref instant de lucidité où elle avait prononcé le nom de Jamie, il ne s'était plus rien passé. Lily gisait dans son lit blanc, absente. Elle n'avait pas rouvert les yeux ni fait le moindre mouvement ni prononcé une seule parole. Tout l'espoir qu'Izzie avait entretenu pendant le vol avait disparu.

La jeune médecin qui leur avait parlé s'était excusée : « Désolée, mais actuellement, je ne peux rien vous dire. » Au moins, elle était franche, avait pensé Izzie.

L'aveu d'impuissance de la jeune femme valait mieux que l'attitude de certains médecins qui se croyaient investis de la connaissance absolue. Elle leur avait fourni autant d'explications que possible.

« On lui a fait un scanner et on l'a mise sous héparine pour la maintenir en vie et prévenir de nouvelles attaques. Malheureusement, je crains qu'il n'y ait eu une hémorragie cérébrale importante. Je dois vous dire que, quand il y a un coma après une attaque, le pronostic n'est pas très favorable. Il ne faut pas désespérer ; on peut assister à une guérison neurologique spontanée, mais nous n'avons aucune certitude. Tout ce qu'on peut faire, à présent, c'est attendre.

« La situation se complique en raison de l'âge de votre grand-mère. On pourrait avoir des problèmes cardiaques et une pneumonie. Je regrette de devoir vous dire que l'activité cardiaque a été un peu désordonnée au cours des dernières vingt-quatre heures. C'est notre principal souci.

— Parce qu'elle a aussi un problème cardiaque ? s'était exclamée Izzie en se cachant le visage dans les mains. Comme elle nous a parlé, j'ai pensé qu'elle pouvait sortir du coma. C'est certainement un bon signe, n'est-ce pas ? Cela veut dire qu'elle est en train de se réveiller, non ?

— Je suis désolée, avait répondu le médecin, ce n'est pas si simple. On ne peut pas savoir ce que votre grand-mère voit ou pense, dans l'immédiat. Les gens dans son état peuvent réagir à une voix. Il est donc tout à fait plausible que votre voix ait déclenché une réaction mais, quant à savoir ce qu'elle pense, je ne peux pas vous répondre. Et nous ne savons pas davantage si elle va se réveiller ou pas. Elle est sous moniteur et nous faisons tout notre possible pour stabiliser les signes vitaux. »

Anneliese avait alors posé la question qu'Izzie n'osait pas aborder.

« Et si elle ne se remet pas complètement ?

— Chaque cas est différent. Je vais être très franche avec vous. Quand une patiente dans son état n'a pas récupéré sur le plan neurologique d'une façon ou d'une autre après les trois ou quatre premières semaines, ce n'est pas très bon signe. Tout ce qu'on peut faire, c'est attendre et voir ce qui se passe. Dans l'immédiat, nous voulons seulement la stabiliser. »

Izzie s'était sentie malade à l'idée de voir sa grand-mère décliner pendant un mois. Quand ils étaient repartis de l'hôpital, elle éprouvait une grande sensation de vide.

Vingt-sept ans plus tôt, à la mort de sa mère, elle avait eu la même sensation. C'était comme si une partie de la planète s'était effondrée, laissant un immense trou béant. La différence venait de ce que, pour sa mère, il y avait eu un peu de temps pour se préparer. Pas beaucoup, pas assez, mais au moins Izzie avait-elle pu lui dire au revoir. Au souvenir de cet adieu, son cœur s'était serré. Elle avait toutefois réagi très vite. Pense à autre chose, s'était-elle dit. Il faut tenir bon.

Dans la cuisine, Anneliese déplaça sa chaise pour se rapprocher d'elle. Anneliese avait toujours été si intuitive ! Sa grand-mère et elle avaient été formidables à la mort de sa mère. Elles avaient toutes les deux été à ses côtés, formant une sorte de triangle parental avec son père. C'était comme une nouvelle famille, non conventionnelle, maladroitement reconstituée, mais une vraie famille quand même. A présent, cette famille se décomposait. Un autre trou béant s'était creusé. Malheureusement, cette fois, cela s'était passé très vite. Elle n'avait pas eu le temps de se préparer, pas un instant pour dire tout ce qui n'avait pas encore été dit. Sa grand-mère pouvait mourir sans plus jamais lui sourire ni lui assurer que tout irait bien, et qu'elle l'aimait…

Izzie ne pouvait pas le supporter. Elle cligna des paupières. Elle ne voulait pas se remettre à pleurer car elle craignait de ne plus pouvoir s'arrêter. Son chagrin lui faisait trop mal ! Anneliese la prit dans ses bras, sans rien dire, se contentant de la serrer contre elle.

— Les registres de la paroisse ! s'exclama soudain Brendan. On devrait chercher dans les vieux registres des naissances et des décès pour voir s'il y a un Jamie ou un James à un moment.

— Oui, papa.

Lily libéra une de ses mains que tenait Anneliese pour prendre celle de son père. Et ils restèrent en silence, tous les trois, ne sachant plus trop que dire. L'habitude qu'avait son père de se focaliser sur des détails sans importance énervait parfois Izzie. Mais soudain, elle comprit qu'il s'agissait d'une stratégie de survie. Plutôt que d'affronter la réalité froide et triste, Brendan préférait se voiler la face. Anneliese reprit la parole avec une pointe d'irritation :

— Est-ce vraiment important ? Tu as entendu ce qu'a dit le médecin. Personne ne sait ce qui se passe dans l'esprit de Lily. Jamie est peut-être quelqu'un d'important pour elle mais c'est tout aussi bien le facteur !

— Le facteur s'appelle Calum, répondit Brendan d'un air buté.

— Dans ce cas, ce n'est pas lui, dit Izzie précipitamment.

Cela ne ressemblait pas à sa tante de manifester son énervement. Elle la serra une dernière fois contre elle pour lui montrer que tout allait bien. Anneliese remit sa chaise à sa place et prit sa tasse de thé. Pour l'apaiser, Izzie lui demanda si Beth venait mais elle regretta aussitôt sa question. Sa tante regarda ailleurs comme si cela pouvait cacher l'angoisse que son visage avait subitement reflétée.

— Non. Elle ne peut pas venir tout de suite et je refuse de l'inquiéter.

— Bien sûr, je comprends très bien, répondit Izzie.

Elle avait fait un effort pour prendre la voix chaleureuse qu'elle utilisait avec ses clients au téléphone quand ils ne voulaient pas l'un ou l'autre de ses mannequins.

Ne pas inquiéter Beth était le refrain qu'elle entendait depuis qu'elle était toute petite. Dans l'histoire familiale Izzie était celle qui avait réfléchi et savait ce qu'elle voulait faire de sa vie. Beth était la plus jeune, la fragile, celle qui ne savait pas très bien ce qu'elle faisait et ne se débrouillerait pas très bien dans la vie. Comme la famille avait eu tort ! Beth était mariée et heureuse avec Marcus tandis qu'Izzie avait raté encore une fois son histoire d'amour. Laquelle n'était même pas une histoire d'amour possible : Joe était marié ! Qui était la plus fragile et la plus gourde des deux maintenant ?

Et zut, il fallait qu'elle arrête de penser ce genre de choses. Elle tournait en rond et cela ne l'aidait pas à réfléchir. C'est à sa grand-mère qu'elle devait penser et non pas à ce fichu Joe Hansen.

Soudain, Izzie se sentit très fatiguée. Elle était revenue chez elle mais c'était dans une ambiance très triste. Elle aurait voulu que tout soit comme avant, avant que sa grand-mère soit malade, avant de comprendre que son père vieillissait, avant de deviner qu'il y avait un problème entre Anneliese et Edward. Avant que les choses aient mal tourné avec Joe…

Elle se leva vivement.

— Excusez-moi, dit-elle. Je pense que le décalage horaire est en train de me rattraper. Je vais me coucher.

— Bien sûr, nous comprenons très bien, dit Anneliese en se levant pour l'embrasser encore une fois.

Izzie serra très fort sa tante contre elle et refoula l'envie d'éclater en sanglots.

— Je t'appellerai plus tard, lui chuchota Anneliese à l'oreille.

— J'en serai très heureuse, répondit Izzie sur le même ton.

En se réveillant, Izzie constata que le jour filtrait à travers les rideaux à fleurs. Elle avait fait un rêve très bizarre et elle voulait le raconter à Joe. Ils étaient allés en vacances quelque part au soleil, peut-être au Mexique, et elle sentait la chaleur sur sa peau. Ensuite, ils étaient partis dans un tout petit avion et, à présent, ils étaient de retour dans leur ravissant appartement plein de lumière. Elle se sentait très heureuse et roula sur le flanc pour toucher Joe. A cet instant, elle se réveilla complètement. Joe n'était pas dans le lit à côté d'elle. Elle prit brusquement conscience qu'elle n'avait jamais dormi avec lui. Tout cela n'était qu'un rêve. Les moments où ils avaient dormi ensemble n'étaient que de toutes petites siestes les quelques fois où ils avaient fait l'amour, plus exactement où ils avaient eu une relation sexuelle.

Ils ne vivraient jamais ensemble dans un grand loft lumineux à New York. D'ailleurs, Joe aurait sans doute détesté cela. Elle n'était pas très certaine de ses goûts en matière d'appartement ou de maison. Elle n'avait jamais vu aucun endroit où il avait vécu. A la place de ce beau rêve, elle se retrouvait seule dans sa chambre d'enfant, à Tamarin, au papier peint très clair qu'elle avait choisi à dix-huit ans. Le même pommier tapait du bout de ses branches contre les fenêtres dès que le vent soufflait un peu. Joe ne verrait jamais tout cela, il ne saurait jamais rien de son enfance. Il ne viendrait jamais chez elle, et ne rencontrerait jamais sa grand-mère.

Izzie se secoua et se traita d'idiote à haute voix. Elle se frotta les yeux, rejeta les couvertures et se leva. Elle ne devait plus regarder derrière elle mais devant. L'avenir l'attendait. Il était un peu plus de onze heures. Elle avait dormi quinze heures d'affilée. A présent, elle avait faim et soif.

Toujours en pyjama, elle descendit. Son père était sorti mais il y avait du café au chaud et un petit mot sur le comptoir. « Izzie, je t'ai laissé à manger dans le frigo. J'espère que le café sera encore buvable quand tu te lèveras. J'ai pris mon téléphone portable et je passerai plus tard à l'hôpital. Si tu as besoin que je te conduise quelque part, appelle-moi ! Sinon, je serai de retour à une heure. »

Izzie but son café, dévora deux tartines de pain beurré avec de la marmelade d'oranges amères, puis alla prendre sa douche et enfin vérifia ses messages sur son BlackBerry. Il y en avait un de Carla qui lui souhaitait que tout se passe bien. Deux autres venaient de collègues, un autre de son voisin Andy qui lui proposait d'aller au cinéma avec quelques amis.

Il faudrait qu'elle rappelle ces personnes et leur explique qu'elle était en Irlande. Il y avait enfin un message de Stefan au sujet du concours pour Supa-Girl ! En revanche, aucun signe de Joe. Bien sûr, il ne lui avait jamais envoyé de courriel auparavant. Il était bien trop malin pour laisser la moindre trace de leur aventure, pensa-t-elle avec colère. Pourtant, il avait son adresse électronique et aurait pu lui écrire s'il avait vraiment désiré entrer en contact avec elle.

Apparemment, quand les gens conciliants devenaient des durs, les durs se trouvaient d'autres camarades de lit. Grand merci, Joe, ravie d'apprendre que tu peux tenir la distance !

Elle laissa un petit mot pour son père dans la cuisine. « Partie pour l'hôpital, te verrai sans doute là-bas. Sinon, de retour dans l'après-midi. » Et elle sortit. Elle avait oublié que Tamarin était vraiment une petite ville. Un des aspects plaisants de Manhattan c'était son côté concentré par comparaison à des villes comme Los Angeles, mais Tamarin était merveilleusement petite. On pouvait traverser le bourg en une demi-heure et, ce faisant, croiser au moins une dizaine de connaissances.

Tout en marchant, Izzie se demanda comment ce serait si elle revenait pour de bon à Tamarin. Peut-être était-ce là la réponse à ses difficultés : quitter New York et tous les hommes dangereux qu'elle y rencontrait. Elle pourrait choisir de faire sa vie dans un endroit plus simple où elle avait ses racines. Mais New York était le lieu idéal où vivre si on avait la sensation de ne plus avoir de racines. Tout le monde se sentait chez soi à New York.

Sa grand-mère n'avait jamais insisté pour qu'elle rentre à Tamarin. Elle n'était pas du genre à culpabiliser les autres. Pendant toutes les années qu'Izzie avait passées à l'étranger, pas une seule fois sa grand-mère ne s'était plainte de ce qu'elle ne téléphonait pas assez souvent, n'écrivait pas, ou ne venait pas la voir. Elle ne lui avait pas davantage reproché de ne pas vouloir rentrer en Irlande.

Tout en parcourant les rues de Tamarin, Izzie mesura que sa grand-mère y avait passé pratiquement toute sa vie et regretta de ne pas en avoir parlé avec elle. Pourquoi, quand une personne tombait malade, pensait-on à tout ce que l'on ne lui avait pas dit ? Jusqu'à ce jour, Izzie était persuadée d'avoir parlé de tout avec sa grand-mère. Pourtant, il y avait des manques qu'elle aurait beaucoup aimé combler.

« Grand-mère, aurait-elle voulu dire, je regrette de ne pas m'être mariée et de ne pas avoir eu d'enfants. Je sais que tu aurais beaucoup aimé avoir des arrière-petits-enfants, tu es vraiment formidable avec les gamins. Tu as été extraordinaire avec moi. Mais cela ne s'est pas passé comme ça. »

Que lui dirait-elle d'autre ?

« Comment trouve-t-on l'amour, grand-mère ? Tu aimais tellement grand-père ! Mais comment sait-on quand on a rencontré l'amour ? Et comment le trouve-t-on ? Etait-ce plus facile quand tu étais jeune ? Est-ce qu'on se mariait plus vite ? Est-ce que c'est différent parce qu'on rencontre des gens, qu'on couche avec et qu'on les quitte sans être obligés de se marier ? »

Izzie se souvenait d'avoir lu quelque part que, quand les gens vivaient ensemble plusieurs années avant de se marier, les risques de divorce étaient plus nombreux, mais cela ne paraissait pas très sensé. Il lui semblait préférable de vivre avec la personne pour bien la connaître avant de s'engager mais pour sa grand-mère, il aurait été peu probable qu'elle eût vécu avec Robby avant de l'épouser ! Il y aurait eu à Tamarin bon nombre de regards scandalisés si cela s'était produit. Tout cela datait d'un demi-siècle. Pourtant, les gens restaient ensemble, même si le fait de passer du célibat au mariage avait dû représenter un grand saut à une époque où les femmes se mariaient vierges et où le lit conjugal était un lieu voilé de mystère. Les gens, à cette époque, restaient-ils ensemble parce que cela valait mieux que de se séparer ?

Tout en réfléchissant, Izzie était arrivée à Harbour Square et elle soupira de plaisir devant la beauté de la vue qui s'offrait à elle. C'était le cœur de Tamarin depuis des siècles, quand les foires s'y tenaient, l'odeur du poisson frais mêlée à la chaleur du bétail parqué dans de petits enclos. Il n'y avait plus de paille sur les pavés et les seuls animaux étaient les chiens qui se rassemblaient devant le Dorota's avec leurs propriétaires. En revanche, la sensation d'être hors du temps demeurait. Les palmiers nains qui décoraient la place firent songer Izzie aux navires qui, autrefois, revenaient au port de leurs voyages sous des climats exotiques. Harbour Square était construit dans le style des grands boulevards. C'était l'héritage du maire Emmanuel Kavanagh qui, au XIXe siècle, était arrivé d'Argentine par la mer, s'était marié à une fille de Tamarin et avait voulu agrandir la place pour en faire un lieu élégant dans l'idée de rivaliser avec les grandes places aérées de son cher Buenos Aires.

Là-haut dans le ciel, les goélands tournoyaient, s'interpellant comme s'ils se demandaient où s'installer pour assister au retour des bateaux de pêche et au déchargement de leurs prises.

L'ambiance était active mais jamais agitée. Tamarin avait un effet apaisant, comme si les murs eux-mêmes chuchotaient que l'on avait assez de temps pour tout au cours de la journée et que si l'on en manquait, le reste pouvait attendre le lendemain.

Izzie décida que, dès qu'elle aurait un moment, elle viendrait s'asseoir au Dorota's pour regarder la vie de la ville s'écouler autour d'elle. C'était ce qu'elle avait l'habitude de faire quand elle était encore écolière. Elle s'asseyait au même endroit avec ses copines pour bavarder, feignant de ne pas remarquer les garçons qui faisaient la même chose. Dans l'immédiat, elle avait juste le temps d'acheter un café à emporter, un café de Colombie bien fort comme on en trouvait au Dorota's. C'était le café préféré de sa grand-mère. Izzie pensait que, si elle restait à son chevet avec le café à la main, son arôme finirait par la réveiller. Si sa voix l'avait ramenée quelques instants à la conscience la veille, peut-être que sa voix et cette merveilleuse odeur de café feraient encore un miracle ce jour-là.

Elle n'eut jamais la possibilité de vérifier cette théorie car, en arrivant à l'hôpital avec son gobelet à la main, elle aperçut sa tante, assise sur un banc dans le petit jardin à côté du stationnement de l'ambulance. Anneliese ne la remarqua pas. Elle donnait l'impression qu'elle ne verrait même pas une météorite à moins qu'elle s'écrase sur elle. L'hôpital dominait tout le port. Anneliese avait le regard perdu vers la mer. La voyant dans cet état, Izzie réfréna son désir d'aller voir sa grand-mère. Elle ne se sentait pas l'énergie de supporter le chagrin de quelqu'un d'autre mais ç'aurait été se conduire en lâche de faire comme si de rien n'était. Elle alla donc s'asseoir à côté de sa tante.

— Bonjour, Anneliese !

— Bonjour, Izzie, répondit Anneliese d'une voix morne avant de se retourner vers la mer.

— On a une vue magnifique, ici, reprit Izzie.

Quand on avait des doutes sur ce qui se passait, on pouvait toujours s'en tirer en parlant de la pluie et du beau temps.

— Oui, magnifique, répéta Anneliese.

Izzie but une grande gorgée de café pour se donner du courage. Il lui semblait deviner un problème entre Edward et Anneliese. Elle espérait que ce n'était rien de sérieux. A New York, les couples se déchiraient tous les jours et c'était normal. Mais, ici, les choses ne se passaient pas de la même façon, comme si la promesse de rester ensemble « jusqu'à ce que la mort nous sépare » ne pouvait être rompue.

— Qu'est-ce qui ne va pas, Anneliese ? demanda-t-elle à mi-voix. Veux-tu m'en parler ?

Elle s'attendait à ce qu'Anneliese ne se confie qu'avec beaucoup de précautions, du moins si elle décidait de le faire. Or, à sa grande surprise, elle lui répondit d'une voix émue et chargée de colère, le regard toujours tourné vers le large.

— Edward m'a quittée pour Nell. Tu te souviens de Nell, ma meilleure amie ?

— Quoi ! Je ne peux pas le croire. Quand cela s'est-il passé ?

— Il y a presque une semaine, répondit Anneliese d'un ton résigné. Je pourrais te dire exactement combien de jours et d'heures se sont écoulés depuis mais cela ressemblerait trop à l'histoire d'une fumeuse comptant les heures écoulées depuis sa dernière cigarette. Je préfère donc m'abstenir.

— Il t'a quittée pour Nell ? répéta Izzie, incrédule.

— En rentrant de la messe, je les ai trouvés ensemble. Pas au lit, mais ç'aurait pu être le cas. C'est curieux…

Anneliese laissa passer quelques instants, pensive.

— C'est curieux, reprit-elle, que le fait de coucher avec quelqu'un d'autre soit considéré comme la trahison ultime. Baiser avec quelqu'un d'autre, c'est le pire, n'est-ce pas ?

Izzie tressaillit en entendant sa tante toujours si aimable et raffinée user d'un pareil langage. De toute sa vie, elle ne l'avait jamais entendue proférer une grossièreté.

— Mais, poursuivait Anneliese, coucher n'est pas le pire. Partager l'intimité et les pensées de l'autre, en être proche, c'est cela le pire. C'est à cela que je pense à chaque instant de chaque jour. Je n'arrête pas de penser à ce qu'ils faisaient quand je les ai vus. Est-ce qu'Edward l'appelait ou lui envoyait un SMS le soir pour lui dire « Comment vas-tu, ma chérie ? Si tu savais comme je m'ennuie. J'aimerais tellement être avec toi ! » ? Et je ne cesse de me répéter que c'est arrivé parce qu'il ne s'intéressait pas à moi, parce que je n'étais pas assez bien pour lui.

Anneliese se tourna brusquement vers Izzie et la regarda droit dans les yeux.

— Peux-tu imaginer ce que l'on ressent, Izzie ?

Izzie se demanda si elle avait rougi de culpabilité. Elle ne savait vraiment pas quoi dire pour soulager le chagrin d'Anneliese. Il n'y avait pas grand-chose à dire, d'ailleurs. Mais elle n'avait pas le droit de se taire. Quelque part à New York, il y avait une femme mariée, comme Anneliese, une femme que son mari trompait avec elle, Izzie. Même s'il avait juré qu'il ne partageait plus rien avec sa femme, ses actes prouvaient le contraire.

— Que t'a dit Edward ? finit-elle par demander.

— Il ne savait pas quoi dire. Je l'ai prié de partir et, quand il a quitté la cuisine où je les avais trouvés, cette garce de Nell a soutenu que je savais tout. Elle estime que n'importe quelle imbécile est capable de deviner quand son mari est amoureux d'une autre. C'est pourtant le point important, Izzie. Je l'ignorais totalement. Je te le jure ! Après trente-sept ans de mariage, on croit connaître son mari. Bien sûr, c'est l'autre chose très dure à supporter, une parmi beaucoup d'autres, en réalité.

Anneliese lâcha un petit rire qui sonna étrangement aux oreilles d'Izzie.

— Il y a tellement de choses insupportables, reprit Anneliese. C'est difficile de dire quelle est la pire. Mais s'apercevoir qu'on ne connaît jamais vraiment quelqu'un… Je croyais qu'il m'aimait ! Comme je me suis trompée…

Elle resta silencieuse pendant quelques instants avant de continuer :

— Izzie, j'espère que personne ne te trahira jamais de cette façon. Je ne le souhaiterais pas à mon pire ennemi. Je pensais qu'Edward m'aimait. Nous avons traversé tant de moments difficiles ensemble ! Je pensais que nous vivrions ensemble jusqu'à la fin. Aujourd'hui, c'est comme si tout cela n'était qu'un mensonge, comme si rien de ce que nous avons vécu n'était vrai. J'envisageais notre vie d'une certaine façon et lui la voyait d'une autre. Peut-être est-ce de là que vient l'expression « voir la vie en rose ». C'était comme si j'avais des lunettes à verres roses. Je regardais la vérité mais je ne la voyais pas. Edward a dû trouver cela insupportable et me prendre en haine. Sinon, pourquoi serait-il parti avec Nell ?

Izzie rassembla rapidement ses souvenirs de Nell. Elle était loin de posséder la beauté et la séduction d'Anneliese. Sa tante avait de grands yeux bleus, un visage plein de charme et cette incroyable chevelure blonde qui lui donnait l'air d'une fée, l'air de venir d'un autre monde. Elle donnait presque l'impression de pouvoir apparaître puis disparaître comme une créature féerique. Comparée à Anneliese, Nell était incroyablement banale. Qu'avait-elle qu'Edward puisse désirer ? Tout cela n'avait aucun sens.

— En as-tu parlé à Lily ? demanda soudain Izzie.

Elle savait à quel point les deux femmes étaient proches. Peut-être le choc avait-il contribué au déclenchement de l'attaque cérébrale de sa grand-mère. Sans qu'elle ait formulé son appréhension à voix haute, Anneliese comprit où elle voulait en venir.

— Non, répondit-elle. J'avais affreusement honte, j'étais très gênée, toutes ces choses que l'on ressent quand notre mari nous quitte pour notre meilleure amie. Aujourd'hui, je regrette de n'en avoir rien dit. Maintenant, chaque fois que je vais la voir, je m'assois à son chevet, je lui tiens la main et je lui en parle parce qu'elle a cette chaleur que tu connais, cette capacité de comprendre. Toi, Izzie, tu sais de quoi je parle, tu sais qu'on peut tout lui dire. Il y a peu de femmes de cet âge avec l'esprit aussi ouvert. Lily n'aurait eu aucun problème pour accepter notre séparation. Elle m'aurait expliqué comment reprendre ma vie en main au lieu de me blâmer. Je me suis tue parce que j'étais morte de honte mais je ne pourrai sans doute plus jamais lui en parler.

Ce fut au tour d'Izzie de rester silencieuse. La honte l'emportait maintenant sur la culpabilité. Se sentir coupable, c'était trop vague pour ce qu'elle éprouvait à présent : une profonde honte. Toute sa vie, elle avait refusé l'idée de sortir avec un homme marié. Malheureusement, Joe avait percé ses défenses avant qu'elle ait eu le temps de les renforcer. Elle avait été prise au piège des sentiments avant de pouvoir mesurer la complexité de la situation. Elle n'avait pas eu d'autre choix que de l'aimer. Le fait d'entendre l'histoire d'Anneliese agissait comme un révélateur. Elle ne voyait plus que la honte qui entachait ses actes.

Il était possible que, comme Anneliese, la femme de Joe pense que son mari l'aimait toujours. Elle croyait peut-être qu'il était à ses côtés pour toujours et qu'il ne désirait pas partager ses pensées et ses rêves avec une autre.

La seule différence, c'était qu'Edward avait quitté Anneliese pour Nell. Il avait eu le courage de s'en aller pour vivre avec la femme que, apparemment, il aimait. Joe, non. Il y avait un message très clair pour elle dans tout cela : Joe ne l'aimait pas assez. Qu'il lui ait menti ou pas en affirmant que son couple n'existait plus n'avait aucune importance. Ce qui comptait, c'est qu'il n'avait pas fait le nécessaire pour être à ses côtés quand elle avait eu besoin de lui. En dépit de son sentiment de culpabilité et de honte, Lily avait très envie de pleurer.

A cet instant, Anneliese regarda plus attentivement sa nièce et se reprocha de lui avoir tout raconté. Cela semblait tellement ridicule de s'étendre sur les tristes détails de sa propre vie quand leur chère Lily était peut-être en train de mourir !

Pauvre Izzie, songea Anneliese. Rien d'étonnant qu'elle soit choquée, muette, au bord des larmes. Anneliese préférait ne pas imaginer ce qui se passerait quand Beth connaîtrait la nouvelle. Elle savait qu'elle avait choisi de se conduire en lâche en se taisant, mais elle se sentait tout bonnement incapable de parler à sa fille. Elle se souvenait de sa mère lui expliquant le lien mère-enfant quand elle attendait Beth. « Il n'y a pas de plus grand amour. Rien de plus fort. Je ne peux pas te l'expliquer, personne ne peut l'expliquer. En quelques mois, tu te retrouves avec un enfant qui dépend de toi pour tout et plus personne d'autre ne compte, plus personne. Même Edward ne comptera plus. » Anneliese s'était mise à rire. « Maman ! Ne dis pas de bêtises. » Sa mère avait insisté. « Je te promets que c'est cela qui arrivera. Attends et tu verras bien ! »

Et en effet, Anneliese avait vu ! Elle ne s'était jamais senti la fibre maternelle jusqu'à la naissance de sa fille. Jusque-là, elle s'était considérée comme une femme douée pour les travaux manuels qui requéraient de la force, presque comme un homme. Elle avait toujours beaucoup aimé l'aspect physique du jardinage, bêcher, planter, transporter des choses. Elle avait une grande force et beaucoup d'énergie. Anneliese se croyait donc dépourvue de l'instinct maternel. Puis Beth était apparue et elle avait eu l'impression de prendre un coup sur la tête.

Soudain, elle avait été totalement fascinée par ce minuscule bébé qui geignait et criait sans arrêt. Pendant les six premiers mois, Anneliese n'avait pratiquement pas dormi. Elle avait cru devenir folle. Elle avait pourtant tenté par sa seule volonté de repousser l'idée même de la dépression. Comme si c'était possible !

C'était sa mère qui avait eu raison : Beth était devenue le centre de son univers. Et maintenant, elle devait dire à cette jeune femme douce et vulnérable que ses parents se séparaient. Elle espérait seulement que Beth ne s'exclamerait pas : « Je ne peux pas croire que tu n'étais pas au courant ! »

Anneliese pensa à un homme politique au sujet duquel elle avait lu un article. Il avait avoué son homosexualité à sa femme une heure avant de donner une conférence de presse où il la révélait au monde entier. Sa femme était restée à ses côtés devant les caméras de télévision et la foule des journalistes. Elle lui avait tenu la main et, curieusement, c'était de cela qu'on avait le plus parlé. *Comment peut-elle ? Elle devait le savoir !* L'histoire ne concernait plus le mari. Tout se résumait à une seule question : comment son épouse avait-elle pu l'ignorer ?

Des années plus tard, cette femme avait donné sa version de l'histoire et les curieux événements de ce jour-là s'étaient éclairés. Elle ne savait pas que son mari était gay. Ils étaient mariés, ils avaient un enfant, comment aurait-elle pu se douter de quelque chose ? Quand il le lui avait avoué, elle en avait été assommée. Une heure plus tard, quand ils s'étaient présentés ensemble devant la presse, elle était encore en état de choc.

La voix d'Izzie tira Anneliese de ses réflexions.

— Je croyais que je voulais du café, mais en fait, je n'en ai pas envie. Je vais aller me chercher de l'eau à la cafétéria de l'hôpital. Veux-tu que je te rapporte quelque chose ?

— Non, je te remercie.

Elle n'avait ni faim ni soif depuis quelques jours. Elle ne sentait plus rien que ce vide sinistre qui s'était ouvert en elle.

Izzie partie, Anneliese retourna à la torture qu'elle s'infligeait en pensant au passé. C'était comme un film qu'elle repassait encore et encore dans son esprit. Elle n'arrêtait pas de se remémorer leur vie de couple, d'analyser chaque instant, d'essayer de savoir quand Edward lui avait dit la vérité et quand il lui avait menti.

A Noël, Beth et Marcus étaient venus à Tamarin et la maison s'était emplie de joie et de rires. Anneliese avait adoré ces quelques journées. Elle avait fait des folies pour trouver le sapin parfait, le décorer et transformer toute la maison en carte de Noël avec des tonnes de houx, de gui, de boules dorées brillantes et assez de pères Noël pour ouvrir une boutique. Le jour J, elle avait préparé un déjeuner pour sept, Edward et elle, Brendan, Lily, Nell, Marcus et Beth. Nell avait apporté son célèbre gâteau meringué au chocolat noir qu'ils avaient dégusté avec des framboises.

Au cours de toutes ces années où elle l'avait invitée régulièrement chez elle, Nell avait chaleureusement remercié Anneliese pour son accueil. A Noël, elle n'en avait rien fait. Anneliese s'en souvenait d'autant mieux que, à l'époque, elle avait pensé avec plaisir que Nell avait fini par accepter l'idée qu'elles étaient amies, qu'elle n'avait donc pas besoin de la remercier à chaque fois pour sa gentillesse. Comme elle s'était trompée !

A un moment, Beth était entrée dans la cuisine pour demander si elle pouvait aider. Elle ressemblait à une petite fée de Noël avec ses brillants cheveux noirs qui bouclaient autour de son visage. Elle portait un magnifique pull soyeux couleur mousse sur une jupe en velours gris qui virevoltait autour de ses jambes.

« Non, ma chérie », avait dit Anneliese en levant les yeux de la cuisinière. Elle avait ôté sa tenue de fête en rentrant de l'église pour enfiler un jean et une chemise, le temps de finir le dîner. Elle se changerait rapidement avant de passer à table. Nell, de son côté, s'était protégée avec un grand tablier. Anneliese lui avait dit, affectueusement, qu'elle était très belle. Edward et elle lui avaient offert de ravissantes boucles d'oreilles artisanales en forme de fuchsias et le collier assorti. Nell les portait apparemment avec beaucoup de plaisir.

« Comment va la dinde ? » avait-elle demandé à son amie. Nell, la spécialiste de la dinde, avait répondu d'un ton très professionnel qu'il fallait encore vingt minutes de cuisson pour qu'elle soit à point.

« Parfait, avait dit Anneliese. Je tiens la porte pendant que tu la remets au four. »

Edward était alors entré.

« Comment vont mes deux cuisinières préférées ? avait-il demandé gaiement.

— Très bien ! avait répondu Anneliese qui surveillait les choux de Bruxelles.

— Tout va très bien ! avait renchéri Nell. Tu ne trouves pas que l'odeur est extraordinaire ? Je sais que tu as faim, Edward, et que tu as hâte de passer à table mais cela vaut la peine d'attendre.

— C'est toi l'expert, Nell ! » avait-il répondu.

Le dîner avait été parfait. Parfait en tout point ! Anneliese s'était sentie fière à l'idée que, tandis que beaucoup de gens se disputaient comme chiens et chats pendant le réveillon, sa famille et ses amis s'amusaient de façon civilisée autour d'un repas joyeux, riant des blagues stupides des papillotes et se rappelant les bons moments des Noëls précédents.

Le soir, alors que les invités étaient repartis et que Marcus et Beth cherchaient s'il y avait quelque chose à la télévision, Anneliese et Edward s'étaient couchés et serrés l'un contre l'autre. « C'était une belle journée, n'est-ce pas ? » avait dit Anneliese.

Elle était épuisée à cause des nombreuses heures passées debout dans sa cuisine. Elle avait tout fait pour que ce Noël soit parfait et il semblait bien que ç'avait été le cas. Elle se refusait pourtant à dormir, comme si veiller protégerait tout son petit monde. C'était toujours ainsi quand il y avait un événement important ou un jour de fête. Edward lui avait donné un chaste baiser sur le front avant de se retourner vers le mur. « C'était parfait, chérie, mais tu es fatiguée et, maintenant, il faut dormir. »

De temps en temps, ils faisaient l'amour, le soir, après les grands événements comme les anniversaires ou les naissances. Anneliese se souvint que cela faisait partie de leur vie de couple. Elle aurait dû se douter qu'il y avait un problème quand Edward n'avait plus voulu la déshabiller doucement et l'aimer avec ce mélange de passion et de douceur qui existe en général après trente-sept ans de mariage. Elle aurait dû comprendre que quelque chose n'allait pas mais elle n'avait rien vu car elle était trop occupée à concentrer toutes ses forces ailleurs.

On pourrait écrire sur sa tombe : *Anneliese a gardé les yeux ouverts pour veiller à ce que tout aille bien dans le monde, mais elle n'a pas regardé au bon endroit.*

Aussi fâchée qu'elle puisse l'être contre Edward, Anneliese ne le serait jamais autant qu'elle l'était contre elle-même. Elle ne pouvait se pardonner de ne rien avoir vu arriver.

Tout cela n'allait pas. Elle ne supportait pas l'idée de revoir Izzie avec cette expression paniquée, alors qu'elle-même se sentait l'envie de hurler. Il valait mieux qu'elle revienne plus tard pour passer un moment au chevet de Lily. Il était préférable qu'elle rentre chez elle, laissant Izzie se demander un instant où elle était partie, plutôt que de s'effondrer en larmes devant sa nièce.

A la maison, elle pourrait se laisser aller et prendre un des calmants auxquels elle avait renoncé des années auparavant. Il lui en restait quelques-uns dans sa table de chevet, assez pour attendre d'avoir rendez-vous chez son médecin. Il aurait été stupide de se le refuser. Elle s'était battue, décidée à ne plus jamais dépendre de ces fichus antidépresseurs car cela lui donnait un sentiment d'échec absolu mais le moment était venu de sortir la grosse artillerie. Si le Dr Whelan avait un remède capable d'effacer le nuage noir dans son esprit, il le lui fallait. A dose massive… Sinon, qui sait ce qui pourrait arriver…

Anneliese retourna à l'hôpital vers dix-neuf heures, apaisée par les tranquillisants. Avec un peu de chance, le décalage horaire aurait empêché Izzie de s'attarder et elle serait rentrée chez elle mais, même si ce n'était pas le cas, Anneliese se sentait à présent capable d'affronter la situation.

C'était étonnant comme un petit comprimé de rien du tout pouvait l'aider à se sentir mieux ! En réalité, pas vraiment mieux, mais plus calme. Comme si elle se trouvait sur un petit bateau de sauvetage au milieu de l'océan et que, avec ce comprimé, elle n'avait pas besoin de regarder par-dessus le bord de son minuscule esquif pour voir l'immensité d'un bleu d'encre sous elle. C'était là et elle le savait, mais elle n'avait plus besoin de le regarder. Elle pouvait vivre sans s'y abîmer, ce qui était bien plus agréable que de s'obliger à contempler ce qui lui faisait peur et être envahie par l'angoisse.

A l'hôpital, des visiteurs sortaient et entraient, les bras chargés de fleurs, de bouteilles d'eau minérale et de magazines. Anneliese souriait à tous, sereine. Les gens étaient si gentils ! Quand elle arriva dans le service où se trouvait Lily, elle fut étonnée de voir une femme à son chevet, lui tenant la main. Ce n'était pas Izzie mais une femme plus jeune, à peine la trentaine. Elle avait de longs cheveux blonds, relevés en un chignon très lâche. Elle portait un pantalon ample et des tongs, le genre de tenue qu'Anneliese associait aux étudiants qui prenaient une année sabbatique en Thaïlande.

— Bonjour, dit-elle avec curiosité.

La jeune femme sauta sur ses pieds, son visage légèrement bronzé soudain anxieux.

— Oh ! Bonjour.

— Je suis Anneliese, une parente de Lily.

— Excusez-moi, je ne voulais pas être indiscrète. Je m'appelle Jodi et je ne suis pas une amie de Lily ni quoi que ce soit.

Anneliese la regarda avec étonnement. Les taches de rousseur de Jodi paraissaient irlandaises mais son accent était typiquement australien.

— En fait, reprit Jodi, je n'ai jamais rencontré Mme Shanahan, mais nous nous sommes parlé au téléphone. J'ai voulu lui rendre visite parce que je me sens… Je me sens responsable.

Anneliese l'observait tout en l'écoutant. Jodi avait un visage ouvert et amical. Pourvu, se dit-elle, que le calmant ne l'ait pas abrutie, car ce qu'elle entendait n'avait pas de sens.

— Je ne comprends pas ?

L'air encore plus inquiet, Jodi entreprit de lui expliquer la situation.

— Je lui ai téléphoné pour lui demander des renseignements sur Rathnaree et elle a proposé de me rencontrer. D'après Yvonne, ma voisine, Mme Shanahan n'y est pas retournée depuis des années. Je lui ai quand même demandé de bien vouloir m'en parler et elle a eu une attaque. Tout est de ma faute !

— Mon pauvre chou ! Vous dites des sottises, ce n'est pas du tout votre faute.

— Vous ne comprenez pas, insista Jodi. C'est une dame très âgée et j'aurais mieux fait d'interroger quelqu'un d'autre. J'ai dû la perturber parce que, le lendemain du jour où je lui ai téléphoné, j'ai appris par Yvonne qu'elle était dans le coma.

— Mais vous n'êtes pas la cause de son attaque, répondit patiemment Anneliese. Il est clair que vous ne connaissez pas ma tante. Lily est capable de faire face à n'importe quoi et son âge ne change rien à la question ! Elle est très jeune intérieurement et possède l'esprit le plus ouvert que j'aie jamais rencontré. Si elle ne voulait pas vous voir ou si cela la perturbait, elle vous l'aurait dit, je vous le garantis. Racontez-moi plutôt sur quoi portent vos recherches ?

Jodi avait éveillé la curiosité d'Anneliese.

— Je m'intéresse à tout ce qui concerne Rathnaree House. J'ai trouvé une vieille photo et je lui en ai parlé.

— Y avait-il quelqu'un du nom de Jamie sur cette photo ? demanda Anneliese en interrompant Jodi.

— Non, je n'ai le nom que d'une seule de ces personnes, une certaine lady Irene. Pourquoi ?

— Ma tante n'a repris conscience qu'un bref moment et elle a prononcé le nom de Jamie. Aucun d'entre nous n'a jamais entendu parler d'un Jamie et son gendre pense que cela pourrait être important. Maintenant que vous me dites avoir parlé avec elle du passé, on peut comprendre qu'elle y ait pensé. Cela pourrait remonter à l'époque où ses parents travaillaient à Rathnaree.

— Je pourrais tenter de le découvrir, proposa Jodi. Je veux dire… Si vous désirez que je le fasse, bien sûr. Je ne voudrais pas être indiscrète. C'est juste que…

Elle laissa sa phrase en suspens.

— Ce serait une très bonne idée, approuva Anneliese. Je pense que ma nièce Izzie et son père aimeraient savoir qui était Jamie.

— Izzie ? répéta Jodi avec enthousiasme. C'est celle qui vit à New York ? Yvonne m'a beaucoup parlé d'elle. Elle a l'air très intéressante.

— Oui, répondit Anneliese avec moins d'enthousiasme, se disant qu'elle ne trouverait plus jamais rien ni personne intéressant.

A vrai dire, l'enthousiasme était très surestimé. Le calme était beaucoup plus recommandable.

— Le problème, reprit-elle, c'est que les médecins ignorent si ce que dit Lily est important ou même de quoi il s'agit. J'imagine que c'est un peu comme un rêve. On ne sait pas ce qui se passe pendant le coma. Il pourrait donc être utile de savoir qui est Jamie mais, encore une fois, cela pourrait n'avoir aucune signification précise.

— Mais, si on le découvrait, cela permettrait de compléter le puzzle et de la laisser partir heureuse.

Anneliese dévisagea cette jeune Australienne si attentive avec ses grands yeux et son cœur généreux. Pour Jodi, il semblait que tout soit très simple. Lily était sans doute en train de mourir et la meilleure chose à faire pour elle était de rassembler les pièces du puzzle pour qu'elle puisse mourir en paix, sa vie bien en ordre. Or, pensa Anneliese avec amertume, personne n'avait jamais une vie bien en ordre.

Si elle-même mourait en cet instant, nul ne pourrait rassembler les pièces de sa vie. Et même dans le cas contraire, cela aboutirait à un curieux puzzle. Grâce à la tranquillité induite par une petite merveille chimique, elle se sentait tout à fait capable de prendre du recul et de constater à quel point elle avait perdu le contrôle de son existence.

— Nous pourrions chercher dans les archives locales, reprit Jodi avec élan. J'ai fait un peu de recherches historiques et d'archéologie à l'université et je sais comment m'y prendre. C'est fascinant, une fois que l'on s'est pris au jeu. J'ai la sensation qu'il y a un passé très riche ici, tant de choses à raconter ! Pensez-vous que cela ferait plaisir à Mme Shanahan ?

Anneliese prit le temps d'y réfléchir. En général, quand on lui posait une question elle répondait comme si elle connaissait la réponse. Or, à présent, elle n'avait pas la moindre idée de ce que Lily aurait décidé. Apprécierait-elle que l'on se penche sur le passé pour l'examiner ou bien préférerait-elle qu'on le laisse tranquille, bien rangé et mystérieux à jamais ? Puisque aucun d'entre eux n'avait entendu parler de ce Jamie, peut-être Lily avait-elle ses secrets. D'un autre côté, il se pouvait qu'Izzie souhaite qu'on retrouve la trace de cet homme. Elle était plus proche de Lily qu'elle ne l'était. Oui, c'était la solution qui s'imposait. C'était à Izzie de prendre la décision. Anneliese n'en pouvait plus de toujours décider, d'autant que ses choix ne s'étaient pas révélés très heureux.

— Jodi, le mieux serait d'en parler à Izzie. Si elle estime que c'est une bonne idée, nous pourrons faire des recherches. Cependant, il me semble qu'il serait préférable de ne pas en parler tout de suite. Je crains que ce soit trop douloureux dans l'immédiat. Je sais que vous croyez que cela pourrait aider Lily à sortir du coma mais, sincèrement, il vaut mieux attendre quelques jours.

— Bien sûr, répondit Jodi. Je ne veux surtout rien faire qui risque de la blesser. Elle avait l'air tellement gentille au téléphone ! C'est triste de penser qu'elle a appelé quelqu'un sans que personne sache de qui il s'agit. On se croirait dans un film, vous ne trouvez pas ? En fait, nous connaissons peu de choses sur les autres.

Anneliese acquiesça de la tête, incapable de parler.

— Vous devez être épuisée, ajouta Jodi avec compassion. Voulez-vous que nous allions prendre une tasse de café, un thé ou un jus de fruit ? L'hôpital peut être très fatigant. Mon grand-père est mort il y a environ deux ans et ç'a été très dur.

L'idée d'une simple tasse de thé, sans qu'elle ait besoin de soutenir une conversation importante, sans qu'elle ait besoin de se concentrer sur la personne en face d'elle tout en essayant de comprendre pourquoi Edward l'avait quittée, cette idée sembla soudain très attirante à Anneliese.

— Cela me ferait plaisir, dit-elle. Je vais juste rester avec Lily pendant un petit quart d'heure. Ensuite, nous pourrions aller prendre quelque chose en ville.

Vingt minutes plus tard, quand elles quittèrent l'hôpital, Tamarin resplendissait comme un bijou niché au creux des collines. Anneliese vit soudain sa ville avec les yeux de Jodi et la trouva très belle. Leur itinéraire les fit passer par la grande courbe de Plunkett Street où les maisons étaient toutes peintes de jolies teintes pastel. On aurait dit un livre de coloriage. La veille, il avait plu abondamment et, avec le grand soleil des jours précédents, les jardinières et les petits jardins étaient devenus magnifiques. Les couleurs vives des géraniums roses et rouges éclataient aux fenêtres, mises en valeur par les touffes pâles des lobélies mauves.

Tout était si calme et si beau ! Pour la première fois depuis le départ d'Edward, Anneliese se sentit capable d'apprécier cette joliesse de carte postale. Quand elles arrivèrent sur Harbour Square, Jodi proposa d'aller au Dorota's. Anneliese faillit dire oui, puis se souvint qu'elle évitait à présent d'y aller, de crainte d'y rencontrer Edward et Nell. En fait, elle avait évité beaucoup d'endroits à cause d'eux et n'allait au supermarché que très tard le soir, sachant qu'elle ne supporterait pas d'y croiser son mari ou Nell.

La supériorité morale ne faisait pas le poids face au double choc de la trahison et de la dépression. Anneliese savait que, dût-elle vouloir de toutes ses forces les fixer avec mépris si elle les croisait, elle risquait bien davantage de s'écrouler en larmes.

A la place du Dorota's, elle suggéra le Nook. C'était un petit restaurant avec bar dont le nom [1] suggérait un intérieur chaleureux et intime mais en réalité au décor moderne. Anneliese n'aimait pas beaucoup le minimalisme mais le Nook avait toujours des pâtisseries de Oma's Kitchen, la pâtisserie autrichienne voisine. Anneliese n'avait pas faim, ces derniers temps, et pourtant l'idée d'une orgie de sucre avec une pâtisserie pleine d'amandes et de miel la fit saliver. En plus, Edward détestait cet endroit ! C'était parfait.

Elles arrivèrent devant le restaurant d'un pas tranquille et Anneliese poussa la porte. A la table placée en face de l'entrée, en train de parler avec un couple installé à une autre table, se tenait Nell.

Anneliese se figea sur place. Grâce à ses nouvelles habitudes, elle n'avait pas vu Nell depuis le départ d'Edward, une semaine plus tôt. Après tout ce temps passé à ne penser qu'à elle, Anneliese trouva étrange de la voir en chair et en os ; elle n'avait pas de cornes ni de queue fourchue ! Nell était toujours une femme d'âge moyen avec des cheveux frisés et des cils très pâles. A la table voisine étaient assis Geraldine, une amie commune, et son mari, Denny.

Quand Anneliese entra, ils parurent choqués mais aussi très gênés. Anneliese les soupçonna d'avoir été en train de parler d'elle. C'était encore une autre trahison

1. *Nook* : coin, recoin, retraite.

et elle en eut un pincement au cœur. Geraldine ne l'avait pas appelée une seule fois pour prendre de ses nouvelles ou lui proposer son aide, même si elle savait, de toute évidence, ce qui se passait. Sans qu'Anneliese s'en rende compte, Geraldine était devenue une ex-amie. Elle avait déjà choisi son camp.

— Je m'en allais, dit Nell précipitamment. Je m'en vais.

Elle était visiblement très embarrassée et surprise.

Jodi, qui était entrée derrière Anneliese, regardait autour d'elle sans se douter de la scène qui se jouait.

— C'est vraiment ravissant ici ! s'extasia-t-elle. Anneliese, regardez ces fauteuils violets ! Ils sont magnifiques.

Personne ne lui répondit. Geraldine se leva à son tour, à l'évidence encore plus mal à l'aise que Nell.

— Anneliese, dit-elle, je voulais t'appeler.

Elle entreprit d'embrasser Anneliese, qui la repoussa brusquement. Tout ce qui pouvait lui rester de bonnes manières l'avait abandonnée. Quant aux tranquillisants, ils ne devaient plus faire aucun effet car elle se sentait folle de rage. Quelle importance, ce que les gens pensaient d'elle ? Il fallait qu'elle soit devenue folle pour éviter d'aller là où elle en avait l'habitude ! Nell méritait sa colère.

— Ne me touche pas ! cracha-t-elle. Tu as choisi ton côté et je parie que tu étais en train d'écouter l'histoire racontée par Nell !

— Tu te trompes, répondit Geraldine d'un ton mielleux. Nous nous inquiétions à ton sujet.

Anneliese eut un petit reniflement ironique.

— Vous vous inquiétez pour moi ? Mais pas suffisamment pour prendre ton téléphone et me demander comment je vais quand mon mari me quitte pour cette garce ! Et elle… fit-elle en désignant Nell d'un geste violent, elle se fiche complètement de moi, même si elle tente de présenter la situation sous un jour flatteur pour elle. N'est-ce pas exact, Nell ?

Tout au fond d'elle, Anneliese entendait une petite voix lui répéter qu'elle n'aurait pas dû se conduire de cette façon. Elle regretterait d'avoir fait une scène dans un bar de Tamarin. Malheureusement, elle ne pouvait pas s'en empêcher. Elle voulait dire ce qu'elle avait sur le cœur.

— En fait, je donnerais beaucoup pour savoir ce que cette chère Nell a pu te raconter, Geraldine. Est-ce qu'elle t'a donné la version améliorée de son histoire – pauvre moi et pauvre Edward – ou la vraie version ? Laisse-moi réfléchir… Je pense que tu as eu droit à la version édulcorée.

Nell rougit encore plus.

— Je ne vois pas pourquoi je devrais supporter cela, dit-elle. Ce n'est ni le lieu ni le moment !

— C'est toi l'expert ! Quel est le lieu approprié ? Quel est le moment approprié ? Je crois que les bonnes vieilles manières ont disparu quand tu m'as pris Edward. Parce que tu me l'as pris ! N'essaie pas de prétendre le contraire… Tu m'as donné envie de vomir quand tu as cherché à te donner bonne conscience en prétendant que j'étais au courant. Tu sais très bien que j'ignorais totalement ce que vous faisiez dans mon dos. A cet instant-là, je pensais encore que tu étais mon amie.

On aurait pu entendre une mouche voler dans le restaurant. Tout le monde écoutait avec attention. Même les membres du personnel qui ne parlaient pas anglais étaient figés sur place, bouche ouverte, s'efforçant de comprendre ce qui se passait. Anneliese n'avait pas fini de vider son sac !

— Je partageais avec toi pratiquement toutes mes pensées, Nell. Si j'avais cru qu'Edward avait une liaison, c'est à toi que je m'en serais ouverte ! Je suis heureuse de ne pas avoir su la vérité. Tu imagines la situation ? Je t'aurais expliqué que je soupçonnais mon mari d'avoir une maîtresse et toi tu serais restée assise en face de moi à me sourire, à me faire des mines et à t'exclamer que c'était impossible… Et tout cela pour découvrir que c'était toi sa maîtresse !

Les autres clients commençaient à faire entendre des murmures outrés.

Nell tenta de passer devant Anneliese pour sortir.

— Je m'en vais, dit-elle avec colère.

— Non, tu restes ici ! rétorqua Anneliese.

Elle était plus grande et plus forte que Nell, et dans une telle colère qu'elle avait envie d'effacer d'une gifle le sourire niais de Nell de sa stupide figure.

Denny se leva et prit la parole pour la première fois depuis le début de la scène. C'était un géant, très gentil.

— Anneliese… dit-il.

Jodi intervint sans le laisser poursuivre.

— Anneliese, je t'en prie ! Arrête !

Anneliese sentit que Jodi la prenait par le bras et remarqua à peine que la jeune femme était spontanément passée au tutoiement.

— Ne fais pas cela, s'il te plaît.

Jodi était plus forte qu'elle en avait l'air et réussit à écarter Anneliese de la porte. Nell en profita et sortit précipitamment dans l'obscurité qui tombait.

Geraldine attendit un instant, dévisageant Anneliese.

— Je suis désolée, dit-elle bêtement. Désolée…

— Je n'en doute pas, marmonna Anneliese.

Jodi l'entraîna au bar du Nook et trouva une table aussi éloignée que possible de la porte et des ex-amis d'Anneliese. Cette dernière s'effondra dans l'un des fauteuils violets et se prit la tête dans les mains. Elle se moquait du qu'en-dira-t-on ! Elle se moquait d'être vue en train de laver son linge sale en public. De toute façon, Nell raconterait sa version des faits à qui voudrait l'entendre.

Sans attendre qu'une serveuse vienne s'occuper d'elles, Jodi se dirigea vers le coin où étaient posés les mugs et la cafetière.

— Tiens, dit-elle en rapportant un mug de café fumant à Anneliese. Bois ça !

Elle s'assit aussi près d'Anneliese que possible et lui passa un bras autour des épaules.

— Je sais que tu es en état de choc mais bois un peu de café. Cela te fera du bien.

Anneliese prit le mug brûlant entre ses mains.

— Je croyais qu'un alcool fort était plus recommandé pour les états de choc ! dit-elle.

— C'est très mauvais pour le cœur, répondit Jodi d'un ton léger. Je n'ai pas envie de devoir te ramener à l'hôpital sur une civière.

Anneliese eut un pauvre petit rire sans joie.

— Merci, Jodi. Je suis désolée de t'avoir fait assister à ça. Je suppose que tu n'es pas encore incluse dans le circuit du téléphone arabe de Tamarin, sinon tu aurais entendu dire que mon mari m'a quittée pour cette fille, mon ex-meilleure amie.

— Je l'ignorais. Cela ne fait pas assez longtemps que nous nous sommes installés ici pour faire partie du circuit, comme tu dis. Penses-tu qu'Yvonne soit au courant ?

Elle faisait référence à sa voisine qui était aussi la collègue d'Anneliese dans la boutique des Sauveteurs en mer.

— Je ne sais pas, répondit Anneliese en haussant les épaules. Je ne le lui ai pas encore dit. J'en étais incapable. Pourtant, c'est une bonne amie et elle sera sans doute de mon côté. Mais zut ! Pourquoi faut-il prendre parti dans les cas de séparation ?

— La plupart des gens n'ont pas envie de prendre parti, répondit Jodi.

Mais Anneliese ne l'écoutait plus.

— En réalité, on ne peut pas parler d'une séparation. Cela ressemble plutôt à un lancer de grenade ou à l'explosion d'une mine antipersonnel. Le mot « séparation » est bien trop inoffensif. Se séparer implique que l'on savait que c'était en train d'arriver. Moi, je l'ignorais. J'ai vraiment l'air d'une idiote ! Jodi, ne fais surtout pas la même erreur que moi. Garde les yeux bien ouverts ! Excuse-moi, tu n'as pas besoin de mes conseils. Vous, les jeunes, vous êtes plus doués pour les relations humaines que les gens de ma génération. Nous croyons que nous devons maintenir le couple quoi qu'il arrive. Pour nous, s'en aller est un signe de faiblesse. Pourtant, la faiblesse consiste peut-être à rester quand tout fiche le camp. Moi, je ne savais pas que tout était faux. Je croyais sincèrement que notre couple allait bien. Excuse-moi, Jodi, répéta-t-elle. Je ne devrais pas t'embêter avec ça, les détails scandaleux de la vie d'un autre couple. Je ne voulais vraiment pas te choquer.

Jodi haussa les épaules d'un air dégagé.

— Tu ne m'as pas du tout choquée. Les séparations, cela arrive tout le temps. Mes parents sont divorcés.

— Je suis désolée.

— Il n'y a aucune raison, répondit Jodi. C'est mieux ainsi. Quand j'étais petite, ils n'arrêtaient pas de se disputer dès que nous étions couchés, mes frères et moi. Mais dans la journée, ils feignaient de s'entendre à merveille. Comme si nous étions sourds et ne les entendions pas crier ! C'est bien mieux de cette façon. Maintenant, ils sont très heureux.

— Et cela ne t'a pas dégoûtée du mariage ?

— Non, seulement des disputes. Dan et moi, nous ne nous querellons jamais. Pendant longtemps, j'ai cru que quelque chose n'allait pas chez nous. Tout le monde prétend qu'un couple n'existe pas sans disputes passionnées. Mais nous, cela ne nous est jamais arrivé. Nous avons des désaccords et nous défendons nos points de vue avec beaucoup d'énergie mais cela nous rend malheureux de nous opposer l'un à l'autre. Pourtant, je crois qu'il n'y a jamais eu de cris entre nous. Je ne veux pas de ça.

— Moi non plus, je n'en veux pas…

En disant cela, Anneliese se fit la réflexion qu'elle aurait dû mettre ces quelques mots au passé. En effet, il y avait peu de chances qu'elle rencontre un autre homme. Le fait qu'elle n'aime pas les disputes au sein du couple appartenait donc au passé.

— Je n'aimais pas les disputes bruyantes, corrigea-t-elle. Nous n'avons jamais crié l'un contre l'autre. Edward et moi, nous nous entendions plutôt bien. Dire que les choses ont toujours été faciles, ce serait faux, mais nous avions Beth et nous devions nous tenir les coudes pendant les moments difficiles.

— Beth est ta fille ? Que pense-t-elle de la situation ?

— Elle n'est pas au courant.

— Tu ne lui as rien dit ?

— Non mais il va falloir que je le fasse parce qu'elle vient à Tamarin voir Lily. Ça va la rendre folle de découvrir que son père et moi nous ne sommes plus ensemble.

— Pourquoi ne lui as-tu rien dit ? demanda prudemment Jodi.

— Je ne sais pas comment m'y prendre, avoua Anneliese en soupirant.

Elle avait toujours essayé de protéger Beth des choses désagréables. Elle avait toujours cherché à ce que tout soit parfait. Elle l'avait même surprotégée. Beth était si douce et si vulnérable ! Elle était incapable d'affronter les chagrins de la vie. Anneliese estimait donc que c'était son travail de mère de lui épargner toute souffrance. Or, à présent, elle n'avait pas d'autre choix que de la jeter dans le grand bain de la vie.

— Il va bien falloir que je le lui dise, reprit-elle. Le seul problème, c'est que je ne sais vraiment pas comment m'y prendre.

— Le mieux est de le faire d'une façon très directe, répondit Jodi. Si j'étais ta fille, c'est ce que j'aimerais. Et ta nièce, Izzie, connaît-elle la situation ?

— Oui, je l'ai mise au courant aujourd'hui même et elle en a été assez choquée.

Anneliese eut un frisson au souvenir de cette conversation éprouvante.

— Izzie a les pieds sur terre. Elle est très mature et la voir aussi choquée m'a bouleversée. C'est pour cela que je me demande comment annoncer la nouvelle à ma fille. J'avais cru que rien ne pouvait choquer Izzie…

— C'était peut-être difficile pour elle parce qu'elle vit à l'étranger, dit Jodi d'un ton pensif. Quand on vit loin de chez soi, les mauvaises nouvelles provoquent un sentiment de culpabilité. On se sent coupable de ne pas être présent et puis, en même temps, on est soulagé d'être loin parce que cela nous évite de devoir affronter la situation de plein fouet. Je dois te paraître horrible de parler de cette façon ?

— Pas du tout, tu es seulement très honnête. J'aimerais être très loin d'ici, en ce moment. Cela m'éviterait de devoir m'occuper de tout cela. Malheureusement, je n'ai pas le choix. Je dois rester pour Lily, pour Beth et pour Izzie. Elles te plairont beaucoup, toutes les deux. Beth ne restera pas longtemps, mais Izzie a pris un billet d'avion avec un retour open. Elle restera sûrement une semaine.

Anneliese prit soudain conscience que sa nièce n'avait pas l'habitude de demeurer inactive. Or, il était très possible que Lily reste dans le coma encore pendant un certain temps. Izzie n'aurait rien d'autre à faire qu'attendre au chevet de sa grand-mère. Ce serait donc une bonne chose pour elle de rencontrer Jodi, de l'accompagner dans ses recherches sur l'histoire de Rathnaree et sur Jamie. Cela l'aiderait à penser à autre chose qu'à Lily. Anneliese commençait en effet à se demander si Lily se réveillerait jamais.

— Elle pourrait peut-être t'assister. C'est une femme intelligente et ce sera difficile pour elle de rester ici à attendre passivement que Lily se remette. Il y a si longtemps qu'elle est partie ! On finit par perdre le contact avec les gens et avec les lieux. Si elle pouvait te donner un coup de main, cela l'aiderait à reprendre pied.

— Ce serait formidable, répondit Jodi avec enthousiasme. Tu es sûre que cela ne l'ennuierait pas ?

— Non, Izzie a l'esprit très pratique. C'est vraiment une femme intelligente. Si tu veux quelqu'un qui t'aide à aller au fond des choses, elle sera parfaite. Elle est capable de soutirer tous les renseignements qu'elle veut à n'importe qui avec le sourire. Quand elle décide de faire quelque chose, elle ne lâche jamais le morceau. C'est pour cela qu'elle a tellement bien réussi dans son travail. Je crains même qu'elle soit mariée à son boulot. C'est dommage mais chacun fait ses choix dans la vie, et je crois que celui d'Izzie est de rester seule.

— Ce sera dur pour elle si Lily ne se réveille pas.

Anneliese hocha tristement la tête.

— Oui, ce sera dur pour tout le monde mais encore plus pour elle. Ce sera comme si elle perdait sa mère une seconde fois.

11

Après quelques jours passés à Tamarin, Izzie se rendit compte que rompre avec Joe l'avait plus ou moins guérie de deux dépendances. D'abord elle se détachait de lui, ensuite la tristesse qu'elle en éprouvait l'empêchait de vérifier son BlackBerry toutes les dix minutes au cas où elle aurait un courriel.

Avant, elle faisait partie des gens pour qui le surnom donné à cet outil de « crackberry » était très juste. Il créait réellement une dépendance aussi dramatique que la drogue du même nom. Mais depuis quelque temps, son travail, New York et Joe se mélangeaient dans son esprit et elle contemplait son BlackBerry avec méfiance comme s'il n'existait que pour lui apporter d'autres mauvaises nouvelles.

Par chance, au lieu de cela, elle reçut un message de Carla, rédigé dans le style animé de son amie.

> Stefan de Jacobman n'arrête pas de demander quand tu rentres ! Ici, tout le monde est très excité par le concours pour trouver le visage de SupaGirl ! Il y en a pour des millions de dollars. La meilleure nouvelle, c'est que Stefan a promis de ne pas mettre Laurel et Hardy dans l'équipe !

Izzie sourit avec amusement. Stefan était vraiment un sale gosse ! Ils se feraient tous les deux taper sur les doigts si on les entendait parler de cette façon. Il existait sûrement un règlement ou une loi interdisant de donner à des collègues pénibles un surnom emprunté à deux adorables clowns.

Il dit qu'on peut le virer, il s'en fiche, il veut que tu reviennes ! C'est vraiment adorable. Je dirais que c'est de l'amour s'il n'était pas tellement cavaleur !

Izzie et Carla avaient souvent évoqué les manières de dragueur de Stefan.

As-tu parlé à ton milliardaire ? J'espère que non, mais quoi qu'il arrive, je suis avec toi. Prends bien soin de toi ! Dis-moi si tu as besoin de quelque chose.

C'était bien dans le style de Carla, direct, chaleureux et amical, avec un soupçon de conseils discrets. « Tiens-toi à l'écart de Joe, il ne te vaudra rien de bien », sous-entendait-elle. Elle avait raison et Izzie était arrivée toute seule à la même conclusion.

Salut, Carla, contente d'avoir de tes nouvelles ! Ravie de savoir que tu te débrouilles. Si Stefan fait des bêtises, traite-le comme un chien ! Je crois que c'est la seule façon de s'en sortir avec lui. Donne-lui des ordres simples et il fera le beau !

Rien du milliardaire. Je ne l'ai pas contacté et on en restera là.

La situation demeurerait telle quelle, à condition que sa volonté ne fléchisse pas. Izzie se sentait si vulnérable qu'elle aurait donné n'importe quoi pour entendre la voix de Joe. Elle savait pourtant qu'elle ne pouvait pas se le permettre. Joe ne lui faisait pas seulement du mal à elle, il en faisait aussi à toutes les femmes de sa vie. Depuis qu'Anneliese lui avait parlé de Nell et d'Edward, la réalité hantait Izzie. Son oncle Edward avait quitté une femme merveilleuse parce qu'il était amoureux. Joe Hansen, lui, ne s'était pas résolu à quitter son épouse pour Izzie alors qu'il prétendait que leur couple n'en était plus un. Par conséquent, en dépit de toutes ses déclarations, il ne l'aimait pas. Izzie commençait même à douter de ce qu'il lui avait révélé sur l'état de son couple – pourtant, elle aurait juré qu'il disait la vérité à ce sujet. Si c'était vraiment terminé entre lui et sa femme, pourquoi ne pas la quitter ? Le fait qu'il en soit incapable l'amenait à penser qu'il brandissait l'argument du couple défait comme une excuse. Joe ne respectait personne d'autre que lui-même.

L'autre possibilité était qu'il l'aimait vraiment mais ne pouvait se résoudre à la faire passer en premier. Izzie n'arrivait pas à savoir ce qui était le pire. Elle prit un crayon et écrivit en grosses lettres : JOE N'EXISTE PLUS. C'EST FINI ! Ensuite, elle reprit le cours de sa réponse à Carla.

Grand-mère ne va pas bien. Il n'y a aucun changement et mon père dit qu'il comprendrait si je voulais rentrer à New York. Elle peut rester dans le coma pendant longtemps.

Je n'aime pas du tout l'idée de m'en aller. Je veux pouvoir lui parler une dernière fois. Papa dit que je n'aurai qu'à sauter dans le premier avion pour revenir si elle se réveille mais cela me donnerait quand même l'impression de l'abandonner si je rentrais maintenant. Papa a pourtant raison sur un point. Je ne peux rien faire ici sauf rester assise à son chevet en lui tenant la main. Et puis…

Izzie s'apprêtait à dire à Carla quelque chose qu'elle avait caché à son père comme à Anneliese.

… j'ai l'impression qu'elle n'est plus là, comme si elle était déjà partie.

Le seul fait d'écrire ces mots la faisait trembler. Elle n'arrivait pas à imaginer un monde dont sa grand-mère serait absente. Alors même que c'était déjà le cas. Elle avait beau s'asseoir au chevet de sa grand-mère tous les jours, la femme qu'elle aimait depuis toujours était absente. Non, se reprocha-t-elle, elle n'avait pas le droit de penser cela.

Il vaut mieux que j'y aille, je t'embrasse.
Izzie

Ensuite, elle envoya un bref courriel à Stefan. Bien sûr, tout le monde était enthousiasmé. La campagne d'envergure pour trouver la prochaine icône de Supa-Girl ! apporterait à l'agence prestige et publicité. Elle la propulserait en haut de la liste pour les mannequins en quête d'agence. De plus, si la compétition révélait une ou plusieurs candidates de valeur, Perfect-NY serait en première ligne pour les prendre en charge.

La fille qui remporterait le concours devait avoir un look particulier mais le concours drainerait de nombreuses concurrentes avec lesquelles l'agence pourrait signer un contrat. Les concours suffisamment bien lancés pour que la télévision en parle attiraient des filles potentiellement prometteuses beaucoup plus vite que les recherches habituelles qui impliquaient de parcourir toutes les villes. Dans le milieu, tout le monde parlait de la façon dont la série télévisée *America's Next Top Model* avait décollé. Nombre des filles qui s'étaient présentées pour l'émission ne l'auraient pas fait si cela n'avait pas été pour la télévision et si cette compétition n'avait pas suscité un engouement extraordinaire.

Carla m'a dit que vous choisiriez une bonne équipe pour travailler avec nous…

Elle eut un petit rire en écrivant ces mots. Elle n'osait pas utiliser les mots « Laurel et Hardy ».

Je suis vraiment très heureuse à l'idée de travailler avec vous. On parle de tout cela à mon retour. Merci, Izzie.

Il y avait aussi un courriel de Lola qui travaillait avec Carla et elle. C'était une magnifique Latino qui était entrée dans le milieu de la mode en tant que maquilleuse. Elle travaillait pour Perfect-NY depuis si longtemps qu'elle faisait pratiquement partie de la direction. Elle avait atteint la quarantaine mais paraissait plus jeune. C'était une toute petite femme, moins d'un mètre soixante, qui donnait à Izzie l'impression d'être une géante.

Coucou, Izzie ! Je voulais savoir comment tu te sens et comment va ta grand-mère. Nous pensons tous beaucoup à toi, ici, et nous espérons que tu te portes bien.

On n'a pas trop de boulot en ce moment. Il n'y a qu'un problème à l'horizon et c'est un sacré problème. Tu connais Shawnee, cette fille de Floride avec ses jolies dents du bonheur et ses cheveux courts blond platine ? Elle est malade, et j'ai l'impression que c'est entièrement ma faute. Elle a toujours été très mince et a toujours très bien travaillé pour les magazines. Elle avait cette allure androgyne qui plaît tellement mais, ces derniers temps, on ne l'a pas retenue pour deux ou trois contrats et elle l'a très mal pris. Hier, elle s'est évanouie parce qu'elle ne mange plus. Elle est à l'hôpital sous perfusion et on vérifie qu'elle n'a pas de problèmes cardiaques. Bien sûr, elle manque de potassium !

Je me sens responsable. J'aurais dû mieux la surveiller. C'est encore une gamine même si elle la joue assurée. Désolée, je ne voulais pas t'embêter avec ça. Je pense que j'avais juste besoin d'en parler à quelqu'un. J'ai essayé d'en toucher un mot à Nathalie…

Nathalie était la patronne de l'agence.

… mais elle ne voit pas la situation comme moi. Zut, Izzie ! On fait un boulot pas facile.

J'espère que tu vas bien, appelle-nous !

Lola

Le message de Lola lui fit l'effet d'un coup de canon. Sa grand-mère était à l'hôpital mais, au moins, elle avait eu une longue vie. Izzie voyait parfaitement qui était Shawnee. Elle avait une mémoire quasi photographique de tous les mannequins de l'agence. C'était une des raisons de sa réussite dans son travail. Elle n'oubliait jamais un visage et était donc capable de savoir quel mannequin conviendrait à quel contrat.

Elle n'avait jamais imaginé que Shawnee se retrouverait un jour à l'hôpital. Elle semblait tellement bien dans sa peau avec son léger hâle et ses incroyables yeux vert pâle qui lui donnaient cette allure rare évoquée par Lola. Et voilà qu'elle était malade, réduite à un poids ridicule, uniquement parce qu'elle s'imaginait avoir perdu un ou deux contrats à cause de kilos superflus inexistants. Dans ce métier, tout tenait à la minceur. La beauté comptait aussi, certes, mais la minceur était vitale.

A ses débuts, Izzie s'énervait contre les gens qui trouvaient absurde de voir des femmes incroyablement minces sur les podiums.

« Pourquoi sont-elles si maigres ? Pourquoi n'avez-vous pas recours à de vraies femmes pour présenter les vêtements ? » Quand elle entendait cela, Izzie levait les yeux au ciel et cherchait l'appui d'une autre professionnelle de la mode capable de la soutenir et d'expliquer comment les choses marchaient.

« Les vêtements sont mieux mis en valeur par des filles très minces, expliquait-elle patiemment. Cela permet de regarder les vêtements et non pas les filles. Ce serait très différent si c'étaient toutes des bombes à la Jennifer Lopez. C'est en partie la raison pour laquelle les top models sont passées de mode. On ne parlait plus que d'elles au lieu de parler des vêtements. »

Il y avait des gens qui comprenaient et d'autres pas du tout. Un jour, lors d'une réception à Washington, une femme lui avait rétorqué d'un ton sans appel qu'elle disait des idioties. Izzie était venue avec une amie irlandaise, Sorcha, qui habitait à Washington. Elles assistaient au lancement du livre d'un homme politique. Les invités étaient très différents des gens qu'Izzie avait l'habitude de fréquenter. A un moment, elle avait vu s'approcher une femme qui aurait pu être très élégante avec son tee-shirt et son ensemble pantalon impeccablement coupé si une coupe de cheveux catastrophique et son allure générale n'avaient pas détruit l'effet recherché.

« L'industrie de la mode maltraite les femmes pour les rendre impuissantes, avait assené l'inconnue. Portez ceci, mangez cela, ne mangez pas ceci, soyez plus minces ! Ce ne sont que des stupidités destinées à faire vendre des vêtements. Les féministes savent bien ce que cache cette histoire de minceur. Les vraies femmes n'ont pas un ventre creux et une poitrine plate ! L'industrie de la mode ne cherche qu'à transformer les vraies femmes en petites filles dénuées de tout pouvoir. Vous qui êtes dans ce domaine, vous devriez travailler de l'intérieur pour changer cela. »

En repensant à cet incident, Izzie frémit à l'idée de la façon dont elle avait répondu. D'un ton très sec, elle lui avait répliqué qu'elle ne savait pas du tout de quoi elle parlait. Izzie était excédée par cette ville où les conversations tournaient exclusivement autour de ce qui se passait ou pas à la Maison-Blanche.

Elle avait demandé à son amie de s'en aller. « Je viens d'enguirlander cette cinglée en costume là-bas. Je travaille dans la mode, cela ne fait pas de moi le porte-parole officiel de la mode ! Il y a des fois où une robe n'est rien d'autre qu'une fichue robe ! »

A présent, elle voyait les choses différemment. Cette personne avait totalement raison. A l'époque, elle avait refusé de l'écouter sous prétexte qu'une femme dénuée de tout sens de l'élégance ne pouvait pas comprendre de quoi il était question dans l'industrie de la mode. En réalité, cette femme sans allure avait mis le doigt sur le vrai problème avec une grande acuité.

Il n'était pas réellement nécessaire que les mannequins soient si minces. Les gens ne sont pas idiots ! Ils sont capables de comprendre à quoi ressembleraient les vêtements sur de vraies femmes. En dehors de celles qui adhéraient au credo de la minceur, la plupart des acheteuses étaient des femmes normales. Ce serait pratique de voir comment les vêtements bougeaient et se comportaient sur des femmes normales et non sur des beautés d'un mètre quatre-vingts en taille trente-six !

De plus, même ces beautés ne pouvaient pas rester minces toute leur vie. C'était ainsi que des filles superbes comme Shawnee se retrouvaient à l'hôpital sous moniteur cardiaque.

Izzie se sentit honteuse en repensant à l'agence SilverWebb dont le projet les avait tellement enthousiasmées, Carla et elle. Elle s'en était complètement désintéressée depuis qu'elle avait rencontré Joe. Elle aurait pourtant parié que, de son côté, son travail était toujours primordial. Elle, elle avait fait cette chose stupide que font les femmes, de ne plus s'intéresser à rien d'autre qu'à l'homme qu'elles aiment. Elle avait pareillement négligé ses amis. Elle n'avait pas vu Sorcha depuis des mois, même si celle-ci l'avait appelée plus d'une fois en lui demandant de venir la voir à Washington. Bien sûr, Izzie n'avait pas osé lui expliquer pourquoi elle ne pouvait pas venir. Elle avait avancé l'excuse du travail.

« Viens ! s'était plainte Sorcha. Tu ne peux pas être prise par ton travail toute la semaine. Si c'est le cas, tu ferais mieux de posséder ta propre société. Ou bien est-ce que c'est ton employeur qui te possède ? »

Izzie lui avait promis de venir la voir un peu plus tard. Il lui était difficile d'avouer à une amie comme Sorcha qu'elle ne voulait pas quitter New York de peur de manquer la possibilité de passer quelques heures avec son amant encore à moitié marié.

Il y avait aussi Laura et Jacob, des amis du yoga qu'elle connaissait depuis des années. Laura et Jacob s'étaient confié leurs histoires d'amour pendant des années avant de se voir d'un autre œil et, soudain, la flèche de Cupidon les avait frappés. Ils s'étaient mariés à Noël et Izzie rougit de honte en songeant qu'elle ne les avait vus qu'une seule fois depuis.

Joe Hansen était devenu le centre de sa vie et sans le moindre résultat. Une autre des victimes de Joe était Tish. Depuis combien de temps Izzie n'était-elle pas allée les voir, elle et son bébé ? Elle décida que tout cela allait changer. Quand elle rentrerait à New York, elle téléphonerait à tous ceux qu'elle avait négligés. Le temps où elle n'existait que pour Joe était fini.

Chère Lola, je suis désolée d'apprendre ce qui arrive à Shawnee. C'est la chose que j'ai toujours détestée dans notre boulot. On se demande ce qui se passe quand quelqu'un comme Shawnee se regarde dans le miroir et déteste ce qu'elle voit. Je sais que nous faisons toutes de notre mieux pour nous occuper des filles avec lesquelles nous travaillons, mais nous ne pouvons pas les protéger en permanence. Le monde est cruel et nous ne pouvons rien faire à moins de le changer. Je serais très heureuse de t'en parler à mon retour.

Elle n'osa pas en dire plus. Après tout, ce courriel était envoyé sur la messagerie du bureau.

Quand quelqu'un d'aussi beau que Shawnee se trouve moche, il y a vraiment quelque chose qui ne tourne pas rond. On ne peut pas s'empêcher de penser que ce n'est pas normal.

Ici, ça ne va pas très fort. Ma grand-mère a eu une attaque et elle n'est toujours pas sortie du coma. Tout ce qu'on peut faire, c'est attendre. Malheureusement, plus son coma dure, moins on a de chances de la voir se réveiller sans dommages neurologiques. Je suis bien obligée de reconnaître qu'il va falloir lui dire au revoir.

Izzie dut s'interrompre pour s'essuyer les yeux.

Juste avant de t'écrire, je me disais que, au moins, ma grand-mère avait eu une vie bien remplie. Elle a fait beaucoup de choses, pas comme notre pauvre Shawnee. On se parle très vite.

Izzie

Izzie ne savait pas avec certitude tout ce que sa grand-mère avait fait, mais elle savait qu'elle avait eu une vie bien remplie. On n'acquérait pas sa sagesse sans avoir vu et compris beaucoup de choses. D'après Anneliese, une jeune Australienne du nom de Jodi avait proposé son aide pour découvrir l'identité de Jamie. Peut-être serait-il bon de lui parler.

Sa grand-mère avait l'habitude de répéter que rien n'arrive sans une bonne raison. C'est ce qu'elle avait dit quand Izzie avait raté un poste à Londres et décidé que le moment était venu pour elle de partir pour les Etats-Unis. Il se pouvait donc qu'elle ait dit « Jamie » pour qu'Izzie s'intéresse à son passé et y trouve matière à réflexion. Plus elle y réfléchissait, plus cela lui paraissait sensé. Faire des recherches sur le passé de sa grand-mère reviendrait presque à lui parler. Le bref moment de lucidité qu'elle avait eu devait être compris comme un message à leur intention à tous.

Le courriel de Lola était un autre message important. Elle ne devait pas oublier ses rêves. Avant l'arrivée de Joe dans sa vie, elle avait rêvé d'ouvrir une agence où les filles n'auraient pas besoin de se laisser mourir de faim pour réussir.

Perfect-NY était une bonne agence à la réputation solide. Elle n'avait jamais vérifié la maigreur des filles en mesurant leurs doigts. C'était plus fiable que de mesurer les poignets car certaines personnes avaient des os assez gros. Les doigts, en revanche, donnaient une indication assez précise de la minceur de quelqu'un. Les agences respectables ne faisaient pas ce genre de choses. Personne ne voulait avoir des mannequins malades dans son équipe et la plupart des sociétés avaient de très bonnes relations avec leurs mannequins. Mais l'industrie de la mode en tant que telle n'en était pas moins cruelle.

Si l'on voulait balayer la dureté et la cruauté du monde de la mode, il fallait mener la bataille de l'intérieur. L'agence SilverWebb pourrait le faire, du moins Izzie l'espérait-elle. Toutefois, avant de se lancer dans une nouvelle aventure, elle devait quitter Perfect-NY. Elle devait aussi quitter Joe Hansen.

12

Anneliese avait changé les draps dans la chambre d'amis pour Beth et Marcus. Elle avait fait un grand ménage et avait même trouvé l'énergie d'aller acheter des fleurs. Il n'y avait qu'un seul gros problème dans la maison, et c'était que le père de Beth n'y vivait plus.

Elle n'avait pas eu la force de s'entraîner à annoncer la nouvelle à sa fille. Pourtant, ce n'était pas faute d'avoir essayé !

Beth, ma chérie, ton père et moi, nous avons décidé…

Non, ce n'était pas possible parce que ce n'était pas vrai. Elle n'avait rien décidé. On avait décidé pour elle. Malgré toute sa bonne volonté, elle ne pouvait pas distordre les faits pour qu'ils soient plus acceptables pour Beth.

Ton père m'a laissée tomber parce qu'il avait une liaison avec ma soi-disant meilleure amie. Non, on se serait cru dans une émission de télé-réalité ! Il ne lui manquait qu'un public de studio et un animateur armé d'un micro, une impression faussement soucieuse sur le visage. Ce serait parfait ! Donc, il valait mieux oublier cela également.

Etre directe, c'était la seule possibilité. Quand Beth arriverait, très désireuse de les voir tous les deux, l'absence de son père déclencherait aussitôt des questions. Anneliese aurait aimé qu'Edward soit le genre d'homme capable d'annoncer lui-même la nouvelle à sa fille mais ce n'était pas le cas. La charge des conversations difficiles ou délicates incombait systématiquement à Anneliese.

Beth et Marcus arriveraient pour le déjeuner. Anneliese avait prévu un repas léger avec poulet froid et salade. Elle avait aussi fait de son mieux pour se préparer à affronter les larmes de sa fille. Cependant, quand elle entendit la clé de Beth dans la serrure un peu après treize heures, elle regretta de ne pas pouvoir s'enfuir. Pourquoi ce fichu Edward n'avait-il pas eu le courage de parler à sa fille ?

— Maman !

Beth se tenait sur le seuil de la cuisine, son petit visage encadré de cheveux noirs. Anneliese comprit aussitôt qu'elle était au courant.

— Papa me l'a dit ce matin.

— Ah ! répondit Anneliese platement. Je suis désolée, ma chérie. Je voulais te l'apprendre, mais je ne savais pas comment.

— Maman, cela date d'il y a dix jours et tu ne m'as rien dit ! Pourquoi ne m'en as-tu pas parlé quand tu m'as appelée pour Lily ?

Anneliese n'avait pas de réponse à cela. Sans doute avait-elle eu peur, pensa-t-elle. Peur de s'effondrer. Peur aussi de ne pas pouvoir se relever si elle s'effondrait. Pour une femme qui s'était toujours efforcée de faire face à la vie sans se dérober, cette façon d'éviter une situation semblait bizarre mais, tout aussi bizarrement, cela lui avait paru la seule possibilité.

Beth était hors d'elle.

— Si je n'avais pas appelé papa sur son portable ce matin pour lui demander s'il voulait que je lui rapporte quelque chose de Dublin, je ne saurais toujours rien ! J'ai découvert les choses par hasard ! Papa était certain que je le savais et que je ne l'avais pas appelé à cause de cela. Avais-tu l'intention de me téléphoner ? Vous êtes mes parents et je vous aime. J'aurais pu venir, tu avais besoin de moi, vous aviez tous les deux besoin de moi avec Lily à l'hôpital et tout le reste !

Anneliese sourit. Beth avait toujours été très loyale. Même en cet instant, aussi en colère fût-elle, elle disait gentiment à sa mère qu'elle aimait aussi son père et que jamais elle ne chercherait à les dresser l'un contre l'autre ou à profiter de la situation.

— Ne t'inquiète pas, répondit Anneliese. Tu n'as pas à prendre parti, Beth. Tu sais que ce n'est pas notre style. Nous ne sommes pas en train de nous bagarrer. Mais ce n'est pas le genre de choses qu'on peut annoncer au téléphone, n'est-ce pas ?

— Bien sûr que si ! Tu aurais pu me le dire quand tu m'as appelée à cause de Lily. Je serais venue tout de suite.

Anneliese s'apprêtait à lui répéter qu'elle n'avait pas voulu l'inquiéter mais Beth était trop furieuse pour l'écouter.

— Je n'arrive pas à croire que tu ne m'aies rien dit ! répéta Beth. Vous êtes mes parents et j'avais le droit de savoir. Vous croyez toujours que je suis une pauvre fille, faible et stupide, incapable de gérer ma vie. Vous croyez que vous ne pouvez pas vous reposer sur moi.

Elle était si remontée qu'Anneliese recula d'un pas, choquée.

— Je ne voulais pas te faire de mal, balbutia-t-elle, se retenant d'ajouter qu'elle souffrait trop pour parler.

— Mais la vie fait mal, maman ! s'emporta Beth. La vie nous blesse tous. Tu crois que tu peux tout contrôler, mais c'est impossible ! Beaucoup de choses me blessent, mais je dois me débrouiller avec. Ce n'est pas à toi de t'en charger. Imagines-tu à quel point cela me fait mal de découvrir que vous vous êtes séparés et que vous ne vous êtes pas souciés de me le dire ? Je parie que non ! Mais je sais très bien pourquoi tu attendais que je sois là pour me l'annoncer. Parce que tu réfléchissais à la façon de t'y prendre, je ne me trompe pas ?

— Beth…

C'était Marcus qui intervenait. Il hésitait sur le seuil de la cuisine comme s'il attendait que l'orage soit passé avant d'entrer.

— Désolée, Marcus, je devais cracher le morceau ! répondit Beth. Cela fait trop longtemps que ça dure. Arrête de décider pour moi, maman ! Je ne suis plus une petite fille.

— Je suis désolée, dit Anneliese.

Elle avait l'impression que le sol se dérobait sous ses pieds. Visiblement, sa fille ne comprenait pas à quel point elle souffrait. Beth avait toujours vu sa mère en maîtresse de la situation et continuait à la voir sous ce jour. D'une certaine façon, Anneliese passait pour la méchante dans cette histoire alors que ce n'était pas elle qui avait détruit leur famille. C'était Edward. Pourtant, c'était contre elle que Beth criait. Elle avait tellement espéré que sa fille lui montrerait un peu de compréhension !

— Cela n'a pas été très facile pour moi, avança-t-elle.

— J'aurais pu t'aider ! hurla Beth.

Anneliese aurait voulu crier à son tour que ce n'était pas là la meilleure façon de l'aider mais elle resta muette. Elle n'avait jamais élevé la voix contre sa fille.

— Tu ne m'as pas donné la moindre chance de t'aider, poursuivit Beth toujours sur le même ton. Tu veux toujours tout contrôler, maman !

— Tu te trompes !

Elle était absolument sincère. La seule chose qu'elle avait tenté de contrôler, c'était sa vie, pour qu'elle ne se réduise pas à un tas de cendres. Beth ne l'entendait pas de cette oreille.

— Si, tu essaies ! Il n'est question que de contrôler la façon dont tu allais me le dire, maman. Je te prie de croire que je te comprends au moins un peu ! Je te répète que je ne suis plus un bébé. J'ai le droit et je suis capable d'affronter la réalité, d'accord ? Et si tu m'avais parlé de ce qui arrivait, cela aurait mieux valu. Cela m'aurait évité de l'apprendre le jour où moi j'ai quelque chose de très important à t'apprendre. Maintenant, à cause de toi, c'est fichu !

— Qu'y a-t-il ? souffla Anneliese.

— Je suis enceinte ! jeta Beth. Enceinte de trois mois ! Nous allons avoir un bébé, Marcus et moi.

Elle eut un petit rire sans joie.

— Je ne te l'ai pas dit parce que je ne voulais pas t'inquiéter avant le cap des trois premiers mois, reprit-elle. Je voulais être certaine que tout allait bien. Tu vois, maman, tu m'as parfaitement bien élevée. Tu ne me dis rien parce que tu ne veux pas m'inquiéter et moi je ne te dis rien parce que je ne veux pas t'inquiéter. Quelle magnifique petite famille ! Rien d'étonnant si papa est parti !

Anneliese eut l'impression que sa fille venait de lui tirer dessus à bout portant. Cela devait faire cet effet-là. Elle ressentit une violente douleur tandis qu'une grande faiblesse s'emparait d'elle ; elle avait l'impression de se vider de son sang tandis que tout devenait noir autour d'elle. Comment Beth pouvait-elle dire cela ? Comme si c'était sa faute ! Ne comprenait-elle pas que c'était son père qui était parti ? Ou lui avait-il raconté que c'était elle, sa mère, qui l'avait poussé à partir ? Elle eut la nausée à l'idée de ce qu'Edward avait pu raconter pour limiter les dégâts. Mais elle ne pouvait pas s'évanouir, pas en cet instant, devant sa fille. Et encore moins après avoir appris la bonne nouvelle. Elle fit un gros effort pour rassembler ses dernières forces.

— Je suis tellement contente pour vous deux, dit-elle. Tu ne pouvais rien m'apprendre de plus merveilleux. Je t'aime, ma chérie, et je suis sûre que tu seras une mère formidable.

— Merci ! répondit Beth.

On aurait dit que, par un coup de baguette magique, toute la colère avait été effacée de son visage. A présent, elle avait l'air heureuse et sereine. C'était la même chose quand elle était petite, elle était capable de passer en un éclair d'une émotion à l'autre. C'était cela qui la rendait si différente de sa mère. Anneliese lui avait toujours envié cette capacité à changer d'humeur en un claquement de doigts, comme si son cerveau lui commandait de se débarrasser très vite de ce qui était déplaisant pour passer à quelque chose d'agréable.

— Marcus, reprit Anneliese, je suis si contente pour vous deux !

Elle prit Beth dans ses bras en luttant contre l'évanouissement. Elle allait être grand-mère. Quelle merveille ! Cela ne l'empêchait pas d'avoir très mal car il y avait maintenant une fêlure dans sa relation avec sa fille et c'était insupportable. Beth la rendait coupable de tout et, dans sa colère, n'avait même pas imaginé que sa mère souffrait. Aimer un bébé guérirait certainement tout.

— Merci, Anneliese, répondit Marcus d'un ton très fier. C'est merveilleux, mais c'est aussi effrayant !

— Cela m'a pris du temps pour être enceinte, dit Beth. Cela faisait presque un an que nous essayions et, juste au moment où nous pensions consulter, c'est arrivé ! J'ai passé une échographie ; j'ai apporté les images.

Les futurs parents se serraient l'un contre l'autre pour admirer les clichés. Anneliese passa un bras autour des épaules de Beth et toucha timidement le ventre à peine arrondi de sa fille. Les coups de pied viendraient plus tard. Il y avait si longtemps qu'elle attendait cette nouvelle ! Que cela se produise à ce moment précis de sa vie ne manquait pas d'ironie.

Anneliese était heureuse à l'idée que sa fille allait faire l'expérience de cet amour, de ce lien unique entre une mère et son enfant. Il y avait juste une petite chose qu'on ne disait jamais aux jeunes mères, c'était que leur enfant avait aussi le pouvoir de leur briser le cœur.

Elle avait passé sa vie à s'oublier au profit des autres. Et une fois de plus, elle s'effaça.

— Je suis tellement navrée, ma chérie ! Je regrette que tu n'aies su la vérité qu'aujourd'hui. Mais oublions cela ! Ce qui est important, c'est cela… dit-elle en touchant délicatement le ventre de sa fille. Cette nouvelle vie qui commence. Cela me rend tellement heureuse ! Ne pensons plus à autre chose ! Peut-être que nous serons mieux en étant séparés, ton père et moi, qui sait ?

Et voilà qu'elle recommençait ! Une fois de plus, elle mettait tout en œuvre pour aplanir les difficultés. Et Beth semblait apprécier.

— Je sais que tu as raison, maman, répondit Beth. Je ne comprends pas ce qui se passe dans la tête de papa mais on n'a pas besoin d'en parler, si tu préfères. Je suis désolée d'avoir crié contre toi. Mais avec Lily et maintenant votre séparation, ça fait beaucoup. Je voulais que tout soit parfait pour pouvoir t'annoncer la nouvelle.

— Il ne faut plus penser qu'au bébé, insista Anneliese. De toute façon, tout s'arrangera en temps voulu.

— C'est tellement excitant ! dit Beth en souriant. Est-ce que tu viendras passer un moment chez nous à la naissance ? Cela risque d'être difficile et j'ignore tout des bébés. Je disais à quelques-unes de mes amies qu'elles ont de la chance d'avoir des frères et des sœurs plus âgés de façon à avoir déjà des neveux et nièces. Comme je suis fille unique, je n'ai pas pu faire cette expérience. Je suppose que j'apprendrai ! ajouta-t-elle en riant. Je me disais aussi que ce ne sera pas facile de l'annoncer à Izzie parce que… En fait, je n'ai jamais su si elle voulait des enfants ou pas, ou s'il y a quelqu'un dans sa vie.

Elle s'interrompit et poussa un soupir.

— J'avais fini par penser qu'il y avait quelqu'un. Elle faisait vaguement allusion à un homme dans ses courriels mais c'était tellement vague que je n'ai pas osé lui poser de questions.

Anneliese était très étonnée. Elles se parlaient toujours beaucoup, Izzie et elle. A vrai dire, elle ne lui avait pas raconté les derniers événements de sa vie privée.

— Elle ne m'a parlé de personne, dit-elle.

— Elle craignait probablement de vous le dire, à toi et à grand-mère, parce que vous vous seriez lancées illico dans les préparatifs du mariage, répondit Beth d'un ton ironique. Cela ne marche plus de cette façon, aujourd'hui !

Anneliese pensa avec amertume que cela lui correspondait bien, la femme idéale pour organiser un mariage.

A présent qu'elle avait commencé à parler du futur bébé, Beth ne pouvait plus s'arrêter. Marcus monta leurs bagages dans la chambre d'amis puis une fois redescendu, apporta à sa femme un verre d'eau. Pendant ce temps, elle avait déjà raconté à sa mère qu'elle se sentait très fatiguée le soir et qu'elle n'était pas vraiment malade le matin, même si elle ressentait parfois de fortes nausées. Heureusement, c'était en train de s'arranger ! Au cours de la semaine précédente, elle avait eu aussi un grand élan d'énergie. Cela arrivait parfois après les trois premiers mois, expliqua-t-elle à sa mère.

— J'ai l'impression que tu connais parfaitement le sujet, remarqua Anneliese en souriant. Tu as dû lire des tonnes d'ouvrages !

— Oui, et hier soir encore dans un magazine spécialisé j'ai lu un article qui parlait d'un nouveau livre sur la première année de l'enfant. J'ai vraiment très envie de l'acheter. On pourrait peut-être aller voir dans la librairie d'ici ?

— Bien sûr ! Je vais juste me donner un coup de peigne et j'arrive.

Anneliese monta rapidement dans sa chambre où elle prit un nouveau tranquillisant. Dans l'immédiat, elle savait qu'elle avait besoin d'aide et, puisque l'inspiration divine semblait ne pas vouloir la visiter, l'inspiration médicale devrait lui suffire.

A la librairie de Tamarin, elles achetèrent quelques livres qu'Anneliese paya, puis ils se rendirent tous les trois au Dorota's pour prendre un thé en admirant le spectacle de la baie. Anneliese s'était dit qu'elle n'avait aucune raison de craindre une rencontre avec Nell ou Edward. Nell n'oserait certainement pas se montrer et, même si Edward le faisait, elle se sentait capable de le voir. Son comprimé, ajouté à la présence de Beth et Marcus, faisait des merveilles.

— Comment te sens-tu ? demanda Beth en tapotant la main de sa mère lorsque Marcus se leva pour aller commander trois autres thés.

— Ça va, mentit Anneliese en souriant.

— Papa m'a dit qu'il y avait une baleine coincée dans le port, reprit Beth quand Marcus revint à leur table. La pauvre ! Comment est-ce arrivé ? Elle s'est perdue ou quoi ?

— Personne ne sait vraiment comment elle est arrivée là, répondit Anneliese.

La journée était magnifique, avec un ciel très clair, mais des nuages d'un noir d'encre montaient à l'horizon. Une tempête d'été se préparait.

— Il y a un expert des questions maritimes ici, reprit-elle. Apparemment, d'après lui, cela correspondrait à un problème de sonar. Quand le sonar des baleines se dérègle, elles entrent parfois dans une sorte de nasse et ne peuvent plus en sortir. En général, elles finissent par mourir.

— Depuis quand est-elle coincée ici ?

— Cela fait une dizaine de jours et je ne pense pas qu'elle tienne encore longtemps. D'après ce que j'ai entendu, elle perd très vite toutes ses forces.

— Pauvre baleine ! dit Beth. Pourquoi ne peut-on pas simplement l'euthanasier ? Cela ne marcherait pas ?

— Je crois que c'est possible si la baleine est échouée, mais, ici, ce n'est pas le cas. Cela la paniquerait encore plus si on l'approchait.

Beth poussa un grand soupir de pitié. Anneliese expliqua encore qu'une équipe de plongeurs avait essayé de l'aider à reprendre le chemin de la pleine mer, mais cela n'avait pas marché. Elle avait observé leur tentative de sauvetage depuis la hauteur entre les deux baies. Il y avait beaucoup de monde dans le port qui assistait en silence à l'opération en espérant que cela réussirait. Anneliese s'était munie de ses jumelles et elle avait repéré Mac Petersen, le spécialiste des questions maritimes. Maintenant qu'elle savait qui il était, elle s'était rendu compte qu'elle l'avait déjà vu sur la plage à côté de son cottage. Il possédait un petit bateau, un coracle, comme les vieux pêcheurs irlandais. Il lui arrivait de s'en servir pour sortir en mer. Il avait aussi un chien, un animal à poil long assez négligé, exactement le genre de chien qui convenait à un homme comme lui. Elle les voyait de temps en temps sur la plage. Dans ce cas, elle partait en sens inverse. Elle n'avait pas l'énergie de se montrer polie avec des étrangers. Grâce à ses jumelles, elle l'avait vu pencher tristement la tête quand le plan de sauvetage avait échoué. A cet instant, elle avait amèrement regretté de s'être montrée si agressive quand ils s'étaient rencontrés. Après tout, il se souciait du sort de cette baleine.

La voix de Beth la ramena au présent.

— Tu sais, je crois que je prendrais volontiers un autre muffin. J'ai beaucoup lu sur la façon dont on doit se nourrir quand on est enceinte et les muffins sont recommandés pour retrouver de l'énergie. Le lait aussi est conseillé et j'en bois des litres. Après, on pourrait aller voir Lily ? Mais nous ne resterons pas trop longtemps. Je ne suis pas sûre de bien le supporter et je ne crois pas que les émotions fortes soient recommandées pour le bébé mais j'ai besoin de dire adieu à Lily.

Anneliese eut l'impression de prendre un coup en plein cœur. Elle ne voulait pas que Lily meure. Malheureusement, tout était en train de changer dans sa vie et elle se sentait totalement impuissante.

— D'accord, dit-elle.

Elle pensait encore à la baleine, coincée dans le port, perdant sa vie peu à peu, jour après jour. L'idée la traversa qu'il serait sans doute très agréable de plonger et de se laisser couler au fond de la mer avec la baleine.

Quand Anneliese entra dans le cabinet médical, le Dr Whelan leva les yeux des papiers qu'il remplissait.

— Bonjour, madame Kennedy, dit-il. Que puis-je pour vous ?

— Me faire une lobotomie, répliqua Anneliese presque gaiement. J'ai juste besoin qu'on m'enlève un morceau de la tête ! Un peu comme une coupe de cheveux ! Ce serait bien si vous pouviez faire ça avec les cerveaux, les nettoyer des parties problématiques, comme quand on retaille un buisson.

Le médecin posa pensivement son stylo. Il était plus jeune qu'elle et Anneliese appréciait cette différence d'âge. Les jeunes médecins étaient toujours plus rapides à adopter les traitements les plus récents. La veille doctoresse Masterson avait été un vrai cauchemar. Elle ne comprenait rien à la dépression. En dépit de la liste de spécialisations qui suivait son nom, c'était une de ces adeptes de formules creuses telles que « il faut vous reprendre ». Pour elle, il suffisait d'avoir des pensées optimistes pour contrôler la dépression. Anneliese avait fini par se résoudre à trouver un autre médecin. C'est ainsi qu'elle avait découvert le Dr Whelan. Il était installé à Tamarin depuis dix ans et Anneliese était allée le voir deux fois pendant sa dépression. Il s'était montré accueillant, agréable et avait été d'un grand soutien. Malgré tout, lui exposer ses difficultés n'était pas facile.

Elle vivait comme un terrible échec la sensation de néant qui l'habitait. Comment aurait-elle pu se convaincre que le médecin ne la verrait pas de la façon dont elle-même se voyait ?

— Les lobotomies sont un peu passées de mode, répliqua-t-il sur le même ton. En tout cas, cela ne peut pas concerner des patients ambulatoires ! Dites-moi plutôt ce qui ne va pas, madame Kennedy ?

Anneliese ferma les yeux. Elle détestait se sentir dans cet état, détestait être obligée de quémander de l'aide. Son envie de pleurer était tempérée par le tranquillisant qu'elle avait pris avant de descendre en ville. C'était son dernier comprimé.

— Je me sens déprimée, dit-elle. J'ai besoin de reprendre des antidépresseurs.

Fichu Edward, sale garce ! A cause d'eux, voilà à quoi elle en était réduite !

— Avez-vous une raison particulière de vous sentir déprimée ? demanda le Dr Whelan avec sérieux.

Les derniers effets du tranquillisant s'évanouirent et Anneliese se mit à pleurer. Une demi-heure plus tard, à sa sortie du cabinet, elle avait une ordonnance pour l'antidépresseur qui l'avait aidée la première fois. Le médecin lui avait également prescrit un anxiolytique à prendre sur une courte période en attendant que les antidépresseurs commencent à faire effet.

— N'hésitez pas à venir me parler quand vous en avez besoin, dit-il gentiment en la reconduisant.

— Merci, répondit Anneliese.

Elle savait pourtant qu'elle n'en ferait rien. Elle avait l'impression que rien ne pouvait l'aider, même pas les médicaments qu'il venait de lui prescrire. C'étaient des solutions à court terme. Or, elle voulait une garantie de bonheur mais la vie lui sourirait-elle à nouveau un jour ? Une fois à la maison, elle se prépara du thé, prit un anxiolytique puis alla s'allonger. Elle avait mal à la tête à force d'avoir pleuré. Peut-être qu'après s'être reposée un peu, elle trouverait l'énergie de préparer à dîner. Beth et Marcus retournaient chez eux le lendemain matin et avaient passé une partie de l'après-midi au chevet de Lily. C'était grâce à cet intermède qu'Anneliese avait pu se rendre discrètement chez le Dr Whelan. Elle n'avait pas confié à Beth qu'elle allait mal et sa fille ne lui avait pas demandé comment elle se sentait. C'était tout à fait compréhensible dans la mesure où Beth voulait protéger son futur bébé de tout stress. N'importe quelle mère en aurait fait autant. Cela n'empêchait pas Anneliese de souffrir sans se l'avouer de la capacité de sa fille à ne pas voir la peine des autres. Beth ne voulait pas s'occuper d'une mère en larmes et abandonnée, et faisait donc comme si elle ne voyait rien du tout.

La couette ramenée sur elle, calée contre les oreillers, Anneliese regarda autour d'elle. Peut-être ferait-elle mieux de vendre. C'était un très beau cottage, mais, à présent, elle y avait trop de souvenirs douloureux. Ce n'était pas comme si elle avait pu refaire la décoration et le transformer. C'était un cottage de bord de mer et il était parfait tel qu'il était, tout de bois patiné par les intempéries, avec ses murs blancs et ses détails bleu pâle. Non, impossible de le transformer. Elle n'avait pas d'autre choix que de le vendre. Elle devrait en parler à Edward ou, plus exactement, en parler à l'avocat d'Edward. Car, supposait-elle, c'était ainsi que cela se passerait à présent, entre avocats. Elle n'en avait pas. Elle n'avait pas souvent eu besoin d'un conseil juridique, mais, cette fois, c'était indispensable. Bien sûr, il lui faudrait chercher en dehors de Tamarin. Même si l'avocat local était un modèle de discrétion, l'idée que quelqu'un habitant la même ville qu'elle soit mis au courant de leur séparation l'horrifiait.

Anneliese imaginait très bien la situation : Nell chez l'avocat, installée dans son fauteuil comme une sorcière, disant à Edward qu'il devait s'assurer au moins la moitié de leurs biens et si possible plus. Elle frissonna. Elle trouverait un avocat à Waterford et le laisserait se débrouiller. Elle lui expliquerait qu'elle voulait que les choses se passent aussi simplement et proprement que possible, comme une amputation. Mais ensuite, où irait-elle ? Demeurerait-elle à Tamarin ? Si Lily mourait, elle ne voyait aucune raison de rester.

Lily était à l'hôpital depuis plus d'une semaine. Il était temps de voir la réalité en face. Elle ne reprendrait peut-être jamais conscience. A chaque fois qu'Anneliese allait la voir, elle la trouvait plus frêle, plus vieille et comme en train de s'éloigner.

Elle pouvait s'installer à Dublin pour se rapprocher de Beth, de Marcus et de leur futur bébé, mais Beth se sentirait sans doute envahie. Ce ne serait pas correct.

La maison familiale se trouvait de l'autre côté de Waterford mais ses parents étaient morts depuis longtemps. Quant à ses frères et sœurs, ils étaient dispersés aux quatre coins de l'Irlande et du monde. Elle n'avait plus un seul endroit qu'elle puisse considérer comme « chez elle », à l'exception de Tamarin.

Les comprimés étaient formidables, pensa-t-elle rêveusement. Elle se permettait d'explorer des zones de son esprit qu'elle avait précédemment refusé d'approcher. De là à dire si c'était une bonne chose… Somnolente, elle ferma les yeux et s'autorisa à arrêter de penser. Elle finit par s'assoupir.

Un bruit de pneus sur les graviers de l'allée la réveilla. Beth était de retour ! Elle aurait dû préparer le dîner et, au lieu de cela, elle s'était endormie ! Et zut ! Elle rejeta sa couette et regarda par la fenêtre. Il n'y avait pas que la voiture de Beth et de Marcus en train de se garer. Il y avait aussi celle d'Edward.

La poitrine d'Anneliese se serra. Le voir était au-dessus de ses forces. C'était à coup sûr une idée de Beth. Elle voulait qu'ils se parlent alors qu'eux n'en avaient aucune envie. Ils avaient eu deux semaines pour cela et aucun d'entre eux n'avait fait l'effort de décrocher son téléphone pour parler à l'autre. C'était simple. Il n'y avait rien à dire et prétendre le contraire serait très douloureux. Anneliese enfila rapidement son sweat-shirt et son jean.

— Maman ! appela Beth depuis le seuil de la chambre. Je sais que ça ne va pas te plaire mais…

— J'ai vu la voiture de ton père, l'interrompit Anneliese. Beth, ce n'est pas une bonne idée.

Beth entra dans la chambre et s'assit sur le lit.

— Maman, s'il te plaît !

— Je n'en suis pas capable en ce moment !

— Mais discuter vous fera du bien ! Papa m'a dit que vous n'avez pas échangé un mot depuis son départ.

Anneliese sentit une brusque bouffée de colère l'envahir.

— Et alors ? jeta-t-elle. Qu'a-t-il à dire ? Qu'il est désolé et que nous pourrions rester amis pour que tout se passe gentiment ? Je sais de quoi il veut me parler et je n'ai pas envie de l'écouter. Un jour, il m'a dit qu'il m'aimait et, pendant tout ce temps, il avait une liaison avec Nell. Donc, en toute franchise, ce que ton père peut avoir à me raconter ne m'intéresse pas du tout.

Beth était sidérée. Anneliese savait qu'elle aurait dû lui présenter des excuses. Ce n'était pas la faute de sa fille et elle ne s'était jamais adressée à elle de cette façon, mais elle en avait assez de devoir tenir compte des sentiments de tout le monde en oubliant les siens. C'était bon pour l'ancienne Anneliese.

— Beth, reprit-elle d'un ton calme mais ferme. Je ne veux pas parler à ton père. Sois gentille de le faire sortir de ma maison.

— S'il te plaît, maman, répéta Beth dont les yeux s'étaient remplis de larmes.

Elle avait l'air complètement perdue. Anneliese comprit qu'elle devait, quoi qu'elle en pense, descendre rejoindre Edward.

— Comment l'as-tu décidé à venir ? interrogea-t-elle.

— Je lui ai demandé de le faire pour moi. Il ne voulait pas mais je sais que, si vous vous parliez tous les deux, cela arrangerait les choses.

Anneliese leva les yeux au ciel. Edward, lui non plus, ne pouvait rien refuser à leur fille. Même en cet instant, alors que l'idée de se trouver dans la même pièce que lui la rendait malade, elle savait qu'elle allait le supporter parce que Beth en serait heureuse.

Personne d'autre n'aurait pu la contraindre à le faire. Ils n'en étaient pas au stade où l'on peut demander à un médiateur de ramener la paix dans la famille, à moins que la médiation implique de se jeter des assiettes à la figure en hurlant à l'assassin. Tant pis ! Elle lui parlerait cinq minutes. Anneliese se regarda dans le miroir. Elle avait les cheveux en bataille et les traits tirés. Elle avait l'air de revenir d'une longue marche en pleine tempête au bord de la mer sauf qu'alors elle aurait eu les joues roses et non pas livides. Il était inutile de se faire une beauté. Edward était parti et ce n'était pas un peu de rouge à lèvres qui le ferait revenir.

— Je suis prête, dit-elle.

— Mais, tes cheveux… commença Beth.

— Mes cheveux sont prêts aussi !

Elle trouva Edward dans l'entrée, l'air inquiet. Assis sur l'un des fauteuils, Marcus avait l'air encore plus inquiet. Anneliese aimait beaucoup son gendre. C'était un homme attentionné, intelligent et très gentil. Il était sans doute horrifié à l'idée de voir ses beaux-parents se transformer en « vilains parents » et hurler l'un contre l'autre mais lui aussi aurait fait n'importe quoi pour Beth. Elle lui avait certainement forcé la main pour qu'il accepte de la soutenir dans son petit complot.

— Veux-tu entrer ? proposa Anneliese à son mari.

— Je préférerais que tu m'invites en bonne et due forme, répondit Edward d'un ton compassé.

— Je crois que l'époque de la bonne et due forme est terminée !

Edward s'assit au bord d'un fauteuil en face de Marcus.

Beth attrapa Marcus par le bras et l'obligea à se lever.

— Viens, chéri, dit-elle. Allons marcher sur la plage !

— D'accord ! répondit Marcus avec un regard anxieux à ses beaux-parents. Nous ne serons pas loin si vous avez besoin de nous.

La situation arracha à Anneliese un léger sourire.

— Ne vous inquiétez pas, je n'ai pas l'intention de le massacrer ! Je vais juste lui passer un bon savon.

Beth se hâta de pousser Marcus dehors avant qu'il puisse répondre.

— Je suis vraiment désolé, Anneliese, dit Edward du même ton compassé, mais Beth a beaucoup insisté.

— Je sais ! Je comprends, et ce n'est pas ta faute.

— Tu es vraiment très généreuse.

— Non, je ne suis pas généreuse ! Je suis seulement très fatiguée et je n'ai pas envie d'en rajouter. Nous sommes ici parce que nous aimons Beth, qu'elle est enceinte et que nous n'avons pas envie de lui faire du mal.

— C'est une nouvelle merveilleuse ! dit Edward avec conviction.

Il s'arrêta net comme s'il se rappelait soudain qu'ils n'étaient pas de futurs grands-parents normaux en train de parler de leur futur petit-enfant. Anneliese pensait la même chose.

Par le passé, elle s'était autorisée à réfléchir à la façon dont Edward et elle réagiraient à la nouvelle mais ce scénario n'avait jamais figuré dans ses rêveries.

— C'est formidable, reprit maladroitement Edward, que quelque chose de beau sorte de tout cela.

— Tu parles comme si une catastrophe naturelle nous était tombée dessus, jeta Anneliese d'un ton très sec. Il n'y a rien de naturel dans tout cela. Tu m'as trompée et tu m'as quittée pour Nell. Comment as-tu pu faire cela, Edward ? Nell était notre amie. Je me faisais des reproches de l'inviter tout le temps craignant que tu en aies assez d'avoir un tiers entre nous. Je n'avais vraiment rien compris ! Tu aimais qu'elle soit là. C'était plutôt de moi que tu avais envie de te débarrasser.

— Non, ce n'était pas cela.

— Alors, c'était quoi ? Tu sais, puisque tu es là, tu peux tout aussi bien répondre à quelques questions.

Elle s'assit, elle aussi, tout au bord d'un des fauteuils en face d'Edward et le fixa d'un regard furieux.

— Quand as-tu commencé à coucher avec ma meilleure amie ? Je serais contente que tu me le dises, non que j'attende de toi la vérité ! Parce que tu ne le feras pas, n'est-ce pas ? Cela fait partie des grandes règles de l'infidélité, bien sûr !

— Non !

— Si ! rétorqua-t-elle. A t'entendre, cela ne dure que depuis quelques minutes, et puis un beau jour j'apprendrai que vous étiez ensemble depuis des mois, voire des années, si bien que tout ce que je pensais vrai ne l'était pas. Tu parles d'une recette pour rendre les gens fous ! C'est ce que je n'arrête pas de faire, Edward, ressasser le passé en me demandant ce qui était vrai et ce qui était faux. A quel moment as-tu fait semblant d'être heureux pour pouvoir passer plus de temps avec Nell ?

Reprenant son souffle, Anneliese se carra bien au fond de son fauteuil. Elle s'était d'abord installée tout au bord pour pouvoir s'enfuir plus facilement au cas où elle ne supporterait pas de voir Edward plus longtemps, mais la lassitude l'avait emporté.

— Par exemple, reprit-elle, étiez-vous ensemble quand Beth s'est mariée ?

— Non ! s'écria-t-il.

— Quand alors ? A Noël ?

Il ne répondit rien.

— Bien ! Donc vous étiez ensemble à Noël. Quand avant Noël ? Ce serait mieux si tu me le disais pour que je puisse avoir un point de départ précis et me souvenir des années qui ont précédé parce que celles-là étaient réelles. Du moins, j'espère qu'elles l'étaient.

Une autre pensée lui vint à l'esprit. Il y avait peut-être eu d'autres femmes ? Un homme capable de la tromper une fois pouvait l'avoir trompée plusieurs fois.

— Y a-t-il eu quelqu'un d'autre avant Nell ?

— Non, dit-il. Je ne voudrais pas que tu penses que je…

Anneliese l'interrompit avec colère.

— Tu espères que je ne penserai pas de mal de toi ? Comment serait-ce possible, Edward ? Tu m'as trompée. Si les choses étaient à ce point intolérables dans notre couple, tu aurais dû m'en parler. Tu aurais pu me donner le choix. Au lieu de cela, tu as préféré jouer le jeu qui t'arrangeait en restant avec moi dans l'attente de quelqu'un d'autre.

Avec une lucidité brutale, elle comprit que c'était une des choses qui la blessaient le plus. Au lieu de la quitter proprement, il avait attendu la bonne occasion.

— C'est bien ce que tu as fait ? poursuivit-elle. Tu as attendu en regardant dans les parages s'il n'y avait pas quelqu'un d'autre et tu as trouvé que Nell remplissait les conditions voulues.

— Non, cela ne s'est pas passé de cette façon, répondit-il en se prenant la tête dans les mains. Pas du tout ! Tu étais…

— Ah ! C'est encore ma faute, dit Anneliese avec amertume. C'était mon comportement. Ou encore, je n'étais pas la femme que tu croyais ? C'est à cause de cela que tu as été obligé de chercher ailleurs.

— Non, répondit Edward d'une voix plus dure. Je ne dis pas que c'est ta faute. Je dis que, en tant que couple, nous avons fini par suivre chacun notre chemin. C'est tout ! J'étais vulnérable.

— Vulnérable pour quoi ? Vulnérable au fait que Nell flattait ton ego en te répétant que tu étais fantastique ?

Il rougit et elle comprit qu'elle avait tapé dans le mille.

— Ce n'est pas cela une relation, Edward. On dirait une histoire d'écolière. Tu es tellement merveilleux, Edward, pourquoi ne quittes-tu pas ton enquiquineuse de femme pour vivre avec moi ? Tu sais quoi ? Je te souhaite d'être très heureux !

Elle se leva avec effort. Elle ne voulait pas rester un instant de plus dans la même pièce que lui. Il n'avait vraisemblablement pas l'intention de répondre à ses questions et c'était trop dur à supporter. Elle avait accepté de le voir par amour pour sa fille mais si Beth les avait mieux compris, elle ne les aurait pas obligés à se rencontrer.

— Edward, tu ferais mieux de partir. Nous n'avons plus rien à nous dire.

Obéissant, il se leva à son tour.

— Je suis vraiment désolé pour Lily, dit-il encore. Je sais combien c'est dur pour toi. Je sais à quel point tu l'aimes.

— Ne parle pas d'elle comme si elle était déjà morte, rétorqua sèchement Anneliese. Elle ne l'est pas !

Le regard que lui lança Edward trahit sa pitié. Anneliese tourna les talons et remonta dans sa chambre dont elle claqua la porte violemment. Elle entendit, comme en réponse, claquer une portière puis le bruit d'un moteur de voiture.

A peine deux semaines plus tôt, Edward était toute sa vie. Ils avaient passé des années ensemble, heureux et satisfaits de la compagnie l'un de l'autre. Du moins le croyait-elle. Apparemment, ils n'étaient pas si heureux que cela. Si une banale migraine ne l'avait pas obligée à rentrer chez elle plus tôt que prévu, elle ignorerait peut-être toujours la vérité. Une fois de plus, elle fut frappée par l'importance du hasard dans la vie. Comment avait-elle été assez stupide pour penser qu'elle avait le moindre contrôle sur sa propre existence ? En réalité, on était complètement impuissant.

13

La voiture s'engagea dans l'allée jonchée de pétales d'azalées couleur corail. C'était comme de rouler sur un lit de confettis.

— On y est ! dit Jodi.

Izzie poussa une exclamation de surprise et d'admiration en découvrant la maison. En ce début d'après-midi, un soleil brillant donnait à la gracieuse façade du manoir une teinte d'or clair. Sis au milieu d'un bosquet d'arbres et d'un jardin qui disparaissait sous les herbes folles, Rathnaree ressemblait à une belle mariée le jour de ses noces. Toutes les autres pouvaient être ravissantes, on ne voyait qu'elle.

— C'est vraiment beau ! dit Izzie.

Elles se garèrent à côté de la voiture de l'agent immobilier et Izzie entreprit d'explorer le jardin, frôlant du bout des doigts les buissons et les statues. Elle s'émerveillait de tout, étonnée par tant de beauté, un endroit magique à côté duquel elle avait grandi mais qu'elle n'avait jamais vu. Elle découvrit, ensevelie sous les branches d'un érable japonais et couverte de lichen, une déesse de marbre à l'énigmatique demi-sourire.

Izzie fit courir sa main sur la pierre polie. Rathnaree appartenait à un autre monde et pourtant la famille d'Izzie en avait fait partie. Sa grand-mère et son arrière-grand-mère avaient travaillé dans cette incroyable maison et, tout au long des années, rien n'avait changé, comme dans l'attente de sa visite.

— Viens, Izzie ! la pressa Jodi qui avait déjà vu les jardins et voulait seulement entrer dans le bâtiment.

C'était Izzie qui avait réussi à convaincre l'agent immobilier de les laisser voir la maison. Elle y était parvenue grâce à son charme et surtout au fait qu'elles étaient allées à l'école ensemble.

« Aggie, nous voulons juste jeter un coup d'œil pour l'histoire de la maison que Jodi est en train d'écrire. On peut voir les choses de cette façon : quelqu'un qui est prêt à mettre énormément d'argent dans une pareille demeure est certainement assez égocentrique pour désirer que l'on écrive son histoire. Les gens riches ont un ego démesuré, tu es d'accord ? Je pense que cela peut être un argument de vente qu'il existe déjà un livre sur l'histoire de leur prochaine maison. Tu pourrais en parler dans tes brochures. Tu vois ce que je veux dire ? Il ne s'agit pas d'une ruine anglo-irlandaise qui a besoin d'être complètement restaurée…

— Je croyais que tu voulais ajouter quelque chose de favorable ? avait grogné Aggie, l'agent immobilier.

— … mais d'un magnifique spécimen de l'architecture classique irlandaise avec une histoire remarquable qui le lie à Tamarin et à tous les grands événements de l'histoire de l'Irlande.

— Par exemple ?

— Je ne sais pas encore. C'est pour cette raison que nous avons besoin de voir l'intérieur, tu comprends ? »

Izzie trouvait Aggie difficile à convaincre mais son ancienne camarade de classe avait enfin cédé.

— Mettons-nous d'accord sur une chose : pas un mot à Peter ! dit Aggie en les rejoignant.

Peter Winters était le propriétaire de l'agence immobilière Winters & Sons qui avait la charge de vendre Rathnaree. La publicité de l'agence pour attirer les clients reposait sur des arguments inhabituels : *Vous désirez vendre une ravissante propriété de famille avec élégance et dignité, sans publicité moderne de mauvais goût ? Dans ce cas, une seule réponse : Winters & Sons.*

Ce genre de déclaration était peut-être efficace des années auparavant mais il était clair que cela ne marchait plus, pensa Izzie en contemplant la maison. Rathnaree était inhabité depuis longtemps et rien n'indiquait qu'un acheteur ait envie de s'y installer.

Izzie se tourna vers Aggie.

— Peter n'a pas besoin de le savoir, fit-elle. Nous ne lui dirons rien, parole de guide.

— Tu étais chez les guides ? demanda Aggie.

— J'ai fait un camp, quand j'étais ado.

— Ça marche ! dit Aggie en haussant les épaules. Mais je vous préviens toutes les deux, Rathnaree a besoin de beaucoup de travaux. Si un morceau de plâtre vous fend le crâne, je ne suis pas responsable. C'est compris ?

Tout en parlant, Aggie avait pris les clés de la maison dans son sac. Le propriétaire s'appelait Freddy Lochraven, un lointain neveu de la famille d'origine. D'après Aggie, il se partageait entre Londres et Dubai et n'était venu qu'une seule fois à Rathnaree, très brièvement, juste après avoir hérité.

— Peter estime que c'est une bonne chose que ce ne soit pas encore vendu car, comme les prix n'arrêtent pas de monter, cela rapportera encore plus le jour où la vente se fera.

— Et je suis sûre, dit Izzie, que M. Lochraven appréciera beaucoup d'avoir une histoire détaillée du domaine.

— Je le pense aussi, répondit Aggie. Bien ! Je vous fais entrer et je vous laisse, mais, soyez gentilles, ne prenez rien !

— Aggie, protesta Izzie, ne sois pas ridicule ! Nous voulons juste nous faire une idée de l'atmosphère de la maison. En plus, tu me connais depuis toujours et Jodi est la femme du directeur adjoint du collège. Tu n'imagines quand même pas qu'elle va tenter de voler les cheminées, si ? Je pense plutôt que nous te faisons une faveur.

— Il faut passer par la cuisine, dit Aggie en faisant danser les clés au bout de ses doigts. La porte d'entrée est un cauchemar à ouvrir. La dernière fois que je suis venue, j'ai eu un mal fou pour y arriver.

Elles contournèrent la maison et s'arrêtèrent devant la grande grille qui donnait accès à la cour. Izzie et Jodi ne tenaient plus en place et adressaient mentalement des prières à Aggie pour qu'elle se dépêche. Malheureusement, l'agent immobilier prenait son temps, insérait lentement une clé après l'autre dans la serrure pour trouver la bonne, tout en marmonnant dans sa barbe.

« Dépêchez-vous ! » aurait voulu la bousculer Jodi. Elle préféra s'en abstenir. Si Aggie changeait d'avis, elle n'aurait plus la moindre chance d'entrer dans le manoir.

La serrure rouillée finit par céder. Aggie poussa les grilles, qui s'ouvrirent dans un grincement. Jodi se précipita, regardant tout autour d'elle, s'efforçant de mémoriser ce qu'elle voyait et regrettant de ne pas avoir pris son appareil photo.

A une extrémité de la cour se dressaient les écuries avec leurs portes voûtées et des fers à cheval en guise de porte-bonheur. Jodi voulait tout voir mais elle voulait aussi visiter l'intérieur. Devant la porte de la cuisine, elles subirent une autre attente interminable tandis qu'Aggie essayait une fois encore toutes les clés. Enfin, elles furent dans la place !

— Nom d'un chien ! C'est dans un état épouvantable... soupira Aggie.

Jodi et Izzie échangèrent un sourire. Aggie n'avait jamais été l'écolière la plus douée d'imagination, se souvint Izzie. De toute évidence, elle n'avait pas changé. Elle ne voyait que la poussière et les toiles d'araignée, alors que Jodi et Izzie voyaient l'Histoire qui s'ouvrait devant elles.

— Si tu veux bien me laisser les clés, Aggie, je fermerai derrière nous et je te les rapporte dans deux heures, proposa Izzie.

— Je ne sais pas trop, hésita Aggie. Bon, c'est d'accord. J'ai beaucoup à faire.

Izzie hocha la tête d'un air compréhensif même si elle pensait le contraire. Quand elle était passée à l'agence, le téléphone n'avait pas sonné une seule fois. Apparemment, les affaires ne marchaient pas très fort chez Winters & Sons.

— Bien sûr, je sais que tu es occupée, répondit Izzie tout en se disant qu'elle avait le droit de mentir puisque c'était pour la bonne cause. Je m'occuperai de tout ici.

Merci mille fois, Aggie. Tu n'as pas idée de ce que cela représente pour nous.

Quand Aggie fut enfin partie, elles purent visiter en toute tranquillité. Izzie se demandait par où commencer. Elle fit le tour de l'immense cuisine avec sa grande cuisinière Aga. Un jour, sa grand-mère lui avait raconté ce que c'était que de cuisiner sur un engin pareil. Apparemment, les caprices de l'Aga étaient difficiles à maîtriser et, si elle s'éteignait, c'était un cauchemar pour la rallumer.

Sur un des murs de la cuisine, des cloches étaient accrochées à un panneau. Chacune portait le nom d'une pièce : bibliothèque, grand salon, bureau, chambre un, chambre deux... Il y en avait trois rangs et Izzie imagina le personnel se précipitant dès que l'une d'elles sonnait.

A droite de la cuisine, se trouvait une vaste arrière-cuisine avec deux grands éviers et des piles de vieux cageots en bois encore entassés sur le sol. Il y avait aussi des journaux, jetés par terre sans soin, comme pour éponger un produit qui se serait renversé. Derrière la porte, elles découvrirent d'où ils provenaient, des piles de magazines soigneusement ficelés. Il devait y avoir des années et des années de journaux, ici, pensa Izzie.

La pièce, très sombre, n'était éclairée que par une petite ampoule et Izzie crut voir une gamine, les mains rouges d'avoir épluché des pommes de terre et des montagnes de légumes. Jusque-là, elle n'avait jamais eu l'impression de posséder un don de médium mais, ici, dans cette vieille maison, le souvenir des générations qui avaient trimé pour les propriétaires semblait encore imprégner les murs. La voix de Jodi l'arracha à cette sorte de transe imaginative.

— Izzie, viens voir, j'ai trouvé l'escalier de service !

Izzie sortit de l'arrière-cuisine et passa dans un petit hall aux dalles de pierre. Il y régnait un froid glacial, alors même qu'il faisait très chaud dehors. Plusieurs petites portes donnaient sur ce hall. Elle en ouvrit quelques-unes. Elle découvrit ainsi une pièce de rangement pour les chaussures où traînaient de vieilles paires de souliers et de bottes couverts de poussière. Dans une autre pièce, il n'y avait rien, hormis des étagères chargées de bouteilles et de bocaux vides, ainsi qu'un curieux appareil en forme de barrique surélevée sur un cadre en bois et munie d'une grande poignée sur l'un des côtés. A son grand plaisir, Izzie comprit qu'il s'agissait de la baratte. Sa grand-mère lui avait parlé de la façon dont on faisait le beurre quand elle était petite. Elle s'amusait beaucoup à écrémer le lait frais pour obtenir d'un côté la crème et de l'autre le lait écrémé. Ensuite, il fallait passer des heures à mouliner jusqu'au moment magique où le beurre doré commençait à former des grumeaux.

— Tu viens ? répéta Jodi.

Elles grimpèrent rapidement l'escalier étroit pour arriver, par une petite porte, dans un vaste couloir très clair. C'était un autre monde, d'un côté l'univers des domestiques, de l'autre celui des maîtres. Izzie tenta de graver dans sa mémoire le plus de détails possible.

Les murs étaient tapissés d'un papier soyeux d'un vert très pâle sur lequel des oiseaux exotiques avaient été peints. Représentés en plein vol, leurs ailes déployées, les petits oiseaux étaient couleur arc-en-ciel, jaune acide, rouge vif et bleu électrique. Le parquet était couvert d'un long tapis usé jusqu'à la trame, ce qui n'empêchait pas de voir qu'il avait été très beau. Les bordures étaient ornées d'un dessin géométrique élaboré et, au centre, il y avait des cascades de roses anciennes.

Jodi courut jusqu'aux grandes portes à double battant à l'extrémité du couloir et les ouvrit vivement. Izzie lui emboîta le pas. Elles se trouvaient dans un immense salon très lumineux avec des fenêtres à guillotine et de lourds rideaux de soie. Les meubles d'origine n'avaient pas bougé. Certains étaient recouverts de draps écrus. Une paire de chaises dorées flanquait une magnifique cheminée, un rêve de marbre blanc avec des déesses romaines délicatement ciselées qui dansaient tout autour. Izzie comprit que ce devait être le salon personnel de la maîtresse de maison. Ici, Sa Seigneurie pouvait s'installer et s'amuser, contraste criant avec le dur travail des femmes, en bas, dans l'arrière-cuisine.

Plus loin, se trouvaient les chambres, deux chambres gigantesques pour le maître et la maîtresse de maison. Celle de monsieur possédait un petit dressing-room adjacent et une série d'étagères très masculines au mur. Un immense lit à baldaquin trônait au milieu de la chambre de madame. Izzie reconnut des sculptures d'inspiration indienne sur les lourds montants du baldaquin, mais les rideaux rouge et or avaient été sérieusement attaqués par les mites. Ce n'étaient plus que des haillons. Quelle honte ! Les armoires et le reste du mobilier n'allaient pas du tout avec le lit. Les armoires étaient de grands meubles de style 1930 aux lignes très simples. Les portes étaient ouvertes et une forte odeur de poussière s'en échappait. Le plateau de la petite table en bambou à côté du lit était couvert de coulures de cire.

Izzie entrevit soudain l'image de la dernière des Lochraven de Tamarin devenue une vieille dame qui devait se coucher seule, avec une bougie pour économiser l'électricité. On avait dit à Jodi qu'Isabelle Lochraven avait quatre-vingt-quinze ans à sa mort. Elle ne s'était jamais mariée et avait passé toute sa vie dans cette maison. Izzie savait que sa grand-mère devait se rappeler Isabelle, car c'était une jeune femme à l'époque où Lily travaillait à Rathnaree. Elle doutait pourtant qu'elles se soient vues après, même si elles étaient à peu près du même âge. Elles devaient avoir un certain nombre de souvenirs en commun, mais le fossé qui existait entre servantes et maîtresses était tellement profond que, même devenues âgées, elles n'auraient pas imaginé le franchir.

Ses réflexions la renvoyèrent à son enfance. Elle ne se souvenait pas d'avoir entendu parler des Lochraven chez elle, sauf quand quelqu'un signalait, de temps à autre, qu'on avait vu Isabelle en ville dans l'une de ses antiques voitures. Tout le monde disait qu'elle était un vrai danger au volant. Elle conduisait comme si la route lui appartenait, ce qui avait été le cas bien des années plus tôt.

Quelle triste façon de vivre, pensa Izzie, pleine de compassion à l'égard de ces gens. Ils possédaient tellement de choses et pourtant, à cause de leur position sociale, ils se coupaient de tous ceux qui les entouraient ! Ils faisaient partie du pays et, en même temps, ils en étaient exclus.

A l'étage du dessus, elles découvrirent les chambres des enfants et une nursery peinte en jaune vif, avec toutes sortes de jouets qui gisaient sur le plancher, la plupart cassés. Il y avait des poupées à tête de porcelaine portant perruque, un tricycle qui devait avoir au moins cent ans et dont la peinture était presque entièrement partie. Enfin, des tas de livres pour enfants d'une autre époque avec des couvertures en lambeaux.

Encore plus loin dans le couloir, une autre porte s'ouvrait sur un escalier à vis très étroit. Il menait aux greniers où se trouvaient les quartiers des domestiques. Les chambres étaient minuscules et séparées par des murs pas plus épais qu'une feuille de papier. Dans certaines, il y avait de petits lits en fer, mais une seule possédait une cheminée. Peut-être qu'avec leurs minuscules fenêtres, les chambres sous les toits étaient moins froides que le reste de la maison ? Ce n'en était pas moins cruel, dans une demeure dont tant de cheminées ornaient le toit, d'obliger ces femmes à monter ce petit escalier pour grelotter dans les combles après une journée passée à alimenter les feux pour les Lochraven.

Izzie comprenait de mieux en mieux pourquoi sa grand-mère leur en voulait tant. Pour une femme aussi fière et intelligente qu'elle, il devait avoir été très dur de servir des êtres imbus de leurs privilèges. Pour Lily, le respect était une chose qui se méritait. Il lui était donc très difficile d'admirer des gens qui estimaient avoir droit à tout par le seul fait d'être nés dans une certaine classe sociale. Ils vivaient dans le joli salon aux meubles dorés et dînaient dans de la porcelaine fine tandis que leurs domestiques se voyaient refuser le moindre confort.

Elles finirent par redescendre. L'escalier principal était impressionnant, large d'au moins deux mètres, réalisé dans un marbre d'une blancheur remarquable et veiné de gris pâle. De chaque côté, se déroulaient les volutes d'une solide balustrade de cuivre. Le hall d'entrée était immense, avec des dalles noires et blanches du plus pur style victorien. Des piédestaux décoratifs supportaient des pots autrefois garnis de plantes. Il ne restait aucune trace des fougères qui avaient dû y être plantées. Une horloge de parquet richement ornée était adossée à l'un des murs, tandis que plusieurs têtes de cerf empaillées les contemplaient de leurs yeux où s'étaient accumulées plusieurs décennies de poussière.

— C'est ici ! s'exclama Jodi.

Elle avait trouvé la pièce où avait été prise la photographie, la pièce où un groupe d'élégants avait posé pour l'anniversaire de lady Irene. Privée du charme sépia, elle paraissait triste en dépit de ses proportions harmonieuses, de ses larges fenêtres et de la cheminée géante avec son siège à la même place que sur la photo. A présent, il n'y avait plus de feu dans le foyer. Les guéridons et leurs merveilleux arrangements floraux avaient disparu. On n'avait pas non plus l'impression d'entendre la musique de fond, avec des gens en train de rire et de s'amuser, et qui tendaient leur verre de cristal vers l'appareil photo.

— N'est-ce pas magnifique ? dit Jodi avec ravissement.

Izzie, qui n'éprouvait que de la tristesse, se demanda ce qui n'allait pas chez elle. Peut-être lui manquait-il le gène de l'archéologie ! A moins qu'elle ressemble beaucoup plus à sa grand-mère qu'elle le croyait ? Elle n'avait pas envie de se trouver dans cette vaste demeure pour jouer à la grande dame avec des domestiques dévalant les escaliers de service à chaque fois qu'elle les sonnait.

La sensation de déséquilibre était trop forte. On aurait dit que Rathnaree s'était maintenu artificiellement et que, le cycle terminé, il ne restait plus que cette coquille, belle mais triste. Beaucoup de personnes avaient vécu et étaient mortes dans cette maison. Pourtant, on n'entendait jamais parler que des nantis qui y avaient habité. Les pauvres gens de Tamarin qui les avaient servis toute leur vie étaient oubliés. Cela mettait Izzie très mal à l'aise. C'était injuste.

— C'est dommage qu'on n'en sache pas plus sur ceux qui travaillaient ici, dit-elle. Ce serait la partie la plus intéressante de l'histoire.

La réponse de Jodi la surprit.

— Je suis d'accord. C'est comme si deux mondes distincts avaient vécu ici, indépendants l'un de l'autre et pourtant intimement liés, les aristocrates et les domestiques. C'est vraiment intéressant, l'idée que deux histoires différentes se soient déroulées en parallèle. Je suis si heureuse que nous ayons pu venir ! Merci mille fois, Izzie, d'avoir réussi à arranger cela.

— Tu vas donc travailler sur les deux aspects de l'histoire ?

— Oui, répondit gaiement Jodi. J'adore partir à la découverte du passé, pas toi ? Cela nous en apprend beaucoup sur nous-même. Du moins nous l'affirmait-on à l'université.

Izzie alla se placer devant la grande cheminée en prenant la pose comme les gens de la photo. Elle essaya de s'imaginer vivant dans ce monde-là et à cette époque. Elle avait lu un roman sur le voyage dans le temps où une femme du XXe siècle était renvoyée au XVIIe siècle.

Cette idée l'avait fascinée. Qu'apporterait-elle dans le passé si elle était transportée en 1936 à l'instant même ? Ses connaissances et son expérience seraient-elles de quelque utilité ? Ou bien découvrirait-elle au contraire que le passé était riche d'enseignements ?

14

Quand elle commença à prendre de l'âge, Lily découvrit que chaque saison lui rappelait un moment différent de sa vie. Le printemps évoquait invariablement Tamarin, quand les arbres se couvraient de boutons vert vif et que les champs passaient du brun au vert pâle, tandis que bêlaient les agneaux nouveau-nés sur leurs pattes encore peu assurées. L'automne, c'était Rathnaree quand le personnel travaillait dur en prévision de l'hiver et que sir Henry invitait ses amis à chasser ou pêcher. Dehors, les bois se paraient de couleurs avec leurs arbres aux feuilles d'un rouge flamboyant et d'un jaune lumineux. A l'intérieur, les bûches brûlaient dans les foyers et la cuisine s'emplissait de la vapeur des casseroles où mijotait le dîner des chasseurs.

Mais l'été, pour elle, l'été serait toujours Londres pendant la guerre, quand le soleil brillait avec plus d'éclat que jamais et que l'on vivait avec plus d'intensité qu'elle l'avait jamais cru possible.

Mai 1944 fut l'un des mois de mai les plus chauds que l'on ait jamais connus. Lorsqu'elles ne travaillaient pas, ce qui était rare, Lily, Diana et Maisie aimaient s'installer sur le petit balcon au troisième étage de la

Maison des infirmières. Elles prenaient de vieux coussins aux housses délavées pour s'asseoir et offraient au soleil leurs membres fatigués.

Elles n'avaient guère l'occasion de profiter du soleil. Le temps libre était un luxe pour les élèves infirmières de troisième année. De plus, l'infirmière-chef était intimement convaincue que l'oisiveté est mère de tous les vices. Elle aurait été scandalisée de les voir ainsi installées, les jambes et les pieds nus, mais, se dit Lily, la semaine avait été dure et ce que l'infirmière-chef ignorait ne pouvait lui faire de mal. Au cours de cette seule semaine, Lily avait aidé à mettre au monde dix-sept bébés. Elle avait bien mérité un peu de repos.

Ce soir-là, elle allait avec ses amies prendre le thé en ville avant de voir *Hantise* à l'Odéon. Lily adorait aller au cinéma et se laisser absorber par le monde imaginaire qui se déroulait à l'écran. Joan Crawford était toujours sa star préférée, mais elle reconnaissait la séduction d'Ingrid Bergman. Maisie, qui s'abandonnait volontiers à son imagination, affirmait que Lily avait les mêmes yeux qu'Ingrid Bergman.

« Si, insistait-elle, tu as des yeux très mystérieux, comme si tu pensais à un homme… »

« Quand elle a ce regard, avait dit Diana en riant, c'est qu'elle pense à ce qu'on aura pour le dîner ! » Diana était bien plus prosaïque et, comme elles toutes, se souciait beaucoup de leur alimentation.

Lily pensa à l'abondance de la nourriture chez elle, aux œufs frais tous les jours et au pain de sa mère qui sentait si bon. Elle n'avait jamais mesuré sa chance. A présent, le rationnement avait atteint l'Irlande et la farine manquait. Dans sa dernière lettre, sa mère lui avait écrit qu'ils mangeaient tous du pain noir. « Pour moi, ç'a le goût de la tourbe ! A cause de tout cela, lady Irene est devenue très maigre. »

Tandis que le soleil de l'après-midi lui chauffait le visage, Lily se demanda comment elle avait jamais pu vivre ailleurs qu'à Londres. Ce n'était pas seulement la nourriture qui la faisait songer à Tamarin et à Rathnaree. Il y avait l'image de sa mère qui travaillait si dur et ne jurait que par ces fichus Lochraven sans jamais rien demander de plus. Lily avait vu tellement de choses nouvelles depuis son arrivée à Londres ! Elle avait aidé en chirurgie quand on manquait de personnel à l'hôpital et elle avait tenu bon malgré la puanteur des vieilles éclisses et des pansements des hommes blessés outremer. Elle avait passé plus d'une nuit dans les sous-sols pendant les bombardements, à réconforter les patients en tâchant de garder son calme. Elle leur disait que tout irait bien, que l'hôpital n'avait jamais été visé et ne le serait jamais, tout en sachant qu'elle racontait des bobards.

Elle avait procédé à deux accouchements toute seule et s'était sentie très fière quand la reine s'était déclarée heureuse que Buckingham Palace ait été bombardé car, ainsi, elle pouvait à présent regarder même les plus pauvres de ses sujets dans les yeux. Lily aimait beaucoup la reine. Elle se souciait de son peuple et gardait les petites princesses près d'elle à Londres malgré les bombardements. La famille royale était également rationnée, ce qui était juste. Lily aurait parié son dernier sou que, si les Lochraven avaient dirigé le pays, ils seraient toujours en train de manger des œufs de caille et du homard thermidor.

— Est-ce que c'est mal de ne pas avoir envie de rentrer chez soi ? demanda-t-elle à Maisie.

— Cela dépend du chez-soi, répondit Maisie, toujours pragmatique. Pour moi, cela ne représente rien sauf la femme de Terry, et je sais qu'elle ne m'accueillera pas à bras ouverts.

La mère de Maisie avait été tuée pendant le Blitz au moment où elle ouvrait la porte de chez elle pour courir vers l'abri du métro. De leur famille, il ne restait que son frère, Terry. Un an plus tôt, il s'était marié quand sa petite amie, une blonde platine du nom de Ruby, était tombée enceinte. Ruby et Maisie ne s'entendaient pas bien. Lily s'en voulut d'avoir posé sa question en entendant la réponse de son amie.

— C'est vrai, excuse-moi ! Mais une fois la guerre finie, que feras-tu ?

— Tu as des renseignements privilégiés du ministère de la Guerre ? demanda Maisie. Comment sais-tu que cela va s'arrêter ?

— Cela ne peut pas durer éternellement.

— Qui dit cela ? demanda Maisie en allumant une cigarette.

Diana arriva à ce moment et posa trois tasses de thé devant elles.

— Le thé est prêt, les copines ! fit-elle en se réinstallant, les jambes au soleil.

— Merci ! dit Maisie.

— Merci, Diana, dit Lily.

Elle porta la tasse à ses lèvres, avec toujours la même petite grimace de dégoût. Le sucre lui manquait mais elle avait décidé de garder ses coupons de rationnement pour du vrai thé. Diana avait de son côté renoncé au café. Elle avait déclaré, avec un frisson d'horreur, ne pas pouvoir supporter le goût de l'ersatz qui l'avait remplacé. Elle leur avait un jour raconté avoir bu du café absolument délicieux à Juan-les-Pins, dans le sud de la France, lors d'un séjour avec ses parents et sa sœur, Sybil, dans une villa fabuleuse avec piscine et parasols bleu et blanc.

— Diana, dit Maisie, Lily commence à se lamenter sur notre triste sort ! Elle veut savoir ce que nous ferons après ?

Le petit nez parfait de Diana se fronça.

— Ma chérie, Dieu seul le sait ! Papa voudra certainement me marier pour être débarrassé de moi comme il l'est de Sybil. C'est l'idée qu'il se fait de la guerre, défendre le pays pour que ses filles puissent toujours se marier dans la chapelle familiale.

— Tu n'as jamais dit que vous aviez une chapelle, remarqua Maisie en se redressant. Je croyais que Sybil se mariait dans une église ordinaire.

— C'est juste une toute petite chapelle, répondit Diana sur un ton d'excuse. Beaucoup de gens en ont une, pas seulement nous.

— Pas de panique, princesse, soupira Maisie. Je n'ai jamais vu une maison avec une chapelle. Nom d'un chien ! Je suppose que je vais devoir me tenir de mon mieux pour ce sacré mariage.

Tu n'es pas la seule, pensa Lily. Elle n'était toujours pas décidée à assister au mariage de la sœur de Diana. Il était facile d'oublier que Diana venait d'un autre monde, le monde des privilégiés. Elle partageait leur chambre et elles la voyaient dormir la bouche ouverte. Elles l'avaient aussi vue s'empiffrer d'un sandwich au fromage après avoir travaillé douze heures d'affilée. Mais sa famille, ce serait une autre histoire... Elles avaient déjà rencontré Sybil qui, à l'inverse de Diana, était orgueilleuse, boudeuse et très à cheval sur la distinction entre les classes sociales.

Contrairement à Maisie qui mourait d'envie de voir comment « l'autre partie du monde » vivait, Lily redoutait ces noces. Elle, elle savait déjà exactement comment vivait cet autre monde. Pour Diana, elle était une amie. Pour sa famille, ces Belton qui possédaient une chapelle privée et une maison de maître à Londres et qui, avant la guerre, passaient leurs vacances sur la Riviera, elle ne serait qu'une domestique. La guerre avait peut-être changé beaucoup de choses mais pas à ce point.

— Ça va être trop chou ! s'extasia Maisie avec un sourire ravi.

A vingt et un ans, elle était la plus jeune de leur trio, et pourtant elle était toujours la première à tenter de nouvelles expériences. Elle avait été la première à sortir avec un soldat américain. Quand elle était rentrée à la Maison des infirmières et que les deux autres avaient exigé tous les détails de la soirée, elle avait répondu sombrement qu'il était très poli et n'avait pas cessé de lui parler de sa mère. « Il a dit que les Anglaises sont des dames. Mais nous serions toutes des dames si personne ne mettait jamais une main sur notre épaule ! »

Diana, qui avait fini par prendre la mesure de Maisie après trois années de vie commune, lui avait fait remarquer qu'elle aurait été furieuse s'il avait entrepris quoi que ce soit. Maisie n'avait même pas pris la peine de répondre. « De toute façon, j'ai été dégoûtée de l'entendre parler pendant trois heures de sa mère et de rien d'autre. » Les trois jeunes femmes étaient très à l'aise entre elles, comme des sœurs, et leurs disputes finissaient toujours par une réconciliation. Elles avaient traversé l'épreuve du feu ensemble. Cela avait créé entre elles un lien indestructible. « C'est comme si ma mémé avait été avec nous en train de hurler que si on jetait son bonnet par-dessus les moulins avant d'avoir l'alliance au doigt, ça se terminerait dans les larmes ! » avait conclu Maisie. Elle avait ajouté qu'elle espérait, en parlant d'alliance, que quelqu'un prendrait des photos d'elles trois pendant le mariage. « Je veux avoir la preuve que j'y étais et que je m'étais mise sur mon trente et un ! » Diana avait répondu que, bien sûr, on prendrait des photos pour la postérité.

Lily ne savait pas comment elles se seraient débrouillées pour les tenues de mariage sans la générosité de Diana. Elle avait des malles entières de vêtements, des robes du soir et des tailleurs d'après-midi qu'elle avait mis à la disposition de la FAEI, la Fondation pour les appauvries de l'école d'infirmières, ainsi qu'elles appelaient leur trio. Les doigts habiles de Maisie, capables d'agrandir ou de reprendre n'importe quel vêtement, avaient fait des merveilles. Comme Diana et Lily étaient presque de la même taille, il n'y avait quasiment rien à faire, si ce n'est raccourcir un peu les ourlets.

Grâce aux vastes malles de Diana, Maisie porterait un ensemble gris en lin et soie avec un spectaculaire petit chapeau argenté garni de plumes. Diana, qui était demoiselle d'honneur, serait vêtue d'une des anciennes robes de sa mère, une merveille qui venait de chez Mainbocher. Elle était d'un magnifique bleu-vert qui mettait en valeur son teint d'Anglaise, de lis et de rose selon l'expression. Quant à Lily, elle porterait une robe en crêpe de Chine bleu marine à pois avec un col droit à la chinoise, une taille ceinturée qui mettait sa minceur en valeur et une jupe ample. Le seul hic dans tout ce luxe était le manque de chaussures. Diana chaussait bien trop grand pour que Lily puisse lui emprunter une paire. Elle devrait donc se contenter de ses chaussures d'hôpital, des brodequins bruns à lacets, assez solides pour aller à pied de Londres en Irlande. En amie fidèle, Maisie ne lui en avait pas moins dit qu'elle était magnifique.

Lily savait qu'elle paraîtrait au mieux, en effet. Diana lui avait prêté les boucles d'oreilles en jade de sa grand-tante qui mettaient en valeur les paillettes vertes de ses yeux et ses cheveux châtains aux boucles brillantes. Seules les chaussures trahiraient ses origines.

Les domestiques étaient bien plus snobs que leurs maîtres et la personne qui avait dit qu'un bon majordome pouvait définir l'appartenance sociale de quelqu'un d'un seul coup d'œil avait eu raison. Lily savait que ses origines seraient immédiatement repérées par tout le personnel de Beltonward.

— Venez, les filles ! dit-elle en quittant sa place au soleil. Je meurs de faim.

Beltonward était le pire cauchemar de Lily. Un vieux camion les avait prises en stop pour une partie du chemin. Une fois en haut d'une colline, Diana s'écria qu'on arrivait chez elle. Pour une fois, la fierté avait balayé la courtoisie qui la faisait toujours sous-estimer la richesse de sa famille. En découvrant leur destination, Lily sentit le cœur lui manquer. Beltonward était un vaste château, exactement le genre de bâtiment que réquisitionnait l'armée comme base d'opérations. Si Beltonward était resté aux mains de ses propriétaires, c'était uniquement grâce à son isolement. En revanche, le domaine faisait une parfaite maison de convalescence pour les soldats blessés. Il y avait des hectares de terre où les hommes pouvaient se promener en s'efforçant d'oublier ce qu'ils avaient vu.

— Nom d'un chien ! dit Maisie. Tu dois être une sacrée princesse, mon chou. Parce qu'il faut que ton père soit un roi pour entretenir un endroit comme ça !

— Maisie, boucle-la ! répondit Diana, d'une voix teintée d'irritation.

C'était la première fois que Lily lui entendait ce ton et elle en déduisit qu'elle n'était pas la seule à s'inquiéter au sujet du mariage. Toujours est-il que Maisie se tut.

Quand le camion les déposa devant l'immense porte d'entrée, deux hommes âgés apparurent sur le seuil. Diana se précipita pour embrasser le plus négligé des deux en s'exclamant : « Papa ! » Agé d'au moins soixante-dix ans, avec quelques mèches blanches sur son crâne à la peau brune et tavelée, il arborait une expression aimable sur son visage ridé, portait des lunettes, et une veste en tricot passablement vieille avec une chemise bleu pâle et un foulard de soie.

— Maisie et Lily, voici papa, sir Archibald Belton, et Wilson.

Malgré toute sa bonne volonté, Lily ne pouvait pas se résoudre à appeler un homme plus âgé que son propre père simplement par son patronyme. Wilson. Non, c'était impossible.

— Bonjour, sir Archibald, dit-elle. Monsieur Wilson…

Sir Archibald ne laissa rien paraître, mais Wilson sembla un peu choqué. Et zut ! pensa Lily, j'ai vraiment gaffé. Elle prit sa petite valise.

— Wilson peut s'occuper de vos bagages, ma chère, dit gentiment sir Archibald.

— Certainement pas ! répondit gaiement Lily. Je les porterai moi-même.

Beltonward avait été débarrassé d'une grande partie de ses œuvres d'art. Les objets de valeur avaient été entreposés dans les immenses caves avec la collection de vins rares qui allait diminuant. On disait sir Archibald désolé d'avoir vu partir ses précieuses réserves de vins du Rhin. L'intérieur de la maison conservait néanmoins quelques trésors. Comme sir Archibald les faisait entrer, bras dessus, bras dessous avec sa fille et bavardant gaiement, Maisie et Lily purent admirer à loisir le vestibule – trop grandiose pour être un simple hall d'entrée, pensa Lily, avec un sourire amusé. Il restait quelques portraits accrochés aux murs tapissés de damas rouge passé. Il y avait là des hommes aux perruques poudrées et dotés du même long nez de lévrier afghan que sir Archibald, et des femmes enrubannées affligées du même visage chevalin que la pauvre Sybil, qui abaissaient le regard sur les visiteurs comme pour dire : « Oui, nous sommes riches, puissants, et maîtres de tout ce qui nous entoure. »

Les plâtres rehaussés à la feuille d'or, malheureusement très abîmés, reflétaient le moindre rayon de lumière. Le plafond voûté était peint de chérubins et de nymphes folâtrant dans le ciel où le soleil éclairait de magnifiques nuages. Deux énormes vases bleu et blanc craquelés et décorés de petites Chinoises malicieuses étaient disposés au pied de l'escalier à double révolution. Lily en avait assez vu à Rathnaree pour savoir que ces vases valaient une petite fortune.

— Nom d'un chien ! chuchota Maisie tandis qu'elles montaient les marches de marbre. Je n'ai jamais eu envie d'épouser un aristo, mais maintenant je comprends l'intérêt de la chose.

— Si tu devais nettoyer les marches toi-même, tu verrais les choses différemment, répondit Lily sur le même ton.

Elle se souvenait trop bien des mètres et des mètres de marbre de Rathnaree. Même si elle devenait très riche, elle aurait horreur de demander à une autre personne de nettoyer les sols pour elle.

— Tu marques un point, reconnut Maisie.

Elles partageaient la même chambre et, une fois qu'elles furent seules, Lily s'assit sur l'un des lits jumeaux recouverts d'une courtepointe en coton surpiqué d'un blanc de neige. C'était ce qu'il y avait de plus neuf dans la pièce. Tout le reste était très ancien et fané, y compris les lourds rideaux à fleurs et le tapis usé jusqu'à la trame.

— Dis donc, c'est pas vraiment le Ritz, ici ! dit Maisie.

— Ce sont les chambres de la famille, expliqua Lily. C'est ici que vivent la famille et les amis des enfants. Les suites des invités à proprement parler sont certainement plus confortables, mais sans rien d'ostentatoire. C'est de mauvais goût de vouloir en mettre plein la vue.

— Moi, si je vivais ici, je ne m'en priverais pas ! soupira Maisie qui s'occupait à ouvrir les tiroirs et tout examiner.

Lily éclata de rire.

— C'est bien pour ça que toi et moi nous ne serons jamais des femmes convenables pour les aristos ! Nous voudrions qu'il fasse chaud dans la maison toute la journée, avec des dessus-de-lit en soie comme chez Greta Garbo et une Rolls Royce, mais notre mari très chic voudrait des vieux rideaux, pas de chauffage, et que nous reprisions ses chaussettes au lieu d'en acheter de nouvelles. Les gens riches n'ont pas besoin de montrer qu'ils sont riches.

— Ils sont bizarres, c'est sûr.

Quand elles furent prêtes, elles redescendirent l'imposant escalier.

— Maman est dans le petit salon, leur dit Diana. Elle a hâte de faire votre connaissance.

Elle avait troqué ses vêtements de voyage pour un jodhpur et un pull léger qui la faisaient paraître plus jeune. Lily avait l'impression de découvrir un nouvel aspect de son amie à présent que celle-ci était chez elle. Elle pensa de nouveau à sa propre maison, à Tamarin. Elle s'imagina y emmenant Diana et Maisie pour leur montrer les lieux de son enfance. Les bois où elle jouait à cache-cache avec Tommy, le ruisseau au bord duquel ils s'étaient mis à plat ventre en faisant danser leurs doigts dans l'eau froide. Elle s'imagina les présentant à sa mère. Elles l'aimeraient tout de suite. Tout le monde aimait Mary. Elle était tellement accueillante et gentille ! Il n'en restait pas moins que Mary se montrerait différente avec Diana parce que Diana était « de ce monde-là ». Mais pourquoi cela avait-il tant d'importance ?

Le petit salon se trouvait dans l'aile gauche de la maison, l'aile que la famille occupait par opposition à l'aile est où étaient installés les convalescents. La mère de Diana se leva et leur tendit les bras dès qu'elle les aperçut.

— Je suis ravie ! dit-elle avec sincérité.

C'était le portrait de Diana en plus âgée. Elles avaient le même visage doux, le même sourire et les mêmes cheveux qui, chez elle, se mêlaient de gris.

— Bonjour, lady Belton, dit Lily de façon très protocolaire.

— J'ai l'impression de déjà vous connaître, les filles, répondit lady Belton. J'ai tellement entendu parler de vous et de votre gentillesse envers Diana. Je ne pourrai jamais assez vous en remercier.

Elle leur souriait avec tellement de chaleur que Lily se détendit enfin. Peut-être que tout se passerait bien, après tout.

Sir Archibald, tout en se montrant extrêmement affable, était un gentleman de la vieille école, charmant mais sans aucun doute pleinement conscient de son rang. Lady Belton ressemblait beaucoup plus à Diana, aimable envers tous, sans distinction d'origine. Lady Irene ne l'aurait pas du tout appréciée, pensa Lily avec amusement.

Le dîner, leur expliqua Diana avec candeur, réunirait « juste la famille ». Lily, Maisie, Diana, lady Evangeline et sir Archibald furent rejoints par Sybil et son fiancé, le capitaine Philip Stanhope, un homme peu disert à la mâchoire virile.

Sybil avait deux ans de moins que Diana et un caractère très différent. Elle n'avait envie de parler que de son mariage, qui avait lieu le lendemain, de sa robe, des fleurs, et de la déception que c'était de ne pouvoir se marier selon les règles de son monde à cause de cette horrible guerre.

Lily songea aux gens qui avaient expérimenté dans leur chair cette horrible guerre, comme Maisie qui avait perdu sa mère dans un bombardement ou les jeunes hommes qui souffraient dans l'autre aile de la maison, massacrés extérieurement et intérieurement par ce qu'ils avaient vécu sur le front. Ici, dans le monde idyllique de Beltonward, la guerre semblait très loin. Sybil travaillait comme volontaire avec les groupes locaux et Lily ne put s'empêcher de se demander comment elle pouvait superviser des paysannes de dix-neuf ans qui soupiraient après leur famille et s'étaient engagées pour soutenir l'effort de guerre. Ces pauvres filles se trouvaient à des dizaines de kilomètres de chez elles, obligées de se lever à cinq heures pour traire des vaches ou travailler aux champs. Comme si elle avait été capable de lire dans les pensées de Lily, Sybil se tourna vers elle.

— Vous qui venez d'une ferme, lui jeta-t-elle d'un ton sec, vous devriez rejoindre nos volontaires !

— Ce serait un peu du gâchis compte tenu de ma formation, répondit Lily d'un ton uni.

— Oui, mais vous venez d'Irlande, répondit Sybil comme si cela suffisait à réduire sa formation professionnelle à néant.

Lily sentit se lever sa colère coutumière, mais réussit à la dominer.

— Ce n'est pas le cas, dit-elle. Je n'ai pas appris mon métier d'infirmière en Irlande. Là-bas, je travaillais pour un médecin.

— Sybil, intervint Diana. Lily est meilleure infirmière que moi.

— Si tu le dis ! marmonna Sybil en toisant Lily du bout de son nez trop long.

— D'où avez-vous dit que vous veniez, ma chère ? demanda sir Archibald.

Lily se raidit. Elle en mourrait, s'il connaissait les Lochraven. Elle ne supporterait pas de devoir soutenir une conversation à leur sujet, une conversation qui ne pourrait que révéler qu'elle avait travaillé là-bas comme femme de chambre.

— Waterford, répondit-elle.

C'était exact dans la mesure où Tamarin se trouvait dans le comté de Waterford.

— Ah ! Très bien, dit sir Archibald.

Après le dîner, ils se retirèrent dans le petit salon où lady Evangeline s'assit à côté de la cheminée dans laquelle ne brûlait aucun feu. Elle se mit à sa tapisserie, une licorne sur fond de bois verdoyants, tandis que Diana, Sybil, sir Archibald et Philip disputaient une partie de cartes. Maisie et Lily, qui n'aimaient pas les cartes, allèrent s'asseoir sur la banquette de la fenêtre pour bavarder en regardant le parc. Lily avait dit ne pas aimer les cartes uniquement parce qu'elle était certaine que les jeux auxquels elle jouait chez elle n'étaient pas ceux que Sybil appréciait.

Pour la réception, Wilson, avec l'aide de Philip et de sir Archibald, avait rassemblé les chaises de jardin sur la petite terrasse à côté de la roseraie. Il était prévu de laisser ouvertes les portes menant à la terrasse pour que les invités puissent entrer et sortir à volonté. Sybil boudait parce que les soldats convalescents n'avaient pas été chassés de la salle de bal pour son grand jour.

Maisie se pencha à l'oreille de Lily pour murmurer :

— Crois-tu que Sybil et le capitaine l'ont fait ?

— Sybil ? répondit Lily en haussant les épaules. Je ne sais pas. On n'a pas l'impression que ce soit la grande passion entre eux.

Sybil et Philip se connaissaient depuis toujours et Lily ne sentait pas de désir entre eux. Elle avait vu des infirmières rentrer furtivement le soir, le teint animé, le rouge à lèvres effacé et les cheveux décoiffés. Si l'infirmière-chef les avait surprises, elle le leur aurait fait payer très cher. Lily se demandait toujours à quoi cela ressemblait, de désirer quelqu'un, et si elle en ferait jamais l'expérience. Il lui était arrivé de sortir avec des hommes, bien sûr, mais elle n'avait jamais ressenti le moindre élan de passion ou de désir.

— Si j'étais fiancée, je coucherais avec mon promis ! dit soudain Maisie.

Lily en fut très surprise. Elle avait toujours considéré Maisie comme la plus vertueuse de leur trio. En dépit de tous ses « Nom d'un chien ! » et de ses plaisanteries sur les soldats avec lesquels on pouvait flirter au cinéma, elle tenait de son éducation un code moral très strict.

— Il pourrait être envoyé au front, poursuivit-elle, et on ne se reverrait plus jamais. Au moins, si on est fiancée et qu'on tombe enceinte, on a quelque chose pour se souvenir de lui s'il ne revient pas.

— Je suppose, dit Lily avec hésitation. Mais il ne pourrait rien y avoir de pire, si ? Aimer quelqu'un, le voir partir de l'autre côté des mers pour on ne sait quoi… Comment dormir en sachant cela ?

— C'est peut-être la raison pour laquelle nous sommes amies toutes les trois, répondit pensivement Maisie. Peut-être parce que nous n'avons pas de fiancé au loin. On n'est pas sans cesse en train de se lamenter à cause d'un homme qui est parti, comme ces filles qui ne peuvent aligner deux phrases sans parler de leur chéri qui se bat en Afrique ou ailleurs.

— Tu as raison, dit Lily en riant. En plus, les hommes compliquent les choses. Nous devrions quitter l'hôpital si nous nous mariions et nous débrouiller toutes seules si nous nous retrouvions enceintes.

Aucune des deux situations ne représentait ne serait-ce qu'une vague possibilité pour Lily. L'amour arrivait au dernier rang de ses priorités. Le plus important, c'était son travail. Or, elle faisait tellement d'heures qu'il lui était presque impossible d'avoir une vie en dehors de l'hôpital, même si certaines infirmières y parvenaient. Diana et Maisie allaient parfois dîner avec un homme ou voir un film mais, elle, c'était très rare.

— On voit tellement de malades et tellement de mourants ! reprit-elle. Ça vous dégoûte de l'amour.

— Parle pour toi ! rétorqua Maisie en riant. Moi, je continue à chercher. Et qui sait si, demain, je ne vais pas rencontrer un type adorable qui me fera perdre la tête…

— Tu risques plutôt de tomber sur un vieux croulant qui va attraper une insolation et tu devras lui bassiner le front tout l'après-midi !

— Connaissant ma chance, je crains que tu aies raison.

Le jour du mariage, le temps était celui dont rêve toute mariée. Un grand soleil brillait dans un ciel bleu sans nuages. Cependant il ne faisait pas chaud au point de flétrir les fleurs offertes par le voisinage. Lily se leva tôt et alla longuement marcher dans les jardins et les prés qui s'étendaient derrière la maison. Quelques vaches y paissaient d'un air satisfait et chassaient les mouches à grands mouvements de queue paresseux. En fermant les yeux et en respirant profondément, Lily aurait presque pu se croire dans les champs, chez elle, avec l'odeur familière de la terre et du bétail. Un brusque accès de nostalgie l'envahit.

Quand elle rentra au château, elle trouva toute la maisonnée sens dessus dessous. On entendait Sybil se lamenter sur sa coiffure et sur le parfum qu'on lui avait volé.

— Il n'en restait que quelques gouttes que je gardais pour aujourd'hui ! hurlait-elle. Comment a-t-on pu me faire ça ?

Lily et Maisie s'habillèrent sans lambiner et s'occupèrent réciproquement de leur coiffure.

— Tu as des cheveux vraiment brillants, dit Maisie. Tu les as rincés avec de la bière ?

Elle s'éloigna d'un pas pour admirer les boucles cascadantes de Lily qu'elle venait de relever sur les deux côtés de sa tête à l'aide de peignes en écaille de tortue.

— Non, répondit Lily en riant. Pas à la bière, au parfum !

— Tu plaisantes ? gloussa Maisie.

— Oui !

— Pourtant, ce serait une bonne leçon pour cet horrible petit monstre. Je ne sais pas comment Diana supporte sa sœur.

— Elle n'est pas si mauvaise, répondit Lily. C'est juste une enfant gâtée qui ne connaît pas grand-chose à la vie. Si elle venait passer un moment avec nous, elle changerait. Quelques jours à travailler comme fille de salle à l'hôpital lui remettraient les pieds sur terre.

— Je croyais que tu la détestais.

— Non, fit Lily en secouant la tête. J'ai seulement laissé nos caractères se heurter, c'est tout. Ce n'était pas très malin de ma part. Ce n'est qu'une gosse !

— Tu es plus sage qu'il n'y paraît, dit pensivement Maisie. Donc, on va donner une chance de se racheter à Mlle Supérieure.

— Mme Supérieure, après seize heures ! ajouta Lily en riant.

La chapelle était en effet très petite et très simple avec un autel de pierre sans aucun chichi. Les bancs, également de pierre, n'étaient adoucis que par d'antiques coussins de velours vieil or. Lily eut un petit frisson d'angoisse à l'idée de se trouver là. Elle savait que les catholiques n'étaient pas censés assister aux cérémonies d'autres cultes mais c'était pour un mariage, donc certainement différent. Elle le mentionnerait quand même à son confesseur et glisserait sur ce détail dans sa lettre à sa mère.

Quand quatre heures de l'après-midi sonnèrent, une quarantaine d'invités se pressaient dans la chapelle, y compris le vicaire et une vieille dame aux cheveux blancs assise derrière l'orgue. Contrairement aux mariages d'avant-guerre, avait dit Diana, la plupart des amis de la famille ne pourraient pas venir. Ceux qui avaient pu se déplacer se contenteraient de passer quelques heures et repartiraient. Compte tenu de cela, Sybil n'avait pas le droit d'être en retard. Il était donc seulement quatre heures dix quand la fiancée apparut au bras de son père, très fier. L'assemblée poussa un soupir d'admiration. Il n'était pas question pour Sybil d'avoir une robe de mariée taillée dans de la soie de parachute. Sa robe était toute en dentelle de Bruxelles, taillée dans une robe de cour de sa mère. Elle n'avait pas le teint clair de sa sœur aînée ni ses traits réguliers et cette beauté intérieure qui rayonnait chez elle. Malgré tout, Sybil était très jolie.

Le fiancé, en tout cas, en paraissait tout à fait convaincu. Quand il se tourna pour accueillir sa future épouse, son expression se fit très douce. A cet instant, Lily vit le garçon d'honneur, officier de la Navy lui aussi, plus grand que Philip. Pendant un instant, son regard croisa celui de Lily. Il avait des yeux d'un gris lumineux qui fixèrent longuement ceux de Lily. Elle eut l'impression qu'une petite flamme venait de s'allumer en elle-même. Puis le regard si intense se détourna. Lily put reprendre son souffle et étudier en détail le bel officier.

La cérémonie fut courte et simple, radicalement différente des mariages catholiques dont Lily avait l'habitude. Quand ce fut terminé, Sybil et son mari descendirent l'allée centrale. Sybil semblait triomphante à présent qu'elle avait son homme.

Maisie se tapota les yeux avec un petit mouchoir bordé de dentelle tandis qu'elle sortait de la chapelle.

— Je pleure toujours aux mariages, dit-elle. Je ne sais pas pourquoi. Ma mère répétait toujours que j'étais une vraie fontaine. J'aimerais qu'elle puisse me voir maintenant.

Pendant quelques instants, l'éternel optimisme de Maisie sembla la déserter et ses yeux se mirent à briller d'une curieuse façon. Lily lui passa un bras autour des épaules.

— Moi aussi, j'aimerais que ma mère puisse me voir.

Elle mentait. Sa mère s'offusquerait de voir sa fille au coude à coude avec l'aristocratie.

— Maisie, ta maman serait fière comme tout de te voir ici, chuchota Lily. Quelle était cette chose qu'elle disait toujours ? Béni soit…

— Bénie soit ma sainte tante ! répondit Maisie en riant. Contrairement à moi, ma pauvre maman ne jurait jamais. Elle aurait dit : « Bénie soit ma sainte tante, Maisie ! Te voilà en train de boire des cocktails au gin avec les rupins ! »

Wilson, raide comme un piquet, se matérialisa à côté d'elles.

— Puis-je vous resservir, mesdemoiselles ?

Lily sentit tout le poids de sa désapprobation. Tout le monde était charmant avec les amies infirmières de Diana, même sir Archibald, à sa façon un peu distante. Seul Wilson se conduisait comme si elles étaient deux mendiantes qui s'étaient introduites dans la salle du trône pour voler l'argenterie de famille.

— Pourquoi pas ?

Maisie vida son verre. Une bonne dose de gin et une autre de vermouth italien, son cocktail préféré.

— Merci, vous êtes un amour ! dit-elle en souriant à Wilson.

Rien, sur son joli visage, ne permettait de dire qu'elle soit affectée de quelque façon que ce soit par la conduite sévère du majordome. Lily envia son amie. Comme il serait merveilleux de rester indifférente à tous les Wilson du monde ! Merveilleux de se moquer jusqu'à l'inconscience de ce sentiment de ne pas être à sa place ! Maisie était à l'aise où qu'elle soit, exactement comme Diana. Elles possédaient toutes deux cette assurance innée qui faisait qu'elles ne méprisaient jamais personne et ne se demandaient jamais ce que pensaient les autres. Pour Lily, c'était exactement l'inverse.

Lady Belton avait réussi à se procurer plus que les deux livres de jambon autorisées par ses cartes de rationnement pour un mariage. Même si sir Archibald était très strict, il avait à peine murmuré quand sa femme s'était arrangée pour trouver des côtelettes de porc et quelques vrais œufs de ferme. Elle avait mis de côté les œufs de ses propres poules pendant plusieurs semaines.

Lady Belton avait quatre poules dans son potager et en prenait soin elle-même. Diana leur avait dit ne pouvoir imaginer sa mère en train de s'occuper de poulets ou de poules avant la guerre. « Mais, avait-elle ajouté, c'est une femme de ressources, vous savez. Elle peut affronter toutes les situations. »

Une partie des œufs avait été utilisée pour préparer de raffinés canapés au cresson, tandis que les plus petits avaient été cuits durs et servis avec les laitues du potager. Il n'y avait aucun espoir de proposer un gâteau de mariage traditionnel. A la place, on avait prévu des quantités de petites gelées décorées de fleurs, ainsi qu'un minuscule gâteau de Savoie. Tout était présenté de façon ravissante et, pour une fois, même Sybil ne pouvait se plaindre.

Lily, qui l'observait, la vit perdre un peu de sa rigidité grâce au précieux champagne de son père. C'était une très belle journée et les invités sortaient volontiers sur la terrasse pour s'asseoir et profiter du soleil de la mi-mai. Sybil et Philip avaient dansé quelques valses pour le plaisir des convives les plus âgés puis les disques de jazz de Philip avaient pris la relève.

— J'adore cette musique, dit Sybil d'un ton rêveur tandis qu'elle tourbillonnait entre les bras de son jeune mari.

Soudain, leur bonheur blessa Lily. Depuis le matin, elle n'avait cessé de penser à Tamarin et elle se sentait tout à coup très seule. Que faisait-elle ici ? Elle prit son verre et sortit sur la terrasse. Quand la guerre serait finie, elle rentrerait chez elle. Quoi qu'elle ait pu chercher, ce n'était pas ici qu'elle le trouverait. Du moins chez elle serait-elle au milieu de ses amis et de sa famille et, si jamais elle ne se sentait plus bien avec eux... Eh bien ! Elle saurait à ce moment-là qu'elle ne se sentait à sa place nulle part.

— Bonjour ! lui dit-on.

Elle tourna la tête. Le témoin de Philip était à côté d'elle, le bel officier de la Navy. Elle n'était pas très sûre de son rang car elle n'avait jamais eu le talent de Diana pour lire les insignes et les galons.

— Vous prenez la fuite, vous aussi ? demanda-t-il.

Il avait un accent très doux avec une pointe de prononciation écossaise. Lily l'observa quelques instants. Elle était devenue douée pour dire la bonne chose au bon moment. La capacité du caméléon à se fondre dans le décor faisait partie de ce qu'il y avait à apprendre pour vivre dans un autre pays que le sien. Or, à cet instant, elle en avait assez de se fondre dans le décor. Penser à Tamarin avait exacerbé son sentiment d'être une étrangère.

— Oui, dit-elle sans prendre de gants. J'ai l'impression de n'avoir rien à faire ici. Je ne connais personne, excepté Diana et Maisie. Je n'ai pas envie de parler croisières en Méditerranée !

Tout en disant cela, elle avait repéré la mariée qui tourbillonnait devant les portes de la terrasse.

— La guerre rend pénibles les échanges de banalités, acquiesça-t-il.

Son regard suivit celui de Lily et se posa sur la nouvelle Mme Stanhope.

— C'est difficile de s'intéresser à des sottises quand… quand il se passe tant de choses, termina-t-il en éludant.

Lily le considéra avec intérêt. Elle s'attendait à moitié à l'entendre dire qu'il fallait garder le moral. Il lui aurait ensuite proposé un autre verre. Comme si s'abrutir avec du gin était la réponse à tous les problèmes de la vie ! Mais cet homme n'avait pas la gaieté polie des autres officiers amis de Diana, des hommes qui plaisantaient avec ce charme typiquement britannique des aristocrates, même devant le peloton d'exécution. Celui-ci était d'une étoffe plus rude. Jusqu'à son large visage carré avec son nez plat de boxeur et ses yeux profondément enfoncés dans leurs orbites qui lui donnait davantage l'allure d'un paysan devenu seigneur de guerre que d'un aristocrate. Lily avait envie d'en savoir plus.

— Mon excuse est d'être une étrangère ici. Mais vous, vous devez certainement connaître tout le monde ?

— Oui, je connais la plupart des gens. Nous sommes des amis d'école, Philip et moi.

Il lui tendit sa grande main avec une petite inclination cérémonieuse.

— Lieutenant Jamie Hamilton.

Lily lui jeta un regard perçant et prit sa main. Elle éprouva, ce faisant, la même décharge d'adrénaline qu'elle avait déjà ressentie dans la chapelle quand leurs regards s'étaient croisés. Elle tenta de lancer la conversation sur un sujet relativement banal pour dissimuler le choc qu'elle éprouvait.

— Votre prénom et votre accent me disent que vous n'êtes pas de la région.

— Je suis écossais, de l'Ayrshire, dit-il. Et vous, vous êtes l'infirmière Lily Kennedy d'Irlande.

— Oui, répondit-elle en souriant.

Il était facile en l'entendant de comprendre qu'elle était irlandaise, mais elle se demandait comment Jamie connaissait son nom.

— C'est un travail difficile, dit-il.

— En effet, acquiesça-t-elle sans le quitter des yeux. Très dur.

— Comment supportez-vous cela ? Je veux dire, les blessures, la mort…

Peu de gens posaient ce genre de questions à Lily, peut-être parce que, à Londres, tout le monde voyait tous les jours les résultats de la guerre. De plus, la plupart préféraient parler d'autre chose. Elle avait également l'impression que la période de deuil après un décès devenait de plus en plus courte, comme si les gens avaient peur de penser à la mort. Reconnaître la présence de la mort, en parler, était trop déprimant. La seule solution sensée si l'on voulait survivre était de se tourner bravement vers le lendemain et d'avancer.

— C'est difficile, dit-elle à Jamie Hamilton. Surtout quand il s'agit d'enfants. La semaine dernière, on nous a amené deux petits garçons, des frères. Ils ne devaient pas avoir plus de dix ou onze ans. Ils portaient des pyjamas à rayures bleues et blanches, comme si on les avait sortis de leur lit. En réalité, ils venaient d'être tués par une bombe. Je n'arrête pas de penser à eux.

« J'ai commencé ma formation il y a quatre ans et je pense que, si j'avais su ce qui m'attendait, jamais je n'aurais choisi ce métier. J'avais une vague idée de ce que voulait dire aider les autres, les réconforter et jouer le rôle de cet être aimable qui vient vous soutenir dans l'épreuve. Rien n'est plus éloigné de la réalité. Il s'agit d'essayer désespérément de maintenir les gens en vie, et tout cela à une vitesse folle. On les voit mourir de façon épouvantable. La plupart du temps, on est totalement impuissant… Je ne sais pas comment le décrire, mais il y a aussi une montée d'adrénaline quand on travaille en chirurgie ou dans les autres services un jour de grande affluence et que l'on doit s'acharner coûte que coûte parce que, si on abandonne, quelqu'un en subira les conséquences.

Elle s'interrompit, hors d'haleine.

— Est-ce que de sortir vous aide à vous détendre ou bien est-ce que cela aggrave la situation ? demanda Jamie.

— Un peu des deux, répondit Lily en riant. Cela fait du bien de tout oublier de temps en temps pour simplement danser. Et puis d'un seul coup, je me dis que je n'ai pas le droit d'oublier ce qui se passe.

Elle se détourna pour regarder les danseurs, à l'intérieur du château.

— C'est exactement ce que je ressens, dit-il. Quand on est sur le champ de bataille, on donnerait tout pour en partir mais, quand on est parti, on voudrait y être de nouveau.

— Où servez-vous ? demanda-t-elle.

— Je suis lieutenant de vaisseau, commandant en second d'un sous-marin. J'ai été blessé le mois dernier.

Elle remarqua qu'il ne lui avait pas dit où ni comment. Les équipages des sous-marins étaient réputés pour leur discrétion.

— Vous travaillez avec Diana au Royal Free, je crois ?

Elle se contenta de hocher la tête. S'il voulait garder ses secrets, elle aussi !

— D'où venez-vous ? demanda-t-il.

— De Tamarin, une toute petite ville au sud de l'Irlande. Vous n'en avez certainement jamais entendu parler. C'est sur la côte, c'est très joli, très tranquille et très différent de Londres.

— Pourquoi êtes-vous partie ?

— Parce que je voulais être infirmière et que je n'avais pas les moyens de payer ma formation en Irlande. Mon père est maréchal-ferrant et ma mère gouvernante dans une maison qui ressemble assez à celle-ci. C'est seulement un tout petit peu moins grand.

Je suis différente, cherchait-elle à lui expliquer. Je suis ce que je suis. Si je vous plais, tant mieux. Mais je n'ai pas l'intention de faire comme si. Je n'appartiens pas à votre monde.

De l'intérieur, la voix de Maisie leur parvint. Elle chantait son air favori « Doing the Lambeth Walk… » Maisie avait une très belle voix et tous les invités ne tarderaient pas à danser en l'écoutant. Elle avait le don de charmer les gens et de se faire aimer de tous. Lily savait très bien qu'elle-même en était dépourvue. Elle était trop méfiante, trop encline à rester en dehors du jeu pour observer les joueurs.

Mais c'était Jamie qui l'observait en cet instant. A la façon dont il la regardait, quelque chose vacilla en elle.

— Je crois que nous sommes les seuls à ne pas rire et plaisanter, dit-elle soudain comme de grands éclats de rire leur parvenaient. Je suis étonnée que Sybil ne nous ait pas déjà chassés ! Elle tient beaucoup à ce que son mariage soit parfait.

Jamie fit un pas vers elle, si bien qu'il se tenait très près d'elle à présent.

— Je ne sais pas pour vous, dit-il, mais moi je m'amuse beaucoup.

— Vraiment ? demanda-t-elle en s'écartant légèrement. J'espère que vous continuerez à vous amuser, lieutenant. Si vous voulez bien m'excuser…

Elle gagna les lavabos, où elle passa de l'eau sur ses joues en feu. Elle tenta ensuite de réparer les dommages avec un nuage de poudre English Rose qui ne lui allait pas très bien. Malheureusement, c'était tout ce qui lui restait. Quant à son précieux rouge à lèvres Rouge de Chine, il se réduisait à un fond de tube. A l'aide d'une épingle à cheveux, elle réussit à en récupérer un peu pour l'étendre sur ses lèvres charnues.

En se voyant dans le miroir, les yeux brillants, elle se sentit soudain fière de son apparence. Son teint sans défaut et très pâle formait un beau contraste avec ses cheveux châtains qui encadraient un visage à l'ovale d'une grande pureté. L'intelligence qui brillait dans ses yeux en amande faisait d'elle plus qu'une jolie fille, une beauté surprenante.

A partir du jour où elle avait remis Cheryl à sa place, tout le monde l'avait surnommée « l'indomptable Irlandaise ». Elle avait pris cela comme un compliment prouvant qu'on la voyait comme une jeune fille forte, assurée et capable de se maîtriser. En définitive, il y avait une chose dont elle pouvait être reconnaissante aux Lochraven. Observer le comportement de lady Irene lui avait appris la vertu de la maîtrise de soi et du calme. Par ailleurs, sa détermination à être différente des autres domestiques de Rathnaree lui avait donné un port de reine. Avec un dernier regard au miroir, elle se dit qu'elle n'était pas vilaine à regarder.

Quand elle retourna au salon, le gramophone jouait un disque de Glenn Miller et tout le monde dansait, comme pour profiter jusqu'à la dernière seconde de cette journée de fête. Il était presque vingt heures et la plupart des invités partiraient bientôt, se hâtant de rejoindre leur baraquement ou leur poste avant la nuit. La réception se terminait tout doucement.

Diana avait chuchoté à l'oreille de Lily que la permission du marié avait été annulée. Personne ne savait pourquoi mais on parlait de la possibilité d'une grande offensive. Sybil l'ignorait encore.

« Il va devoir partir dès ce soir, avait expliqué Diana. La lune de miel sera pour plus tard. Je n'aimerais pas être à sa place, pauvre garçon… »

Lily regardait les danseurs tout en battant doucement la mesure du pied. Elle s'efforçait de ne pas penser à cette rumeur de grande offensive qui, une fois de plus, allait précipiter les hommes dans la guerre. Tout le monde découvrirait bientôt la vérité de la façon la plus dure, quand les blessés seraient ramenés à l'arrière et que, à l'hôpital, on travaillerait non-stop, l'équipe de jour et celle de nuit n'en faisant plus qu'une.

— Danser vous ferait-il plaisir ?

Il était là, à côté d'elle, la dominant d'une tête et, soudain, Lily se dit que rien ne lui ferait plus plaisir.

— Volontiers. Mais je ne suis pas très douée…

Elle était trop grande et la plupart des danseurs semblaient préférer des femmes plus petites.

— Moi non plus, répondit Jamie avec un sourire qui illumina son visage taillé à la serpe.

Il avait menti ! Dès l'instant où il lui prit la main, Lily sentit son sens du rythme et sa force s'unir à la sienne. C'était comme si elle avait été saupoudrée de potion magique de danse. La musique était très forte, et le couple se glissa aisément au milieu des autres danseurs. Lily se demandait si l'on pouvait voir l'électricité entre eux. Il était impossible qu'on ne s'en aperçoive pas. La main de Jamie, posée dans un geste intime au creux de ses reins, lui donnait l'impression qu'il touchait sa chair nue, qu'il la caressait à même la peau et non pas à travers la barrière du tissu de soie. Dans la main qui tenait la sienne, elle sentait la force du poignet de Jamie et ses propres doigts devinaient sous l'uniforme la puissance de ses épaules. Ce n'était plus de la danse. Elle avait l'impression d'être en train de faire l'amour.

La musique finit par s'arrêter et ils se figèrent à leur tour, se dévorant des yeux.

— Encore une fois ! cria Sybil comme une petite fille.

Aussitôt, quelqu'un obéit et on entendit le petit crissement de l'aiguille sur le disque. Ce fut seulement quand la musique reprit que Lily s'aperçut qu'elle avait retenu sa respiration.

— Je voudrais que cela ne s'arrête jamais, souffla Jamie à son oreille.

Lily ferma les yeux et le laissa la serrer un peu plus contre lui. Alors que, tout autour d'eux, les couples dansaient avec exubérance, tous deux se mouvaient avec lenteur, comme s'ils entendaient une autre musique.

Un cri de joie leur fit tourner la tête. C'était Maisie que faisait tournoyer un des amis américains de Philip, un blond capitaine qui avait trouvé à qui parler pour danser le jitterbug. Maisie y excellait et son cavalier la faisait tourner du bout des doigts comme si elle avait été une poupée, ses jupes virevoltant.

Voir Maisie rompit l'enchantement. Lily se secoua mentalement. Que lui arrivait-il ? Elle connaissait trop la vie pour folâtrer avec un bel homme en uniforme. Ce n'était pas le but qu'elle s'était fixé. De plus, même si elle le trouvait très séduisant, Jamie appartenait à un autre monde, le monde de Diana.

— Si cela ne vous ennuie pas, je vais aller m'asseoir, lui dit-elle précipitamment, décidée à ne pas tenir compte de l'expression de désappointement qui avait traversé le beau visage de Jamie.

— Puis-je aller vous chercher quelque chose à boire ? proposa-t-il, un masque de politesse froide sur ses traits.

Lily aurait préféré qu'il lui demande ce qui n'allait pas, mais ce genre d'homme ne posait jamais ce style de question. C'était un des plaisirs des classes supérieures, leurs membres prenaient tout de haut. A Tamarin, les garçons lui auraient demandé pourquoi elle ne voulait plus danser.

— Non, je vous remercie, répondit Lily avec la même politesse. Je me suis laissé un peu emporter par la danse. Je pense que je vais rester assise pendant la prochaine.

Elle aurait voulu ajouter qu'elle s'était aussi laissé emporter par lui, mais c'était impossible. Elle aperçut Diana qui se trouvait également près d'un groupe, observant et souriant.

— Diana est une excellente danseuse, reprit-elle.

— Je sais, répondit-il, les mâchoires serrées.

— Dans ce cas, vous savez que c'est une fille formidable, ajouta Lily.

Elle ne savait pas très bien pourquoi elle faisait cela, comme si elle voulait précipiter Jamie dans les bras de Diana. Il était tout ce que son amie désirait chez un homme et Lily aimait Diana comme une sœur. Diana aurait tout donné pour être amoureuse et, pensa Lily en soupirant, Jamie était quelqu'un de spécial.

— Vous m'envoyez danser avec Diana ? demanda-t-il avec un sourire amusé.

Lily éprouva une brusque flambée de colère. Qu'y avait-il de si drôle ?

— Je pense qu'elle est plus dans votre genre, dit-elle.

Zut ! Elle racontait vraiment n'importe quoi.

— Je veux dire, se reprit-elle. Vous venez du même…

— … milieu ? suggéra-t-il.

— Oui !

Ils s'étaient écartés des danseurs et se trouvaient à l'autre extrémité de la pièce, où les gens étaient assis dans des canapés ou sur des chaises, bavardant et buvant.

— Est-ce donc important pour vous, le milieu d'où l'on vient ? demanda-t-il.

— Je parie que c'est important pour vous.

— Pas vraiment. Pas si je trouve la personne qu'il me faut.

— Bonne chance pour vos recherches ! dit-elle gentiment avant d'aller prendre place à côté de la tante célibataire de Diana, Daphne, qui était sourde comme un pot.

Cela t'apprendra ! pensa-t-elle tout en criant quelques amabilités à l'intention de Daphne. Elle n'avait pas quitté Jamie des yeux. Il était toujours debout, non loin d'elle, et lui souriait d'une façon qu'elle n'aurait pu décrire que comme malicieuse. Son regard réussit à capter le sien et il haussa légèrement un sourcil comme pour lui signifier qu'il avait très bien compris son petit jeu.

— Quelle agréable musique ! hurla-t-elle à l'oreille de Daphne.

Elle se maudit aussitôt d'avoir fait cette remarque car la malheureuse ne pouvait rien entendre.

— Quoi ? cria la vieille dame en mettant une main en cornet.

Dans son autre main, elle tenait un verre rempli du mélange gin et vermouth de Wilson.

Après une demi-heure d'impossible conversation avec Daphne tout en observant Jamie du coin de l'œil, Lily commençait à sentir la tension la quitter quand elle aperçut Sybil passer en sanglotant. Si Philip devait partir le soir même, sans doute Jamie le devrait-il aussi. Une fois Jamie parti, elle retrouverait tout son calme.

Un quart d'heure plus tard, une Sybil aux yeux rouges et le reste des invités étaient assemblés dans le grand vestibule pour les adieux.

— Je ne peux pas jeter mon bouquet ! gémit Sybil à l'intention de sa mère qui s'occupait d'elle comme d'une petite fille, essayant de lui sécher ses larmes avec un petit mouchoir.

— Du courage, ma chérie ! dit lady Evangeline.

— Je n'y arrive pas.

— Voyons, ma chérie, nous donnerons bientôt une autre réception pour ton mariage, je te le promets, dit Philip.

— Tu me le promets ? répéta sa femme en reniflant.

— Oui !

Maisie se pencha à l'oreille de Lily.

— Pauvre type, je suis vraiment désolée pour lui.

Elle était pompette, les joues toutes roses et l'œil un peu vague.

— M'est avis qu'il ne sait pas dans quoi il s'est embringué, poursuivit-elle. Mais il ne va pas tarder à le découvrir.

— Attention ! cria Sybil.

— Les filles, attention ! prévint à son tour Diana.

Le bouquet de la mariée décrivit une courbe très haut dans les airs et Lily le vit tomber droit vers elle. A la dernière seconde, elle saisit le bras de Maisie et la plaça là où le bouquet atterrirait.

— Pour moi ! s'exclama Maisie comme les fleurs lui tombaient sur la tête.

Tout le monde éclata de rire, Lily plus fort que les autres. Ce fut à cet instant qu'une main pleine de force se posa sur sa taille et l'étreignit fermement. Elle eut l'impression qu'un baiser lui brûlait la peau.

— Je voulais vous dire au revoir, infirmière Kennedy, dit Jamie, penché sur elle à la toucher.

Il se produisit alors une petite bousculade et ils se trouvèrent projetés l'un contre l'autre. Leurs lèvres se rencontrèrent, brûlantes et avides, mais à peine s'étaient-ils embrassés que Jamie s'écartait.

— A bientôt ? dit-il.

Lily, impuissante, le regarda s'éloigner avec Philip, au milieu de leurs camarades et de leurs parents.

Maisie agita son bouquet et lui passa un bras autour de la taille en fredonnant les premières mesures de la marche nuptiale.

— N'était-ce pas trop chou ? soupira-t-elle.

Lily n'avait toujours pas détaché les yeux du seuil où Jamie se tenait seulement quelques instants plus tôt.

— Oui, très bien, répondit-elle en passant un doigt sur les lèvres qu'il avait embrassées.

Ce n'était pas la première fois qu'un homme l'embrassait, mais jamais on ne l'avait fait de cette façon. Pourquoi avait-elle joué à ce stupide petit jeu avec lui ? Pourquoi le fuir alors qu'ils étaient en train de danser ? Elle était furieuse contre elle-même. Ce côté chatouilleux de son caractère l'avait une fois de plus trahie. A présent, il était parti. Qui pouvait dire si elle le reverrait jamais ?

Septembre 1944

Sybil avait mis les petits plats dans les grands pour la seconde édition de sa réception de mariage mais, même ainsi, on était loin de la grande cérémonie qu'elle avait espérée.

Au lieu d'un bal en bonne et due forme, elle ne put offrir qu'un petit dîner dans la maison de la grand-mère de Philip à Londres, une demeure noble fermée depuis 1942 et dont le mobilier disparaissait sous des housses en toile. Il était prévu que, après le repas, tout le monde se rendrait au club The 400, un très élégant night-club que Diana fréquentait régulièrement mais où Lily n'était jamais allée.

Lily était persuadée que Sybil n'avait accepté de l'inviter que parce qu'elle avait besoin d'une paire de mains supplémentaires pour la cuisine et le ménage. Elle voyait très bien Sybil faisant la grimace à l'idée de l'inviter et croyait entendre Diana choquée déclarer ne pas imaginer un seul instant demander à son amie de l'aider si elle n'était pas invitée.

— Ça va être super, déclara Sybil avec insouciance, alors que les trois jeunes femmes tentaient de déterminer par quel bout commencer.

Sybil était là depuis la veille mais, à voir la poussière intacte, elle n'avait pas levé le petit doigt, se dit Lily.

— On sera mortes de fatigue avant d'avoir rendu cette maison à peu près présentable, jeta Diana avec colère.

Comme sa mère, Diana était furieuse contre Sybil d'avoir insisté pour donner cette soirée.

— En plus, nous ne sommes plus en sécurité à Londres, ajouta-t-elle. Même Philip le dit, à cause des V2. Je ne comprends pas pourquoi tu n'as pas voulu écouter maman et donner plutôt une réception à la maison pour Noël.

Depuis le débarquement, même les Londoniens endurcis par les fréquents raids aériens avaient appris à redouter le bruit caractéristique des bombes volantes. A présent, il y avait cette nouvelle menace, encore plus mortelle, des bombes volantes V2. Elles arrivaient sans avertissement et dévastaient des pâtés de maisons entiers. Pour la première fois depuis le début de la guerre, Lily avait peur en permanence.

— C'est déjà suffisamment moche que je n'aie pas eu de lune de miel, je ne vais pas laisser ce stupide Petit Blitz m'empêcher de recevoir mes amis, renifla Sybil.

Lily s'arrêta net dans ce qu'elle était en train de faire.

— Ecoute, Sybil, dit-elle les dents serrées. Je suis ici pendant mon jour de congé pour faire plaisir à Diana, pas à toi. Alors, s'il te plaît, arrête avec ton Petit Blitz parce que, si tu avais vu les conséquences de ces bombardements à l'hôpital tous les jours, tu n'en parlerais pas de cette façon.

Pour une fois, Sybil se tut. Dès qu'elle fut passée dans la pièce voisine, officiellement pour trouver un vase où mettre les dernières roses du jardin, Diana se pencha à l'oreille de Lily.

— Désolée, murmura-t-elle. Elle ne comprend pas.

— Je me demande pourquoi, répondit Lily d'un ton fâché. Je sais qu'elle est très protégée à Beltonward, mais, franchement, Diana, elle doit comprendre ce que les autres traversent en ce moment. Tu lui racontes ce que tu vois tous les jours. Comment peut-elle ne pas en être touchée ?

— Sybil est comme papa, dit Diana avec un petit haussement d'épaules. Elle ne comprend que ce qui l'affecte directement. Ne la laisse pas te gâcher la soirée ! Nous avons toutes besoin d'un peu de détente. S'il te plaît, Lily ? Tu vas adorer le club.

Lily finit par sourire. Elle avait très envie de demander si le lieutenant Jamie Hamilton faisait partie des invités mais elle n'osait pas. Depuis la soirée où elle avait dansé avec lui, elle avait à peine mentionné son nom. Elle ne voulait pas que qui que ce soit, même Diana, découvre à quel point il l'avait émue.

De toute façon, s'il venait, elle l'ignorerait, se dit-elle. S'il désirait tellement la revoir, pourquoi n'avait-il pas tenté de prendre contact avec elle ? Le débarquement qui avait gâché la lune de miel de Sybil était fini depuis longtemps. Jamie avait donc eu trois mois pour la contacter. C'était décidé, s'il était là, elle ne lui adresserait pas la parole. Juré craché !

— Bonsoir, Lily ! lui dit-il le même soir à huit heures.

Il avait exactement la même voix que dans son souvenir. Il était plus bronzé et avait fière allure dans son uniforme. Il était arrivé avec les derniers invités. Tout le monde se tenait déjà autour de la table de la salle à manger en train de terminer un verre. Grâce aux fleurs de Sybil et à l'habileté de Lily à disposer une table, tout était parfait. Diana s'était donné beaucoup de mal avec le poulet. « En réalité, avait-elle dit à Lily, je pense que c'est du lapin. » C'était Sybil qui l'avait apporté de la campagne.

— Bonsoir, Jamie, répondit-elle.

— J'espérais que vous seriez là, ce soir.

— Et je suis là, répliqua Lily.

Elle n'avait pas l'intention de lui faciliter les choses. Quand elle avait compris qu'il venait en lisant le plan de table soigneusement établi par Sybil, l'excitation s'était emparée d'elle.

— Je voulais vous appeler, commença-t-il.

— Vraiment ?

Il hocha la tête. Lily l'observa tandis qu'il vérifiait les noms sur les petits cartons et le vit tout à coup se baisser pour en échanger deux de façon à pouvoir être à côté d'elle.

— Nous pouvons nous asseoir maintenant, dit-il d'une voix étouffée.

— Sybil sera furieuse contre vous, répondit-elle sur le même ton.

— Je me sens de taille à le supporter. Je ne suis venu que pour une seule raison et cela n'a rien à voir avec elle.

Le frisson qu'elle avait déjà éprouvé la parcourut à nouveau. Elle dut s'asseoir avant que ses jambes se dérobent. Elle connaissait suffisamment le protocole des dîners élégants pour savoir que, au fur et à mesure que l'on servirait les plats, elle devrait parler tantôt avec Jamie, tantôt avec son autre voisin, se tournant vers l'un ou l'autre selon la succession des plats. Or, Jamie ne l'entendait pas de cette oreille.

En entrée, il y avait un minestrone brûlant servi par M. Timms, un des vieux domestiques de la grand-mère de Philip, un homme aux cheveux blancs, très frêle et dont les mains tremblaient. Lily fut horrifiée de le voir les servir. Elle aurait voulu crier qu'il était trop âgé pour cela. Au moment où elle s'apprêtait à se tourner vers son voisin, Jamie intervint.

— Ne nous ennuyons pas avec ce genre de convention, dit-il.

Pendant l'entrée, ils avaient parlé des trois derniers mois de guerre et des chances de la voir bientôt enfin terminée. Lily sentait sa langue se délier et son cœur s'ouvrir grâce à un verre de vin et au cocktail qu'elle avait bu avant le dîner. Elle voulait demander à Jamie pourquoi il ne lui avait pas écrit mais quelque chose l'en empêchait. Au lieu de cela, ils évoquèrent leur enfance et, pour une fois, Lily ne chercha pas à cacher la vérité. Elle parla et parla. Elle avait oublié les autres invités et lui raconta tranquillement Tamarin et Rathnaree.

— Vous êtes une femme admirable, Lily Kennedy, dit Jamie avec grand sérieux quand elle se tut.

— Pourquoi le mot « admirable » ne résonne-t-il pas comme un compliment ? demanda-t-elle.

Pour toute réponse, il lui prit la main sous la table et la regarda droit dans les yeux.

— D'accord, vous êtes une femme magnifique et je n'ai pas pu m'empêcher de penser à vous en permanence depuis que nous nous sommes rencontrés.

Il avait parlé à voix si basse qu'elle était seule à pouvoir l'entendre. Lily crut que son cœur s'arrêtait.

A cet instant, un terrible bruit de vaisselle, à l'extérieur de la salle à manger, la fit sursauter. Lily bondit sur ses pieds. C'était certainement le pauvre M. Timms. Personne d'autre ne bougea. Le vin coulait à flots, le gramophone jouait à plein tube et le reste des invités appréciait trop cette pause dans la guerre pour se soucier de savoir quelle catastrophe était arrivée au domestique.

Lily découvrit M. Timms se tenant le genou. Le sabayon au citron s'était répandu en grumeaux crémeux sur le parquet.

— Monsieur Timms, dit-elle de son ton le plus professionnel, laissez-moi voir votre genou !

— Asseyez-vous ici.

C'était Jamie qui avait suivi Lily et aidait le vieil homme à prendre place sur une chaise. Tandis que Lily s'occupait du genou blessé de M. Timms, Jamie nettoya les dégâts.

— Il faudrait que je puisse le bander et, ensuite, que vous reposiez votre jambe, expliqua Lily au vieil homme.

— Je pourrais m'allonger à l'office. Il y a un lit pliant laissé par le majordome précédent. Il avait mal au dos et avait besoin de s'allonger régulièrement, expliqua le domestique en reprenant ses esprits. Mais que vais-je faire pour le dessert ?

— Ils peuvent très bien s'en passer ! répondit Lily.

Jamie monta le café à la bande d'amis qui riaient toujours dans la salle à manger et leur annonça qu'il fallait oublier le dessert. Quand il redescendit dans la cuisine où Lily se lavait les mains dans l'évier en grès, il lui apprit qu'ils avaient décidé de partir pour le club The 400 dans quelques minutes.

— Notre hôtesse s'est-elle enquise de l'état de ce pauvre homme ? demanda Lily.

Elle s'était chargée d'installer M. Timms dans l'office, au bout du couloir.

Jamie lui prit la main légèrement, comme pour la ramener à l'étage.

— Je crains que notre chère Sybil ne se soucie pas beaucoup du bien-être des autres.

— Comme si je ne le savais pas ! répondit Lily avec une petite grimace.

Soudain, ils se retrouvèrent à quelques centimètres l'un de l'autre, les mains dans les mains. Jamie ferma la porte de la cuisine, s'y adossa et attira Lily contre lui. Du même élan, elle se jeta dans ses bras et ne put s'empêcher de lui caresser le visage des deux mains tandis qu'il la serrait dans ses bras musclés.

Sans qu'un mot soit échangé, leurs corps se trouvèrent. Lily sentit les boutons de l'uniforme de Jamie s'enfoncer durement dans la peau fragile de sa poitrine. Elle n'avait qu'une envie, arracher ses vêtements et s'allonger contre lui, nue. Lily caressa longuement ses cheveux soyeux coupés très court puis ses mains descendirent le long de sa nuque et de ses épaules musclées, à la recherche des boutons de son uniforme.

De son côté, Jamie embrassait doucement la peau très tendre derrière l'oreille de Lily. Elle ne put retenir un gémissement de plaisir. Les grandes mains de Jamie défirent les boutons du col de sa robe et glissèrent avec impatience sur sa peau nue. Aucun homme n'avait jamais touché Lily de façon si intime. Il finit par ouvrir complètement sa robe sur le devant et libérer ses seins lourds aux tétons dressés qu'il se mit à embrasser avec passion.

— Jamie, gémit-elle en se laissant tomber contre lui.

Sans prévenir, il l'entraîna jusqu'à la table et l'y assit. Puis après lui avoir écarté les genoux, il referma les jambes de Lily autour de ses reins, se faisant son prisonnier. Elle sentait le lainage rugueux de son pantalon contre la chair tendre au-dessus de ses bas.

Jamie était très fort, puissant et très viril. Elle s'en rendait bien compte tandis qu'une force incontrôlable les emportait. Elle ne désirait plus que lui.

— Tu es si belle, murmura-t-il en l'embrassant. Veux-tu que j'arrête ?

Il était très sérieux.

— Non, répondit-elle. Ne t'arrête pas, je voudrais que cela ne s'arrête jamais.

Pendant un bref instant, ils échangèrent un regard intense, le charme momentanément rompu.

— Je ne veux pas que cela se passe ainsi, dit-il tendrement. Pas sur une table de cuisine, dans la maison de quelqu'un d'autre. Mais je te désire de toutes mes forces, Lily.

— Alors, où ? répondit Lily en suivant du doigt le contour de sa mâchoire.

— Je ne sais pas mais il vaudrait mieux que tu arrêtes tes caresses car sinon c'est moi qui ne pourrai plus me retenir.

— Nous n'avons pas besoin de nous arrêter, répéta-t-elle.

Elle ne pouvait croire qu'elle venait de dire cela. Elle, la jeune fille qui n'avait jamais permis à quiconque de dépasser le stade du simple baiser, se consumait de désir pour cet homme.

— Si ! Pas ici, crois-moi !

Tout en parlant, il l'avait serrée assez fort pour l'empêcher de bouger, comme si cela pouvait apaiser leur désir.

— Oui, je te fais confiance. Tu sais, c'est la première fois.

Il était important qu'il le sache car, à cause de la guerre, les mœurs de beaucoup de gens s'étaient relâchées.

— Je sais, dit-il.

— Comment le sais-tu ?

— Je le sais, c'est tout, répondit-il en souriant. Philip m'a parlé des amies de la sœur de Sybil longtemps avant que je te rencontre. Je savais déjà tout sur l'indomptable Irlandaise avec un mélange de glace et de feu dans les veines ! En plus, je suis capable de juger quelqu'un. Il n'y a pas une once de fausseté en toi. Je le sens.

Une voix les fit sursauter.

— Jamie, Lily ? disait Sybil. J'espère que vous ne mangez pas tous les chocolats ! Laissez-en quelques-uns pour nous, affreux gourmands !

Avec une exclamation horrifiée, Lily se dégagea de l'étreinte de Jamie tandis que les hauts talons de Sybil résonnaient dans le couloir.

— Plus personne ne veut de liqueurs, tout le monde veut aller danser, poursuivait Sybil. Mais moi, j'ai besoin d'une douceur après le dîner.

Elle était presque à la porte. Ce serait affreux si elle les découvrait à demi dévêtus. Lily reboutonna rapidement sa robe et se recoiffa du bout des doigts. Elle frotta une trace de rouge à lèvres sur la bouche de Jamie.

— Sybil ! Je ne trouve pas les chocolats ! dit Lily d'une voix forte.

Tout en parlant, elle posa la main sur le bouton de porte pour ouvrir. Ils étaient un peu rouges, mais de nouveau présentables.

— Lily… commença Jamie d'un ton pressant.

Lily ouvrit la porte. Quatre ans à trembler sous la férule de l'infirmière-chef l'avaient rendue inquiète à l'idée d'être vue en train de mal agir. Quoi que Jamie ait à lui dire, ce serait pour plus tard.

— Il y a quelque chose que tu dois savoir, reprit-il avant de s'interrompre en voyant Sybil entrer.

— Ah ! Vous voilà, fit-elle en souriant.

— Désolée, Sybil, s'excusa Lily de son air le plus dégagé. J'ai dû faire un bandage au pauvre M. Timms.

— Vraiment ! dit Sybil.

Au ton de sa voix, Lily comprit immédiatement que Sybil avait deviné ce qui venait de se passer et elle rougit imperceptiblement. Mais faisant comme si de rien n'était, Sybil la prit par un bras et tendit l'autre à Jamie.

— J'ai hâte d'aller danser, dit-elle sur un ton de confidence. Tu vas adorer The 400, Lily. On s'y amuse bien. Elle n'y est jamais allée, Jamie. Tu imagines ? Jamie et Philip y avaient établi leurs quartiers à une époque, n'est-ce pas, très cher ?

Ils étaient au pied de l'escalier de service et Sybil lâcha le bras de Lily pour monter avec Jamie parce qu'il n'y avait pas assez de place pour passer de front à trois.

— Il y a des gens qui préfèrent le Florida ou ce bon vieux Café de Paris, poursuivit Sybil d'une voix faussement enjouée qui rendit Lily mal à l'aise. Mais moi, j'adore The 400. Et Miranda ? Quel est son club préféré ?

Le sentiment de malaise de Lily croissait. Jamie ne disait rien. Il se contentait de gravir les marches avec raideur.

— Miranda est la femme de Jamie, Lily, expliqua Sybil. Elle est adorable, nous l'aimons tous. Quel dommage qu'elle soit coincée en Ecosse, n'est-ce pas ?

Lily vacilla et crut qu'elle allait s'effondrer. Jamie se retourna vers elle, tendit le bras, mais elle s'écarta avec un mouvement brusque. Il était marié ! Il n'avait pas le droit de l'aimer. Il trahissait sa femme et il la trahissait elle par la même occasion. La bile monta dans la gorge de Lily. Peu importe ce qu'en penserait Sybil, elle ne voulait plus le voir.

— Excusez-moi, dit-elle. Je reviens dans un instant.

Elle fit demi-tour et descendit l'escalier précipitamment. Une fois aux toilettes, elle claqua la porte derrière elle et tomba à genoux sur le parquet poussiéreux. Même après avoir vomi, elle ne se sentit pas mieux. La nausée ne la quittait pas. Elle était vidée, avait l'esprit confus et l'impression d'avoir été foudroyée. Ce qu'elle avait éprouvé pour Jamie ne ressemblait à rien de ce qu'elle connaissait et voilà que tout venait d'être balayé aussi brutalement que c'était arrivé. Avec pour seule différence qu'elle savait à présent ce que c'était que d'être comme emportée dans un tourbillon d'émotions et que, une fois qu'on l'avait vécu, l'oublier était impossible.

Elle sentait encore sa barbe naissante sur sa peau nue et ses lèvres sur les siennes. Et pourtant, elle était là, effondrée sur le parquet des toilettes, seule, avec la sensation d'avoir été manipulée. Elle avait envie de mourir. Non, elle voulait qu'il meure. Elle voulait qu'il souffre comme elle-même souffrait.

Quelques minutes plus tard, quand elle rouvrit la porte, Jamie l'attendait. Elle aurait juré qu'il était trop lâche pour la rejoindre mais il l'avait fait. Il avait l'air soucieux, pas du tout l'air du menteur qu'il était.

— Lily, je t'en supplie. Laisse-moi t'expliquer…

— Ne me touche pas, siffla-t-elle.

— Je voulais te dire…

— Laisse-moi ! Je ne veux plus jamais te voir de toute ma vie.

Elle grimpa l'escalier quatre à quatre et entra dans la salle à manger où Diana, sa chère Diana, l'attendait. Sybil n'était pas en vue. Les autres invités devaient patienter devant la porte d'entrée.

— Je suis vraiment désolée, Diana. Je ne me sens pas très bien. Je préfère rentrer.

— Quoi ?

Diana était stupéfaite. Elles avaient réussi à obtenir la permission de passer la nuit dehors, une permission spéciale qui avait nécessité une semaine de dures négociations. Et voilà que Lily voulait rentrer, retourner dans leur minuscule chambre !

— Je t'en prie, dit Lily d'un ton suppliant. Je suis désolée.

Elle attrapa son sac à main et s'enfuit par une autre porte, remerciant sa bonne étoile que la maison soit si grande. Elle trouva le chemin de la chambre qu'elle aurait dû partager avec Diana et s'y enferma à clé. Sans allumer la lumière, elle s'assit sur le lit, dans l'obscurité au cas où Jamie se lancerait à sa recherche. Avec un peu de chance, il interrogerait Diana et elle lui répondrait que Lily était partie. Elle était en sécurité ici. Elle avait tout loisir de s'allonger, de se laisser aller à la honte et au chagrin et de pleurer jusqu'à l'épuisement. Elle entendit la lourde porte d'entrée se refermer bruyamment. Ainsi, c'était fini. Il était sorti de sa vie pour toujours et elle devait oublier qu'elle venait de découvrir la passion. Elle ne devait plus jamais penser au lieutenant de vaisseau Hamilton.

15

Confortablement installée à l'arrière du taxi, Izzie se dit qu'il n'y avait rien de plus beau que le spectacle des gratte-ciel de New York se dressant dans le ciel d'un matin ensoleillé. Comme elle aimait New York ! Elle aimait même ce taxi fortement parfumé au patchouli et décoré de chapelets de perles qui s'entrechoquaient comme de minuscules castagnettes. Leur musique l'accompagna pendant tout le trajet.

Tout dans cette ville parlait de nouveau départ ; il était impossible de venir ici sans commencer une nouvelle vie, sans penser à tout réinventer. Ici, on pouvait être qui on voulait être, et, se promit Izzie, à partir de cet instant, elle serait une personne totalement différente de celle qui était partie trois semaines plus tôt. Elle y avait pensé pendant tout le long vol au-dessus de l'Atlantique, coincée à côté de deux Allemandes très bavardes qui allaient pour la première fois en Amérique. Elles allaient voir et faire tellement de choses ! Les pensées d'Izzie l'avaient naturellement ramenée dix ans plus tôt lors de sa propre arrivée à New York.

Qu'avait-elle vraiment fait au cours de ces dix années sinon se laisser piéger par les mêmes sottises que tout le monde ? Elle avait essayé de se faire une place au soleil, de gagner de l'argent, et d'attraper un rêve impossible. Ce faisant, elle avait perdu le sens de tout ce qui importait vraiment et elle était devenue une victime ballottée par la tempête.

Elle avait trahi ceux qui l'aimaient : sa mère chérie qui voulait tellement qu'elle soit heureuse ; son père qui pensait tellement de bien d'elle ; et sa grand-mère qui lui avait appris à être forte, honnête et courageuse. Comme c'était douloureux de penser à elle, couchée sur son lit d'hôpital sans la moindre étincelle de vie dans les yeux ! Après trois semaines passées à Tamarin à attendre que sa grand-mère se réveille, Izzie avait fini par comprendre que Lily ne reprendrait peut-être jamais conscience.

En dépit du chagrin de tous les non-dits qui existaient entre elles deux, Izzie savait qu'elle ne pouvait pas trahir de nouveau sa grand-mère. Elle commençait une nouvelle vie et, cette fois, elle ferait les bons choix. Une seconde chance s'offrait à elle et elle ne voulait pas la gâcher. Le premier changement concernait Joe. Elle avait espéré l'impossible et pleuré sur son rêve enfui. Ce n'était rien de plus. C'était fini entre eux mais elle ne tenait pas le rôle de l'héroïne trompée. Elle mettrait le point final à cette histoire avec dignité.

Quand elle poussa la porte de son appartement, elle eut l'impression d'entrer dans une glacière. L'air conditionné faisait de nouveau des siennes. Après l'avoir éteint, elle appela le concierge pour lui demander de vérifier le fonctionnement de son appareil puis ouvrit les fenêtres en grand pour laisser entrer la chaleur du matin.

Quand le concierge arriva, elle avait déjà défait sa valise, mis le linge sale dans un sac pour le pressing et avait troqué ses vêtements de voyage contre un pantalon de survêtement et un tee-shirt.

— Bonjour, Tony ! Merci de venir si vite.

— *No problemo*, répondit Tony en se mettant au travail.

— Vous voulez un café ?

— Oui, avec du lait mais sans sucre, s'il vous plaît.

Pendant que le café se préparait, Izzie écouta les messages sur son répondeur. Il y en avait quelques-uns d'amis à qui elle n'avait pas pris la peine de dire qu'elle s'absentait. Ensuite, un appel sans intérêt d'un démarcheur et, enfin, un autre de Joe. Il avait cessé de chercher à la joindre sur son téléphone portable après que ses cinq premiers appels étaient restés sans réponse. Il avait laissé ce message-là la veille au soir. « Bonjour, Izzie ! J'ai appris que tu rentrais demain… »

Comment savait-il cela ?

« Je voulais juste te dire bonjour. Je pense à toi, chérie. S'il te plaît, appelle-moi dès ton retour. »

— Je dois aller chercher un autre outil, dit Tony en traversant la petite entrée. Je reviens tout de suite.

— D'accord, répondit-elle d'un ton absent.

Elle avait effacé le numéro du téléphone portable de Joe de sa liste de numérotation rapide mais elle le savait par cœur. Elle tapa les chiffres sur le clavier et hésita à presser le bouton d'appel. Que dirait-elle ? « Au revoir, on s'est bien amusés » ?

Non ! Elle appuya sur la touche d'annulation, reposa le combiné et versa le café du concierge.

Carla arriva à neuf heures et demie avec des viennoiseries et quelques magazines de potins.

— Des provisions ! annonça-t-elle en posant le tout sur la table basse. Je me suis dit que tu n'aurais pas encore eu le temps de faire des courses et j'ai décidé de faire un saut chez toi avant d'aller travailler. Comment vas-tu ?

Elle embrassa Izzie très affectueusement.

— Je vais très bien, dit Izzie, avant de fondre en larmes.

Carla poussa un grand soupir.

— Vas-y, pleure ! Je savais que tu avais l'air trop joyeuse la dernière fois qu'on s'est parlé au téléphone. Comment va ta grand-mère ?

— Elle est toujours dans le coma, répondit Izzie entre deux sanglots. Elle reste juste comme ça, allongée dans son lit sans bouger. La semaine prochaine, on la transportera dans une maison de retraite. Plus elle reste dans le coma, moins elle a de chances d'en sortir. C'est tout ce qu'on peut faire pour elle pour l'instant. Elle va être abandonnée sur un lit dans une maison de retraite et je ne supporte pas d'y penser. C'est une façon tellement horrible de terminer sa vie ! Elle mérite tellement mieux…

Le téléphone fixe sonna et Carla se leva machinalement pour décrocher.

— Oui ? Oui, qui la demande ?

Le ton sec de Carla attira l'attention d'Izzie.

— Non, poursuivait Carla, vous ne pouvez pas lui parler, espèce de saligaud ! Elle peut se passer de vous ! Elle avait besoin de vous, il y a trois semaines, et vous n'avez pas levé le petit doigt. Alors n'allez pas croire que vous pouvez vous pointer la bouche en cœur, cette fois…

Joe… Personne d'autre ne pouvait déclencher une pareille colère chez Carla. Izzie leva la main pour prendre l'appel.

— Laisse-moi lui parler, dit-elle. Ne t'en fais pas, ça va.

Carla lui passa le combiné en grommelant.

— Allô ? dit Izzie.

— Bonjour, toi, répondit-il d'une voix pleine de tendresse.

Quel bonheur de l'entendre ! Son cœur se serra à l'idée qu'elle devait refuser ce réconfort. Sinon, elle en mourrait. Comment pourrait-elle se satisfaire d'une relation cachée avec un homme qui ne vivrait jamais avec elle ? Ce serait une suite sans fin de sacrifices, de Noëls fêtés seule, de temps volé pour quelques heures ensemble au moment de leurs anniversaires, d'escapades dans des endroits où personne ne risquerait de les reconnaître, de dîners dans des restaurants discrets pour éviter les rencontres importunes. Elle savait ce qui l'attendait si Joe persistait à ne rien changer à sa situation. Or, elle ne voulait pas de cela. Elle savait que cela la détruirait. Que cela les détruirait tous les deux.

— Que veux-tu, Joe ? demanda-t-elle d'une voix lasse, avec l'impression que ses réflexions l'avaient épuisée.

— Te voir et te tenir dans mes bras !

— Tu sais ce qui ne va pas chez toi ? Tu dis exactement ce qu'il faut dire au bon moment et cela me tue, Joe. Pourquoi ne peux-tu pas te conduire comme un salaud en bonne et due forme et me laisser te haïr ? Ce serait tellement plus facile pour moi !

— Tu penses que je suis un salaud ?

— Oui, dit-elle sans détour. C'est exactement ce que je pense. Tu m'as entraînée là-dedans alors que tu n'étais pas libre et je ne peux que m'en vouloir à moi-même d'avoir accepté de jouer le jeu. Je le regrette beaucoup.

— Je peux venir chez toi ?

Il allait droit au but, en vrai capitaine d'industrie qui comprenait qu'il allait perdre la partie et savait que participer à la réunion en personne sauverait la situation. Malheureusement, Izzie n'avait pas l'énergie de se battre.

— Oui, dit-elle en soupirant avant de raccrocher.

— Tu t'es débarrassée de lui ? demanda Carla.

— Pas vraiment…

— J'espère qu'il ne vient pas ici ! Parce que, dans ce cas, je vais lui faire sa fête !

— Carla, je t'en prie ! Je veux juste lui dire que c'est fini.

— Je l'espère ! Il ne mérite pas que deux femmes se battent pour lui et, pourtant, c'est ce qui arrivera, Izzie. Les hommes de son espèce veulent avoir le beurre et l'argent du beurre. Il veut t'avoir toi et, en même temps, Mme la garce des galas de charité.

— Merci, Carla ! dit Izzie en riant.

— Merci de quoi ?

— De détester sa femme, même si elle ne nous a rien fait, ni à toi ni à moi.

— Oh ! Je me contente de suivre le scénario. Les amies de la petite amie doivent s'en prendre à l'épouse légitime en disant que c'est un vieux chameau qui n'est intéressé que par l'argent du type. Les copines de la légitime doivent faire exactement la même chose de leur côté.

— Ah ! Et moi qui croyais que nous étions des femmes capables de briser les tabous et de faire les choses différemment…

— Désolée, copine. Il n'est pas question de tabous à briser dans cette histoire. Le triangle amoureux est le plus vieux cliché du monde.

— Je suis donc tombée dedans, c'est cela ?

— J'en ai bien l'impression. Dis-moi si *môssieur* le milliardaire a une clé de chez toi ou bien si nous pouvons faire un saut à l'épicerie et revenir sans nous faire agresser ?

— Non, je ne lui ai pas donné la clé.

— Super ! On va prendre notre temps et le faire poireauter.

A leur retour, Joe était assis dans le salon en train de bavarder avec Tony, le concierge. En dépit de ses bonnes résolutions, Izzie sentit son cœur s'arrêter à sa vue. Même la présence désapprobatrice de Carla ne put l'empêcher de l'embrasser.

— Ma chérie, tu m'as manqué, chuchota-t-il en la serrant avec force.

Izzie se laissa aller contre son épaule, y puisant un certain réconfort. Ensuite, elle se recula. Elle n'aurait pas dû le laisser venir. Elle ne pourrait lui résister s'il était là, en chair et en os.

— Vous devez être Joe, fit Carla.

— Et vous êtes Carla ? Ravi de faire votre connaissance, dit Joe avec son air le plus aimable.

Izzie l'avait déjà vu charmer un interlocuteur mais avait oublié à quel point son numéro était efficace. Pendant ce temps, Tony avait fini de réparer l'appareil à air conditionné et les avait quittés. Joe se réinstalla sur le canapé, confortablement adossé aux coussins, ses longues jambes étalées devant lui, parfaitement à l'aise.

Il entreprit de parler avec Carla de l'agence Perfect-NY. Quand elle commença à lui expliquer leur idée de créer leur propre agence, Izzie lui lança un regard qui l'obligea à se taire. Elle en avait déjà parlé à Joe mais, à présent qu'elle le renvoyait dans ses foyers, elle ne voulait plus rien en dire devant lui. Il chercherait sur-le-champ à investir dans leur société et elle ne serait jamais libérée de lui. Carla se leva enfin.

— Le travail ! C'est la malédiction des classes qui aiment faire du shopping, n'est-ce pas ? On se parle tout à l'heure ? ajouta-t-elle à l'intention d'Izzie.

Izzie hocha la tête. Elles échangèrent un regard entendu et Carla haussa les épaules. Elle savait qu'il était inutile de tenter de convaincre son amie de renvoyer Joe. Izzie devait le faire au moment où cela lui conviendrait.

— Essayez de ne plus lui faire de mal, dit Carla à Joe. Sinon vous aurez affaire à moi.

— Ce n'est pas dans mes intentions !

Carla le regarda fixement puis se tourna vers son amie. Toute son expression disait clairement qu'elle ne le croyait pas.

Quand ils furent enfin seuls, Joe alla s'asseoir à côté d'Izzie et commença à lui caresser le cou. Izzie le laissa faire en pensant que c'était la dernière fois. Il l'embrassa doucement en écartant l'encolure de son tee-shirt et elle se sentit fondre sous ses baisers. La dernière fois !

Oui, c'était la dernière fois.

Après, il la garda tout contre lui, peau contre peau. Il ne fit pas un geste pour aller chercher une cigarette, se contentant de la serrer contre lui, comme s'il avait compris ce qu'elle pensait.

— Je ne veux plus de tout cela, dit-elle enfin. Je te veux toi, c'est certain, mais pas tout ce que cela implique.

— Nous pouvons trouver une solution, dit Joe sans la lâcher.

— Non ! J'ai beaucoup réfléchi en Irlande. D'ailleurs, c'est tout ce que j'ai fait, réfléchir. Je veux toujours ce que je veux depuis le début, Joe, une vraie relation. Tu ne peux pas me le donner et j'ai été stupide de me laisser entraîner dans cette histoire. Je savais que quelque chose n'allait pas.

Voilà, elle l'avait dit, elle avait dit ce qu'elle avait à peine osé s'avouer jusque-là. Elle avait depuis le début ce sentiment très étrange que quelque chose clochait et, pourtant, elle avait espéré que tout s'arrangerait.

— Quand quelqu'un est malade ou en train de mourir, cela nous fait toujours réfléchir à notre vie, mais nous pouvons trouver une solution, répéta-t-il.

— Mais je ne veux pas, rétorqua sèchement Izzie. Je t'aime, Joe, mais je te demande de t'en aller, s'il te plaît. Laisse-moi tranquille, arrête de me téléphoner.

— Tu n'es pas sérieuse ?

Izzie se dégagea avec douceur de son étreinte puis rejeta les draps.

— Si, je suis sérieuse, dit-elle d'un ton profondément triste.

Elle se pencha vers lui et lui prit le visage dans les mains, ce visage qu'elle aimait tellement. Elle ne devait surtout pas se mettre à pleurer maintenant car cela la rendrait incapable de faire ce qu'elle avait à faire. Ce serait très dur pendant quelque temps, mais elle finirait par guérir. Au contraire, si elle ne mettait pas un terme à cette histoire, elle souffrirait des années durant et en sortirait détruite. Elle aimait Joe et savait que pour lui, elle ferait n'importe quoi. N'importe quoi... C'est pourquoi elle devait l'obliger à partir pendant qu'elle en avait encore la force.

— Va-t'en maintenant, mon amour. Laisse-moi !

Il la dévisageait, le visage dénué d'expression.

— C'est vraiment ce que tu veux ?

— Oui. Il n'y a pas d'avenir pour notre histoire.

— Tu as tort, Izzìe. Nous avons une relation unique. Cela n'arrive pas tous les jours. Je t'en prie, ne gâche pas ce que nous avons. Il me faut juste un peu plus de temps...

— Non, Joe, cela n'a rien d'unique. Si c'était le cas, pourquoi serais-je aussi triste ?

Il se leva, alla prendre une douche et se rhabilla sans un mot. Elle se rendit compte pourtant à plus d'une reprise qu'il la regardait intensément. Assise dans le lit elle attendait. Elle attendait que l'homme qu'elle aimait sorte de sa vie. C'était une des choses les plus difficiles qu'elle ait jamais eu à accomplir. Elle devait le faire pourtant, pour sa propre sauvegarde, mais comme c'était douloureux ! Quand il fut prêt, il s'approcha du lit. Se penchant sur elle pour lui donner un dernier baiser, il lui dit :

— Au revoir, Izzie.

Au contact de ses lèvres sur les siennes, Izzie sentit sa détermination s'évanouir.

— Je t'en prie, Joe, va-t'en maintenant. Laisse-moi !

— Si c'est ce que tu veux...

— Oui, c'est ce que je veux.

Quand la porte se referma sur lui, l'appartement sembla rétrécir de moitié. Quand Joe était là, c'était le centre de l'univers. Sans lui, c'était une cage.

Izzie s'aperçut qu'il avait oublié sa légère écharpe de soie bleu marine. Elle la prit, la porta à son visage et respira l'odeur qu'il y avait laissée. Ensuite, elle se redressa et serra l'écharpe contre son cœur comme un talisman, un souvenir de ce qui avait existé entre eux. Alors seulement, elle s'autorisa à pleurer.

Dès le lendemain, elle commencerait une nouvelle vie, mais, aujourd'hui, c'était jour de deuil.

Un mois plus tard, Izzie arpentait un loft immense, extrêmement lumineux. Elle admirait la hauteur des plafonds, le parquet de chêne clair et les murs en brique. C'était le plus grand loft dans lequel elle était jamais entrée. On s'attendait à y voir une barre de danse sur un mur et un miroir lui faisant face. Il aurait tout aussi bien pu être encombré de très grandes toiles avec un peintre en train de travailler, pieds nus, le jean couvert de taches et une cigarette à la bouche.

— Ouf ! dit Carla en examinant le trafic dans la 34e Rue en contrebas. Imaginez-vous cet espace transformé en appartement !

— Personne ne pourrait se permettre d'habiter un endroit pareil ! répondit Lola en riant tout en s'activant à installer ses affaires sur un vaste bureau à côté d'une toute petite chaîne stéréo très ancienne. Ç'a servi à tout. Il y a eu une galerie…

— Je le savais ! l'interrompit Izzie, ravie de voir son impression confirmée.

— Quelqu'un d'autre y a créé une école de yoga. Je ne sais pas de quelle variété de yoga il s'agissait, je les mélange toujours. C'est trop grand pour servir d'habitation. D'après l'agent immobilier, il y a une agence de publicité qui ferait tout pour mettre la main dessus.

— Tout pour la frime ! s'exclama Carla en se détournant de la fenêtre pour poser ses affaires sur la table. Je les vois d'ici, une bande de mâles dominateurs se disputant pour savoir qui aura le plus grand bureau et où on accrochera le panier de basket parce que, bien sûr, il faut un panier de basket pour avoir l'air d'être tous copains, même s'ils ne s'approchent jamais d'un terrain de jeu et se contentent de porter des chaussures Air Jordan.

— Détecterais-je un soupçon d'amertume à l'égard des hommes qui travaillent dans la publicité ? demanda Lola d'un air malicieux.

— De l'amertume ? Moi ? Pas du tout ! fit Carla en riant. Mais si cette agence de publicité qui s'intéresse à cet endroit s'appelle WorkItAds, alors dis-le-moi parce que j'achète deux tranches de thon pour les cacher sous le plancher à la place d'un certain Billy ! Ah oui, et en plus je mets en place un virement automatique avec le sex-shop d'à côté pour qu'on lui envoie des films de fouetteuses chaque après-midi. Puisque tu m'y fais penser… Billy est sans doute assez tordu pour aimer ça. On oublie les films pornos ! conclut-elle dans un éclat de rire général.

— Dommage que nous ne puissions nous offrir cet endroit pour plus d'une journée, soupira Izzie.

Elle fit un effort pour chasser le souvenir de Joe mais c'était inutile ; il était présent à chaque instant et cela lui faisait encore plus mal qu'elle l'aurait cru. S'il n'y avait pas eu la création de leur agence, avec tout le travail et l'organisation que cela impliquait, elle serait devenue folle.

Il s'était passé beaucoup de choses au cours du dernier mois. Carla et elle avaient donné leur démission. Lola avait dit qu'elle voulait travailler avec elles et les trois femmes s'étaient retrouvées en train de lever des fonds, de chercher un local et de commencer à recruter des mannequins.

Elles venaient de signer le contrat de location des premiers bureaux de SilverWebb Agency. C'était un beau local, mais dans un quartier si huppé qu'il fallait que cela se paie, et cela se payait en manque d'espace. La surface permettait d'avoir une réception, une petite salle de réunion et un bureau pour quatre avec un minuscule coin-cuisine. En revanche, il était impossible d'y organiser un casting, d'où le loft.

— Si tu trouves quelqu'un d'autre à qui soutirer de l'argent, Izzie, nous pourrons louer cet endroit, dit Lola avec un clin d'œil. Mais où sont les milliardaires prêts à nous aider ?

Carla lança un regard compréhensif à Izzie. Elles avaient toutes les deux un certain milliardaire en tête, mais ni l'une ni l'autre n'avaient envie de l'appeler pour lui demander un chèque.

— Quand on n'a pas d'autre réponse à un problème que de trouver un homme, c'est qu'on a posé la mauvaise question, répondit Carla en plaisantant.

Tout en parlant, elle vérifiait que le polaroïd était en bon état de marche. En principe, pour un casting, les mannequins arrivaient avec leur propre book et leur carte de présentation. Aujourd'hui, les femmes qu'elles devaient voir avaient été recrutées par les innombrables annonces qu'elles avaient passées en quête de modèles

« grandes tailles ». Izzie détestait ce terme car il évoquait pour elle des femmes trop grosses pour pouvoir marcher. Toujours est-il que ce mode de recrutement impliquait que les mannequins éventuels n'auraient pas de books, mais les polaroïds les remplaceraient avantageusement puisqu'ils faisaient également office de mémos.

Izzie disposa du papier et des stylos sur la table pour que les candidates puissent y noter leurs coordonnées.

— J'espère qu'on va avoir du monde, dit-elle à Lola d'un ton inquiet. Il n'y a encore personne.

— On est en avance d'une demi-heure, la rassura Lola. Il n'est que neuf heures et demie. On avait dit dix heures sur les annonces.

— Peut-être, répondit Izzie en hésitant, mais j'ai déjà assisté à des castings où les filles faisaient la queue toute la nuit pour passer les premières.

— Tu parles des mannequins classiques, répondit Lola en haussant les épaules. Aujourd'hui, ce n'est pas du tout la même histoire. Les professionnelles sont en permanence sur les nerfs à cause de l'abus de caféine et de nicotine. Pour les femmes normales, c'est sans doute moins stressant.

Izzie éclata de rire.

— J'espère que tu as raison !

L'explication de Lola était si simple qu'elle devait être vraie. Le souvenir du premier casting auquel elle avait assisté, bien des années auparavant, lui revint à la mémoire. A l'époque, elle était fascinée par le monde de la mode et le mannequinat. Elle ne se lassait pas d'admirer des femmes aux allures de gazelle se mouvoir avec un port de reine, toutes plus belles les unes que les autres.

Izzie se souvint qu'une des filles avait fondu en larmes tandis que les membres de l'agence qui organisait le casting la regardaient. La réaction de la jeune fille avait déclenché un haussement de sourcils collectif. Lorsqu'elle s'était précipitée à l'extérieur Izzie lui avait couru après.

« C'est mon bouton, c'est ça ? » avait dit la fille, tremblante d'énervement et de chagrin. Elle avait désigné un bouton sur sa joue, presque invisible et dissimulé avec art sous le fond de teint. « Je savais qu'on le verrait, je le savais ! Et puis je suis trop grosse, regardez ! » Elle avait fait mine de pincer un bourrelet imaginaire sur son ventre plat. Elle portait un jean étroit à taille basse qui révélait les os de son bassin pointant sous le tissu comme des angles dans une sculpture de Braque.

Cette jeune fille était absolument superbe sur les photos où elle avait posé pour une marque de vêtements, ses cheveux soigneusement balayés comme par un coup de vent et le corps doré par un léger hâle. Mais quand on la découvrait en chair et en os, les larmes ruisselant sur son visage affreusement maigre, on ne voyait plus qu'une très fragile femme-enfant. Izzie avait été horrifiée par l'évident dégoût d'elle-même qui dévorait cette si jeune femme et par la désinvolture avec laquelle les gens du jury l'avaient écartée.

Quand elle était allée prendre un café avec ses collègues de Perfect-NY, Izzie avait fait remarquer à Marla que la fille était bouleversée. « C'est bien la raison pour laquelle on ne veut pas d'elle, avait chuchoté Marla. Si elle pleure devant nous, que fera-t-elle en présence du client ? Izzie, il n'est pas seulement question de la beauté ou de l'allure. Cette fille doit s'endurcir si elle veut réussir. »

Ce jour-là, Izzie avait compris la réalité du monde de la mode. Pour elle, cela aurait pu être un univers passionnant, attentionné envers les femmes, un monde où leur beauté et leur intelligence auraient été appréciées. En réalité, c'était un monde cruel.

C'est pourquoi, ce matin-là à onze heures, le jour du premier casting de SilverWebb, Izzie sut qu'elle avait fait le bon choix. Ce qui se passait n'avait absolument rien à voir avec les autres castings. Des femmes de toutes formes et de toutes couleurs s'étaient rassemblées à une extrémité du loft et, alors que dans un casting classique la méfiance et la concurrence régnaient, ces femmes s'exclamaient, riaient et bavardaient sans aucune gêne.

— Je n'arrive pas à croire que je suis là ! criait l'une d'elles.

— J'ai attendu ce moment toute ma vie ! ajoutait une autre.

— Je n'entrerai jamais dans une petite taille mais mon père m'a toujours dit que j'étais une grande ! complétait une troisième en riant.

— J'ai envie d'un café.

— Avec un gâteau ?

— Je crois qu'on devrait en prendre pour tout le monde.

Izzie et Carla se retenaient de rire. Dans un casting normal, il n'était question que de sodas light, de café noir et de cigarettes. Ici, on préférait les viennoiseries, les cafés-crème et les sucreries.

Sept heures plus tard, elles avaient engagé huit mannequins et la dernière était une réussite absolue. Elle mesurait un peu plus d'un mètre quatre-vingts, avait des formes sculpturales et une blondeur éblouissante. Stacy avait été championne d'athlétisme à l'école et pom-pom girl, mais elle avait toujours été un peu trop forte pour une carrière de mannequin « normal ». Stacy avait l'élégance d'un félin, un visage ravissant au sourire d'une sensualité explosive. Quand ce fut fini, elle annonça qu'elle invitait tout le monde à boire un verre pour fêter l'événement. Son petit ami les rejoindrait.

— Cela me paraît une bonne idée, dit Lola en se massant la nuque.

— Oui, ce serait bien, renchérit Izzie qui n'avait rien de prévu.

La journée était un succès et le casting se poursuivait le lendemain. La nouvelle agence avait droit à un peu de détente.

— Il y a un bar très agréable au coin du pâté de maisons, dit Carla.

Stacy, Lola, Izzie et Carla se pressèrent dans l'entrée du bar.

— J'aime beaucoup cet endroit, déclara Stacy d'un ton ravi.

Izzie qui l'observait se répéta qu'elle était réellement superbe. Et à l'entrée de Stacy, il devint clair qu'elle n'était pas la seule à le penser. Les conversations se turent et toutes les têtes se tournèrent pour regarder passer cette grande blonde aux jambes interminables et au sourire éblouissant.

— Où allons-nous nous asseoir ? A côté de la fenêtre pour voir ce qui se passe ?

Elle se dirigea vers une banquette le long de la vitrine et s'assit, souriant à la ronde. Sa joie de vivre était contagieuse. Izzie, qui souriait aussi, prit place à côté d'elle.

— J'espère que vous vous êtes aperçue que tous les hommes du bar vous mangent des yeux ?

Stacy éclata de rire, un rire de gorge très sexy.

— Je sais, dit-elle d'un air malicieux, et j'adore ça ! Venez, les filles, on va fêter ma nouvelle carrière. Je n'arrive pas à croire que je vais devenir mannequin !

— Vous pouvez le croire, remarqua Lola en s'asseyant à son tour. Vous êtes très belle.

— Vous êtes vraiment très gentille, répondit Stacy en serrant le bras de Lola gaiement. On va bien s'amuser ensemble et j'ai hâte de vous faire rencontrer Jerry. Vous allez l'adorer.

Carla les rejoignit, chargée d'un plateau avec quatre verres et une bouteille de vin blanc.

— On aurait dû boire du champagne pour un événement pareil, mais il n'y en a pas, dit-elle. J'ai aussi des cacahuètes. Du vin et des cacahuètes, c'est l'essentiel quand on est en groupe, n'est-ce pas ?

— Tout à fait d'accord, acquiesça Izzie.

— Génial, dit Stacy en prenant un paquet de cacahuètes. Je meurs de faim.

Les trois associées de SilverWebb échangèrent un regard sidéré et éclatèrent de rire.

— Vous êtes tellement différente des mannequins que nous connaissons ! expliqua Lola.

— Vous dites cela parce que je mange ? répondit Stacy entre deux bouchées. J'ai horreur des filles qui ne mangent pas. Cela ne ressemble à rien, voyons !

Elle mangeait même de façon très sexy, pensa Izzie avec admiration. Quand le compagnon de Stacy, Jerry, arriva avec deux amis pour célébrer la bonne nouvelle, les filles avaient terminé la bouteille de vin et elles se demandaient si elles n'allaient pas en commander une deuxième.

— Jerry ! cria Stacy.

Il était grand, beau, avait peut-être six ou sept ans de plus que Stacy et était visiblement fou d'elle. Il dit brièvement bonjour à la ronde puis la prit dans ses bras et la serra contre lui en la faisant tournoyer sans se soucier qu'on les remarque.

— Je suis tellement fier de toi !

— Mon chéri, je peux te renvoyer le compliment ! répondit Stacy, rayonnante.

Ils s'embrassèrent ensuite, lentement, avec une passion impossible à feindre.

— Ça, c'est un baiser ! dit un de leurs amis en applaudissant.

— N'est-elle pas fantastique ? dit Jerry qui n'avait toujours pas lâché la jeune femme.

C'est à cet instant que les émotions de la journée submergèrent enfin Izzie. La belle Stacy semblait symboliser tout ce que revendiquait l'agence Silver-Webb : de vraies belles femmes bien dans leur peau, heureuses d'être ce qu'elles étaient. Et pourtant, la découverte de Stacy soulignait à quel point Izzie se sentait différente et à quel point elle s'était trompée. Stacy serrait dans ses bras l'homme de sa vie pour fêter cette journée tout à fait particulière tandis qu'elle, Izzie, était assise, en train de sourire et de boire, sachant que, une fois son verre vide, elle rentrerait chez elle dans un appartement vide.

Izzie calcula qu'il y avait probablement la même différence d'âge entre Stacy et Jerry qu'entre Joe et elle. Cependant, Joe ne l'avait jamais présentée à ses amis en vantant sa réussite ou en disant qu'elle était extraordinaire. Au lieu de se montrer fier de ce qu'elle était, Joe l'avait emmenée dans de petits restaurants discrets de peur de rencontrer une connaissance. Leur relation avait été celle de gens qui se cachaient alors que Stacy était aimée au vu et au su de tous.

La situation ne manquait pas d'ironie. En tant qu'associée de SilverWebb, elle était censée être au courant de tout, et intelligente. Elle devait gérer la carrière des mannequins. Or, en cet instant, elle se sentait dans la peau d'une débutante ignorante. Avant Joe, elle était une battante, douée et intelligente. C'était fini. Il avait fallu Joe et le coma de sa grand-mère pour lui montrer qu'elle ne connaissait rien à rien.

— Je dois m'en aller, dit-elle en cherchant son sac.

— Non ! s'écrièrent en chœur Carla, Lola et Stacy.

— Tu ne peux pas partir maintenant, dit Lola. Nous commençons à peine à faire la fête.

Elle réfléchit un instant et se corrigea.

— Mais si tu dois aller quelque part…

Izzie vit en imagination l'endroit où elle devait aller : chez elle et au pressing avec un passage par l'épicerie. Elle n'avait plus de filtres à café ni de céréales.

— Tu n'as pas besoin de partir si vite, n'est-ce pas ? remarqua gentiment Carla en l'observant d'un air soucieux.

Carla savait qu'Izzie n'avait aucun rendez-vous vital, excepté avec sa télécommande.

— D'accord, capitula Izzie. Je reste encore un peu.

Une heure plus tard, Carla était en grande conversation avec l'un des amis de Jerry et même Lola, qui n'avait pas encore vraiment tranché si elle préférait les hommes ou les femmes, parlait avec animation à son autre ami.

Sans savoir comment, Izzie s'était retrouvée coincée au bout de la banquette et se sentait comme une île inhospitalière au milieu d'un océan de couples amoureux. Elle n'était plus capable de bavarder de tout et de rien. Elle en avait perdu l'habitude en même temps que le sens de l'humour et le sens de la vie. Les deux verres de vin qu'elle avait bus lui avaient donné la migraine et elle se dit qu'un jus d'orange lui ferait peut-être du bien. Elle réussit à se glisser hors de son coin, traînant son sac derrière elle, et se dirigea vers le bar où le barman feignit soigneusement de l'ignorer.

— Eh ! fit-elle à voix forte. Puisque je suis la femme invisible, dites-moi si je dois utiliser mes superpouvoirs pour faire le bien ou pour écraser tout le monde ? A votre avis ?

Le barman se tourna vers elle et elle remarqua, d'un œil professionnel, qu'il n'était pas mal du tout. Plus jeune qu'elle, bien sûr ! Mais à présent tout le monde était plus jeune qu'elle. Il devait avoir dans les trente-cinq ans et possédait une belle carrure de sportif. Avant, dans une autre vie, elle se serait peut-être attendue à ce qu'il flirte gentiment avec elle. Plus maintenant. Plus personne ne flirterait avec elle, car elle ne pourrait pas le supporter et, apparemment, les hommes le sentaient.

— Des superpouvoirs, hein ? Quelle sorte d'héroïne êtes-vous précisément ? demanda-t-il en s'accoudant au bar.

— Je ne sais pas, mais peut-être la Femme aux virus ! Ou bien encore la Sorcière au bouclier. J'ai un bouclier invisible qui tient les gens à l'écart. C'est une version très *Star Wars*, quelque chose de très moderne, très technologique.

— Je vois, dit le barman en étirant chaque syllabe.

— Ouais ! poursuivit Izzie. C'est un bouclier invisible et les gens rebondissent dessus s'ils s'approchent trop. Comme ça, ils s'arrêtent. La Sorcière au bouclier invisible, c'est moi. A part ça, pourrais-je avoir un jus d'orange ?

— Je vous le sers avec un soupçon de tranquillisant ?

— Oh, et puis zut ! Soyons fous ! Une dose de tranquillisant avec.

Tout en parlant, Izzie s'était juchée sur un tabouret. De toute évidence, c'était ainsi que sa vie se déroulerait à présent : pas de petit copain, mais peut-être beaucoup de conversations intéressantes, même si elles étaient un peu bizarres, avec des barmen et des serveuses. C'est ainsi quand on est une femme seule, se dit-elle. On parle à beaucoup d'étrangers.

— Vous n'avez pas envie de faire la fête ? demanda le barman en posant un peu brusquement le jus d'orange devant elle.

— Non, soupira Izzie. J'ai aussi un bouclier antifêtes. Cela ne vous arrive jamais de regarder des gens en train de s'amuser sans parvenir à vous joindre à eux ?

— Vous savez, répondit-il en haussant les sourcils, je suis barman. Mon gagne-pain consiste à regarder les gens faire la fête sans me joindre à eux.

— Oups, désolée ! Pourriez-vous servir une autre bouteille de vin à mes amis là-bas dans le coin ? C'est pour moi. Il vaut mieux que je parte avant de pourrir l'ambiance.

Elle avala rapidement une partie de son jus d'orange.

— C'est une fête entre collègues ? demanda le barman.

— Quelque chose comme ça…

Soudain, ce comptoir de bar et ce tabouret prirent l'allure d'un confessionnal et elle se lâcha.

— Vous voyez, nous avons créé une agence de mannequins et nous avons fait notre premier casting aujourd'hui. Stacy, la belle blonde là-bas, est notre prochaine vedette.

— C'est un vrai canon !

Le ton de sa voix donna à Izzie l'impression d'être centenaire. Il dévorait Stacy des yeux, béat d'admiration. Pas un seul instant il n'avait regardé Izzie de cette façon. Autrefois, les hommes la regardaient ainsi mais c'était fini. Sa joie de vivre et sa séduction avaient entièrement disparu avec Joe. Elle soupira et posa de l'argent sur le comptoir.

— Gardez la monnaie, dit-elle d'une voix terne.

Et elle s'enfuit sans attendre son reste.

16

La fin du mois de septembre à Tamarin fut d'une beauté extraordinaire. L'été avait été très irrégulier, avec beaucoup d'averses, comme si une déesse météo capricieuse avait jeté un sort sur les mariages, les barbecues et les fêtes de plein air. Son humeur avait changé en septembre pour offrir de très belles journées, chaudes et ensoleillées.

Quand on venait de Waterford, la route franchissait une succession de collines avant que l'on découvre Tamarin et sa baie. Dan conduisait et Jodi avait voulu que sa mère s'asseye à côté de lui pour profiter pleinement de la surprise que l'on éprouvait en voyant Tamarin pour la première fois. Malheureusement, la tante Lesley faisait aussi partie du voyage et la mère de Jodi avait insisté pour que Lesley s'installe à côté du conducteur.

— Vous allez adorer ce que vous allez voir, Karen et Lesley, dit Dan.

Il avait adopté un ton délibérément joyeux tout en clignant de l'œil dans le rétroviseur à l'intention de sa belle-mère. Karen lui sourit mais Lesley le regarda avec son agressivité coutumière. Quand sa mère avait proposé de venir avec Lesley en Irlande, un voyage dont elles avaient beaucoup parlé, Jodi avait mal pris la chose. « Maman, par pitié, non ! Cela fait si longtemps que j'attends ta visite ! Lesley va tout détester, ici. »

Passer trois semaines avec sa mère était une joie pour Jodi, trois semaines avec sa tante un cauchemar. « Tu sais que ta tante est un peu déprimée depuis qu'oncle Philly est parti », avait expliqué Karen à Jodi. La seule chose étonnante, dans l'histoire, était que son oncle ait mis tant d'années à quitter sa femme. De l'avis de Jodi, il méritait une médaille pour être resté avec elle aussi longtemps.

« Je veux essayer de la réconforter, Jodi. C'est ma grande sœur, après tout. Ne t'inquiète pas, nous nous amuserons bien. »

S'amuser et tante Lesley n'étaient pas des mots qui allaient ensemble, avait pensé Jodi en soupirant. Elle avait confié ses inquiétudes à Dan qui, toujours flegmatique, lui avait répondu qu'elle avait tort de s'inquiéter. « Tout ira bien, avait-il dit. Et si mes parents venaient aussi passer une semaine, ce serait la fête ! Nous n'avons pas été tous réunis une seule fois depuis notre mariage. »

Jodi n'avait pu qu'acquiescer. Elle avait prévu de montrer à sa mère Rathnaree et les environs, et de lui raconter tout ce qui lui était arrivé, depuis sa fausse couche jusqu'aux recherches qu'elle menait, mais en présence de sa tante c'était inimaginable. Lesley avait une façon très personnelle de piétiner les idées et les rêves des autres. Jodi n'osait s'imaginer pleurant son enfant perdu dans les bras de sa mère tandis que Lesley les observerait, tapant du pied avec impatience. Or, elle voulait en parler car cela lui ferait du bien.

Dan et elle étaient allés à un groupe de soutien pour les couples qui avaient vécu le même drame et cela les avait beaucoup aidés. L'important était de ne pas se sentir seul et sans ressources, s'était dit Jodi. Malheureusement, avec cette fichue Lesley, les chances de parler tranquillement à sa mère étaient réduites à néant.

Alors qu'elle réfléchissait à tout cela, il lui était venu une idée. La pauvre Anneliese était toujours assez déprimée, même si tout le monde s'accordait à dire qu'elle s'en sortait bien et louait son courage. Si elle demandait à Anneliese de les accompagner, sa mère, Lesley et elle, la situation deviendrait largement plus supportable. Anneliese était la personne idéale pour compléter leur groupe. Elle servirait, en quelque sorte, de catalyseur pour la tristesse de Lesley et n'aurait de son côté pas beaucoup de temps pour rester assise toute seule sur la plage à contempler tristement la mer. Or, apparemment, c'était ce qu'elle faisait une grande partie de la journée. Jodi s'inquiétait pour elle, mais ne savait pas très bien comment l'aider.

« Je peux difficilement appeler Izzie pour lui annoncer que sa tante n'a plus envie de vivre, n'est-ce pas ? » avait-elle dit à Dan. Il lui avait suggéré d'en parler à Yvonne. « Elles travaillent ensemble à la boutique des Sauveteurs en mer et Yvonne saura quoi faire. » Jodi y avait réfléchi. D'un côté il y avait sa bavarde de voisine, et de l'autre Anneliese qui n'avait pas l'habitude de se répandre. Jodi se sentait très honorée qu'Anneliese se confie à elle. Depuis cette affreuse soirée où elles avaient croisé la nouvelle compagne d'Edward, elles étaient devenues amies. Anneliese avait simplement dit : « Tu m'as vue dans le pire de mes moments. »

En dépit de leur intimité, elle savait qu'Anneliese mourrait de gêne si elle parlait à Yvonne de son comportement, mais il n'en fallait pas moins qu'elle fasse quelque chose. Au cours des deux semaines précédentes, elle était passée plusieurs fois chez Anneliese pour la tenir au courant des progrès, malheureusement très lents, de ses recherches sur Rathnaree. A chacune de ses visites, Anneliese lui avait paru plus lointaine et plus déconnectée de la réalité. Le seul aspect favorable de sa vie était qu'elle travaillait à nouveau dans la jardinerie à l'entrée de la ville. Au moins, de cette façon, elle voyait du monde. Jodi avait pourtant une sensation déplaisante. Cela ne suffisait pas.

A l'exception de Lily et d'Anneliese, tout le monde avait repris ses activités. Izzie était rentrée à New York et Beth était à Dublin, heureuse d'attendre son bébé. Même Nell et Edward avaient été aperçus, se promenant dans Tamarin, un soir, main dans la main. Une grande partie de la population en avait été scandalisée.

Lily se trouvait à présent dans une grande maison de retraite sur la route de Waterford, les Jardins de lauriers. Apparemment, c'était un très bon établissement. Restait Anneliese, que Jodi trouvait comme engluée dans sa situation.

La voix de sa mère interrompit ses pensées.

— Je sais que c'est un cliché, mais tout est vraiment très vert, ici.

— C'est surtout très petit, Karen, dit Lesley. A la façon dont tu parlais de Tamarin, Jodi, j'ai imaginé que ce serait une très grande ville. En réalité, c'est un bled paumé.

Jodi préféra ne pas regarder sa mère pour ne pas voir l'expression contrite qu'elle ne manquerait pas d'arborer.

Tandis que Dan conduisait prudemment dans les rues de Tamarin, Jodi se résigna au fait que sa tante n'allait rien apprécier. C'était tellement différent de ce qu'elle connaissait en Australie ! Tout paraissait immense, à Brisbane. Tamarin était une petite ville, en effet. Les maisons étaient accolées les unes aux autres d'une façon typiquement européenne et irlandaise. On aurait dit que toutes ces bâtisses se pressaient les unes contre les autres pour garder la chaleur en luttant contre le vent et la pluie. Ce jour-là, sous le soleil, une grande partie de la ville se montrait sous un aspect pittoresque, comme si elle appartenait à un autre monde. Des rangées entières de maisons datant du début du XIXe siècle se succédaient, et de temps en temps se dressait une grande demeure isolée ayant appartenu à un riche marchand. Plus loin, près du port, les maisons des pêcheurs étaient regroupées, minuscules, comme tassées sur elles-mêmes, et pourtant si jolies avec leurs portes peintes en bleu outremer. A présent, Jodi aimait vivre ici. La découverte de la photographie de Rathnaree avait agi comme un catalyseur. Jusque-là elle s'était tenue un peu à l'écart sans jamais s'impliquer. Puis elle était allée à Rathnaree, la pauvre Mme Shanahan avait eu une attaque, elle avait rencontré Anneliese et Izzie, et elles avaient appris à se connaître. Jodi avait également la sensation de commencer à être impliquée dans les activités des autres habitants de Tamarin. Elle avait des amis ici, une vie, et elle appréciait beaucoup le charme étrange de la ville. Si Lesley ne voyait rien, c'était elle qui y perdait.

— Nous y sommes ! dit Jodi aussi gaiement que possible.

Dan s'arrêta devant le Harbour Hotel. Tamarin se vantait d'avoir deux hôtels, plusieurs pensions de famille et des B&B. Le Harbour Hotel était ce qu'il y avait de mieux, même si cela n'avait rien à voir avec l'Intercontinental de Sydney que Lesley disait être son hôtel préféré.

A l'origine, l'établissement s'appelait le Tamarin Railway Hotel. Cela datait de l'époque où les trains arrivaient jusque-là. C'était une bâtisse très gaie avec ses grandes fenêtres, très larges, un perron garni de deux piliers géants, et quantité de pots de fleurs sur chacune des marches. Lesley contempla tout cela d'un regard dur. Quelle peau de vache ! pensa Jodi.

Elle-même aimait beaucoup le Harbour Hotel. L'intérieur était magnifique, décoré dans un mélange de Laura Ashley et de style marin. Des étoffes légères à motifs de fleurs côtoyaient des objets évoquant la mer, y compris un immense poisson au-dessus de la cheminée du bar. Dan et Jodi n'étaient pas certains qu'il soit vrai en dépit de la plaque de cuivre apposée au-dessous. C'était peut-être tout simplement un plâtre et non pas un poisson naturalisé. Il leur semblait toujours trop vivant et trop réjoui pour un animal en train de mourir d'étouffement.

Quand Karen et Lesley se furent enregistrées, cette dernière déclara qu'elle voulait aller dans sa chambre se reposer. Jodi et sa mère échangèrent un regard. Jodi avait envie de s'installer quelque part avec sa mère pour parler tranquillement, mais ce ne serait sans doute pas possible car Karen voudrait s'occuper de sa sœur.

De toute évidence, Lesley souhaitait inspecter sa chambre pour pouvoir se plaindre de tout ce qui n'allait pas, répéter qu'elle ne s'attendait pas à cela, qu'elle était épuisée par le décalage horaire et, vraiment, quelle idée avait pu passer par la tête de sa nièce pour venir s'enterrer au milieu de nulle part dans une ville qui n'avait même pas son propre aéroport !

Lesley avait été très contrariée d'apprendre que Tamarin ne possède pas d'aéroport car elle faisait grand cas de l'aviation. Cela ne voulait pas dire pour autant qu'elle aimait voyager en avion. Jodi savait que le vol depuis l'Australie avait été un vrai cauchemar avec sa tante se plaignant de tout à la malheureuse hôtesse car, peu importait les efforts de son entourage, rien n'était jamais assez bien pour elle. Elle lança un regard noir à sa tante. La joie qu'elle se faisait à l'idée de revoir sa mère se dissipait de seconde en seconde en présence de Lesley. Dan intervint soudain.

— Lesley, dit-il. Venez voir ceci ! Je sais que les bateaux vous intéressent beaucoup.

Tout en parlant, il l'entraîna vers le mur opposé où étaient accrochés plusieurs tableaux de vieux voiliers entrant dans le port de Tamarin. Jodi eut une pensée émue pour son mari. Il la connaissait si bien !

— Désolée, mon lapin, dit sa mère en l'embrassant. Elle est fatiguée mais cela ira mieux demain. Nous avons besoin d'une bonne nuit de sommeil. Le voyage était tuant ! Nous aurions mieux fait de nous arrêter pour une nuit à Hong Kong mais je ne voulais pas perdre une minute pour te retrouver.

— Moi non plus, je n'ai pas envie de gâcher une seule minute de ton séjour, maman. Je sais que tante

Lesley sera plus détendue une fois qu'elle se sera reposée.

C'était un gentil mensonge destiné à rassurer sa mère.

— Je suis tellement contente que tu sois là ! reprit-elle. Nous allons passer de bons moments et je veux te faire connaître tous mes amis d'ici. Je suis sûre que tu apprécieras beaucoup Anneliese. En fait, elle a à peu près le même âge que toi.

— C'est bien d'elle que tu m'as parlé, cette femme que son mari a quittée ? Comment va-t-elle ?

— Eh bien, dit lentement Jodi, en apparence, elle ne va pas trop mal mais je compte sur toi pour démêler le vrai du faux, maman. Peut-être se confiera-t-elle à toi. A mon avis, sous cette façade de femme courageuse elle ne s'en sort pas. Tu sais, je me sens un peu responsable d'elle.

— Ma grande folle chérie, dit affectueusement Karen. Je te reconnais bien là, toujours en train de veiller sur les autres.

Quand ils rentrèrent chez eux, Dan s'installa à la table de la cuisine pour préparer sa journée du lendemain. De son côté, Jodi se rendit dans la petite chambre d'amis qui lui servait de bureau. S'il n'y avait eu que sa mère, elle lui aurait demandé de loger ici, mais elle n'avait pas le courage de supporter la mauvaise humeur de sa tante matin, midi et soir.

Elle s'assit à son bureau et se pencha sur ses notes au sujet de Tamarin et de Rathnaree. Elle venait de corriger un livre sur les légendes romaines pour un éditeur avec lequel elle travaillait depuis longtemps et cela lui avait pris beaucoup de temps. L'histoire de

Rathnaree avait donc dû attendre. Elle ne put résister au plaisir de rouvrir ses cahiers. Son programme était clair, à présent. Le livre sur Rome était terminé et elle n'avait rien à faire en dehors du temps à passer avec sa mère. Elle pouvait aisément grappiller quelques heures pour ses recherches.

Elle se heurtait à plus de difficultés qu'elle ne l'aurait pensé. La seule partie qui ne lui avait pas posé de problèmes avait été la Seconde Guerre mondiale. Elle avait besoin de comprendre comment on vivait à Tamarin, en ces années-là. Tout le reste était compliqué. Au départ, elle avait cru ne pas rencontrer de vrais obstacles. Or, au lieu des tonnes de documents escomptées, elle n'avait trouvé que de rares allusions à Rathnaree dans des journaux et des périodiques, sur Internet. Apparemment, il n'en était fait aucune mention dans les livres traitant de la guerre d'Indépendance irlandaise.

Elle n'avait pas eu plus de chance dans ses recherches au sujet du mystérieux Jamie. Beaucoup d'hommes portaient le prénom de James dans les registres paroissiaux mais, sans nom de famille ni le moindre indice pouvant le lier à Lily ou à Rathnaree, il n'y avait rien à espérer de ce côté-là. Le fait que la première personne qu'elle ait décidé d'interroger sur Rathnaree ait fait une attaque l'avait profondément choquée. Elle s'était repliée sur la simplicité d'accès de l'Internet, mais avait fini par comprendre qu'il lui faudrait quand même aller à la pêche aux informations en parlant aux gens. Dan l'avait aidée à dresser un plan d'action. « Le Dr McGarry fait partie du conseil d'administration de l'école, comme son père avant lui, avait dit Dan. Son père doit avoir dans les quatre-vingts ans maintenant, mais je crois qu'il a gardé toute sa tête. Ce serait bien que tu ailles le voir. » Jodi n'avait encore jamais trouvé le courage de l'appeler mais, comme elle n'avait rien d'autre à faire, elle se décida enfin à lui passer un coup de fil.

— Personne ne cherche à connaître le passé, dit le Dr McGarry, tout excité à l'idée de replonger dans ses souvenirs. On ne parle plus que de l'avenir, et l'avenir par-ci, et l'avenir par-là, mais le passé a beaucoup à nous apprendre.

— C'est aussi ce que je pense, répondit Jodi. Pouvons-nous fixer une heure pour nous voir ?

— Je suis libre tout de suite, répondit le médecin avec entrain.

Il habitait sur le front de mer, dans une haute et étroite maison dont le grenier avait été aménagé de façon qu'il puisse s'y installer pour regarder la mer. Jodi l'y suivit en portant un plateau avec le thé et les biscuits. Un très vieil épagneul réussit à escalader les marches et s'écroula en haletant sur le plancher. Le médecin s'occupa de remplir leurs tasses puis se réinstalla dans son fauteuil.

— L'exercice de la médecine était différent pendant la Seconde Guerre, commença-t-il.

Jodi l'imaginait sans peine quarante ans plus tôt, assis dans un fauteuil très semblable à celui-ci, dans une salle de cours, ses étudiants suspendus à ses lèvres. Elle comprit très vite qu'il aimait raconter des histoires. Rien d'étonnant à ce qu'il ait montré tant d'enthousiasme à l'idée de la rencontrer.

— La guerre a tout changé, dit-il. Avant, nous n'avions pas de pénicilline. Il est difficile aujourd'hui d'imaginer une époque où on devait s'en passer, n'est-ce pas ? Nous avions la poudre de sulfate. Grands dieux ! Cette bonne vieille poudre de sulfate… On l'utilisait sur les blessures pour combattre les infections. Cela ne marchait pas toujours, vous savez. Quand la pénicilline est arrivée, j'ai souvent pensé à tous les gens que cela aurait pu sauver. C'était vraiment un produit miracle. Nous en avions tous entendu parler et nous l'attendions avec beaucoup d'impatience. On pourrait comparer ça à la façon dont on espère aujourd'hui trouver un traitement pour le sida, quelque chose de ce genre. Pour nous, c'était un pur miracle. C'est grâce à la pénicilline que le nombre de cas de tuberculose a spectaculairement diminué pendant la guerre. Pourtant, on ne pouvait pas s'en procurer ailleurs que dans le cadre des services médicaux de l'armée et cet état de fait a duré plusieurs années après la guerre. On pourrait dire qu'on n'en a eu la libre disposition en Irlande qu'à partir des années cinquante.

— Comment cela s'est-il passé ici, pendant la guerre ? demanda Jodi.

— En réalité, nous n'avons pas eu la guerre, corrigea le vieux médecin. L'Irlande n'a jamais été impliquée dans le conflit. Nous étions neutres ou, comme disaient certains, émasculés. Ce que nous avons eu, c'est l'urgence. Vous n'avez pas connu ça, vous. Cela veut dire que, à partir du moment où l'état d'urgence est décrété, l'Etat a des pouvoirs particuliers. L'urgence ! Tu parles ! Excusez-moi, ma chère enfant, mais comprenez que, quand nous avons appris ce qui se passait, appeler ça une saleté d'urgence, c'était lamentable. Des millions de gens mouraient et nous avions une *urgence*. Typiquement irlandais ! Il y a aussi eu un peu de rationnement mais ici, dans les zones rurales, nous n'avons pas manqué de grand-chose. Excusez-moi de m'être emporté, dit-il en faisant un effort pour se calmer avant de reprendre : Où en étions-nous ?

— Avez-vous parlé avec Lily de son travail d'infirmière pendant la guerre ?

— Oui, un peu. Mme Shanahan ne faisait pas partie de mes patients mais nous habitons une petite ville et il nous arrivait de nous rencontrer. La médecine n'avait pas beaucoup évolué depuis la Première Guerre mondiale et ce qu'elle avait vu à Londres m'intéressait. Pour être franc, elle ne semblait pas très désireuse d'en parler. J'avais déjà rencontré ce type de réaction. Les gens qui se trouvent confrontés à des situations brutales n'ont pas envie d'en parler et ceux qui sont restés à l'écart en parlent sans arrêt !

« Elle travaillait comme infirmière en chirurgie et, à l'époque, c'était un travail très dur. Pour supporter ça, il fallait être en parfaite santé. S'occuper des patients n'était que la moitié du travail. Les chirurgiens n'étaient pas des gens faciles. C'étaient les rois ! Nous disions toujours que les infirmières de chirurgie avaient des dos en acier.

Il s'interrompit quelques instants pour réfléchir, replongé dans une époque où Jodi n'était pas encore née.

— Je me souviens d'une fois, reprit-il pensivement. Nous avons parlé de la façon dont les chirurgiens se servaient de cheveux humains comme fils de suture, parfois. On faisait des choses extraordinaires, en ce temps-là. Il est vrai que les hôpitaux étaient très bien tenus. On n'entendait jamais parler de contamination à l'hôpital ou d'infections nosocomiales comme maintenant. Ça, je peux vous le garantir. On était très strict sur l'hygiène. Les infirmières-chefs d'alors, celles qui dirigeaient les hôpitaux quand j'étais étudiant en médecine, je vous jure qu'elles nous fichaient la trouille ! Bien sûr, on n'en montrait rien. On les taquinait volontiers. On plaisantait beaucoup à leur sujet. Ma blague préférée, c'était que le traitement avait réussi mais que le patient était mort. Je crains que ce ne soit pas de très bon goût, mon petit. Les médecins sont très potaches.

Il se redressa soudain dans son fauteuil et regarda Jodi dans les yeux.

— Dites-moi, que pense-t-on au sujet de Mme Shanahan, à l'hôpital ? Il y a de l'espoir ?

— Je crains que non, répondit tristement Jodi. Sa petite-fille, Izzie Silver, a un chagrin fou. Il semblerait que Lily ne se réveillera pas.

— Quel dommage ! fit le Dr McGarry. C'est une femme très agréable. Permettez-moi de vous dire aussi qu'elle a été très belle dans sa jeunesse. Quand elle est revenue ici, après la guerre, elle aurait pu faire des ravages. Tous les jeunes hommes auraient voulu lui passer la bague au doigt mais elle n'avait pas envie de sortir. Et puis, d'un seul coup, elle a épousé Robby Shanahan. Un monsieur très bien, mais pas très causant. Je n'ai jamais compris pourquoi elle l'avait choisi. Elle aurait pu avoir n'importe qui, la crème de la ville et de Rathnaree également. Mais les gens sont surprenants et on a tous été étonnés par son choix.

Il parla encore un moment, mais il n'avait plus grand-chose à dire sur Lily et Rathnaree. Il ne se rappelait aucun Jamie et certainement pas qui ait eu un lien avec Lily.

— J'espère que je n'ai pas commis d'indiscrétion. Ma femme dit toujours que ce n'est pas le chien qui devrait porter une muselière, mais moi ! conclut-il en éclatant de rire.

— Non, le rassura Jodi. Vous n'avez pas été indiscret du tout. J'ai une dernière question à vous poser. Pourquoi les gens ont-ils été étonnés de voir Lily épouser Robby Shanahan ?

— Oh ! C'était sans raison, juste une impression. Pour moi, ils formaient un couple bizarre. Mais je viens d'avoir une idée. Vous devriez parler avec Vivi Whelan. Elle doit avoir dans les quatre-vingt-quinze ans et, si elle a toujours toute sa tête, c'est quelqu'un qui pourrait vous dire beaucoup de choses. A l'époque, personne ne savait ce qui se passait à Tamarin aussi bien que Vivi. Elle avait épousé le boucher, vous comprenez, et le boucher sait tout parce que, à un moment ou à un autre, tout le monde défile chez lui.

Il se tapota le nez avec une mine de conspirateur.

— La boucherie, le bureau de poste et la pharmacie sont les trois endroits où l'on sait tout ce qui se passe dans une petite ville. Je pense que Vivi est la personne qui pourrait résoudre votre mystère.

En rentrant chez elle, Jodi repassa en esprit ce qu'elle venait d'apprendre. Chaque personne qui lui parlait de Lily faisait d'elle un portrait très différent. Pour Izzie, Lily était une femme pleine de vie et de force et, par-dessus tout, très maternelle. Elle avait veillé sur sa famille avec bonté et courage. D'après le Dr McGarry, c'était une femme qui avait voulu faire une carrière et qui avait été au sommet de ses capacités en un temps où les pertes humaines étaient inimaginables pour un esprit moderne. Quels autres aspects de la personnalité de Lily allait-elle encore découvrir ?

Revenue à son bureau, Jodi ferma son dossier. Le lendemain, elle emmènerait sa mère et Lesley chez Anneliese, et peut-être pourrait-elle parler de Lily. Faire d'une pierre deux coups, comme aurait dit Dan.

17

Anneliese, qui était allée marcher dans les dunes, trouva un tas d'herbes sèches et s'y assit, jambes étendues devant elle. Elle n'en pouvait plus. D'ordinaire, marcher lui redonnait des forces mais, à présent, cela l'épuisait. Elle avait sans arrêt mal aux muscles et le simple fait de monter l'escalier la vidait de son énergie. Elle se demanda si un choc émotionnel pouvait rendre malade. N'existait-il pas certaines maladies auto-immunes qui frappaient les gens meurtris comme elle ? Elle devrait peut-être faire des recherches à ce sujet sur Internet. Mais encore une fois, à quoi bon ?

A trente-cinq ans, elle avait eu une dépression très grave qui avait coïncidé avec la plus mauvaise période de l'adolescence de Beth. Selon une habitude bien ancrée, Anneliese s'était arrangée pour cacher son propre état et résoudre les problèmes de sa fille. Tout le monde avait fini par aller mieux et Beth s'était transformée quand elle était tombée amoureuse pour la première fois d'un certain Jean-Paul. Anneliese avait enfin pu se détendre assez longtemps pour pouvoir de nouveau penser à elle mais la tranquillité retrouvée avait été fatale et la dépression l'avait engloutie. C'était plus intense que jamais et cette intensité l'avait paniquée.

La peur, le vide de sa vie s'ouvraient devant elle comme un gouffre. Intellectualiser n'était d'aucune aide. A quoi servait de se répéter qu'elle avait de la chance, que son mari et sa fille l'aimaient ? Son esprit considérait toutes les platitudes habituelles et les rejetait avant que le trou noir ne les absorbe. Rien ne marchait, même pas les médicaments. Tous les matins, elle emmenait Beth à l'école puis allait travailler et passait sa journée dans un état de terreur. Elle s'était dit que la musique pourrait peut-être l'aider et avait mis du Vivaldi dans son walkman. Cela ne lui avait été d'aucun secours. Ensuite, elle avait pensé que des lectures épanouissantes arrangeraient les choses. Elle avait lu tous les ouvrages de développement personnel qu'elle avait pu trouver, toujours sans résultat.

Ces possibilités épuisées, elle s'était demandé si Dieu ne pouvait pas lui apporter une réponse. Elle avait passé de longs moments à St Canice en Le suppliant de l'aider mais cela n'avait pas marché non plus. Aucun rayon de lumière céleste porteur d'un message à son intention n'avait illuminé les vitraux. Elle était toujours aussi perdue et seule.

Pour finir, Anneliese avait essayé la marche. Elle marchait pendant des kilomètres, comme si le mouvement pouvait évacuer sa douleur. Elle aurait fait n'importe quoi pour se sentir mieux tout de suite. Et enfin, très lentement, le monde lui avait paru moins sombre.

Une thérapie demandait beaucoup de temps et Anneliese n'avait pas beaucoup de temps. Elle voulait aller mieux tout de suite. Cela faisait cinq mois qu'Edward l'avait quittée et elle se sentait toujours aussi mal. C'était la peur de vivre, une peur innommable, une peur inexplicable de l'avenir. Cela voulait dire qu'il valait mieux rester seule, à l'écart des personnes et des lieux qui risquaient de faire mal. Tant de gens tentaient de l'aider ! Son cher Brendan l'invitait à dîner plusieurs fois par semaine.

« J'ai dit à Edward qu'il était complètement idiot, lui avait-il confié. Et je refuserai toujours de recevoir Nell, même si leur couple devait durer cent ans.

— C'est vraiment très gentil de ta part, avait répondu Anneliese, mais tu n'as pas besoin de faire cela. »

Elle s'était demandé si, dans la mesure où elle avait toujours soutenu la cause des femmes, elle n'aurait pas dû faire remarquer à Brendan que Nell et Edward l'avaient trahie ensemble. Dans ce cas, pourquoi le reprocher uniquement à Nell ? Malgré toute sa bonne volonté, Anneliese était incapable de générosité à l'égard de Nell. La solidarité féminine n'avait pas franchement marché dans l'autre sens…

Yvonne l'appelait tous les jours et, quand elle travaillait à la boutique des Sauveteurs en mer, insistait pour qu'elles déjeunent ensemble. « Cela ne te ferait pas mal de manger un peu, disait-elle toujours. Tu es beaucoup trop maigre, Anneliese. A ton âge, il faut choisir entre sa ligne et son visage, tu sais. Quand on est aussi maigre que toi, on finit par ressembler à un cadavre ! Non que je dise cela pour toi, bien sûr ! » Yvonne était vraiment gentille, elle faisait tout pour l'aider !

Même Stephen, à la jardinerie, lui parlait et, pour lui qui était la timidité même, cela en disait long. Il avait été très heureux quand elle lui avait demandé si elle pouvait revenir. « Ce serait formidable, tu nous as manqué », avait-il répondu, ce qui équivalait de sa part à tout un discours.

Anneliese était bien obligée d'admettre qu'elle n'avait donné sa démission que parce qu'Edward lui en rebattait les oreilles depuis des années. « Tu n'as plus besoin de travailler, lui répétait-il. Cela fait assez longtemps que tu travailles. » Curieusement, quand elle s'était enfin rendue à ses raisons, il n'en avait pas semblé particulièrement heureux. Sans doute à cause de Nell…

Beth lui avait demandé de venir à Dublin et cela avait été une catastrophe du premier au dernier jour. Beth était en pleine monomanie prénatale et tout tournait autour de sa grossesse et de la naissance. La foudre aurait pu tomber à côté d'elle, cela n'aurait eu aucune importance. Son seul souci aurait été de savoir si des murs de brique noircis par la foudre constituaient un danger pour son bébé.

Au moment même où elle était arrivée chez sa fille, Anneliese avait su qu'elle avait fait une erreur. Elle avait trop de chagrin pour affronter les petits soucis de Beth. Chaque fois qu'elle regardait le minuscule carré de pelouse rase devant chez elle, Beth poussait un grand soupir. « Tu comprends, les constructeurs ont pensé que ce serait plus simple s'il n'y avait pas de jardin individuel. » Quand Marcus et elle avaient acheté la maison, deux ans plus tôt, cela leur avait pourtant semblé une bonne idée. « Bien sûr, poursuivait Beth, maintenant cela n'est plus possible. Nous avons besoin d'un jardin pour le bébé, même si c'est seulement un bout de pelouse pour pouvoir le sortir. Mais ce sera très embêtant de devoir vendre, parce que cela m'obligera à faire du ménage tous les soirs pour les visites. » Anneliese répondait machinalement qu'elle savait combien c'était ennuyeux.

Pendant tout son séjour à Dublin, elle avait répondu à la plupart des déclarations de sa fille sur ce ton-là. Depuis le moment où Beth était venue la chercher à la gare, Anneliese avait subi un monologue incessant sur toutes les difficultés posées par l'arrivée du bébé. Pour commencer, la maison ne convenait pas. Il n'y avait que deux chambres et il leur en fallait absolument trois pour accueillir des gens comme Anneliese. Chaque fois que sa fille parlait ainsi sur son ton blasé, Anneliese priait pour que, après la naissance, elle ait retrouvé un peu d'énergie et de goût de vivre. Dans l'immédiat, elle ne pouvait s'imaginer prenant soin d'un nouveau-né. Les bébés ont besoin de tendresse et d'affection, et Anneliese avait l'impression d'être devenue un morceau de glace.

La voiture de Beth ne convenait plus non plus. Une trois portes était une catastrophe avec un bébé. Son travail posait aussi un problème. En tant qu'experte-comptable, elle ne pouvait pas travailler à mi-temps, du moins pas dans la société qui l'employait.

En dépit de toute sa bonne volonté, Anneliese n'avait pas réussi à éprouver la moindre sympathie pour les tracas de sa fille. Elle avait trouvé cela très étrange. Depuis que Beth était née, elle passait en premier. Rien n'était trop insignifiant pour qu'Anneliese ne s'en inquiète. Des angoisses de Beth petite au sujet du livre qu'elle aurait à échanger avec ses camarades d'école pour le jour du Livre jusqu'à celles concernant sa réussite aux examens, l'éventail était varié. Or, tout à coup, Anneliese s'était comme détachée. Ce n'était pas la faute de Beth, mais la sienne. Le fait qu'Edward la quitte avait soudain divisé leur famille en trois parties distinctes comme si, en licenciant Anneliese de son poste d'épouse légitime, il l'avait d'une certaine façon privée de son rôle de mère.

Evidemment, la dépression n'arrangeait rien. Anneliese détestait se sentir indifférente à sa fille chérie et maudissait Edward pour avoir provoqué ce détachement.

Quand elles étaient arrivées chez Beth, celle-ci avait demandé à sa mère si elle allait bien. Elle ne lui avait pas encore posé la question, même si Anneliese s'était doutée qu'elle le ferait tôt ou tard. Elle l'avait compris en voyant Beth. Il était clair que celle-ci avait enfin remarqué à quel point sa mère avait l'air épuisée et aussi qu'elle ne s'était pas habillée de façon aussi élégante qu'elle l'aurait fait normalement.

Pendant un instant, Anneliese avait failli répondre par son habituel « Oui, ça va bien, vraiment ! » comme l'aurait fait l'ancienne Anneliese. Et puis elle avait changé d'idée.

« Non, je ne vais pas bien. Je suis affreusement triste. »

Beth avait semblé très triste à son tour et expliqué qu'elle regrettait de n'avoir rien pu faire.

« Je crains de ne pas t'aider beaucoup, maman. Je suis désolée.

— Mais si, avait protesté Anneliese avec vigueur. Tu m'aides beaucoup mais tu ne peux rien faire. Personne ne peut rien y faire. C'est à moi de surmonter l'épreuve.

— Mais si papa se reprenait et rentrait à la maison, tout serait comme avant ? »

Anneliese s'était fait la réflexion que sa fille était encore bien puérile. Comme un enfant espérant que papa et maman se remettraient ensemble et que tout serait comme avant.

« Ce n'est pas si facile, avait-elle répondu. Même s'il voulait revenir, je ne serais pas d'accord. Ce ne serait plus pareil. Il a trompé ma confiance et la confiance est quelque chose de très fragile.

— Mais il est désolé, je sais qu'il l'est, avait insisté Beth.

— Il te l'a dit ?

— Euh… Pas comme ça.

— Tu veux dire qu'il ne l'a pas dit du tout. Beth, ces choses-là ne s'arrangent pas toutes seules. Il faut s'en accommoder. Je trouve cela très dur, mais c'est mon problème, pas le tien. Et maintenant, pouvons-nous parler d'autre chose ? »

Beth avait semblé quelque peu choquée, mais avait acquiescé. Elle n'avait plus abordé le sujet. Tout en guidant Anneliese vers la chambre d'amis, elle avait entrepris de lui faire part de ses projets pour ces deux jours ensemble.

Au chevet de Lily, tandis qu'elle la regardait en train de partir tout doucement, l'idée d'aller chez Beth lui avait paru excellente. Or, à peine arrivée, avec toutes ces sorties prévues pour lui remonter le moral, elle s'était sentie encore plus misérable qu'avant. Au moins, chez elle, elle pouvait se lamenter comme bon lui semblait. Chez Beth et Marcus, elle était forcée de se montrer enjouée.

Elle avait survécu à son séjour et, de retour chez elle, s'était réinstallée dans sa vie paisible. Elle travaillait toujours deux fois par semaine à la boutique des Sauveteurs en mer et à la jardinerie, avec Stephen, les samedis et les dimanches.

Le mois de septembre était toujours intéressant, à la jardinerie. On en avait fini avec la folle ruée des gens qui, l'été venu, s'apercevaient qu'ils avaient négligé leur jardin. Tout le monde se précipitait alors pour acheter bacs à sable et pataugeoires pour les enfants ainsi que des plantes à repiquer afin de redonner une allure à leur jardin. Septembre représentait le début d'un nouveau cycle, en même temps que la rentrée scolaire. C'était le moment de se préparer pour la mauvaise saison et de nettoyer le jardin. C'était également celui de planter des bulbes pour Noël. Pendant des années, Anneliese avait planté des quantités de bulbes en préparation du marché de Noël jusqu'à l'an passé où elle n'en avait rien fait.

La veille, assise derrière la grande serre entourée de sacs de compost et de tourbe, ainsi que de sacs géants de bulbes de jacinthes classés par couleur, elle avait passé la journée à préparer des pots. Il y avait quelque chose de rassurant dans cette tâche familière et monotone. Après avoir placé un tesson au fond des pots il fallait les remplir d'un mélange de tourbe et de terreau avant d'y planter soigneusement les bulbes. Les jacinthes blanches étaient ses préférées. Elle aimait beaucoup le contraste entre le vert clair subtil du feuillage et les fleurs blanches au parfum puissant. Chez elle, elle avait l'habitude d'en mettre dans deux grandes poteries en porcelaine bleue. Elle avait toujours des jacinthes en fleur pour Noël. Cela faisait partie de ses décorations, mais, à Noël dernier, elle n'avait pas pris la peine de s'en occuper.

Ses articulations douloureuses la rappelèrent à la réalité. Elle se leva du petit tas d'herbes où elle s'était installée et se remit à marcher pour se dégourdir. En principe, marcher sur le sable était censé donner du ressort mais elle ne l'avait jamais vérifié. Peut-être avait-elle vu trop de films de série B quand elle était jeune, des films où les sables mouvants avalaient les gens en quelques instants. Pour elle, le sable n'était pas aussi innocent qu'on le croyait.

Depuis la dune, elle chercha à distinguer ce qui se passait dans le port et pensa à la baleine. L'expert maritime qui avait tenté de la sauver habitait toujours Dolphin Cottage. Anneliese l'évitait soigneusement quand elle le voyait en train de promener son grand chien noir ébouriffé. Il avait pourtant fait de son mieux pour sauver la baleine. C'était bien triste de voir un si bel animal mourir simplement parce que son sonar ne fonctionnait plus et qu'il n'arrivait plus à trouver son chemin vers la pleine mer. C'est comme moi, se dit Anneliese. Mon sonar s'appelait Edward et Beth, et maintenant qu'ils sont partis je n'ai plus rien. Plus aucune sécurité, plus aucune raison d'être.

Une baleine pouvait-elle se noyer ? se demanda-t-elle. On disait que la mort par noyade était une mort douce une fois qu'on avait accepté de se laisser aller mais, réfléchit-elle, comment pouvait-on le savoir ? Nul n'était jamais revenu pour le dire.

Anneliese sentit la consistance du sable changer sous ses pieds. Baissant les yeux, elle découvrit qu'elle marchait à présent sur le sable mouillé en bord de mer. Soudain, une grosse vague vint lui lécher les pieds. Elle ne recula pas, laissant l'eau de mer submerger ses chaussures. C'était intéressant, de ne pas reculer comme elle l'aurait fait normalement. Elle sentit l'eau salée mouiller lentement ses pieds dans ses chaussures légères.

Toute la semaine avait été ensoleillée, mais ce jour-là, il faisait un temps frais et gris. Pourtant, elle n'eut pas l'impression d'être surprise par le froid. Au lieu de cela, c'était presque apaisant, une paix comme seule la nature peut en donner. On se tient debout les pieds dans l'eau et c'est froid, comme une équation mathématique. « Septembre + eau de mer = froid », et c'est tout. Rien d'autre dans la vie ne fonctionnait avec une telle logique.

Par curiosité, Anneliese fit quelques pas. L'eau tourbillonna autour de ses chevilles, sur la peau nue au-dessus de ses chaussettes. Elle sentit la chair de poule monter le long de ses jambes et cela lui parut étrangement normal. La mer était la même depuis toujours, immense et, d'une certaine façon, amicale. Elle ne lui faisait plus peur. C'était le reste du monde qui était effrayant. Dans la nature, on a ce à quoi on s'attend. C'était cette prétendue civilisation qui était capable de coups tordus.

Anneliese s'arrêta et laissa son esprit flotter autour d'elle comme l'eau le faisait autour de ses chevilles. La mer accepterait-elle de l'embrasser ? Le froid l'engourdirait-il jusqu'à ce qu'elle ne sente plus rien et se mette tranquillement à flotter ? Oui, c'était cela qui arriverait, cela qu'elle allait faire. Les gens n'étaient après tout que des animaux, de la matière organique. Qu'y aurait-il donc de plus normal que d'entrer lentement dans quelque chose d'également organique et de se faire absorber par la planète ? Ce serait comme ce qui arrivait à cette pauvre baleine en train de mourir à petit feu dans le port. C'était parfaitement logique. Les gens seraient tristes quand ils l'apprendraient, mais ils s'en remettraient. Ils avaient tant d'autres choses dans leur vie, tant d'autres personnes !

Beth avait son bébé. Anneliese s'interdit de penser au bébé, son petit-enfant. Ce bébé faisait partie de l'avenir et elle ne voulait pas y penser. Il n'y avait pas de place pour elle dans l'avenir, aucune. Elle avait donné tout ce qu'elle avait et elle n'en pouvait plus. Elle était vidée.

C'était son choix.

Elle entra plus avant dans la mer jusqu'à ce que l'eau lui monte jusqu'au torse, les vagues clapotant contre sa poitrine, ses vêtements trempés. L'eau passa bientôt par-dessus ses épaules. C'était froid. Entrer dans la mer en marchant était très différent d'y entrer en courant ou à tout petits pas en criant à cause du froid et en riant parce que tout le monde vous taquine et vous pousse à avancer. Comme quand elle était petite.

Cette fois, cela n'avait rien à voir et pourtant cela ne lui faisait pas peur. Les sensations qu'elle éprouvait l'empêchaient de penser. Or, elle ne désirait rien de plus au monde que de ne plus penser. Son esprit en ébullition ne s'arrêtait jamais. La nuit, cela la réveillait, et elle ressassait toujours les mêmes questions, tourmentée par la même sensation d'inutilité. Elle voulait que cela s'arrête. Les médicaments n'y pouvaient rien à moins d'être si assommée par la chimie qu'elle ne puisse plus garder les yeux ouverts. Quel était l'intérêt de vivre de cette façon ? Ce qu'elle faisait était beaucoup plus sûr.

La mer allait prendre soin d'elle.

Soudain, il n'y eut plus de sable sous ses pieds. Elle faisait le petit chien et elle aurait dû s'arrêter, n'est-ce pas ? Parce que sinon, se noyer est impossible. A moins de nager ainsi jusqu'à l'épuisement. Elle n'était sûre de rien. L'eau était si froide maintenant qu'elle tenta de s'arrêter et ferma les yeux. Le poids de ses vêtements et de ses chaussures l'entraînait vers le fond et, soudain, sa tête disparut sous l'eau.

La sensation du froid sur son visage lui fit un choc. Ses cheveux flottaient autour de sa tête, telles des algues. Qu'était-elle censée faire à présent ? Elle devait bien avoir une mission à accomplir, un plan ? Ses pensées étaient de plus en plus lentes, comme si elle se trouvait dans un autre univers où le temps s'étirait.

Fermer les yeux, les garder bien fermés et se contenter d'être, c'était cela qu'elle devait faire. Elle ne désirait plus rien, seulement être. Ne plus avoir à penser, ne plus avoir à bouger, ne plus avoir à essayer de se maintenir à la surface. Seulement être et laisser la mer décider pour elle car elle en avait assez de prendre des décisions. Une voix grave et affolée la tira de son engourdissement.

— Ça va aller ! Je vous tiens.

Une main l'empoigna, le choc lui fit ouvrir la bouche et avaler une grande goulée d'eau de mer. Elle toussa, commença à s'étouffer et, tout à coup, elle eut peur. Seigneur, elle avait de l'eau jusqu'au cou ! Mais quelqu'un la tirait de toutes ses forces vers le rivage, quelqu'un de très fort. Elle toussait encore et encore, et se sentait très faible mais on la tirait hors de l'eau, jusque sur la plage où elle fut saisie par un froid glacial.

18

Izzie savait qu'elle n'aurait pas dû se mettre sur son trente et un pour déjeuner avec son ex-amant mais elle ne put s'en empêcher. Quand Joe avait téléphoné pour l'inviter à déjeuner, sous prétexte de se dire au revoir une dernière fois, elle avait accepté et, à sa grande horreur, s'était aussitôt demandé ce qu'elle porterait pour lui plaire.

« J'espère que tu n'iras pas ! » avait dit Carla qui avait entendu la conversation. Izzie avait pris l'appel à son bureau ; or, chez SilverWebb, le manque d'espace faisait de l'intimité un concept amusant. « Dis-toi que c'est une rupture définitive », avait répondu Izzie.

Une rupture, certes, mais une rupture en beauté, pensa-t-elle en choisissant une robe drapée et moulante, très semblable à celle qu'elle portait lors de leur rencontre. C'était fini mais de là à s'enlaidir ! De plus, Joe avait opté pour l'Amber Room, un restaurant qui ne laissait aucun doute sur leur rupture. L'Amber Room se trouvait dans le quartier de la finance et serait plein de gens qu'il connaissait. Il fallait être idiot pour inviter sa maîtresse dans cet endroit et Joe Hansen n'était pas un idiot. C'était la preuve par neuf que l'idée d'un « Izzie et Joe » était bel et bien morte.

Dans le taxi qui l'emmenait à son rendez-vous, elle mit une couche de son rouge à lèvres le plus rouge qu'elle recouvrit de gloss : la version moderne des peintures de guerre. Elle était prête à affronter Joe Hansen. Ensuite, elle passa sur ses cils un mascara extra-épais. Impossible de pleurer quand on porte du mascara si l'on ne veut pas se retrouver avec de grandes traînées noirâtres sur le visage ! Izzie n'avait pas l'intention de pleurer. Quand elle entra dans le restaurant, bien droite dans ses chaussures à hauts talons, elle se drapa mentalement dans un manteau d'assurance. Le maître d'hôtel la dirigea vers la table de Joe. Il l'attendait et, au premier coup d'œil, elle constata qu'il avait dû aller au soleil car son teint bronzé ressortait sur le blanc de sa chemise. Comme d'habitude, il était très élégant mais elle n'en avait pas moins l'impression de se trouver face à un bagarreur à peine dissimulé par son cachemire. Il se leva et la salua d'un baiser sur chaque joue, comme il l'aurait fait pour une amie.

— Désolée d'être en retard, dit-elle alors qu'elle l'avait fait exprès.

Ils échangèrent quelques banalités tandis qu'un serveur s'activait autour d'eux, prenait la commande de boissons et dépliait soigneusement la serviette d'Izzie.

— Tu as l'air très en forme, lui dit-elle. Tu es allé à Cape Cod ?

— Oui, pour quelques jours de voile, répondit-il d'un ton dégagé. Le temps était fantastique.

Izzie songea combien cette mention de la maison familiale des Hansen lui aurait fait mal il y a encore quelques semaines. Aujourd'hui, cela ne la laissait pas indifférente mais ce n'était plus pareil. Elle ne s'autorisait plus à souffrir autant. Il avait femme et enfants et, peu importait l'état de son couple, elle ne faisait plus partie de la vie de cet homme. Il pouvait aller où il voulait, faire de la voile, se faire bronzer, aller à Acapulco et danser sur la plage si l'envie lui prenait. Cela ne la concernait plus.

Enfin ! Elle avait réussi ! Elle s'était détachée de lui.

— Oui, nous avons eu un très beau temps pour le week-end, dit-elle. Je suis allée à Washington voir une de mes amies, une fille adorable qui travaille au Capitole comme journaliste. Nous sommes venues d'Irlande en même temps.

Quand Sorcha lui avait téléphoné, Izzie avait eu honte : cela faisait des mois qu'elles ne s'étaient pas vues. Les projets qu'elle avait faits à Tamarin pour lui rendre visite avaient été étouffés dans l'œuf à cause de l'énorme travail nécessaire pour monter l'agence SilverWebb. Par chance, Sorcha n'était pas du genre à bouder ou entretenir des griefs.

« Contente de t'entendre, ma grande folle, et ravie de savoir que tu crées ta propre agence. J'avais eu l'impression qu'il y avait un homme dans ta vie et que c'était pour cela que je n'entendais plus parler de toi depuis une éternité », avait dit Sorcha quand Izzie l'avait appelée pour présenter ses excuses et lui expliquer que la création de SilverWebb l'avait absorbée.

« Eh bien… avait répondu Izzie avec hésitation. En fait, avant le lancement de l'agence, il y a eu quelqu'un…

— Si tu as envie de venir pleurer sur mon épaule, n'hésite pas ! Est-ce que tu te rends compte que pour quatre-vingt-neuf hommes, il y a cent femmes ? Comment veux-tu qu'on y arrive ? Je pleurerai avec toi.

— Je ne pleurerai pas ! avait affirmé Izzie avec beaucoup d'assurance. C'est fini. »

Sorcha n'avait rien dit mais son silence était éloquent.

« Tant mieux pour toi, avait-elle fini par lâcher. Je ne te crois pas mais tu as l'air d'y croire, toi. Il vaut mieux faire semblant jusqu'à ce que ce soit vrai, n'est-ce pas ? »

Au nom de Washington, Joe hocha la tête d'un air approbateur.

— C'est une ville fantastique ! J'y vais de temps en temps pour mes affaires.

Elle l'imaginait très bien donnant rendez-vous dans d'élégants hôtels de Washington, jouant avec d'autres milliardaires à celui qui aurait le plus de pouvoir, l'équivalent du bras de fer des gamins.

Le maître d'hôtel les laissa enfin tranquilles.

— Tu es superbe, dit Joe d'une voix différente.

Izzie le fusilla du regard.

— Bien, parle-moi de ta nouvelle agence, reprit-il comme s'il faisait un effort pour oublier les compliments.

Izzie ne put retenir un sourire malicieux. Elle savait que peu de gens réussissaient à rabattre le caquet de Joe Hansen.

— Nous avons trouvé un très bel espace, dit-elle. Nous sommes trois, Carla que tu as rencontrée…

Elle était certaine qu'il n'oublierait jamais Carla et la façon dont elle l'avait rabroué pour avoir brisé le cœur de son amie.

— Ensuite, il y a Lola Monterey que tu ne dois pas connaître. Elle travaillait avec nous chez Perfect-NY. Et enfin, il y a moi. Nous avons déjà fait passer quelques castings très réussis et nous avons du boulot par-dessus la tête La Semaine de la mode de New York débute vendredi et nous sommes engagées pour deux présentations, ce qui est très étonnant pour une agence grandes tailles. On sent quand même un renversement de tendance sur ce plan. Tout cela est très excitant pour nous. Il y a aussi ce gros contrat pour les cosmétiques SupaGirl ! sur lequel je travaillais avant l'Irlande. Nous avons quelques réunions prévues plus tard cet automne pour envisager la possibilité de faire travailler des mannequins SilverWebb pour certains de leurs produits. Ce serait une première pour eux, mais, si cela marche, ce sera fabuleux.

— Penses-tu que cela pourrait marcher ?

— Absolument ! Il y a déjà quelques sociétés qui engagent des femmes normales pour présenter leurs produits. En général, c'est vrai que ce sont plutôt des lignes de soins que des lignes de maquillage, plus rentables, mais en fait, il faut juste que quelqu'un décide de tenter le coup. Beaucoup de gens ne sont plus d'accord pour faire appel à des mannequins ultraminces, mais cela fait des années que de belles filles maigres représentent leurs produits et la plupart des sociétés n'ont pas envie de bouleverser leur image. Nous offrons quelque chose de différent et, même si les gens peuvent être d'accord avec nous intellectuellement, ce sont les intérêts concrets qui passent en premier.

Joe appuya ses coudes sur la table et joignit les mains en coupe, songeur.

— Je pense que c'est en train de changer dans une certaine mesure. On parle de plus en plus de business éthique, de sociétés qui ont fait assez d'argent pour pouvoir repenser leurs comportements de façon éthique.

— C'est bien triste que l'idée d'engager des mannequins normaux soit considérée comme un choix intellectuel ou éthique !

— N'oublie pas l'essentiel, reprit-il d'un ton d'avertissement. Si votre agence échoue, vous ne ferez rien pour personne. Dis-moi plutôt si vous avez trouvé des mannequins intéressants, les super-modèles de demain si je puis dire ?

Izzie lui sourit avec assurance.

— Pourquoi me suis-je doutée que tu poserais la question ? fit-elle. Cherchez la femme, n'est-ce pas ? Tu t'es dit qu'il y aurait bien une fille pour t'intéresser !

— Non, répondit Joe. Je ne le disais pas dans ce sens. Je ne suis pas à la recherche d'une autre femme.

Comme le serveur arrivait avec leurs verres et s'occupait de redisposer la table, ils attendirent qu'il soit reparti pour poursuivre leur conversation.

— Je parlais uniquement d'un point de vue professionnel, reprit Joe. J'ignorais que c'était un déjeuner règlement de comptes.

Même s'il avait dit cela d'un ton léger, ses yeux démentaient sa décontraction apparente.

— Il n'y a pas de raison pour que ce soit un règlement de comptes, rétorqua Izzie. Il est question de se dire au revoir et j'essaie de le faire d'une façon civilisée.

Tout son calme l'avait désertée et, comme chaque fois qu'elle s'énervait, elle s'efforça de respirer profondément. Ce n'était pas la manière la plus discrète de s'apaiser, mais Joe la mettait dans tous ses états. Où avait-elle eu la tête en s'imaginant pouvoir déjeuner avec lui en toute tranquillité alors que le seul fait d'être à ses côtés lui faisait perdre son sang-froid et se sentir très seule ? Elle le désirait éperdument et elle s'était fait des illusions sur sa nouvelle indifférence à son égard. Malheureusement, même si c'était faux, elle devait à tout prix mettre un point final à leur histoire. Sinon, cela reprendrait de plus belle.

— Tu sais, Joe, je ne te reproche rien. En théorie, j'ai accepté d'avoir une relation avec toi en toute connaissance de cause. Sauf que je n'avais pas connaissance de tout. Je n'étais pas capable de réfléchir. J'étais comme anesthésiée et je n'ai pas vraiment enregistré que tu étais toujours marié et père de famille. Peut-être est-ce parce que je n'ai jamais été mariée moi-même ni eu d'enfants. Je n'ai pas compris ce que cela représentait pour toi.

En réalité, elle s'adressait presque davantage à elle-même qu'à lui. Elle soupira en pensant à quel point elle avait été aveugle et sotte.

— Je croyais que tu pourrais tout mettre en ordre et que tout irait bien pour tes enfants, reprit-elle. J'ai vraiment cru que tu pourrais recommencer une autre vie. Suis-je complètement idiote ou quoi ?

Il fit mine de l'interrompre mais elle ne lui en laissa pas le temps.

— Quand je suis rentrée chez moi, en Irlande, ma tante Anneliese m'a annoncé que mon oncle et elle s'étaient séparés parce qu'il la trompait. Il l'a quittée pour une autre. Quand elle m'a dit ça, je me suis sentie…

Elle fit un geste comme pour mesurer quelque chose de tout petit entre ses doigts.

— J'ai eu l'impression d'être minable. Ma tante était effondrée et elle n'avait aucune idée de ce qui se passait jusqu'à ce qu'elle les trouve, son mari et sa maîtresse, sous son propre toit. Il est parti et trente-sept ans de mariage ont été balayés en un instant. Cela m'a fait penser à deux choses, Joe. Premièrement, c'est que mon oncle a eu le courage d'affronter les dégâts qu'il avait causés. Deuxièmement, cela m'a fait prendre conscience de l'autre personne du triangle, ta femme. Je n'avais jamais réfléchi à son existence. J'avais cru comprendre que c'était terminé entre vous et donc qu'elle ne comptait pas. Mais ce n'est pas terminé, n'est-ce pas ? Donc, elle compte.

— Ce n'est pas aussi clair, répondit Joe avec lenteur. C'était compliqué, Izzie, et tu le sais. C'est terminé entre Elizabeth et moi mais il nous faut du temps. Je voulais attendre de pouvoir leur dire, à elle et aux garçons…

— Oui, choisir le bon moment est essentiel.

— Je te parle sérieusement, c'est vraiment une question de moment. Je veux être avec toi, Izzie. Il me faut seulement un peu plus de temps.

Izzie ne l'écoutait plus.

— Quand j'ai commencé à penser à Elizabeth, reprit-elle, je me suis demandé pourquoi les femmes légitimes s'en prennent toujours à l'autre femme et jamais à l'homme qui a commis l'adultère ? C'est leur mari qui les a trahies mais ce n'est pas lui qu'elles blâment le plus. C'est comme si les hommes étaient des bêtes sauvages que l'on ne peut pas civiliser, auxquelles on ne peut jamais faire confiance. Et s'ils découchent, c'est la femme qui les a poussés à découcher qu'il faut blâmer.

Elle s'interrompit pour reprendre son souffle.

— Tu nous as trahies toutes les deux, Joe. Tu m'as dit que nous avions une chance d'exister en tant que couple et tu n'as pas fait le moindre effort pour lui dire, à elle, que votre mariage était terminé. Je n'ai jamais imaginé qu'un jour je sortirais avec un menteur. Si un homme trompe sa femme pour être avec une autre, il peut tout aussi bien tromper la deuxième pour une troisième.

— Je n'ai pas trompé ma femme, répondit-il à mi-voix. Je te l'ai dit, nous ne sommes plus un vrai couple. Tu ne m'écoutes donc pas ?

— Et toi ? rétorqua-t-elle sèchement. Mon problème c'est que tu m'as menti, à moi ! Tu nous voulais toutes les deux et je me moque de savoir si ta relation avec Elizabeth était finie ou pas. Ça ne fonctionne pas comme ça ! Tu ne peux pas aimer deux femmes à la fois. Je ne marche pas dans ces histoires sur les hommes capables de mener deux aventures sentimentales de front ou rendus inaptes à la monogamie par l'évolution. Je ne pense pas qu'on puisse partager un homme et moi j'ai dû m'y résoudre tous les jours. Je ne veux pas partager la personne dont je suis amoureuse.

Sa tirade lui parut être un développement un peu maladroit de tout ce qui lui avait traversé l'esprit mais, même si c'était le cas, elle avait dit ce qu'elle pensait.

— Donc, tu refuses de me partager avec mes enfants ?

— Je ne parle pas de tes enfants ! répliqua-t-elle avec colère.

Comment osait-il laisser entendre que, parce qu'elle n'avait pas d'enfants, elle ne comprenait pas l'amour d'un parent ? Elle n'avait jamais dit qu'elle ne voulait pas d'enfants ! Elle en voulait. Elle voulait ses enfants à lui. Le problème, c'est qu'il l'ignorait.

— Si tu es seulement à moitié la personne que j'ai cru avoir rencontrée, il est normal que tu veuilles prendre soin d'eux, dit-elle d'un ton plus calme. Et moi, si je n'avais pas compris qu'ils occupent une place très importante dans ta vie, je serais la dernière des gourdes. La question n'est pas là. Tu avais un choix à faire. Tu pouvais rester tranquillement chez toi, vivant chacun votre vie, et rester pour les enfants. Mais ce n'est pas ce que tu voulais. Tu voulais ton foyer, tes enfants, et moi. Or, à mon avis, ce n'est honnête ni pour elle ni pour moi.

— Tu me considères donc comme un pauvre type.

Elle le regarda boire une gorgée de son cocktail, clair et avec une olive verte. Izzie savait que Joe buvait très peu, mais l'odeur du martini gin lui parvenait.

— Oui, répondit-elle. Je pense que tu es vraiment un pauvre type. Tu n'as pensé à personne d'autre qu'à toi.

— Je ne t'ai pas menti quand je t'ai dit que nous n'étions plus un vrai couple, s'entêta-t-il. Je ne t'ai jamais raconté d'idioties du style « ma femme ne me comprend pas ». J'ai toujours estimé que tu valais mieux que cela et que je valais mieux que cela, moi aussi. Nous sommes au-dessus de ça. Mais, répéta-t-il avec fermeté, Elizabeth et moi ne formons plus un couple. Quand je me suis marié, je pensais que c'était pour la vie et ce n'est pas le cas. Je ne suis pas un saint, j'ai eu quelques aventures, mais cela ne représentait pas grand-chose. C'était…

Il s'interrompit pour la regarder droit dans les yeux.

— C'était une simple question de sexe.

Izzie se tassa un peu dans son fauteuil.

— Je suppose que ce n'est pas agréable pour toi d'entendre cela, mais c'est la vérité. Il n'était question que de sexe, de la satisfaction que les hommes tirent d'une relation purement sexuelle. Avec toi, Izzie, c'était différent. Quand je t'ai rencontrée, j'ai eu l'impression que ma vie s'illuminait et je n'avais pas ressenti cela depuis très longtemps. Je croyais que cette partie de ma vie était morte. Je pensais que l'amour et la gentillesse, la tendresse qui fait qu'on a envie de serrer quelqu'un dans un lit sans bouger pour laisser passer la journée, que tout cela c'était fini pour moi. Je me disais que c'est le genre de chose qui nous arrive à vingt-cinq ans et qu'après, il n'y a plus qu'à mettre une croix dessus. Avec toi, j'ai retrouvé tout cela. C'est cela que tu m'as apporté, Izzie. Je crains que tu aies raison, je n'ai pas eu la force de faire ce qu'il fallait. Je n'ai pas eu le courage de dire à Elizabeth ce que nous savons tous les deux, que c'est fini entre nous depuis des années. Je ne supportais pas l'idée des conséquences pour notre famille. Cela risquait même d'être une sale histoire. Elizabeth ne veut pas divorcer. En tout cas, elle ne me laisserait pas partir facilement, je peux te le garantir. J'ai donc pris ce que tu pouvais me donner sans faire attention à ce que tu me demandais. Mais, maintenant… Maintenant, je veux tout te donner.

Il la fixait avec une telle intensité qu'elle trouvait presque difficile de lui rendre son regard. Il se conduisait comme s'il avait été dans un tribunal, se défendant avec passion devant le jury qui s'apprêtait à l'envoyer sur la chaise électrique.

— Qu'est-ce que tu as dit ? bafouilla Izzie. Tu veux me donner quoi ?

— Je veux être avec toi.

Elle ferma les yeux un instant pour se concentrer.

— Non, Joe. C'est impossible. N'essaie pas de m'embobiner. Je sais très bien que, si je marchais dans ta combine, dans dix ans, je serais toujours à la place de la petite amie sans que rien ait changé.

— Non, insista-t-il. Je te dis que je vais quitter Elizabeth. Je vais lui dire qu'il faut mettre notre séparation au clair et qu'on ne peut pas en permanence feindre d'être un couple. Je suis prêt.

Il prit ses mains entre les siennes et, en cet instant si étonnant, Izzie le crut à cause de ce geste. Ce qu'il venait de dire était si incroyable que son cerveau avait du mal à l'assimiler mais qu'il lui prenne la main dans ce restaurant-là, un restaurant fréquenté par des gens qu'il connaissait et où on pouvait le reconnaître, cela signifiait réellement quelque chose. C'était une déclaration publique. Cela voulait dire, sans ambiguïté possible, qu'il était avec elle.

— Joe… Je ne sais pas quoi dire.

— Dis-moi oui, répondit-il d'un ton paisible. C'est tout ce que tu as à faire. Dis-moi que tu veux être avec moi.

Un mois plus tôt, elle aurait éclaté en sanglots parce que ces mots-là étaient ceux qu'elle voulait entendre. A présent, après tout ce qui s'était passé… Elle hésitait. Il l'avait lâchement laissée tomber quand elle avait eu besoin de lui ! Elle ne pouvait oublier ce vol vers l'Irlande où elle avait tellement souffert et s'était sentie tellement seule sans lui. Elle se souvenait avec précision du chagrin qu'elle avait ressenti à l'idée de se rendre auprès de sa grand-mère après avoir entendu l'homme qu'elle aimait lui dire qu'il ne pouvait pas être avec elle.

Au chevet de Lily, elle avait eu l'impression d'être dans une église. Elle était allée là-bas pour demander l'absolution de ses péchés, pour s'entendre dire par Lily qu'elle l'aimait, mais il n'y avait eu aucun soulagement. Sa grand-mère ne s'était pas réveillée et Joe l'avait abandonnée. Cette trahison l'avait blessée si profondément que, malgré le temps, sa plaie était encore à vif.

— Joe, je ne sais pas si c'est encore possible. Je crains que ce soit trop tard.

Il eut le bon goût de ne pas pousser d'exclamation de surprise.

— Je ne pensais pas que ce serait facile pour toi après ce que je t'ai fait subir.

Elle hocha la tête puis sourit.

— Est-ce la raison pour laquelle tu m'as amenée ici, pour me mettre le dos au mur, de sorte que demain nous serons dans toutes les rubriques de potins mondains et que nous ne pourrons plus faire marche arrière ?

Joe eut un sourire malicieux et ses yeux brillèrent de cette façon si sexy qu'elle ne pouvait s'empêcher d'aimer. Elle restait sensible à la séduction de cet homme. Ce serait très facile de dire oui. Joe Hansen la voulait mais, pour être avec elle, il devait le dire à sa femme, le dire à ses enfants, faire sa valise et sortir de chez lui en laissant la clé sur la table de l'entrée. Peut-être même l'avait-il déjà dit à Elizabeth ? Non, pensa-t-elle, il ne l'aurait sûrement pas fait sans connaître sa décision à elle. Joe était un homme pragmatique. Il avait attendu de savoir si Izzie lui disait oui. Dans le cas contraire, il n'y avait rien de cassé.

— Joe, as-tu dit à Elizabeth que tu la quittes ?

— C'est la question à un million de dollars, n'est-ce pas ? Non, je ne l'ai pas fait. J'attendais de voir ce qui se passait aujourd'hui. Cela ne signifie pas que nous resterons ensemble si tu me dis non, parce que c'est bel et bien fini avec elle et je ne vois pas l'intérêt de faire traîner encore les choses. Cela fait trop longtemps que cette histoire de séparation dure.

— Tu vois, Joe, tu dis exactement ce qu'il faut dire.

Elle se souvenait très bien de lui avoir déjà fait cette remarque. Il disait exactement ce qu'elle avait besoin d'entendre. C'était comme s'il pouvait lire dans son esprit. Sauf qu'un jour, il n'avait pas dit ce qu'il fallait, et elle ne pouvait l'oublier. Elle refusait de se laisser berner une seconde fois. Elle devait tout savoir.

— Dis-moi, en admettant que nous soyons ensemble, y a-t-il un règlement à suivre ?

— Un règlement ? répéta-t-il, perplexe.

— Oui, le règlement de la seconde famille.

Il avait toujours l'air de ne pas comprendre.

— Je veux dire : est-ce que tu veux être avec moi mais sans alliance au doigt, sans enfants…

Elle ne put aller plus loin, c'était presque trop douloureux pour en parler. Des enfants, des bébés, son bébé. Elle n'aurait jamais cru que son horloge biologique avait un tel pouvoir. D'ailleurs, ce n'était pas tant une horloge qu'une bombe à retardement. Elle n'arrêtait pas de penser à des bébés et voilà qu'ils venaient dans la conversation. Joe et elle n'avaient jamais évoqué la possibilité d'en avoir. Comment auraient-ils pu ? Dans leur relation, il n'y avait jamais eu la moindre chance d'aborder ce genre de sujet. Tout allait trop vite. Elle releva les yeux et vit que Joe restait très étonné par sa question.

— M'aurais-tu classée parmi ces dures à cuire qui ne pensent qu'à leur carrière et préfèrent un sac Fendi à un bébé ?

Elle avait réussi à ne pas montrer à quel point elle se sentait blessée et sa façon de dire les choses fit rire Joe.

— Non, pas vraiment, mais je n'aurais jamais pensé que tu étais du genre maternel.

— Pas du genre maternel... répéta-t-elle d'un ton morne.

— Je ne voulais pas dire...

— Non, pas de problème, le coupa-t-elle vivement, trop vivement.

Joe comprit qu'il avait fait une erreur.

— Tu n'as jamais parlé d'avoir des enfants, lui fit-il remarquer. Comment aurais-je pu deviner ?

— Est-ce qu'Elizabeth a soulevé le sujet avant votre mariage ?

Il prit le temps d'y réfléchir un instant avant de reconnaître que non.

— C'était un fait acquis, n'est-ce pas ? C'était ta femme et elle serait la mère de tes enfants ?

— Oui.

— C'est là où je voulais en venir, Joe. Nous n'en avons jamais parlé mais, pour toi, cela n'a jamais été même une possibilité. A ton avis, qu'est-ce que cela révèle à propos de nous et de notre avenir commun ?

— En fait, je n'ai pas vraiment envie d'avoir d'autres enfants, dit-il d'un ton découragé. Laisse-moi être honnête avec toi. Les enfants compliquent beaucoup les choses. Si tu en avais, tu comprendrais. De plus, si nous avions des enfants ensemble, cela rendrait la séparation encore plus difficile pour mes fils. Je ne supporterais pas de les laisser croire qu'ils ne sont plus les personnes les plus importantes dans ma vie.

Izzie hocha la tête. Elle devenait très douée, se dit-elle, pour hocher la tête au moment crucial, alors qu'elle avait l'impression que son cœur se brisait.

— Mais nous pouvons en parler, reprit-il. Tu comprends, je n'ai jamais imaginé… Je ne veux pas dire que nous ne pouvons pas en avoir, c'est seulement…

— Je pense que nous sommes devant un cas de rupture de contrat, fit Izzie d'une voix étranglée. Je ne veux pas me lancer dans une relation où il y a des interdits parce que tu as déjà fait telle chose, parce que tu es déjà allé à tel endroit. Je suis désolée.

— Ne me quitte pas, Izzie, dit-il d'un ton suppliant. Nous pouvons en parler.

— Une autre fois.

Elle se pencha vers lui, l'embrassa rapidement sur la joue sans s'attarder au cas où il la prendrait dans ses bras. Si cela arrivait, elle serait perdue car il la voulait et, quand Joe voulait quelque chose, il l'obtenait. Elle ne pourrait plus s'en détacher si elle le laissait la prendre dans ses bras et l'embrasser devant tout le monde. Elle se leva vivement sans se départir de sa grâce.

— Comme on dit dans les meilleurs milieux d'affaires, conclut-elle, ce sera sans moi. Je t'appellerai.

Sur ces mots, elle lui tourna le dos et sortit, consciente que beaucoup plus d'yeux étaient fixés sur elle pour son départ qu'il n'y en avait eu pour son arrivée. Elle s'obligea à regarder droit devant elle comme si elle pensait déjà à son prochain rendez-vous. En réalité, elle n'avait qu'une pensée, qu'allait-elle faire maintenant ?

Il n'y avait qu'une solution : appeler Carla. Assise à l'arrière de son taxi, Izzie espérait que le chauffeur ne parlait pas anglais car elle n'avait aucune envie d'étaler son chagrin devant lui. Carla lui parut énervée, entre deux coups de fil importants, après avoir bu trop de café.

— Quand reviens-tu, Izzie ? C'est la folie, ici, et la machine à café est cassée !

— Il va la quitter.

— Quoi ?

— Je dis qu'il va la quitter, répéta Izzie. Joe va quitter sa femme.

— Et les poules auront des dents ! rétorqua Carla. J'avoue que je ne m'y attendais pas, à celle-là. Je croyais que tu devais le voir pour rompre avec classe.

— C'est exact. J'avais bien préparé ce rendez-vous et j'étais au milieu de ma grande tirade quand il m'a interrompue pour me dire qu'il voulait vivre avec moi.

— Franchement, c'était vraiment « je veux vivre avec toi » ou juste « j'aimerais bien pouvoir vivre avec toi » ? demanda Carla avec cynisme. Du genre, il veut rester marié avec sa femme et te donner des cadeaux plus chers pour que tu gardes le sourire ?

— Non, soupira Izzie. D'abord, il ne m'a jamais fait de cadeaux. Ce n'était pas notre style de relation, tu le sais bien.

— Ouais, répondit Carla. Je l'aurais pourtant mieux compris. Les relations mercenaires obéissent à certaines règles et moi, j'aime bien que les règles soient respectées. Bon, mais s'il la quitte, c'est fantastique. C'est ce que tu voulais, non ? Pourtant tu ne m'as pas l'air très heureuse. Qu'y a-t-il ?

— Il ne veut pas d'enfants. Pas avec moi, en tout cas.

— Ah…

— Exactement ! Ah…

— C'est ce qu'il a dit ?

— Plus ou moins. S'il avait d'autres enfants, cela ferait souffrir ses fils. En plus, il m'a fait remarquer que les enfants changent tout et que si j'en avais, je le saurais.

— Charmant ! s'exclama Carla. C'est charmant de dire cela à une femme qui n'en a pas. Quel tact !

— C'est ce que j'ai pensé.

— Que vas-tu faire ?

Izzie se frotta les yeux. Elle n'en avait aucune idée.

— Je suppose que je vais prendre le temps d'y réfléchir.

Elle devait réfléchir à ce que cela représenterait de reprendre avec Joe. Elle devait réfléchir, aussi, à la situation de sa tante Anneliese. Elle pensait souvent à elle, à la façon dont elle essayait d'affronter le quotidien sans son mari.

— L'aimes-tu suffisamment pour vivre avec lui en renonçant à la maternité ? demanda Carla.

— C'est justement là la question.

Izzie aurait aimé lire dans une boule de cristal pour connaître la réponse. Aimait-elle assez Joe pour renoncer définitivement à être mère ? Il avait dit qu'ils pouvaient en parler mais elle savait qu'il avait avoué la vérité en déclarant ne pas vouloir d'autres enfants. Or, quelle femme voudrait avoir un enfant avec un homme qui n'en désirait pas ?

— Eh bien ? insista Carla.

— Eh bien, je l'ignore. Chaque fois que je crois avoir toutes les réponses, les questions changent.

— Je ne sais pas quoi te dire, Izzie, à part de venir ici. Je n'ai pas non plus les réponses mais, au moins, tu seras avec des amies. Qu'en penses-tu ?

— J'arrive dans cinq minutes, répondit Izzie d'une voix abattue.

Quand elle rentra chez elle, ce soir-là, la lumière du répondeur clignotait. Pendant quelques instants, elle se demanda si ce n'était pas Joe lui annonçant qu'il avait changé d'avis, qu'il l'aimait et serait très heureux d'être le père de ses enfants. Pleine d'espoir, elle appuya sur la touche d'écoute.

« Izzie, ma chérie ! disait son père d'une voix fatiguée et vieillie. Désolé de te donner de mauvaises nouvelles par téléphone… »

Izzie porta une main à sa bouche. Sa grand-mère ?

« Ta tante Anneliese a fait une tentative de suicide aujourd'hui. Elle a voulu se noyer. Quelqu'un l'a sortie de l'eau juste à temps. Elle est à l'hôpital. Nous en sortons, Edward et moi. Appelle-moi dès que tu auras mon message. Je t'aime, ma chérie. Au revoir. »

Izzie se mit à trembler. Pauvre Anneliese ! Elle pensait à elle encore quelques heures plus tôt et à la façon dont elle réussissait à vivre sans son mari. Elle ne s'était pas attardée sur ce sujet parce qu'elle refusait de comparer leurs deux histoires. Hors de question de mettre Anneliese et Elizabeth dans le même panier. C'était insupportable. Il n'y avait rien dans son histoire avec Joe qui puisse rappeler celle de Nell et Edward…

19

Le lendemain de la tentative de suicide d'Anneliese, Jodi avait acheté un test de grossesse. Ce matin-là, elle attendit que son mari soit parti travailler et se précipita dans la salle de bains. Elle n'y aurait jamais pensé si sa mère ne lui avait pas fait remarquer qu'elle avait eu un grand choc en apprenant la nouvelle et que, au lieu de faire du tourisme, ce serait peut-être une bonne idée de se détendre, par exemple en s'offrant quelques soins au spa de l'hôtel.

« Excellente idée, maman, avait approuvé Jodi. Je vais de ce pas réserver à la réception. » La veille, les trois femmes étaient en train de prendre le café dans le salon de l'hôtel, cherchant à planifier leur journée, lorsqu'une connaissance de Dan et Jodi était entrée et leur avait annoncé la nouvelle. Lesley avait eu un petit reniflement dédaigneux. « Tenter de se tuer n'est vraiment pas la bonne façon de résoudre les choses. Heureusement que nous ne l'avons jamais rencontrée ! Je déteste fréquenter des gens pessimistes. » A cet instant, la mère de Jodi avait enfin dit à sa sœur que sa remarque était parfaitement déplacée et que, faute de se montrer plus compréhensive, elle ferait tout aussi bien de les laisser tranquilles.

Peu habituée à ce que sa sœur lui tienne tête, Lesley s'était levée avec brusquerie et était sortie furieuse du salon, laissant Jodi et sa mère libres de se parler. Karen avait à ce moment-là proposé d'aller au spa. « Tu as besoin de passer un moment agréable pour surmonter cela, avait-elle dit. J'adore les massages d'aromathérapie. Cela permet de chasser toutes les tensions. Lesley détesterait cela, bien sûr ! Elle préfère les manucures. »

Jodi s'était rendue à la réception de l'hôtel où on l'avait mise en ligne avec le spa. Une esthéticienne lui avait très gentiment détaillé les différentes possibilités.

« Nous avons une offre spéciale de soins pour future maman, cette semaine, avait-elle ajouté. Si cela concerne l'une d'entre vous. »

Jodi s'apprêtait à répondre que ce n'était pas le cas quand une pensée lui avait traversé l'esprit. Elle avait deux semaines de retard. Elle ressentit le même élan d'enthousiasme que la fois précédente, mais avec de la peur en plus. Elle avait déjà fait une fausse couche et ne supporterait pas que cela lui arrive de nouveau.

« Tout bien réfléchi, je voudrais réserver pour deux personnes au lieu de trois, s'il vous plaît. Pour ma tante, Lesley Parker, ce sera une manucure et une pédicure, et pour ma mère un massage d'aromathérapie et un soin du visage. Elles sont toutes les deux à l'hôtel. Onze heures pour toutes les deux ? Parfait ! »

En rejoignant sa mère, elle lui avait annoncé qu'elle avait bien réservé, mais pour deux seulement. « J'avais oublié que j'ai rendez-vous avec une dame à la maison de retraite demain. C'est pour mes recherches sur Rathnaree. » Ce n'était pas tout à fait vrai. Jodi voulait voir

Vivi Whelan depuis plusieurs jours mais n'avait pas encore réussi à prendre rendez-vous. Cela lui donnait pourtant un prétexte pour ne pas voir sa tante. Dans l'immédiat, entre la possibilité d'être enceinte et la tristesse qu'elle éprouvait pour Anneliese, elle avait besoin d'être aussi loin que possible de l'affreuse rabat-joie. Si elle attendait un enfant, elle ne voulait pas que son bébé soit élevé par une autre qu'elle parce qu'elle était en prison pour meurtre !

C'est pourquoi elle se retrouvait, ce matin-là, seule dans sa salle de bains. Elle ferma un instant les yeux puis les rouvrit pour regarder la petite fenêtre de la languette. Il y avait deux grosses lignes bleues l'une à côté de l'autre. Enceinte ! Elle était enceinte. Son cœur battait à se rompre. Si seulement elle pouvait être sûre que cette fois tout irait bien, elle pourrait s'autoriser à être heureuse ! Malheureusement, personne ne pouvait lui donner cette garantie.

Le groupe d'entraide sur les fausses couches lui avait fait comprendre qu'il arrivait qu'on en fasse plusieurs avant de mener une grossesse à terme. Elle craignait toutefois de ne pas avoir la force de supporter le chagrin d'un deuxième accident.

— Pas de panique, se dit-elle avant de ranger le test dans son tiroir à lingerie. Pas de panique ! Tu dois continuer à t'activer et rester calme.

Elle prit son cahier et son magnétophone. Voir Vivi Whelan serait un bon moyen de se concentrer sur autre chose.

Les Jardins de lauriers était un long bâtiment à un étage entouré d'un parc très soigné. Jodi savait qu'Anneliese s'y rendait plusieurs fois par semaine pour voir Lily.

— Je suis venue voir Mme Whelan, dit Jodi à la réceptionniste.

— Parfait ! Elle adore les visites, lui répondit gaiement l'hôtesse. Allez-y, c'est le premier couloir à gauche au pied de l'escalier. Cela vous amènera sur la véranda et vous n'aurez qu'à sonner à la porte. On vous fera entrer.

Jodi, qui avait préparé une explication au cas où un système de contrôle serait mis en place pour protéger les pensionnaires des visiteurs inopportuns, fut très étonnée de cette décontraction. En découvrant l'intérieur, elle trouva l'endroit aussi agréable que le lui avait dit Anneliese. Les murs étaient peints d'un vert pâle très apaisant. Il y avait un fond musical de musique classique et l'odeur du pain en train de cuire flottait dans l'air. On n'entendait ni cris ni plaintes. Au lieu de cela, les portes étaient largement ouvertes sur le parc. Les pensionnaires étaient assis dans des fauteuils ou, dehors, à l'ombre des parasols. Le personnel était vêtu de blanc mais ne donnait pas l'impression de s'agiter autour des résidents comme dans un hôpital. Certains étaient assis à côté des résidents, en train de parler et de sourire, de leur tapoter le bras ou de les aider à boire.

— Je cherche Mme Whelan, demanda Jodi à l'une des infirmières.

— Vous la trouverez là-bas, à la dernière table au soleil.

Jodi découvrit une dame assez ronde avec des petites boucles de cheveux blancs et un sourire rayonnant. Une infirmière était en train de lui faire manger une salade de fruits et, aussitôt que Jodi s'assit à côté d'elle, Vivi s'exclama :

— Sarah ! Quel plaisir !

Elle lui sourit avec la bienveillante distance de quelqu'un qui a depuis longtemps perdu contact avec la réalité. L'absence de contrôle à la réception prit soudain tout son sens pour Jodi. Elle avait dû sonner à la porte pour pouvoir passer sur la véranda puis dans le parc, lui-même ceint d'un très haut mur. Il n'y avait aucun risque que les résidents puissent sortir. Elle s'aperçut aussi rapidement que peu de gens venaient. La véranda était soigneusement verrouillée car la plupart des pensionnaires vivaient dans leur propre monde.

Jodi regretta de n'avoir jamais rendu visite à Lily. Elle avait eu peur d'être indiscrète mais elle comprenait maintenant combien les visites étaient importantes dans ce genre d'endroit. C'était la preuve qu'on ne vous avait pas complètement oublié.

L'infirmière dit gentiment à Vivi que ce n'était pas Sarah. Puis elle se tourna vers Jodi.

— Sarah était sa sœur.

— Bonjour, madame Whelan. Je suis Jodi Beckett. Je suis venue pour parler avec vous parce que, d'après le Dr McGarry, vous pourriez peut-être m'aider.

Vivi hocha gaiement la tête.

— Je ne veux pas me présenter sous un faux prétexte, dit Jodi à l'infirmière. J'essaie d'écrire une histoire de Rathnaree. Le Dr McGarry, je veux dire le père, pensait que ce serait bien que je rencontre Mme Whelan parce qu'elle connaît toute l'histoire de Tamarin. Si vous me dites que c'est une mauvaise idée, je n'insisterai pas.

— Vivi adore parler du passé, répondit l'infirmière. Elle ne voit pas grand monde, seulement sa famille proche. C'est une très bonne chose pour elle de découvrir un nouveau visage et d'avoir la possibilité de parler.

Vous ne lui causerez aucun tort. Le passé est l'endroit où elle se sent bien. Ce qui lui pose problème, c'est le présent et le passé récent. Toutefois, si vous avez besoin d'informations, sa fille Gloria pourrait peut-être vous aider. Je vous donnerai son numéro de téléphone.

Rentrée chez elle, Jodi suivit le conseil de l'infirmière et appela Gloria. Celle-ci lui parut de très mauvaise humeur au téléphone. Jodi supposa que sa visite à la maison de santé avait fâché Gloria mais elle comprit vite que Gloria était perpétuellement irritée.

— Nous avons des tonnes de papiers qui appartiennent à ma mère, des tas. J'en ai assez de les traîner partout. Vous voyez, nous avons déménagé trois fois au cours des cinq dernières années à cause du travail de mon mari. Quand nous sommes revenus à Waterford, l'automne dernier, je l'ai prévenu que s'il devait de nouveau déménager, cette fois il le ferait tout seul.

— Je pourrais peut-être passer vous voir à un moment ou un autre, avança prudemment Jodi.

— Je n'ai pas grand-chose à vous raconter, répondit Gloria. Mais je pourrais vous laisser regarder les affaires de ma mère. Je suis chez moi pour l'instant.

— Vous souhaitez que je vienne maintenant ?

Il y avait trois quarts d'heure de route pour aller à Waterford.

— Je suis une femme occupée, vous savez !

— Donnez-moi votre adresse, s'il vous plaît. J'arrive le plus vite possible.

Autant battre le fer pendant qu'il est chaud, pensa Jodi. De plus, elle avait besoin de s'occuper pour éviter de penser au résultat de son test de grossesse. La route jusqu'à Waterford serait certainement un bon dérivatif.

Le temps qu'elle arrive chez Gloria, elle regrettait d'avoir fait le chemin. En dépit de tous ses efforts, elle n'avait pas réussi à penser à autre chose qu'au bébé et aux risques de fausse couche. Elle n'aurait jamais dû céder à son impulsion. Il n'y avait rien à trouver sur l'histoire de Rathnaree et son enthousiasme lié à la découverte de la photo disparaissait très vite. Il existait probablement des histoires autour de cette merveilleuse vieille maison et au sujet des gens qui figuraient sur cette photographie fanée mais elles resteraient certainement cachées.

Gloria habitait une maison semi-mitoyenne dans une rue très passante et après avoir dû faire trois fois le tour du quartier pour se garer Jodi avait les nerfs en pelote. Ensuite, il lui fallut une éternité pour dénicher l'horodateur et obtenir un ticket de stationnement.

Quand elle poussa le petit portail du jardin de Gloria, elle se dit qu'elle devait être vraiment folle mais une surprise l'attendait. Gloria avait l'air contente de la voir.

— Vous ne croirez jamais ce que je viens de découvrir, lui déclara-t-elle en la faisant entrer.

— Quoi donc ? demanda Jodi.

Elle doutait que cela puisse concerner ses recherches, mais Gloria s'était jetée sur elle sans lui laisser le temps de respirer.

— Je savais que nous avions des tonnes de papiers mais ce sont surtout des vieilles factures médicales, des radios, ce genre de choses. Maman n'a jamais été en très bonne santé. Mais regardez-moi ça ! J'ai trouvé un carton plein de lettres et de trucs de ce genre. Evidemment, il n'y a aucun objet de valeur là-dedans. J'ai fouillé. J'espérais trouver un collier de diamants !

Elle éclata d'un rire sonore à sa propre plaisanterie.

— Je vous confie le tout, ajouta-t-elle.

— Je ferai très attention, répondit Jodi, le cœur battant.

Soudain, tout son enthousiasme était revenu.

— Je compte sur vous pour tout me rendre, n'est-ce pas ? Et si vous faites un livre, vous direz bien que c'est moi qui vous ai fourni tous ces éléments ?

— Bien sûr ! fit Jodi.

En cet instant précis, elle aurait donné n'importe quoi pour pouvoir simplement regarder ces papiers.

— C'est un trésor, poursuivit Jodi en prenant avec précaution une vieille coupure de journal.

Gloria avait tout répandu par terre et Jodi conclut rapidement que la meilleure chose à faire était de tout remettre dans le carton et de l'emporter chez elle. A la maison, elle aurait le temps de faire un tri et de lire tranquillement.

— Je vous promets de mettre noir sur blanc la liste de tout ce que je trouverai, dit-elle à Gloria. Je peux aussi faire des photocopies ou des photographies de façon à pouvoir vous restituer plus rapidement les originaux.

Ses études lui avaient appris comment gérer les découvertes de documents.

— Cela peut tout aussi bien n'être qu'un tas de vieux papiers sans intérêt, répondit Gloria, mais c'est le genre de choses que vous cherchez, c'est bien ça ?

— Exactement, acquiesça Jodi.

De retour chez elle, elle sortit avec soin chaque papier du carton, dressa une liste scrupuleuse de chacun et s'évertua à les classer selon l'ordre chronologique.

Il y avait des lettres rédigées d'une petite écriture bien nette sur du papier très fin. C'étaient les lettes de Lily Kennedy à sa meilleure amie, Vivi McGuire.

Jodi s'installa confortablement dans son fauteuil de bureau et se plongea dans sa lecture.

20

Octobre 1944

Agenouillée sur le plancher nu dans sa chemise de nuit en coton, Lily observait la cité fantomatique par l'entrebâillement du rideau occultant rendu obligatoire par le black-out. Il faisait très froid. Même en chirurgie où l'on se débrouillait pour maintenir une certaine température, elle avait trouvé qu'il faisait froid. Les équipes du service étaient réduites et, lorsqu'elle ne tenait pas la main d'un patient qui venait d'être opéré d'un cancer du côlon, Lily avait dû assurer la corvée des bassins. L'homme, un caporal qui revenait d'Afrique, s'était mis à pleurer la dernière fois qu'elle avait quitté son chevet.

« Ne partez pas », avait-il dit en serrant faiblement sa main. Il était livide sous son bronzage et sa barbe, qu'il avait rasée avant l'opération, repoussait déjà, lui donnant l'air encore plus vulnérable. Lily savait qu'il était déconseillé aux infirmières de ne pas garder leurs distances, mais cet homme, encore étourdi après l'anesthésie, semblait avoir un besoin désespéré d'attention. Avec son visage triste et ses cheveux d'un noir de jais, il lui rappelait son père, un homme doux, coincé dans une situation pénible. Après l'opération, il s'était mis à délirer, se plaignant du bruit des canons des tanks.

« Voulez-vous que j'écrive à votre famille pour lui dire où vous êtes, Arthur ? » avait proposé Lily.

La fille du caporal travaillait dans une usine d'aviation à côté de Slough et sa femme était chez eux à Liverpool, pour s'occuper de leurs deux plus jeunes enfants.

« Vos proches aimeraient certainement avoir de vos nouvelles et savoir que vous allez mieux.

— Merci, mademoiselle Kennedy », avait-il dit en ravalant ses larmes.

Sur le seuil du service, Lily avait aperçu l'infirmière-chef qui faisait la tournée des malades. C'était presque l'heure du thé et Lily avait encore du travail mais, quand leurs regards se croisèrent, elle lut dans celui de l'infirmière-chef son accord pour qu'elle reste auprès d'Arthur.

L'infirmière-chef était une femme à qui personne n'osait tenir tête, mais Lily l'aimait pour cela. Lily avait l'habitude de travailler vite et efficacement, et elle appliquait ses talents à tout sans distinction. De plus, elle ne faiblissait jamais sous le regard sévère de sa supérieure. La maxime favorite de cette dernière était : « Faire de votre mieux n'est pas encore assez bien, mademoiselle. Je veux que ce soit mon mieux. » Elle ne l'avait jamais dit à Lily. Qu'il s'agisse de donner des soins ou d'accomplir les tâches qui ne demandaient pas de qualification mais auxquelles sa formation l'avait habituée, Lily travaillait toujours sans un murmure.

Diana souffrait beaucoup plus sous la direction de l'infirmière-chef qui s'assurait que les quelques novices sous sa tutelle ne bénéficiaient d'aucun traitement spécial. Pour la première fois, Lily avait compris qu'être issu d'une classe privilégiée pouvait se retourner contre vous. A cause de ses origines, nul n'attendait rien de particulier d'elle. En revanche tout le monde s'attendait à trouver chez Diana la conduite hautaine d'une aristocrate. C'était injuste parce qu'il n'y avait personne de moins hautain et maniéré que son amie. Diana donnait tout ce qu'elle avait, depuis ses vêtements et la maison de sa marraine, jusqu'à son affection et son amitié.

L'avantage d'être en dernière année de formation était que Lily, Diana et Maisie avaient reçu l'autorisation, bien qu'accordée à contrecœur, d'habiter à l'extérieur du foyer surpeuplé des infirmières. Deux semaines auparavant, elles s'étaient installées dans une petite maison à l'extrémité d'anciennes écuries transformées en habitations qui appartenaient à la marraine de Diana, Mme Vernon. Les pièces étaient relativement nues car la propriétaire avait emporté une partie du mobilier dans sa maison du Gloucestershire mais c'était néanmoins une bénédiction pour les trois amies. Les parents de Diana possédaient un très bel hôtel particulier dans Kensington qui, bombardé pendant le Blitz, n'était plus habitable. Les trois amies y étaient allées pour essayer de récupérer deux ou trois choses et rendre leur nouveau foyer plus confortable. Diana avait pensé à demander à la grand-mère de Philip si elle pouvait avoir quelques meubles de sa maison de Londres, mais Lily avait préféré refuser. « Nous avons tout ce qu'il nous faut ici », avait-elle objecté, inquiète à l'idée que Diana soupçonne la véritable raison pour laquelle elle ne voulait pas le moindre objet en provenance de cette demeure. Cela lui aurait rappelé Jamie et elle s'y refusait. Elle pensait suffisamment à lui sans devoir utiliser une chaise ou une table venant de cette saleté de maison où elle avait tellement souffert.

Chez Mme Vernon, sa chambre se trouvait à l'arrière et donnait sur un petit jardin où elle avait envisagé de faire pousser des légumes. Si l'on pouvait élever des cochons et cultiver un potager dans Hyde Park, qui était tout proche, elle pourrait compléter avec des produits du jardin les rations obtenues grâce aux tickets. Elle avait toutefois changé d'idée depuis qu'elles avaient emménagé. Elles faisaient tellement d'heures que le peu de temps qui leur restait pour se détendre était très précieux. Il était beaucoup plus agréable de le passer allongées sur les canapés du grand salon à écouter de la musique ou, occasionnellement quand elles mettaient la main sur un peu de charbon, à profiter d'un bon feu. La marraine de Diana avait une belle collection de disques de musique orchestrale. Lily adorait s'installer sur un canapé, fermer les yeux et se laisser aller à la mélodie.

Diana avait très vite compris que Lily souffrait de son manque d'instruction. Elle avait été plus qu'heureuse de parler avec elle d'art et de littérature. Lily l'écoutait toujours avec enthousiasme, très désireuse d'apprendre. Les trésors de la National Gallery avaient été mis à l'abri dans des caves mais, une ou deux fois, elles avaient assisté aux concerts que l'on y donnait à l'heure du déjeuner. Pour un shilling, elles avaient la possibilité d'entendre jouer les meilleurs musiciens.

Parfois, Diana parlait à Lily de son enfance et de son adolescence. Elle avait évité le sujet jusque-là car elle avait senti que la différence de milieu mettait Lily mal à l'aise. Or, dans cette maison où elles pouvaient se détendre pour de bon, après ces années d'épreuves traversées ensemble, l'ambiance leur semblait plus propice à se parler sans rien dissimuler.

— Quand Sybil était petite, ma meilleure amie était la fille de la cuisinière, Tilly, lui raconta un jour Diana. On jouait à cache-cache dans le verger et, dans la nursery, on jouait avec ma maison de poupée. J'ai eu des gouvernantes et cependant je crains de ne jamais rien avoir appris avec elles. La meilleure a été une Mlle Chamoix mais elle n'est restée qu'un an. Quand j'ai eu neuf ans, maman et la femme du pasteur ont mis au point un plan où la sœur du pasteur, qui se remettait d'une histoire d'amour ayant mal tourné, viendrait me donner des leçons.

« Mlle Standing était du genre bas-bleu, ce qui ne l'empêchait pas d'être très gentille. Elle m'encourageait à jouer avec Tilly. Elle était convaincue de la nécessité des réformes sociales. Bien sûr, quand papa a découvert que Mlle Standing était travailliste, on a cru qu'il allait avoir une attaque ! Il l'a pour ainsi dire jetée à la porte. Par la suite, la pauvre Tilly a commencé à être en butte aux moqueries des autres enfants parce que nous étions amies et elle a fini par ne plus vouloir jouer avec moi. Je suis restée seule avec Sybil. En réalité, je n'ai pas eu beaucoup d'amies jusqu'à mes débuts dans le monde.

— Comment était-ce ? demanda Lily. Tes débuts dans le monde, tout ça ?

La question n'était pas aussi indifférente que Lily l'avait fait croire. Depuis le mariage de Sybil, elle prêtait l'oreille à tous les propos qui auraient pu amener le nom de Miranda Hamilton sur le tapis. Miranda Hamilton ! Curieux comme le nom d'une femme qu'elle n'avait jamais rencontrée avait du pouvoir sur elle ! Malheureusement, Lily avait du mal à penser à autre chose. Jamie était au premier plan de ses pensées, mais, juste après, venait le mystère de son épouse, une femme née dans un monde de richesses et de privilèges qui était aussi celui de Diana. Un jour, avec une indifférence feinte, elle avait demandé à Diana qui étaient ses amis avant qu'elle devienne infirmière. Elle espérait entendre parler de Miranda. Si elle en savait un peu plus sur elle et Jamie, peut-être le charme serait-il rompu. Malgré son désir d'ouvrir son cœur à son amie, elle ne pouvait pas lui avouer ce qui s'était passé entre elle et Jamie. En dépit de tout ce qu'elle voyait à l'hôpital, Diana restait fondamentalement une jeune femme très innocente.

— J'entends sans arrêt les gens dire que tout était différent avant la guerre mais, comme je viens d'Irlande, je ne peux pas savoir ce qui a changé et ce qui n'a pas changé.

— Oh, ma pauvre, tout a changé ! soupira Diana. Le monde d'avant la guerre était très différent, Lily. Je ne sais pas par où commencer…

Après quelques instants d'hésitation, Diana se lança dans une description d'un monde en effet totalement étranger à Lily. Elle lui raconta comment elle avait été présentée à la cour dans une robe de soirée en satin avec des fleurs dans les cheveux et qu'elle avait dansé toute la nuit avec les autres débutantes au Claridge et dans des clubs comme The 400. En entendant ce nom, Lily sentit son cœur se serrer. C'était là-bas que Sybil et ses amis étaient allés passer cette soirée terrible.

— Nous n'étions pas censées aller dans des boîtes de nuit, reconnut Diana, mais nous l'avons toutes fait. Le Florida était ma préférée. On s'amusait tellement !

Avec les hommes, Diana n'avait jamais dépassé le stade du baiser le plus chaste. Lily se souvint que, au début de leur formation, elle avait trouvé étrange qu'une future infirmière connaisse si peu de choses sur le sexe. Pour elle qui avait grandi entourée d'animaux de ferme, ce qui se passait entre un homme et une femme recelait peu de mystères. Par contraste, Diana était d'une ignorance crasse.

— Personne ne parlait de tu sais quoi, expliqua Diana. On nous a seulement averties de nous méfier des hommes. On disait même que certains étaient AET, A Eviter dans les Taxis !

A côté de cela, Diana était à tu et à toi avec des ducs et des princes, avait vécu une année dans un élégant pensionnat parisien, surveillée de près. Là-bas, elle avait perfectionné son français et passé de nombreuses heures dans les musées. Diana avait appris à danser chez les meilleurs professeurs de danses de salon et y avait rencontré d'autres jeunes filles de son âge et de son milieu.

Lily ne doutait pas un seul instant que son amie se marierait un jour avec un homme de son monde. Mais Diana restait une créature rare, une jeune fille dépourvue de tout snobisme. La différence d'éducation et de milieu entre elles deux laissait réellement Diana indifférente. Lily voyait pourtant que l'ancien monde était en train de changer. La naissance et les privilèges ne veulent plus rien dire pour un homme qui gît dans son sang après un bombardement. Les bombes ne faisaient aucune distinction entre les riches et les pauvres.

Toujours agenouillée derrière le rideau, Lily frissonna. Elle était affreusement fatiguée mais il était hors de question de dormir. C'était la nuit le pire. Quand elle se couchait enfin, épuisée, elle revoyait chaque instant de cette scène horrible qui l'avait marquée à jamais. Elle revivait l'incroyable sensation que Jamie lui appartenait pour toujours, puis la douleur insensée quand elle avait appris que c'était impossible. Elle se repassait sans cesse la scène de la cuisine. Qu'avait-il voulu lui dire ? Elle l'entendait encore. « Lily, il y a quelque chose que tu dois savoir… »

Elle revoyait avec netteté la méchanceté du regard de Sybil. En revanche, elle s'étonnait que Sybil n'en ait pas parlé à Diana. Avait-elle honte de sa méchanceté ou bien préférait-elle que Lily souffre en silence ? Lily n'avait aucune idée de la réponse. De toute façon, c'était mieux ainsi. Il était inutile que quelqu'un d'autre soit au courant.

Quand le visage de Jamie venait ainsi la hanter, il lui était impossible de fermer l'œil. Depuis ce soir-là, un mois plus tôt, elle ne comptait plus les nuits où elle s'était agenouillée ainsi derrière la fenêtre, dans cette pièce ou dans leur ancienne chambre de la Maison des infirmières. Ici comme là-bas, elle tirait légèrement le rideau occultant pour observer les rues sombres de Londres.

Ce soir-là, elle se sentait si seule qu'elle aurait presque accueilli avec soulagement le hurlement des sirènes signalant un raid aérien. Elle aurait presque apprécié de devoir descendre l'escalier dans le noir en trébuchant jusqu'à l'abri antiaérien du jardin. Au moins, dans ce cas, ressentirait-elle la camaraderie qui existait entre elles trois au lieu de cette terrible sensation de solitude. Comme pour répondre à ses vœux, les sirènes se mirent à hurler. Lily se releva, les articulations raidies par le froid. Quand elle traversait une nuit comme celle-ci, les sirènes ne la dérangeaient pas. Au contraire, elles faisaient taire le tourbillon incessant de ses pensées et elle oubliait son chagrin. Elle se demanda cependant, en voyant s'allumer les projecteurs de la défense antiaérienne, si Jamie était sain et sauf. Elle l'espérait tellement !

Au début du mois de novembre, Philip revint à Londres. Très rapidement, Sybil organisa une soirée pour le jeudi soir. On irait d'abord prendre un cocktail quelque part, puis dîner, et peut-être qu'on finirait la soirée dans un night-club. Diana retrouverait Sybil dans le centre.

— Elle veut aller au Savoy pour les cocktails. Qu'elle est bête ! Je lui ai dit que c'est impossible d'y entrer, c'est plein de colonels américains qui distribuent des dollars à la ronde. Tout ce qu'elle a su me répondre, c'est que c'était parfait parce qu'elle adore les Américains. Je lui ai rétorqué qu'elle était mariée et que, même sans cela, la guerre n'était pas juste l'occasion de boire des cocktails. On pourrait plutôt aller au Goring, très agréable et beaucoup plus intime. Hélas, ma sœur a refusé de changer d'idée. Dis-moi que tu viendras, Lily. On va vraiment s'amuser. Philip a invité toute une bande d'amis.

Lily refusait de courir le risque de revoir Jamie. Il pouvait faire partie de leur groupe s'il était en Angleterre. A moins qu'il ne soit parti, avec l'équipage de son sous-marin, rejoindre un autre théâtre de guerre. Quelle expression stupide, le théâtre de guerre ! Comme si c'était un spectacle… Si les femmes avaient leur mot à dire, il n'y aurait eu aucun spectacle. Les femmes n'avaient pas envie de perdre les gens qu'elles aimaient.

Même s'il y avait une foule d'amis de Philip, et que Jamie était perdu au milieu, elle ne pourrait pas supporter de le savoir là. Il lui serait impossible de rester en sa présence. Elle se sentait tellement trahie ! Elle ne supporterait pas davantage le regard méchant de Sybil.

— Non, Diana. Je suis absolument épuisée. Ne compte pas sur moi.

De son côté, Maisie avait rendez-vous avec un soldat américain qu'elle avait rencontré au Café de Paris et ils étaient sortis dîner. La maison semblait très vide sans elles deux. Lily tenta donc de se distraire en prenant un bain dans les vingt centimètres d'eau réglementaires. Même avec une bouilloire supplémentaire, c'était encore trop froid. Elle finit par s'habiller et sortit marcher, se dirigeant vers Hyde Park pour y respirer ce qui ressemblait le plus à l'air de la campagne.

Le crépuscule tombait quand elle reprit le chemin de la maison. Ses grosses chaussures, si lourdes, lui faisaient affreusement mal. Elle avait eu une paire de tennis qui lui procurait un grand soulagement après une journée de travail mais elles étaient maintenant trop usées et trouver des chaussures neuves qui lui aillent était très difficile. Elle avait des pieds étroits fortement cambrés. Elle se disait souvent que si elle avait tant de problèmes à se chausser c'était parce que, petite, elle était sans cesse pieds nus. A l'époque elle n'hésitait pas à courir sans chaussures sur les pierres de l'allée de derrière qui menait à Rathnaree ! Elle se souvenait d'avoir comparé la peau de la plante de ses pieds à la carapace d'un scarabée. Si elle fermait les yeux, elle pouvait encore ressentir le frais chatouillement de l'herbe sur ses pieds quand elle courait dans les champs.

Un bus la dépassa bruyamment. Elle rouvrit les yeux et s'écarta du bord du trottoir, prenant conscience qu'elle avait failli se lancer sur la chaussée les yeux fermés.

— Faites attention, mon petit ! Il a failli vous arracher la tête.

C'était un tout petit homme, tassé sur lui-même et qui s'appuyait sur une canne.

— Merci, lui répondit Lily toute tremblante.

C'était ridicule ! Elle aurait pu se faire tuer ou, pour le moins, se retrouver dans son propre hôpital, allongée sur une civière. Elle ne pouvait s'empêcher de voir se superposer à l'image de la rue celle du Savoy où elle imaginait très bien Diana arriver en courant, cheveux au vent, laissant derrière elle un sillage d'Arpège. Elle l'entendait presque s'excuser pour son retard. Diana était toujours en retard, pensa Lily avec affection. Elle devait être arrivée là-bas, à présent, attirant des regards admiratifs tandis qu'elle allait s'asseoir à côté de sa sœur bien-aimée et des amis de son beau-frère. Lily s'était rendue une fois au Savoy avec Diana. Elles avaient pris un verre dans le palace aux superbes décors Art déco. Elle avait ressenti ce frisson qui disait que, ici, c'était l'endroit où tout se passait.

Pour une fois, elle souhaita habiter de nouveau au foyer des infirmières. Au moins, dans le salon commun, y avait-il toujours quelqu'un avec qui parler et une radio à écouter. En cet instant précis, elle se sentait totalement seule. Elle avait la sensation de ne plus être chez elle nulle part. Soudain, la sirène retentit. D'instinct, elle leva les yeux vers le ciel à la recherche des mortels V-2 comme si le fait de les voir lui éviterait d'être touchée. Si on les voyait, on pouvait certainement leur échapper… Non, ce n'était pas vrai. Les différents services de l'hôpital étaient pleins de gens qui avaient vu les bombes et avaient été blessés parfois très gravement.

La sirène était de plus en plus forte. Même quand on y était accoutumé, le hurlement de la sirène avait pris une signification beaucoup plus terrifiante depuis l'arrivée des V-2. Le cœur battant, Lily tâcha de se souvenir de l'endroit où se trouvait l'abri le plus proche. Bien sûr ! C'était à la station de métro Lancaster Gate. Elle se joignit à la foule qui se dirigeait vers l'escalier de la station et, en quelques instants, elle fut comme aspirée, bousculée à l'entrée, bousculée encore en passant devant une vieille affiche de la défense civile à moitié décollée.

Lily détestait le métro et l'évitait. Il y avait des gens pour apprécier la camaraderie susceptible de naître lors des nuits allongés sur les quais. Certains improvisaient des concerts et appréciaient le thé servi en fin de journée. Mais pas elle. Pour Lily, l'idée d'être enterrée vivante dans un tunnel étroit et sans air faisait apparaître ces abris comme tout sauf des lieux sûrs.

Un élan de panique la saisit quand elle arriva devant les guichets. On ne rejoignait les quais qu'en ascenseur et Lily détestait les ascenseurs, en particulier lorsqu'ils étaient pleins à craquer. Ecrasée au milieu de la cohue, elle dut jouer des coudes pour pouvoir respirer. Si l'entrée était bombardée, elle serait enterrée vivante dans une boîte de métal au fond d'un puits. Il fallait qu'elle sorte ! Même les V-2 ne pouvaient pas être pires qu'une mort lente dans un cercueil sans air.

— Laissez-moi sortir ! hurla-t-elle.

Elle tenta de forcer son chemin pour traverser le flot humain. C'était sa seule possibilité de respirer si elle ne voulait pas remonter la longue file des gens qui descendaient. Elle savait toutefois que faire demi-tour était inenvisageable.

— Lily !

Elle n'était pas sûre d'avoir entendu crier son nom. Elle avait l'impression d'être engluée dans un cauchemar sans pouvoir distinguer le songe de la réalité.

— Lily, répéta la voix.

C'était la voix qu'elle avait entendue dans ses rêves, celle de la dernière personne qu'elle s'était attendue à voir dans cet endroit, en cet instant. Jamie… Il était là, lui tendant la main par-dessus la foule, essayant d'attraper la sienne.

— Il faut que je sorte ! cria-t-elle, éperdue. Je suis incapable de prendre les ascenseurs.

— Tiens bon ! cria-t-il en retour. J'arrive.

C'était de la folie de remonter à l'air libre mais elle s'en moquait. Elle n'avait plus qu'une pensée : dès qu'elle serait avec Jamie, elle serait en sécurité. Avec un dernier sursaut d'énergie, elle réussit à lui attraper la main. Il la saisit par le bras et l'attira contre lui. Le visage écrasé contre le lainage rugueux de son uniforme de la Navy, elle respira avidement son odeur. Elle était sauvée.

La foule se raréfiait à présent et, sans que Jamie la lâche, ils parvinrent à se frayer un chemin jusqu'à la rue. Quelques minutes seulement s'étaient écoulées depuis qu'elle avait entendu la sirène et pourtant elle avait l'impression que cela avait duré des heures. Les rues étaient quasiment désertes. On se serait cru dans une ville fantôme avec des remparts de sacs de sable. Il fallait être fou pour ne pas se mettre à l'abri !

— Ici ! dit Jamie en la poussant sous le porche d'une imposante maison. Nous serons autant en sécurité que dans un abri souterrain.

Il l'avait entourée de ses bras et Lily se serrait de toutes ses forces contre lui. Venant de l'est, le bourdonnement des bombes montait. Comme quand elle était petite et qu'elle comptait les secondes entre les coups de tonnerre, Lily ressentit un soulagement coupable à l'idée que les bombes tombaient ailleurs.

— Que fais-tu ici ? demanda-t-elle.

— Je suis venu te voir.

Lily leva la tête pour le regarder. Jamie avait des yeux d'une teinte extraordinaire, un gris doux qui semblait illuminé par une force intérieure puissante. Ce n'était pas le genre d'yeux capables de mentir. Plongeant son regard dans le sien, elle n'y lut que la vérité.

— Pourquoi ?

— Tu sais pourquoi, répondit-il à mi-voix.

Lily s'étonnait de connaître chaque trait de son visage alors qu'elle avait passé si peu de temps avec lui. Elle connaissait par cœur ses sourcils noirs, la cicatrice qui coupait l'un d'eux et lui donnait envie de faire courir ses doigts sur son visage.

— J'ai fait exprès de me tenir à l'écart de toi, reprit-il. J'ai dit à Philip que je ne pouvais pas venir. Mais je n'ai pas pu m'en empêcher, il fallait que te revoie. Quand je suis arrivé au Savoy et que Diana m'a dit que tu ne venais pas, j'ai compris que je devais me débrouiller pour te trouver.

— Ce n'est pas bien, fit-elle, les yeux baissés.

Elle n'arrivait plus à le regarder. Il était venu pour la voir et elle le désirait de toutes ses forces, mais c'était mal. Jamie était marié. Il était marié devant Dieu et ne pouvait trahir sa femme. S'ils se laissaient aller à leur désir, ils commettraient un adultère, un péché mortel. Comment Dieu pourrait-Il le leur pardonner ? En vérité, la foi de Lily avait été mise à rude épreuve au cours de ces années de guerre. Elle avait vu trop d'horreurs. Comment Dieu pouvait-Il permettre autant de souffrance et de massacres ?

Jamie porta une des mains de Lily à ses lèvres. Elle se rendit compte qu'il respirait plus fort. Il serait bien temps de penser à Dieu plus tard. Ce n'était pas le bon moment. Lily emmena Jamie chez elle et le guida dans l'escalier jusque dans sa chambre. C'était une grande pièce sombre tapissée de garance, avec un lit immense, une armoire de belle facture et un plancher de beau bois.

Jamie ferma la porte derrière eux, donna un tour de clé puis serra Lily contre lui. Une passion si violente les dévorait que ni l'un ni l'autre n'étaient plus capables de penser. Ils s'embrassaient avec fougue, les doigts de Lily glissant sur les boutons de l'uniforme bleu marine. Leurs bouches se détachèrent l'une de l'autre le temps que Jamie se débarrasse de sa veste et lui arrache son cardigan. En un instant, Lily se retrouva nue, pressée contre la nudité de Jamie. Ils se laissèrent tomber sur le dessus-de-lit, emportés par un élan brûlant. C'était la première fois que Lily sentait une peau d'homme contre la sienne. Elle se cambra sous ses baisers ardents, sous sa bouche qui dessinait les contours de son corps. Elle découvrait la puissance de sa virilité et se demandait comment elle avait jamais pu croire que le sexe était chose étrange. Elle n'avait jamais vu que des hommes sans réaction dans leur lit d'hôpital. Ils étaient malades, léthargiques. Jamie était plein de force, de puissance et d'une énergie irrésistible.

Lily caressa la longue cicatrice rouge sur la hanche de son amant, souvenir de la blessure grâce à laquelle ils s'étaient rencontrés et songea qu'il ne boitait presque plus. Au mariage de Sybil, son boitillement était bien plus accentué.

— As-tu toujours mal ? demanda-t-elle.

— Pas en ce moment ! souffla-t-il avant de poursuivre ses baisers.

Fermant les yeux, Lily s'abandonna à ses sensations.

— J'ai peur de te faire mal, dit-il.

— Je m'en moque !

— Moi pas. Je veux que tu aies de nouveau envie de moi.

— Je te le promets.

— Je ne veux pas que tu aies mal.

La caresse de ses longs doigts se fit plus précise et, soudain, Lily sentit son corps s'arquer dans un spasme de plaisir jusque-là inconnu.

— Tu sais, tu n'es pas obligée…

— Je le veux.

Elle mourrait de désir s'il s'arrêtait. Se dégageant de ses bras, elle se pencha sur lui pour mieux le caresser, s'émerveillant des réactions du corps de Jamie et de la façon dont il gémissait de plaisir.

— Dis-moi comment tu veux…

Il la fit passer à califourchon sur lui et leurs regards se rencontrèrent pour ne plus se déprendre, le gris lumineux de Jamie marié au bleu pailleté de vert de Lily. Leurs corps se mouvaient avec lenteur, puis elle sentit ce qu'elle n'avait jamais senti auparavant et s'arrêta de respirer. Lui la fixait toujours et elle comprit qu'il se maîtrisait pour mieux lui faire découvrir le plaisir. Soudain, elle poussa un cri et, l'instant d'après, il reprit le même rythme.

Jamie gémissait, répétant son prénom. Ses mains s'étaient refermées sur les rondeurs de ses hanches et, lentement, Lily sentit monter en elle la douce brûlure du plaisir. Elle poussa un cri étranglé, se laissant aller contre le torse de son amant, s'abandonnant à la jouissance qui les submergeait tous deux.

Lorsqu'ils eurent retrouvé leur souffle, ils passèrent un long moment serrés l'un contre l'autre, les rideaux toujours ouverts. Un mince croissant de lune se dessinait avec netteté sur le ciel noir.

— Tu n'imagines pas combien de nuits j'ai passées à regarder par cette fenêtre en pensant à toi, dit Lily. Je me demandais si tu pouvais voir la même lune, où tu étais, ce que tu faisais et si… si tu pensais parfois à moi.

— Je n'ai pas pensé un seul instant à quoi que ce soit d'autre, dit-il d'un ton un peu taquin. On n'est pas très satisfait de mes services au ministère de la Guerre ! Je pense qu'on va vite me renvoyer dans mon sous-marin.

Lily ne fit aucun commentaire. Elle comprenait très bien que ne pas parler de sa destination faisait partie de l'engagement d'un officier mais cela ne l'empêchait pas d'avoir mal. S'il devait repartir, elle voulait savoir où, pour pouvoir le suivre en pensée, grâce aux journaux, à la radio, ou les actualités au cinéma. Au moins, elle aurait l'impression d'être près de lui.

Lily ne connaissait rien aux sous-marins en dehors du fait que, contrairement aux cuirassés, quand ils étaient touchés, il y avait peu de chances de trouver des survivants. La mer était cruelle et sans pitié. Jamie pouvait être tué si facilement, coincé sous l'eau dans cette espèce de boîte de conserve ! Lily éprouva un brutal accès de terreur à l'idée qu'il puisse mourir ainsi.

— Nous n'aurions pas dû faire cela, dit-elle. J'ai peur que nous en soyons punis. Tu es marié et, dans ma religion, c'est pour la vie. Comment pourrions-nous avoir un avenir ?

— J'en ai assez que tout converge vers l'avenir, répondit-il d'une voix sourde. On ne parle qu'au futur ou au conditionnel ! Si nous gagnons cette guerre, si les Alliés réussissent leur avancée sur tel front, si les puissances de l'Axe sont défaites sur tel autre... Et maintenant ? Qu'en est-il de ce que nous éprouvons dans le présent ? Qu'en est-il de l'erreur que j'ai faite il y a sept ans, quand je me suis marié, l'erreur que je dois supporter tous les jours de ma vie depuis que je t'ai rencontrée ?

— C'était une erreur ?

C'était tout ce qu'elle voulait entendre. Jamie s'était trompé en épousant cette femme. Mais Lily était catholique. Quand il était question de mariage, on n'avait pas le droit à l'erreur. C'est pour la vie. Dieu surveille Ses fidèles. Si elle désobéissait à l'Eglise, elle le paierait de son âme. Il n'y avait aucune discussion possible. Quand Dieu dicte Sa loi, il n'y a pas à tergiverser.

— Raconte-moi ! demanda-t-elle.

Il lui parla de Miranda, la fille qu'il avait connue toute sa vie et qu'il considérait comme sa meilleure amie. Leurs mères avaient été filles d'honneur à leur mariage respectif. En 1937, Jamie avait épousé Miranda.

— Je savais déjà que c'était une erreur, dit-il. Le soir de notre nuit de noces...

Lily frissonna avec violence.

— Ce soir-là, reprit-il, Miranda s'est enfermée à double tour dans la salle de bains et elle s'est mise à pleurer et à crier. Elle refusait de sortir. Je lui ai dit que nous n'avions pas besoin de faire quoi que ce soit, que je ne la toucherais pas, mais elle s'est obstinée.

— Pourquoi ?

— Elle avait peur de moi, peur de faire l'amour. Elle avait eu une enfance et une jeunesse très protégées mais n'avait aucune idée de ce qui allait arriver. J'ignorais ce que sa mère lui avait dit exactement mais cela l'avait terrifiée. Elle a réussi à faire bonne figure tant que nous n'étions pas seuls, puis elle a craqué.

Lily le serra un peu plus fort dans ses bras.

— Qu'as-tu fait ?

— J'ai dormi par terre ! Ce n'était pas vraiment la nuit de noces idéale mais ce n'était pas cela qui m'ennuyait. C'était la pensée de notre avenir. Quand on a peur de son mari à ce point, dépasser cette peur ne sera pas facile. Elle était tendre durant la journée mais, le soir, toute sa terreur lui revenait.

Lily entendait dans sa voix l'écho du chagrin qu'il avait éprouvé à cette époque.

— Elle a été élevée dans l'idée que les hommes sont des bêtes sauvages et qu'une fois les portes fermées ils sont incapables de contrôler leurs instincts. Elle me l'a avoué plus tard.

— Et tu n'as pas réussi à lui en parler ? demanda Lily. Tu aurais peut-être pu en discuter avec sa mère ?

— C'était sa mère, le problème ! C'était elle qui avait dit à Miranda que les hommes étaient des bêtes sauvages. Il n'y avait personne vers qui je puisse me tourner. Nous devions nous débrouiller seuls.

— Et vous y êtes arrivés ? s'enquit Lily d'une voix qu'elle avait du mal à maîtriser.

— Non. Ma mère et celle de Miranda, ce qui ne manque pas d'ironie, nous posent toujours la question du bébé qui n'arrive pas et nous demandent quand nous allons commencer à peupler la nursery. Avant la guerre, je pensais divorcer et puis quand j'ai rejoint l'armée, j'ai trouvé plus facile de ne rien faire. Le divorce sonnait comme un constat d'échec terrible. Or, avant Miranda, je n'avais jamais subi aucun échec dans ma vie. Et c'est alors que je t'ai rencontrée…

Il lui prit le menton pour l'obliger à lever la tête et la dévisagea.

— J'ai résisté comme j'ai pu, Lily, car c'était injuste de flirter avec toi alors que j'étais encore marié. C'est la raison pour laquelle je ne t'ai pas écrit après le mariage de Sybil. Tu mérites un homme qui est libre, tu mérites ce qu'il y a de mieux dans la vie mais…

Il s'interrompit et se mit à lui couvrir le visage de baisers depuis le front jusqu'au menton en passant par les paupières, le bout du nez et les lèvres.

— Mais je n'ai pas pu me retenir, reprit-il. C'est pour cela que je m'étais décidé à te parler cette nuit, pour te dire que je peux demander le divorce. Après tout, mon union avec Miranda n'est pas un échec. Ce faux mariage qui est le nôtre signifie que je t'attendais. Mon avenir, c'est toi.

Lily eut l'impression que son cœur se brisait.

— Je suis désolée, Jamie. Il n'y a aucun avenir pour nous. Même si tu divorçais, je ne pourrais pas t'épouser. Une catholique ne peut pas épouser un divorcé. Je serais excommuniée ! Or, je ne peux pas vivre en dehors de ma foi.

Pendant un long moment, Jamie resta silencieux et Lily sentit la colère monter en elle. Il ne voulait pas comprendre.

— Tu dois te rendre compte de ce que cela représente pour moi. J'ai été élevée de cette façon. Ma foi fait partie de moi, de ma famille. C'est différent pour toi, je le sais. Pour moi, Dieu est important.

Tout en parlant, elle revoyait ses parents à la messe dominicale, priant avec ferveur. Elle se revoyait elle-même dans la robe virginale de sa première communion, le cœur débordant de fierté. Ne comprenait-il pas qu'elle ne pouvait pas l'épouser, puisque cela l'exclurait à jamais de l'Eglise ? Dieu pourrait peut-être lui pardonner ce qu'elle venait de faire mais certainement pas d'épouser un divorcé.

— Crois-tu sincèrement à tout cela ? demanda-t-il enfin lentement. Crois-tu réellement que Dieu Se soucie de savoir qui tu épouses ? D'ailleurs, comment le sait-Il ? Souviens-toi de notre première rencontre, quand tu m'as parlé de ces petits garçons à l'hôpital qui donnaient l'impression d'être endormis. Qui a décidé qu'ils devaient mourir ? Dieu ? Es-tu certaine qu'Il a fait le bon choix ? Moi, je ne le pense pas et je parie que leurs parents ne l'approuvent pas non plus. Qui a décidé que la guerre était une bonne idée ? Essaies-tu de me dire que les gens ordinaires la voulaient ?

Son indignation avait peu à peu grandi et il criait presque.

— Les gens ordinaires, en Allemagne, veulent-ils que leurs fils soient tués à la guerre et que leurs filles meurent sous les bombes ? Non !

Lily était choquée. Elle s'était souvent interrogée sur l'idée de la guerre, en essuyant le sang des blessés, en rassurant ceux qui se réveillaient pour découvrir que leur vie serait celle d'un invalide. Elle n'avait jamais rien dit de ses doutes. Douter du choix qui avait été fait serait déloyal, comme si elle voulait miner l'effort de guerre.

— Si Dieu S'occupe de diriger le monde, reprit sombrement Jamie, je n'aime vraiment pas la façon dont Il le fait. Cette guerre ne résout rien du tout. Si les Alliés avaient fait le nécessaire au sujet de Hitler il y a des années de cela, nous n'en serions pas là aujourd'hui. Nous nous conduisons comme des moutons, Lily. Quelqu'un d'autre doit gérer les choses pour nous ? Quelqu'un comme Dieu ou le gouvernement ? Si l'on cède en permanence le pouvoir de décider de sa vie à quelqu'un d'autre, dans ce cas, on n'a que ce que l'on mérite !

— Je crois quand même en Dieu, répéta-t-elle.

— Mais pourquoi faudrait-il que ce soit ton dieu à toi ? Pourquoi le dieu des autres ne serait-il pas aussi bien ? Tu vois, tout cela repose sur la peur, et je n'aime pas les religions qui gouvernent par la peur. Croyez-en nous ou bien vous brûlerez en enfer. Je n'appelle pas cela une religion d'amour. A présent, nous vivons tous, jour après jour, dans la peur et je refuse d'accepter que ce soit la bonne façon de vivre. J'ajouterai que je ne dis pas cela pour pouvoir te caresser la cuisse, Lily, conclut-il en souriant.

Lily lui sourit à son tour, heureuse que sa colère se soit dissipée.

— Tu vas un peu plus loin que ma cuisse, lui répondit-elle sur le même ton léger.

— Vraiment ? Miam ! Je devrais recommencer.

Et en effet, il reprit ses caresses et Lily sentit de nouveau le plaisir l'emporter. Il ne leur restait pas beaucoup de temps. Diana et Maisie rentreraient bientôt.

— Je serai parti avant leur retour, je te le promets, dit-il avant de la faire taire d'un baiser.

Les yeux plongés dans ceux de Jamie, savourant la caresse de sa peau contre la sienne, Lily aurait aimé pouvoir faire taire ses pensées aussi facilement qu'il l'avait empêchée de parler. Tout en elle hurlait que c'était mal, très mal, mais elle ne pouvait lutter. Il n'y avait pas de retour possible.

Il la quitta à minuit et sortit dans les rues sombres armé d'une faible lampe torche. Lily ne lui demanda pas si elle le reverrait. Elle savait que cela arriverait.

Elle remonta l'escalier, se glissa dans le lit encore chaud du corps de Jamie, s'enveloppa dans les draps qui portaient son odeur. Elle se sentait épuisée et satisfaite au-delà de toute expression mais le sommeil la fuyait. Elle ne pouvait que penser et penser encore à ce qu'elle venait de faire. Elle avait trahi les principes dans lesquels elle avait été élevée et sa religion. Elle n'avait pas besoin de le dire à qui que ce soit pour être chassée de l'Eglise. Le Tout-Puissant connaissait déjà sa conduite. Lily pensa à l'image du Sacré-Cœur de Jésus accrochée dans toutes les maisons catholiques d'Irlande. On laissait une veilleuse rouge allumée en permanence devant le Sacré-Cœur et, à côté, un cadre avec la photo de Pie XII et le sceau papal en dessous.

Lily revit sa mère se signer chaque fois qu'elle passait devant ces images. Une vague de culpabilité l'envahit, et cependant une question demeurait. Si leurs sentiments étaient aussi puissants et la rendaient aussi heureuse, plus heureuse qu'elle ne l'avait jamais été, comment cela pouvait-il être si mal ? Elle n'avait jamais vraiment remis sa religion en cause, même après tout ce qu'elle avait vu à l'hôpital. Les doutes étaient l'ennemi de la foi, mais ces antiques instincts, ces instincts si puissants qui la dominaient en tant que femme, étaient-ils tellement méprisables ?

Elle se souvint à cet instant de la voix ferme d'une frêle vieille dame. « Fais confiance à ça », disait la voix. La vieille dame avait posé une petite main déformée par l'arthrite sur son cœur. « Le cœur ne ment jamais, *mo chroi.* » *Mo chroi* signifie « mon cœur » en gaélique, « ma chérie ».

C'était sa grand-mère Sive, la mère de son père. Lily n'avait plus pensé à elle depuis des années. Elle était morte, Dieu ait son âme, quand Lily n'avait que neuf ou dix ans. Bien qu'encore petite, Lily avait compris que la mort de sa grand-mère marquait la fin d'une époque. « C'est un tournant de l'histoire », avait dit son père.

En effet, mamie Sive avait été la dernière de ceux que son père appelait « les anciens ». Il ne parlait pas de leur âge mais des anciens, ceux de l'ancien peuple.

Mamie Sive allait à l'église et entretenait des relations polies avec le prêtre mais son christianisme côtoyait sans problème la vieille religion de la terre mère des Celtes.

Elle pouvait dire l'heure qu'il était sans regarder l'horloge de la cuisine. Elle savait prédire le temps selon que les oiseaux rejoignaient ou non leur nid. De même, elle observait soigneusement les phases de la lune. Mamie Sive avait raconté à Lily les histoires de la déesse guerrière Brigid qui avait des pouvoirs de guérison. Pour l'ancien peuple, expliquait mamie Sive, allumer des bougies en l'honneur de Brigid le premier février était aussi important que Pâques pour les chrétiens. Imbolc, la fête celtique qui avait lieu aux alentours de la fête de Brigid, célébrait l'arrivée du printemps, la saison de l'agnelage et le proche retour de la chaleur. Le sorbier et l'aubépine poussaient devant sa maison, des arbres magiques, avait dit mamie Sive à Lily.

Elle lui avait aussi parlé de la mère de toutes les déesses irlandaises, Danu ou Dana. Le second prénom de Lily était Dana. Sa mère préférait Lily, le nom de l'une des sœurs de lady Irene, mais mamie Sive avait insisté pour qu'on l'appelle Dana. Pour finir, elles étaient parvenues à un compromis et s'étaient mises d'accord sur Lily Dana Kennedy.

Qu'aurait dit mamie Sive de son histoire avec Jamie ? Aurait-elle invoqué le crucifix et la damnation éternelle ? Ou bien aurait-elle appuyé sa vieille main déformée sur le cœur de Lily en disant : « Fais confiance à cela » ?

Lily regretta de ne pas ressembler un peu plus à mamie Sive.

21

Le service psychiatrique de l'hôpital de Tamarin était très réduit. Il se composait d'une salle de quatre lits, au milieu du service, et de quatre autres pièces : un salon de télévision avec vue sur la mer, une « pièce de silence », le bureau des infirmières et une salle de consultation.

On y avait amené Anneliese cinq jours plus tôt et elle en avait assez de demander au psychiatre en chef, le Dr Eli, si elle pouvait rentrer chez elle. Une fois de plus, elle lui avait posé la question et, une fois de plus, il hésitait.

— Je vais bien, dit-elle. Mon acte n'a été qu'une erreur de jugement provoquée par les tranquillisants qui m'avaient abrutie.

Le médecin lui adressa un regard sérieux mais amical.

— Chercher à se noyer n'est pas anodin, dit-il d'une voix tellement calme et mesurée qu'Anneliese l'aurait volontiers assommé s'il y avait eu un seul objet susceptible de servir ce plan dans la pièce.

Selon toute vraisemblance, la chose avait déjà été tentée et tout ce qui aurait pu faire office d'arme était cloué. Dans le service de psychiatrie, les couteaux comme les chaises étaient en plastique. Il n'y avait rien sur quoi passer sa colère.

— Je ne me suis pas rendu compte de ce que je faisais, insista-t-elle. Je n'arrive pas à y croire. Je ne suis pas folle, voyons ! En revanche, si je n'étais pas folle avant d'entrer ici, je suis en train de le devenir. Je déteste me trouver dans des pièces dont je ne peux pas sortir, où il n'y a rien à faire et personne à qui parler. J'ai l'impression d'être coincée dans une émission de télé-réalité sans les caméras ni le choix de mes aliments. Laissez-moi rentrer chez moi !

— Vous savez que vous êtes dans le service fermé uniquement parce que nous n'avons pas de lit ailleurs, répondit le médecin. J'aimerais quand même vous garder quelques jours de plus pour m'assurer que vous allez aussi bien que vous le dites.

— Mais je vais bien ! protesta Anneliese d'un ton furieux. On ne peut pas faire semblant ! J'ai essayé, et, vous pouvez me croire, je connais maintenant la différence entre aller mal et aller bien. Je veux rentrer chez moi, respirer le grand air et me sentir de nouveau en bonne santé.

L'atmosphère d'infinie tristesse qui régnait dans le service lui semblait très dure à supporter. Comparée à l'adolescent enfermé en lui-même à cause de sa dépendance aux drogues ou à la jeune femme aux yeux vides et aux poignets bandés parce qu'elle avait entrepris de s'ouvrir les veines, Anneliese estimait qu'elle allait plutôt bien. Si elle était ici, c'était une erreur. Pour ces jeunes gens, il en allait différemment, c'était beaucoup plus grave. Elle savait qu'elle ne pourrait pas guérir si elle ne sortait pas de cet endroit.

— De plus, reprit-elle, je ne veux plus voir un tranquillisant de ma vie. Je ne veux plus me retrouver comme hors de moi-même. J'ai décidé que j'aime être dans ma peau. J'ai été idiote de m'abrutir avec des médicaments. Cela m'a empêchée de penser correctement.

— Que ressentez-vous en parlant de tout cela, des raisons pour lesquelles vous avez commis ce geste ? demanda le médecin.

Anneliese avait regretté mille fois d'être entrée dans l'eau comme elle l'avait fait. Expliquer son acte à Beth avait été affreusement difficile, le dire au médecin presque autant. Cet homme était un insupportable monolithe d'impassibilité. Rien ne le troublait. Il répétait encore et encore les mêmes questions, comme si la répétition l'obligerait à capituler et à donner la bonne réponse. Or, Anneliese lui avait déjà répondu : « Je ne sais pas pourquoi je ne me suis pas arrêtée, c'est comme un brouillard dans ma tête. Je ne pouvais plus penser mais, aujourd'hui, je sais très bien que je ne le referai pas. C'était une erreur. »

— Oh ! dit-elle d'un ton las. Docteur Eli, quelle est la bonne réponse ? Quelle réponse voulez-vous entendre ? Que j'ai vu dans ma tête des formes à la Dalí qui me faisaient croire qu'elles étaient en train de saigner sur le plancher ? Vous voulez que je vous dise qu'il y a des cafards géants sous mon tee-shirt ? Vous savez ce qui n'allait pas chez moi ? Ma vie ! Je n'en pouvais plus, de ma vie. Je n'ai pas perdu la tête, je ne veux pas devenir un article sur l'analyse freudienne pour la ménagère de cinquante ans. Mon problème est simple. J'étais au bout du rouleau, j'ai cherché à engourdir ma douleur et je me suis retrouvée dans une espèce de brouillard bienheureux qui m'a poussée à aller sur la plage, à entrer dans l'eau et à ne pas m'arrêter.

Il y eut une petite pause, puis le médecin posa tranquillement une autre question.

— Comment vous sentez-vous après m'avoir dit tout cela ?

Anneliese fut prise d'un fou rire irrépressible. Pendant un bref instant, le bruit de son propre rire la choqua car elle ne l'avait pas entendu depuis très longtemps. *Comment vous sentez-vous après m'avoir dit tout cela ?* On tournait en rond, pensa-t-elle. Elle avait l'impression d'être coincée dans un épisode de *Frasier* mixé avec *Vol au-dessus d'un nid de coucou.*

— Vous arrive-t-il de regarder *Frasier*, docteur Eli ? Vous savez, cette série télé avec un psychiatre qui a une émission de radio ?

— Pas vraiment, marmonna le médecin. Je ne regarde pas beaucoup la télévision.

— C'est très drôle, dit Anneliese. Vous devriez la regarder. Cela vous plairait beaucoup, bien qu'il faille être capable de rire de soi-même pour l'apprécier, et ce n'est pas toujours facile…

— Pour en revenir à vous…

— Non ! s'exclama Anneliese en l'interrompant net. Non, on ne revient pas à moi. Je ne voudrais pas être impolie, docteur Eli, mais je veux rentrer chez moi et arrêter tout cela. Pouvez-vous signer ma décharge ?

— Juste un jour de plus ?

Anneliese se dit que Beth prendrait mieux les choses si le médecin signait sa décharge en bonne et due forme plutôt que si elle prenait elle-même la décision de sortir. D'un point de vue légal, elle n'était pas obligée de rester mais elle culpabilisait à l'idée de stresser sa fille enceinte. Respecter le règlement lui parut une bonne solution.

— D'accord, un jour de plus ! Et maintenant, c'est l'heure de *I love Lucy*. Vous devriez avoir les chaînes satellite, docteur Eli, car les comédies qui passent sur la télévision par satellite aideraient bon nombre de vos patients à se sentir mieux très vite.

— Vous croyez ?

— Mais oui ! La thérapie par les séries télévisées devrait constituer une forme de thérapie reconnue, un mélange de comportementalisme et d'autodérision. Le seul fait d'y penser me donne envie de rire. N'est-ce pas un vrai progrès ?

Après le départ du médecin, Anneliese se rendit dans la salle de télévision et s'assit pour contempler la mer devant l'une des fenêtres à barreaux. Etaient-ils là pour empêcher les fous de sortir ou le reste du monde d'entrer ? Anneliese n'aurait su le dire. Curieusement, elle s'était habituée à ces barreaux. Pendant les premières vingt-quatre heures, quand elle gisait, assommée, dans son lit, elle les avait haïs, eux et ce qu'ils représentaient, son effondrement.

Cela avait été instantané. A un moment, elle se trouvait sur la plage, elle était toujours Anneliese, la mère de Beth, et plus ou moins la femme d'Edward, bénévole à la boutique des Sauveteurs en mer. Une seconde plus tard, elle était devenue la femme qui avait tenté de se noyer dans les courants traîtres de la baie de Tamarin. Un bref instant de doute et sa vie avait basculé. Edward était venu à l'hôpital après qu'on l'y avait amenée et cela n'avait rien changé à ce qu'elle pensait de lui. « Va-t'en ! avait-elle violemment crié. Va-t'en ! » Edward était parti, et, même si Anneliese n'ignorait pas qu'il était accablé, elle se moquait de savoir qu'il souffrait. Qu'il souffre ! Qu'il sache enfin ce que cela fait que d'avoir mal !

Avec Beth, c'était différent. Le lendemain matin, une des infirmières lui avait dit que sa fille venait la voir. « N'est-ce pas adorable ? » A cet instant Anneliese s'était sentie terriblement honteuse. Son amour de fille, enceinte qui plus est, faisait toute la route depuis Dublin pour venir la voir ! On avait dû l'appeler la veille pour lui annoncer la nouvelle, une de celles que personne n'a envie d'entendre. Anneliese devinait sans mal le chagrin de Beth. Elle l'imaginait très bien s'adossant au mur pour reposer son dos, la main posée sur la bosse que faisait le bébé dans son ventre, et demandant : « Non, ce n'est pas vrai ? » Si, elle avait bien fait cela, elle, la femme qui avait passé sa vie à prendre soin de sa fille et l'avait abandonnée sans prévenir. Le choc aurait pu déclencher un accouchement prématuré, un accident ou un autre, et cela aurait été entièrement sa faute. Pour la première fois depuis son admission à l'hôpital, Anneliese avait émergé de son état de prostration et s'était mise à pleurer. Elle avait cru pouvoir disparaître sur un claquement de doigts, sans que personne s'en inquiète. Elle s'était trompée. Quand Beth était arrivée, il était presque l'heure du déjeuner. Depuis son lit où elle se reposait, calée contre ses oreillers, car elle se sentait encore très lasse, Anneliese avait vu sa fille et son gendre entrer dans le service. Même la fatigue qui lui tirait les traits ne pouvait atténuer le rayonnement de Beth. Elle avait une peau magnifique et ses cheveux tombaient en cascade brillante sur ses épaules. On aurait dit une publicité pour un magazine destiné aux futures mères, à ceci près que ces magazines ne publiaient jamais de photos prises dans un service de psychiatrie. Anneliese avait manqué s'étrangler et s'était aussitôt mise à sangloter. « Maman ! » s'était écriée Beth et, intimant du geste à Marcus de rester en arrière, elle s'était précipitée pour embrasser sa mère de toutes ses forces.

« J'étais tellement inquiète, maman ! Je ne pouvais pas croire…

— Je sais. Tu ne pouvais pas croire que j'avais fait quelque chose d'aussi stupide. Je suis désolée, vraiment désolée, avait répondu Anneliese.

— Maman, comment as-tu pu faire ça ? Comment est-ce possible ? »

Anneliese avait embrassé sa fille et, sentant la promesse de ce premier petit-enfant sous sa main, s'était consumée de honte. Qu'avait-elle fait ? Il n'y avait qu'une façon d'arranger les choses et elle s'était obligée à réintégrer son rôle habituel.

« C'était une erreur, ma chérie. Je n'avais pas les idées très claires. Je suis vraiment désolée, je ne peux pas te dire à quel point je regrette. J'avais pris trop de tranquillisants et j'ai fait quelque chose que je regretterai toute ma vie mais je te promets que c'était seulement une erreur. »

En sentant Beth se détendre dans ses bras, elle avait compris qu'elle avait fait le bon choix.

« J'étais si inquiète, avait répété Beth. Tu ne peux pas savoir à quel point. Papa m'a appelée et, au début, je n'arrivais pas à comprendre ce qu'il me racontait. Je veux dire que tu ne ferais jamais… ».

Anneliese ne l'avait pas laissée poursuivre. « Je suis désolée, avait-elle dit avec tendresse. Je suis vraiment désolée. » Elle voulait plus que tout dire à Beth la vérité sur ce qu'elle ressentait mais c'était impossible. C'était inenvisageable tant que sa fille était enceinte. Et sans doute le bon moment ne se présenterait-il jamais. Bien des années auparavant, Anneliese avait décidé d'élever sa fille en la protégeant des chocs. Elle choisit donc de dire à Beth ce qu'elle avait besoin d'entendre. Peut-être que s'en tenir à la thèse de l'erreur la soulagerait de la honte qu'elle éprouvait d'avoir fait du mal à sa fille. Bien sûr, ce n'était pas honnête, mais elle craignait de mourir de chagrin si elle disait la vérité. Or, en cet instant, serrée contre Beth qui l'embrassait, Anneliese prit conscience qu'elle n'avait pas du tout envie de mourir.

Elle avait continué de rassurer sa fille en répétant que tout irait bien. A son grand étonnement, elle avait compris que, en effet, tout irait bien. Au moment même où elle aurait dû se sentir plus mal que jamais, curieusement, elle était soulagée d'avoir traversé le pire et de s'en être sortie vivante. En dépit de sa terreur et de ses angoisses, elle avait survécu. Cela signifiait qu'elle pouvait survivre à tout. Elle en éprouvait une paix profonde et quand elle répéta encore une fois que tout irait bien, elle le pensait vraiment.

« Pourquoi ne m'as-tu pas appelée pour me dire que tu déprimais ? avait demandé Beth. Maman, tu sais que si tu as besoin de moi, je serai toujours là ! »

Anneliese l'avait embrassée en répétant encore une fois qu'elle était désolée. Marcus était venu s'asseoir sur le lit à son tour et avait soigneusement évité le sujet de la présence d'Anneliese dans ce service. Marcus était un homme d'une authentique gentillesse, avait pensé Anneliese. Quand Beth et lui l'avaient quittée, elle avait chuchoté à son oreille en l'embrassant de prendre soin de sa fille. « Je suis désolée de tout cela, Marcus, mais tout ira bien. Je n'ai pas l'intention de recommencer ! »

Marcus s'était contenté de hocher la tête et elle avait découvert que ses yeux brillaient de larmes.

Lorsque Beth revint le lendemain, Anneliese dut rassembler toute son énergie pour paraître en pleine forme. Elle lui dit de rentrer chez elle car tout allait bien. Beth essaya de résister, mais Anneliese s'en tint fermement à son rôle de mère qui contrôle la situation. « Oui, je suis certaine que tu ferais mieux de rentrer chez toi. Tu dois t'occuper de l'arrivée de ton bébé. Je vais très bien et je sortirai dans quelques jours. J'ai hâte de me retrouver à la maison et d'oublier toute cette histoire. » Elle réussit à dire tout cela avec entrain comme s'il s'agissait d'un banal accident et non pas d'une tentative de suicide.

Anneliese fut soulagée quand Beth se laissa enfin convaincre. A ce soulagement se mêlait une certaine tristesse à l'idée que sa fille avait été si prompte à la croire.

Anneliese n'avait jamais connu les secrets de sa mère, pas plus qu'elle ne connaissait ceux de Lily. Elle avait quand même imaginé plus ou moins vaguement que Beth et elle pourraient partager des moments d'intimité mais cela n'était pas arrivé. Le lien puissant entre une mère et son enfant n'englobait pas l'intimité. Qui sait si partager leurs secrets n'affaiblirait pas ce lien ? Les mères ne sont pas censées faire peser leurs états d'âme sur leurs enfants.

Beth n'avait pas besoin de savoir qu'Anneliese avait maintenant deux blessures qui ne cicatriseraient jamais. La première parce qu'elle avait fait du mal à sa fille en tentant de se tuer. La seconde parce qu'elle était parvenue au point où la mort semble être le meilleur choix. Cela tenait du voyage initiatique, quand on a atteint un endroit qui vous transforme si profondément que, une fois qu'on y est allé, on n'est plus jamais le même.

Après le départ de Beth, Anneliese avait abandonné son personnage de mère courage. Elle pouvait toujours reprendre le rôle si nécessaire, mais, pour sortir de l'hôpital, elle devait se défaire de son ancienne personnalité.

— Anneliese ?

Elle se détourna du spectacle de la mer. C'était son infirmière préférée, la grande avec les cheveux noirs.

— Michelle ! s'exclama-t-elle.

— Vous avez une visite, Anneliese.

— Qui ?

— Moi, l'homme qui vous a sortie de l'eau.

Elle avait cru que l'homme derrière Michelle était un autre patient mais elle s'était trompée. C'était Mac, le spécialiste de l'écologie maritime. Celui-là même qu'elle s'évertuait à éviter l'avait tirée de l'eau !

— Je vous laisse, dit Michelle en s'éloignant.

Anneliese le regarda avec gêne. Il l'avait sauvée et c'était comme s'il l'avait vue nue.

— Comment avez-vous pu entrer ? demanda-t-elle, toute politesse oubliée.

— Je suis venu voir quelqu'un et j'ai eu envie de vous dire bonjour. Je voulais savoir comment vous allez. Après tout, c'est moi qui vous ai sortie de là !

— Je n'ai pas demandé à l'être, rétorqua Anneliese d'un ton irrité.

Ce n'était pas tout à fait vrai. Elle ne devait pas nier le fait qu'il lui avait sauvé la vie.

— Excusez-moi, dit-elle brusquement. Vous m'avez en effet sortie de l'eau, et je vous en remercie.

C'est juste que je n'ai pas tellement envie de faire des manières en ce moment. Ce n'est pas le genre d'endroit où l'on peut faire semblant et se dissimuler derrière de petits sourires polis. Je crains d'avoir perdu ma capacité à cacher la vérité.

Cela non plus, ce n'était pas entièrement vrai. Pour Beth, elle avait affirmé que tout allait bien. Mais cela ne s'appliquait pas aux autres. Elle cesserait de prétendre ne pas souffrir du départ d'Edward. Elle cesserait de feindre la politesse et le bonheur de vivre. Quelle libération !

— Voulez-vous qu'on aille prendre un café ? proposa-t-il.

Anneliese le dévisagea avec étonnement.

— C'est un service fermé, dit-elle.

— Vous avez droit à une sortie pour bonne conduite ! Je suis déjà venu ici et je connais le règlement. J'ai le droit de vous emmener à la cafétéria de l'hôpital si vous avez envie de prendre un café avec moi. Bien sûr, si je ne vous ramène pas à l'heure dite, le personnel lâchera les chiens mais nous aurons une longueur d'avance !

Anneliese éclata de rire. Comme c'était bon de rire à nouveau !

Ils allèrent en effet prendre un café. Anneliese appréciait beaucoup d'être à l'extérieur du service où elle venait de passer les cinq derniers jours. Elle trouvait beaucoup de plaisir à observer le monde qui l'entourait.

— Merci pour le café, dit-elle, même si c'est moi qui aurais dû vous l'offrir. Je vous dois quelque chose, après tout.

— Vous ne me devez rien du tout. Je me suis trouvé là au bon moment, rien de plus.

— Il me semble que vous prenez toute cette affaire bien calmement, remarqua-t-elle avec curiosité.

Difficile d'imaginer la plupart de ses connaissances assises calmement en face d'une personne qu'elles auraient tirée de l'eau. Pourtant, Mac ne la regardait pas avec l'inquiétude de celui qui s'attend à des démonstrations d'affliction.

— Je me suis trouvé moi-même au bord du gouffre deux ou trois fois. Cela m'aide à comprendre les autres, dit-il. N'est-ce pas ce qui caractérise la vie ? Vaciller au bord du gouffre ?

— Comment le savez-vous ?

— Je le sais, c'est tout.

— Vous avez tout vu, vous êtes allé partout et vous avez gagné le pompon, c'est ça ?

Il la regarda en souriant.

— Vous oubliez que j'ai acheté l'usine qui fabrique les pompons !

— Dites-m'en plus, voulez-vous ?

— Vous n'avez certainement pas envie de m'entendre raconter ma vie !

— Mais si ! répliqua-t-elle avec un sourire malicieux. Avant l'incident de la mer – je devrais peut-être inventer une abréviation pour ça, AM, Avant Mer ? –, je n'avais jamais été si brutale mais maintenant, dans l'ère Après Mer, je le suis. La nouvelle Anneliese, la version améliorée, dit ce qu'elle pense. Allez, je vous écoute, confessez-vous !

Il leur fallut un autre café pour qu'il arrive au bout de son histoire. A cause de son alcoolisme, son mariage avait mal tourné et il espérait que ses deux petites filles lui pardonneraient après dix ans d'abstinence. Il ne pouvait leur rendre leur enfance, pas plus que ses propres parents alcooliques ne pouvaient lui rendre la sienne.

— Vous êtes-vous parfois demandé pourquoi cela vous est arrivé ? s'enquit Anneliese.

C'était la grande question à laquelle elle ne trouvait pas de réponse : pourquoi cela avait-il mal tourné ? Un homme qui est élevé dans un milieu de dépendance alcoolique possède certainement des réponses.

— Un jour, un gros malin m'a dit que, quand on tombe dans un trou, on se demande toujours comment on va en sortir. Mais quand un alcoolique tombe au fond du trou, il se demande pourquoi il est tombé dans le trou.

Anneliese éclata de rire.

— C'est bien vu, vous ne trouvez pas ? reprit Mac.

— Oui ! C'est exactement mon cas ! Toute ma vie, chaque fois que je suis tombée au fond d'un trou, je me suis demandé pourquoi au lieu d'en sortir.

— C'est ce pourquoi qui détruit certaines personnes, dit-il en haussant les épaules. Comment peut-on se contenter d'accepter les choses ? Il faut arrêter de se demander pourquoi, aller de l'avant et tenter de trouver autant de paix intérieure qu'on le peut.

— J'ai trouvé une certaine paix, déclara-t-elle non sans fierté. Avant, je cherchais partout un signe me disant que tout s'arrangerait. J'ai lu beaucoup de livres, j'ai essayé de méditer, j'ai écouté des CD et pour finir je suis allée m'asseoir à l'église pour prier en demandant un signe. Mais il n'y a rien eu ! En fait, je cherchais au mauvais endroit. Le signe, c'est moi-même ! Je suis toujours ici, donc je suppose que j'ai une raison d'y être. C'est cela le signe que j'attendais. Vous savez, cette sensation de se sentir en paix avec soi-même est très étrange. J'irais jusqu'à dire que c'est un vrai cadeau. J'ai demandé de l'aide et c'est arrivé. Certes, c'était à la dernière minute ! Mais j'ai quand même reçu l'aide dont j'avais besoin. Vous vous êtes montré au bon moment. Je ne sais pas si c'était les anges, Dieu, ou je ne sais qui, mais d'où que soit venue l'intervention qui vous a permis d'être là au bon moment, j'en suis très reconnaissante.

— Moi aussi j'en suis très heureux.

Une femme que connaissait Anneliese l'aperçut et lui fit signe de la main, puis elle s'arrêta net, laissa retomber sa main et son visage se ferma. Anneliese lui sourit sans s'offusquer et répondit à son salut.

— La pauvre, dit-elle avec gentillesse. Elle a dû oublier pendant un millième de seconde que je suis ici parce que j'ai tenté de me noyer. Maintenant, elle ne sait plus comment se comporter. Je n'ai sans doute pas réussi à me tuer, mais j'ai bien peur d'avoir commis un suicide social. Vous savez quoi, Mac ? remarqua-t-elle en riant. Nous devrions sortir ensemble ! Ne serait-ce pas l'idéal ? Un alcoolique et une suicidaire !

Très amusée par son idée, elle lui souriait sans réserve.

— Nous ferions un couple charmant, poursuivit-elle. Les gens seraient terrifiés à la perspective de nous inviter chez eux. Ils trembleraient en pensant à ce qui pourrait arriver si vous voyiez une bouteille de vin et seraient absolument paniqués à l'idée que je puisse me poignarder avec les couteaux de cuisine !

— Et chaque fois que quelqu'un mentionnerait la plage ou la mer, tout le monde retiendrait son souffle au cas où vous commenceriez à pleurer.

C'était tellement drôle que tous deux éclatèrent de rire. Anneliese se doutait qu'on les regardait mais elle s'en moquait. Elle avait plongé dans l'abîme et en était sortie. N'était-ce pas une victoire ?

— Comment vous êtes-vous intéressé au sauvetage des animaux marins ? demanda-t-elle.

— La mer était le seul liquide que je n'avais pas encore essayé de boire, répliqua-t-il du tac au tac.

Anneliese riait à en avoir le hoquet.

— Mac, vous n'avez jamais pensé à monter un spectacle d'humoriste ?

— Je ne suis pas assez déprimé pour cela.

— Vous avez déjà eu une dépression ? demanda-t-elle lentement.

— Non. D'ailleurs je n'ai jamais rien éprouvé. Tout était noyé dans l'alcool. J'étais si dépourvu de sentiments que rien ne pouvait me déprimer. Et vous ?

— Oui, pendant la plus grande partie de ma vie. Contrairement à d'autres, je n'ai pas eu exactement la sensation d'être écrasée par une montagne. Pour moi, la dépression est quelque chose de très subtil. Ça vous travaille comme une colonie de termites en train de dévorer votre maison, en train de grignoter toutes les… Comment appelle-t-on ces parties importantes de la charpente, déjà ?

— Les solives ?

— Oui, c'est cela, les solives. Les termites m'ont mis la tête à l'envers, ils m'ont transformée en une espèce de fanatique du contrôle. Du moins, c'est ce que dit ma fille.

Son visage se ferma, le souvenir de Beth l'accusant de vouloir tout contrôler restait très douloureux.

— Et puis…

— Et puis ? demanda-t-il après avoir laissé passer un bref silence.

— Est-ce que je peux vous confier quelque chose ? demanda Anneliese en soupirant. J'ai l'impression que oui, mais je préfère vous poser la question.

— Vous pouvez tout me dire. Rien ne peut plus me choquer.

— Je pense que je suis responsable de l'échec de mon couple.

Enfin, elle l'avait prononcée, cette horrible phrase qui la hantait depuis plusieurs jours. L'idée qu'elle était davantage responsable du départ d'Edward que cette sotte de Nell. Qu'en se retranchant dans sa tristesse elle avait fait partir son époux.

— J'ignore si vous le savez, mais mon mari m'a quittée il y a quelque temps pour ma meilleure amie. C'est en partie ce qui m'a fait franchir le pas. Ce n'est que maintenant que je mesure que vivre avec moi n'était pas facile. Je ne suis pas du genre à claquer les portes et lancer la vaisselle à la tête de mon mari, mais je suis difficile à ma façon tranquille. Je voulais tout gérer moi-même. J'ai donc tenu Edward à l'écart de mes problèmes. Je ne lui ai jamais parlé de ce qui m'arrivait. Au cours des cinq derniers jours, j'ai plus parlé de mes difficultés au médecin qu'à mon mari pendant toutes nos années de mariage.

Mac ne répondit rien. Il se contentait d'écouter. Elle trouvait qu'il écoutait bien, avec une attention qui ne fléchissait pas.

— Je déteste devoir reconnaître que c'était ma faute, reprit-elle. C'est comme si j'avouais mon échec, et je déteste l'échec. C'est pourtant moi qui suis à blâmer, en tout cas pour l'essentiel. J'ai tenu mon mari à l'écart de mes problèmes et, si cela avait été l'inverse, moi aussi j'aurais eu envie de partir. Quand notre fille est devenue adulte, je me suis encore plus repliée sur moi-même.

Anneliese avait la gorge nouée en pensant à Beth. Ce n'était pas la faute de sa fille mais, quand Beth était toute petite, elle avait eu une raison de se battre. Beth avait besoin d'être protégée et Anneliese était là pour ça. Rire, sourire, chanter à pleins poumons le matin, elle aurait tout fait pour garder au monde de Beth son apparence de joie et de normalité. Après son départ, elle n'avait plus eu personne à protéger. Pendant toutes ces années où elle s'était occupée exclusivement de sa fille, Anneliese avait laissé s'éteindre la passion entre elle et son mari.

— Nell m'a dit que je ne m'intéressais plus à mon mari, poursuivit-elle à voix lente. Elle avait raison. Je l'aimais, je prenais soin de lui, mais pas de la même façon qu'avant.

Il y avait quelque chose d'intensément libérateur dans le fait de dire à haute voix ce qu'elle pensait. Non formulés, les mots prenaient un pouvoir terrible, un pouvoir destructeur. Mais les prononcer en présence d'un tiers, sans qu'il pousse des cris d'horreur, lui procurait un soulagement énorme. Anneliese n'était pas certaine que parler sans fin de ses problèmes puisse l'aider. Cela n'avait jamais été le cas. Mais dire la vérité toute crue, ça, ça l'aidait.

— Aimeriez-vous qu'il revienne ?

Sans très bien comprendre pourquoi, Anneliese sentit que cette question était moins anodine que les autres.

— Non, dit-elle. Je ne pense pas que nous puissions revenir en arrière. J'ai changé. Tout est différent à présent. Je ne veux plus être la femme que j'étais. Je ne peux pas revenir en arrière. Quand Edward m'a quittée, je voulais que les choses redeviennent comme avant. Je n'arrivais pas à mettre le doigt sur ce qui n'allait pas. A comprendre que je croyais en un monde qui n'existait pas. Edward me trompait, et Nell aussi. J'avais toujours cru que le monde était plat et j'ai découvert qu'il est rond.

— Et maintenant ?

— Maintenant, je sais que je me trompais moi-même. Je voulais croire que nous formions un couple parfait et c'était faux. A la fin, aucun de nous ne partageait plus avec l'autre ses pensées les plus intimes. Je gardais les miennes pour moi et Edward partageait les siennes avec Nell. Ce n'est pas franchement l'idée que l'on se fait d'un couple heureux.

— Ma femme et moi, nous nous sommes séparés au bout de ma deuxième année de sobriété, dit spontanément Mac. Elle a vécu à mes côtés pendant toutes ces années où j'étais alcoolique, le cauchemar de ma première année de sobriété, et puis je suis parti. Elle ne me le pardonnera jamais, mais j'avais beaucoup trop changé. Il était temps de laisser partir le passé et d'aller de l'avant.

Anneliese comprenait très bien. Il aurait été très agréable de rembobiner le film mais ce n'était pas possible.

— Edward ne me demande pas de le laisser revenir mais, même s'il le faisait, j'en serais incapable. J'apprécie ma nouvelle liberté.

Mac lui fit un grand sourire.

— La liberté d'être moi-même, poursuivit-elle. J'ai un tel sentiment de libération ! Je peux dire ce que je veux.

— Par exemple ?

— Je veux dire à cette chère Corinne de la boutique des Sauveteurs en mer que, si elle agite encore une fois l'une de ses fioles puantes sous mon nez en me serinant que cela me changera la vie, je l'étrangle avec son collier en pierres de lune !

— Des pierres de lune ?

— Oui, c'est bon pour l'énergie vitale !

— Est-ce qu'elle a beaucoup d'énergie ?

— Non ! s'exclama Anneliese en riant. La pauvre chérie, c'est la personne la moins énergique que je connaisse. Pour elle, faire de l'exercice consiste à s'asseoir dans un fauteuil en expliquant au reste du monde pourquoi il se trompe.

— J'en conclus que la pierre de lune ne remplit pas son office.

— En effet, mais je ne peux pas le lui dire, soupira Anneliese. Je n'ai pas envie de la blesser.

— J'avais cru comprendre que vous aviez décidé de ne plus vous censurer ? En définitive, vous êtes quelqu'un de gentil.

— Oui, répondit-elle avec un profond soupir. Je suis quelqu'un de gentil. Je n'ai pas envie de faire du mal aux gens.

— A qui d'autre, alors ? A qui d'autre pourriez-vous dire ce que vous pensez sans faire de mal ?

— J'aimerais beaucoup dire à Nell que se préoccuper sans cesse de sa coiffure, mettre du rouge à lèvres et séduire le mari de votre soi-disant meilleure amie n'est pas la recette pour une vie longue et heureuse. D'ailleurs, elle n'est pas la femme dont Edward a besoin.

— Vous y avez réfléchi ou c'est ce que vous ressentez ? demanda-t-il. Vous dites cela par amertume ou vous le pensez vraiment ?

— Ce qui me plaît chez vous, c'est que vous ne cherchez pas à dorer la pilule ! répondit Anneliese.

— Dorer la pilule ? C'est bon pour les faibles. On n'entre pas aux Alcooliques anonymes si on n'est pas capable de regarder les choses en face.

— On ne peut même pas se contenter d'une petite dorure superficielle ?

— Surtout pas ! En fait, les travestissements ne sont pas de mise, c'est tout. Nous nous voyons à nu. Et c'est difficile de cacher quelque chose quand on est nu.

— Quelle vision ! dit-elle en riant. Non, à bien y réfléchir, ce que je pense de Nell est raisonné et n'a rien à voir avec les sentiments. Sous des dehors simples, Edward est un homme compliqué. Il a besoin de quelqu'un qui comprend cette complexité. Or, Nell est une femme sans mystère. Elle est ce qu'elle paraît être, du moins si l'on oublie qu'elle est partie avec mon mari ! Mais d'une façon générale, elle est elle-même. Edward aime que les gens gardent des jardins secrets, même si je crains qu'il ait fini par se fatiguer des miens.

— Vous n'avez pas tant de jardins secrets que de labyrinthes bien cachés, fit remarquer Mac.

— Je vous trouve bien audacieux pour quelqu'un que je viens de rencontrer ! dit Anneliese d'un ton léger, montrant ainsi qu'elle n'était nullement froissée.

Quand ils remontèrent l'escalier de l'hôpital en direction du service de psychiatrie, Mac lui demanda quand elle sortait.

— A moins que vous ne soyez en train de préparer votre évasion ? ajouta-t-il.

— Je sors demain. Du moins dans la mesure où je ne deviens pas complètement enragée cette nuit.

— Donc, vous sortez demain. Y a-t-il quelqu'un pour venir vous chercher ?

Elle fut très touchée par sa discrète offre de service.

— Je vais demander à mon amie Yvonne. Nous nous connaissons depuis une éternité et c'est une des rares personnes que cela ne dérangera sans doute pas de venir ici.

— A une autre fois, alors, dit-il en lui touchant brièvement la main en guise d'au revoir.

De retour dans son lit, Anneliese s'adossa à ses oreillers et ferma les yeux. Elle devait s'en débarrasser. Mac avait parlé de laisser partir le passé. C'était une bonne idée, comme si l'on coupait toutes les amarres, tous les anciens liens, et qu'on les laissait se défaire pour être libre de recommencer une autre vie. Laisser aller, oui, cette idée lui plaisait beaucoup.

22

Izzie avait toujours adoré la Semaine de la mode de New York. Deux fois par an, le magnifique décor de Bryant Park dans la Sixième Avenue se transformait en centre mondial de la mode. Les créateurs en vue, les mannequins, les accros de la mode et les chiens des people, avec leurs propriétaires, se retrouvaient pour les défilés. Dès le vendredi matin, après un travail monstrueux, plusieurs immenses tentes blanches étaient dressées au milieu du parc, les tables en fer et les chaises des allées installées sous les arbres.

C'était l'heure du déjeuner et, en cette étouffante journée de septembre, tout le monde était réfugié sous les parasols de table couleur kaki. A l'abri du soleil, les gens dégustaient des cafés ou des boissons fraîches en attendant le début du prochain défilé.

Prise dans un embouteillage, Izzie descendit de taxi et termina à pied le trajet jusqu'à Bryant Park. Le parc lui sembla une oasis de calme sommeillant sous les regards des gratte-ciel alentour. Ce n'était pourtant qu'un calme de surface. Izzie avait à la main le programme printemps-été. Les défilés duraient de dix heures du matin à cinq heures de l'après-midi, à raison d'un par heure. Tous les créateurs ne défilaient pas sous les tentes. Certains leur préféraient un des hôtels ou restaurants proches et, pour les professionnels, cela représentait beaucoup d'allées et venues. Tout le monde espérait qu'il n'y aurait pas de retard et que les équipes seraient bien au rendez-vous, et passait des coups de fil frénétiques si ce n'était pas le cas. D'une façon générale, chacun s'efforçait de ne pas céder à la panique.

Les agents n'assistaient aux défilés que s'ils avaient eu la chance d'obtenir l'une des précieuses invitations distribuées par les créateurs. Quand elle travaillait pour Perfect-NY, Izzie s'arrangeait toujours pour voir plusieurs défilés par an.

C'était la première fois qu'elle venait en tant que patronne de sa propre agence. Sa présence n'était pas requise mais SilverWebb avait des mannequins dans l'un des défilés. Izzie s'était donc débrouillée pour avoir des entrées et une accréditation pour les coulisses. Les créateurs n'avaient quasiment jamais recours à des modèles grandes tailles, mais Seldi Drew, une nouvelle griffe dirigée par un couple de Floride, avait élaboré toute sa collection pour des femmes normales. Les modèles défilaient sous la tente principale à quatorze heures et, dans les coulisses, les maquilleuses, les coiffeuses, les habilleuses et les responsables de production du défilé s'activaient.

Huit mannequins de chez SilverWebb devaient défiler pour Seldi Drew et elles avaient déjà répété avec le responsable qui voulait s'assurer qu'elles bougeaient au rythme de la musique. Izzie était souvent sortie d'un défilé avec une épouvantable migraine due à un niveau sonore pénible mais selon les mannequins, le travail était plus facile avec une musique très forte.

A une heure et demie, les mannequins de Silver-Webb étaient aux mains des maquilleuses et des coiffeuses. Tous les modèles engagés pour le défilé s'étaient présentés et il n'y eut qu'une toute petite catastrophe quand Feliz Guadaluppe, un styliste de Seldi Drew, découvrit qu'une des filles portait un slip noir au lieu d'un slip invisible.

— Mais pourquoi m'as-tu fait ça ? beuglait-il à la face du mannequin horrifiée. Cela va se voir à travers les vêtements !

Izzie constata avec soulagement que la coupable ne venait pas de chez elle.

— Feliz, on se calme, dit-elle d'un ton autoritaire. Ce n'est pas la fin du monde !

Elle sortit un nouveau paquet de trois strings Gap de son sac et le tendit à la fille. Elle n'avait peut-être pas passé beaucoup de temps dans les coulisses des défilés mais elle en savait suffisamment pour être parée à toute éventualité.

— Vous avez l'habitude ! la remercia le mannequin en riant.

— Exactement !

Izzie lui sourit et posa un rapide baiser sur la joue de Feliz.

La crise était finie. Le téléphone portable d'Izzie, qu'elle avait glissé dans la poche de son pantalon pour sentir les appels, vibra.

— Izzie ? dit Carla. Comment cela se passe ?

— Très bien !

— Quelqu'un a téléphoné pour toi. Une certaine Caroline Montgomery-Knight.

— C'est un nom qui ne me dit rien, répondit Izzie en haussant les épaules. Elle a laissé un numéro ?

Elle nota rapidement le numéro que lui dictait Carla, tout en se faisant la réflexion qu'il lui faudrait un jour se décider à mettre de l'ordre dans son sac à main ! Il débordait de bouts de papier sur lesquels étaient griffonnés des numéros de téléphone. Il y avait aussi les composites des modèles de l'agence, soigneusement rangés dans un dossier glissé dans la poche extérieure. Et bien sûr de quoi répondre aux urgences en cas d'oubli ou de défaillance d'un mannequin. Elle avait l'impression de traîner avec elle un grand sac de pommes de terre.

Izzie composa le numéro et tomba sur la messagerie d'une femme dont la voix avait toutes les intonations de la meilleure société. Rien dans son message n'indiquait s'il s'agissait d'une ligne privée ou professionnelle. Izzie laissa son nom et son numéro de portable. Si cette Caroline voulait lui parler, elle n'avait qu'à rappeler. Cela n'avait aucune importance. Depuis son déjeuner avec Joe, plus rien ne semblait avoir de prise sur elle. Il n'avait pas cherché à la joindre et elle en était contente. En effet, elle ne savait toujours pas ce qu'elle voulait faire même si elle en discutait pendant des heures avec Carla. Son amie jouait le rôle de l'avocat du diable en lui demandant à quel point elle voulait avoir des enfants. « Accepterais-tu de ne jamais en avoir ? »

Chaque fois que Carla posait la question, Izzie répondait de la même façon : elle n'en savait rien. Elle aimait Joe mais elle se rendait compte que, s'ils avaient un avenir commun, cette question ne cesserait de revenir entre eux. Se réveillerait-elle un jour trop vieille pour avoir des enfants et en accusant Joe ? Si elle l'obligeait à avoir un bébé, lui reprocherait-il d'avoir mis en péril sa relation avec ses autres enfants ?

Et ses enfants l'accepteraient-ils ? Les fils de Joe arriveraient-ils un jour à aimer la seconde femme de leur père ? Ces questions restaient sans réponse et, par conséquent, Izzie ne pouvait retrouver la paix intérieure.

Quand son téléphone portable vibra de nouveau, le bruit dans les coulisses était à son comble. Quelqu'un hurlait dans un coin de la tente, un mannequin criait qu'elle ne comprenait pas pourquoi elle ne pouvait pas fumer simplement parce qu'il y avait des panneaux d'interdiction et, par-dessus tout cela, le bourdonnement des sèche-cheveux et le vacarme des conversations lui rendaient presque impossible d'entendre ce que disait son interlocutrice.

— Izzie Silver ?

— Oui ?

— Caroline Montgomery-Knight.

Cela ne disait toujours rien à Izzie. Sa correspondante ajouta quelque chose mais les cris avaient encore monté d'un cran et Izzie ne comprenait rien.

— Désolée, je ne vous entends pas. C'est un peu bruyant ici, hurla-t-elle dans le téléphone. Je suis à Bryant Park pour la Semaine de la mode.

Un silence suivit et Izzie crut que la communication était coupée, mais la femme parla de nouveau.

— Si je viens maintenant, pouvons-nous nous voir ?

— Izzie, regarde ce qu'on a fait de mes cheveux !

C'était Belinda, une grande fille de l'Idaho, qui s'était précipitée vers elle, au bord des larmes.

— Regarde ! cria de nouveau Belinda.

Elle pinçait entre deux doigts une bouclette blonde qui semblait parfaite mais sentait vaguement le brûlé.

— Le défilé va commencer et sera fini vers deux heures vingt, répondit Izzie à sa correspondante. Je peux vous voir à trois heures et demie. Je vous attendrai au grill du parc, reprit-elle. Vous savez où cela se trouve ? Le restaurant avec l'auvent vert et les plantes à longues tiges qui pendent depuis l'étage ?

— Je préférerais quatre heures, en ce cas.

Izzie griffonna quelques mots sur un coin de son carnet de notes. Caroline Montgomery-Knight. Le nom lui était vaguement familier, sans plus. Izzie détestait l'idée de perdre un contrat pour une brève absence de mémoire mais elle n'arrivait vraiment pas à se souvenir de cette femme. Cela lui reviendrait quand elle la verrait, supposa-t-elle. Sans cela, Caroline lui aurait parlé d'un signe de reconnaissance.

Le défilé eut un énorme succès. Les vêtements étaient superbes tout comme les mannequins. Les journalistes de mode firent courir un murmure admiratif qui disait plus fort que n'importe quel gros titre que Seldi Drew avait réussi une collection étonnante.

Etre associée à un pareil succès représentait beaucoup pour son agence et Izzie rayonnait de satisfaction en se dirigeant vers le restaurant. Il était trois heures et demie ; elle commanda une bouteille de San Pellegrino bien fraîche. On venait de lui apporter son eau et elle s'apprêtait à en prendre une gorgée quand une voix lui fit lever la tête. Une grande femme blonde se tenait devant elle et la dévisageait froidement. Sans doute Caroline Montgomery-Knight.

Izzie ne savait pas très bien pourquoi mais quelque chose dans la façon dont cette femme la regardait la glaçait.

— Izzie Silver ?

— Oui, répondit-elle avec une assurance de façade.

Une chose était sûre, elle ne connaissait pas cette femme. Caroline Montgomery était grande, mince comme on sait l'être dans les très beaux quartiers, et avait des cheveux d'un blond scandinave coupés en un élégant carré. Au milieu de la foule de cette semaine de mode, elle se dressait comme une très belle statue du Commandeur avec son twin-set moka, un pantalon Capri et des ballerines plates ? Un rang de perles complétait sa tenue. Izzie ne l'avait jamais vue, mais… Elle ressemblait un peu à…

— Vous êtes la garce qui couche avec mon beau-frère, dit Caroline d'une voix posée.

Izzie s'aperçut trop tard qu'elle ressemblait à la femme de Joe. Pour ce qui lui sembla être la première fois de sa vie, elle ne trouva rien à répondre. Caroline Montgomery désigna d'un geste rapide la salle du restaurant.

— Voulez-vous que cela se passe ici ou à l'extérieur ?

— Dehors, répondit Izzie d'une voix étranglée.

Izzie suivit Caroline à l'extérieur du restaurant, cramponnée à son gros sac, essayant de la suivre dans la foule avec l'impression d'être en plein cauchemar. Comment en était-elle arrivée à se retrouver en face de la belle-sœur de son amant ? Bien sûr, elle aurait pu prendre la fuite mais ce n'était pas dans son caractère, elle irait jusqu'au bout.

A quelques mètres du restaurant, Caroline pivota sur ses talons et s'arrêta net. Les bras croisés, elle toisa Izzie d'un regard meurtrier.

— Je suppose que ce n'est pas la première fois que cela vous arrive, dit-elle avec agressivité. Cela ne doit pas être évident de trouver des millionnaires ! Mais peut-être que ce n'est pas là le plus difficile ? Le point essentiel est de les amener à quitter leur femme, n'est-ce pas ? Je suppose que, comme vous travaillez toujours pour votre petite agence, vous n'avez pas encore mis la main sur le bon ! Mais Joe n'est pas votre homme !

Cette femme parlait de son travail avec un mépris total et la rabaissait au rang d'une vulgaire prostituée. Izzie l'écoutait, estomaquée, nauséeuse à l'idée d'être la cible de tant de haine.

— Ma sœur ne se serait pas abaissée à vous rencontrer, reprit Caroline. Elle ignore ma présence ici. Et laissez-moi vous dire qu'elle vaut mille fois mieux que vous.

Izzie garda le silence.

— Joe n'est pas un mauvais mari, poursuivit Caroline. Il est juste assez bête pour croire qu'il peut tout avoir s'il quitte Elizabeth mais ce n'est pas vrai. Les pères sont les perdants s'ils s'en vont. Ils peuvent bien croire qu'ils vont tout régler avec de l'argent, on ne peut pas régler avec de l'argent le fait que papa ne rentre plus à la maison, le soir. Ce n'est pas de cette façon qu'on arrange les choses. Elizabeth et moi, nous avons connu cela toute notre enfance. Nos parents ont divorcé et je vous garantis qu'elle ne laissera pas un divorce détruire la vie de ses fils. Elizabeth et Joe forment un beau couple et ils ont trois garçons formidables. Ne vous l'a-t-il pas expliqué ? Je parie que non. Les hommes ne disent jamais la vérité quand ils veulent vous mettre dans leur lit.

Izzie frissonna tant la voix de Caroline recelait de venin. Pourtant, aussi douloureux que ce soit, elle estimait avoir jusqu'à un certain point mérité cette haine.

Elle avait fait du mal à la sœur de cette femme, non par méchanceté ou cupidité, mais par naïveté, en croyant que Joe ne se serait jamais intéressé à elle si son couple avait bien marché. Or, Caroline lui laissait entendre un son de cloche très différent.

— Vous savez, Elizabeth pense qu'il devrait partir si c'est son souhait, mais n'imaginez pas que je vous le livre sur un plateau d'argent, certainement pas ! J'ai bien l'intention de vous dire tout ce qu'il y a à savoir. Il l'a déjà fait, je veux dire : aller voir ailleurs.

Izzie encaissa le coup de plein fouet mais ne broncha pas. Elle en avait cependant assez supporté. Elle n'avait pas joué à briser le couple des Hansen. Elle avait seulement rencontré une des deux moitiés du couple et cette moitié lui avait dit vouloir se séparer. Elle n'était en aucun cas responsable de ce qui se passait dans leur vie de couple.

— Je dois vous arrêter, dit Izzie. Oui, j'ai vu Joe pendant un certain temps.

Tout en disant cela, elle savait qu'elle contrevenait sans doute à la règle numéro un des discussions difficiles en reconnaissant de but en blanc qu'elle était en tort. Mais c'était nécessaire. Elle avait couché avec le mari de la sœur de Caroline et pouvait comprendre la colère de celle-ci.

— Ne me dites pas que vous vous en vantez ! répliqua Caroline.

Pour la première fois depuis son arrivée, une faille apparut dans sa carapace. Elle avait les yeux bizarrement humides.

— Non, mais je ne vois pas pourquoi je prétendrais que cela n'est pas arrivé. Pour dire les choses crûment, Joe m'a confié que son mariage était une histoire finie et je l'ai cru. Il ne pouvait pas faire semblant. Ce qui s'est passé entre lui et sa femme le regarde, mais ne cherchez pas à m'en faire porter la responsabilité.

— Comment osez-vous…

Izzie interrompit sèchement Caroline.

— La relation de votre sœur avec son mari ne me concerne en rien !

Caroline n'avait pas l'intention de la laisser s'en tirer si facilement.

— Si je comprends bien, vous estimez que vous avez bien fait de vouloir les séparer ? Je hais les femmes comme vous ! Il n'y a qu'une seule chose qui vous intéresse, l'argent. Vous avez dû coucher avec tous les types de New York et maintenant que le Botox marche moins bien, vous préférez mettre la main sur le mari d'une autre. Vous ne réussirez pas à me faire croire que vous vous seriez intéressée à lui s'il n'était pas riche !

En disant ces derniers mots, elle se mit à pleurer, à longs sanglots très tristes. Izzie plongea la main dans son sac et en sortit un mouchoir en papier.

— Tenez, dit-elle en le tendant à Caroline.

— Merci, bafouilla cette dernière.

— Voulez-vous vous asseoir ? lui proposa Izzie tout en se disant qu'elle aurait mieux fait de la planter là.

Elles trouvèrent deux chaises non loin des tentes et Caroline s'effondra sur la sienne avec la lassitude d'une personne qui a épuisé toute l'énergie rassemblée pour mener à bien une tâche particulièrement pénible.

Izzie réalisa sombrement que la tâche très pénible, c'était elle. C'était elle, le monstre à abattre. Tandis que la colère de Caroline s'épuisait en même temps que ses larmes, elle paraissait de plus en plus ordinaire. Izzie ne voyait plus qu'une femme fatiguée, très mince et avec des rides autour des yeux, une femme venue défendre sa sœur.

— Désolée si cela sonne comme un parfait cliché, mais Joe est le premier homme avec qui j'ai eu une relation sans qu'il soit célibataire ou divorcé, lui expliqua Izzie. Et ce que je ressens, excusez-moi : ce que je ressentais pour lui n'avait rien à voir avec l'argent.

Comme Caroline paraissait à bout d'arguments, Izzie poursuivit.

— J'ai rompu avec lui parce que je ne voulais pas d'une relation alors qu'il vit toujours avec votre sœur, même s'il m'a dit que c'était fini avec elle.

— Joe ne dirait jamais cela, protesta faiblement Caroline. Il aime Elizabeth.

On aurait dit une partie de tennis, pensa Izzie. Que pouvait faire Caroline sinon prendre le parti de sa sœur ?

— Ecoutez, ce n'est pas à moi de dire, ni à vous d'ailleurs, si leur couple va bien ou pas. Qui sait lequel dit la vérité dans tout cela ? Avez-vous parlé à Joe ?

Caroline fit non de la tête.

— Alors pourquoi venir me voir en premier ? C'est lui que vous connaissez. C'est lui qui est marié à votre sœur et qui l'a trahie, comme vous l'avez souligné. Ne devrait-il pas être la première personne à laquelle demander d'arrêter ?

Caroline ne disait toujours rien.

— Et Elizabeth ? Il se peut que leur couple aille très mal…

Comme Caroline ouvrait la bouche pour répondre, Izzie s'interrompit et leva une main pour signaler qu'elle n'avait pas fini.

— Mais, quelle que soit la réalité, ni vous ni moi n'en sommes responsables. C'est à eux d'arranger les choses entre eux ou de rompre.

— Vous n'êtes pas comme je le croyais, dit Caroline. Vous êtes plus vieille.

— Merci ! répondit Izzie d'un ton amusé.

— Non, ce n'est pas ce que je voulais dire, se reprit vivement Caroline. Je vous avais imaginée comme une de ces femmes qui piègent les hommes mariés mais ce n'est pas le cas.

— Qui sont ces femmes dont vous parlez, ces piégeuses d'hommes mariés ? Je ne dis pas qu'il n'existe pas de femmes assez perturbées pour s'amuser à briser des mariages mais je n'en ai jamais rencontré une seule. A la façon dont on parle d'elles, on croirait que New York en regorge, ce qui est totalement faux. Qui ferait cela en pleine possession de ses facultés ? Je ne vois pas ce qu'il y a d'amusant à tomber amoureuse d'un homme marié. On ne tombe pas amoureuse d'eux parce qu'ils sont mariés, on tombe amoureuse et ensuite seulement on découvre qu'ils ne sont pas divorcés. Et soudain, le monde s'écroule.

— Vous auriez pu le quitter quand vous avez appris que ce n'était pas une situation aussi simple que vous le croyiez, remarqua Caroline plus sereinement.

Izzie n'avait rien à répondre à cela car, en effet, elle aurait pu le quitter. Et cependant, elle ne l'avait pas fait. C'était le point crucial de cette histoire. Quelque chose au fond d'elle lui avait dit que ses sentiments pour Joe étaient tellement extraordinaires que cela ne pouvait être que vrai. Leur histoire ne pouvait être que réelle à partir du moment où il l'aimait lui aussi et, pour elle, il ne pouvait l'aimer que si son mariage était fini. Elle n'avait pas brisé ce qui l'était déjà. Mais à quoi bon essayer d'expliquer cela à présent ? Elle n'avait aucune envie de se bagarrer.

— J'ai eu tort de venir, dit Caroline en se levant. Pourtant, je suis heureuse de l'avoir fait. Je vois bien que vous n'êtes pas une garce. Seulement, pour le bien de sa famille, laissez-le tranquille !

— C'est ce que j'ai fait ! rétorqua Izzie avec colère.

Elle pensait pourtant avoir été assez claire.

— Ils aiment leurs enfants et ils s'aiment. Vraiment.

Izzie se contenta de hocher la tête. Elle voulait que Caroline s'en aille. Elle se sentait à bout de forces. Etre avec Joe était comme une quête sans fin et lourde de chagrin. Elle ne le supportait plus.

— Je vous assure, ils s'aiment, insista Caroline. Ecoutez, le mois dernier, Elizabeth a fait un test de grossesse. Elle pensait qu'elle attendait peut-être leur quatrième enfant. Elle m'a dit qu'à son âge elle n'arrivait pas à y croire. A propos, elle a quarante-deux ans. Beaucoup de femmes ont des bébés à cet âge mais, en définitive, elle n'est pas enceinte. Pourtant, cela les a fait réfléchir à la possibilité d'avoir un autre enfant. Pensez-vous que cela se produirait s'ils ne s'aimaient pas ?

Izzie ne répondit rien, elle avait trop mal. Elle n'avait jamais demandé à Joe s'il couchait toujours avec sa femme. Ce genre de considération était au-dessus d'eux. Elle avait d'abord supposé que non puisqu'ils vivaient des vies séparées, Elizabeth et lui. Puis, au fil du temps, elle s'était posé la question. Comment un homme et une femme vivant sous le même toit pouvaient-ils ne pas y penser après avoir pris un verre ou évoqué des souvenirs communs ? Mais ce n'était pas cela qui la blessait le plus. C'était cette allusion à un quatrième enfant. Avoir un autre enfant était une chose envisageable. N'avaient-ils pas déjà trois fils ? Pour eux, ce ne serait pas la catastrophe que ce serait si Izzie était la mère. Au contraire, cela réparerait ce qui n'allait pas dans leur couple.

— Caroline, dit Izzie d'un ton cérémonieux, je dois m'en aller maintenant.

— Bien sûr !

Pendant un instant, elles se tinrent face à face, hésitant sur la conduite à tenir. Il n'était pas question de se serrer la main.

— Votre sœur a de la chance de vous avoir, dit Izzie. Au revoir.

Sur ces mots, elle tourna le dos à Caroline et s'éloigna en direction de la grande tente, la tête pleine d'images de bébé, le bébé de Joe et Elizabeth. Depuis des semaines elle pensait à un bébé, sauf que c'était du sien qu'il s'agissait...

— Hou hou ! lui cria-t-on.

Elle regarda autour d'elle et reconnut une femme qui travaillait dans une autre agence.

— Ah ! Bonjour, répondit-elle.

Elle avait pris son air le plus affairé car elle n'avait pas envie de parler à qui que ce soit. Elle n'avait pas besoin d'assister au défilé qui allait commencer. Elle ne voulait qu'une chose ; être seule avec ses pensées, et la tente était le seul endroit où ce serait possible. Le chaos régnait toujours mais Izzie réussit à oublier le bruit.

Un bébé... Elle n'aurait jamais de bébé, ni avec Joe ni avec personne. Elle se glissa dehors par une sortie de secours et trouva un coin à peu près tranquille derrière la tente. Elle s'assit et commença à taper un courriel sur son BlackBerry. Il lui fallut une heure pour en venir à bout, un temps ridiculement long compte tenu de la brièveté du message. Elle avait écrit *privé* sur la ligne du sujet car, même si Joe lui avait dit que cette adresse mail était son adresse personnelle, elle ne lui avait encore jamais rien envoyé. Elle ignorait si sa secrétaire vérifiait ses courriels, privés ou pas.

Bonjour, Joe,

J'ai eu un appel de Caroline Montgomery. Je ne savais pas qui elle était jusqu'à ce qu'elle vienne me voir au beau milieu de la Semaine de la mode. Je suis ici pour mon agence et je vois débarquer ta belle-sœur qui me déclare que tout va bien entre Elizabeth et toi et que, le mois dernier, Elizabeth a cru être enceinte.

Je préfère la solution de la lâcheté parce que je me sens incapable de te parler à nouveau. Je regrette.

Retourne vers ta famille et laisse-moi tranquille ! Ça n'aurait jamais marché entre nous. C'est mieux de cette façon.

I

Elle s'abstint de signer Izzie. C'était trop personnel. Elle relut son courriel, corrigea la ponctuation, la syntaxe…

— Et merde ! dit-elle à voix haute.

Pourquoi s'embêter avec la grammaire ! Elle avait juste à envoyer un message très simple pour que, en le lisant, Joe comprenne tout de suite. Elle appuya sur la touche d'envoi. Le message était parti, comme Joe, chassé de sa vie.

Elle sortit du parc et marcha sans but, s'arrêtant dans un bar pour prendre un café au lait, qu'elle goûta à peine. Il était presque dix-huit heures quand elle revint au bureau. Leur assistante, Sasha, était sortie pour la dernière escapade de la journée dans un café car la machine à espressos était cassée. Carla et Lola discutaient au téléphone. Carla leva la main pour la saluer puis remarqua l'expression de son amie et haussa les sourcils. Izzie comprit qu'elle ne pouvait cacher son chagrin, malgré tous ses efforts. Lorsque Carla lui demanda par une mimique silencieuse ce qui n'allait pas, Izzie se contenta de secouer la tête, de peur de se mettre à pleurer si elle disait un seul mot. Or, elle ne voulait pas pleurer : elle avait versé assez de larmes à cause de Joe. Elle ne pleurerait plus jamais à cause de lui. S'il fallait recourir à une grande prêtresse vaudoue pour le chasser de son esprit, elle n'hésiterait pas. Elle ne lui adresserait plus jamais la parole, elle ne le verrait plus jamais.

— Izzie, que t'arrive-t-il ? demanda Carla dès qu'elle eut raccroché.

— Je…

Izzie sentit monter ses larmes. Elle se précipita vers les toilettes, Carla sur ses talons.

— Qu'est-ce qui ne va pas ?

— A ton avis ? répondit Izzie d'une voix hachée. Joe Hansen, voilà ce qui ne va pas.

— Qu'a-t-il encore fait ?

— C'est sa belle-sœur qui essayait de me joindre tout à l'heure. Elle s'est pointée au restaurant de Bryant Park.

Incapable de poursuivre, elle prit un mouchoir en papier pour se moucher.

— Et ? demanda Carla d'une voix qui ne présageait rien de bon.

— Elle m'a dit que tout allait bien entre Joe et Elizabeth et que…

Izzie s'interrompit. C'était tellement dur !

— Elle m'a dit, reprit-elle enfin, qu'Elizabeth avait pensé être enceinte le mois dernier.

Avec une exclamation navrée, Carla se hissa sur le comptoir des lavabos et s'adossa au miroir.

— Izzie, j'avais compris dès le début que ce type ne t'apporterait rien de bon.

La réponse d'Izzie étonna beaucoup Carla.

— Tu as tort. C'est un homme bien, et même trop bien. Ce n'est que maintenant que je me rends compte que je n'avais pas seulement sa femme contre moi. J'étais en compétition avec toute sa famille. Or, je n'ai jamais voulu me battre avec ses enfants pour être aimée. Il ne serait pas l'homme dont je suis tombée amoureuse s'il n'aimait pas ses enfants par-dessus tout.

Elle reprit un mouchoir en papier et se moucha à nouveau.

— Nous n'avons aucun avenir, et ce n'est pas parce qu'il a couché avec sa femme. Le problème, c'est qu'il n'est pas prêt à quitter sa famille, quoi qu'il en pense. S'il le faisait, cela pourrirait notre relation pour le reste de notre vie.

— Le fantôme de la première famille ?

— Oui, il ne supporterait pas que les trois personnes qu'il aime plus que tout se sentent abandonnées par lui. Il ne le supporterait pas, et moi non plus.

— Donc, c'est fini ? Tu le lui as dit ?

— Par courriel.

— Sans doute était-ce la meilleure solution, répondit Carla avec une petite grimace. Je ne vois pas comment tu aurais supporté de le revoir.

Izzie réussit à sourire à son amie.

— L'âge est important, n'est-ce pas ? dit Izzie ce soir-là dans le taxi qu'elles partageaient.

Elle avait terminé la journée dans une sorte de brouillard, travaillant comme un zombie mais refusant de répondre au téléphone au cas où ce serait Joe.

— Bien sûr que non ! répondit Carla comme elle le faisait toujours.

— Tu te trompes, Carla. C'est important pour les hommes parce que, à un moment, il est trop tard pour avoir des enfants.

— Et Madonna ? A quel âge a-t-elle eu son dernier ? Il y a des tas d'autres vedettes qui ont des enfants très tard.

— Tu parles ! Et pour chaque star qui réussit à avoir un bébé, il y a des centaines de femmes ordinaires qui n'en ont pas. On n'entend parler que des réussites, Carla, et jamais des échecs. La plupart de ces femmes ont des hommes dans leur vie, des maris, des amants, je ne sais quoi. Et moi ? Personne ! Au moins, si on doit passer par l'épreuve de la procréation assistée, on devrait avoir un homme à ses côtés, quelqu'un à qui se plaindre, devant qui pleurer. Moi, je n'aurai même pas cela. Je n'ai personne.

— C'est gentil de dire que tes amies comptent pour rien ! s'exclama Carla, faisant mine de se sentir insultée dans l'espoir d'arracher un sourire à son amie.

— Mais non ! protesta vivement Izzie. Ce n'est pas ce que je voulais dire, n'empêche que si on se lance dans l'aventure de la procréation, on a besoin d'avoir un partenaire. A moins que tu ne préfères un donneur ?

— Beaucoup de gens y ont recours.

— Oui, et c'est certainement la meilleure façon de s'y prendre ! Je ne dis pas que c'est mal, mais ce n'est pas non plus l'option la plus simple. Que dit-on à cet enfant ? Ton papa, c'est l'éprouvette n° 4532 ? Je suis désolée mais, de mon point de vue, cela rend les choses encore plus compliquées. Si c'est la seule solution, d'accord, mais ne serait-il pas plus simple de faire l'amour avec un homme pour être enceinte ? Ne serait-ce pas plus agréable que tous ces questionnements moraux au sujet de ce qu'on dira à ses enfants ? L'éprouvette et moi nous nous aimions vraiment beaucoup, les enfants…

— Je te trouve affreusement défaitiste, protesta Carla. Je n'aurais jamais cru que tu deviendrais une de ces femmes pour qui la vie est synonyme d'échec parce qu'elles n'ont pas d'enfants. Si tu le veux, tu peux encore en avoir un.

— Tu ne ressens pas la même chose ?

— Non, fit Carla en secouant la tête. Et j'en suis très heureuse parce que j'ai vu des gens que cela détruisait. Mais je ne pensais pas que tu éprouvais un tel besoin d'enfant, Izzie.

— Moi non plus, répondit Izzie d'une toute petite voix. J'ai toujours cru que j'avais du temps pour tout. Le temps de tomber amoureuse et peut-être celui de laisser un bébé montrer le bout de son nez. Je pensais que j'étais jeune et, d'un seul coup, je ne le suis plus.

— On ne peut pas dire que trente-neuf ans soit un grand âge !

— Quarante ans dans deux mois, corrigea Izzie. C'est cette histoire avec Joe. Sans doute que je me sens en deuil. Il y a Joe, le fait que je vais avoir quarante ans, que je n'ai toujours pas d'enfants. J'ai la sensation que quelque chose se termine. Or, quand on arrive à la fin de quelque chose, on doit en faire le deuil. C'est la fin de mon histoire d'amour et de mes chances de devenir mère, je le sais. C'est difficile à accepter.

Le taxi s'arrêta devant l'immeuble d'Izzie.

— Oublie-le ! dit Carla d'un ton pressant. Tu vaux mieux que lui. Ecoute, nous venons de créer notre agence, nous avons mille projets. C'est un moment passionnant dans nos vies.

Izzie hocha la tête. Carla avait raison. SilverWebb se portait de mieux en mieux. Sur le plan professionnel, tout allait très bien pour Izzie. Sur le plan personnel, le sol venait de se dérober sous ses pieds.

Toutes ses certitudes – que sa grand-mère serait toujours là et qu'un jour elle rencontrerait l'amour et fonderait une famille – venaient de s'effondrer.

— Tu as raison, dit-elle enfin en tâchant de paraître plus joyeuse pour faire plaisir à Carla. Tout va s'arranger. Et on peut faire semblant jusqu'au jour où cela s'arrange pour de bon.

— C'est une bonne façon de voir les choses, répondit Carla.

Ce fut seulement quand le taxi eut disparu qu'Izzie remarqua la présence de Joe sur les marches de son immeuble. Elle se sentait incapable de l'affronter. Elle avait peur de se mettre à pleurer sans pouvoir s'arrêter.

— Izzie ?

Il avait l'air complètement perdu. Le puissant milliardaire avait disparu.

— Je refuse de te parler, Joe. S'il te plaît, laisse-moi tranquille !

— Non, je suis désolé, désolé de l'histoire qu'a faite Caroline et du bébé et de ce que je t'ai dit…

Izzie l'arrêta d'un geste impératif. Elle savait ce qu'elle devait faire et rien de ce qu'il pouvait dire ne la ferait changer d'avis. C'était fini. Elle devait le faire partir.

— Joe, dit-elle en refoulant ses larmes, je te demande de partir, tu comprends ? Nous ne pourrons jamais être heureux ensemble. Tu serais submergé de culpabilité à cause de tes enfants et moi je t'en voudrais de ne pas me donner d'enfant. Tu ne vois pas que cela ne pourrait pas marcher ? Nous nous ferions du mal et nous ferions du mal à tes fils. Tu ne me le pardonnerais jamais. Maintenant, va-t'en ! Va les retrouver. C'est ce que tu veux vraiment.

— Non ! s'écria-t-il d'un ton paniqué.

— Bien sûr que si, dit-elle doucement.

Il lui inspirait de la pitié, à lutter ainsi contre ses sentiments. Elle-même avait arrêté de se battre. Il voulait être avec sa famille plus qu'il ne voulait être avec elle. Il avait fait l'erreur de croire qu'il pouvait tout concilier.

— Je te laisse partir, Joe, pour notre bien à tous deux. Tu ne veux vraiment pas t'en aller, s'il te plaît ?

Il hésita et, à cet instant, Izzie comprit qu'elle avait à la fois perdu et gagné.

— Mais…

— Non, il n'y a pas de « mais ».

Il s'écarta et la regarda monter les marches jusqu'à la porte d'entrée. Les mains tremblantes, elle sortit sa clé de son sac et ouvrit la serrure.

— Adieu, Joe.

Elle referma la porte derrière elle sans se retourner. Une fois à l'intérieur, elle attendit des larmes qui ne vinrent pas. Peut-être plus tard. A présent, elle avait toute l'éternité pour pleurer.

23

Tout au long du trajet jusque chez Anneliese, Yvonne parla sans s'arrêter une minute, comme pour tenir à distance le sujet délicat, la tentative de suicide d'Anneliese. Sans doute était-ce un sujet aussi tabou que le cancer. Tout le monde évitait désespérément d'en parler, alors que la personne concernée n'en avait cure. Les malades devaient accepter que cela fasse partie de leur vie et qu'ils ne puissent y échapper. Ils n'avaient pas le choix.

Yvonne lui racontait que tout le monde avait été très excité à la boutique des Sauveteurs en mer quand quelqu'un avait donné un vrai sac Kelly Hermès.

— Je ne reconnaîtrais pas un sac Hermès, même si on me tapait sur la tête avec, ajouta-t-elle, mais celui-ci en était un, un vrai de vrai ! On l'a mis en vitrine.

Anneliese se souvenait vaguement d'avoir entendu dire que ce sac valait une fortune.

— A quel prix l'as-tu mis en vente ? demanda-t-elle.

— Quatre cents euros. Je ne pense pas que nous ayons jamais vendu quelque chose d'aussi cher, je veux dire en dehors de la tondeuse à gazon.

Un autre sujet qu'Yvonne considérait comme convenable était la prochaine tenue du marché d'automne à Harbour Square qui aurait lieu les deux prochains samedis. La fille d'Yvonne avait fabriqué des boucles d'oreilles en cristal et était prête à installer son stand. Yvonne la soutenait de toute son énergie même si elle estimait, en réalité, que sa fille aurait mieux fait d'étudier quelque chose de concret au lieu de passer son temps à enfiler des perles minuscules sur du fil de bijoutier.

— Mais que peut-on faire ? dit-elle. Je me contente de lui répéter que c'est formidable et qu'elle mérite de réussir. Ma mère m'aurait massacrée et m'aurait ordonné de trouver un vrai travail si elle m'avait vue gaspiller mon instruction de cette façon. Catriona a eu une mention très bien au bac. Mais on ne peut pas jouer son rôle de parent de la même façon, de nos jours.

Le dernier sujet fut la grossesse de cet amour de Jodi.

— Quelle bonne nouvelle ! s'exclama Anneliese à qui cela faisait réellement plaisir.

Jodi était venue la voir à l'hôpital et lui avait apporté des magazines et des chocolats. C'était une des rares personnes qui n'avaient pas semblé gênées par le service fermé. D'autres, de vieux amis, s'étaient contentés d'envoyer une carte ou un petit mot. Ils avaient sans doute été effrayés, comme si la maladie mentale était à la fois contagieuse et tellement incompréhensible qu'ils avaient peur de s'en approcher.

— Elle est folle de joie, reprit Yvonne. Sa mère, Karen, restera en Irlande jusqu'à la naissance. Elle donne des cours de yoga, tu te rends compte ! Je sais que Jodi voulait te l'annoncer elle-même mais je lui ai dit qu'il valait mieux être prudente… Nous ne voulions pas te déranger ou te perturber… termina-t-elle lamentablement, consciente d'avoir gaffé.

Anneliese aimait beaucoup trop son amie pour la laisser dans l'embarras.

— Ecoute, Yvonne, la vie continue et j'en suis très contente. Je peux simplement te dire que je traversais une très mauvaise passe et que je regrette mon geste. Me parler de la réalité ne m'empêchera pas de recommencer si je le veux, ce qui n'est vraiment pas le cas. Je crois que ce que j'ai fait était une sorte d'appel au secours et cela m'a montré que je veux à tout prix reconstruire ma vie. Alors, tu peux me parler de tout, Yvonne, de tout ce qui se passe dans la ville. Ne me cache pas une nouvelle ou une autre de peur de me faire du mal, parce que cela ne m'en fera pas, je te le promets.

Yvonne poussa un gémissement et fit une embardée.

— Anneliese, je suis désolée, vraiment désolée, dit-elle en remettant sa voiture dans le droit chemin.

— Yvonne ! Quand j'ai parlé de me tuer, je ne voulais pas dire maintenant dans ta voiture ! fit Anneliese sur le ton de la plaisanterie.

Les deux femmes éclatèrent de rire.

— Je n'aurais jamais cru qu'on puisse rire d'un pareil sujet, remarqua Yvonne quand elle eut repris son souffle. En fait, je redoutais d'en parler avec toi. J'ai dit à Frank que ce serait très différent parce que, normalement, c'est Edward qui aurait dû venir te chercher…

Elle s'interrompit de nouveau, comme si elle se rendait compte qu'elle venait de commettre une autre gaffe.

— Edward a proposé de venir me chercher, ce qui était très gentil à lui compte tenu des circonstances.

— Je suis sûre que cette peau de vache de Nell aurait été folle de rage. Pourtant, elle n'a rien à dire avec ce qui s'est passé…

— Yvonne, tout va bien. Rien ne vaut une rencontre avec la mort pour te mettre en paix avec le monde. J'ai dit à Edward que c'était très gentil de sa part mais que nous devions reconstruire nos vies et que je ne voulais pas me reposer sur lui comme si rien n'avait changé. C'est vraiment adorable d'être venue et je t'en remercie du fond du cœur, Yvonne.

La gentillesse d'Yvonne s'était manifestée également dans la maison d'Anneliese. Assistée de Jodi, elle avait fait un grand ménage et disposé dans le cottage d'autres marques d'affection. Des bouquets de fleurs trônaient sur deux des tables et une bouteille de vin attendait sur le plan de travail de la cuisine.

— J'ignorais, dit Yvonne avec précaution, si tu avais droit à l'alcool ou pas. J'ai pensé que tu prenais peut-être des médicaments et que le mélange avec l'alcool ne te réussirait pas. Mais Frank m'a dit que je réfléchissais trop et qu'une petite goutte ne pourrait pas te faire de mal.

— Certainement pas ! répondit Anneliese en souriant. De plus, je ne prends pas de médicaments, sauf quelques antidépresseurs qui viennent de sortir et il n'y a aucune contre-indication si l'on a envie de boire un verre de vin en même temps.

Yvonne ouvrait de grands yeux.

— Donc, tu ne prends rien pour te calmer ou t'abrutir ou je ne sais quoi ? Ma mère en prenait sans arrêt, elle était complètement dépendante de ces trucs. C'était l'époque où on t'en donnait comme des bonbons.

— Les médecins ont tenté de me faire prendre des cachets, à l'hôpital, reconnut Anneliese. Mais quand ils ont compris que je refusais de m'abrutir, ils ont arrêté. Leur but est de t'aider à aller mieux et je ne vois comment on peut aller mieux en étant dans le brouillard. Donc, je ne veux pas m'abrutir avec de la chimie mais une bouteille de vin c'est parfait, merci beaucoup !

On sonna à la porte et Yvonne alla ouvrir. C'était Corinne, traînant derrière elle un épais sillage d'huile parfumée et brandissant un gros sac plein, à n'en pas douter, de toutes sortes de produits bio qui aideraient Anneliese à se sentir très bien « *et de façon très naturelle, mon chou* ». Elle était accompagnée de Stephen, de la jardinerie, qui disparaissait derrière un énorme carton de plantes.

— J'ai pensé qu'un peu de jardinage te ferait du bien, Anneliese, dit-il en lui tendant le carton.

Elle lui adressa un grand sourire. Quelle gentillesse ! Pendant ce temps, Yvonne avait entrepris d'ouvrir la bouteille de vin.

— Cette piquette est imbuvable, remarqua Corinne après l'avoir goûté. Mon vin de sureau fait maison…

— Je sais ! dit Yvonne. C'est entièrement naturel ! Mais Corinne, on dirait de la pisse de chat ! Nous refusons de boire ça, même si tu en as dix litres dans le coffre de ta voiture, d'accord ?

— C'était une simple suggestion, répondit Corinne en gloussant. Il y a beaucoup moins de radicaux libres dans les préparations maison.

— Et plus d'alcool, ajouta Stephen.

— Exactement ! C'est pour ça que tu aimes tes préparations, Corinne, conclut Yvonne. Un verre et on se retrouve par terre.

Corinne avait apporté un énorme gâteau aux graines de pavot qu'elle découpa. Quoi que l'on puisse dire de son vin de sureau, elle préparait des gâteaux légendaires.

— Ça, c'est ce qui s'appelle de la nourriture, dit Anneliese avec un soupir de bonheur. Sincèrement, j'ignore pourquoi les gens vont dans des cliniques spécialisées pour perdre du poids. Il suffit d'aller au service psychiatrique de Tamarin ! Ce qu'on vous sert est absolument infect. C'est facile de perdre quelques kilos en peu de jours, là-bas.

— Tu crois qu'on pourrait lancer ça comme nouveau régime ? dit Yvonne qu'un verre de vin suffisait à rendre pompette.

— Non, protesta Anneliese. C'est trop radical.

— Mais il y a toujours la liposuccion, non ? suggéra Stephen.

Les trois femmes le regardèrent, sidérées. Stephen paraissait tellement perdu dans son monde que l'entendre prononcer le mot de liposuccion était aussi bizarre que si son homonyme, le physicien Stephen Hawking, avait lancé une discussion sur les implants mammaires.

— Ne me regardez pas comme ça ! C'est cette femme qui est venue l'autre jour à la jardinerie. Elle vient d'arriver à Tamarin et elle rénove une des maisons près du port. Bref, on a bavardé.

En le voyant virer à l'écarlate, Anneliese changea de sujet. Ce serait merveilleux si Stephen trouvait quelqu'un à aimer. Il avait toujours été célibataire. Si les deux autres le taquinaient là-dessus, il n'en reparlerait jamais. La sonnette retentit une deuxième fois, épargnant à Anneliese le soin de trouver un autre sujet de conversation.

— Bon Dieu ! s'exclama Corinne joyeusement. On se croirait à la gare centrale, ici !

Et elle se servit un autre gros morceau de gâteau. Anneliese ouvrit la porte et découvrit Mac sur le seuil. Soudain, quelque chose de clair et laineux la bouscula, lui passa entre les jambes et fila à l'intérieur. Dans le mouvement, elle pivota, consciente d'une odeur de chien mouillé.

— Je croyais que votre chien était une grosse bête noire ? dit-elle à Mac.

— C'est vrai, fit-il d'un air un peu embarrassé. Ce n'est pas mon chien. C'est une chienne et c'est la vôtre.

— Comment cela, ma chienne ?

— Je l'ai trouvée au refuge pour animaux et j'ai pensé que vous pourriez peut-être vous en occuper, compte tenu… Euh…

Anneliese le regarda en secouant la tête.

— Vous me sauvez et, donc, je me retrouve avec un chien à sauver. Ou bien cela veut-il dire que j'ai besoin d'être de nouveau sauvée et que sauver ce chien va me sauver ou encore… ?

— Oui, répondit-il en haussant les épaules. Je coche toutes les cases.

— Mac, je ne veux pas de chien. Je suis…

Et elle se tut, car elle n'avait aucune raison de ne pas accepter l'animal. Simplement, si elle en prenait un, elle voulait que cela se fasse lorsqu'elle le déciderait et non pas parce que quelqu'un d'autre le décidait à sa place. Elle se tourna vers le salon dont la chienne était en train de faire le tour en tremblant et reniflant. Ce n'était pas le genre de chien qu'elle aimait. Elle les préférait de taille moyenne avec un poil doux et mi-long. Or, cette chose était une espèce de grosse bête à la fourrure longue et pâle qui avait sérieusement besoin d'un bain. Elle se demanda comment on faisait entrer un animal de cette taille dans une baignoire. La chienne la regarda droit dans les yeux et cligna des paupières avec innocence, le regard cuivré de ses grands yeux planté dans le sien.

— Et puis zut, capitula Anneliese. On peut essayer de se soutenir l'une l'autre. Comment s'appelle-t-elle ?

— Elle ne m'a rien dit, répondit Mac.

Anneliese lui décocha un regard meurtrier mais il se contenta de sourire de toutes ses dents.

Le gâteau au pavot et le vin furent bientôt terminés et tout le monde dit gaiement au revoir à Anneliese et à la chienne. Elle était encore un peu inquiète et surveillait Anneliese du coin de l'œil. Quand Anneliese voulut la caresser, elle se tapit derrière le canapé.

— Sois gentille, ne fais pas ta peureuse chaque fois que je m'approche de toi, lui demanda Anneliese.

La chienne la regardait toujours avec méfiance.

— D'accord ! Voici le règlement de la maison. Si tu emménages avec moi, tu dois me laisser te caresser de temps en temps et surtout me laisser te donner un bain. Ah ! Tu comprends le langage humain !

La chienne avait très nettement tremblé quand elle avait prononcé le mot « bain ».

— Donc, reprit Anneliese, il semblerait qu'on se comprenne au bout du compte.

Quand elle eut fini de la laver, le carrelage de la salle de bains disparaissait sous les serviettes trempées et il y avait de la mousse partout. Elle avait trouvé un vieux flacon de shampooing antipelliculaire. C'était certainement très bien pour la chienne, mais c'était aussi un shampooing qui moussait beaucoup. Il lui avait fallu toute sa force pour empêcher la chienne de sortir de la baignoire et la rincer longuement. La bête fut enfin propre, et parcourut la maison à toute vitesse, aboyant de joie. Elle s'ébrouait en projetant des gouttelettes tout autour d'elle.

— Tu es une vraie gamine ! dit Anneliese en riant.

Elle pensa soudain qu'il était vraiment très agréable de pouvoir rire et remercia la chienne de lui offrir ce moment d'amusement.

— Merci, ma jolie. Mais tu n'es plus très jeune, je crois ?

D'après Mac, elle venait du refuge pour animaux. Là-bas, on pensait que la bête devait avoir cinq ou six ans. Elle donnait l'impression que l'on s'était bien occupé d'elle, même si elle était un peu maigre. Le fait qu'elle ait peur quand on l'approchait signifiait sans doute qu'on l'avait maltraitée par le passé. Mais personne ne lui ferait plus jamais de mal, se dit Anneliese avec détermination.

— Je pourrais peut-être t'appeler Nell puisque tu es une chienne, dit-elle en regardant la bête.

La chienne cessa de gambader et se jeta aux pieds d'Anneliese, faisant des cabrioles et se frottant le dos contre les chevilles de sa nouvelle maîtresse. C'était à croire qu'elle voulait un massage du dos !

— Non, ce serait cruel de t'appeler Nell et ce serait méprisable de ma part. Comment veux-tu que je t'appelle, ma chérie ?

La chienne arrêta de se tortiller dans tous les sens, s'assit sur son derrière, s'appuya contre les jambes d'Anneliese et leva la tête vers elle. Ses oreilles soyeuses pendaient derrière sa tête et ses yeux n'exprimaient plus que de l'affection. Avec sa fourrure encore humide, elle ressemblait à un phoque ou à une selkie. Ces créatures mythiques, les selkies, censées vivre au large des îles Shetland, étaient à moitié humaines, à moitié phoques.

— Tu es une selkie ! En voilà un joli nom !

Selkie agita sa queue.

— Je crois bien que nous voilà devenues inséparables, dit encore Anneliese. Je suppose que tu voudras dormir dans ma chambre ?

Selkie agita un peu plus son beau panache.

— Bien, j'espère seulement que tu ne ronfles pas !

24

Six mois plus tard

Izzie allongea ses jambes avec un soupir de satisfaction et remercia le ciel de la réussite de SilverWebb sans laquelle elle en serait réduite à gratter les fonds de tiroir pour voyager en soute, comme d'habitude. Pour la première fois de sa vie, elle pouvait s'offrir un fauteuil en classe affaires pour aller en Irlande. Elle appréciait infiniment de ne pas être coincée au milieu d'une rangée de quatre passagers et s'était interdit de penser aux vols avec Joe dans son Gulfstream. Cela faisait partie de ce rêve qu'elle avait vécu l'année précédente. C'était aussi le symbole d'une époque de sa vie qu'elle ne voulait revivre à aucun prix. A présent, c'était cela sa vie : payer elle-même sa place d'avion et non pas voler dans un avion de luxe avec Joe.

Joe… Elle ferma les yeux et s'autorisa à penser à lui. Cela faisait longtemps qu'elle se le refusait car, si elle le laissait s'installer, il occupait toute la place dans son esprit. Il l'avait appelée cinq fois au cours des six derniers mois mais elle avait réussi à ne pas répondre. Il laissait un message et elle l'écoutait, rien d'autre.

Je voulais te dire bonjour, je pense à toi. Je pense beaucoup à toi, Izzie. Appelle-moi ?

Elle avait écouté trois fois ce message, le dernier, et l'avait effacé. Elle se souvenait pourtant de chaque mot. *Appelle-moi ?* Elle en avait très envie. Juste pour savoir pourquoi il voulait lui parler, savoir s'il était toujours avec sa femme, s'il avait compris à quel point il l'avait fait souffrir et le sacrifice que cela avait représenté pour elle de le quitter…

— Désirez-vous du champagne ou un jus d'orange, madame ? demanda le steward qui lui présentait un petit plateau.

Izzie lui sourit et accepta les deux, le jus d'orange pour tout de suite et le champagne pour plus tard.

Joe appartenait au passé ; le présent, c'était ce voyage en Irlande pour voir Mitzi, sa nièce nouveau-née, et sa grand-mère. Elle espérait que ce n'était pas pour la dernière fois. Lily était toujours dans le coma, vivante sans l'être vraiment, sa vie s'écoulant d'elle peu à peu. Anneliese avait averti Izzie d'avoir à se préparer car le choc était inévitable. Elle lui avait expliqué qu'elle paraissait très frêle. « C'est toujours Lily, avait ajouté Anneliese, mais elle n'est plus là, si tu comprends ce que je veux dire. » Pour toute réponse, Izzie avait marmonné en ravalant ses larmes. Au cours des derniers mois, il lui semblait n'avoir fait rien d'autre que pleurer, à cause de Joe et à cause de sa grand-mère. Il y avait deux énormes vides dans sa vie, à présent.

Anneliese lui avait aussi parlé de Mitzi. « Elle est craquante, Izzie. C'est Beth tout craché au même âge, à la seule différence, comme je le dis sans arrêt à Beth, que sa fille dort comme un ange. »

Mitzi avait presque cinq mois et la famille se réunissait à l'occasion de son baptême. En toute sincérité, Izzie n'avait pas vraiment envie de rentrer en Irlande pour un baptême. La naissance de Mitzi avait ravivé une de ses grandes douleurs. Elle ne jalousait pas sa cousine mais cela lui faisait très mal de penser que Beth avait réussi là où elle avait échoué. Elle n'avait parlé à personne de ce qu'elle ressentait car elle en avait honte. Il fallait être un monstre pour éprouver de la tristesse à l'idée de ne pas avoir d'enfants quand sa propre cousine en avait un.

Six semaines après la naissance du bébé, alors qu'Izzie avait tenté de soulager sa conscience en envoyant une layette raffinée avec une immense girafe en peluche, Beth l'avait appelée. Il était tard à New York et Izzie était affalée sur son canapé, vêtue d'un pantalon de jogging et d'un sweat-shirt. La télécommande à la main, elle zappait d'une chaîne à l'autre.

« Beth ! s'exclama-t-elle, très étonnée. Comment vas-tu ? »

Elles ne s'étaient pas parlé depuis la naissance de Mitzi.

« Je suis épuisée ! gémit Beth. Mitzi a des horaires de sommeil complètement anarchiques. J'ai beau faire tout ce que je peux pour l'habituer à des heures régulières, c'est impossible. Marcus est débordé de travail et je dois tout faire moi-même. Les biberons de nuit, les biberons de jour et tout le reste. »

Izzie se hérissa en entendant sa cousine se plaindre. Beth ne mesurait pas sa chance. Mais elle préféra garder ses réflexions pour elle. Enfin, après un certain temps consacré à comparer la merveilleuse ville de New York à l'ennuyeuse vieille cité de Dublin, puis à l'interview de Stacy, la vedette de SilverWebb, que Beth avait lue dans un magazine et enfin à la chance extraordinaire que cela devait être de travailler dans la mode, Beth en vint à la raison de son appel.

« Nous voudrions, Marcus et moi, que tu sois la marraine de Mitzi. »

Izzie n'aurait pas pu être plus étonnée et lorsqu'elle en fit part à Beth, celle-ci lui répondit qu'elle ne voyait pas de meilleur choix.

« Mais je ne sais pas m'occuper des enfants ! protesta Izzie.

— Tu n'as même pas besoin de savoir reconnaître la tête du bébé de ses pieds ! répondit Beth en riant. Etre marraine, en principe, cela concerne les conseils de moralité ! »

Izzie fit la grimace. Elle craignait de ne pas être une spécialiste de la morale.

« En réalité, lui expliqua Beth, c'est plus parce que nous pensons que tu sauras t'occuper d'elle si nous passons sous un bus. Non que nous en ayons envie ! S'il te plaît, dis oui ! Le baptême a lieu au mois de mars à Tamarin. On a décidé de le faire là-bas parce que l'église est vraiment très jolie et que maman sera très contente. Elle va moins à l'église qu'avant mais cela nous fera plaisir à tous. S'il te plaît, Izzie ?

— Bien sûr, je me sens très honorée », répondit Izzie.

Que dire d'autre ?

Quand elles avaient raccroché, Izzie s'était recroquevillée sur elle-même et avait pleuré toutes les larmes de son corps. Elle se sentait tellement indigne de devenir marraine ! Pour elle, Mitzi ne représentait que le manque douloureux d'enfant. Quel bien pourrait-elle faire à cette petite puce dans ces conditions ?

Elle avait fini par se résoudre à rappeler Beth pour refuser, encourant les foudres de toute la famille plutôt que d'accepter pour de mauvaises raisons. Elle viendrait au baptême parce qu'elle voulait voir sa grand-mère, mais il n'était pas question qu'elle soit marraine. Et puis elle avait de nouveau changé d'avis à cause de Lola. Après des années passées à sortir avec des hommes et avec des femmes, Lola avait finalement fait son choix et avait emménagé avec une photographe danoise du nom de Paula, aussi grande et blonde que Lola était petite et brune. Elles formaient un couple étonnant. Elles avaient décidé d'adopter un bébé. Ni Paula ni Lola ne semblaient s'inquiéter le moins du monde à l'idée de s'embarquer pour une telle aventure après seulement quelques mois de vie commune. Pas plus que de rencontrer des difficultés supplémentaires en tant que couple homosexuel. Lola avait haussé les épaules. « Nous sommes tout à fait capables de donner à notre bébé une très belle vie. »

Izzie comprit brusquement que Lola ne doutait jamais d'elle-même. Elle savait qu'elle serait un parent formidable et que son rêve allait devenir réalité. Elle ne doutait pas un seul instant d'y arriver. Izzie se demanda ce qu'elle avait fait pour donner corps à ses propres rêves. A dire vrai, elle était tombée au premier obstacle. Elle avait accepté sans discussion qu'elle n'aurait sans doute jamais d'enfant du fait de son âge et de l'absence d'homme dans sa vie. Elle avait donc refermé le dossier maternité et commencé à faire son deuil.

Elle avait demandé à Lola si c'était très difficile d'adopter, pour des célibataires. Lola avait hurlé de rire en répondant que cela l'était mille fois moins que pour un couple d'homosexuelles.

La réaction de Lola représentait une lueur d'espoir dans les ténèbres. Izzie pouvait peut-être devenir mère, après tout. Que Joe soit sorti de sa vie n'impliquait pas que ce projet soit devenu irréaliste. Sa vie était agréable, en définitive. En travaillant avec des femmes bien dans leur peau, elle faisait ce en quoi elle croyait. Elle se sentait bien, même si cela ne pouvait pas compenser la peine de perdre sa grand-mère et d'avoir rompu avec Joe. Le soir, après s'être couchée, quand elle pensait à l'aube près de se lever sur Tamarin, de l'autre côté de l'Atlantique, elle avait l'impression que sa grand-mère était déjà morte.

L'épouvantable chagrin qu'elle avait subi après avoir dit adieu à Joe commençait à s'apaiser. Elle avait de moins en moins souvent envie de l'appeler pour le supplier de reprendre leur relation. Elle avait fait son choix et elle s'y tenait. Peut-être n'aurait-elle jamais tout ce qu'elle attendait de la vie, mais qui pouvait prétendre l'avoir obtenu ?

L'effort rendait les bras d'Anneliese douloureux.

— Je me demande combien de temps je vais pouvoir continuer comme ça, grogna-t-elle en sentant ses jambes trembler.

C'était seulement la première fois qu'elle tentait la posture en équilibre sur la tête. Karen la surveillait de près, prête à la retenir en cas de chute.

— Essaie de tenir encore un peu, tu te débrouilles très bien, dit Karen avec son doux accent australien. Tiens bien tes bras, Anneliese !

Pour quelqu'un de si gentil, Karen se montrait d'une grande sévérité lorsqu'elle donnait ses cours de yoga. Et à vrai dire, cela marchait ! Anneliese suivait son enseignement depuis quatre mois et elle progressait rapidement, grâce à Karen qui l'obligeait à toujours repousser ses limites. La première fois, le moindre mouvement lui arrachait des gémissements. A présent, elle se retrouvait en équilibre sur la tête, contre un mur de la salle de cours, en équilibre sur ses avant-bras et ses coudes, les jambes dressées bien droit en l'air.

— A Pune, poursuivit Karen, on te fait travailler sur des sols en marbre !

Pune, en Inde, était le centre où se retrouvaient les adeptes du yoga Iyengar et Karen y avait terminé sa formation.

— C'est des sadiques ! grommela Anneliese. J'imaginais que le yoga s'adressait à l'esprit, au corps et au mental. Je n'avais pas compris qu'il était question de se fracasser le crâne sur du marbre !

Karen éclata de rire. Elle aimait beaucoup le sens de l'humour d'Anneliese.

— D'accord, tu peux redescendre maintenant. Puisque tu as pris la posture en levant d'abord ta jambe droite, redescends avec ta jambe gauche en premier.

Avec une grâce qui l'étonna elle-même, la jambe gauche d'Anneliese descendit vers le plancher, suivie, dans un mouvement fluide, par la jambe droite. Anneliese s'agenouilla sur son tapis de yoga et reprit sa respiration.

— Je n'aurais jamais cru réussir sans appuyer les jambes contre le mur.

— C'est naturel chez toi, répondit Karen d'une voix joyeuse. Shona ? Veux-tu essayer maintenant ?

Karen alla aider un autre membre de sa petite classe du vendredi matin à prendre la posture. De son côté, Anneliese s'autorisa à se féliciter de ce qu'elle avait accompli. Elle trouvait curieux que le yoga soit si amusant, aussi bien physiquement que mentalement. Au contraire des cours de fitness qu'elle prenait dans sa jeunesse, où il n'était question que de malmener son corps pour se maintenir en forme, le yoga permettait de travailler en harmonie avec soi-même et avec son corps. Même si elle se sentait extrêmement tendue, une heure de yoga la calmait rapidement. Les cours se déroulaient au-dessus de la boutique de fournitures artistiques de Tamarin.

Les dix minutes de méditation à la fin de chaque séance lui faisaient plus de bien que n'importe quel antidépresseur. Le jour où la mère de Jodi avait décidé de rester à Tamarin pour attendre la naissance de son premier petit-enfant avait été un jour faste pour Anneliese et un grand nombre de femmes de Tamarin. A présent que Jodi avait eu son bébé, une toute petite chose avec une touffe de cheveux soyeux qui répondait au nom de Kyle, et ressemblait comme deux gouttes d'eau à son père, Karen avait commencé à laisser entendre qu'elle pourrait s'installer définitivement en Irlande.

Après le cours, les dix femmes du groupe avaient l'habitude d'aller prendre un thé accompagné de viennoiseries au Dorota's. Ce jour-là, Anneliese et Karen marchaient côte à côte. Anneliese éprouvait une merveilleuse sensation de bien-être qui venait autant de ses muscles assouplis et échauffés que de son esprit apaisé. Elle avait réussi à faire le vide pendant au moins dix minutes.

— Tout est prêt pour demain ? demanda Karen.

— A peu près ! Je suis contente que le déjeuner ait lieu au Harbour Hotel. Chez moi, cela aurait été vraiment trop compliqué même si la situation est vivable entre Edward et moi. Un baptême, c'est fait pour se créer de nouveaux souvenirs, pas pour se laisser écraser par le poids des anciens et des mauvais. Un lieu neutre est donc ce qu'il y a de mieux.

— Tout cela semble te rendre très heureuse, commenta Karen.

Anneliese sourit. Au cours des derniers mois, Karen était devenue une amie intime. La grande différence, comparée aux autres amitiés d'Anneliese, tenait à ce qu'elles étaient devenues amies par choix et non parce qu'elles étaient voisines ou avaient des enfants dans la même classe. Elles s'étaient tout simplement trouvées, même si Karen avait un jour remarqué que le fait d'être toutes les deux séparées de leur mari facilitait sans doute leur relation. Anneliese avait compris ce qu'elle voulait dire. Les femmes de la ville s'étaient en quelque sorte regroupées en clans. Les veuves faisaient partie d'une catégorie parce qu'elles avaient perdu leurs hommes. Les divorcées ou les séparées en formaient une autre. Et heureusement, ou malheureusement, les femmes mariées étaient dans un autre groupe encore.

Anneliese trouvait plus difficile de nouer une amitié avec les femmes mariées. Celles qui avaient de l'intuition s'inquiétaient de la blesser si elles évoquaient leur bonheur tandis que les moins sensibles parlaient sans hésitation de leur mari et de ses petits défauts sans penser un instant à ce que cela avait d'indélicat en présence d'une femme seule. Avec Karen, tout cela n'avait aucune importance.

— Oui, répondit enfin Anneliese. Je suis heureuse, aussi heureuse que possible. Cela peut paraître scandaleux, mais les choses sont plus faciles pour moi depuis qu'Edward n'habite plus avec Nell. Même si je ne veux pas qu'il revienne, j'éprouve un certain soulagement à l'idée que Nell ne lui convenait pas davantage que moi et qu'elle a, elle aussi, échoué. Tu crois que cela fait de moi une horrible bonne femme ?

— Oui ! rétorqua Karen sans se démonter. En cet instant même, le maire inaugure la statue de marbre blanc qui t'immortalise sous les traits d'une femme dépourvue de sens moral. Bien sûr que non ! C'est normal. Si heureuse que tu puisses être à présent, cela te ferait toujours mal de voir Edward et Nell se conduire comme deux tourtereaux dans toute la ville. Je trouve que tu as affronté la situation avec beaucoup d'intelligence. A ta place, je crois que je n'aurais pas pu croiser Nell sans lui flanquer une raclée. Ou bien, en y réfléchissant, j'aurais écrit son numéro de téléphone avec la mention *Miss Fouetteuse* dans toutes les cabines téléphoniques du comté.

Anneliese éclata de rire.

— Je t'avoue que j'y ai pensé. Mais, sérieusement, quel intérêt ? Quand quelqu'un veut sa liberté, il finit par la prendre. J'ai enfin compris qu'il est ridicule d'en vouloir à la personne pour laquelle on nous a quittée. On se trompe de cible.

— Mais c'était ton amie !

— C'est vrai et cela m'a fait très mal. Si Edward m'avait quittée pour une inconnue, ç'aurait été moins dur. Tu n'imagines pas comme je me suis torturée à repenser à ces moments que nous avions partagés tous les trois. A chercher à deviner quand ils étaient ensemble de leur côté et s'ils ne parlaient pas de moi dans mon dos. Mais c'est fini et je plains Edward.

— Je retire ce que j'ai dit. Le maire n'inaugure pas une statue de femme sans aucune moralité mais de toi en sainte Anneliese !

— Non, sincèrement, je suis sérieuse. Les femmes se débrouillent mieux quand elles sont seules. Nell est restée seule pendant des années et je trouve cela très agréable moi aussi. En revanche, Edward va être complètement perdu.

Elle avait appris la nouvelle par Yvonne qui la tenait de Carina qui l'avait apprise de Calum, le facteur.

— Cela fait une semaine qu'Edward s'est installé dans la chambre d'amis de Freddie Pollock. D'après Yvonne, Nell a dit à Calum qu'elle ne prenait plus son courrier.

En apprenant la nouvelle, Anneliese n'avait pas tout de suite su que répondre puis elle avait reconnu n'être pas plus étonnée que cela. Elle ne trouvait pas qu'Edward et Nell allaient bien ensemble. Mais une fois de plus, il se pouvait que pour beaucoup de gens Edward et elle n'aient pas non plus formé un couple bien assorti.

Yvonne avait ajouté d'un ton plein d'espoir qu'Edward avait peut-être envie de revenir. En dépit de toutes les émotions que faisait naître cette conversation, Anneliese avait souri. Yvonne était d'une incroyable naïveté ! « J'en doute beaucoup, Yvonne. De toute façon, moi, je ne veux pas qu'il revienne. » Son amie avait poussé une exclamation choquée. « J'aime ce que ma vie est devenue aujourd'hui, avait expliqué Anneliese avec sincérité. Il n'y a plus de place pour Edward dans ma nouvelle vie. Lui et le passé sont derrière moi. » Yvonne l'avait regardée et avait dit simplement : « C'est à cause de Mac, c'est cela ? »

Mac faisait partie de la nouvelle vie d'Anneliese mais seulement en tant qu'ami. Même si elle tenait beaucoup à lui, leur relation n'irait jamais plus loin. Elle avait encore beaucoup de chemin à parcourir si elle voulait retrouver un autre amour, même si on pouvait croire le contraire. Anneliese avait donc été très ferme dans sa réponse. « Non, il ne s'agit pas de Mac. C'est un ami, rien de plus. Yvonne, si jamais je tombe amoureuse, je te promets de te le dire, mais je ne crois pas que cela m'arrive avant longtemps. »

Yvonne avait insisté.

« Tu dois te sentir seule, Anneliese. Je m'inquiète de te savoir avec cette espèce de chien idiot pour toute compagnie.

— Ce chien idiot est tout ce qu'il me faut. Je suis très heureuse, tu peux me croire. »

Le groupe du cours de yoga était arrivé devant le Dorota's et, bien qu'il ne fasse pas froid comme souvent au mois de mars, elles préférèrent s'installer à l'intérieur.

— Au moins, dit Karen qui poursuivait sa conversation avec Anneliese, tu n'as pas à t'inquiéter de devoir inviter Nell au baptême.

— C'est Beth qui se tourmentait à ce sujet, lui chuchota Anneliese pendant qu'elles faisaient la queue pour passer leur commande. Quand je lui en ai parlé au téléphone, elle m'a crié dessus. Pour finir, je lui ai dit que cela ne me posait pas de problème et que le monde ne tournait pas autour de moi. Elle s'est donc calmée et de toute façon, maintenant, la question est réglée. Pauvre Nell ! Elle s'est coupée de tout le monde. Yvonne et

Corinne lui adressent à peine la parole et elle a perdu Edward.

— Je suis un peu rouillée dans toutes ces histoires de religion. Il va falloir que tu m'aides. Qu'est-ce qu'il y a au juste avant la sainteté ? Parce que je trouve que tu es vraiment prête pour la canonisation.

— Arrête tes bêtises ! dit Anneliese en lui donnant un petit coup de coude dans les côtes. Il faut être positive, c'est tout.

Elle examina les délicieuses pâtisseries derrière les vitrines réfrigérées du Dorota's. Un succulent gâteau à la crème couronné d'amandes lui attira l'œil.

— Je vais prendre cette diabolique chose à un million de calories le gramme en faisant le vœu que mes pensées positives brûlent rapidement tout ce gras !

Beth et Jodi marchaient dans un silence amical sur la jetée. Leurs bébés dormaient dans leurs poussettes respectives et elles appréciaient le silence qui régnait également de ce côté-là. A bientôt cinq mois, Mitzi était une petite fille très curieuse qui fixait les gens avec d'immenses yeux bleu-vert et décochait d'adorables sourires à fossettes. Elle n'était pas toujours d'aussi bonne humeur, pourtant, et Beth avait l'habitude de ses pleurs inconsolables dus à des coliques. Elle commençait à comprendre en quoi consistait la maternité et en appréciait d'autant plus ces promenades avec Jodi et le petit Kyle.

Kyle n'avait que dix jours, et, par comparaison avec Mitzi, paraissait minuscule. Jodi se libérait peu à peu de sa peur de le laisser tomber. Elle était encore un peu choquée qu'on l'ait laissée ramener son bébé chez elle. Deux jours après l'accouchement, quand Dan et elle étaient rentrés avec Kyle à la maison, elle avait demandé en pleurant à son mari comment le personnel de l'hôpital savait qu'elle pourrait se débrouiller. « Ils ont vu que tu es une maman formidable », lui avait répondu Dan d'un ton confiant. Il avait été soigneusement chapitré par sa belle-mère qui lui avait expliqué en quoi consistait le baby-blues.

Jodi restait très fragile mais, quand Beth était venue la chercher, son moral était remonté. Karen lui avait dit que cela faisait du bien de sortir de chez soi quand on a des enfants encore tout petits. C'était elle qui lui avait suggéré d'aller se promener avec Beth qui séjournait à Tamarin à l'occasion du baptême de Mitzi. La veille, elles avaient suivi un circuit les menant d'un bout à l'autre de la ville. Elles y avaient trouvé tellement de plaisir qu'elles s'étaient promis de recommencer.

Tout en marchant, elles parlèrent des problèmes de sommeil, de biberons et de coliques. Quand Beth aborda ce dernier point, Jodi poussa une exclamation d'épouvante.

— Ne me lance pas sur le sujet, soupira Beth. Je croyais que je faisais quelque chose de mal. Depuis trois semaines, tous les jours à cinq heures, elle se met à pleurer.

Comme si elle avait entendu qu'on parlait d'elle, Mitzi commença à s'agiter dans sa poussette. Beth et Jodi échangèrent un regard complice.

— On se dépêche d'aller prendre un café avant qu'elle se réveille complètement ?

— Vendu !

— Est-ce qu'Izzie a récupéré de son décalage horaire ? demanda Jodi tandis qu'elles se dirigeaient vers le café.

— Izzie est une dure à cuire. Elle ne souffre jamais du décalage horaire. Je compte lui demander de garder Mitzi ce soir.

— Je pourrais peut-être passer la voir dans ce cas. Je ne lui ai jamais montré ce que j'ai écrit sur Rathnaree. J'avais pensé le lui envoyer par courriel, mais c'est encore un brouillon et je voulais l'améliorer avant de le lui faire lire.

— J'avais oublié que tu travaillais là-dessus, répondit Beth. Maman m'en a parlé pourtant. As-tu découvert des squelettes dans les placards ?

Jodi eut un sourire désabusé. Les lettres et les documents confiés par la fille de Vivi ne lui avaient pas servi à grand-chose. Il n'y avait que quelques lettres de Lily à Vivi et l'encre avait tellement pâli qu'elles étaient quasiment illisibles. Pour le journal, c'était différent. Jodi était convaincue qu'il contenait toute l'histoire. Elle l'avait découvert au cours de son dernier mois de grossesse lorsque Anneliese l'avait emmenée avec elle choisir quelques-uns des bibelots préférés de Lily pour décorer sa chambre à la maison de retraite.

Les larmes aux yeux, Anneliese avait fait un peu de ménage. Elle pensait visiblement que Lily ne reviendrait jamais dans cette maison. Jodi avait tenté de la distraire de son chagrin en se plaignant du poids qu'elle avait pris. « Onze kilos ! Tu te rends compte ? » Anneliese lui avait dit gentiment qu'elle les reperdrait bien vite. « Je pense à Izzie, avait-elle poursuivi avec un soupir, arrivant ici pour trouver le journal de Lily encore ouvert à la page des mots croisés à côté de son fauteuil, une tasse sur la table basse… Ce serait vraiment trop triste, comme si Lily s'était absentée pour un bref instant. » Anneliese était ensuite montée dans la chambre de Lily prendre quelques vêtements de nuit.

Restée seule au rez-de-chaussée, Jodi s'était installée dans un grand fauteuil et, pour être plus à son aise, avait déplacé un peu le siège de façon à pouvoir surélever ses pieds sur un tabouret. Le fauteuil avait buté dans un carton soigneusement posé sur une pile de vieux journaux. Le carton s'était renversé et son contenu s'était répandu sur le sol. Des papiers jaunis, des photographies sépia et un petit carnet relié s'en étaient échappés. Embarrassée par sa maladresse, Jodi s'était rapidement relevée pour remettre de l'ordre. Anneliese l'avait retrouvée penchée sur le carton. Elle avait ramassé le carnet et découvert des pages de papier fin couvertes de l'écriture de Lily. Jodi avait poussé une exclamation étonnée. « Son journal ! » Anneliese avait également ouvert de grands yeux. « J'ignorais que Lily tenait son journal. »

Anneliese avait laissé courir ses doigts sur une des pages comme si elle pouvait atteindre Lily à travers les lignes, puis elle avait refermé le carnet. « Je ne veux pas le lire, avait-elle dit. C'est à Lily et elle n'est pas encore morte. Si quelqu'un doit l'avoir, c'est Izzie. » A son tour, Jodi avait caressé la couverture du carnet avec espoir. Elle avait très envie de le lire, très envie de connaître l'histoire de Lily.

« C'est Izzie qui doit l'avoir », avait répété Anneliese. L'historienne qu'était Jodi s'était inclinée devant le souhait de son amie.

Tandis que Jodi repensait à cet épisode, Beth et elle étaient arrivées devant le Dorota's. Par chance, les bébés dormaient toujours.

— Non, répondit-elle d'une voix ferme à la question de Beth. Il n'y a pas de squelettes dans les placards.

En réalité, elle n'en savait rien mais, si c'était le cas, il revenait à Izzie de s'en occuper.

Izzie avait défait sa valise et accroché dans la penderie la tenue qu'elle avait emportée pour le baptême. Le lendemain serait chargé et, à présent, elle avait hâte d'y être. Tenir Mitzi dans ses bras avait été une expérience extraordinaire. Elle avait plus ou moins imaginé qu'elle se contenterait d'un petit câlin au bébé. La veille au soir, quand elle avait rendu visite à Anneliese et Beth, quelle n'avait donc pas été sa surprise lorsque Beth lui avait tout bonnement tendu sa fille puis s'était absentée ! Izzie avait bafouillé, ne sachant que faire avec ce bébé qui venait juste de s'éveiller. Beth lui avait posé sur l'épaule une sorte de chiffon doux avant de la laisser se débrouiller. Mitzi l'avait regardée d'un œil encore endormi et Izzie lui avait fait remarquer qu'elles étaient seules. Ce serait très gentil de ne pas pleurer… Au fur et à mesure que son regard se faisait plus net, Mitzi s'était aperçue qu'elle n'était plus dans les bras rassurants de sa mère. Elle avait brutalement commencé à hurler et Izzie avait été épouvantée de découvrir qu'un si petit être pouvait faire autant de bruit. Un fort gargouillis avait suivi et Izzie avait eu la sensation de quelque chose de chaud et de lourd contre son bras, juste avant qu'une épouvantable odeur envahisse la pièce.

Il y avait eu dix minutes très difficiles avant que Mitzi retrouve son calme, dix minutes pendant lesquelles Izzie avait passé en revue tout son répertoire de comptines. Elle en était réduite à répéter « gouzi gouzi » en variant le ton quand Mitzi s'était enfin arrêtée de hurler pour lui sourire. Avec un soupir de soulagement, Izzie s'était exclamée qu'elle était vraiment ravissante. « Et maintenant, si on changeait la vilaine couche ? » Mitzi avait répondu par un gazouillement ravi.

Un demi-paquet de lingettes pour bébé plus tard, et après s'être escrimée avec la couche, Izzie n'espérait plus qu'une chose : que Beth vienne la délivrer. Elle en avait suffisamment appris en matière de bébés pour aujourd'hui. A cet instant Beth était revenue dans la pièce. « Comment cela s'est-il passé ? » lui avait-elle demandé joyeusement. Izzie lui avait fait une petite grimace amusée. « Formidable ! Mais un peu fatigant… » En soupirant, Beth lui avait répondu qu'elle n'avait pas idée à quel point. Elle avait ensuite repris sa fille et l'avait câlinée pendant un long moment.

Six semaines plus tôt, Izzie aurait tué Beth pour son bonheur. Aujourd'hui, elle était heureuse de le partager. « La fatigue en vaut la peine ! » avait-elle dit avec sincérité. Beth avait acquiescé avant d'aller donner son bain au bébé et Anneliese était rentrée à son tour, les pommettes rouges après une marche à pas vif sur la plage avec Selkie.

« Elle est adorable, avait dit Izzie à Anneliese tout en caressant la chienne. Tu crois que je pourrais la voler ? »

Sa tante avait éclaté de rire.

« Elle m'aide à garder la tête sur les épaules, donc c'est non ! Je plaisante, voyons ! Ne prends pas cet air inquiet. Je n'ai pas besoin qu'on m'aide à rester saine d'esprit, Izzie. Je vais bien.

— C'est ce que je constate. Papa me l'a dit aussi.

— Le téléphone arabe fonctionne toujours avec efficacité dans la famille, si je comprends bien.

— Il fonctionne de la plus jolie façon possible, avait répondu Izzie en souriant. Tu as l'air vraiment heureuse, Anneliese.

— Toi aussi ! Ce n'était pas le cas quand tu es venue l'année dernière. »

A ce souvenir, Izzie avait frissonné.

« Je traversais une mauvaise période, en dehors de ce qui arrivait à grand-mère. »

Elles n'avaient rien dit pendant quelque temps après cet échange. Le seul bruit dans la pièce venait de Selkie qui haletait gaiement, vautrée sur le tapis. Anneliese caressait les oreilles de son chien, les yeux dans le vague.

« Lily nous quitte peu à peu, tu sais, avait-elle enfin dit.

— Je sais, avait répondu Izzie d'une voix qui tremblait légèrement. Papa me l'a dit aussi. Je vais la voir demain matin.

— Il faut... Il faut que tu te prépares, ma chérie.

— Mais je suis prête, avait protesté Izzie.

— Non, je parle de te préparer à ce que tu vas voir. Il est temps de la laisser partir, Izzie. Je ne peux me débarrasser du sentiment qu'elle s'est accrochée en attendant ton retour. »

Izzie s'était contentée de hocher la tête, incapable de parler tant elle pleurait.

« Jodi n'a jamais pu découvrir qui était Jamie, enchaîna Anneliese afin de laisser à sa nièce le temps de se calmer. Elle a trouvé quelques lettres de Lily à Vivi qu'elle a gardées pour toi mais elles s'arrêtent avant la fin de la guerre. Nous supposons que Lily devait être rentrée à Tamarin. »

A travers ses larmes, Izzie réussit à dire qu'elle aimerait les lire.

« Nous avons trouvé autre chose, Jodi et moi, un petit carnet rangé dans un carton avec d'autres affaires. Nous pensons qu'il pourrait s'agir du journal de Lily. Je ne l'ai pas lu. J'ai eu le sentiment que Lily n'avait pas envie que je le lise. Peut-être même n'a-t-elle pas envie que qui que ce soit le lise, mais… »

Anneliese s'interrompit. Elle avait beaucoup réfléchi. Le carton semblait avoir été mis en évidence pour une raison précise, comme si Lily avait voulu le montrer à quelqu'un, quelqu'un qui ne pouvait être qu'Izzie.

« Le carton est ici, à l'étage, reprit-elle. Je te le donnerai tout à l'heure, d'accord ? »

Izzie fit oui de la tête. Agenouillée à côté de Selkie, elle la caressait pour cacher ses larmes. Anneliese lui tendit la main pour l'aider à se relever.

« Il fait froid mais c'est quand même une belle soirée. Allons nous asseoir sur la véranda. Selkie nous suivra et nous pourrons regarder tranquillement la mer. Tu verras, c'est très apaisant. Cela nous rappelle que nous sommes seulement de petites étincelles sur cette planète et que nous devons tous la quitter, un jour. »

Quand Anneliese et Izzie avaient regagné le salon, la nuit était tombée.

« Merci, avait répété Izzie en embrassant une dernière fois sa tante. Je savais que ce serait difficile mais c'est pire que ce que j'avais imaginé. »

Anneliese l'avait serrée très fort contre elle.

« Je sais. Veux-tu prendre son journal et la boîte, Izzie ? Je ne veux pas que tu aies encore plus mal.

— Au contraire ! J'ai très envie de savoir ce qu'ils contiennent.

— D'accord. Mais promets-moi de t'arrêter de lire si cela devient trop douloureux. J'ignore totalement ce qu'il peut y avoir dans ce journal mais, si Lily a pris la peine de l'écrire, ce sera certainement plein d'enseignements. »

Quand Izzie était rentrée chez elle, conduisant la voiture que son père lui avait prêtée, le précieux carton contenant le journal de Lily était sur le siège passager à côté d'elle. Elle ignorait si elle aurait la force de le lire. Ce serait comme de lui dire bonjour et adieu à la fois.

La chambre de Lily se trouvait au rez-de-chaussée de la maison de retraite. Relativement petite, elle était joliment tapissée d'un papier peint à motif de roses même si la plupart des gens amenés à l'occuper n'avaient plus la force d'ouvrir les yeux. D'épais rideaux écrus protégeaient du froid et le lit médicalisé était doté de couvertures d'un rose doux assorti au papier mural. Quelques objets apportés par Anneliese décoraient la chambre de Lily. Sur la commode, Anneliese avait placé son vase en porcelaine orné d'un lapin, avec un gros bouquet de jonquilles. Sur la table de nuit étaient disposées des photos dans leur cadre en argent. L'une d'elles représentait Izzie serrant sa grand-mère dans ses bras. Avec son coussin brodé d'un éléphant, celui qu'elle laissait toujours dans son fauteuil à côté de la cheminée, la chaise donnait l'impression que Lily s'y installerait dès son réveil.

Izzie comprit pourtant que sa grand-mère ne s'assiérait plus jamais sur son coussin et ne pourrait jamais admirer comment Anneliese et les infirmières avaient su rendre sa chambre accueillante. A peine eut-elle franchi le seuil qu'elle sentit la présence de la mort. Il ne restait rien de la femme qu'avait été sa grand-mère bien-aimée. La dernière fois qu'Izzie l'avait vue, elle était encore à l'hôpital et lui avait paru très frêle. A présent, il n'y avait plus qu'un fantôme sous la couverture, comme si l'enveloppe corporelle de Lily s'évanouissait peu à peu. Son beau visage s'était profondément creusé, évoquant les momies qu'Izzie avait vues au musée du Caire.

Elle pressa sa main sur sa bouche pour étouffer ses sanglots. Elle avait passé la nuit à pleurer à la lecture du journal de Lily, découvrant une partie de sa vie dont elle ignorait tout.

L'infirmière lui posa une main sur l'épaule.

— Je suis désolée. Je vous avais prévenue que son état s'était beaucoup détérioré.

Izzie put seulement hocher la tête. Sa grand-mère, lui avait expliqué l'infirmière, avait été très affaiblie par sa pneumonie. Elle ne s'attendait pourtant pas à la voir ainsi et fit demi-tour.

— Je ne peux pas, dit-elle en hoquetant, choquée.

Sa grand-mère n'était pas cette femme en train de s'éteindre sur un lit d'hôpital mais la jeune Lily pleine de vie, de force et de passion qu'elle avait vue se dessiner en lisant son journal.

— Bien sûr que si ! répondit l'infirmière d'un ton énergique. Je sais qu'elle vous a pratiquement élevée. Pensez à cela, à la femme qui s'est occupée de vous, et vous y arriverez !

Izzie réussit enfin à se calmer et, séchant ses larmes, s'assit au chevet de Lily pour lui prendre la main. Comment avait-elle pu souhaiter que sa grand-mère reste en vie, dans cet état lamentable, dans le seul but de ne pas avoir à affronter sa mort ? Elle avait continué son petit bonhomme de chemin alors que la pauvre Lily ne tenait plus à la vie que par un fil.

— Pardonne-moi, grand-mère ! S'il te plaît, ne m'en veux pas de ne pas avoir été ici, avec toi.

D'un doigt léger, elle suivit le tracé des sourcils de Lily, pensant aux photos d'elle, jeune femme aux cheveux soyeux et aux yeux pétillants d'intelligence, grands ouverts sur le monde. Izzie se reprochait d'avoir songé que quarante ans était un âge cruel. Ce qu'elle voyait était infiniment plus cruel.

— Je te promets de ne plus gaspiller mon temps, maintenant. C'est la leçon que tu avais tirée de tes années à Londres, n'est-ce pas ? Que, parfois, il faut lâcher prise ?

C'était une chose qu'elle avait découverte dans le journal de Lily, cela et bien d'autres encore. Il lui faudrait le relire pour tout comprendre et, à son tour, retenir la leçon. Il y avait eu, dans la vie de Lily, beaucoup d'événements dont elle ignorait tout, des histoires de vie, de mort et de survie. Toutefois, quand elle avait refermé le journal, le sentiment qui avait prévalu était la certitude d'avoir fait le bon choix en quittant Joe. C'était comme si sa grand-mère avait été là, lui tapotant la main pour la féliciter d'avoir su trancher.

Au cours des six mois écoulés depuis leur rupture, Izzie n'avait cessé de se torturer en se demandant si elle n'aurait pas dû s'accrocher dans l'espoir qu'un jour Joe se libérerait. Le journal de Lily lui faisait comprendre qu'il n'existe pas de réponses simples, que rien n'est tout blanc ou tout noir. Lily n'aurait pas pu vivre avec Jamie Hamilton sans faire souffrir d'autres personnes. C'était la même chose pour elle et Joe. Le prix à payer pour leur amour aurait été trop élevé. La seule chose à faire était de s'en aller.

Les pensées d'Izzie s'arrêtèrent sur le monde dans lequel elle avait grandi, un monde moderne où l'on avait des droits. Le droit d'avoir un bébé, le droit d'aimer qui l'on voulait... Et pourtant ce n'était pas si simple. Le monde de sa grand-mère était régi par des conventions qu'elle comprenait difficilement : le pouvoir de l'Eglise et la barrière des classes sociales. Toutefois, si le monde moderne avait abandonné certaines de ces contraintes, il en avait créé d'autres, comme l'obligation de tenir compte de la façon dont un divorce affecte les enfants.

Renoncer à Joe avait été la décision la plus difficile de sa vie mais, après avoir lu le journal de sa grand-mère, Izzie savait qu'elle la comprenait et en tirait un certain réconfort.

— Grand-mère, chuchota-t-elle. J'aurais tant aimé te parler de Joe mais j'ai cru que tu ne comprendrais pas... Je sais maintenant que j'ai eu tort.

Si seulement Lily avait pu lui répondre !

— Maintenant, je connais l'histoire de Jamie, reprit-elle sur le même ton. Merci de m'avoir laissé ton journal. Si tu savais comme cela m'a aidée !

Elle essuya une larme. Le temps des pleurs n'était pas encore venu.

— Tu as vécu tant de choses, grand-mère ! Je regrette de n'avoir jamais pris la peine de t'interroger sur la guerre ou Rathnaree. J'étais jeune et égoïste mais je t'aime tellement ! J'espère que tu le sais.

Izzie se tut, guettant l'apparition du plus léger signe de réaction sur le visage de sa grand-mère, même si elle savait que rien ne se produirait plus. Izzie rassembla son courage. Il était inutile de nier la vérité.

— Je t'aime, grand-mère…

Les cheveux de Lily étaient ébouriffés et Izzie alla demander à l'infirmière de quoi la coiffer. Sa grand-mère avait toujours été très soignée, elle avait le droit de le rester. L'infirmière lui prêta la brosse pour bébés qui servait pour les malades comme Lily et Izzie se mit à démêler délicatement les fins cheveux blancs.

— Je sais que tu aimes être bien coiffée, grand-mère…

Quand elle eut fini, elle sortit sa crème hydratante de son fourre-tout et en fit couler une noisette dans sa main pour la réchauffer. Ensuite, elle appliqua doucement la crème sur le visage parcheminé de Lily avant de s'occuper de ses mains. Elle avait une merveilleuse crème pour les mains au parfum fleuri.

— C'est ce qu'il y a de mieux, tu sais. Les mannequins des mains l'utilisent mais les tiennes sont bien plus importantes, pour moi, dit-elle en massant une main après l'autre.

Elle se souvenait de toutes les fois où ces mains avaient tenu les siennes et du bonheur que cela lui procurait. Comme il avait dû être difficile de servir à la fois de mère et de grand-mère à la petite fille orpheline de mère qu'elle avait été ! Et pourtant, sa grand-mère avait rempli ce double rôle.

— Et maintenant, le parfum ! Je sais qu'Arpège est ton préféré mais je n'en ai pas. Il faudra donc te contenter de ceci…

Tout en parlant, elle sortit de son sac un flacon d'eau de toilette Miel de L'Occitane. Elle en pulvérisa un peu sur ses paumes et en tapota les tempes et les poignets de Lily.

— C'est mieux, n'est-ce pas ? dit-elle avant de humer l'air.

C'était curieux : l'eau de toilette était parfumée au miel et, pourtant, l'odeur qui prédominait était celle de la lavande. Cela réveilla un vague souvenir, celui des armoires de sa grand-mère et de l'odeur de lavande que dégageaient certains de ses vêtements. Des lavandes poussaient devant la Vieille Forge et l'air embaumait. C'était leur parfum qu'Izzie retrouvait dans cette chambre.

Lily aimait beaucoup ses lavandes et s'en occupait régulièrement. Elle les taillait, ôtait le vieux bois et remplaçait les pieds s'il le fallait. Toute la maison en était parfumée.

Ramenée à son enfance, Izzie huma de nouveau l'air autour d'elle. D'où venait ce parfum ?

Avril 1945

Diana fit en dansant le tour de la chambre qu'elle occupait chez sa marraine, à Londres. Elle était plus fière de sa robe du soir en soie violette, raccommodée et remise à sa taille, qu'elle ne l'avait jamais été de ses autres tenues. Trois paires de mains habiles aux travaux d'aiguille s'étaient activées pour la remettre à neuf mais, par-dessus tout, il s'agissait de sa robe de fiançailles.

Diana serait un jour Mme Anthony Smythe et ce premier pas vers le mariage que représentaient les fiançailles la rendait plus heureuse que jamais. La réception avait lieu au Claridge et tout le monde serait là. Par miracle, même ses parents avaient accepté de se déplacer pour l'occasion.

Lily, assise sur le plancher, un pique-épingles passé au poignet, vérifiait que tout était parfait.

— Tu es superbe, dit-elle en souriant.

Diana rayonnait. Elle aurait voulu que les autres soient aussi heureux qu'elle.

— Toi aussi, Lily. On doit partir, maintenant. J'ai tellement insisté pour que tout le monde soit à l'heure ! Je ne peux pas me permettre d'arriver en retard.

Lily cacha son sourire. Antony avait dit qu'il ne serait pas étonné si Diana arrivait en retard. La veille, il avait confié à Lily avec un soupir rêveur : « Encore une des raisons pour lesquelles je l'aime ! » Anthony était un cœur tendre. Et presque aussi beau que Jamie, se dit Lily. Fermant les yeux, elle s'accorda un de ces instants doux-amers où elle pensait à lui. La guerre touchait à sa fin. Jamie serait bientôt de retour en Angleterre et voudrait parler de leur avenir. Lily en mourrait de chagrin. Il n'y avait aucun avenir pour eux, et cela pour plus d'une raison. Avant tout, la religion de Lily le lui interdisait. Elle ne savait comment faire comprendre à Jamie ce que signifiait d'avoir été élevée dans un monde où la religion comptait beaucoup.

Même si Lily pestait contre Dieu qui laissait mourir des innocents dans une guerre stupide, elle croyait en Lui. Or, en matière de mariage, Dieu ne croyait pas aux demi-mesures. C'était pour la vie. Lily ne pouvait s'imaginer expliquant à ses parents que Jamie avait déjà été marié mais qu'il aimait leur fille. Ils ne verraient en Jamie qu'un non-catholique et un divorcé. Sa mère brandirait la menace de l'excommunication et la supplierait de ne pas l'épouser.

Jamie pouvait la convaincre sur le plan intellectuel, jamais il n'aurait raison de ce que lui dictait son âme. Aimer cet homme contrevenait à tous les préceptes de sa religion et, quand il n'était pas avec elle, qu'elle ne se laissait pas emporter par la passion, elle sentait tout le poids de sa faute.

Comme si cela ne suffisait pas, Diana lui avait involontairement porté un nouveau coup. Lily était certaine que son amie ignorait tout de sa liaison. Ce jour-là, elle vérifiait la liste des invités pour son mariage. La plupart de ceux qui avaient assisté à celui de Sybil seraient là. Diana essayait de ne pas être obnubilée par les détails de la cérémonie mais, de peur d'oublier quelqu'un, elle ne se séparait pas de sa liste. Si un nom lui venait à l'esprit, elle pouvait ainsi vérifier sur-le-champ s'il y figurait ou non. Elle s'était écriée qu'elle ne devait pas oublier Jamie et Miranda. Lily était restée muette, de peur de se trahir.

« Miranda est un peu bizarre, avait poursuivi Diana. Pas le genre de fille qu'on s'attendait à voir Jamie épouser ! Maman dit que c'est un paquet de nerfs. Cela ne l'empêche pas d'être très jolie. L'autre jour, maman est allée à Oxford et elle est tombée sur Miranda. Elle séjournait chez la grand-mère de Jamie et il s'était arrangé pour obtenir une permission de façon à les voir toutes les deux. D'après maman, Miranda était très en forme. »

Lily aurait été incapable de prononcer un mot. Jamie ne lui avait pas parlé de cette visite et elle savait qu'il ne le ferait pas. En dépit de ses belles paroles, il restait lié à Miranda. Il n'était pas allé la voir pour lui parler de Lily. En effet, quelle femme serait « très en forme » si son mari lui annonçait qu'il en aimait une autre ?

Enfin, Sybil, la méchante et cruelle Sybil, lui avait porté le coup de grâce. Lily avait alors compris que sa belle histoire d'amour était finie et qu'elle devait quitter Jamie. Sybil et elle supportaient à peine de se trouver en présence l'une de l'autre. Lily faisait tout pour l'éviter. Malheureusement, Sybil était à Londres pour les fiançailles de sa sœur. Quand elle était venue chercher Diana pour dîner, Lily avait décliné l'invitation en invoquant une trop grande fatigue. Elle avait cependant dû subir une demi-heure en compagnie de Sybil. Celle-ci avait attendu que Diana les laisse seules pour aller chercher son manteau. Elle avait allumé une cigarette et lancé à Lily un regard haineux.

« Papa est allé chez toi, tu sais !

— Quoi ?

— Rathnaree, c'est bien ça ? Tu es toujours restée très discrète sur le sujet. Tu nous as affirmé que tu venais de Waterford mais j'ai posé la question à Diana. Elle m'a dit chez qui tu travaillais et chez qui ta mère travaille. Les Lochraven ! Papa les connaît, il est allé une fois chez eux pour l'anniversaire de lady Irene. Des gens absolument charmants, m'a-t-il dit. La seule chose… Je me demande ce que penserait la famille de Jamie en apprenant qu'il couche avec une domestique ? Je serais étonnée qu'ils apprécient. »

Lily avait soupiré de lassitude. Elle savait que Sybil mettait le doigt sur ses pires craintes.

« Pourquoi fais-tu cela ? Pourquoi cherches-tu à me faire tant de mal ?

— Parce que tu me traites comme si je n'étais qu'une sale gosse trop gâtée ! avait crié Sybil. Pourtant, ce n'est pas moi qui couche avec le mari d'une autre ! »

Que dire ? La condamnation de Sybil n'était rien comparée aux reproches qu'elle s'adressait à elle-même. Il y avait trop d'obstacles à leur bonheur, des obstacles dont un seul suffirait à les détruire tous les deux. Tout cela, ajouté à ce qu'avait dit Diana au sujet de la visite de Jamie à Oxford, rendait la fin de leur histoire inévitable.

« Sybil, tu ne mérites pas que je me dispute avec toi », avait répondu Lily d'une voix lasse, avant d'aller se réfugier dans sa chambre.

Elle s'était effondrée sur son lit pour pleurer tout son soûl. C'était fini entre elle et Jamie, fini avant même d'avoir réellement commencé. Elle devait mettre un terme à leur relation avant qu'ils ne soient anéantis. Allongée sur ce lit où ils s'étaient aimés, elle avait repensé à leur dernière rencontre, dans un hôtel de Torquay. C'était la seule nuit qu'ils avaient jamais partagée. Torquay était l'endroit idéal pour passer inaperçus. Il y avait un tel mouvement de troupes sur la côte que personne ne s'interrogerait en croisant le lieutenant Jamie Hamilton au bras d'une inconnue.

Elle savait qu'elle agissait mal. Etendue, les yeux grands ouverts dans la lumière du crépuscule, elle sentait, en dépit de la fraîcheur, la chaleur que dégageait le corps nu de l'homme allongé à côté d'elle. C'était la première fois de sa vie qu'elle dormait nue. Comment, se demandait-elle, comment pouvait-on dormir autrement ?

Cela requérait toutefois une condition : la présence d'un autre corps à côté du sien, par exemple celui de cet homme, visiblement rompu à l'exercice physique, doté d'une musculature solide mais fine et tonique. Il n'avait pas un gramme de graisse et l'on devinait une force impressionnante. Et pourtant, il était incroyablement gentil et doux avec elle. Toute la nuit, ses mains aux doigts sensibles de pianiste avaient dessiné de subtiles arabesques sur sa peau blanche. Elle n'oublierait jamais comme ses yeux brillaient dans la douce lumière de la veilleuse.

Sous les caresses de cet homme, son corps lui avait paru devenir un trésor créé pour se mêler à cet autre corps si viril et, par-dessus tout, créé pour être aimé.

« Tu es si belle ! Je voudrais que ce moment ne s'arrête jamais », avait-il dit de cette voix profonde qui la faisait chavirer. En réalité, il n'y avait pas la moindre parcelle de cet homme qu'elle n'aimait pas.

Il était parfait !

Mais pas elle…

Le temps qu'ils passaient ensemble était du temps volé, quelques heures par-ci par-là, leurs mains qui s'étreignaient sous la table pendant un dîner, leurs corps qui s'accrochaient l'un à l'autre sur un lit d'hôtel comme des naufragés sur leur radeau. Pendant ces instants-là, il lui appartenait, mais en réalité elle ne faisait que l'emprunter. L'horreur de la séparation imminente la saisit à nouveau, une souffrance qui irradiait dans tout son corps, comme un coup en plein cœur.

Il s'éveillerait bientôt. Il devait partir au plus tard à sept heures pour avoir son train. Si c'était elle qui avait dû quitter l'hôtel en premier, elle en aurait été incapable. Lui, il y arrivait. Chez lui, le sens du devoir était plus fort que tout.

Il faisait sombre dans la chambre, et seules les aiguilles lumineuses du réveil lui permettaient de comprendre que l'heure de la séparation avait sonné. Elle se faufila hors du lit et entrebâilla les doubles-rideaux pour laisser entrer la pâle lueur de l'aube. Il pleuvait, une de ces pluies mêlées de neige qui vous percent jusqu'aux os.

Les bruits d'une ville qui s'éveille montaient de la rue. Les portières qu'on claque, les klaxons qui s'énervent, le grondement sourd de la circulation... La vie normale des gens normaux continuait, fourmis laborieuses prêtes à reprendre le collier, chacune ignorant la vie de l'autre, toutes ignorant sa vie à elle.

Elle l'entendit bouger et se hâta de se recoucher, désespérée à l'idée de perdre un seul des précieux instants qui leur restaient. Si elle fermait les yeux, elle pourrait presque prétendre qu'il faisait encore nuit et qu'ils avaient encore plusieurs heures à partager. Mais il s'éveillait, se frottait les yeux puis la mâchoire. Elle sentit presque sous sa propre main le contact rude de sa barbe naissante.

Voilà, il allait partir, ce n'était plus qu'une question de minutes.

Elle pleurait quand il se pressa contre elle, fort et puissant.

— Ne sois pas triste, dit-il.

Penché sur elle, il embrassa ses joues humides.

— Je ne pleure pas, gémit-elle tandis que ses sanglots redoublaient. Je veux dire... Je ne voulais pas pleurer. Tu me manques trop, cela me fait trop mal. C'est insupportable.

— Mais nous devons le supporter, toi comme moi.

Elle ignorait que l'amour pouvait être en même temps aussi joyeux et aussi douloureux. Chacune de leurs caresses les rapprochait de la séparation. Chaque fois qu'il la touchait, elle ne pouvait s'empêcher de penser : « Est-ce la dernière fois ? Le reverrai-je ? »

Faisant un grand effort sur elle-même, elle réussit à endiguer ses larmes. Elle n'avait pas le choix.

Elle resta allongée en silence et le regarda se préparer. Juste avant de partir, il s'assit à côté d'elle, la serra contre lui et l'embrassa comme si sa vie en dépendait.

Elle s'accrocha à lui, tenant sa tête dans ses mains. Ils avaient fermé les yeux, comme pour rendre cet instant encore plus fort et inoubliable.

— Je dois y aller. Je t'aime.

Elle fut incapable de prononcer un mot, tant elle craignait de se remettre à pleurer.

— Au revoir.

Il sortit sans se retourner. Etait-ce cela, se demanda-t-elle, qui différenciait les hommes et les femmes ? Les hommes regardent vers l'avant, en guerriers concentrés sur l'avenir. Les femmes regardent tout autour d'elles ; elles cherchent, s'inquiètent, et prient un dieu quelconque de protéger ceux qu'elles aiment.

Elle se rallongea dans le lit, qui avait gardé la chaleur de son corps. Le reverrait-elle jamais ?

Lily n'avait quasiment pas dormi de la nuit. Les yeux ouverts dans l'obscurité, elle avait ressassé toutes les raisons pour lesquelles cela ne pouvait pas marcher entre eux. Elle savait que Jamie l'aimait mais tout jouait contre eux. Son Dieu ne lui pardonnerait jamais de vivre avec un divorcé, pas plus que sa famille. Se sentait-elle capable de tout abandonner pour cet homme ? Sauraient-ils se rendre heureux l'un l'autre ou bien s'aveuglaient-ils – deux amants maudits de plus, pris dans une passion de temps de guerre sans espoir de construire un vrai couple une fois la paix revenue ?

Tout opposait leurs mondes respectifs ! Jamie pouvait assez facilement entrer dans le sien mais elle, elle ne serait jamais admise dans celui de Jamie. Les barrières étaient trop hautes. Les faire sauter le détruirait. C'était un homme de devoir et il avait des devoirs envers sa famille, ses parents, son monde.

Oui, il fallait rompre. Et c'était elle qui devait trouver la force de le quitter.

La voix joyeuse de Diana la tira de sa rêverie.

— Lily ! C'est toi qui vas nous mettre en retard ! Ce serait une première. Tu imagines la tête de tout le monde si nous arrivons en retard à ma soirée de fiançailles à cause de toi !

— Désolée !

Lily aurait tout donné pour ne pas sortir. Elle n'avait pas le cœur à s'amuser, même pour sa chère Diana. Elle voulait rester seule avec ses pensées et pleurer la fin de son histoire avec Jamie. Elle savait qu'il ne venait pas à la soirée mais elle se languissait de le voir, pour lui dire que tout était fini entre eux. Peut-être cela l'aiderait-il à reprendre sa vie en main. Elle aurait préféré lui écrire mais il y a des choses qu'on ne peut dire par écrit. Elle avait besoin de prononcer les mots terribles en le regardant et cela devait se faire rapidement, avant qu'elle perde tout courage et revienne sur sa décision.

Diana et Lily arrivèrent au Claridge en retard.

— Désolée, c'est ma faute ! s'exclama Diana.

La foule des invités se précipita vers elle, on lui proposa à boire et elle répondit en riant qu'elle prendrait un cocktail – un seul ! – pour célébrer l'événement.

— Lily ?

C'était Philip, le mari de Sybil. Lily le connaissait à peine alors qu'elle avait été invitée à de nombreuses reprises à des réunions familiales. Mais comme elle prenait soin d'éviter Sybil, elle finissait par éviter aussi son mari. Toutefois, Philip était le meilleur ami de Jamie et elle l'aimait pour cela.

— Bonsoir, Philip, dit-elle en lui tendant la joue.

Du coin de l'œil, elle surveillait la salle, de crainte de voir arriver Sybil. Elle avait décidé de ne pas lui adresser la parole, de ne pas s'abaisser à cela. Sybil ne lui avait causé que la pire des souffrances.

— Lily, je dois te dire quelque chose, murmura-t-il d'une voix sombre.

Elle savait ce que c'était. Elle sentit ses jambes se dérober sous elle…

De son corps, Philip lui faisait comme un rempart, la dissimulant aux regards des convives. Lily gardait les yeux rivés sur ses chaussures, incapable de lever la tête vers Philip. Elle se souvenait d'avoir pleuré en disant à Jamie que, s'il lui arrivait quelque chose, elle serait la dernière à l'apprendre. « Tout le monde saura que tu es mort, elle saura, mais pas moi ! Je continuerai à attendre ton retour et tu ne reviendras jamais. » Elle l'avait frappé sur la poitrine de ses poings serrés, plongée dans un désespoir qu'elle ne savait exprimer qu'en lui faisant mal.

« Mon amour », avait-il dit. L'attirant contre lui, il lui avait coincé les poings entre leurs deux corps. Cela s'était passé dans sa chambre chez la marraine de

Diana. Le lit était défait, ils avaient fait l'amour avec passion et l'heure était venue de retourner à leurs occupations quotidiennes. Vêtue de la petite culotte en satin que Jamie lui avait ôtée quelques heures plus tôt, elle s'était effondrée contre lui, le visage enfoui dans son épaule.

« Je n'en peux plus, Jamie ! Je n'arrive plus à mentir en permanence et à faire croire que je suis heureuse, que je n'ai pas d'amoureux, que je ne tremble pas chaque fois que la radio fait état de pertes humaines ! Il n'y a pas d'espoir pour nous. Je deviens folle à trembler pour toi tout en essayant de le cacher.

— Lily, il y a quelqu'un qui est au courant, je te le promets. S'il m'arrivait un accident, il est chargé de te l'apprendre. »

Elle lui avait demandé de qui il s'agissait.

« Il te connaît et si… S'il m'arrive quelque chose, il te le dira, je te le promets. »

Puis il l'avait embrassée à travers ses larmes. Il était obligé de partir. Après son départ, recroquevillée sur le lit, elle avait pleuré tout son soûl, dévastée par le chagrin.

Et ce jour terrible était arrivé. Jamie était mort et c'était à Philip qu'il avait confié le soin de le lui annoncer, cet ami solide et fiable qu'elle n'avait jamais soupçonné de savoir la vérité.

— Lily, regarde-moi, s'il te plaît, répéta Philip à mi-voix.

Non, elle ne voulait pas. S'il ne prononçait pas la phrase fatale, alors tout cela ne serait peut-être qu'un mauvais rêve. Soudain, elle commença à trembler sans pouvoir se contrôler, comme si son corps ne lui appartenait plus. Ses jambes la lâchèrent et elle vacilla. Philip la rattrapa avant qu'elle tombe. Elle reconnut l'odeur familière des uniformes de la Navy, l'odeur de Jamie. Combien de fois s'était-elle pressée contre lui, contre sa chaleur, écoutant son cœur battre avec force sous le lourd lainage de l'uniforme… Ce cœur qui s'était arrêté de battre.

Il gisait quelque part, mort, peut-être sur une plage déserte, peut-être dans le sous-marin devenu son cercueil, sans personne pour soulever sa belle tête et l'embrasser, lui fermer les yeux et lui caresser la joue une dernière fois. Pourquoi n'avait-elle pas été à ses côtés, lui disant que tout irait bien, comme elle l'avait fait pour tant d'hommes ? Pourquoi n'avait-elle pas eu le droit de faire pour son amant ce qu'elle faisait pour des inconnus ?

Tout autour d'eux, on riait, on parlait gaiement. Lily pensait à Jamie seul dans le froid de l'océan, privé d'amour sa dernière heure venue alors qu'elle en avait tant à lui donner. Où était Dieu ? Que faisait-Il quand Jamie était mort ? Elle avait accepté de renoncer à lui pour obéir à Dieu. Pourquoi n'avait-Il pas protégé Jamie en échange ?

Le train entre Euston et Holyhead était bondé. Il n'y avait pas assez de places assises et des gens étaient debout dans les couloirs. Lily avait eu de la chance. Comme elle était arrivée tôt, elle avait trouvé une place à côté d'une fenêtre. Elle était coincée contre un homme en uniforme de caporal qui somnolait sur son épaule. Rentrer en Irlande lui semblait irréel. De toute la guerre, elle n'était retournée chez elle qu'une seule fois, pour dix jours de congé où elle n'avait pas eu une seule minute à elle.

Sa mère avait fait de son mieux pour la nourrir et l'habiller. Les vêtements n'étaient pas rationnés en Irlande et Mary avait également récupéré quelques belles pièces dont lady Irene ne voulait plus, même si les privations et la charge de travail avaient rendu Lily trop maigre pour les porter.

« Seigneur Jésus ! avait gémi Mary. Tu n'as plus que la peau sur les os ! »

Cela avait été dix jours de bonheur, un répit en plein chaos. Lily s'en souvenait comme d'un rêve, comme si c'était arrivé à quelqu'un d'autre.

Cette fois, rentrer chez elle ne lui était d'aucun soulagement. Tout le monde avait l'air heureux et la joie du jour de la victoire régnait. Comme tout le monde, Lily avait espéré ardemment la fin de la guerre mais, à présent que c'était arrivé, elle ne pouvait partager l'allégresse générale. Quelle importance ? Jamie était mort. Son univers s'était écroulé. Comment pourrait-elle retrouver la joie de vivre ? A l'hôpital, on ne voulait pas la laisser partir.

« Ce n'est pas parce que la guerre est finie que nous n'avons plus besoin d'infirmières, lui avait dit l'infirmière-chef d'un ton fâché. J'ignore pourquoi vous tenez tant à rentrer chez vous, infirmière Kennedy, mais nous aimerions que vous restiez. »

Lily revoyait en esprit ces trois derniers mois où, matin après matin, elle se faisait violence pour se lever puis travaillait jusqu'à s'écrouler, épuisée. Chaque fois qu'en passant devant une fenêtre de l'hôpital elle apercevait les rues de Londres, elle repensait aux endroits où elle était allée avec Jamie. Elle avait toujours aussi mal. Même le soir, quand elle se mettait au lit, ivre de fatigue, elle pensait à lui et pleurait, ne dormant que par à-coups. Elle avait finalement décidé de quitter Londres où tout lui rappelait son amour perdu. A une époque, elle avait dit à Maisie ne pas savoir si elle rentrerait à Tamarin après la guerre. A présent, elle ne désirait rien d'autre. Chez elle, elle serait en sécurité et peut-être le temps adoucirait-il sa peine. En attendant elle préférait souffrir dans une ville où elle n'était jamais allée avec Jamie.

Le ferry entre Holyhead et l'Irlande ne naviguait plus tous feux éteints comme à l'époque du black-out mais il était plein à craquer. Assise sur le pont supérieur et portant un gilet de sauvetage trop grand, Lily avait le mal de mer. Quand le bateau accosta enfin à Dun Laoghaire, non loin de Dublin, elle trouva étrange de voir la ville toujours aussi belle avec ses illuminations, élégante et intacte, une ville qui n'avait jamais été bombardée. Elle s'était habituée à Londres où tant de beaux bâtiments avaient été dévastés. Elle se sentait dans le même état, détruite.

Dans ce pays qui était le sien, la plupart des gens avaient l'air en bonne santé, heureux, bien nourris et prospères. Ici, pas de vêtements rapiécés et déchirés. Lily s'irrita à voir qu'une partie de ses compatriotes n'avaient pas du tout été touchés par la guerre. Elle avait perdu son amour et elle en voulait au monde entier.

Pourtant, ce n'était pas leur faute s'ils n'avaient pas souffert. Si quelqu'un était coupable, c'était Dieu ! Elle éprouvait une rage terrible à Son égard, une colère qui lui interdisait de trouver le moindre réconfort dans la prière. Quand Jamie vivait encore, prier lui était difficile car cela lui rappelait qu'elle violait les lois divines. A présent qu'elle n'avait plus de raison de les enfreindre, elle ne pouvait toujours pas prier. En perdant Jamie, elle s'était perdue elle-même.

Le train à destination de Waterford était à moitié vide. Lily avait toute la banquette pour elle et put regarder le paysage sans être dérangée. Elle serait bientôt à la maison. C'était une belle journée d'août et elle s'obligea à cesser de penser que Jamie aurait aimé la vivre. Il avait parlé du jour où il irait chez elle, une fois la guerre finie et qu'il se serait libéré de Miranda.

A la gare de Waterford, elle apprit que le prochain car pour Tamarin ne partait qu'à dix-neuf heures. Elle confia donc sa valise au porteur et descendit sur les quais où elle s'installa sur un banc pour contempler la mer. Le soleil qui faisait scintiller les flots lui rappela Torquay, où elle s'était résignée à quitter Jamie. Dans son désespoir, une chose lui restait : la joie de ne pas le lui avoir dit à ce moment-là. Il était mort sans le savoir. Mais quant à elle, il faudrait passer le reste de sa vie sans l'avoir quitté. Elle n'avait pas eu la possibilité de tourner la page.

Le car prit en brinquebalant la jolie route de Tamarin mais Lily ne voyait rien. Elle était toujours à Londres, se hâtant dans les rues grises, cherchant un rayon de soleil à travers les nuages et pensant à Jamie…

— Je vous laisse ici ? cria le chauffeur.

Lily revint au présent dans un sursaut. Le car s'était arrêté aussi près que possible de la Vieille Forge et Lily contemplait un paysage qu'elle connaissait par cœur.

— Oui, merci !

Le car reparti, Lily regarda la valise qu'elle traînait depuis Londres. Elle n'avait pas la force de la porter sur les huit cents mètres qui la séparaient de chez elle et elle la laisserait là sans aucun regret. Après l'avoir poussée dans une haie, elle se mit en route, les yeux tournés dans la direction de sa maison.

A sa gauche, les arbres abritaient Rathnaree. Lily ressentit une violente bouffée de haine pour tout ce que représentait cet endroit. La barrière des classes aurait été un obstacle entre elle et Jamie, même sans Sybil et son venin. Les Lochraven, les Belton et les Hamilton appartenaient à un autre monde et que l'on ne puisse passer de l'un à l'autre relevait de l'absurde. Lily ne s'approcherait plus jamais de Rathnaree ou de la vie qu'on y menait. Elle avait trop souffert. A partir de cet instant, elle resterait dans son propre milieu.

Elle essuya une larme et, pour la première fois depuis son arrivée en Irlande, s'autorisa à respirer longuement la fraîche odeur des champs, des arbres et de l'ail sauvage. Un autre parfum s'y mêlait, celui de la lavande. Elle s'approcha du muret de pierre et se pencha par-dessus. Là, dans un coin du champ, une vingtaine de pieds de lavande s'épanouissaient. Elle se souvenait vaguement de n'en avoir jamais vu qu'un. A présent, la plante s'était multipliée et formait un petit parterre qui embaumait. Lily escalada le muret, sauta de l'autre côté et se dirigea vers les lavandes. Prise d'une impulsion, elle ôta ses chaussures et ses bas pour sentir la douceur de l'herbe verte sous ses pieds. Puis elle s'assit, ramena les genoux sous le menton, et ferma les yeux. Elle croyait entendre encore la voix de sa mamie Sive lui expliquant qu'il s'agissait d'une plante très ancienne, liée aux fées ou, selon ses termes, au petit peuple.

Là, à l'abri des arbustes du petit peuple, Lily lança au ciel une prière silencieuse : « Aidez-moi ! » Puis elle se mit à pleurer.

Elle ne l'entendit pas avant qu'il ait franchi le muret et s'approche à grandes enjambées, un géant au visage hâlé, avec des cheveux cuivrés et les yeux bleus les plus doux qu'elle ait jamais vus.

— Je vous ai aperçue depuis la route, dit-il d'un air soucieux. Je suis venu voir si tout va bien. Pas de problème ?

Lily le fixait en silence.

— N'ayez pas peur, mademoiselle. Je ne veux pas vous faire de mal, je me suis seulement inquiété pour vous. Je m'appelle Robby Shanahan. Je peux vous conduire chez vous, si vous voulez ?

Assise au milieu de la lavande des fées, face à ce géant qui la regardait avec une gentillesse qu'elle n'avait pas connue depuis longtemps, Lily sentit une douce chaleur revenir dans ses membres. Son cœur lui parut moins lourd. Si elle fermait les yeux, elle pourrait enfin dormir et son chagrin disparaîtrait un moment. *Merci !* Elle ne savait pas très bien à qui elle disait merci mais quelque divinité lui offrait un peu de paix pour la première fois depuis la mort de Jamie.

— Je suis Lily Kennedy, dit-elle en souriant. Auriez-vous l'amabilité de porter ma valise jusque chez moi ?

Quand midi sonna, l'infirmière qui s'occupait de Lily apporta une tasse de thé pour Izzie. L'odeur des repas que l'on commençait à servir dans les autres chambres lui était parvenue mais elle n'avait pas faim. Elle avait le sentiment curieux d'attendre un événement sur le point de se produire.

— Parfois, lui dit l'infirmière, les gens ont besoin d'entendre qu'ils peuvent partir.

Izzie lui adressa un regard choqué. Comment pouvait-on faire des réflexions aussi bizarres ? Toutefois, Anneliese lui avait plus ou moins expliqué la même chose.

— Vous devez lui dire qu'elle peut partir, répéta l'infirmière. Elle vous attendait. Maintenant que vous êtes là, elle peut s'en aller.

— Comment le savez-vous ?

— Quand on s'occupe depuis vingt ans de gens qui sont en train de mourir, on apprend certaines choses.

Izzie eut l'impression de recevoir un coup violent en entendant ces mots.

— C'est ce qu'il faut faire, poursuivit l'infirmière. Votre grand-mère sait qu'elle est en train de partir. Elle est en paix. Certains résistent de toutes leurs forces. Cela me rappelle ce poème de Dylan Thomas que j'ai appris à l'école, *N'entre pas sans violence dans cette bonne nuit*. Il y a des gens qui se battent mais votre grand-mère est heureuse de s'en aller. Elle ne lutte plus comme elle l'a fait jusqu'à votre arrivée.

Izzie ne se rendit compte qu'elle pleurait qu'au moment où elle sentit ses larmes tomber sur son chemisier. L'infirmière lui tendit un mouchoir en papier.

— Je vous laisse, dit-elle.

Izzie la remercia d'un hochement de tête et se rassit au bord du lit. L'odeur de lavande était toujours là.

— Grand-mère, je t'aime mais tu peux partir, maintenant.

Les lignes écrites par sa grand-mère dans son journal, plus de soixante ans auparavant, lui revinrent en mémoire : *Je sais que je dois le quitter. Ce n'est pas ce que je veux mais c'est ce qu'il faut faire. Nous finirions par nous détester et je l'aime trop pour cela.*

— Tu peux t'en aller, grand-mère chérie. Merci d'avoir partagé ta vie avec moi. Je t'aime et tu me manqueras beaucoup.

Elle s'interrompit pour essuyer les larmes qui ruisselaient sur son visage.

— Tout va bien, tu sais. Nous allons tous très bien. Papa, Anneliese, Beth, moi, tout le monde et aussi Mitzi ! Tu l'aimerais beaucoup. C'est un bout de chou adorable. Tu peux nous laisser, maintenant. Nous t'aimons tous, et tu le sais. Merci encore pour tout. Je te souhaite d'être heureuse où que tu ailles. Tu le mérites tellement ! Je t'aime, tu es ma grand-mère chérie.

Incapable d'ajouter un mot, Izzie s'allongea sur le lit et serra une dernière fois contre elle le corps si frêle de celle qui avait été sa grand-mère.

Lily s'aperçut qu'elle portait une vieille robe, une robe datant de l'époque où elle vivait avec Maisie et Diana chez la marraine de celle-ci. Elle était en mousseline verte avec une jupe à godets et mettait en valeur ses cheveux châtains.

— Où étiez-vous passée, mademoiselle la robe ? dit-elle.

Elle avait retrouvé sa jeunesse. C'était très étrange. Elle n'avait plus mal aux articulations et ses coudes étaient redevenus bien lisses.

Mais où était-elle ? Dans un champ, oui, un champ non loin de la Vieille Forge, celui où poussait la lavande et où elle avait rencontré Robby. Des chaises longues étaient disposées au milieu des lavandes, occupées par des gens qui bavardaient gaiement. Diana et Maisie étaient parmi eux.

Lily leur sourit, heureuse de les revoir. Elle avait l'impression qu'elles s'étaient écrit la veille, leurs lettres traversant les kilomètres et les années.

Elle découvrit aussi la présence de lady Evangeline, Philip, l'infirmière-chef et même Isabelle Lochraven. Beaucoup de gens, surgis de son passé, étaient là.

Lily vit sa mère qui lui souriait, et son père à côté d'elle, ainsi que son frère chéri, Tommy, avec Moira, sa femme. Quel bonheur de les revoir !

Lily passa devant eux en courant, leur faisant signe qu'elle revenait, mais qu'elle avait d'abord une chose importante à faire.

C'est alors qu'elle le vit : Jamie, en uniforme et plus beau que jamais. Derrière lui, au loin, deux autres personnes accouraient vers elle, un géant à la crinière cuivrée et une femme mince aux yeux noirs avec la même expression de bonté que son père. Robby et Alice. Lily leur adressa un sourire radieux.

— Juste un instant, murmura-t-elle. J'arrive !

Elle se tourna vers Jamie et lui effleura la main.

— Merci, merci de m'avoir appris à aimer. Je crois que j'ignorais ce que cela voulait dire avant de te connaître. Et je suis désolée, mais je devais te laisser partir. Tu le sais.

Robby et Alice étaient de plus en plus près.

La main de Jamie glissa à travers celle de Lily. Il souriait tout en se dissipant.

Derrière lui, Lily vit son mari et sa fille. Ils l'avaient attendue ! Elle avait toujours craint qu'ils ne le fassent pas mais ils étaient là et lui souriaient, leurs bras grands ouverts. Elle s'élança vers eux, les deux êtres qu'elle aimait plus que tout.

Achevé d'imprimer en février 2012

par CPI BLACK PRINT

Composé par Facompo
à Lisieux (Calvados)

POCKET - 12, avenue d'Italie - 75627 Paris Cedex 13

Dépôt légal : mars 2012
S21078/01